BRUNO GMÜNDER

John Rechy

NACHT
in der STADT

BRUNO GMÜNDER

Leuschnerdamm 31, 10999 Berlin
info@brunogmuender.com

Deutsche Übersetzung von Kai Molvig

Titel der Originalausgabe: City of the Night

Covergestaltung von Stefan Adler unter Verwendung
eines Fotos von Jaques Bellaiche
Druck: Nørhaven, Viborg, Dänemark
ISBN 3-86187-318-4

Für meine Mutter und
dem Andenken meines Vaters

»Die Stadt gehört der Nacht;«
vielleicht dem Tod,
doch sicherlich der Nacht
JAMES THOMSON

The City of Dreadful Night

Erster Teil

»Geht, Kinder, wohin ich
euch sende –
wie aber sende ich euch?
Ich sende euch einen nach
dem anderen …«

Children, Go When I Send You

Die Stadt der Nacht

Später würde ich an Amerika denken wie an eine riesige Stadt der Nacht, die sich prahlerisch vom Times Square bis zum Hollywood Boulevard erstreckt: Musicbox-flimmernd und Rock-n-roll-röhrend: Amerika bei Nacht, das seine Dunkelstädte zur unverkennbaren Form der Einsamkeit verschmilzt. Ich würde an den Pershing Square und die apathischen Palmen denken, an den Central Park und die rasenden Schatten, an Kinos in den bleichen frühen Morgenstunden und an die wunden Straßen Chicagos ... an Hinterhöfe im Französischen Viertel wie aus Gruselfilmen – an den Mardi Gras mit Flitter und Glasperlen werfende Clowns, vorbeiziehend, stumpf wie das Leben selbst, Erinnerung an brünstige Rock-n-rolls aus obszön schielenden Musikautomaten, die vielfarbig glitzernd die Straßen Amerikas säumen wie eine billige Halskette – von der 42. Straße bis zur Market Street, San Francisco ... Sex für eine Nacht, Zigarettenrauch und Zimmer, erdrückt von Einsamkeit ... Und ich würde mich vieler Leben erinnern in dieser ungeheuren Stadt der Finsternis – von Nachtkinos bis zu Villen in Beverly Hills. Aber diese Reise durch die Städte der Nacht begann in El Paso – in El Paso, Texas. Am Anfang war der Wind ... ein Südweststurm mit grauen Wolken, die einem wie Stahltüren den Blick vom Himmel verschließen.

Ich kann mich nicht mehr erinnern, wie lange der Sturm anhielt – es können Tage gewesen sein – aber vielleicht waren es nur Stunden – weil es in der zeitlosen Zeit meiner Kindheit war: zwischen sechs und acht.

Meine Hündin Winnie lag im Sterben. Ich brachte ihr Wasser und Futter, stellte es neben sie und beobachtete sie gespannt, aber sie rührte sich nicht. Der Speichel troff von ihren Lefzen. Sie war immer fett gewesen und zeigte ein merkwürdiges schiefes Grinsen. Mei-

stens war sie krank: Einmal verdrehte sie die Augen, so daß sie ganz weiß wurden und sie nichts mehr sehen konnte – legte sich einfach hin und machte einen ganzen Tag lang keine Anstalten, sich wieder zu erheben. Dann war sie für kurze Zeit wieder munter, grinste und torkelte mit leichter Schlagseite umher, wie immer. Und nun lag sie hier draußen und starb.
Der Tag begann herrlich und der Himmel war so blau, wie er es nur in der Erinnerung an eine Kindheit in Texas sein kann. Nirgendwo sonst in der Welt, so werde ich später denken, gibt es einen Himmel, so rein, so blau, so tief wie diesen. Ich werde mich an andere Himmel erinnern: Himmel wie umgestülpte Schalen in Schattierungen von Blau oder Grau oder Schwarz, mit Rändern wie gemalte Zimmer. Im Südwesten aber bestand der Himmel aus Millionen und Abermillionen Meilen von blauer Farbe, und dieses Blau war klar, magisch und leuchtend. (Manchmal starrte ich hinauf, auf unerklärliche Weise von Erregung gefoltert, und dachte: Wenn ich einen meilenlangen Stock hätte und auf einem Berg stünde, würde ich ein Loch in den Himmel stoßen – den ich mir damals wie eine Insel irgendwo dort oben in der Unendlichkeit vorstellte – und dann würde der Himmel auf die Erde stürzen ...) Und an jenem Tag, als ich dastand und Winnie ansah, erblickte ich graue Wolken, die sich am Horizont ballen und wälzen und plötzlich schreckenerregend über das Firmament jagen wie zu einer Schlacht – Riesenpilze, die explodieren und sich in der metallischgrauen Decke verlieren. *Und nun bist du hier unten eingeschlossen, so einsam, und auf einmal ist dir kalt.* Der Wind wirbelt den Staub auf, Amaranth-Büsche rollten ihren Weg durch den Dreck ... Ich rückte Winnie an die Hauswand, um sie vor dem nadelscharfen Staub zu schützen. Die Wolken haben den Himmel völlig bedeckt, der Wind heult ungestüm und es ist erschreckend dunkel. Meine Mutter ruft mich immer wieder herein ... Von der Veranda aus werfe ich noch einen Blick auf meinen Hund. Das Wasser in der Schale neben ihr hat sich in eine Schmutzbrühe verwandelt. Kaum drin, stürze ich zum Fenster. Der Sturm heult kreischend ins Haus – die Vorhänge schlagen gegen die Möbel und an die Wände wie verirrte Riesenvögel, und meine zwei Brüder und

zwei Schwestern rennen durch das aufgestörte Haus die Fenster zu schließen; die Stöckchen, mit denen wir sie offen hielten, müssen raus. Ich höre meinen Vater mit einem Hammer auf die Fensterrahmen schlagen, die zerbrochenen Scheiben flickt er mit Pappe.
Drinnen war es auf einmal friedlich und geschützt, aber als ich in kaltem Entsetzen aus dem Fenster starre, sehe ich Pappschachteln und Unkraut gegen die Hauswand prallen und meinen kranken Hund fast unter sich begraben. Ich wünsche mir irgendein Zaubermittel, um dem Sturm Einhalt zu gebieten... Ich drücke mich ganz fest an die Scheibe, um Winnie so nah wie möglich zu sein: *Wenn ich sie fest im Auge behalte, kann sie unmöglich sterben!* Ein Amaranth-Ballen fegte über sie.
Ich rannte hinaus. Ich beugte mich über Winnie, ich mußte eine Hand vor die Augen halten, kniete mich hin, um zu sehen, ob sie sich noch bewegte, ob sie noch atmete. Ihre Augen sind offen und schauen mich an. Ich horche an ihrem Herzen (wie ich es immer bei meiner Mutter tat, wenn sie, wie so oft, krank war und ich dachte, sie sei gestorben und habe mich allein gelassen – mein Vater war damals für mich nur ein Irgendwer, der irgendwie auch da war – später allerdings nahm er auf schreckliche Weise Gestalt an). Winnie ist tot. Es scheint mir, daß der Sturm Tage, ja Wochen gedauert hat. Aber er muß wie gewöhnlich am nächsten Tag vorbei gewesen sein, als ich neben meiner Mutter in der Küche stand. (Es ist merkwürdig: ich liebte es, dabeizusitzen und ihr zuzuschauen, wenn sie das Essen zubereitete – oder die Wäsche wusch: Sie wusch unsere Sachen draußen in einer Aluminiumwanne, und ich beobachtete sie, wie sie die sauberen Laken aufhing, die im Winde flatterten. Später kippte ich für sie das Wasser aus und starrte fasziniert auf die unerwarteten Muster, die es auf der Erde bildete...) Ich sagte: »Wenn Winnie stirbt...« – (natürlich war sie schon tot, aber ich wollte es nicht aussprechen, ihr Körper lag noch draußen, und ich lief dauernd hinaus, um nachzusehen, ob sie nicht vielleicht, wie durch ein Wunder, wieder atmete) »... wenn sie stirbt, werde ich nicht traurig sein, denn sie kommt ja in den Himmel, und dort werde ich sie wiedersehen.« Meine Mutter sagte: »Hunde kommen nicht in den Him-

mel, sie haben keine Seele.« Sie sagte das nicht hart oder brutal. In meiner Mutter findet sich keinerlei Brutalität, nur eine überwältigende Zärtlichkeit, von gleicher Kraft wie der Haß, den ich später bei meinem Vater entdeckte. »Was wird denn dann mit Winnie geschehen?« fragte ich. »Sie ist tot, das ist alles«, antwortete meine Mutter, »der Körper löst sich auf und wird zu Erde.« Ich stehe am Fenster und denke: »Das ist aber nicht recht ...«

Dann mußte mein Bruder, der jüngere von beiden – ich bin der Jüngste in der Familie –, Winnie begraben.

Ich war damals sehr fromm und ging regelmäßig zur Messe und zur Beichte. Und jetzt betete ich für meinen toten Hund: Gott möge eine Ausnahme machen. Er möge sie in den Himmel lassen. Ich stehe dabei und sehe meinem Bruder zu, wie er das Loch im Garten schaufelt. Er legte den toten Hund hinein und bedeckte ihn mit Erde. Ich bastelte ein Kreuz und brachte Blumen. Dann kniete ich hin und bekreuzigte mich: »Laß sie in den Himmel ...«

Ein paar Tage später rochen wir den verwesenden Körper ... Es war ein wütend heißer texanischer Sommertag mit drohendem Regen-Donner, aber der Regen blieb dann doch aus. Durch die zerrissenen Wolken flammte der Himmel auf, und Blitze zuckten wie Peitschen zur Erde hernieder. Mein älterer Bruder sagte, wir hätten Winnie nicht tief genug eingegraben. Er grub nach dem Körper und ich stehe neben ihm, als er die ausgehobene Erde in unseren Garten wirft (wo Zeitungen und Flaschen herumliegen, die das Unkraut bedecken, das wir gelegentlich gejätet hatten. Wir versuchten einige Male Gras zu säen, aber es wollte nicht wachsen). Endlich erschien der Kadaver und ich wandte mich rasch ab. Ich hatte in das zerfallende Antlitz des Todes geblickt. Meine Mutter hatte recht. Bald wird Winnie zu Erde werden ... Es gab keine Seele, der Körper würde vermodern, und von Winnie würde nichts übrigbleiben.

Das ist das Kindheitserlebnis, das mir am häufigsten in den Sinn kommt. Und deshalb schrieb ich: Am Anfang war der Wind. Denn irgendwo in jener weiten Ebene der Kindheit muß der Same der Rastlosigkeit in mich gelegt worden sein. Vor Winnies Tod gibt es noch andere Erinnerungen an Verluste. Wir wollten im Vorgarten des Hauses, in dem wir wohnten, Blumen pflanzen – ehe wir dorthin umzogen, wo Winnie starb. Ich grub eine Furche längs des Gehwegs und meine Mutter war in den Laden gegangen, um Samen zu besorgen. Es kam ein Mann und fragte nach meinem Vater, aber mein Vater ist nicht zu Hause. »Ihr werdet sehr bald ausziehen müssen«, sagte er. Ich hatte davon gehört, daß das Haus verkauft werden sollte und daß wir es nicht kaufen konnten, aber ich hatte mir nicht viel darunter vorstellen können. Ich grabe weiter in der Erde. Nachdem meine Mutter zurückgekommen war und mit dem Mann gesprochen hatte, sagte sie mir, ich solle aufhören, Löcher auszuheben. Jetzt verstand ich – riß ihr die Samen fast aus der Hand und begann sie mit wütender Hast in die Erde zu stecken, als ob wir dadurch erreichen könnten, noch so lange hier zu bleiben, bis er aufgeht.

So zogen wir also fort. Wir zogen aus dem sauberen Haus mit den weißen Wänden in das Haus, wo Winnie sterben sollte.

Ich stehe und betrachte das Gebäude mit kindlichem Entsetzen. Es war eine Hälfte eines Doppelhauses, mit einer verfallenen offenen Holzveranda, die kurz vor dem Zusammenbrechen war – sie neigte sich wie eine Rutschbahn. Ein vertrockneter Weinstock, verdorrt aus Wassermangel, klammerte sich an das Fundament der Veranda wie ein Skelett, und hier und da zerfielen die Ziegel und bildeten Streifen organgefarbenen Staubes. Die Sonne schien grell, und ihr Licht ließ jeden Holzsplitter und jeden geknickten Ast des Weinstock-Skeletts länger erscheinen ... Ich stürzte hinein. Riesige braune Kakerlaken hasteten in ihre Ritzen zurück. Eine fiel von der Wand und breitete dabei die Flügel aus, fast zwei Zoll weit, als ob sie mich anfallen wolle – und stürzt wie ein Miniaturflugzeug auf den Boden. Platsch! Die Tapete blätterte von den Wänden, und darunter sah man mindestens vier andere Lagen, alle in verschiedenen Grautönen. (Wir klebten eine sechste Tapete an die Wand oder fingen doch zumindest damit an – um es dann mittendrin bleibenzulassen. Nun sah das Haus noch zusammengestoppelter aus, da die neue Lage Papier auch wieder abzublättern begann: ein nicht zu Ende geführtes Puzzlespiel, das mich abends in seinen Bann schlug:

die wie aus Lumpen zusammengesetzten Muster schnitten Fratzen und verwandelten sich in wilde Tiere – aber ich konnte sie rasch zu harmloseren Geschöpfen umformen, indem ich die scharfen Zacken der Ränder abriß...) Wo es durchgeregnet hatte, sind an der Decke spinnenartige Linien zu sehen.

Ich schlage die Kakerlaken von den Wänden und trample böse auf ihnen herum.

Das Haus riecht nach Moder. Ich ging ins Badezimmer. Die Badewanne war voll von abgestandenem Schmutzwasser. Es war braun und blasig. In angstvoller wilder Panik steckte ich meine Hand in die faulige Brühe, fand den Stöpsel und zog ihn mit angehaltenem Atem heraus und betrachte meinen Arm, der von einer schleimigen braunen Schmiere bedeckt ist.

Die Winter in El Paso erschienen mir später nie wieder so bitter kalt wie damals. Damals hielt ich El Paso für den kältesten Ort der Welt. Wir hatten einen bauchigen alten Eisenofen, der das ganze Haus erwärmte, und wenn wir seine kleine Tür öffneten, um Kohle oder Holz nachzulegen, stellte die Glut darin eine Miniaturhölle dar: rauchend zerbarst die Schlacke... Die Ofenrohre, die den Rauch zum Schornstein leiteten, brachen gelegentlich zusammen und füllten das ganze Haus mit Ruß. Dies geschah vor allem an stürmischen Tagen, wenn der Wind rußverschmiert den Kamin hinunterfuhr. In der Nacht häufte meine Mutter Mäntel auf uns, damit wir nicht froren.

Später wurde ich öfters ausgeschickt, um bei einem unserer Nachbarn um 20 Cents zu bitten – »bis mein Vater von der Arbeit kommt«. Da ich der Jüngste in der Familie war und am rührendsten aussah, war ich es, der gehen mußte... Um diese Zeit fiel mein Vater mit Nachdruck in mein Leben ein. Um schon jetzt etwas von seiner Schuld zu tilgen, von der ich später erzählen werde, muß ich sagen, daß dieser sonderbare, launische und bösartige Mann – mein Vater – einst einen steilen Aufstieg in der Welt der Musik erlebt hatte. Mit acht Jahren hatte er vor dem Präsidenten von Mexiko ein Klavierkonzert gegeben. Jahre später, aber immer noch als junger Mann, dirigierte er ein Sinfonieorchester. Auf unerklärliche Weise – ich habe diesen Mann niemals wirklich kennengelernt – sank er rasch

von Stufe zu Stufe, und als er schon beinahe fünfzig war und ich auf die Welt kam, lebte er gefangen in den Erinnerungen an seine einstige Größe, während die rauhe Wirklichkeit ihn zu einer Reihe untergeordneter Tätigkeiten zwang, wie etwa kläglich untalentierten Kindern Musikunterricht zu geben und Klaviere und Noten zu verkaufen. Bald löste sich auch diese Scheinbeziehung zu der von ihm so geliebten Welt der Musik und er wurde Aufseher in den öffentlichen Grünanlagen. Dann arbeitete er in einem Krankenhaus, wo er die Abfälle zu beseitigen hatte. *(Ich erinnere mich, wie er, als bereits geschlagener alter Mann, noch vor der Morgendämmerung aufstand, um der musikfernen Realität blutverschmierter Binden entgegenzutreten.)* Sein Herz hing an ungeheuren Stapeln von Noten sinfonischer Musik, die er gespielt oder instrumentiert hatte, und er arbeitete nachts immer noch daran, wobei er fieberhaft mit den Fingern auf den Tisch trommelte: Stapel von Noten, die in jenem Hause im engen Flur aufgeschichtet sind und die niemand, außer ihm, würdigt. Der Staub, der sich auf ihnen ansammelte, störte uns, so daß wir die Noten gern in die Aluminium-Garage gebracht hätten, in die es hineinregnete: er aber klammerte sich an diese Staubfänger – und an Zeitungsausschnitte aus seiner großen Zeit – klammerte sich an sie wie an einen Traum, der zum Alptraum geworden war ... Und irgendwie wurde ich der unerwünschte Erbe dieses Hasses auf eine Welt, die ihn kaltherzig in die Knie gezwungen hatte, ohne weiter auch nur einen Blick an ihn zu verschwenden.
Einst, ja, einst hatte ein warmes Gefühl diesen seltsamen rotgesichtigen Mann umgeben – und noch immer gab es plötzliche Aufwallungen von Zärtlichkeit, von denen ich später erzählen werde. Dieser Mann, der abwechselnd auf französischer, englischer oder schottischer Abstammung bestand – je nach der Laune, die seine lebhafte Fantasie ihm eingab – der von Mexiko nach Kalifornien gereist war und unterwegs seinen Samen verstreut hatte, dieser hitzige Mann, verheiratet und wieder geschieden, nahm dann meine Mutter, eine schöne Mexikanerin, zur Frau, die mich leidenschaftlich liebte und niemals etwas von der schrecklichen Beziehung zwischen mir und meinem Vater begriffen hat.

Sogar jetzt noch steht im Wohnzimmer meiner Mutter eine Vitrine, die wir besaßen, solange ich zurückdenken kann. Sie ist voll gläserner Gegenstände: Engelsfiguren, Heilige Jungfrauen von Guadalupe, Puppen, hauchdünnen Blumen und Schwäne und ein kleines Glas, liebevoll mit einem Stück brüchiger Seide zugedeckt und mit einem verblichenen Band zugebunden, das irgendeine geheimnisvolle Erinnerung an eines der verstorbenen Kinder meines Vaters enthält ... Wenn ich an diese Vitrine denke, denke ich an meine Mutter ... eine geisterhafte Assoziation, die mich immer verfolgen wird.

Als ich etwa acht Jahre alt war, lehrte mich mein Vater dies: Er sagte immer zu mir: »Gib mir einen Tausender«, und ich wußte, daß das bedeutete, ich solle auf seinen Schoß springen und mich liebkosen lassen – auf besondere Weise. Dann gab er mir einen Penny, manchmal auch fünf Cents. Wenn seine Freunde – alte grauhaarige Männer – zu uns kamen, wollten auch sie *einen Tausender.* Und ich sprang auch auf ihren Schoß. So ging es um den ganzen Tisch herum und ich bekam Münze um Münze. Später wurde ein Geschenk meines Vaters das äußere Zeichen eines Waffenstillstands zwischen uns, der den bald auflodernden Haß unterbrach.

Weihnachten war mir verhaßt.
Jedes Jahr baute mein Vater ein *nacimiento* auf – eine kunstvolle Weihnachtsszenerie mit Häusern, den Heiligen Drei Königen auf ihrem Weg zur Krippe und Engeln auf Wolken aus Engelshaar. (Am Heiligen Abend betete meine Mutter einen Rosenkranz, während wir vor dem *nacimiento* knieten, und dann legten wir das Christkind in die Krippe.) Bereits Wochen vor dem Fest begann mein Vater mit der Arbeit, und täglich, wenn ich aus der Schule kam, mußte ich mich neben ihn stellen, während er an dem kistenähnlichen Gebilde, den winzigen Häuschen und dem künstlichen See herumhantierte und Engel in den kunstvoll nachgeahmten Himmel hängte, der mit Wolken, Mond und Sternen angefüllt war. Manchmal vergingen Stunden, ehe er mich aufforderte, ihm zu helfen, aber ich mußte trotzdem dabeistehen und durfte kein Wort sagen. Gelegentlich

mußten auch meine Mutter oder meine jüngere Schwester dabeistehen. Wenn irgend etwas schiefging oder etwas herunterfiel, geriet er in Zorn, warf mit Werkzeugen um sich und fluchte. Der Jähzorn meines Vaters entzündete sich unvorhersehbar an allem und jedem. Von einer Sekunde zur anderen wirft er den Tisch um, und Essen und Geschirr stürzen zu Boden. Oft zerschlug er Flaschen und bedrohte uns mit einer scharf zackigen Scherbe. Er besaß einen alten Degen, den er versteckt hielt und der wie das Schwert des Damokles über uns hing.

Trotz allem, gab es bei ihm Augenblicke der Güte und Zärtlichkeit, die wegen ihrer Flüchtigkeit um so erschreckender waren: Am Zahltag füllte er das Haus mit Geschenken – mit Blumen für meine Mutter (zunächst völlig unangebracht in unserer Bruchbude, bis sie welkten und sich dem allgemeinen Verfall anglichen) und mit Spielzeug für uns Kinder. Auch an unserem ärmsten Weihnachtsabend, den wir als Kinder erlebten, kümmerte er sich darum – nach der Schreckenszeit der Errichtung des *nacimiento* –, daß wir alle unsere Geschenke bekamen – nicht etwa Kleider, die wir zwar brauchten, uns aber nicht wünschten, sondern Spielsachen, die wir uns wünschten, aber nicht brauchten. An den Sonntagen pflegte er uns zu Juarez zum Essen auszuführen und gab dem plötzlich sehr aufmerksamen Kellner ein riesiges Trinkgeld ... Jedoch, im Meer seines Hasses waren diese Zeiten der Güte nur kleine Inseln. Er verbrannte innerlich an seinem Zorn über das Leben, das ihn ungerührt zwischen seinen Kiefern zermahlen hatte – ein Zorn, der um so höher aufloderte, je tiefer er sank – fort von dem einstmals fast verwirklichten Traum seines musikalischen Ruhmes.

Eine der letzten Vervollkommnungen am *nacimiento* waren zwei unregelmäßig geformte Holzstücke, die sehr schwer aussahen, wie Steine (ähnlich dem Stück versteinerten Holzes, das auf dem Schreibtisch meines Vaters lag, um uns daran zu erinnern, daß es einst die Hand eines Kindes gewesen war, die es gegen seinen Vater erhob, worauf Gott die Kinderhand in Stein verwandelt hatte). Diese steinähnlichen Holzstücke zu beiden Seiten der Krippe stellten Berge dar. Auf den Gipfel des einen setzte mein Vater die kleine

Figur eines rotgeschwänzten gehörnten Teufels, der aus einer Flasche trank.

Um diese Zeit hatte ich einen Traum, der jetzt noch wiederkehrt (und den ich später, in New Orleans, im Wachen erleben sollte). Wir waren oft erkältet und fiebrig in diesem zugigen Haus, und in einem solchen Zustand träumte mir: Die felsbrockenartigen Holzstücke zu beiden Seiten der Krippe stürzen auf mich herab, mich zu zerschmettern. In dem Augenblick, in dem ich alle meine Kräfte zusammennehme, um dem furchtbaren Felsregen standzuhalten, werden sie weich, und statt mich zu zerschmettern, hüllen sie mich ein wie geschmolzenes Wachs. Manchmal träume ich, sie seien von einer Art Mull umgeben – einem dunklen dünnen Gewebe, das sich wie ein Spinnennetz auf mein Gesicht legt und an mir festklebt, obwohl ich mich krampfhaft bemühe, es wegzuziehen …

Als meine Brüder und Schwestern alle heirateten und das Haus verließen – sie fliehen, dachte ich –, blieb ich allein zurück, und der Zorn meines Vaters ergoß sich noch ungehemmter über mich.

Er saß da und legte stundenlang Patiencen. Er ruft mich zu sich und beginnt sehr leise und mit falscher Freundlichkeit zu sprechen. Wenn meine Mutter und ich am Einschlafen wären, sagte er mir, würde er das Haus in Brand stecken und wir würden darin verbrennen, und er sieht dabei zu. Er konnte die Geschichte auch abändern: statt das Haus in Brand zu stecken, würde er meine Mutter in ihrem Bett ermorden und am Morgen, wenn ich sie wecken will, werde ich sie tot auffinden und ich werde mit ihm allein zurückbleiben. In manchen Nächten tauschten meine Mutter und ich das Bett, nachdem er schlafen gegangen war – die beiden schliefen nicht im gleichen Zimmer – und ich verbarrikadierte das Bett mit Stöcken und Stühlen. Beim geringsten Lärm griff ich nach einem Knüppel, um ihn zu vertreiben. Am frühen Morgen, bevor er erwachte, legten meine Mutter und ich uns wieder in unsere eigenen Betten.

Einmal – da er an seinen Partituren arbeitete – hatten wir ohne ihn einen Ausflug nach Carlsbad Caverns in Neu-Mexiko geplant – meine Mutter, meine Schwester und deren Mann, mein älterer Bruder mit seiner Frau und ich. Meine Mutter bereitete an jenem Abend

den Proviant vor.
Am Morgen, noch bevor es dämmerte, weckte ich sie und ging zum Haus meiner Schwester, um auch sie zu wecken. Als ich zurückkam, sah ich meine Mutter hinter dem Haus stehen (und über ihr ein widersinnig klarer gestirnter Himmel). »Geh nicht hinein!« schreit sie mir zu. Ich lief hinein, und mein Vater steht drohend über den Tisch gebeugt, auf dem der Proviant liegt, den wir mitnehmen wollen. Ich greife rasch nach den Eßwaren, und er zückt ein Messer und verfehlt meinen Bauch nur um ein paar Zoll. Inzwischen war der Mann meiner Schwester da und hielt ihn zurück.

Mein Vater trug einen Ring mit einem weinroten Stein. Bevor ein Ring daraus wurde, hatte er als Krawattennadel seinem Vater gehört und davor dem Vater seines Vaters – der Stein war ein Rubin, wie mein Vater mir sagte, ein so kostbarer Rubin, daß er kein anderes Stück seiner persönlichen Habe so hütete wie ihn. Als er an einem besonders trüben Tag schlechtgelaunt dasaß und auf seine Partitur starrte, rief er mich zu sich. Er gab mir hastig den Ring. Der rote Stein in seiner goldenen Fassung erschien mir leuchtender und glutvoller als jemals etwas anderes zuvor. Einige Tage später nahm er ihn mir wieder weg.
Während einer der sehr sehr seltenen Perioden, in denen wir uns zu einer Art Waffenstillstand durchgerungen hatten – der nichts als unausgesprochen schwelender Haß war –, überquerte ich mit ihm die Straße. Er war damals schon ziemlich alt und ging am Stock. Mitten auf der Straße stolperte er über diesen Stock und fiel hin. Ohne auch nur einen Augenblick zu zögern, rannte ich zur gegenüberliegenden Seite und ich stehe da und hoffe auf das Wunder eines rächenden Autos, das sich auf ihn stürzen wird. Aber es kam nicht. Ich ging zu ihm zurück, half ihm auf, und wir legten den Rest des Weges in unheilschwangerem Schweigen zurück.
Später einmal, als ich schon älter war, vielleicht dreizehn oder vierzehn, saß ich eines Nachmittags auf der Veranda. Ich verabscheute meinen Vater. Mein Haß auf ihn war zu etwas geworden, das mich überwältigte und mich den ganzen Tag verfolgte. Er stand hinter

mir, legte sanft seine Hand auf mich und sagte leise: »Du bist mein Sohn, und ich liebe dich.« Jedoch diese langersehnten Worte kamen zu spät – ihre Bedeutung war von den Wogen meines Hasses ausgelöscht worden, und so bewirkten sie lediglich, daß ich mich ihm entzog: »Ich hasse dich! … du bist ein Versager! … als Mann und als Vater!« Später, wenn die Erinnerung ihn mir als alten schlaffen Mann vor Augen führte, der vor Tau und Tag aufstand, um dem Müll eines Krankenhauses die Stirn zu bieten, klangen diese Worte schmerzhaft in meinen Ohren.

Bald darauf hörte ich auf, zur Messe zu gehen. Ich hörte auf zu beten. Der Gott, der so ungeheuer viel Unglück zuließ, war ein Gott, gegen den ich rebellieren mußte. Das Samenkorn dieser Rebellion wurde an jenem häßlichen Nachmittag in mich gelegt, als ich den Körper meines Hundes, dessen Seele vom Himmel ausgeschlossen war, in beginnender Auflösung sah. Und das Korn begann zu keimen.

Als mein Bruder klein und ich noch nicht geboren war (aber ich werde diese Geschichte oft hören), stand er manchmal am Fenster und schaute verdrossen hinaus. Als meine Großmutter ihn einmal fragte: »Kleiner, was glotzt du so angestrengt aus dem Fenster?« antwortete er: »Ich betrachte das Leben.«

Ich bin überzeugt davon: Wenn mein Bruder das nicht gesagt oder man es mir nicht erzählt hätte, dann hätte *ich* es gesagt. Ich liebte es, im Haus zu sitzen und aus dem Flurfenster hinauszuschauen, über die Kakteen hinweg, die im Garten des unvermieteten Nachbargrundstücks standen. Oft saß ich an diesem Fenster und sah auf die Leute, die vorübergingen. Ich kam mir auf wunderbare Weise abgeschieden von der Außenwelt vor, getrennt von ihr durch die Scheibe oder das Fliegengitter, durch welche ich – ohne mit ihr in Berührung zu kommen – eben diese Welt dennoch betrachten konnte.

Ich las viele Bücher und ich sah viele viele Filme. Ich sah dem Leben anderer zu – wie durch eine Glasscheibe.

Sonntags, besonders im Sommer, wanderte ich oft aus der Stadt hinaus, den gewöhnlich wasserlosen schmalen Sandstreifen entlang,

den man den Rio Grande nennt – hinauf auf den Berg von Cristo Rey, dessen Gipfel eine rohe unkrautumwucherte Christusstatue mit primitiven Gesichtszügen krönte. Dort legte ich mich auf den Erdboden und starrte in den atemberaubenden Himmel von Texas.
Gewöhnlich war ich allein. Nur ein Mensch war mit mir befreundet – ein Mädchen mit feurigen Augen, das manchmal mit mir zusammen auf den Berg kletterte. Wir waren beide siebzehn, und ich spürte in ihr die gleiche stumme Verzweiflung, die mich heimsuchte. Stundenlang gingen und kletterten wir in wortlosem Schweigen. Kurze Zeit mochte ich sie sehr – sagte es ihr aber nie. Damals begann das Gefühl anders zu sein, verbunden mit dem immer stärker werdenden Drang, Beachtung zu finden, die ich jedoch nicht erwidern konnte: Es war ein einseitiges Verlangen, als sei dieser Drang so stark, daß er weder teilen noch zurückzahlen konnte. Vielleicht witterte sie das, denn eines Nachmittags, in einer leerstehenden Bretterhütte am Fuße des Berges, legte sie es mit Erfolg darauf an, mich zu verführen. So befreiend die Entdeckung des Geschlechtlichen gewesen war – sie bewirkte auf sonderbare Weise, daß ich mich noch mehr verschloß.
Wir zogen uns voneinander zurück.
Und in dieser Zeit begann der Narzißmus in meinem Leben Gestalt anzunehmen. Fort vom unerklärlichen Haß meines Vaters und fort von der blinden, verschlingenden Liebe meiner Mutter, floh ich zum Spiegel, stellte mich davor und dachte: Ich habe nur mich! ... Die Vorstellung des Alterns begann mich zu verfolgen. Mit siebzehn fürchtete ich mich bereits davor, alt zu werden. Alter ist etwas, das mir nie zustoßen darf. Mein Spiegelbild darf nie zu etwas zerrinnen, das ich nicht anschauen kann.
Selbst eine Reihe von Jobs, denen ich nach Schulschluß nachging, verstärkten lediglich dieses Gefühl der Isolierung.
Dann wurde ich eingezogen und hatte Monate nicht mit meinem Vater gesprochen. (Wir saßen am Tisch, aßen schweigend und nahmen keine Notiz voneinander.) Und als ich an jenem Morgen das Haus verließ, küßte ich meine Mutter. Und warf einen kurzen Blick auf meinen Vater. Ich sah Tränen in seinen Augen Stumm hielt er mir

den Rubinring hin, den er mir einst, vor langer Zeit, geschenkt und dann wieder fortgenommen hatte. Ich nahm ihn wortlos. In diesem Augenblick wollte ich meine Arme um ihn legen – *weil er weinte,* weil er etwas für mich empfand, weil das Gefühl des Verlusts, das auch ich verspürte, ihn überwältigte. Ich wollte meine Arme um ihn legen, wie ich das so viele viele Male als Kind gewollt hatte, und hätte ich reden können, so hätte ich endlich zu ihm gesagt: »Ich liebe dich.« Aber das Gefühl, etwas verloren zu haben, schnürte mir die Kehle zusammen – und ich ging hinaus und sagte kein Wort... Nur ein paar Wochen später, als ich im Camp Breckenridge in Kentucky war, erhielt ich ein Telegramm daß er sehr krank sei.
Und ich fuhr zurück nach El Paso.
Ich fühlte genau, daß es dieses Mal anders sein würde.
Ich kam zu unserem Haus in der Barackensiedlung – unsere nächste Station nach der Bruchbude mit den geflügelten Kakerlaken – und öffnete die Tür mit dem Schlüssel, den ich behalten hatte. Niemand ist da. Ich rief meinen Bruder an. Mein Vater war tot.
Ich hängte ein und ich weiß, daß ich nun für immer keinen Vater mehr habe, daß ich ihn nie gefunden hatte, daß es, solange er lebte, noch eine Chance gegeben hätte, und daß wir jetzt für alle Zeit Fremde bleiben mußten. Und in diesem Augenblick wurde mir klar, was der Tod wirklich bedeutet – nicht die physische Entdeckung des *Nichts,* die der Tod meines Hundes Winnie mich hatte machen lassen (durch seinen verwesenden Körper, der zu Erde werden würde, ausgeschlossen vom Himmel), sondern das Wissen, daß *mein Vater* fortgegangen war, daß es *für mich* keinen Weg mehr zu ihm gab und daß es seinen *Tod* nur noch für mich, der ich lebe, gibt.
Und während all der Tage, die folgten – und die noch folgen werden –, werde ich ihn in meiner Erinnerung entdecken und, da eine unendliche Entfernung Leben und Tod voneinander trennt, hoffnungslos versuchen, seine Qualen zu verstehen: auf der Suche nach meinem eigenen Ich.
Der Dienst in der Armee ging wie etwas Unwirkliches vorüber, und ich kehrte zu meiner Mutter und ihrer hungrigen Liebe zurück. Und verließ sie wieder. Sie stand an der Küchentür und weinte, und so

werde ich sie nun für immer im Gedächtnis haben. Und ich machte mich auf den Weg nach Chicago, einer Zwischenstation, von der aus ich in die Freiheit ging: nach New York! So begann jene Reise durch nächtliche Städte und nächtliche Leben – auf der Suche nach … ich weiß nicht wonach – vielleicht nach irgendeinem Ersatz für Erlösung.

Mr. King *oder* Zwischen den Löwen

1 Die 34. Straße in New York hastet eilends von Fluß zu Fluß, und in ihrem östlichen Teil liegt das niederdrückende Gebäude, in dem ich einige Tage später (jetzt noch nicht) – ein Schatten unter Schatten sein werde, in dieser Riesenhöhle, aufgeteilt in Gänge, Zimmer, Gemeinschaftsküchen, Badezimmer mit gelblichen Spiegeln, *und das bißchen Licht, das in dieses Labyrinth einzudringen vermochte, zwängte sich mühsam durch rußverschmierte Fensterscheiben am Ende jedes Korridors,* und an der einen Seite lag die Armory und sah aus wie aus einem Film mit Errol Flynn, und an der anderen läuft die Lexington Avenue wild entschlossen an Bars und Geschäften und italienischen Restaurants voller karierter Tischdecken vorbei; und überall bohren sich alte graue Fabrikgebäude in den Himmel – und jenseits der Armory liegt die Endstation der *Greyhounds,* wo ich an einem verweinten Tag im September, aus Chicago kommend, eintraf und von Schlagzeilen begrüßt wurde, die vor einem Hurrikan mit einem Mädchennamen warnten – und ich denke plötzlich, zum ersten Mal:
Mein Gott! Ich bin auf einer Insel!

Von El Paso war ich nach Evanston bei Chicago gezogen – einem beschaulichen Universitätsstädtchen im Grünen –, wo ich einen Freund besuchte, den ich in El Paso kennengelernt hatte, als er in der Armee war. Da er meine aufsässige Rastlosigkeit spürte, versuchte er, mich davon abzuhalten, sofort nach New York zu gehen. (Ich hatte meiner Mutter den größten Teil meines Entlassungsgelds gegeben, der Rest ging zur Neige, aber durch ihn bekam ich den Job, Herbstlaub in Gärten zusammenzurechen.) An den Nachmittagen in dieser stillen Stadt – und jetzt besonders still, da das Sommersemester vorbei war und die Herbstvorlesungen noch nicht begonnen hatten – pflegten mein Freund und ich am See entlang durch das Universitätsgelände zu spazieren ... und während ich mich von der heiteren Ruhe des Sees und dem bereits leise vergilbenden Grün der Landschaft einlullen ließ, zog mich der Drang nach einem anderen Leben fort von all dem. Denn noch ehe ich in New York ankam, war diese Stadt für mich zum Symbol meiner Befreiung geworden, und ich wußte, daß nur in einem Chaos mein Ich den Versuch unternehmen könne, zu sich selbst zu finden. Nach meiner Entlassung aus der Armee kam ich zum ersten Mal in Berührung mit der verlockenden anarchischen Welt, die dieses Chaos versprach. Auf dem Weg nach El Paso machte ich für etwa eine Woche in Dallas Station, um die Begegnung mit meiner Mutter hinauszuzögern, denn ich war entschlossen, El Paso endgültig zu verlassen. In Dallas stieß ich – schlagartig und mit der Erregung eines Forschers, der ein unbekanntes Land entdeckt – auf diese Welt. Es geschah ebenso unvermittelt wie plötzlich: an einem Tage nichts, und am anderen war sie da ... als habe sich eine Falltür geöffnet. In jenen Tagen in Dallas erkundete ich nur die Oberfläche dieser brodelnden Welt, ohne in sie einzudringen, aber ich beschloß, mich aus der Isolierung meiner frühen Jahre und der Jahre in der Armee, in denen ich vorsätzlich ganz für mich allein war, so rasch wie möglich zu befreien, meinen *Platz am Fenster* als unbeteiligter Zuschauer aufzugeben und mich mitten in den kochenden Strudel zu stürzen – aber erst nachdem ich meine Mutter wiedergesehen hatte.

Ich kann nicht sagen, warum ich mich so entschlossen auf diese Reise machte. Zum Teil war es wohl der mich beherrschende Narzißmus, der unnachgiebig sein Recht forderte. Was es auch immer war – es stand ein Zwang dahinter, den ich mir nicht genau erklären konnte. Ich wußte nur, daß in der Welt, die ich entdeckt, aber noch nicht betreten hatte, eine verzweifelte Hoffnungslosigkeit herrschte, und sie entsprach dem gleichen Gefühl in mir und rechtfertigte dieses Gefühl ... Das klingt jetzt etwas unklar, aber ich werde es bald begreiflich machen können. Ich will nur soviel damit sagen: Diese Welt wartete auf mich, als ich in New York ankam. Ich bedurfte keiner schrittweisen Einführung.

2 Der Times Square ist eine erregende hellerleuchtete Insel, er schwebt über einer größeren Insel einsamer Parks, einsamer Apartmenthäuser und nadelspitzer, sich hochreckender Gebäude. (Eines Nachts wird mir die unklare Vorstellung kommen, daß diese Stadt sich mitsamt ihrem Saum von Docks und Landungsbrücken vom Ozean losreißt und sich in Verzweiflung gen Himmel hebt...) Der Times Square ist der Magnet für alle einsamen Ausgestoßenen, die in diese Stadt drängten... Und das war die Welt des Times Square, wie ich sie vorfand.

Unter den unablässig rauschenden Duschen im Sloane House der YMCA begann der große behaarte Mann am Tag meiner Ankunft in New York ein Gespräch mit mir: wo ich herkomme und was ich tue und ob ich schon Arbeit habe (»Nicht? Sehr gut. Ich meine, sehr gut, daß Sie nicht zu bestimmter Zeit irgendwo sein müssen.«) und ob ich mit auf sein Zimmer kommen will – er würde Hamburger besorgen. Er ist bei der Handelsmarine, gebräunt von seiner letzten langen Seereise und auf dem Wege nach Boston und, wie ich mir vorstelle, mit genügend Geld versehen, um mich gierig zu machen. Gemeinerweise sitze ich so ziemlich auf dem trocknen; als ich Chicago verließ, waren zwanzig Dollar und eine Telefonnummer (eine Stimme sagte nervös, wir müßten mal zusammen essen gehen) meine einzigen Reserven. Und keine Aussicht auf einen Job, der etwas einbringt, bevor meine einzige Geldreserve zu Ende ist.

Wir hocken in dem winzigen quadratischen Zimmer mit Blick auf den Hof. Gegenüber am Fenster sitzt ein einsamer junger Mann, der zweifellos auch eben erst in der Stadt angekommen ist, und klimpert wehmütig auf einer Gitarre. Wir essen fette Hamburger mit viel Zwiebeln und versuchen das unablässige Geräusch der laufenden Brausen zu überhören. Einen Augenblick lang denke ich, es ist der Hurrikan.

Draußen im Flur öffnen und schließen sich Türen. Das Geräusch von hin und her gehenden Füßen reißt nicht ab. Eine hastig geführte

Unterhaltung, dann schließt sich eine Tür. Noch ehe der Mann es ausspricht, weiß ich, daß etwas von dem, weshalb ich in diese Stadt gekommen bin, sich mir hier, in diesem Zimmer, enthüllen wird.
»Man nennt diesen YMCA nicht umsonst die *Französische Gesandtschaft,* sagt der Seemann lachend. Er hat es ganz geschickt mit mir angestellt, unerfahren und ohne Geld in der großen Stadt, wie ich bin, und er sagt: »Du wärst nicht so abgebrannt, wenn du vergangene Nacht bei *Mary* gehockt hättest – das ist so 'n Lokal in Greenwich Village, da ist schwer was los.« Er beobachtet, wie ich reagiere, und überlegt offensichtlich, wie weit er gehen darf, und wie rasch er es darf. »Und dann entdeckte ich dort dieses niedliche Kind ...« Er sieht mich immer noch aufmerksam an, und da ich nichts sage, fährt er mit zunehmender Sicherheit fort: »... also, ich entdecke ihn und bin auf ihn scharf – na klar, ich bin andersrum ... was dachtest du denn?« sagt er herausfordernd. Nun macht er eine längere Pause und sieht mich immer noch abwägend an. Und dann weiter: »Der Kleine hoffte vielleicht auf eine Bleibe zum Pennen, mit Frühstück – er war selbst nicht schwul, solche kann ich nicht leiden – sonst könnte ich mir ja gleich ein Weib aufreißen – wozu sollte ich denn mit so mit gleicher Münze 'nem Weiberersatz rumvögeln? ... also der Kleine kommt mit – ich gerade vom Schiff runter und so ... war sehr schön ... und ich geb' ihm fünfzig Piepen.« Mich überkommt eine merkwürdige unbekannte Erregung. Er ist jetzt ganz sicher, mein Interesse geweckt zu haben und fügt listig hinzu: »Wenn *du* dagewesen wärst ... *du* hättest mir besser gefallen ...« Er legt seine behaarte Hand auf mein Bein. »Dummerweise bin ich im Moment ziemlich blank«, sagt er, »aber ich hab' noch Heuer zu kriegen.« Ich stehe rasch auf und zögere einen Augenblick an der Tür.
Er ruft mir nach: »He, wenn du später doch mal diese Tour abziehst: der Times Square ist immer gut zum Anschaffen ... Und stell dich ja dämlich ... darauf stehn sie.«
Ich stehe am Broadway, Ecke 42. Straße, und schaue zum Times Tower hinauf, auf dem wie auf einer Anzeigetafel die Nachrichten aufblitzen: Katastrophen in aller Welt. Der Hurrikan bedroht die

Menschheit immer noch – der Himmel ist aschfarben von nächtlichen Regenwolken, und mich durchfährt panischer Schrecken: Er sieht plötzlich aus wie ein Bahrtuch; ich denke an diese wehklagende Betoninsel und ich kann nicht einmal schwimmen; eine Insel – und das Bahrtuch des Himmels macht einen Käfig aus ihr.
Ich sehe junge Burschen müßig die Straße auf und ab schlendern. Zuweilen treten sie an einen älteren Herrn heran, sprechen leise mit ihm und dann gehen sie zusammen fort, oder sie gehen allein weiter und sprechen jemand anderen an.
In regelmäßigen Abständen speien die U-Bahn-Schächte Menschenmassen aus, leere Großstadtgesichter, die aussehen, als ob sie aus Automatenfächern gekrochen wären, um Luft zu schnappen, sagen wir: für einen Dollar fünfzig.
Es erregt mich ungeheuer, auf dieser Straße zu stehen, die Menschen und Lichter zu sehen und die Anarchie zu wittern … Die Erzählung des Handelsmatrosen von dem jungen Mann, den er sich aufgetan hatte, und das unausgesprochene Angebot von Sexgeld an mich haben wie ein Droge auf mich gewirkt, und ihr bin ich jetzt verfallen.
Wie erwartet kommt ein Polizist vorbei (das Leben, das ich hier finden wollte, entfaltet sich rasch vor mir) und will mich willkommen heißen. So jedenfalls wird es mir später erscheinen. Er hatte angemessenerweise die Figur einer Null. Als die müßig herumstehenden Burschen ihn kommen sehen, verlassen sie ihre Standplätze längs der Straße. Der Bulle bleibt vor mir stehen und sagt in gelangweiltem, wissendem Ton wie ein Automat: »Warum gehst du nicht ins Kino, Kleiner? … Ich hab' dich noch nie hier gesehen und hab' keine Lust, dich einzulochen.«
Ich befolge seinen Rat. Zwei ausländische Sexfilme im Apollo: ich lasse mich in das riesige höhlenähnliche Maul mit seinen Zähnen aus verrotteten braunen Sitzen fallen – dort werde ich später noch oft hingehen, und zwar auf den Rang. Aber ich mußte immer an den Hurrikan denken. Ich bin nervös. Draußen prasselt wütend der Regen herunter. Ich stehe unter dem Vordach und überlege, wohin ich gehen soll. Ich reagiere instinktiv auf diese Welt und studiere

das Gebaren der offensichtlich herumstreunenden jungen Leute. Und dann geht er an mir vorbei, den Hut auf einem Ohr, schlaksiger Gang: ein grauhaariger Mann mittleren Alters, und sagt, genau vor mir, wörtlich: »Ich geb' dir zehn, und du bist mir schnurzpiepegal!« Ich folge dem Mann, der ein paar Schritte von mir entfernt stehen geblieben ist. »Was sagten Sie?« fragte ich.
Er sieht mich fest an. »Hab' ich mich geirrt?« meint er, aber er lächelt mich plump-vertraulich an.
»Ich will nur wissen, was Sie sagten.«
»Du hast mich schon verstanden«, sagt er, dieses Mal, ohne mich anzusehen und ist nun seiner Sache völlig sicher... »Also... willst du oder nicht?«
»Ja.«
»Dann los, wir werden naß.«
Die Tür zu jener Welt hat sich geöffnet, und ich trete ein.

Im Taxi fragte er mich, ob ich schon gegessen habe. Das habe ich zwar, aber ich sage nein, denn diese fetten Hamburger konnte man eigentlich kaum *Essen* nennen – das hätte jeder getan in dieser schmierigen Welt. »O.K., dann gehn wir essen«, sagte er. Dabei fiel ihm eine *komische Geschichte* ein. »Da war ich doch mal in so 'nem piekfeinen Lokal«, erzählt er, »... und am Tisch neben mir sitzt so 'n altes Weib, du kennst die Sorte, und hat so 'nen großen schönen blonden Burschen bei sich... hatte ihn wohl am Hafen aufgegabelt, und er fühlt sich höchst ungemütlich in Schlips und Kragen und sagt zum Kellner: ›Ich will L-leber mit Ziebeln.‹ Die Frau ist leicht schockiert und sagt mit gedämpfter Stimme: ›Schatz, wollen wir uns nicht lieber ein *Chateaubriand* bestellen – das ist hier besonders köstlich.‹ ›L-leber mit Ziebeln‹, sagt er. › Vielleicht Hummer?‹ sagt sie. ›L-leber mit Ziebeln! L-leber mit Ziebeln!‹ sagt er immer wieder. Ich dachte, ich muß tot umfallen.«
Als wir vor dem Restaurant stehen, ist er nicht sicher, ob sie mich mit meinen Jeans hineinlassen werden. »Aber so fein ist es hier auch wieder nicht«, sagt er, »und außerdem bin ich hier bekannt.« Als wir drinnen sind, bestelle ich mir in Erinnerung an die Hamburger

das teuerste Steak ... Er schaut mich mit leichtem Lächeln an: »Nix L-leber mit Ziebeln, eh?«
Später in seiner Wohnung sagt er: »Warum bist du so nervös ... ist dir noch nie einer geblasen worden? Das tu' ich nämlich, Freundchen, und wem's nicht paßt, der kann's ja sagen.« Er zog sich einen dunkelroten Morgenmantel über, und ich legte mich zurück und starrte auf ein Bild an der Wand: Regenwolken, ein trauriger Baum, behangen mit etwas Moosähnlichem – ein Weinstock-Skelett, denke ich. Wenn ich die Augen zusammenkneife, sieht der Baum aus wie eine Mexikanerin mit einem Tuch. Ich wende den Blick sofort von dem Bild ab. Ich versuche, nicht zu denken ... Ich spüre, wie er meinen Körper berührt zuerst –trotz seiner Angeberei – zögernd, dann beherzter und eindeutiger. Einen panischen Augenblick lang will ich weglaufen ... dann höre ich ihn ärgerlich sagen: »Wozu hältst du denn die Hände davor, umhimmelswillen?«
»Damit Sie mich nicht beißen.« Im gleichen Augenblick wünsche ich, ich hätte das nicht gesagt. Er lacht und ich fühle mich sonderbar erleichtert. »O Gott!« sagte er, »... du bist aber wirklich noch nicht lange dabei, wie's scheint. Wo kommst du her? Aus dem tiefsten Süden irgendwo?«
Ich wollte nicht antworten, weil ich mich bemühte, El Paso zu vergessen. Ich lausche auf den Regen und auf den Wind, der gegen die Fenster schlägt. Und ich empfinde eine Mischung von Panik und Erregung – den einen Augenblick, als sei ich nun endlich irgendwie befreit, den anderen, als habe ich mich in eine Welt hineinbegeben, auf die ich nicht wirklich vorbereitet bin.
Ich rücke von ihm ab.
»Was is 'n jetzt wieder los?« sagt er und richtet sich abrupt auf. Er schlug den roten Morgenmantel züchtig um sich. »Zum Teufel«, sagt er, »du brauchst mich nicht so anzuschauen.« Er reicht mir eine Zigarette. »Wie heißt du, Freundchen?« Ich nannte meinen Vornamen.
Er ist verärgert. »Ich heiße Ed King«, sagt er präzise. »K-i-n-g. Wovor haben die Leute Angst, verdammtnochmal, daß sie einem nie ihren Familiennamen sagen?« ... Dann, fast freundlich: »War

das dein erster Abend auf der 42. Straße?« – Ich sagte ja. »Das taugt nichts«, hörte ich ihn sagen und der Regen rauschte. (Es erinnert mich an die Duschen in der YMCA vorhin – nur daß der Regen irgendwann aufhören wird, aber die Duschen werden bis in alle Ewigkeit weiterrauschen... Verrückterweise fällt mir ein mexikanisches Kinderlied ein: »Laß es regnen, laß es regnen, Jungfrau in der Grotte...«) Er macht einige Schritte und setzt sich nicht weit von mir auf einen Stuhl und sieht mich an. »Nein«, wiederholt er, »... das taugt nichts – wozu willst du dich hier auf den Straßen herumtreiben? Du siehst nett aus«, sagt er dann, »... nicht gerade, was ich hübsch nennen würde...« – er sagt das sehr gleichgültig – »... aber ... mmh ... es geht ...«
Er verlor einige Punkte.
»... aber irgendwie sexy, sagen wir mal ... wer so was gern hat ...«
Er hatte seine verlorenen Punkte wieder und noch einige dazu.
»... vielleicht ein bißchen zu unerfahren ... aber brauchbar ...« Das letzte Wort kam wie ein Wurfgeschoß. Und nun hatte er alle seine Punkte verloren. »... also, wozu willst du dich hier auf den Straßen herumtreiben?« wiederholte er. »Scher dich nach Hause und heirate deine Freundin – du hast doch eine? ... und dann setzt einen Haufen Rotznasen in die Welt, und jetzt sag ich dir was: laß die bloß nie nach New York gehen ... alle diese Scheißstädte ... bist du aus Los Angeles? Nicht? Laß sie nicht dorthin ... du siehst aus, als könntest du von dort sein ... ich war mal da, in Los Angeles ... aber da hat's mich gegraust, wie in einem Irrenhaus ... dieser Pershing Square! ... die reinste Klappsmühle ... aber: die 42. Straße ist das Allerletzte. All dieses Licht ... sicher denkst du, das ist hübsch, es ist alles eine verdammte Kacke ... das gleiche Scheißlicht gibt's auch in New Orleans ... bist du wirklich aus dem Süden? Aus New Orleans vielleicht? ... nein, du würdest nicht so nervös sein, wenn du von dort kommst ... dort wissen sie schon mit zwölf Bescheid: ich kannte dort einen Zwölfjährigen, der auf den Strich ging. Aber all diesen Dreck braucht man nicht zu kennen. Bei mir war's Chicago«, sagte er. Er drückt die Zigarette in einen randvollen Aschbecher; die Stummel winden sich wie fette weiße Würmer. »Willst du dir die zehn

Piepen noch verdienen?« fragt er mich ohne Übergang.
Ich bin erschrocken, weil ich fürchte, daß er kein Interesse mehr hat, und es wird mir unangenehm klar, wie wichtig es für mich ist, daß er mich noch haben will. »Na klar«, sagte ich und bemühte mich, es beiläufig klingen zu lassen.
»Na klar! ... es heißt: *Ja, Sir,* du Grünschnabel ... du hast wohl gar keinen Respekt vor dem Alter? ... ich bin doppelt so alt wie du verdammtnochmal, vergiß das nicht ... geldgierige Bande, alle sind sie gleich ... Also, los jetzt, ich hab' ja noch nicht mal für'n Fünfer was von dir gehabt«, sagt er und kommt zum Bett zurück. »Jetzt hör auf mit der Zappelei und nimm die Hände weg ... sei doch friedlich, wenn du mich schon ranlassen willst ... und tu wenigstens so, als ob's dir Spaß macht ... Zum Kuckuck: ich soll zahlen und du tust, als ob's dir egal ist? ... Scheißbande, alle zusammen. Ich war mal wie du ... glaubst du mir?« sagt er, »... und guck mich an: jetzt spiele ich die andere Rolle in diesem gottverfluchten Spiel. Die Menschen werden älter, Freundchen, denk dran und vergiß es keinen Augenblick, denk dran und gib nicht so an wie zehn nackte Neger. Jetzt leg dich lang, mach deine hübschen Augen zu und hör auf, mich anzustarren, als ob ich ein altes Ekel wäre ... ich bin schon richtig so wie ich bin. Stell dir doch vor, ich bin irgendso 'ne dralle Mieze aus Dingsda, wo du her bist ... so, das ist schon besser ... tief durchatmen ... soo ...«
Nachher schlug er wieder züchtig seinen Morgenmantel übereinander, langte nach seinen Hosen und gab mir einen Zehn-Dollar-Schein. »Deswegen kamst du ja wohl mit, nicht wahr? ... also nimm's«, sagte er und sah mich lange an.
Ich nehme den Schein und stopfe ihn hastig in die Tasche. Es ist plötzlich unerträglich heiß im Zimmer. Ich möchte rasch fort.
»Und sag: *Danke schön* ... das ist wohl zuviel verlangt, wie?« fügt er hinzu, sieht aber jetzt weg.
Die Rollen, die wir soeben voreinander gespielt haben, scheinen nun, da es vorbei ist, harte Konturen anzunehmen.
»Und hier sind noch drei Eier für die Taxe«, sagte er. »Es bringt Glück, etwas für die Taxe dazuzulegen«, fügte er hinzu. »Willst du

mal wiederkommen? ... nich', daß es etwa sein müsste, ich kann mir ja jeden Abend irgendeinen anderen Knilch aufreißen, nicht? ... und ich laß mir von keinem beschissenen Stricher an den Karren fahren, Freundchen, ich kann Judo so gut wie die ... aber du bist irgendwie neu in der Branche, das gefällt mir. Brauchbar, aber grün ... Folge meinem Rat, ich weiß, was ich sage: Scher' dich nach Hause und heirate«, sagt er irgendwie schuldbewußt, »... die Straße wird dich auffressen, daß du nicht weißt, wie dir geschieht, und sie wird dich nicht einmal wie saures Bier wieder herauskotzen, sondern wird dich verdauen ...«, er knirschte mit den Zähnen. »Du wirst verdammt nochmal auch einer von dem Stricherhaufen in der 42. Straße werden ... in Kinos schlafen, nicht mehr anschaffen können, weil jeder dich gehabt hat: Der Tag kommt, wo keiner dich mehr will ... und was dann? ... Taugt nichts, taugt alles nichts ... Also ... willst du mich wiedersehen oder nicht? Paß auf: wir werden wieder zusammen essen gehen ... willst du wieder mit mir essen? ... Was ist mit Freitag?«

»O.K. – Freitag«, antworte ich rasch, ich will raus.Ich geh bestimmt nicht hin.

»Du weißt, wo die Volksbücherei ist?« fragte er mich. »Ecke Fifth Avenue und 42. Straße – hier, ich schreib's dir auf, damit du es nicht verschwitzt. Ich treffe dich dort auf der Treppe, zwischen den beiden Löwen ... Freitag sieben Uhr, wenn du willst ... und treib' dich nicht auf der 42. Straße herum, du hast jetzt zehn Dollar – das reicht bis dahin. Abgemacht? Wenn du nicht aufkreuzt, dann weiß ich, daß du auf mich gehört hast: zurück nach Hause gegangen bist und geheiratet hast ... mit dem Strichleben aufgehört hast. Das fände ich besser für dich, Freundchen – aber wenn du mir nicht folgst, dann sei da ... Scheiße, warum soll *ich* das nicht ausnutzen, wenn du dich sowieso rumtreibst – sonst tut's ein anderer ...«

Der Hurrikan war nicht gekommen und die Nacht war kalt wie jene Winternächte in Texas, als meine Mutter Mäntel auf uns häufte, damit wir es warm hatten, und der Ofen um den Bauch herum organgefarben glühte wie der Bauch eines grotesken dicken Eisen-

mannes …
Ich ging hin. Und stehe auf den Stufen der Treppe zur Volksbücherei.
Er ist enttäuscht, daß ich mich nicht besser angezogen habe. Ich trage einen schwarzen Rollkragenpullover, nicht ohne Berechnung, weil ich dachte, das würde ihm gefallen. Es gefiel ihm nicht. »Ich wollte dir die Lokale zeigen, Freundchen«, sagte er. »Aber in dieser Zirkusaufmachung geht das nicht – jetzt müssen wir irgendwohin gehen, wo sie dich so reinlassen.« Er selbst ist sorgfältig gekleidet, frisch vom Friseur und duftet nach Eau de Cologne … »Du hättest einen Anzug anziehen sollen«, sagt er. »Was ist los? Hast du vielleicht keinen?«
Später in seiner Wohnung (nach dem Essen und einem teuren Kino, wo er mich mindestens fünfmal fragte, ob ich Popcorn möchte) ging alles viel einfacher als das erste Mal. »Du machst dich«, sagte er, »… jetzt wirst du nie nach Hause zurückgehen …« und fügt zögernd hinzu: »Kann ich dich so knipsen?« Ich sagte nein. »Dann nicht«, sagte er gleichmütig, »… ist mir auch recht, ich hatte schon bessere, du wirst dich wundern … und größere.« Dann fragte er mich hüstelnd, ob ich zu ihm ziehen möchte. Jetzt nicht, sagte ich, vielleicht später mal. »Danke, Ed«, sagte ich.
»Ed!« rief er indigniert, obwohl ich ihn die ganze Nacht so genannt hatte. »Für dich bin ich Mister King, verstanden? Etwas mehr Respekt, wenn ich bitten darf! … Wenn du nicht willst, dann eben nicht. Aber überlege dir«, fuhr er fort, »… immer noch besser als die Nachtkinos, wo du ja doch eines Tages landest … mein Gott, du kannst ja in einem anderen Bett schlafen, ich werd' eins besorgen … ich laß' dich auch in Ruh' … außer manchmal vielleicht, wenn mir gerade so ist – ich fresse niemanden, Freundchen.«
Wir machten aus, uns wieder bei den Löwen zu treffen.
»Ich … hm … irgendwie mag ich dich«, sagte er zögernd, als ich gehe. »Aber bilde dir bloß keine Dummheiten ein«, setzte er rasch hinzu, »… es gibt Dutzende wie dich … auf die Dauer seht ihr sogar einer wie der andere aus … wie die Bilder in so 'nem Scheißfamilienalbum. Verdammtnochmal, ihr seid mir alle piepe … du ebenso

wie all die anderen … von euch gehn dreizehn aufs Dutzend … alles Scheißkerle … Wenn du aufkreuzt: O.K. Wenn nicht, steht an der nächsten Ecke ein anderer – genau wie du … vielleicht besser … Aber komm hin, du Knalltüte … du weißt: bei den Löwen.«

3 Am Morgen des Tages, für den ich mich mit ihm verabredet hatte, zog ich aus dem YMCA aus, fort von den ewigen Brausen und den starrenden Blicken auf den Gängen, wo sich die ganze Nacht Türen öffneten und schlossen.

Ich zog in jenes Haus in der 54. Straße, das man *Die Kasbah* nennt – wegen der Menagerie von zwielichtigen Leuten, die dort haust, und ich wurde ein Schatten unter Schatten in einem der riesigen Apartmenthäuser in New York City, Häuser, die in den großen amerikanischen Städten errichtet wurden, bevor man die Gebäude eher hoch und schmalbrüstig baute statt niedrig und gedrungen. Sie kauern verlegen mitten zwischen flotten Wolkenkratzern und warten mürrisch darauf, verkauft, abgerissen und durch andere Gebäude ersetzt zu werden. In meinem Haus gibt es vier käfigartige Aufzüge, einen in jedem der vier Flügel, die sich unwillig auf- und abwärts bewegen, wie erschöpfte alte Damen, die immerzu über ihre gegenwärtige unverschuldete Lage jammern …

Als ich auf dem Korridor bin und eben die Tür zu dem von mir gemieteten Zimmer öffnen will, steht, wie aus dem Boden gewachsen, eine Frau mit glühenden irren Augen vor mir. »Ich bin Gene de Lancey, Schätzchen«, sagte sie, »… ich wohne am Ende des Ganges, zusammen mit meinem Mann – er heißt Steve. Betrachten Sie uns als Ihre besten Freunde.« Damit verschwand sie und hinterließ einen Geruch von starkem Parfüm und Wein … Ich gehe abends, auf dem Wege zu meiner Verabredung mit Mr. King, über den Times Square. Diese ganze Straße entlang, vor den italienischen Restaurants, in denen wurmähnliche Spaghetti ausgestellt sind, 40 Cents die Portion; vor den Zeitungsständen mit den Magazinen, auf denen fast nackte junge Männer abgebildet sind, als seien sie eine Reklame für diese Straße; vor den Kinos, vor den U-Bahn-Eingängen: Diese ganze festlich illuminierte Straße entlang sah ich die Armee der jungen Männer, die er so gut kannte – wie Fotos in einer seltsamen Ausstellung: in einladender Haltung oder auf und ab schlendernd – junge Männer, die so tun, als ob sie die Schlagzeilen lesen, die über den Turm flimmern – tatsächlich aber haben sie die Welt vergessen, die diese Schlagzeilen repräsentieren (mit Ausnahme eines bestimmten Teils von ihr); ausschließlich beschäftigt mit den verzweifelt drängenden Forderungen ihres Inneren – *jetzt!*

Ich gehe durch den kühlen herbstlichen Abend und dieses Mal war der Himmel mit traurigen kalten Sternen übersät – und mein Weg führt mich durch den Bryant Park hinter der Bibliothek, das welke Laub knirscht unter meinen Füßen wie verschüttetes Popcorn – ich gehe das Mäuerchen entlang, vorbei an Schatten einsamer, starrender Männer, die in dem jäh aufflackernden Licht eines Streichholzes plötzlich erstaunlich real werden, um sich dann wieder in gesichtslose Schatten zurückzuverwandeln – und mich überkommt das Gefühl, *die Stille sei ein lebendes Wesen, das meinen Schritten lauscht und mich beobachtet*... Ich betrete die Bücherei durch den Eingang in der 42. Straße und gehe durch die hallenden Gänge auf den Eingang in der Fifth Avenue zu.

Durch das Tor sehe ich ihn zwischen den Löwen auf den Stufen stehen. Er ist noch sorgfältiger gekleidet als neulich. Er raucht. Er sieht auf seine Uhr und dann rechts und links die Straße hinunter. Beinahe kann ich das süße Eau de Cologne riechen. Sorgfältig gekleidet, Talkum auf der Rasur, der Anzug frisch gebügelt, das angegraute Haar ordentlich frisiert... *Krampfhaft bemüht, für mich gut auszusehen*... Plötzlich machte ich kehrt, lief fort von ihm, den Gang zurück, die Stufen herunter, hinaus durch den Ausgang zur 42. Straße, durch den Park (der auf mich zu lauern schien wie eine Falle) – durch das raschelnde Laub und die grotesken Baumschatten im fahlen Licht des Herbstmondes wie in einer Gespenstergeschichte ... und darüber die unendlich teilnahmslosen Sterne.

Ich nehme die U-Bahn zurück zur 54. Straße, zurück zu dem riesigen spinnenartigen Haus, wo ich mich eingemietet hatte... Tage später sah ich ihn wieder, auf dem Times Square, als er unterneh-

mungslustig mit einem schwarzhaarigen, strichig aussehenden Jungen die Straße überquerte und in ein Taxi stieg. Er erblickte mich, wandte sich aber rasch ab.
Sein Schlapphut saß immer noch verwegen auf einem Ohr.

Die Stadt der Nacht

Aus dem donnernden Hades – dem Labyrinth der New Yorker U-Bahn – quillt die Welt auf den Times Square; wie verlorene Seelen, die aus dem Fegefeuer der Züge auftauchen (dunkle ratternde Tunnel, übelriechende unzüchtige Toiletten, Zeitungsstände, die vergeblich die grauen Tiefen mit den unwirklichen Farben der Illustrierten besprenkeln), drängen die Großstadtgesichter an die Luft und ergießen sich über die 42. Straße und den Broadway – eine versprengte geschlagene Armee. Und die Welt dieser Straße zerbirst wie eine Rakete in Abertausend phosphoreszierende Teilchen. Riesige Leuchtzeichen – größer als das Leben – blinken auf und verlöschen. Und eine große fahl-grelle Neonschrift greift gierig und unheimlich nach der Dunkelheit und schreit:

F+A+S+Z+I+N+A+T+I+O+N

Ich war jetzt schon mehrere Wochen in der Inselstadt und hatte bereits zwei kurzfristige Jobs gehabt – und beide Male hatte ich mir vorgenommen, dem Times Square den Rücken zu kehren. Doch die Straße griff wieder nach mir wie ein besitzgieriger Liebhaber oder wie eine starke Droge. FASZINATION! Ich hörte auf mit der Arbeit ... und kehrte wie geblendet zu dieser Straße zurück. Die Riesenleuchtschrift blinkte ihren Willkommensgruß: FASZINATION! Ich verschrieb mich der Welt des Times Square, und wie ein Morphinist, der immer mehr und mehr von dem Zeug braucht, um auf Draht zu bleiben, ging ich jetzt nicht nur bei Nacht in dieser Welt um, sondern auch in den Morgenstunden und an den Nachmittagen ...

Die Welt des Times Square, in der ich lebte, erstreckt sich von der 42. bis ungefähr zur 45. Straße und von der dreckigen Eighth Avenue bis zum Bryant Park, wo Nacht für Nacht Schatten an den Mäuer-

chen kleben: männerhungrige Blicke, verborgen in der Dunkelheit, und hin und wieder schemenhafte Gestalten, die sich kurz etwas zuflüstern und dann paarweise hinter dem Standbild bei der Volksbücherei verschwinden und nach einigen hektischen Augenblicken aus entgegengesetzter Richtung einzeln wieder auftauchen; vertraute und doch namenlose Fremde, die sich für eine kurze keuchende Spanne Zeit nahegekommen sind. In regelmäßigen Abständen kommt ein Polizist vorbei und schwingt niederträchtig und überheblich seinen Stock; manchmal leuchtet er mit seiner Stablampe die Büsche an – und die Schatten lösen sich von Mauern, Bänken und Bäumen und gehen ziellos davon.
Diese Welt existiert aber nicht nur auf den Straßen, sie erstreckt sich bis in die Kinos. Und die Toiletten der Kinos auf der 42. Straße und die Toiletten der U-Bahnhöfe mit ihren flehentlichen hingekritzelten Botschaften bilden die brodelnde unterirdische Welt des Times Square. Von den Vorräumen der Kinos führen Stufen hinunter, als ginge es in einen Kerker – unten, in der Toilette, kann die Absicht in die Tat umgesetzt werden, und man steigt wieder hinauf – der Gefahr bewußt, nachdem die Gefahr vorüber ist – man selbst und er, einander wieder völlig fremd nach flüchtiger kühler Intimität. Aus dem Kerker kann man in die Höhlen der Kinoränge hinüberwechseln und erneut nach einem Freier suchen: augenblicklich verschlungen von dem gigantischen Wolfsrachen der Dunkelheit, auf dessen Öffnung die Traumwelt irgendeines Filmes projiziert wird: die Schauspieler wie Geistererscheinungen aus einer völlig anderen Welt …
Allmählich wurde es Winter in New York. Die Gefahr der Wirbelstürme war gebannt und die Luft war klar. Das Laub wurde täglich brauner und das Orange verschwand. Die Blätter fielen auf die Parkwege wie fortgeworfene braune Sterne.
Als das Wetter sich allmählich veränderte und die drohenden Wirbelstürme der Kälte wichen, hatte ich in der 42. Straße und im Bryant Park herumgelungert und darauf gewartet, mitgenommen zu werden, und mit der sich ändernden Jahreszeit spürte auch ich eine Änderung in mir: eine verzweifelte Einsamkeit, die widersinniger-

weise gelegentlich zu einer euphorischen Hochstimmung führte, um mich darauf in um so tiefere Depression zu stürzen. Das Bild meiner weinenden Mutter an der Küchentür, als sie mich fortgehen sah, stand schemenhaft vor mir; jedoch fern von dieser überwältigenden, rasenden Liebe – wenn auch nur körperlich fern – verspürte ich ein heftiges Verlangen nach etwas Unerklärbarem.

In diesen vielen Wochen, auf der 42. Straße, im Park und in den Kinos verbracht, hatte ich gelernt, die verschiedenen Typen zu unterscheiden, die sich an diesen Orten herumtrieben: die Transen rauschten in gekünstelter Ausgelassenheit vorbei – kichernde männliche Wesen mit dem Benehmen von Backfischen, die den jungen Burschen kokette Blicke zuwerfen, aber selten mehr zu bieten haben als eine Bleibe für die Nacht. Ich konnte die *Freier* leicht herausfinden – Männer, die anderen Männern Geld für *Liebe* geben, so um fünf Dollar herum – gewöhnlich mehr – aber manchmal auch weniger (vielleicht auch bloß Essen, Trinken und ein Nachtlager); der Preis wird von der Tageszeit bestimmt, dem Wochentag, dem Ort, wo *es* stattfindet: in ihrer Wohnung, einem gemieteten Zimmer, einer öffentlichen Bedürfnisanstalt; auch davon, wie nötig sie es gerade haben und wie nötig er es gerade hat; ob ihre Art sich zu kleiden eine volle Brieftasche verrät oder das Gegenteil; von dem Angebot der Straße – die anderen Burschen, an den Häuserblöcken – zerlumpte Wachtposten einer geschlagenen, vom Leben verworfenen und ausgespieenen Armee.

Ich stellte fest, daß man einen Freier nicht immer an seinem Alter oder an seiner Erscheinung erkennen kann: Es gibt auch junge und gutaussehende – bei ihnen fragt man sich, warum sie es vorziehen, sich jemand zu kaufen (jemand, bei dem sie doch kaum annehmen können, daß er seinerseits auf sie besonders scharf ist), denn es gibt ja doch die Welt der Männer, die sich gegenseitig begehren, in der von Geld keine Rede ist (und die dazu so viel größer und ausgedehnter ist als die Welt der Stricher) ... die leichten Eroberungen ... Meist sind die Freier mittleren Alters oder ältere Männer. Und meist sind sie nicht weibisch. Man erkennt sie bald an der Art, wie sie sich an einen heranmachen (hat man das nach einiger Zeit des Herumlungerns heraus, dann wird man ganz instinktiv immer sicherer und freier). Gewöhnlich lassen sie eine der üblichen Bemerkungen fallen, bieten eine Zigarette, eine Tasse Kaffee oder einen Drink in einer Bar an: irgend etwas, das ihnen Zeit läßt, sich klar darüber zu werden, ob sie dem anderen in der gesuchten Situation trauen können, die immer die Möglichkeit einer Gewalttat einschließt (obwohl, wie ich später lernen sollte, für manche gerade diese Gefahr von besonderem Reiz ist); Zeit, um herauszufinden, ob man ihrer besonderen sexuellen Fantasie entspricht.

Mir wurde klar, daß man ein ganzes Repertoire von Rollen beherrschen muß, wenn man auf den Strich geht: junger-Mann-ohne-Arbeit-aber-auf-der-Suche; junger-Mann-dem-alles-scheiß-egal-ist; Gewohnheitsstricher dem man es ansieht; junger-Mann-verloren-in-der-Großen-Stadt-bitte-helfen-Sie-mir-Sir. Dann gab es die Pose, die man den anderen auf der Straße schnell abschaute: die Haltung, den Halbstarkenslang – eine Mischung aus der Sprache des Jazz, der schwulen Läden und der Kokser – den uninteressierten, leicht verächtlichen, aber trotzdem einladenden Blick, die saloppe Art sich zu kleiden.

Und ich lernte auch, daß es eigentlich dazugehörte, den Analphabeten zu spielen.

Der Handelsmatrose im YMCA hatte mich als erster darauf aufmerksam gemacht. Bei Mr. King gab ich mich rein instinktiv so, aber ein Mann, den ich einmal auf dem Times Square traf, brachte es mir noch nachdrücklicher bei. Als er mich in seiner Wohnung genauer in Augenschein nahm, blätterte ich gerade in einem Roman von der Colette. Er erhob sich, sichtlich verärgert. »Liest du etwa?« fragte er schroff. »Ja«, antworte ich. »Tut mir leid, dann habe ich keine Lust mehr«, sagte er, »wirkliche Kerle lesen nicht!« Seine sexuelle Erregung hatte sich mit einem Schlag verflüchtigt, er gab mir ein paar Dollar. Aus. Einige Minuten später sah ich ihn auf dem Times Square wieder, wie er einen anderen Burschen ansprach... Und so beschloß ich, mich von jetzt ab dämlich zu stellen. Und ich sollte feststellen, daß für viele ein Strichjunge um so reizvoller ist, je gefühlloser und er wirkt. Ich legte mir diese Maske zu.

Natürlich hatte ich damals schon ein paar Times-Square-Typen kennengelernt.
Da war einmal Carlo, ein Schauspieler, den ich traf, als er aus der U-Bahn-Toilette herauskam. Er nahm mich mit zu sich und hatte es eine Woche lang sehr wichtig mit mir – er *half mir aus* und meinte, wie traurig es doch sei, daß ich mich auf der Straße herumtriebe. Wenn ich zu ihm zöge, würde er mir alles geben, was ich brauche. Und als er mich fast soweit hatte, bekam er einen Job in Hollywood und haute unter Entschuldigungen ab, nicht ohne mir am letzten Abend mit einem lächelnden triumphierenden *Lebewohl* fünf Dollar zu geben.
Und dann gab es Raub – einen Schweinehund aus der Park Avenue mit einem Froschgesicht und recht sonderbaren Neigungen – dessen riesiges, mit schwarzen Samtvorhängen drapiertes Bett ständig neue Gäste sah, unter vielen anderen auch mich ... Dann war da noch Lenny aus New Jersey, den ich zweimal die Woche traf, bis er eines Abends nicht erschien und ich später erfuhr, daß er verhaftet worden war, weil er pornografische Fotos verkauft hatte.
Und schließlich war da noch ein Polizist – es macht mir eine perverse Freude, das zu erwähnen –, dem ich in einem Ausläufer der Welt der 42. Straße begegnete. Nach Mitternacht ging ich quer durch den Central Park, und er machte die Runde, um die im Park schlafenden Vagabunden hops zu nehmen – der Wagen parkte irgendwo in der Nähe. Als er mich anhielt, markierte ich den Neuling: Bin-eben-erst-in-die-Große-Stadt-gekommen. Dann kam die Arie mit dem Ausweis. »Na, dann kennst du New York ja noch gar nicht so richtig«, sagte er, »vielleicht können wir uns irgendwo treffen, wenn ich dienstfrei habe, und ich werde dich herumführen.« Ich traf ihn einige Male, aber mein Stolz siegte: mich mit einem Polypen abzugeben – auch wenn es etwas einbrachte –, das demütigte mich und ich sah ihn nicht wieder.

Das Schuldgefühl, das mich in meinem damaligen Leben immer wieder unerwartet überfiel, hatte zur Folge, daß ich eine Annonce in der Sonntagsausgabe der Zeitung aufgab: »Junger Mann sucht

lohnende Beschäftigung« – unter der Nummer des Telefons, das auf meinem Flur stand.
»Können Sie gleich jetzt herkommen?« fragte eine männliche Stimme mit leicht englischem Akzent. Es war Sonntag abend. Ich notierte eine Adresse am Sutton Place. »Nehmen Sie sich eine Taxe«, sagte die Stimme, »ich gebe Ihnen das Geld zurück.«
In einer luxuriösen Wohnung mit Blick auf den East River stehe ich einem eleganten weißhaarigen Mann gegenüber. An der Tür hatte er gestutzt und mich überrascht angesehen.
»Was für einen Job suchen Sie?« fragte er mich, nachdem er mir einen Drink angeboten hatte.
»Jeden, der mir gefällt und der sich bezahlt macht.«
»Oh?« sagte er. »Dann gibt es natürlich sehr viele Möglichkeiten ... ich glaube, da hätte ich was für Sie.« – »Was für eine Arbeit?«
»Ach, das ist ein so langweiliges Thema, finden Sie nicht?« sagte er. »Wollen wir einander nicht erst ein bißchen kennenlernen?« Er rückt sehr nah an mich heran. »Sie sind nervös, vielleicht ist es der Anzug, den Sie anhaben ... das ist ungewohnt für Sie, könnte ich mir denken«, sagte er listig. »Sie hätten ihn nicht anzuziehen brauchen. Oh, ich selbst lege gar keinen Wert auf diese Dinge.« Dabei trug er ein gestärktes Hemd mit Manschettenknöpfen, Krawatte, Weste und Jackett. »Brauchen Sie Geld?« fragte er in einem belustigten Ton, als ob er das schon tausendmal gesagt hätte.
»Ja, dringend«, sagte ich.
Er gab mir einen Zehn-Dollar-Schein und kniff ein Auge zu. »Für die Taxe«, sagte er.
»Ja, und wegen der Stellung ...«, fing ich an.
»Du gefällst mir«, sagte er und berührte mich am Arm.
»Ich hab' eine Verabredung«, log ich – die Selbstverständlichkeit, mit der er annimmt, daß ich zu haben bin, verwirrt mich plötzlich.
»Hören Sie zu, junger Mann, ich muß Ihnen ein Geständnis machen«, sagt er wie jemand, der einen Trumpf ausspielt, »ich habe Sie schon mal gesehen, auf dem Times Square ... als ich Sie anrief, konnte ich natürlich nicht ahnen, wer Sie sind. Ich hatte keine Ahnung. Aber als Sie kamen ... nun, ich war entzückt ... Ich spre-

che niemals jemanden auf der Straße an ... Und nebenbei gesagt freut es mich, daß Sie vom Times-Square-Stammgast zum Stellungssuchenden aufgerückt sind.« Er fuhr sicher und leicht ironisch, fort: »Na ja, und wegen der *Stellung* ... mh ... da werden wir uns schon einigen.«
»Und zwar?« fragte ich ihn und hoffte, ihn aus irgendeinem unerfindlichen Grund glauben zu machen, ich sei es nicht, den er auf dem Times Square gesehen hatte; dann hätte er wohl den Rückzug antreten müssen. Aber er tat nichts dergleichen. »Wissen Sie es wirklich nicht?« fragte er kokett. »Erzählen Sie mir jetzt bloß nicht, daß Sie zum Times Square gehen, um die entzückenden Lichtreklamen zu bewundern!« Er machte den Versuch, das Wort *entzückend* mit einer bezeichnenden flattrigen Handbewegung zu untermalen ... »Warum wollen Sie es nicht mit mir versuchen ... als Angestellter, junger Mann? Wir probieren es miteinander ... sagen wir ... eine Woche, oder ein paar Tage. Sie ziehen natürlich zu mir. Und wenn es uns beiden zusagt, nun, dann machen wir eben eine feste Sache daraus. Und wenn es nicht klappt«, er zuckte die Achseln, »... ich habe viele viele Freunde ... ich kann Sie leicht irgendwo unterbringen.«
Ich spürte eine starke Verstimmung und stand auf.
»Wenn Sie sich von mir *einstellen* lassen« – er läßt nicht locker – »brauchen Sie sich weder auf der Straße herumzutreiben noch Anzeigen aufzugeben.«
Als er mich herausließ und wir schon an der Tür waren, sagte er bissig: »Ach so ... der Rest des Fahrgeldes gehört *natürlich* Ihnen!« Er knallte die Tür zu.
Draußen band ich mir rasch die Krawatte ab.
Ich ging den Fluß entlang und hörte die Nebelhörner der Schiffe klagen. Mehrere eindeutig Homosexuelle saßen auf den Bänken unter dem bleichen Licht.
»Haben Sie Feuer?« fragte mich einer traurig. Ich gab es ihm und ging weiter.
Hinter mir lag die Inselstadt ... wie ein funkensprühendes Tier ... Als ich an den grauhaarigen Mann von vorhin zurückdachte, wurde

mir klar: die Erforschung *der* Welt, um derentwillen ich in diese Stadt gekommen war, würde nicht in *einer* Wohnung und nicht mit *einem* Menschen vor sich gehen.
Die Straße ... die Kinos ... die Parks ... die vielen vielen verschiedenen Zimmer: das war die Welt, in der ich leben wollte. Ich kehrte um. Der Mann, der mich um Feuer gebeten hatte, saß immer noch an der gleichen Stelle.

Pete *oder* Ein Vierteldollar plus

1 Auf dem Times Square gab es einen jungen Mann, den ich schon oft gesehen hatte. Er war fast jeden Abend da, genau wie ich, und ich wußte, daß auch er für Geld mit Männern ging. Später erfuhr ich, daß er Pete hieß. Obwohl jeder von dem anderen genau Notiz genommen hatte – darüber gab es keinen Zweifel –, vermieden wir es peinlich, uns mehr als einen kurzen Blick zuzuwerfen, wenn wir uns begegneten: Er schien sehr von sich eingenommen, ein Klugscheißer, und ich stellte mir vor, daß er das gleiche von mir dachte. An einem lauen Abend sah ich ihn am U-Bahn-Eingang auf der 42. Straße, wie er sich mit einem älteren schwarzgekleideten Mann unterhielt.

Nach einer Reihe von kalten Nächten war es wie durch ein Wunder wieder warm geworden und die Straße ist heute recht voll von Leuten, die alle noch etwas von dieser letzten frühlingshaften Nacht erhaschen möchten … Pete und der ältere Mann sehen zu mir hin. Sie reden noch ein wenig miteinander, der Ältere nickt und Pete kommt auf mich zugeschlendert und sagt: »Der Alte ist scharf auf dich, Gumpel …« (das war seine Art, das Wort *Kumpel* auszusprechen) »… er will zehn Linsen ausspucken und die Tour wird ziemlich verrückt sein …« Dabei rollt er mit den Augen. Pete ist ein dunkler Typ, Anfang Zwanzig, nicht groß, sehr gut gebaut, und er hat wissende, manchmal verträumte oder schwermütige Augen. Er trägt eine alte Militärmütze mit Schirm, die er sich keß so tief in die Stirn gezogen hat, daß er den Kopf heben muß, wenn er einen ansehen will … Ich drehte mich nach dem schwarzgekleideten Mann um, der mich breit angrinste und auf uns zukam. Mit einem weißen Kragen hätte er ausgesehen wie ein Priester. Pete macht eine Handbewegung in seine Richtung und sagt zu mir: »Das ist Al«, klopft mir auf die Schulter – »bis gleich, Gumpel« – geht leichtfüßig davon und stürzt sich wieder in die Menge.

»Ich hab' dich noch nie gesehen – bist du neu hier?« fragte der Mann in Schwarz. Er erwartet keine Antwort: Er weiß, wenn er mir zu viele Fragen stellt, besteht die Möglichkeit, daß er eine ganz andere Antwort bekommt, als er haben will, und das könnte seine erotischen Vorstellungen zerstören.

Der schwarzgekleidete Al und ich bogen schweigend in eine Nebenstraße ein und waren bald in einem großen Raum eines Mietshauses. »Ich wohne nicht hier«, erklärte er, als er die Tür zu einem fast leeren Zimmer öffnete: ein Bett, ein Tisch, zwei Stühle. »Ich halte mir dieses Zimmer nur so – aus praktischen Gründen.« Er bat mich, die Kleider auszuziehen, aber »... die Hosen nicht, die gehen«, sagt er. Er ging zu einem großen Wandschrank und holte einige Sachen heraus; eine schwarze Lederjacke mit Generalssternen am Kragen, eine Art Sturzhelm, geschmückt mit einem Adler, hohe Stiefel mit glänzenden geputzten Schnallen. Er ließ die Schranktür offen und ich konnte, sorgfältig aufgereiht, ähnliche Kleidungsstücke in verschiedenen Größen sehen. Auf dem Boden standen mindestens sieben Paar hoher Schaftstiefel. »Ich bin soweit, daß ich jemanden auf der Straße nur anzuschauen brauche«, sagte Al, »und weiß dann genau seine Größe... zieh die hier an.« Ich tat es und sie paßten. »Großartig!« sagte er, »jetzt gehn wir.« Ich bin überrascht. »Wohin?« fragte ich ihn. »Nach draußen«, sagt der Mann, und als er mein mißtrauisches Zögern bemerkt: »Ich möchte mit dir nur einen kleinen Spaziergang machen. Keine Sorge – ich bezahl schon.«

Ungefähr eine Stunde ging ich mit ihm an diesem Abend schweigend über den Times Square und weiter in dieser Gegend von Straße zu Straße, in den Park – nur ein Spaziergang. Ein paarmal war ich versucht, ihn stehen zu lassen, mit seinen Sachen davonzulaufen, aber ich bin neugierig und ich brauche das Geld. Als die Stunde um war, gingen wir in das Zimmer zurück und ich zog die Sachen wieder aus. Er rührte mich nicht ein einziges Mal an. Er gibt mir zehn Dollar. Ich sah ihn überrascht an und dachte, ich hätte ihn irgendwie enttäuscht und fühlte mich brüsk zurückgewiesen. »Das wär's«, sagt

er und lächelt. »Du warst prima – einfach prima«, setzt er hinzu, da er spürt, was mich beunruhigt. »Das ist alles, was ich brauche, verstehst du«, sagt er ein bißchen wehmütig, »... am Times Square mit einem jungen Mann in dieser Aufmachung gesehen zu werden.«
Einige Minuten später war ich wieder auf dem Times Square und Pete war immer noch da – er hing vor diesem Spaghettiladen herum und lächelte mich an. »Auch 'ne Tour, was?« sagte er. »Hat er dir etwas dafür gegeben?« fragte ich ihn.
»Was dachtest denn *du,* Gumpel? Er gibt mir fünf Piepen für jeden, den ich für ihn aufreiße. Ich treff' ihn alle zwei, drei Wochen mal. Er sieht jemanden, auf den er steht, und ich mach sie miteinander bekannt. Er ist zu schüchtern, irgend jemand anzuquatschen, also mach' ich das für ihn und er rückt dafür was raus – und ich hab' meine Ruh«, sagt er pfiffig.
»Bist du selbst schon mal mit ihm gegangen ... *Gumpel?«* fragte ich.
»Na klar, Mensch!« Er lachte. »Und mehr will der nicht, Gumpel. Er steckt jeden, mit dem er geht, in diese Motorradklamotten, wird aber stocksauer, wenn man die so nennt. Dann rennt er mit ihnen rum. Kommt ganz selten vor, daß einer mit seinem Kram abzieht – sie sind alle zu neugierig. Der steht nu mal auf diesen Krempel und kommt auf *diese* Weise zu seinem Vergnügen ... na *klar* bin ich mit dem gegangen.« Dann fügte er stolz hinzu, während sein Blick zwischen mir und den Leuten auf der Straße hin- und herwanderte, diesen oder jenen fest ins Auge fassend: »Ich bin der einzige, mit dem er *zwei* Abende lang rumgezogen ist – *hintereinander!«*

2 Pete war eine bekannte Figur auf dem Times Square. Mit seiner schlampigen Militärmütze, der zottigen braungefärbten Militärjacke und seinem wiegenden Gang konnte man ihn in jeder Menschenmenge leicht ausmachen.
Nach diesem ersten Abend waren wir oft zusammen, nie auf Verabredung, aber wir trafen uns immer um die gleiche Zeit in der gleichen Gegend. Wir gingen eine Weile zusammen herum, um uns dann, wie unter einem Zwang, wieder zu trennen. Manchmal trafen wir uns ein paar Minuten später an der gleichen Stelle.

Obwohl er nicht viel älter war als ich – aber weil er, wie er mir erzählte, bereits mit sechzehn auf den Strich gegangen war – spielte Pete gern den ausgekochten, mit allen Wassern gewaschenen Routinier und klärte mich darüber auf, wie man es am geschicktesten anstellt. Er hatte eine Reihe von Regeln: geh' an die Leute ran und warte nicht darauf, angesprochen zu werden; wenn du das nicht tust, kannst du den ganzen Tag warten. Denke nicht an die Sittenpolizei und du wirst nicht geschnappt werden. Eine schnelle Sache für ein paar Dollar auf einer Klappe kann mehr wert sein als ein größeres Geschäft, das dir den ganzen Tag raubt. Bleib am Becken stehen, nachdem du längst fertig gepißt hast. Merkst du das kleinste Zeichen von Interesse bei jemand an einem der anderen Becken, dann geh rasch zu ihm hin, bevor er sich's anders überlegt, und sage: »Ich mach's mit dir für zwanzig. Aber gib's auch billiger, wenn's sein muß.«

Als wir in dem kalten Licht bei *Bickford* saßen, erzählte er mir ohne jede Verlegenheit, daß er einmal nur 75 Cents bekommen hat. Und erklärte mir: »Es war so 'n Tag ... du weißt schon ... nichts los und ich hatte nur 50 Cents ... langte gerade fürs Kino. Ich dachte, kauf' ich mir Würstchen oder geh' ich in 'nen Film und reiß' mir 'nen Freier auf? Es regnete – kein Schwanz unterwegs. Also ging ich ins Kino. Kein Freier weit und breit. Dann will mir einer 75 Cents geben und ich bin sowieso drin, also laß' ich ihn. »Mann«, fügt er sachlich hinzu, »... ich hatte einen Vierteldollar plus gemacht und konnte mir außerdem noch die Würstchen leisten.« Und er redet weiter: »Du wirst sehen: manchmal stehst du den ganzen Tag rum und wartest auf ein Fünfzehn-Dollar-Geschäft, ein Zehn-Dollar-Geschäft, vielleicht auch nur für zwei Dollar – den ganzen Tag – also, verdammtnochmal, nimm, was kommt, Gumpel – solange du nicht zu viel Zeit dranhängen mußt ... aber fang immer hoch an. Verlang zwanzig. Dann denken die, sie machen noch 'n Geschäft dabei.«

Petes Taktik bestand unter anderem darin, den Männern, mit denen er es gehabt hatte, zu sagen, daß er andere junge Burschen kenne, die dasselbe täten wie er, und wenn sie wollten, würde er die Jungs für sie auftun. Wie ein Privatsekretär hatte er im Kopf, wann er bestimmte Leute treffen mußte. Wenn er dem Freier dann trotzdem nichts anzubieten hatte, flanierten sie so lange auf dem Times Square herum, bis der Mann jemand entdeckte, den er haben wollte. Pete vermittelte dann die Bekanntschaft – wie er es an jenem Abend mit mir und dem schwarzgekleideten Al gemacht hatte – und bekam ein paar Dollar dafür. Es gab ein Problem dabei, wie Pete mir erklärte: Da der Freier auf die Weise immer mehr und mehr Stricher kennenlernte, war er irgendwann nicht mehr auf Petes Dienste angewiesen.

Gelegentlich saßen wir im Automaten, quatschten, spielten uns auf und übertrieben *das große Geschäft* der vergangenen Nacht. Er bereitete mich auf die bittere Kälte vor und darauf, daß die Konkurrenz schärfer und das Anschaffen schwieriger werden würde (schon jetzt fegte der Wind wild durch die Straßen). »Allerdings kann man sich für 'ne Weile mit jemand zusammentun«, sagte er und sah mich dabei forschend an, als wolle er etwas herausbekommen, »... aber ich«, fügte er hastig hinzu, »... ich steh' da nicht drauf – bin wohl zu rastlos.«

Statt dessen schlief er mal hier, mal dort herum, Woche für Woche, Nacht für Nacht. Oder, sagte er, er bliebe in einem der Nachtkinos. Manchmal miete er sich in einem Zimmer nahe der Seventh Avenue ein, wo man ihn kannte. »Und wenn du mal keine Bleibe hast, Gumpel«, sagte er, »kannst du auch dort pennen.« Dann ging er rasch auf ein anderes Thema über. »Ich muß meine Freiheit haben«, sagte er ohne Übergang und reckte die Arme.

Ich konnte seine Gefühle gut verstehen. Wenn ich allein war, empfand auch ich diese unendliche Freiheit. Und doch ... immer war da das Schuldgefühl: ein unausweichlicher Zwang, das Geld, das ich verdient hatte, sofort wieder auszugeben.

Immer noch wohnte ich in dem Haus in der 54. Straße, dessen Vestibül mit seinen Spiegeln geisterhaft an längst vergangene Eleganz gemahnte.

Ich zahlte wöchentlich acht Dollar 50 für das Zimmer. Mir gegenüber, in einem anderen Flügel des gleichen Gebäudes, wohnte ein alter Mann, der die ganze Nacht hustete. Manchmal hielt er mich dadurch wach. Oft störte mich auch die uralte Frau, die pfeifend auf dem Gang hin- und herschlurfte, um nachzusehen, ob jemand vergessen hatte, das Wasser in den Badezimmern oder das Gas in der Küche abzudrehen. Hin und wieder war es auch Gene de Lancey – die Frau mit den irren Augen, die ich am ersten Tag auf dem Korridor kennengelernt hatte – die mich am Schlafen hinderte. Sie war einmal schön gewesen – seufzend hatte sie mir Bilder von sich gezeigt, *damals* – jetzt war sie schmerzlich verblüht, und in ihren Augen brannte das Wissen darum. Sie ging selten aus, obwohl ich sie eines Spätnachmittags auf der Straße sah, eine Hand vor dem Gesicht. Manchmal klopfte sie in den frühen Morgenstunden an meine Tür, meist wenn ich gerade erst nach Hause gekommen war: Ich überlegte mir, ob sie wohl horchte, wann ich käme. Dann öffnete ich die Tür und dort steht sie in einem japanischen Kimono. »Schnuckelchen«, maunzte sie dann kindlich, »... ich kann einfach nicht schlafen und muß ein Zigarettchen rauchen und mich ein bißchen unterhalten. Steve schläft ...« – das war ihr augenblicklicher Gatte – »... und ich weiß, du hast nichts dagegen, Herzchen.« Dann saß sie da und redete – mit einer Leidenschaft, aus der soviel Verlassenheit sprach, daß ich es nicht über mich brachte, sie wegzuschicken. Sie erzählte mir, wie jeder, den sie je geliebt, sie verlassen hatte: ihre Mutter: tot; ihr Vater: er schickte das kleine Mädchen von Internat zu Internat; ihre beiden verflossenen Männer: weg; ihr Sohn: verschwunden. »Es gibt keine Liebe in dieser grausamen Welt«, klagte sie. »Jeder jagt hinter irgend etwas her – aber wonach denn bloß?« Wenn sie endlich aufstand, küßte sie mich auf die Wange und ging rasch hinaus ... Ich erwähnte sie Pete gegenüber und er sagt: »Prima, Mensch, das ist sicher 'ne flotte Biene – wollen wir sie doch mal zusammen aufs Kreuz legen!«

Ebenso wie wir anderen auf jener Straße – die wir die Rolle des Mannes bei anderen Männern spielten – war Pete in einem Punkte sehr empfindlich: wenn es um seine Männlichkeit ging. Eines Nachmittags bei *Bickford* kam ein gutaussehender maskuliner junger Mann herein, sah uns an und ging rasch wieder hinaus. »Der Kerl ist schwul«, sagt Pete und sieht ihm böse nach. »Ich hab' ihn öfters gesehen und dachte, der schafft auch an, und eines Tages rückt er mir im Kino auf die Pelle. Ich war stocksauer, daß der dachte, ich bin schwul oder was und sagte ihm, er soll sich verziehn – ohne Geld war das bei mir nicht drin.« Schlecht gelaunt, schwieg er eine ganze Weile und sagte dann aggressiv: »Was auch ein Kerl mit einem anderen macht: wenn man Geld dafür nimmt, ist man noch lange nicht schwul. Man ist immer noch normal. Erst wenn du anfängst, es mit anderen Kerls umsonst zu treiben, wirst du zur Tunte.«

Und weil dieser Punkt in diesem Milieu ein so großes Gewicht hat, hört man von fast jedem, der sich einen gekauft hat, erfundene Geschichten über den, den er bezahlte. Es ist eine Art von kleinlicher Rechtfertigung, die Männlichkeit des Strichjungen abzuwerten – ob zu Recht oder nicht – während es doch gerade das ist, was so anziehend wirkt.

Wenn wir auf der Straße standen, machte Pete immer seine Bemerkungen über die jungen Mädchen, die wie Schmetterlinge vorbeischwebten und denen der Wind neckisch unter die Röcke fuhr …

Ich stellte fest, daß Pete rachsüchtig sein kann. Ich traf ihn im Bryant Park, und er kochte vor Wut. Der Geschäftsführer des Kinos an der nächsten Straßenecke hatte ihn nicht hineingelassen. (Ich hatte diesen Geschäftsführer schon mal gesehen – ein hagerer, großer, nervöser Mann mit einem bleichen Gesicht. Dieses Kino ist eines der einschlägigsten in New York. Spät in der Nacht hängen die Männer dort auf den Treppen herum und warten.) »Er ist ja selbst so«, sagte Pete böse, »… und es ist ihm scheißegal, was dort vor sich geht, solange es nichts mit Geld zu tun hat – und *deshalb* wollte er mich nicht reinlassen.« Später erzählt Pete jedem, daß dieses Kino von Polizisten in Zivil *wimmelt,* die nur darauf warten, dort eine Razzia zu machen: Geht bloß nicht hin! Und der Rang dieses Kinos stand für Wochen fast leer.

Er erzählte mir auch, daß ein *Kollege* ihm einen Freier im Park direkt vor der Nase weggeschnappt hätte, und Pete ging herum und steckte den Leuten, der andere hätte einen Tripper … »Schlag dich durch,

so gut es geht«, schloß er, »... und wenn dir jemand in die Quere kommt, gib ihm eins drauf.«
Er kannte fast jeden auf der Straße, der bereit war zu zahlen, und er zeigte sie mir der Reihe nach. »Siehst du den Blonden, Blassen da? Der muß sie für so 'n alten Kerl aufreißen – tolle Wohnung, sag ich dir. Mann, *das* ist vielleicht ein Spinner! Paß auf: der zahlt pro Stunde und quatscht und quatscht und quatscht! ... is 'n Lehrer oder so was, und muß im Bett liegen, weil man ihn zusammengefahren hat. Ich bin immer wieder eingepennt – mit Sonnenbrille – und der hat's überhaupt nicht gemerkt, nur immer weitergequatscht ...«
Einmal zumindest bedauerte ich, nicht auf Pete gehört zu haben. »Siehst du den da drüben?« sagte er und zeigte auf einen harmlos aussehenden Mann mittleren Alters mit einem Regenmantel. »Finger weg von dem, Gumpel – der hat 'ne Meise.«
Aber da mir einfiel, was er jedem über das Kino erzählt hatte und über den Geschäftsführer, der ihn damals nicht hereinlassen wollte, und in Erinnerung daran, was er dem Stricher angetan hatte, der ihm den Freier vor der Nase wegschnappte, dachte ich mir, daß es sich da um irgendeine Art von Rache an dem Mann handelte, gleichgültig warum. Er sah vollkommen harmlos aus und ich ging mit ihm.
Nachdem wir eine ganz gewöhnliche Tour abgezogen hatten – das Geschäftliche war aber noch nicht abgewickelt – verwandelte sich seine Gelassenheit plötzlich in wilde Wut. Ehe ich's mich versah, bedrohte er mich mit einem Messer. Ich stürzte hinaus und die knarrende Treppe hinunter. Wie ein Dämon steht er oben – sein Schatten fällt grotesk auf die Stufen – und brüllt:
»Fluch über dich! Fluch über euch alle!«

3 Ich kam auch dahinter, daß man Pete nicht immer trauen durfte. An einem empfindlich kalten windigen Sonntagnachmittag – die Wolken fegten über den Himmel wie Bettlaken – sah ich ihn auf mich zukommen. »Willst du dir was verdienen?« fragte er. »Siehst du den alten Zausel da drüben?« Er wies auf einen kleinen Mann,

der wie eine Maus aussah und ein paar Schritte von uns entfernt stand. »Er will, daß wir beide mit zu ihm gehen. Er zahlt nur einen Fünfer«, sagte er, setzte jedoch, als er mein Zögern bemerkte, rasch hinzu: »... aber meistens rückt er mehr raus, wenn du ihm paßt ... los, Mann«, redete er mir zu, »... komm doch mit. Heute ist sonst sowieso nichts los. Und auf jeden Fall kriegen wir dort gut zu fressen.« Und er fügt geheimnisvoll lächelnd hinzu: »Und wir brauchen nicht viel zu tun. Das is 'n Unikum!« Da mir der Mann einfiel, mit dem ich auf dem Times Square in Lederjacke und Sturzhelm herumgerannt war, fing ich an zu lachen. »Das nicht«, sagt Pete, »wir werden nicht in Lederklamotten auf dem Times Square rumlatschen.«

Ohne zu ihm hinzugehen, nickt Pete dem Mann zu, der daraufhin die Treppe zur U-Bahn hinuntergeht. Pete und ich folgen ihm. Ich beschleunige meinen Schritt, um den Mann einzuholen. »Immer langsam«, sagt Pete, »ich weiß, wo wir raus müssen.« Ohne sich umzusehen, stieg der Mann in ein Abteil, und wir in ein anderes. »Er will nicht, daß jemand ihn mit Kerlen fortgehen sieht«, sagte Pete. Die Masche kannte ich schon: anders als der schwarzgekleidete Al, der einen eine Stunde lang auf dem Times Square herumführte, wollen manche Freier nicht mit einem jüngeren Mann gesehen werden. »Er wohnt in – halt dich fest – *Queens!«* Pete lachte. »Paß auf, Gumpel: ich glaube, er unterrichtet sogar am Queens College. Die haben jetzt sogar 'ne eigene Schule«, sagt er und schüttelt den Kopf.

An der Queens Plaza stiegen wir aus und folgten dem Mann, der in ein großes Apartmenthaus ging. Wir warteten einige Minuten an der Ecke und dann gingen auch wir hinein. Es ist eines der weniger teuren Mietshäuser, matt beleuchtet und sehr ruhig. Wir kamen in den zweiten Stock, und eine der Türen auf dem Flur war nur angelehnt. Dort stand der Kleine und strahlte uns liebenswürdig entgegen. Er hatte seinen Mantel ausgezogen und sich eine lustige, buntgemusterte Schürze umgebunden.

»Halloh, halloh, halloh!« zirpte er munter. »Wie nett, Jungs, daß ihr kommen konntet. Ich wagte kaum zu hoffen ...«

Pete flüsterte mir zu (und es war unmöglich, daß der Mann es nicht hörte, aber vielleicht störte sich keiner von beiden daran): »Laß dir nichts anmerken und spiel mit.« Manchmal schien Pete die Schrullen der Leute, die er kannte, sehr nachsichtig zu beurteilen, aber diese Duldsamkeit konnte im Nu in Rage umschlagen, wenn er das Gefühl hatte, ausgenutzt zu werden...

»Nur noch ein paar Minuten, Jungs«, verkündete der Alte, »... und dann gibt's ein *gutes* Essen. Ihr müßt ja völlig ausgehungert sein, und ich hatte zufällig ein paar *himmlische* Steaks im Hause. Und nun...« – seine Stimme schwankt ein wenig – »... macht es euch ... mh ... bequem, Jungs.« Er stand da und sah uns eindringlich an. Ich warf einen Blick auf Pete und sah, daß er dabei war, sein Hemd aufzuknöpfen.

»Los, du auch«, sagte er, aber ich war plötzlich ziemlich verblüfft, denn Pete zog sich völlig aus. »Los, Mann«, sagt er ärgerlich, »... willst du nun anschaffen oder nicht?« (Wieder war es unmöglich, daß der Mann, der uns unverwandt anstarrte, das hätte überhören können, doch ich kam zu dem Schluß, daß das offensichtlich keine Rolle spielte.) »Der Alte ist schwer in Ordnung, wenn er auf einen steht«, fährt Pete fort, »und wir können immer wiederkommen ... zum *Essen.«* Er lachte jetzt wieder. »Na los!« Endlich zog auch ich mich aus. Ohne die geringste Verlegenheit saß Pete auf der Couch und blätterte in einem Comicheftchen, während ich auf einem Stuhl hockte und in einem Magazin blätterte. Der Mann ging heiter vor sich hin summend in die Küche zurück. »Nur noch ein paar Minuten, Jungs ...« An der Tür drehte er sich um und sieht Pete liebevoll an. »Pete, Junge«, sagte er, »ich fürchte, du hast ein wenig zugenommen – du solltest mehr Salat essen und weniger Mehlspeisen. Ihr Jungs könnt eben nicht für euch selber sorgen, aber das kriegen wir schon hin ... Und du, mein Junge ...«, er wandte sich jetzt an mich wie eine in ihr Kleines vernarrte Mutter, »... du könntest es vertragen, etwas zuzunehmen ... nur ein paar Pfund ... auch das werden wir hinkriegen.« Er verschwand in die Küche und ich hörte Geschirr klappern.

Ich blickte schnell auf und Pete sieht mich über sein Comicheft hin-

weg an und grinst über das ganze Gesicht.
Bald wurde das Essen auf einem kleinen sorgfältig gedeckten Tisch im Eßzimmer serviert. Der Mann läutete mit einer zierlichen Glocke, und das war das Zeichen für uns, zu kommen. Ich hatte so noch nie gegessen und will meine Hosen anziehen. Pete sagt mit Nachdruck »nein« und erinnert mich daran, daß wir uns in besserer Gesellschaft befinden und ich soll mich gefälligst danach richten. Wir setzten uns beide einander gegenüber an den Tisch – Pete und ich. Der Mann flatterte wie ein Schmetterling hin und her, in die Küche und wieder zurück, bediente uns liebevoll, rückte hier am Silber und dort an Gläsern – tritt dann ein paar Schritte zurück, um festzustellen, ob es auch an nichts fehlt. Für sich selbst hatte er nicht gedeckt. Er brachte sich einen Stuhl herbei und stellte ihn in einiger Entfernung vom Tisch auf. Dort saß er und sah uns hingerissen beim Essen zu. Pete speiste mit völliger Unbefangenheit. Ich ließ mehrere Male meine Gabel fallen, und der Mann lief in die Küche und holte mir eine neue. Endlich waren wir fertig, unser Gastgeber setzt uns einen Kuchen vor und packt jedem ein großes Stück auf den Teller. »Und dann gibt's noch Eis!« verkündet er munter. »Vanille?« fragte er. Pete sagt: »Schokolade.« Ich nahm Vanille.
»Alle Jungs wollen Kuchen und Eis«, sagte der Mann verständnisinnig und jetzt fing es an, mir Spaß zu machen. Ich aß sogar noch ein Stück Kuchen.
»Und nun ein kleines Schläfchen«, sagte der Alte. Seine Stimme schwankte wieder ein wenig wie vorhin, als er sagte, wir sollten es uns *bequem* machen. Wir gingen ins Schlafzimmer. Dort standen zwei Betten. Pete legte sich in das eine und ich in das andere. Der Mann kam mit einem Stuhl herein, den er zwischen die beiden Betten stellt. »Nun ruht euch *schön* aus«, sagte er. Pete sieht mich intensiv an, als ob er mich beschwören will, *mitzuspielen,* dann blinzelt er mir zu und tut so, als würde er sofort einschlafen. Er schnarchte sogar ein paar Mal. Ich lag im Bett und schloß scheinbar die Augen, aber ich beobachtete den Mann: er saß auf dem Stuhl, das Kinn in die Hand gestützt, und starrte uns abwechselnd an; hin und wieder hellte sein Gesicht sich auf, wie das einer gütigen Mutter, die über

ihre vergötterten Kinder wacht…
Nach etwa fünfzehn Minuten *weckte* er uns und wir saßen auf dem einen Bett, Pete und ich, und spielten Dame, wobei der Mann uns mit der faszinierten Aufmerksamkeit eines Kindes zusah, das ein Bilderbuch betrachtet. Pete kannte das Spiel gar nicht, und so saßen wir nur da und rückten die Steine hin und her.
»Wir müssen jetzt gehen, Mammi«, sagte Pete endlich. Ich sah ihn überrascht an. Hatte er *Mammi* zu ihm gesagt? Pete nickt mir zu und das bedeutet, daß ich es auch tun soll. Aber ich brachte es nicht fertig, *Mammi* zu ihm zu sagen. Der alte Mann sah mich verletzt an. – »Wir müssen jetzt gehen, Mammi«, wiederholte Pete. Er wirft mir einen aufgebrachten Blick zu.
»Ach wirklich?« sagte der Mann. »Wie schade, daß ihr nicht länger bleiben könnt.« Er band die Schürze ab, wischte sich damit die Hände, legte sie sorgfältig zusammen und ging in die Küche. Pete folgt ihm und ich höre, wie sie miteinander reden. Dann kommt Pete zurück und gibt mir fünf Dollar. »Du hast alles verschissen, Gumpel«, sagte er und schüttelte den Kopf. »Du hast ihn nicht *Mammi* genannt. Nur fünf Eier. Wenn es ihm wirklich Spaß gemacht hat, spuckt er zehn aus.« Wieder schüttelt er bedauernd den Kopf. »Aber wir können wiederkommen, und wenn du dich nicht so dusselig anstellst, können wir mehr aus ihm herausleiern. Warum hast du ihn nicht *Mammi* genannt??«
Eine Woche später – ich war allein – begegnete ich dem gleichen Mann. Da er mich ja nun kannte, kam er auf mich zu und sprach mit mir. »Hast du vielleicht einen jungen Freund, dem es Spaß machen würde, mitzukommen und mit uns zu essen?« fragte er mich. »Ich habe Petey heute nicht hier gesehen«, sagte er und blickte sich suchend nach ihm um. »Wenn du einen anderen netten jungen Mann findest, werden wir gut zusammen essen, und ihr werdet jeder um zehn Dollar reicher sein.« – »Zehn?« fragte ich. »Wieso, Kind«, sagte er ein wenig unwillig, »… ich gebe *immer* zehn.« Er konnte meinem Gesichtsausdruck entnehmen, was geschehen war. »Dieser Pete!« sagte er und ich dachte, er würde mit dem Fuß aufstampfen. »Jetzt hat er das doch schon wieder gemacht! Ich könnte

wetten, er hat dir nur fünf gegeben!« Es war mir peinlich, zuzugeben, daß Pete mich übers Ohr gehauen hatte, und ich sagte nein, er hätte mir zehn gegeben. »Da bin ich aber froh!« sagte der Mann. »Er hat das nämlich schon mal gemacht, weißt du – gibt seinem jungen Freund nur fünf und behält fünfzehn. Aber was soll ich machen? Es ist mir so unangenehm, einem jungen Mann Geld zu geben, wenn ich ihn zum ersten Mal sehe. Ich weiß wirklich nicht, was ich da machen soll.« Dann lächelt er verzeihend. »Aber Petey ist ein entzückender junger Mann ... bloß ... bloß ...« – er zieht die Brauen leicht zusammen – »... wenn er mich bloß nicht immer *Mammi* nennen würde!«

Als ich Pete eines Abends im Bryant Park wiedersah, erwähnte ich die Sache mit dem Geld. Er sah auf seine Füße hinunter und heuchelte Verlegenheit – ich war ganz sicher, daß er Theater spielte. »Du mußt noch lernen, niemandem über den Weg zu trauen«, murmelte er. Dann griff er nach seiner Brieftasche und holte drei Dollar heraus. »Das ist alles, was ich jetzt habe«, sagte er und seufzte. (»Was fang ich jetzt bloß an!«) »Hier, nimm sie!« sagte er. Ich tat es, und er starrte mich verwundert an. »Du machst Fortschritte, Gumpel«, sagte er.
Ein paar Tage später zahlte ich es ihm heim:
Ich erzählte ihm, daß ich ein Mädchen kenne, das gern als Stripteasetänzerin auftreten will. Ich war ihr vor nicht allzu langer Zeit im Vestibül eines Mietshauses begegnet, wo ich mit jemand oben war. Sie hieß Flip und sagte, ich soll mit ihr raufkommen – als wenn nichts wäre. Sie zeigt mir schlüpfrige Fotos von sich und bringt mich auf Touren. Sie war sehr hübsch und sehr jung. Zu den stöhnenden Klängen von *Night Train* fing sie mit einem Striptease an, hörte plötzlich kokett auf und meinte schmollend, weiter ginge es nicht: »Du verstehst. Kleiner, Flippy hat Besuch von Tante Rosa.«
Plötzlich wurde mir eindeutig klar, daß Flip ein Mann war. Sie war der erste Transvestit, den ich kennenlernte. Ich ließ mir nicht anmerken, daß ich sie durchschaut hatte und sie tat das mit mir, was sie, wie sie sagte, sowieso am liebsten täte ... Als es vorbei war, sagt sie:

»Wenn du andere niedliche Knaben weißt, erzähl ihnen von mir. Ich bin immer bereit, Kleiner.«
Als ich Pete von Flip erzählte (wobei ich allerdings verschwieg, daß sie eine Fummeltrine ist), hatte er auch hier den Eindruck, daß es sich um ein mannstolles Frauenzimmer handelt. »Die Biene muß ich kennenlernen«, sagte er, und ein paar Tage später brachte ich ihn zu ihrer Wohnung. »Wir machen 'ne Nummer zu dritt«, sagte er enthusiastisch, »... das ist aufregender.« Wir standen schon vor Flips Tür, und er drang weiter in mich, mitzumachen, aber ich sagte, ich hätte etwas anderes vor.
»Du brauchst nur zu klingeln«, erklärte ich ihm, »sie wird nicht einmal fragen, wer du bist. Rein damit und hoppla.«
Ich wartete auf der Treppe, bis ich ihn den Klingelknopf drücken sah. Die Tür ging auf und ich hörte Flip quieken: »Ohhhh – *du* bist aber niedlich!«
Am gleichen Abend wartete ich schadenfroh darauf, einen verärgerten Pete zu treffen. Aber als er erschien, sagte er: »Mensch! ... das ist vielleicht 'ne Nummer ... *prima!«*
Ich kam mir sehr tüchtig vor – und war höchst überrascht.

4 Eines Tages – mitten im kalten bitteren Winter, als der Schnee durch die Straßen fuhr wie ein Messer aus Eis und der Wind schrie wie der böse Feind – eines Tages griff die Erinnerung an meine Mutter mit quälender Heftigkeit nach mir – einer Heftigkeit, die noch verstärkt wurde durch die langen interpunktionslosen mühsam geschriebenen Briefe, die ich dreimal die Woche von ihr bekam und in denen sie mich immer wieder fragte, wann ich zurückkäme und ich solle ihr versprechen, vorsichtig zu sein – und ich beschloß wieder einmal, dem Times Square den Rücken zu kehren – eine in regelmäßigen Abständen wiederkehrende Reaktion meines Schuldbewußtseins. Ich verschaffte mir einen Job bei einer Stiftung, die sich der *Ausbreitung der vorbildlichen amerikanischen Lebensführung* verschrieben hatte. Und ich hielt mich von der Straße fern. Abends blieb ich zu Hause oder ging ins Kino – aber nicht in eines

in der 42. Straße oder in eines der anderen Kinos dieser Art. Doch der Job dauerte wie immer nur kurze Zeit und ich brach sie unvermittelt ab. Die kalte Luft draußen erschien mir wie ein Symbol meiner wiedergewonnenen Freiheit. Schon am gleichen Abend war ich wieder auf dem Times Square.

»Wo hast du gesteckt, Gumpel?« fragte Pete. »Ich dachte schon, sie haben dich eingelocht oder so was. Ich hab' mir den Hals ausgerenkt nach dir. Mach das nicht wieder, hörst du?« Zum ersten Mal seit ich ihn kannte gaben wir uns die Hand.

Danach sah ich ihn immer öfter. Manchmal, nachdem wir angeschafft hatten, trafen wir uns im Automaten Ecke 42. Straße und Park Avenue (das erschien ihm schicker). Er erzählte mir, daß er jetzt in dem Zimmer wohne, das der schwarzgekleidete Al für seine Motorradklamotten gemietet hatte. »Es paßt ihm nicht recht, daß jemand dort wohnt«, sagte Pete, »aber ich hab' ihn rumgekriegt.« Und obwohl wir uns jetzt mindestens einmal am Tage sahen, bestand auf beiden Seiten immer noch die drängende Notwendigkeit, sich plötzlich und unvermittelt vom anderen zu trennen und abzuhauen. Ab und zu besuchten wir *Mammi.* Meine anfängliche Verlegenheit hatte sich völlig gegeben: Es war immer das gleiche, der Mann berührte nie einen von uns, er saß nur da und starrte uns an. Einmal knipste er uns sogar, als wir bei Tisch saßen. Inzwischen hatte Pete auch das Damespiel gelernt. Und eines Nachmittags geschah das Sonderbare (Pete und ich saßen auf dem Bett und spielten Dame, viel länger, als wir es je vorher getan hatten, so, als gäbe es keine dritte Person, keine *Vorstellung,* und es machte uns richtig Spaß): *Mammi* gab mit überraschender Plötzlichkeit die Rolle des Beobachters und der hingebungsvollen Mutter auf, und unter dem Vorwand heftiger Kopfschmerzen bat er uns irritiert, zu gehen. Er klappte das Spielbrett hastig zusammen und warf die Steine in die Schachtel.

Als wir gingen, schlug er die Tür hinter uns zu. »Was hat er bloß in 'n falschen Hals gekriegt?« fragte Pete. Dann zuckte er lässig mit den Achseln. »Vielleicht hatte er wirklich Kopfschmerzen – die spinnt ja sowieso ... Soll uns am Arsch lecken.«

Wir gingen nicht wieder hin.

5 Die Nächte wurden wärmer. Es war das herrlichste New Yorker Zwischenspiel zwischen Winter und Frühling, wenn die Wärme raus will und du dich erinnerst, daß die schrecklich kahlen Bäume schon bald grünen und sprießen. Alle rennen in die Parks, auf die Straßen und man denkt gar nicht daran, daß der Sommer schon bald alles versengen wird, einen vom Himmel mit Dampf überfällt. »Mir ist heute nicht nach Rummachen«, sagte Pete eines Nachmittags zu mir. Er schien nachdenklich. »Gehn wir in 'nen Film, Gumpel?... Sollen die anderen sich heut' die Kerle aufreißen.«

Wir sahen uns eine Doppelvorstellung an – mit einem französischen Film über Lesben in einer Mädchenschule. Als wir herauskamen, war es dunkel und der Himmel war wundersam bestirnt mit Frühlingssternen. »Glaubst du wirklich, daß zwei Weiber so aufeinander fliegen können?« fragte mich Pete. Ich antwortete: »Na klar.« Ich überlegte, wo diese für Pete so ungewöhnliche Naivität herkam. »Komisch«, fuhr er fort, »schau: ich kann verstehn, daß Kerle das miteinander machen – für Geld natürlich – aber ... es ist jedenfalls komisch, wenn man so scharf aufeinander ist – nur so – und die beiden Bienen, Mensch, sahen beide prima aus.« Wir standen auf der Straße. Sogar die Leuchtreklamen wirkten in der warmen Luft lebendiger als sonst.

Ich hatte nichts vor, aber ich sagte zu Pete: »Bis gleich.« So war es schon immer zwischen uns gewesen. »Nein, wart«, sagte er, »hau nicht ab – wenn du nichts Besseres vorhast.« – »Nichts«, sagte ich. »Dann wolln wir doch zusammenbleiben«, sagte er. »Mir ist heute nicht nach Rummachen«, wiederholte er mürrisch.

Wir gingen in eine Cafeteria im gleichen Block und aßen. Die streunenden Burschen saßen herum, tranken ihren Kaffee und starrten die älteren Männer an, die hereinkamen. »Manchmal kotzt mich das alles an«, sagte Pete. »Vielleicht sollte ich abhauen – weg von New York – irgendwohin ... nach Los Angeles oder so. Soll ich dir mal was sagen? Ich war mein ganzes Leben hier im Osten – New Jersey – New York ...« Er sah träumerisch aus dem Fenster.

»Gehn wir zum Washington Square!« sagte er plötzlich.

In ein paar Minuten waren wir mit der U-Bahn dort. Auf dem Washington Square waren viele Leute. In der Mitte, um den Springbrunnen herum, drängten sich die jungen Maler mit ihren Freundinnen, manche von ihnen mit einem Kinderwagen. Sie sahen sehr glücklich aus, und ich empfand das gleiche. Wahrscheinlich war es die warme Jahreszeit, die vor der Tür stand… Ein bärtiger junger Mann spielte auf einer Gitarre und sang leise ein spanisches Lied. Pete und ich setzten uns an den Springbrunnen und hörten zu. Bald standen wir wieder auf und gingen zur *Fleischmarkt,* dem schwulen Teil des Parks. Dort sah es aus, als habe jemand eine Reihe von Marionetten auf das Geländer gehängt; es waren die einsamen jungen Homosexuellen mit suchendem Blick, die mit den Beinen baumelten und auf den Partner für diese eine Nacht warteten… »Kein Geschäft zu machen«, sagte Pete, »… die sind hier heute unter sich.« Aber wir setzten uns trotzdem dazu, schweigend.

Neben uns hat sich eine schwarze Transe postiert – ein über die Maßen effeminierter junger Mann in einem bonbonfarben gestreiften Hemd: Sie steckt überheblich die Nase in die Luft und blickt mit gespielter Verachtung um sich. Bald kommen ein paar ihrer weißen *Schwestern* angerauscht, zwei ebenso weibische junge Leute. Sie bleiben stehen und reden mit der schwarzen Transe – es ist wie ein Kaffeeklatsch und sie lassen sich kaum Zeit, Luft zu holen. Jetzt geht es über Kleider. »Es war fabelhaft!« sagt sie, »ich sah aus wie die Königin von Saba, und ihr Süßen dürft mir glauben: ich wirkte ganz *echt!«*

»War die Königin von Saba nicht weiß?«, sagt eine der beiden weißen. Sie ist hochblond und versucht mit gutturalem Südstaatenakzent zu sprechen.

Die schwarze riß die Augen auf. »Willst du mich kirre machen, Mary?« fragt sie böse.

»Liebste«, sagt die Blonde, »… man wird ja noch fragen dürfen. Ich wollte ja nur wissen, ob die Königin von Saba nicht weiß war? Ich könnte mir vorstellen, daß du dich weiß *angestrichen* hattest.«

»Mary«, sagt die schwarze Transe und ist bereit, jeden Moment vom Geländer herunterzuspringen, »… ich bin vielleicht nicht *wirklich*

die Königin von Saba, aber ich bin die Königin des Fleischmarkts hier – und das werd' ich jeder Scheißtucke beweisen, die versucht, mich auf den Arm zu nehmen.«
»Du hast 'n Knall«, sagt die Blonde völlig unbeeindruckt, »... wer hat denn jemals was von einer Niggerkönigin gehört?« Im gleichen Augenblick springt die Schwarze vom Geländer herunter, packt die Blonde an ihren schmächtigen Schultern und schüttelt sie hin und her, bis jene anfängt zu schluchzen und tränenüberströmt versucht sich loszureißen. Endlich läßt sie sie frei, und die Blonde saust davon und quiekt: »Du alte ausgeleierte Zicke ... wenn wir im Süden wären, dann würd' ich dir schon zeigen, wer hier die Königin des Fleischmarkts ist!«
Pete sagte mürrisch: »Sie hätte nicht *Nigger* zu ihr sagen sollen.« Ein dicker Polizist kommt vorbei und schwingt seinen Stock wie einen Dirigentenstab. »Los, los ... weiter, weiter«, sagt er. »Jawohl, Herr Wachtmeister ... zu Befehl«, sagt Pete und hebt den Mittelfinger zum Gruß in die Höhe, als der Polyp vorbeigeht ... Wir gehen also weiter und es wurde kühl – die Illusion des Frühlings zog sich kokett zurück. Abermals überqueren wir den Washington Square. Der bärtige Gitarrist ist fort, und wir setzen uns auf eine Bank.
Als ich mit Pete dort saß, überkam mich ein heftiges Gefühl der Einsamkeit. Lag es am Himmel? Mit seinen verschwenderisch in der unendlichen Schwärze verstreuten Sternen glich er dem nächtlichen Himmel über Texas so sehr. Oder war es die plötzliche, mir die Kehle zusammenschnürende Erinnerung an meine ferne Mutter? Über die Weite hinweg spüre ich die Ausstrahlung ihrer Liebe und sie droht mich zu ersticken ... Oder war es der plötzliche Stimmungswechsel im Park?
Die jungen Männer und Mädchen waren gegangen – auch die älteren Leute hatten die Bänke verlassen. Jetzt bleiben nur die jungen Schwulen auf der Jagd nach einem Partner übrig. Für einen Augenblick setzen sie sich auf eine Bank, gehen wieder ein Stückchen, stehen ruhelos herum. Einer saß in unserer Nähe. »Ob der wohl denkt, wir sind schwul?« fragte Pete unwillig – und dann starrte Pete ihn so lange an, bis er aufstand und fortging ... Ich fragte mich, ob

die Besessenheit ihrer Suche Pete wohl ebenso beeindruckte wie mich; er war merkwürdig still ... Zwei junge Männer gingen vorbei. Ich hatte sie vorhin auf dem Parkweg gesehen – sie standen nur einige Schritte auseinander und rückten dann langsam näher. Nach einer kurzen Unterhaltung gingen sie leise miteinander sprechend zusammen fort. Sie waren beide jung und sahen beide gut aus. Ich bemerkte, wie sie sich anlächelten: Für sie war die Suche für diesen Abend beendet – es ging nicht um Geld, sondern um gegenseitige, wenn auch nur flüchtige Zuneigung. Pete starrte ihnen nach und sagt: »Die hätten sogar mich täuschen können. Sehen aus wie Stricher, nicht? Und dabei könnte ich wetten, die treiben's jetzt zusammen.«

Wir gehen die Fifth Avenue entlang, an der trübe erleuchteten Bar eines Hotels vorbei. Durchs Fenster sehen wir eine Frau am Klavier. Ein Mann beugt sich über sie, ihre Lippen bewegen sich – sie singt wohl und rückt gleitend näher an ihn heran ... Wir bleiben ein Weilchen stehen, dann gehen wir weiter und kommen jetzt auf den Union Square, wo wir haltmachen und einem Mann zuhören. Er trägt einen engen Anzug und redet laut und erregt darüber, was für ein Sündenpfuhl der Union Square ist. »Perverse und Penner!« schreit er. Ein kleiner alter Penner stolpert zu ihm hin, er riecht nach Fusel, seine Nase glüht wie ein Schlußlicht, und schwankend droht er dem Mann, der seine Flüche hinausbrüllt, mit dem Finger und sagt deutlich: »Hör mal zu, du ... du hör mir mal zu: in unserem Park wird's noch Penner und Homos und Momos geben, wenn du längst stumm und steif daliegst!«

»He, Gumpel«, sagt Pete zu mir, »was ist ein Momo?« – »Keine Ahnung, wahrscheinlich ist ihm das gerade nur so eingefallen.«

»Der kann so bleiben«, sagt Pete. »Penner, Homos und ... wie war das?«

»Momos«, sagte ich.

»Richtig: Momos. He! Vielleicht sind wir Momos!« Er lacht.

Wir sind an der Armory angelangt, an der Kreuzung der 54. Straße und der Park Avenue. »Hier wohne ich«, sagte ich zu Pete.

»Kann ich raufkommen und mich noch 'n bißchen mit dir unter-

halten?« fragt er so hastig, daß es wie ein einziges Wort klingt.
»Ich bin müde«, sagte ich rasch. Er ließ nicht locker. »Ach los doch ... ist doch noch früh ... oder wir gehen zu mir hinauf. Ich wohne immer noch in Als Zimmer mit den Lederjacken. Komm mit rauf, ich hab' noch 'ne Flasche Sprit, die können wir aussaufen.«
»Es ist zu weit«, sagte ich.
Er machte ein gekränktes Gesicht. »O.K., gehn wir zu mir rauf«, sagte ich schnell.
Es gibt immer noch einen Portier in meinem Haus: einen Schwarzen aus Jamaika – wie das Spiegelvestibül ein Relikt früherer, jetzt verschollener Eleganz: Jenseits des Vestibüls und des Portiers – der die ganze Nacht in einem kleinen Raum sitzt und im Halbschlaf mit dem Kopf nickt – besteht das Gebäude aus schäbigen Zwei-Zimmer-Apartments und grauen Einzelzimmern – viele Lagen Tapeten machen die Wände so weich wie Federbetten; die Wasserrohre rattern, und wenn es sehr kalt ist, versagt die Heizung ... Wir fuhren mit dem klagenden Fahrstuhl hinauf zu der großen Wohnung, die in kleinere Wohnungen und winzige Zimmer unterteilt ist. Ich drehte das Licht an.
»Hier ist es hübsch«, sagte Pete, als er sich in dem schmuddeligen Zimmer umsah. Es gab einen Farbfleck im Raum: eine mexikanische Decke, die mir meine Mutter geschickt hatte ... »Wenn ich doch auch 'ne eigene Bude hätte«, sagt Pete. »Weißt du, ich hab' sogar daran gedacht, eine kleine Wohnung zu nehmen – mit jemand zusammen vielleicht – du weißt schon, man teilt sich die Miete ... dann ist es nicht so teuer ...; Wohnst du gern allein, Gumpel?« Ich tat, als hätte ich es nicht gehört ... Schon lange vor jener Nacht, in der ich beschloß, diese Welt nicht mit *einem* Menschen, sondern mit vielen zu erforschen, hatte ich bemerkt, daß mich ein Gefühl des Erstickens befiel, sobald ich jemanden zu nahe an mich herankommen ließ ...
Pete redet weiter.
»Vielleicht ... vielleicht ... das fällt mir gerade so ein ... man könnte sich ja für 'ne Weile zusammentun ... wir könnten zusammen anschaffen, die Freier so richtig ausnehmen. Das war kein Problem

– ich kenn' 'ne Menge Freier. Wenn sie nicht auf mich stehn, stehn sie auf dich, und egal, wer von uns es nun gerade ist – wir würden ganz gut über die Runden kommen, glaub' ich … Ich hab' mir sogar gedacht … mein Gott … na ja … diese Scheißrumrennerei auf den Straßen … es kotzt mich an … manchmal hab' ich Alpträume von diesen Pißbuden … ich mein', diese ewigen Schwulen … und … na ja, wenn ich mir einen Job suchen würde, vielleicht … und jemand die halbe Miete zahlen würde … na ja …«
»Es ist schon nach zwölf«, unterbrach ich ihn.
Für eine Weile schwiegen wir. Ich spüre eine unklare Befangenheit zwischen uns. Ich wollte, daß er geht. Es war das erste Mal, daß außer den neugierigen Männern und Frauen, die die anderen Zimmer bewohnten, jemand hier bei mir war. »Kann ich heute nacht hierbleiben?« höre ich ihn deutlich fragen. In einer Art Panik möchte ich ablehnen. »Ja«, antwortete ich.
Das Licht ist gelöscht. Die Dunkelheit steht und wartet. Er lag auf dem äußersten Rand des Bettes, ich auf dem anderen. Eine lange Zeit verging. Stunden.
»Schläfst du?« fragte er. »Nein – ich kann nicht schlafen.«
»Ich auch nicht«, sagt er. »Vielleicht sollte ich gehn.« Aber er rührte sich nicht. Stille.
Und dann fühlte ich seine Hand auf meiner, ganz leicht nur. Keiner von uns beiden rührte sich. Die Zeit verging. Und jetzt schließt sich seine Hand fest über meiner. Und das war alles, was geschah.

Der Mann im anderen Flügel des Gebäudes, meinem Fenster gegenüber, fing sehr früh an zu husten, und ich stand rasch auf und zog mich an. »Ich muß weg«, sagte ich zu Pete.
»Ich auch«, sagte er, »ich muß jemand treffen.«
Wir vermieden es, einander anzusehen. »Na dann bis bald«, sagte er unter der Tür. Und fügte hinzu: »Mensch« – aber seine Stimme klang gezwungen, wie die meine, »… heute hab' ich 'nen tollen Freier auf der Pfanne – mindestens zwanzig Piepen.«
»Bis gleich«, sagte ich.
»Bis gleich, Gumpel«, sagte er.

Ich sah ihn häufig wieder – in Kinos, im Bryant Park, auf dem Times Square. Wir sagten *halloh* zueinander, blieben stehen, redeten dies und das: er übertrieb seine Erfolge, ich die meinen. Aber wir waren niemals mehr für längere Zeit zusammen. »Ich muß anschaffen«, sagte einer von uns, und wir gingen unserer Wege.
Bald schon blieben wir nicht mehr stehen, um miteinander zu sprechen, wenn wir uns begegneten. Wir sagten »halloh« und gingen eilig weiter ... Und dann, eines Tages – es war ein erstickend heißer Sommertag – sah ich, wie er mir hüpfend und eilig entgegenkam. Ich machte ruckartig eine halbe Wendung und tat, als würde ich mir ein paar Kinoreklamen ansehen, und als ich einen kurzen Blick zurückwarf, bemerkte ich, daß er – wohl aus dem gleichen Grund – auf die andere Seite der Straße hinübergewechselt war.

Die Stadt der Nacht

Die Welt des Times Square, so glaubte ich, war eine Welt, die ich mir selbst ausgesucht hatte – sie hatte mich nicht gerufen. Und weil ich das glaubte, war der Reiz, den sie auf mich ausübte, um so stärker.

Ich warf mich ihr in die Arme.

Der Sommer war bösartig über New York hereingebrochen, mit der Vehemenz eines hechelnden Raubtiers. Unbarmherzig heiße Nächte folgen erstickenden Nachmittagsstunden. Die Züge mahlen sich ihren Weg durch die Unterwelt der U-Bahn-Tunnel und pressen die heiße Luft noch grausamer zusammen – zuweilen tanzt in den schlingernden Wagen ein Rudel afro-amerikanischer Bälger zu den Urwaldrhythmen ihrer *bongoes* – und am Times Square speien sie eine aus allen Himmelsrichtungen zusammengeströmte Menschenmenge aus ... Und die Straßen quellen über von schwitzenden Gesichtern. Jetzt wird das frostige Strichgeschäft des Winters zum leichtfüßigen Broterwerb des Sommers.

Mit Beginn der warmen Jahreszeit spürt das Korps der New Yorker Polizisten die bevorstehende Brandungswelle des Straßenbetriebs heranrollen, und ein paar Tage lang sind die Zeitungen voll von Berichten über Razzien: UNERWÜNSCHTE ELEMENTE GESCHNAPPT! Die Polizisten kämmen den Times Square tüchtig durch. Doch mit dem Fortschreiten des Sommers und der zunehmenden Schwüle ermatten sie, als hätte auch ihnen die Hitze das Mark aus den Knochen gesogen. Dann gehen sie nur mehr die Straßen auf und ab und sagen immer wieder »weitergehen ... weitergehen ...«

Unausweichlich zieht es einen an die gleichen Orte zurück.

Für mich hatten sich die Regeln, nach denen sich mein Leben auf der Straße abspielte, bereits klar herausgebildet.

Ich sprach niemals jemanden an, sondern stand immer nur an den bewußten Ecken und wartete darauf, angesprochen zu werden – während ich sah, wie um mich herum ganze Rudel anderer junger Burschen sich den leicht zu erkennenden Freiern auf der Straße ungeniert näherten. Daß ich unfähig war, als erster den Mund aufzumachen, hing mit dem Geltungstrieb zusammen, den ich bereits in El Paso verspürt hatte – der tiefere Grund, der mich von dem Mädchen fortgetrieben hatte, mit dem ich vor langer Zeit auf den Cristo Rey geklettert war: Ich hatte ihr unausgesprochenes Verlangen nach eben der Aufmerksamkeit gespürt, die ich für mich forderte, und ich weiß genau, daß es ihr ebenso ging ... Und nun, in dieser Männerwelt der Straße, da wollte *ich* in diesen flüchtigen Beziehungen der Begehrte sein, ohne dieses Gefühl zu erwidern. So wurde Sex für mich die mechanische Reaktion auf die Verbindung dieser beiden Momente, und die Grenzlinie durfte nicht überschritten werden. Natürlich kam es vor, daß ein Freier zu erkennen gab, daß er mehr von mir erwartete. In diesem Fall ließ ich ihn, über die Maßen verstimmt, augenblicklich stehen. Und es war wie ein Zwang, daß ich sofort danach andere zu finden suchte, die *meine* Bedingungen akzeptierten.

Von Anfang an waren mir die spöttischen Untertöne aufgefallen, mit denen manche Männer, wahrscheinlich aus Gründen der Selbstachtung, die Männlichkeit der jungen Burschen nachträglich herabsetzten, die sie doch zuvor nach diesen Qualitäten ausgesucht hatten – als seien sie überzeugt davon (oder zumindest taten sie so), daß ein Strichjunge, je männlicher er wirkt, um so wahrscheinlicher diese Männlichkeit nur vortäuscht: »... und als wir ins Bett gingen, diese scharfe Nummer und ich, da legt er sich doch auf den Bauch und ich ...«, hatte mir ein Freier von einem sehr männlichen jungen Burschen erzählt, den ich vom Sehen her kannte. Später hörte ich diese Geschichte immer öfter. Ob das nun bei den anderen zutraf oder nicht: für mich gab es Dinge, die ich nicht tun durfte, auch wenn ich mein Geld in diesem Geschäft verdiente. Für Geld etwas vortäuschen, was ich nicht empfand, hätte die Befriedigung, die mir die Beweise des Begehrtseins gewährten, zunichte gemacht ... Ich hätte mir damit etwas vergeben … Das Geld, das ich für Sex erhielt, war für mich die Bestätigung einseitiger Begierde: Ich wurde begehrt und man war bereit, meine Spielregeln anzuerkennen *und* mich zu bezahlen.

Und dieses schon in der Kindheit verpfuschte Ich irrlichterte über einem ebenso unsicheren und schwankenden Untergrund, wie ihn die Straße für mich darstellte (und als weitere Ironie des Schicksals: Nur hier war es mir, wenn überhaupt, möglich, in ausreichendem Maße das zu finden, was ich brauchte). Mein Ich bedurfte immer häufiger der Selbstbestätigung: eine wilde Jagd, die sich gelegentlich grausam gegen mich kehrte und meinem verzehrenden Narzißmus heimtückische Wunden beibrachte. In einer Bar vereinbare ich mit zwei Herren von auswärts (die in ihrem Urlaub diese Welt der leichten Eroberungen um den Times Square erforschen wollen), später zu ihnen ins Hotel in der Gegend der 20. Straße zu kommen. Als ich in jener Nacht dort erschien, wurde die Tür, nachdem ich einige Male laut geklopft hatte, vorsichtig geöffnet. Drinnen war es dunkel. Einer der beiden steckte den Kopf heraus und sagte hastig, da er die Tür möglichst rasch wieder schließen wollte: »Es tut mir leid, aber wir haben schon jemand anderen da, komm doch morgen wieder.« Aber es gab genügend andere, die mein heißhungriges Verlangen befriedigten.

Auf den Kinorängen passierte es in den letzten Reihen oder auf der dunklen Treppe. In den Toiletten der Kinos konnte es geschehen, daß für ein paar kurze Augenblicke, während einer Schmiere stand, und Körper und Mund sich hastig verbanden, das Gefühl der entsetzlichen Einsamkeit von mir wich, das die Welt in jeder verzweifelten Minute des Tages gebiert – und das, wie es mir damals erschien, nur durch die Befreiung, die der Orgasmus mit sich brachte, überwunden werden konnte – wenn auch nur für einen kurzen Augenblick … hinter dem Denkmal im Bryant Park, wo sich Schatten abzeichnen, die einmal in Fahrt jede Vorsicht außer acht lassen …

Und doch gab es für mich auch Tage, an denen ich zu dem zurückkehrte, was mir einst innere Ruhe gebracht hatte: Ich flüchtete mich zu den Büchern ... In der bewußten Bibliothek in der Fifth Avenue versuchte ich oft meine Ohren vor dem Echo der Welt zu verschließen, die unmittelbar hinter diesen Mauern tobte. Und wieder las ich stundenlang. Es gehörte mit zum Ablauf des sich in Abständen wiederholenden Versuchs, aus jener Welt auszubrechen, daß ich mir unvermittelt einen Job suchte, mich von der Straße abwandte und zu den Büchern zurückkehrte, zu denen ich als Kind geflohen war. Daneben aber bestand die unstillbare Sucht fort, in jener Welt aufzugehen, die mich nach New York gelockt hatte, sowie das übermächtige kindliche Schuldgefühl, das mich manchmal zu ersticken drohte. So wurde ich in meinen Gefühlen dauernd hin- und hergerissen.

Und ich begann zu ahnen, daß diese Reise, fort von dem weit entfernt liegenden Fenster meiner Kindheit, eine Rebellion gegen eine Unschuld darstellte, die durch nichts in der Welt gerechtfertigt war.

Ich sitze eines Abends im Leseraum der Bibliothek, umgeben von maskenhaft-gelassenen Leuten – wie Überreste einer längst entschwundenen Zeit –, als mich ein junger gutaussehender Mann grüßte. Er setzte sich an den gleichen Tisch. Als ich bemerkte, daß er mich immerzu lächelnd ansah, und gleichzeitig spürte, wie sein Bein sich gegen meines drückte, ging ich fort. Sein Benehmen hatte mich zutiefst verstimmt; er setzte stillschweigend voraus, daß ich zur Welt der aneinander interessierten Männer gehörte. Ich konnte ohne weiteres mit anderen jungen Burschen herumstehen, die gleichen Straßen wie sie abgrasen (obwohl ich das seit der Geschichte mit Pete selten länger als ein paar Minuten tat, denn ich zog es vor, allein zu sein), aber zwischen uns galt es als ausgemacht – und es wurde auch ausgesprochen –, daß wir uns auf der Jagd nach Freiern befanden, nie auf der Jagd nach einander. Der junge Mann von vorhin hatte ganz augenscheinlich geglaubt, er wirke auf mich so anziehend, wie offensichtlich ich auf ihn ...

Er folgte mir nach draußen. Ich war schon im Bryant Park, als ich hörte, wie er seinen Schritt beschleunigte, um mich einzuholen. »Ich ... möchte Sie gern kennenlernen«, sagte er und sprach die letzten

Worte dabei so schnell, als habe er den Satz eingeübt. »Ich muß jetzt essen gehen«, sagte ich und sah ihn nicht einmal an. »Und wenn ich mich dazusetze und wir uns ein wenig unterhalten?« fragte er. Seine Erscheinung und sein Gebaren waren durchaus männlich. Er war höchstens zwanzig, und doch zeigten seine Augen bereits jenen fixierten verräterischen Blick.
Wir gingen in eine Cafeteria, und dort erzählte er mir, er sei Student an einer Hochschule und lebe bei seinen Eltern. An den Wochenenden arbeite er in der Bibliothek ... Was er sagte, war mit leichten Anspielungen homosexueller Art durchsetzt, auf die ich nicht einging ... Später spazierten wir ungefähr eine Stunde am Fluß entlang und redeten über dies und das.
»Ich möchte mit dir schlafen«, sagte er dann geradeheraus. »Wir könnten irgendwo ein Zimmer nehmen.«
Mit einem Gefühl äußerster Hilflosigkeit fiel mir Pete ein, und selbst ganz überrascht von meinem freundlichen Ton gegen diesen jungen Mann, sagte ich:
»Sie täuschen sich in mir.«

In den folgenden Tagen (auf dieser festgegründeten Insel mit ihrem Leben, das niemals schläft – in dieser Stadt, deren Energien sich aus tausend kleinen verschlafenen Städten Amerikas speisen und die ihre Kräfte wie ein ungeheurer Magnet an sich reißt; unter den Flüchtlingen, die sich, herbeigelockt von dieser erregenden Schlaflosigkeit, zu gleichgesinnten oder sich ergänzenden Gruppen zusammenfinden in dieser grellen, sich selbst betäubenden, sich hochmütig in den Himmel türmenden Stadt), in diesen Tagen also entdeckte ich die Third Avenue und die Gegend um den östlichen Teil der 50. Straße herum, wo in den frühen Morgenstunden Männer sich schamlos auf der Straße herumtreiben, in gespielter Gleichgültigkeit die Achseln zucken, wenn man nicht stehen bleibt und wo das träge *Heh* sich in der Dunkelheit verliert ...
Dann war da noch Howard Thomsons Restaurant in der 8. Straße vor Anbruch der Morgendämmerung. Hier versammelten sie sich, um die allerletzte Gelegenheit wahrzunehmen, ehe die aufgehende Sonne sie

vertrieb und die Familien zum Sonntagsfrühstück weckte.
Ich entdeckte die Bars: Im Westen, im Osten, in Greenwich Village; passenderweise auch eine in Queens, wo Männer innig umschlungen mit anderen Männern tanzten, der eine führte, der andere ließ sich führen – wo ich zum ersten Mal hemmungslos geschminkte Männer versammelt sah und außerdem einen Mädchenknaben, der es in aller Öffentlichkeit mit einem Polizisten rumtuckte ... Die meisten dieser Bars zogen in Mengen junge Leute an, die dort Gleichgesinnte für eine Nacht *aus Liebe* treffen wollten oder auf eine *Ehe* hofften – und deshalb machten sie mich damals nervös, und ich mied sie im großen ganzen.
Unersättliche Rastlosigkeit brodelte in mir.
Ich entdeckte den Dschungel des westlichen Central Park zwischen der 60. und 70. Straße. An den Nachmittagen, besonders am Sonntag, strich ein ganzes Rudel von Jägern übers Gelände – sitzt und liegt in Erwartung der heutigen Begegnung im Gras herum. Selbst bei strahlend weißem Sonnenlicht konnte man es hier an Ort und Stelle im Gebüsch treiben.
Nachts saßen sie auf den Bänken am Rande des Parks. Oder sie schlenderten mit ihrem Hund an der Leine über die Wege ... Die Kühneren drangen tiefer in den Park ein, gingen um den See herum bis in die Nähe eines kleinen Hügels: Schläger, Stromer, Stricher, Schwule. Alle auf der Jagd. Banden von Halbstarken liegen zwischen den Bäumen drohend auf der Lauer. Hin und wieder kommen Polizisten vorbei, fast ängstlich, paarweise, und lassen ihre Stablampen aufleuchten, und dem Knacken in den Büschen folgt eiliges Getrappel auf den Wegen.
Nachts kann es geschehen, daß man die dunklen verschlungenen Wege entlang auf Szenen von überwältigender Intimität stößt. Im spukhaften gefleckten Licht einer fernen Laterne liegt ein Schatten bäuchlings auf dem grasnarbigen Boden, ein anderer Schatten rittlings über ihm: der Gefahr der Entdeckung nicht achtend in den letzten Augenblicken isolierter Erregung ...

Central Park: ein Gewitter zieht auf (die dunklen Wolken stürzten am schwarzen Himmel ineinander, der sich, von Blitzen zerfetzt, herabzusenken schieb – einmal, eines Nachts in jenem Park, als ich eine unerträgliche, auf Entladung drängende Erregung in mir verspürte, gemischt mit plötzlicher unerklärlicher Panik, stand ich an einen Baum gelehnt und ließ in hektischer Folge sieben nächtliche Schemen vor mir in die Knie gehen. Und als endlich der Regen herniederstürzte, ging ich fort und ließ mich bis auf die Haut durchnässen, als ob das Wasser fortwaschen könne, was immer der Grund für dieses verzweiflungsvolle nächtliche Geschehen war.

Der Professor *oder* Der Engel Flug und Flucht

1 Der Mann im Bett, der mich taxierend betrachtet, war ein Monstrum. In der einen Hand hielt er geziert eine pastellblaue Zigarette zwischen seinen Wurstfingern. Er führt die Zigarette manieriert an den Mund und gibt, ohne zu inhalieren, eine formlose Rauchwolke von sich. Es sieht aus, als ob ein rosiger Dschinn aus dem Rauch auftaucht. Die andere Hand hielt ein Bandmaß, zum Teil um seinen welken dicken Hals geschlungen... Er ist um die Sechzig herum, und sein Kopf ist glattrasiert. Hinter dicken Brillengläsern wölben sich riesige dunkle Augen, wie die Augen auf den Scherzbrillen, die Kinder zu Halloween aufsetzen.

Außer mir befindet sich in diesem hübsch eingerichteten Zimmer noch ein junger Krankenpfleger, der mich vom Times Square hierhergebracht hat. Er ist vielleicht achtundzwanzig, hat metallisch blondes Haar und ein sehr bleiches, vorzeitig gealtertes Gesicht. Er benimmt sich wie ein hochmütiger Butler aus einem Film, ein Butler, der sich den Gästen überlegen fühlt. Sogar als er sich mir auf der Straße näherte, hatte er mich mit unverhohlener Geringschätzung angesehen und sich, während wir zu Fuß hierherkamen, eine Zigarette angesteckt, ohne mir eine anzubieten.

Auf dem Boden liegen Manuskripte, Bücher und Zeitschriften herum. Der Raum ist vollgestopft mit Statuetten, nichtaufgehängten Gemälden, Vasen mit verwelkten Blumen. Auf einem Regal steht ein großer häßlicher deutscher Bierkrug. Der Krankenpfleger sieht den alten Mann jetzt an – und ich weiß, daß er auf ein Zeichen der Zustimmung oder der Ablehnung wartet. Nachdem der Kranke mich längere Zeit angestarrt hatte, wobei er das Bandmaß entrollte und wieder aufwickelte und zwischendurch zierlich an der pastellblauen Zigarette sog, sagte er, halb aufgerichtet in seinem Krankenhausbett, endlich:

»Nun!« Auf seinem fleischigen Gesicht erschien ein Lächeln – wie aus rosa Ton geformt. »Ich bin keineswegs enttäuscht«, verkündete er würdevoll. »Aber das bin ich niemals – Larry sorgt schon dafür.« Dies war eine Anerkennung für den Krankenpfleger. »Larry kennt meine subtilsten Stimmungen, meinen wechselnden (oh, so wechselnden!) Geschmack – und dabei ist er erst – wie lange bis du bei mir, Larry?«
Der Pfleger antwortete rasch: »Vier Monate, Professor.«
»O ja, natürlich, vier Monate!« Der Mann im Bett fährt fort: »Zu schade, daß die Welt solche Gaben, wie Larry sie hat, nicht würdigt. Larry wäre ein *riesiger Erfolg*. Aber es gibt ja so manches, das die Welt nicht würdigt. Ja schön, Larry, wenn du uns jetzt entschuldigen willst...« Der Pfleger geht hinaus, streift mich dabei um ein Haar und sieht mich nicht an.
»Mein lieber junger Mann«, verkündet der Kranke, »du bist im Begriff, in die Heerscharen meiner Engel aufgenommen zu werden!«

2 »Und nun setz dich neben mich«, sagte er. »Ja, nimm dir nur den Stuhl da. Nicht den: den anderen, der ist bequemer und ich möchte, daß du dich *wohl* fühlst... Vorsicht – meine Manuskripte. Schieb sie zur Seite, Kind – aber ordentlich, bitte, ordentlich – ich habe gerade etwas durchgesehen, bevor du kamst.« Tief aufseufzend macht er mit seiner plumpen Hand eine Bewegung, die den ganzen Raum umfaßt, und zeigt auf die Bücher und Manuskripte, die verstreut am Boden liegen. »Das sind alles Überbleibsel aus einem früheren Leben!... Nun laß mich dir vor allem die äußere Situation erklären: Du siehst mich hier in diesem Krankenbett, in dem ich mich bereits Monate und aber Monate befinde... kurz: ich möchte mich so ausdrücken: eine *Ewigkeit.* Ich wurde überfahren ... und die Sache hätte wenigstens ihre sozusagen poetische Rechtfertigung gefunden, wenn ich sagen könnte, ich sei von einem riesigen Lastwagen überfahren worden mit einem hübschen jungen Fahrer am Steuer, der niederkniete, um die verstreuten Teile mei-

nes mächtigen Leibes aufzusammeln (du hörst: ich sage *mächtigen Leibes* – ich mache mir nichts vor: das Leben zerstört alle Illusionen ... aber soweit bist du noch nicht), und daß ich ihm – wenn es ein solcher hübscher junger Fahrer getan hätte – mein Leben zu verdanken habe (obwohl er andererseits der Anlaß meines jetzigen Zustandes gewesen wäre). Es hätte dann doch irgendwie etwas sehr ... sexuell ... Erregendes gehabt« ... (er schüttelte sich ein wenig affektiert) ... »... von einem solchen Fahrer ... hmm ... nun ja! ... Jedoch, wehe über die Perversion des Lebens: dieses Glück war mir nicht beschieden. Es war kein solcher Erdenengel, der in mich hineinfuhr, sondern – ah, welche Perversion, lieber Junge, merke es dir gut: *Perversion!* – es war eine nervöse, schusselige, überspannte, knochige, häßliche, ungeschickte, affektierte, alte Jungfer aus Oklahoma, die sich vergeblich bemühte, sich unserem so herrlich organisierten Straßenverkehr anzupassen! Nicht daß ich etwas gegen Leute aus Oklahoma hätte. Wie du noch hören wirst: ich habe einige liebe Erinnerungen an ... aber das kommt später ... Und so sind also viele Monate daraus geworden. Dieser fragile Mechanismus (wenn ich mir die Ungehörigkeit gestatten darf, das Wort *fragil* auf mich anzuwenden ... ha, ha ... aber das ist ja nur allgemein zu verstehen) ... dieser fragile Mechanismus also, den man *Körper* nennt, weigert sich, zu heilen. Mit anderen Worten: die Verbindung zwischen dem Hüftknochen und dem ... wie heißt es doch gleich in dem Spiritual? ... Wie dem auch sei ... du siehst mich hier notdürftig zusammengeflickt auf einem Folterinstrument des zwanzigsten Jahrhunderts liegen – nicht gänzlich unähnlich jenen, die die Inquisition einst in Gebrauch hatte ... aber komm doch mit deinem Stuhl etwas näher, junger Mann ... ich möchte jeden Satz, jedes Wort, das du sagst, genau verstehen ... Du wirst bemerkt haben, daß ich ein Hörgerät trage ... ich habe zuweilen den bestimmten Eindruck, daß es mit einer elektronischen Gottheit verbunden ist, die mir allerlei boshaften Klatsch zuflüstert, manchmal jedoch verstummt es auch völlig ... Aber du siehst: ich habe eine poetische Ader und du wirst alles verstehen, später ... denn ich hoffe, du wirst mein Engel werden. (Robbie, vergib, *vergib mir!)*« Dies flehentlich gen Himmel gesprochen. Dann legte er sich das Bandmaß lose auf die Brust, ließ es aber gleich darauf wieder fallen, und nun lag es schlaff neben ihm. Ich bemerkte eine kleine rote Drahtklammer, die einen bestimmten Punkt des Bandmaßes markierte. »Mein lieber Junge«, sagte er erklärend, »Robbie ist mein Schutzengel ... von dem ich dir noch erzählen muß ... aber später ... vielleicht anläßlich einer anderen Unterredung, einer für mich besonders wertvollen Unterredung – denn ich bin auch Philosoph. Der Dichter hat Ehrfurcht vor dem Leben und der Philosoph durchdringt es gedanklich: mir ist beides gegeben. Und das Leben, mein lieber lieber junger Engel, besteht aus einer langen Reihe von Unterredungen. Und nun: auf zu den *Bedingungen,* um wie in Romanen gleich *in medias res* zu gehen ... Wir wollen jetzt die Sache mit dem ... hm ... Mammon regeln. Larry traf dich ... nehme ich an ... hm ... auf einer unserer so zahlreichen Straßen, und so stelle ich mir vor, daß du ... (wie drückte sich doch ein Straßenengel vor nicht allzu langer Zeit aus? Ach ja:) nach Brot gehst: eine höchst passende Bezeichnung für Geld, nach Art des Volkes auf das Wesentliche reduziert ... Brot. Ich gebe dir (dieses ist immer ein recht heikles Thema und deswegen habe ich ein Fixum eingeführt) ... sieben Dollar fünfzig die Stunde, und für die angebrochene Stunde das gleiche. In Ordnung? ... Sehr gut ... großartig! Und du wirst mich so oft besuchen, wie ...« Seine Stimme brach ab und er starrte auf das rote Zeichen am Bandmaß ... »so oft«, schloß er seufzend, »als diese Unterredungen andauern werden ...« Er greift nach einem ebenfalls pastellfarbenen Kleenex und betupft damit seine Nase. »Also gut ... ich freue mich darauf, *alles über dich zu erfahren,* mein Engelnovize!« Er spitzte die Lippen und warf mir ein Küßchen zu. »Ich bestehe sozusagen ganz aus Liebe, mein lieber Junge – jeder Zoll an mir (und, oh, es gibt deren so viele), jeder Gedanke, jedes Seufzen: *Liebe ... Liebe,* teures Kind, die in der Tat Gott ist! ... Nun komm etwas näher. Ja. Und jetzt weiter in unserer ersten Unterredung! ... es ist eigentlich die wichtigste – da wir uns dabei kennenlernen – in der wir einen Scheinwerfer auf die Wunder unserer beider Leben richten ... und für einen Moment die Häßlichkeit ignorieren, von der es ...«, dies sagte er ganz traurig,

»… von der es … so … viel … gibt! … Ah, das Leben – diese unermeßliche Ebene von … wovon eigentlich? … Wie ein ungerührter Kartenspieler verteilt Gott unsere Schicksale: meines war es, häßlich geboren zu werden … Aber laß mich dir nun – als *höchst wichtige Kontaktaufnahme* mit dir – laß mich dir nun *von den Engeln* erzählen …«

Er lehnte sich im Bett zurück, ein aufgeblasener Ballon. Ich stellte ihn mir in einem Karnevalszug vor, wie er mit aufgerissenen Augen von einer Seite zur anderen schwankt … Er greift jetzt nach einer neuen Zigarette, erwischt eine lavendelfarbene, sieht sie sich genau an und legt sie in die Schachtel zurück. »Diese – die lavendelfarbene«, sagt er listig lächelnd, »… ist für später: für den Schluß unserer Unterredung. Welche nehmen wir denn jetzt …« Er findet eine rosa Zigarette, zu der er sich entschließt. »Rosa – die Farbe einer jungen Blüte …«

Ich starrte fasziniert auf die übergroßen kreisrunden Augen in der unglaubwürdig kindlichen Fleischlichkeit seines Gesichts.

»Ich möchte meine Engel immer … ganz genau kennen«, fuhr er fort. »Das ist so wichtig. Und ich erzähle ihnen von ihren Vorgängern, damit sie auf diese Weise *mich* kennenlernen können – meine Engel stellen, nämlich eine Brüderschaft dar – sozusagen einen Engelsreigen, der mich umgibt, wie ich mir das gern vorstelle, wenn ich gerade in poetischer Stimmung bin.«

Ich war von dem Bandmaß wie hypnotisiert. Er wickelte es sich abwechselnd um den Hals, um den Bauch, er warf es durch die Luft in Richtung auf seine Füße, zog es wieder ein, legte es sich um die Schultern und redete dabei immer weiter, mit starren hervorquellenden Augen – seine Stimme stolperte vor sich hin und häufte Worte auf Worte, ebenso ungeordnet, wie die Gegenstände im Raum verteilt waren.

»Und nun zu den Spielregeln«, sagte er. »Ja, ja … Spielregeln müssen sein: laß mich dir zunächst sagen, was ich … hm … gerne … tue … und was wir am Schluß jeder unserer Unterredungen tun werden.« Er kicherte verschämt wie ein verlegenes junges Mädchen.

»Komm her, liebes Kind, ich will es dir zuflüstern – nicht weil ich mich dessen schäme, sondern weil es um etwas mir so Teures geht, daß ich nur im Flüsterton davon sprechen kann…« Ich stand auf und stellte mich neben das Bett. Er flüsterte mir ins Ohr und berührte es dabei mit seinen schwammigen Lippen. »Ich… schätze es, zu …« Er studierte meinen Gesichtsausdruck, nachdem er es ausgesprochen hatte. »Und weißt du warum? Weil…« – und wieder spitzte er die Lippen – »… weil es so schön ist!… Du siehst also: ich verlange nicht viel von meinen Engeln.«

Ich setzte mich wieder.

»Damit ich dich besser kennenlerne«, fuhr er fort, »laß mich raten, wo du geboren bist. Darin bin ich gut. Du sprichst nicht wie einer, der aus dem Osten kommt. Nun, wo könntest du wohl aufgewachsen sein? Erst vielleicht das Herkunftsland?« fragte er mich… »O ja, es wird im Südwesten liegen! Ich hab's… Texas!« Und dann platzte er mit dem Namen meiner Geburtsstadt heraus. Ich war versucht, nein zu sagen, er war mir zu tüchtig und hatte dieses Spielchen mit allzu viel Selbstsicherheit begonnen. Wie er so daliegt – wie eine überlebensgroße Puppe –, kann ich mir fast vorstellen, daß Gott so aussehen könnte.

Ich nickte: ja.

»Siehst du«, fuhr er mit kindlichem Stolz fort, »… ich sagte dir, ich würde es erraten. Nun dein Alter…« Er traf auch das. »Dein Gewicht …«, es stimmte fast genau. »Deine Größe…« – wieder stimmte es. »Damit sind die physischen Dinge erledigt«, sprach er weiter. »Außer einem. Laß mich deine Hand sehen… nein, Handfläche nach oben. Und nun biege den Mittelfinger so weit herunter, wie es geht. Tu einen anderen Finger auf die Stelle. So. Jetzt strecke den Mittelfinger wieder und zeig mal her… Gut… Diesen Trick lehrte mich eine Hure, und es stimmt fast immer hundertprozentig… Und nun«, sagte er, »möchte ich dir von den Engeln erzählen… Aber zunächst ein Wort über mich selbst. Ich bin ein Professor, Kind – ich gehöre zu jener dahinschwindenden Brut der Intellektuellen. (Und laß mich gleich jetzt hinzufügen, in Parenthese, daß du, soweit ich das beurteilen kann, ein ganz *prächtiger Engel* bist – allerdings setze ich niemals etwas als erwiesen voraus, möchte ich dazu bemerken – aber andererseits könntest du auch ein ... na ... ein Engel aus dem Volke sein«, sagte er taktvoll, »der nur das weiß, was er wissen muß. Ich kann mich mit jeder Art von Engeln verständigen, und während unserer Zusammenkünfte werde ich ergründen, zu welcher Kategorie du zählst.) Aber ich fing an, dir von mir zu erzählen: Ja, ich bin also ein Professor ... obwohl ich, zu verschiedenen Malen, auch andere Ämter bekleidet habe. Ich ging nach Yale ... und von dort ... wohin? ... ach ja: nach Mexiko! Dort habe ich eine lange Zeit verbracht. Ich lernte die *entzückendsten* Menschen kennen, und es war der berühmte Maler Alfrede Sanchez, der mir den Spitznamen gab, mit dem alle meine Engel mich irgendwann zärtlich anredeten: er lautet ...« Es klang wie *Tante Gulu.* »Es ist der Name einer erfundenen *Madame«,* fährt er fort, »oder, wie man auch sagen könnte: einer Puffmutter, ha, ha. Und sie bestand aus lauter Liebe ... wie ich. Ah, die Liebe! Ich war oft verliebt – aber ich muß dir sagen, ohne die Möglichkeit (oh, diese unendlichen Möglichkeiten!) von etwas *Einmaligem* zwischen uns auszuschließen (ich bin ganz ehrlich), daß es in meinem ganzen Leben nur ein Große Liebe gab: Robbie ... Mein Robbie. Mein *Engel. Der* Engel. O Robbie, Robbie! Vergib mir: Dein Platz ist besetzt von Hunderten von Engeln, die in mein Leben geflogen kommen.)« Seine flehenden Worte richten sich an jemanden außerhalb des Zimmers. »Wie dem auch sei, Kind, ich bin ein Dr. phil. – ein Doktor der Gelehrsamkeit, Kind: ich schneide den Leuten nicht den Bauch auf, ich schürfe in ihren Seelen, um vielleicht einen verborgenen Edelstein zu finden! Gleich einem Tiefseetaucher stehe ich mit stockendem Atem vor der noch geschlossenen Auster! ... Und Alfrede (ich verbrachte einige Zeit in Mexiko, wie ich schon erwähnte, bei der amerikanischen Botschaft, du verstehst) ... und ... ach, ich muß dir von der Schauspielerin Lola del Rey erzählen: eine *wunderbare* Frau ... die schönste Frau der Welt ... Ich muß dazu sagen, daß, obwohl ich junge Männer vorziehe – was du dir vielleicht schon gedacht haben wirst ...«, er lachte, »... ich trotzdem Schönheit bei dem anderen, weniger schönen Geschlecht bewundern kann. Ich werde dir von Lola erzählen, aber später ... und ich muß dir auch von der Geliebten des Präsidenten erzählen, von der damaligen ... oh, das war ein Skandal! Sie war Filmschauspielerin und seine Frau ... aber später! ... Jetzt will ich alles über dich hören!« Er wiederholte die Angaben über mein Alter, mein Gewicht und meine Größe. »Und dann natürlich noch ...« Er deutete auf seiner Handfläche an, was er vorhin auf der meinen festgestellt hatte. Dann fuhr er fort: »Es gibt drei Hauptkategorien von Engeln ... obwohl ihre Daseinsebenen nicht immer scharf abgegrenzt sind: die Erdgebundenen, die Seefahrenden und die Ätherischen ... Die erstgenannten, Kind, sind die Lastwagenfahrer, die Stiernacken. Eine meiner schönsten Lieben war ein *all-american boy.* An dem Tag, als er erfuhr, daß er in die Unimannschaft gewählt sei, kam er zu mir (er war mein Schüler) und sagte: ›Tante Gulu, ich möchte, daß du der erste bist, der es erfährt.‹ Er schrieb sein Autogramm auf einen Football, den er mir schenkte. Ich verabscheute Football, aber ich vergötterte ihn. Er war von einer solchen Unkompliziertheit und sein einziger Wunsch war es, zur Nationalmannschaft zu gehören – also half ich ein wenig bei seinen Zensuren nach ... wenn diese meine Zuneigung für ihn nicht bestanden hätte ... die Welt wäre vielleicht um einen ihrer ... was war er doch gleich? Ach ja, ein Stürmer! Die Welt wäre vielleicht um einen ihrer großen Stürmer betrogen worden! ... Die zweite Kategorie sind die seefahrenden Engel: die Matrosen. Ich nehme an, daß sie vielleicht sogar die *eigentlichen* Engel sind. Ich sah sie in San Diego – ich verbrachte einen Sommer in La Jolla – als sie in unsere Straßen einfielen ... ganz in Weiß, wie soeben vom Himmel herniedergestiegen, und sie mischten sich unter uns unwürdige Sterbliche! ... Ich kannte einmal einen, einen jungen Matrosen, der bei mir wohnte. Er war sehr klein, wie ein goldenes Kind. Ohne seine Uniform wäre er ein ätherischer Engel gewesen. Er war der Freund eines sehr berühmten Schriftstellers, der später einen der wundervoll naiven Aussprüche des Matrosen als Buchtitel verwendete: soll ich dich amüsieren, Kind? (Unsere Zusammenkünfte müssen durch Komik aufgelockert werden: Der Pförtner muß gutgelaunt ans Schloßtor kommen, um den Mörder einzulassen.)

Aber wie dem auch sei: jedenfalls fragte der Schriftsteller den Matrosen: ›Was möchtest du morgen unternehmen?‹ Es war hier in New York an einem Wochenende, und der bezaubernde goldene Engel antwortete: ›Ich würde gern den Sonnenaufgang auf der Wall Street sehen.‹ Und das wurde der Titel, den der Schriftsteller seinem nächsten Buch gab: Sonnenaufgang auf der Wall Street. Also dieser Matrose, dieses Kind, dieser goldene Engel zog zu mir – nach einem Streit mit dem Schriftsteller. Ich dachte, er habe Urlaub ... aber es stellte sich heraus, daß unerlaubtes Fernbleiben vom Dienst vorlag. Und sie holten ihn, zwei andere Engel mit Armbinden: SP – Storm Patrol? Shore Patrol? Patrol jedenfalls. Es brach mir das Herz. Und sogar Alfrede ... später, ich möchte damit, daß ich seine Verbindung mit mir erwähne, nicht andeuten, daß er die gleichen Neigungen hegte ... Nicht daß ich mich meiner eigenen Neigungen schämen würde ... o nein ... aber genauso, wie ich es übelnehmen würde, wenn man glaubte, ich sei heterosexuell, muß ich annehmen, daß er das Entgegengesetzte übelnähme ... Und ich habe Freunde *aller* Geschlechter gehabt! Mein Leben hat einen großen weiten Ausschlag; wie ein Scheibenwischer habe ich den mir zugeteilten Bereich durchmessen ... Aber vielleicht ist das ein unpassender Vergleich: wo doch ein Scheibenwischer so etwas *Schlankes* ist! ... Alfrede sagte irgendwann zu mir: ›Tante Gulu, du läßt dich von deinen Gefühlen beherrschen.‹ Ja, das ist wahr. Ich kann mir keine schönere Welt vorstellen als eine, die von Gefühlen regiert wird ... welch eine wundervolle Welt! Man würde in der U-Bahn nicht drängeln, aus Angst, jemand Schönes zu zerquetschen. Oh, das wäre eine wundervolle Welt, die von positiven Gefühlen regiert würde. Aber, Kind ... auf dieser Welt ist alles falsch. Verstehst du ... es ist alles verkehrt. Wieviel logischer wäre es, zum Beispiel, wenn wir mit der Vorstellung aufgezogen würden, daß Gott böse ist? Nun ja, es würde eine rundherum gute Welt nach sich ziehen ... Aber, ach, sie bestehen darauf, daß Gott gut ist (und ich spreche jetzt nicht von dem Gott, der die Liebe ist – ich spreche von dem anderen, von dem, zu dem sie *beten!*) ... und alles um uns her: Grausamkeit, Hunger, Perversion ... O Perversion des Schicksals (warum wurde ich von einer alten schwachen Frau überfahren, wenn doch …? … aber die Geschichte habe ich dir schon erzählt und unsere Zeit ist zu kostbar, als daß wir uns wiederholen dürften). Ja, alles um uns her ist böse – worüber du mir, möglicherweise, auch etwas erzählen könntest. Larry hat dich auf dem Times Square getroffen; das ist eine Welt für sich … Apropos Larry … er ist *kein* Engel!« Er zog ein Gesicht. »Er übt eine andere Funktion aus: er schafft die Engel heran, er ist mir treu ergeben.« Dies mit einem Achselzucken. »Jedoch wir sprachen über das Böse und ich erwähnte den Times Square. In letzter Zeit haben die Straßenengel mich ganz besonders beschäftigt. Larry bringt sie zu mir, und ich frage sie aus. Einer, ein reizendes Kind, schlief öfters während unserer Unterredungen ein. Er dachte, ich würde es nicht bemerken, da er eine Sonnenbrille trug … das liebe Kind! Ich tat ihm den Gefallen und gab weiter meine Kommentare über das Leben ab. Es erschien angebracht, ihn auf diese Weise in Schlaf zu wiegen … Du mußt mir alles über den Times Square erzählen, Kind, alles, alles. Ich möchte auch, daß du mir alles über dich selbst erzählst, ich möchte dich kennen, ich möchte dir zuhören, wenn du mir von deinem Leben sprichst. War deine Kindheit glücklich? Sieh mal, diese Unterredungen finden ja für dich statt … das gleiche sagte ich einmal zu einem jungen Franzosen, der es mir glaubte – und genau wie ich mir das von dir erhoffe, wollte ich ja, daß er mir glaubte. Aber! Er glaubte es auf andere Weise. Er bestahl mich! … Du wirst mich nicht bestehlen, nicht wahr, Liebling? Nein, ich weiß, daß du es nicht tun wirst. Abgesehen davon: wir haben hier einen Portier … ha, ha … und das Telefon … steht … neben … mir … Aber genug davon: das war nur ein schüchterner Versuch, dich zum Lachen zu bringen, Kind … Und bei dem Portier – nur der Uniform wegen – fällt mir Robbie ein. Ich lernte ihn auf einem Kostümfest kennen … es war ein Silvesterabend und Robbie war da: Er trug eine elegante Uniform – ich weiß nicht mehr was für eine, aber jedenfalls wirkte sie sehr militärisch: Degen, Handschuhe, Stiefel bis an die Hüften … ich glaube eigentlich nicht, daß es eine bestimmte Uniform sein sollte … er hatte das nur so improvisiert … das liebe Kind. Aber er sah phantastisch aus! Wie ein Prinz!

Ein Engel ... Goldbrokat, ein purpurner Mantel, weiße Trikothosen. Ah! und so schlank! ... Ich habe in meinem langen langen Leben nur einen Menschen gekannt, der ebenso elegant wirkte, und das war Lola – Lola del Rey: sie könnte die Königin der Dragqueens sein: eine Schönheit. Sie hatte Hollywood tief verbittert verlassen: diese abgeschmackten Lustspiele, als ob eine Göttin mit der Rolle einer Dienstmagd besetzt würde! Es war Blasphemie ... die Nichtachtung der Schönheit ist die einzige Blasphemie ... Um jedoch den Faden wieder aufzunehmen: Ich fragte einen Freund: ›Wer ist dieser herrliche junge Mensch im weißen Trikot?‹ Und er nannte mir den magischen Namen: Robbie! Mein Engel! ... mein Liebster ... du Engel vor allen anderen: *der Engel!* Und dieses Kind, dieses reine Wesen war – wie ich später erfahren sollte – ein Callboy ... Aber ich greife meiner Geschichte vor. Es gibt noch eine Kategorie von Engeln: die *ätherischen* Engel – das sind die Künstler, Dichter und Tänzer ... Zu welchen gehörst wohl du? Ah, wir werden das später herauskriegen ... Ich kannte einen Eisläufer, der über mein Herz glitt, als wäre es aus Eis ... das war der Anfang ... er grub die scharfen Schneiden seiner Schlittschuhe in mein schon wundes Herz ... Ich habe ein schwaches Herz, Kind ... manchmal halte ich inne und horche – horche auf das Schlagen meines Herzens, ich klammere mich an dieses Pochen ... könnte es sein, denke ich manchmal, daß es aufgehört hat zu schlagen und ich mich in dem Schwebezustand zwischen Leben und Tod befinde? ... aber das wäre nicht möglich, weil es einen solchen Zustand nicht gibt: Der Tod ist lediglich das Nicht-Vorhanden-Sein des Lebens, und alle Philosophie, die weiter geht, bewegt sich nur auf der Oberfläche. *Dann* muß ein Ende sein ... Nun, dieser Eisläufer taute später auf, jedoch flog er nach Art der Engel fort ... glitt davon zu jemand, den er – durch mich – kennengelernt hatte, zu jemand, der ihm in jeder Beziehung mehr bieten konnte ... Du siehst also: das Leben – mein Leben – besteht daraus, die Mysterien des menschlichen Herzens zu erforschen ... ›Nichts ist so trügerisch wie das Herz – wer kann's ergründen?‹ ... Aber wir können es *versuchen!* Es versuchen, indem wir die Zeitspanne, die uns gegeben ist, teilnahmsvoll miteinander verbringen, um unsere

Geheimnisse miteinander zu verschmelzen ... um eine Antwort zu finden: *die Liebe* ... Ich muß in meiner Erklärung fortfahren, weshalb ich der Meinung bin, wir sollten an einen bösen Gott glauben. Es ist doch so, Kind: Der Glaube an einen guten Gott wird ununterbrochen Lügen gestraft, wir können nicht begreifen, wir wenden uns von ihm ab – und wenden uns damit dem Entgegengesetzten zu: dem Bösen. Um wieviel logischer wäre es, wenn man uns lehrte, daß Gott böse ist? *Diese* Ansicht würde das Leben *nicht* Lügen strafen. Wir würden an Ihn glauben, ohne Einschränkung – und wieder würden wir uns auflehnen und uns von ihm abwenden – aber wir würden uns dem *Guten* zuwenden, dem Gegenspieler des bösen Gottes, dessen Existenz wir dabei unmöglich anzweifeln könnten ... Was mich irgendwie auf den Gedanken bringt«, er kicherte in sich hinein, »... daß Gott, wie Hamlet, eine Frau ist: Sie macht sich immer wieder anders zurecht. Sie wirft sich groß in Fummel. Sie flirtet mit uns. Mit anderen Worten: Ihre Heiligkeit kann sich zu nichts entschließen ... (extrem ungallant, ungöttlich, schrill) ... Und das *Gute,* mein teures Kind, nimmt viele Formen an: denke nur an meinen Erdenengel, den *all-american.* Für ihn war das Gute das Footballspiel ... und der Trauring, den ich für seine Liebste kaufte ... später! ... Für meinen Robbie war es ... aber davon wirst du in einer unserer kommenden Unterredungen hören ... Oh, ich werde allmählich etwas müde, Kind.«

Er drückte seine Zigarette aus und suchte in dem Kästchen, das an seinem Bett stand, herum, bis er die lavendelfarbene Zigarette fand. Er hielt sie hoch, um sie mir zu zeigen. »Nun naht die Stunde des Lavendels«, sagte er. Er steckte sie an, inhalierte diesmal tief, legte sie auf den Aschbecher und sagte: »Nun, Engel, komm her, stell dich neben mich ... doch zuerst laß Tante Gulus Bett etwas herunter ... So ... so ist es gut. Nun komm noch etwas näher ... es macht mir große Mühe, mich zu bewegen. Genau ... so ist es gut ... vielleicht ein wenig ... so. Du bist ein guter Junge, ein Engel ...«

Als das erledigt war, lehnte er sich in die Kissen zurück.

»Unsere erste Unterredung ist vorüber ... Larry!« rief er, und sofort erschien der Pfleger. »Unser junger Freund verläßt uns.« Dann zu mir: »Kann ich dich telefonisch erreichen?« Es gab ein Telefon auf meinem Flur, aber ich sagte: nein. »Eine ständige Adresse?« fragte er mich. »Ja?... na großartig. Bitte, laß sie mir da, und ich gebe dir meine Telefonnummer (wir müssen die gesellschaftlichen Regeln beachten)... Ich erwarte dich also morgen – morgen um die gleiche Zeit. Bitte, bitte komm – ich freue mich darauf. Ich werde meinem Herzen ablauschen, was es mir zu sagen hat, bis du wieder da bist. Und du mußt das gleiche tun und Tante Gulu nicht deine Gesellschaft vorenthalten... Larry, du gibst jetzt, bitte, diesem jungen Mann einen Scheck.«

Der Krankenpfleger hatte ein Scheckbuch in der Hand, sah auf seine Uhr und begann zu schreiben. Ich sah den Scheck mißtrauisch an. Der Pfleger warf mir einen verachtungsvollen Blick zu und fuhr mich an: »Keine Angst, es ist alles in Ordnung.«

Der Mann im Bett richtete seine Glotzaugen auf mich, die Masse seines Fleisches dehnte sich aus, als ob er jeden Augenblick noch umfangreicher würde. »Kind... versetze mich nicht... ich könnte es nicht ertragen. Morgen... morgen... Und denke daran...« Er machte mit seiner dicken Hand eine flüchtige segnende Bewegung, sein Kopf fiel zur Seite wie ein Stein, das Bandmaß glitt zu Boden. Er hob es rasch auf und wickelte es sich fest um die Hand... »Und denke daran«, schloß er, »... denke daran: Gott ist die Liebe...«

3

Ich war am gleichen Abend erst einige Minuten wieder zu Hause, als ich ein Telegramm erhielt:

UNBEDINGT NOTWENDIG DASS DU MORGEN MIT MIR VERBINDUNG AUFNIMMST STOP ICH WEISS DU WIRST MIR BESCHEIDEN ERBETENE HILFE NICHT VERSAGEN STOP VERLASSE MICH AUF DEIN WOHLWOLLEN UND VERSTÄNDNIS DAFÜR WAS UNSERE VERBINDUNG FÜR MICH BEDEUTET STOP KOMM SO FRÜH DU KANNST STOP DENKE DARAN G IST DIE L

»Von wem, Herzchen?« fragte Gene de Lancey und kam mir in mein Zimmer nach. »Ich kann nicht schlafen«, hatte sie im Korridor erklärt, »ich *muß* ein Zigarettchen bei dir rauchen, Schnuckelchen.« Sie ließ das Telegramm nicht aus den Augen. »Es ist von jemand, den ich gerade kennengelernt habe«, sagte ich. Ich wußte, es würde jetzt lange dauern, bis ich mich schlafen legen konnte. »Alle Menschen sind so *einsam«,* seufzte sie.

Früh am nächsten Morgen ging ich zu meiner zweiten *Unterredung* mit dem Professor.
Der Pfleger öffnete die Tür. »Der Professor schläft gerade«, sagte er und sah mich kalt an. »Er hat eine sehr schlechte Nacht hinter sich... Sie werden hier draußen warten müssen.« Ich wollte mich gerade hinsetzen, als ich die Stimme des Professors durch die halb geöffnete Tür seines Zimmers hörte. »Larry? Larry, wer ist es?« Der Pfleger sieht mich haßerfüllt an und geht ins Zimmer. Als er zurückkehrt: »Er ist jetzt wach – Sie können hineingehen.«
Ich hatte auf die Dringlichkeit des Telegramms hin erwartet, den Professor in einem Zustand der Verzweiflung vorzufinden. Dem war nicht so: er lag lächelnd im Bett. »Ah, Kind, Kind, du bist gekommen... nein, ich schlief nicht... ich hatte gerade mein Hörgerät angelegt... ich will nicht, daß mir irgend etwas von seinem gelegentlichen Morgenklatsch entgeht!... Ich bin entzückt, daß du gekommen bist. Nicht, daß ich es nicht erwartet hätte. Ich kann Zuverlässigkeit genausogut erkennen, wie ich Größe, Gewicht und Alter erraten kann – du siehst, ich habe nicht sechzig und einige Jahre mehr gelebt, ohne etwas gelernt zu haben... und ich muß einige der Dinge an dich weitergeben, die mich die fragwürdige Existenz, die wir *Leben* nennen, gelehrt hat. Nun nimm dir einen Stuhl und setze dich zu mir.« Er greift nach einer pastellfarbenen Zigarette, fühlt mit der anderen Hand nach hinten und beginnt plötzlich hastig und suchend um sich zu tasten. »Larry!« ruft er verzweifelt. »Larry!« Und als der Pfleger erschien, fragte der Professor atemlos und in flehendem Ton: »Wo ist mein Bandmaß?«
Ich sah es neben dem Bett am Boden liegen, hob es auf und wollte es ihm geben. Bevor der Professor es nehmen konnte, hatte der Pfleger mir das Bandmaß aus der Hand gerissen und übergab es ihm selbst. »Ah, vielen Dank, Kind«, sagt der Professor zu mir, ohne den Pfleger zu beachten, »du hast mir... *das* Leben gerettet... und ich werde dir

auch erklären, wieso … bald … anläßlich einer unserer zukünftigen Unterredungen … Du kannst jetzt gehen, Larry, ich muß jetzt verschiedenes von diesem jungen … Engel erfahren.« Er schlang das Bandmaß mit geübten Bewegungen um sich, und ich bemerke, daß die plumpen Finger eine bestimmte Stelle darauf suchen. Er sieht die Stelle einen Augenblick starr an, dann verschiebt er die rote Klammer. »Ah!« Er hielt die Klammer fest wie die Perle eines Rosenkranzes …

»Nun: In unserer heutigen Unterredung«, erklärt er und sieht auf seine juwelenbesetzte Uhr, »werden wir alles über dich in Erfahrung bringen.« Und abermals, als bete er eine Litanei herunter, wiederholte er minuziös die Daten, die er gestern festgestellt hatte …

»Nun bleibt uns eine wichtige Sache zu klären: *welche Art* von Engel bist du? Das ist hier die Frage. Die Vorfreude, etwas zu ergründen: *das* ist es, teures Kind … Die französische Schauspielerin Odette sagte einmal zu mir: ›Professor, Sie betrachten das Leben wie einen Kriminalroman, in dem Sie der Detektiv sind.‹ Und ich antwortete: ›Wenn dem so ist, meine Liebe, so haben Sie dafür das wichtigste Indiz geliefert‹ … Ich studiere das Leben, mein Kind, und mein Fach sind die Engel, die in mein Leben geflogen kommen … *›Notre vie est un voyage, dans l'hiver et dans la nuit; nous cherchons notre passage dans le ciel, où rien ne luit‹*, rezitiert er und schaut dabei nach oben. Ein *chanson suisse:* ›Eine dunkle Reise durch Winter und Nacht, und wir suchen uns unseren Weg am Himmel, wo nichts uns leuchtet‹ … Aber laß mich dem widersprechen: Mir leuchtet etwas: die Flügel der Engel – es ist nur ein kurzes Aufleuchten, dafür aber um so klarer. Ich sehe nichts als Engel, wenn ich zum Himmel aufblicke, und das ist *genug*. Ich weiß nie, wie ich den Engeln begegnen soll – es war nicht immer so, wie es jetzt ist – wo Larry sie für mich auswählt. Du verstehst: ich bin ans Bett gefesselt … Manchmal bringt er mir nur sehr unvollkommene Halbengel; diese überdauern höchstens eine Zusammenkunft. Aber manchmal findet man ein Juwel auf der Straße … In Paris kam mir einmal ein entzückendes Kind, ein Jüngling, aus der Bedürfnisanstalt nach … und wir spielten das bekannte Spiel durch ganz Saint-Germain-des-Prés.

Blieb ich stehen, blieb er stehen. Er war sozusagen barfuß, so zerrissen waren seine Schuhe. Jedesmal wenn ich stehen blieb, sah er wehmütig auf diese Wracks herunter, dann sah er mich an und lächelte … oh, wie bezaubernd! Und als ich an einem Café haltmachte und mich hinsetzte, blieb er in meiner Nähe stehen, und der Kellner bedeutete ihm, weiterzugehen: Weh über diese anmaßende Willkür! Ich protestierte: ›Aber das Kind gehört zu mir!‹ Ich lud ihn ein, sich zu mir zu setzen. Ein Erdenengel. Ein Engel der Straße. Ich kaufte viele Paar Schuhe für ihn! Und Paris, diese herrliche Stadt der Denkmäler, erschien mir in himmlischem Lichte. Jedoch, leider: er war ein Raubengel«, er seufzte und griff wie abwesend nach seiner Armbanduhr. »Aber was ich von ihm gehabt hatte! Ah!« Er verdrehte die Augen. »Mein Freund, der Dramatiker …«, er nannte den Namen eines französischen Schriftstellers, »pflegte zu sagen: ›Wir nehmen, wenn wir nehmen müssen, und wir geben, wenn wir geben müssen.‹ Oh, er war *chic!* …. Nun wieder zu dir. Was ist es, das dich auf die Straße zieht? Wonach suchst du? Und, vor allen Dingen: was findest du? … Ja, die Straßen … wo man auf ein strahlendes unbeschuhtes Kind stoßen kann, oder auf jemanden, der einem Schuhe kauft … Auf den Straßen von Paris geschah es auch, daß ich einen anderen quicklebendigen Engel fand. Er war in Begleitung seiner Eltern und vielleicht sechzehn Jahre alt, trug ein winziges Kreuz um den Hals, das bis auf die Brust herunterhing. Das offene Hemd gab fast seinen entzückenden Nabel frei. Und seine Mutter und sein Vater erblickten mich und boten mir einen guten Tag. Sie luden mich in ihre graue düstere Behausung ein – zu düster, um einem solchen Engel, wie ihr Kind es war, als Wohnung zu dienen – und da sie das begriffen, überließen sie ihn mir: er lebte mit mir … eine Zeitlang … es war eine herrliche Zeit. Aus Dankbarkeit sah ich darauf, daß seine Eltern herrlichen Wein auf ihrem Tisch hatten – jeden Tag … Die Mutter sah aus wie eine Hexe. O ja! Ich glaube an Hexen! Man kann das Übersinnliche nicht von der Hand weisen, weißt du. Wie ist es unserer Zeit möglich, an das Märchen von Gott zu glauben, nicht aber an die anderen dunklen Mächte? Woran ist es schwieriger zu glauben? Ich habe Hexen gesehen, ich habe sie am Werke gesehen, Gott aber habe ich nicht gesehen ... In Kalifornien kannte ich eine Frau, die der Hexerei nachging: ihre Macht war furchtbar. (Sie hatte ein Medium, einen jungen Mann ... aber das ist eine Geschichte für sich!) Und als sie entdeckte – es war ein schrecklicher Schlag für sie – daß die Leute zu ihr kamen, wie man das so tut, um sich einen geschickten Schwindler anzuschauen, und nicht wirklich an ihre Kräfte glaubten – als sie das entdeckte, beschloß sie zu sterben. Ja ... sie gab bekannt, daß sie sterben würde, und sie starb – es war ein vergeblicher Versuch, mittels ihres Todes zu beweisen, was sie im Leben nicht hatte beweisen können: daß sie an das glaubte, was sie sagte ... Menschen ... Menschen sterben ...« fuhr er fast schmerzlich fort, »... Menschen sterben ... wenn sie das Leben ... irgendwann ... dazu zwingt, ihre Illusionen aufzugeben. Bei manchen dauert das viele viele Jahre, bei anderen geht es rascher. Und so verübt jeder von uns Selbstmord: wenn wir unseren eigenen Tod *wollen:* und das ist der *eigentliche* Tod ...« Er schwieg und konsultierte das Bandmaß. »Aber genug von den dunklen Kräften des Herzens, das ... noch trügerischer ist als alles andere auf dieser Welt! ... auf nun zu erfreulicheren Dingen! ... Ein Freund von mir, ein Regisseur, sagte einmal: ›Sie sind immer auf der Suche nach Talenten, Professor! Und in der Tat – ich mache immer wieder Talente ausfindig, liebes, liebes Kind ... Engel ... noch nicht kategorisierter Engel. (Bin ich dir untreu, Robbie? Robbie! Beschütze mich, wache über mir!) ... Nachdem ich Robbie auf jener Party kennengelernt hatte, erfuhr ich, daß er ein Callboy war. In früheren Tagen hätte man ihn den Favoriten bei Hofe zugeordnet. Jedoch unsere starren Ansichten über Moral ziehen gewisse häßliche Termini nach sich: die einzige Unmoral ist die *Moral* ... die uns eingeengt hat, die die schönsten Dinge in die Finsternis verbannte, die schönsten Dinge, die doch eigentlich im Lichte schimmern und nicht durch häßliche Worte, dunkle Schatten und trübes Raunen vernebelt werden sollten.

Warum ist was ich tue *unmoralisch,* wenn es niemandem weh tut? ... niemandem! ... ein Ausdruck der *Liebe* ... Dabei ignoriert diese vernunftwidrige Welt die wahren Obszönitäten unserer Zeit: Armut,

Unterdrückung, die Blindheit gegenüber dem Schönen und gegen das Empfindsame – *vide* die niedrigen Machenschaften unserer eigenen Sturmtruppen: der Sittenpolizei!« Er stieß laut die Luft aus nach diesem leidenschaftlichen Exkurs und fuhr fort: »Ein anderer junger Mann, Smitty, selbst ein bezaubernder junger Engel, hatte Robbie zu dieser Party mitgebracht. In dieser Nacht ging ich auf die Toilette, wie man das im Laufe eines langen Abends tut... und... welches Glück, welches Wunder – wer folgte mir? Es war Robbie ... Das war in einer anderen Periode meines Lebens in New York. Es stand damals ... hm ... finanziell nicht zum besten mit mir. (Zur Erklärung: ich bin in dieser Hinsicht jetzt viel besser dran – viel besser – und was ich an Geld habe, wird darauf verwandt werden, meine Untersuchungen über *das Leben der Engel* zum Abschluß zu bringen ... Doch damals sah alles betrüblich anders aus.) Ich war dabei – nur so, für mich selbst – eine Studie über *Die Engel in der Literatur* – ausgerechnet ... zu vervollständigen: Blake, Milton, Dante ... Als ich Robbie sah, erkannte ich in ihm den *Erzengel* ... Was ist es wohl, das mich an den Engeln immer so fasziniert hat? Vielleicht die Tatsache, daß sie wie die Vögel Flügel haben und daß man, frei nach Pope, sagen könnte: ›Wo Narren an der Schwelle zaudern, da stürmen Engel herein ...‹ Sie sind die wahren Rebellen ... Und sage ich etwa zu viel über die Welt der geflügelten flüchtigen Wesen? Behalte im Auge, daß es ein solches Wesen war, das den Sündenfall geradezu verursachte: Aber Gott, der ihnen Flügel verlieh, war ein eifersüchtiger Gott ... Er verwehrte ihnen das, wofür Er sie geschaffen hatte: das Fliegen. Aus reiner Bosheit schuf Er Adam und Eva – und wie ein Voyeur sah Er ihnen in greisenhafter Ohnmacht zu ... Es war jener rebellische Engel, jetzt Satanas genannt, der sie auf seine Bahn – ein Leben in Aufsässigkeit – brachte; der sie den Apfel vom Baum der Erkenntnis essen machte, den Gott in Seiner kleinlichen Allwissenheit ihnen vorenthalten wollte ... In jedem meiner Engel finde ich etwas anderes, aber eines ist ihnen gemeinsam: sie haben alle Schwingen. Es ist ihre Natur, fortzufliegen und Leere – aber es ist eine strahlende Leere – in meinem Herzen zu hinterlassen ... Im Hause von Doña Mercedes in Mexiko (sie war Spanierin, eine großartige Frau mit einem Busen, der alljährlich an Umfang zunahm, um, wie ich ihr sagte, ihr *großes Herz* beherbergen zu können – in ihrem Hause also, wo ich mich kurze Zeit aufhielt, gab es einen bezaubernden jungen Diener. Er war schön, und seine Schulterblätter glichen sprießenden Flügeln, wenn er sich hinhockte. Doña Mercedes meinte: ›Er sieht mir eher aus wie ein gerupfter Vogel.‹ Ihr fehlte die Klarheit meines Blickes. Dies war einer der gefallenen Engel, die wider den Stachel locken, aber in Banden geschlagen und in Knechtschaft geworfen wurde ... Mein Robbie hatte sich seinen eigenen Himmel in den Augen seiner Bewunderer geschaffen. Er war damals einer von Smittys *Boys* – will sagen: Smitty war Robbies *Madame* ... oder sollte ich sagen *Monsieur?* – gibt es denn kein Wort? Und an jenem Abend, als er mir in die Toilette folgte, griff Robbie nach mir! ... ja! ... er griff nach *mir!* Liebes Kind, sagte ich arglos zu ihm: ›Was ficht dich an?‹ Ich hätte geargwöhnt, daß er lediglich Smittys Anweisungen befolgte, hätte er nicht so ... so *echt* nach mir gegriffen ... Smitty hatte sozusagen von der Pike auf gedient: er fing als Tankstellenwärter in Los Angeles an (seine andere Laufbahn begann ebenfalls dort: in der Herrentoilette). Dann wurde er Barkeeper und ein berühmter Callboy; er zog ein paar andere junge Leute heran – fünf oder sechs – die er auf Anforderung losschickte. Robbie war einer von ihnen ... Ich lernte Smitty kennen, als ein Freund ihn mir vor Jahren für eine Nacht zum Geburtstag schenkte. Smitty hätte mein Schutzengel werden können, wenn es nur um Sex gegangen wäre. Aber er gehörte jedem zur gleichen Zeit ... Ich fragte meinen Gastgeber: Was verdienen diese Jungens? Er antwortete: fünfzehn Dollar. Und in der Nacht, als ich mit Robbie zusammen war, saß ich lange Zeit da, unfähig irgend etwas zu tun ... ich nehme an, es war ein träumerisches Hinauszögern der Vorfreude darauf, was fünfzehn Dollar mir verschaffen würden: den Vorgeschmack des Himmels, der mir für diese geringe Summe sicher war. Weniger als ich in München für den Bierkrug dort bezahlt habe – dieser Bierkrug gleicht mir: er hat keine Schönheit, keine Flügel – er ist häßlich, er kann zerbrechen. Man wird sich an die Scherben erinnern ... Und Robbie machte die erste Bewegung in jener zaubervollen Nacht im Bett ... Wir waren zwei kurze Stunden beisammen (viel länger, versicherte er mir, als er je mit seinen anderen Kunden verbrachte) – zu sieben Dollar fünfzig die Stunde: so bin ich auf diese Zahl gekommen ... du siehst es ... ich sagte es dir: ich bin *treu* ... Dabei fällt mir die amerikanische Erbin ein, die auf dem Frankfurter Hauptbahnhof entdeckte, daß ihr junger Liebhaber sie sitzengelassen hatte. Alles, was sie herausbrachte, war: ›Verdammtnochmal!‹ Eine angemessenere Huldigung wäre gewesen: ›Der Engel ist entfleucht, auf goldenen Schwingen auf und davon.‹ Sie hätte daran denken sollen, daß Flügel, die davontragen, auch herbeibringen können – und so sagte ich ihr, als sie ein letztes verzweifeltes Mal den Bahnhof mit den Blicken absuchte: ›Öffnen Sie die Augen, die Welt ist voller Engel‹ ...«

Der Pfleger erschien jetzt mit einem Tablett. »Du hast doch sicher auch an meinen Gast gedacht, nicht wahr?« fragte ihn der Professor.

»Ich wußte nicht, daß er so lange bleibt«, sagte der Pfleger. Er ging hinaus und kam mit einem Tablett für mich wieder.

»Larry ist kein Engel«, sagte der Professor noch einmal. »Er hat sogar – findest du nicht auch? – irgend etwas Unbehagliches an sich. Manchmal mißtraue ich ihm. Glaubst du ...«, er senkte die Stimme, »daß Larry ein Agent des FBI sein könnte, der versehentlich ins falsche Dezernat geraten ist?« Er lachte selbstzufrieden. »Vielleicht schreibt er auch ein Buch über mich«, flüsterte er mit gespielter Geheimnistuerei, »es wäre ja nicht das erste Mal, daß ich zwischen Buchdeckel käme.« Er fuhr fort zu essen und sprach zwischen den einzelnen Bissen. Als er fertig war, stellte er das Tablett auf den Tisch. »Wir haben uns jetzt lange genug unterhalten«, sagte er. »Komm her zu mir, du unkategorisierter Engel. Stell dich neben mich. Wir haben uns für heute genügend mit der Seele beschäftigt: wenden wir uns nun anderen, ebenso geheiligten Dingen zu ...«

Als ich nachher das Zimmer verließ, hörte ich ihn mir nachrufen: »Gott ist die Liebe ...«

Im Nebenraum saß der Pfleger und las in einem dicken Buch. Er stand auf und kam so rasch auf mich zu, als wolle ich fliehen. Er hielt mir das Buch unter die Nase und sagte zu mir: »Dies hat der Professor geschrieben! Er hat viele bedeutende Bücher geschrieben!« Ich griff nach dem Buch, aber bevor ich auch nur den Titel hätte lesen können, riß er es fort und erlaubte mir nicht, es zu berühren. »Hier ist der Scheck!« sagte er.

4 Am nächsten Tag bekam ich ein noch verzweifelteres Telegramm:

BIS AUF ABRUF VON HÖCHSTER WICHTIGKEIT DASS DU TÄGLICHEN KONTAKT MIT MIR AUFRECHT ERHÄLTST STOP BRAUCHE DAS ZUR ZEIT DRINGLICHST ALS RÜCKVERSICHERUNG GEGEN VERSCHIEDENE INNERE VERWIRRUNGEN UND GEFAHREN FÜR MEINEN SEELENFRIEDEN STOP ERKLÄRE ALLES WENN DU KOMMST STOP G IST DIE L

Als ich zum Professor kam, wurde das Telegramm wiederum nicht erwähnt. Das Bandmaß lag auf dem Bett... Die *Unterredung* nahm ihren Fortgang: die zusammengewürfelten Ereignisse seines Lebens türmten sich wie ein Berg immer höher und höher auf. Hin und wieder konnte ich nicht mehr zuhören, da der ständige Redefluß mich einschläferte. Episoden wurden begonnen, unterbrochen, wieder aufgenommen, manchmal nicht beendet... das Ganze durchzogen von Robbies Geschichte wie von einem eigenwillig gewundenen Flußlauf.

»Ich verbrachte diese erste Nacht mit Robbie wie im Fieber«, sagte der Professor, »und es war *überirdisch.* Er kannte seine Berufung, im Gegensatz zu...« – hierbei sieht er mich vorwurfsvoll an – »... zu manchen anderen, die dieses Leben nur so nebenbei führen. Und ich pflege denen zu sagen: ›Ihr sitzt und hört mir zu, ihr steht und laßt mich gewähren, wenn die Unterredung zu Ende ist – aber ihr gebt nichts!‹ Es gibt Maler, die ohne Herz malen. Dichter, die ohne Mitleid schreiben – sie sind kalt. Es ist zuviel Kälte in dieser Welt: Wehe! Die Eiszeit des Herzens ist noch nicht vergangen. Hier und dort flackert das Mitleiden mutig auf – aber es ist eben nicht mehr als ein kurzes heldisches Aufflackern, das nur zu bald von dem gleichen Eis, das es zerschmelzen sollte, ausgelöscht wird ... Smitty gab seinen Körper, und das auf jede Weise, ohne Fragen und ohne Bedingungen: sein Beruf war es, Freude zu bereiten, und man bekam, wofür man bezahlte. Robbie gab seinen Körper und seine Seele ... er war wie ein Heiliger, der sich seiner Bestimmung vorbehaltlos hingibt ... In jener ersten Nacht«, sagte er, und sein vorwurfsvoller Blick wurde weich, »in jener ersten Nacht gab ich Robbie fünfzehn Dollar, und dann, als er schon draußen war, rief ich ihn zurück. Ich gab ihm noch zehn Dollar – alles, was ich hatte. Und mein Freund, der Autor ... Martin St. Dennis ... der *überaus* bekannte amerikanische Schriftsteller, Kind: ein *enfant* – wenn auch ein bereits alterndes – *enfant terrible* ... es kam Martin zu Ohren, daß ich Robby fünfundzwanzig Dollar gegeben hatte und er sagte indigniert zu mir: ›Auf keinen Fall, Professor! Sie verderben die Jungs ja! Die Vergütung beträgt fünfzehn Dollar – und keinen Cent mehr!‹ Er konnte nicht begreifen, was Robbie mir gegeben hatte, mein Robbie. Aber Martin ist kein Mensch, der sehr viel wahrnimmt: seine Bücher sind Scheinwerfer auf die Fakten unserer Welt – aber ebenso kalt wie das Licht der Scheinwerfer. Und wo andere ein Herz haben, hat er einen Roman ... Ich wünschte, das wäre von mir, aber dem ist nicht so: ein Psychiater sagte das einmal zu ihm, der übrigens – wie sage ich es nur, ohne daß es eingebildet klingt – sehr beeindruckt von mir war. Er – der Psychiater – überredete mich dazu, ihn mit mir den Rorschachtest machen zu lassen – um mein Unterbewußtsein zu testen! – und so ließ ich ihn also testen – nur so, zum Spaß. Ich betrachtete mir einen der Tintenkleckse, und er fragte: ›Was sehen Sie?‹ Ich antwortete: ›Ich sehe Sie, wie Sie versuchen, *mich* zu sehen!‹ ... Und das erinnert mich an einen jungen Assistenten vom guten Dr. Kinsey. Der Assistent konnte mich keine Sekunde lang hinters Licht führen: er war ein berufsmäßiger Voyeur. Weißt du, was das ist, mein lieber junger Engel? Einer, der zuschaut! Wissenschaft ... o ja ... in der Tat ... er war der Sexualwissenschaft sehr ergeben ... Die Gräfin von Braun sagte gerne: ›Wenn Sex eine Wissenschaft ist, so kann nur das Schlafzimmer das Laboratorium sein.‹ ... Ich stellte den Assistenten zwei bezaubernden jungen Leuten, die ich kannte, vor (der eine errang sich eine gewisse Berühmtheit dadurch, daß er den nackten Matrosen in dem Musical *Das Inselparadies* spielte) und der Assistent bekundete sein Interesse an einer ihrer *wilden Partys* – rein wissenschaftliches Interesse, natürlich ... Soll ich dich erheitern? ... Diese Jungs waren nicht *von der Art,* sie waren ein ruhiges, zurückgezogenes Liebespaar – es ist auch nicht die Spur von Geringschätzung dabei, wenn ich sage ›nicht von der Art‹, sie stellt etwas ganz Besonderes dar, diese Art. Aber wie dem auch sei: der Assistent insistierte so lange (der insistierende Assistent), daß sie beschlossen, für ihn eine solche *wilde Party* sozusagen zu inszenieren. Und das taten sie. Es war kaum zu glauben! Mein guter Assistent hielt sich dran, von Zimmer zu Zimmer zu gehen und zuzuschauen – und, Kind, es war mehr als der Widerschein wissenschaftlicher Entdeckungen, was sich in seinem Auge spiegelte! ... Er wollte mich sozusagen interviewen für das Werk, aber ich sagte ihm, meine Affären mit den Engeln seien zu kostbar, um aus ihnen ein wissenschaftliches Diagramm zu fertigen. Wie sollte zum Beispiel auf einem Koordinatensystem eingetragen werden, was Joe Jones (es war eine seiner Eigenheiten, einen so gewöhnlichen Namen zu führen – zunächst) – was Joe Jones mir bedeutete? Er war ganz eindeutig ein Erdenengel – und gibt es überhaupt Linien für diese Gattung? ... ein Cowboy aus Oklahoma, auf der Weide entdeckt – der hierherkam, um am Rodeo teilzunehmen (ich meine nicht den Rodeo in Madison Square Garden, sondern den Rodeo, den diese Stadt New York darstellt) und es gelang mir – mein Glücksstern stand am Himmel – ihn in meinem eigenen kleinen Patio anzusiedeln ... betrüblicherweise war es ihm dort zu eng, denn er war die weiten Ebenen gewöhnt ... aber eine kurze kurze Zeit gehörte dieser Erdenengel mir – bis der Gott der wilden Pferde ihn aufrief und er davongaloppierte: hin zu den fetteren Weiden des Broadway ... und ich hörte später, daß er seinen Namen geändert hatte und sich jetzt Cam Rider nannte. ... Wie hätte der gute Assistent bei all seiner Wissenschaft Cam Rider auch nur andeutungsweise in seine Kurven einordnen sollen? Unmöglich! ... Und auf der Party, die diese beiden jungen Leute gaben, um dem Assistenten etwas zu bieten (obwohl er selbst sich nicht so ausgedrückt hätte – bei ihm hieß es immer: Material! Untersuchung! Studium! Wissenschaft!) – auf dieser Party bat er um ganz bestimmte Darbietungen. Ich muß schon sagen: die Jungs hatten sich noch nie so gut amüsiert – sie brauchten keine Angst vor einer Razzia zu haben, da der Assistent ja gedeckt war: und du wirst sehen: in Zukunft wird das Leben die Wissenschaft nachahmen ... Ich ging auf diese Party, nachdem Robbie mich verlassen hatte. Ich sah Robbie nach dieser zauberhaften Nacht an verschiedenen Orten, aber ich konnte ihn mir nicht mehr leisten. Ich hatte ihm einmal fünfundzwanzig Dollar gegeben, und nun mußte es dabei bleiben. Es ging mir damals, wie ich schon bemerkte, nicht gut ... hm ... *brotmäßig,* es war eine unerfreuliche Zeit ... und ich dachte, der Himmel habe mir nur jene kurzen Stunden mit Robbie gegönnt. Und dann rief er mich eines Tages an – *mein Robbie!* ›Professor‹, sagte er, ›darf ich heraufkommen?‹ Ich brachte die nächsten Worte kaum über die Lippen: ›Engelskind‹, sagte ich, ›ich kann mir dich im Moment nicht leisten – selbst die Erinnerung an dich ist so kostbar für mich, daß ich mir auch die eigentlich nicht leisten kann – aber es ist eine der preiswürdigen Gaben des Lebens, daß Erinnerungen keinen Preis haben!‹ Und dann, nach einem kurzen wortlosen Zwischenspiel, währenddessen mein Herz sich weigerte zu schlagen, seufzte mein Schutzengel in die Muschel: ›Professor, haben Sie noch nie etwas von Liebe gehört?‹ ... Ich hätte nie gewagt zu hoffen, daß ... ich, ein Berg erschöpften Fleisches ... und dieser anmutige junge Mann ... Und doch ... das Wort stand da ... das *magische* Wort: *Liebe* ... Ich rief einen Freund an – für einmal vergaß ich meinen Stolz. Ich sagte ihm, daß ich dringend Geld brauche. Als Robbie an jenem Nachmittag zu mir kam, gab ich ihm hundert Dollar. Er machte ein gekränktes Gesicht. ›Dieses Mal war es aus Liebes sagte er. ›Kind‹, antwortete ich ihm, ›Robbie ... Engelchen ... das Geld ist auch ein – wenn auch unzulänglicher – Ausdruck *meiner* Liebe.‹ Und ich drückte es ihm in die Hand ... Ach! wenn es irgend möglich wäre, den betrüblichen Ablauf der Dinge zu ändern – ich würde damit anfangen, anstelle jenes ersten Schlages, der uns schreiend unser Leben beginnen läßt ... ich würde diesen Schlag durch einen Kuß ersetzen ... Ich würde jedem Kind *Liebe* einhauchen ... Aber die Flügel meines Robbie verspürten den aufkommenden Wind ... Flügel sind zum Fliegen gedacht, und ehe ich es mich versah, war er fort. Er schrieb mir, er sei in Europa und säße auf dem Trocknen. Ich schickte ihm Geldmittel. Dann war es Südamerika. Inzwischen ging es mir viel besser ... und ich überwies ihm einen Betrag – eine Fernverbindung zwischen uns ... Was ich schickte, war nur ein dürftiger Ausdruck meiner Liebe – aber was hätte ich sonst tun können? Er schrieb mir jedesmal daraufhin – und wie zärtlich, wie zärtlich! ... das liebe Kind ... daß er das Geld eigentlich gleich zurückschicken wollte, andererseits aber brauche er es so dringend ... er würde es zurückzahlen, weil das, was ich ihm *als Mensch* gäbe, von soviel größerem Wert für ihn sei. Doch er wußte, wieviel Freude es mir machte, ihn zu beschenken ... Und dann ... plötzlich ... kam kein Brief mehr ...« Er brach unvermittelt ab, griff nach einem Kleenex und betupfte sich die Wangen. »Kann ich ihm die Leere vorwerfen, die er in meinem Herzen hinterlassen hat? Nein! Es war seine Natur – eben jene Natur, derentwegen ich ihn lieben mußte – die zwar mein Herz für immer gewann, mein äußeres Leben aber nur vorübergehend berührte: er hatte Flügel, er *mußte* fortfliegen ... Oder vielleicht ...«, setzte er behutsam, fast flüsternd hinzu, »... vielleicht wäre es möglich, daß die *Liebe* – Liebe zu mir – ihn tatsächlich mächtig angerührt und daß diese Liebe im Widerstreit mit der Liebe zum Fluge den kürzeren gezogen hätte? ... Ich weiß es nicht.« Stumpf fuhr er fort: »Ich habe gehört, er sei jetzt in Los Angeles – aber ob das stimmt? ... er soll dort in einer Bar arbeiten ... Es ist so lange her ... Vielleicht hat er sich in den Himmel emporgeschwungen, um diesen düsteren Ort mit seiner Schönheit zu erhellen ...«

Er schwieg – es entstand eine ungewöhnlich lange Stille. Dann, mit einem Schwenken seiner Zigarette fuhr er wieder lebhafter fort: »Die Gräfin Sabrisky fragte mich einmal, ob ich an den Himmel glaube, und ich antwortete: ›Natürlich glaube ich an ihn – ich hatte ihn bereits auf Erden!‹ Das war eine Anspielung auf die Engel – meine Engel – warum nicht ... sogar Milton, der Dichter, ist in seinem Epos in Versen auf der Seite der rebellischen Engel, und läßt sie in Auflehnung gegen Gott für uns Partei nehmen: sie sind ebenso heroisch wie amerikanische Kolonisten, die sich gegen eine zusätzliche Besteuerung auflehnen ... Aber hör zu: Ich rede und rede, dabei will ich doch *dich* kennenlernen, meinen neuen Engel ... Und, Kind, ich muß dich um eine Gunst bitten: ich muß eine Fotografie von dir haben ... für mein Album ... ich habe Bilder von fast allen meinen Engeln ... Bitte ... da drüben ... auf jenem Regal ... das Album ... bitte bringe es mir ...«

Ich erhob mich vom Stuhl, wie hypnotisiert von seinen Worten, die gleich einem nichtendenwollenden Lied dahinströmten. Ich sah ein Album, auf dem ein Buch lag: ein dicker, imposanter Wälzer – sehr ähnlich dem, den der Pfleger mir neulich unter die Nase hielt, jedoch von anderer Farbe. Ich sah nach dem Namen des Autors – es war der des Professors. Ich brachte ihm das Album.

»Nun komm näher. Nein, diesmal kannst du deinen Stuhl mitnehmen. Das andere kommt erst zum Abschluß unserer Unterredung ... ha, ha, ... unser kurzer inniger Abschied voneinander. Zuerst stellen wir einen seelischen Kontakt her, indem wir miteinander reden und einander, wie wir das getan haben, aus unserem Leben erzählen: und dann: Sex«, sagte er unverblümt und merkwürdig direkt.

Er beginnt die Seiten des Albums umzuwenden und hält es so, daß wir beide hineinschauen können. Aus der Schwärze der Seiten tauchen viele Fotos der verschiedensten jungen Männer auf: es sind große und zierliche, gutaussehende und eher vulgäre Typen darunter. Der Professor sagt: »Dieses ist mein *all-american*-Engel. Ich habe immer noch seinen Football ... irgendwo ...« Er läßt seinen Blick durch den Raum schweifen. »Ich muß diesen Bierkrug loswerden«, sagt er wie geistesabwesend, wendet sich wieder dem Album zu und zeigt mir das Bild eines jungen Mannes mit einem kantigen Gesicht: »Als er heiratete«, sagt der Professor erklärend, »gab ich ihm das Geld für den Trauring. Er bestand darauf, mir das Geld zurückzahlen zu wollen, aber ich lehnte ab – ich sagte: ›Das wird auch irgendwie unser Trauring sein.‹ Und er sagte zu mir: ›Tante Gulu, deshalb bat ich dich um das Geld – und nicht jemand anderen.« (Ich schaute auf das große leere bulldoggenähnliche Gesicht auf dem Foto und überlegte mir, wieviel der Ring wohl gekostet hatte.) ... »Und schau mal: das ist der Cowboy aus Oklahoma. Wenn es mir möglich gewesen wäre, hätte ich ihm seinen eigenen Rodeo gekauft. Ah, Cam Rider!« seufzte er. (Ich sah in ein betont männliches Gesicht mit einem gefrorenen Lächeln über einem hochgewachsenen mageren Körper.) »Und dieses ... dieses ist das mexikanische Kind mit den sprießenden Flügeln: Er war nie in den Bellas Artes. Seine Augen glänzten intensiver als eine illuminierte Bühne! Er wollte in die Staaten und malte sie sich immer wieder in glühenden Farben aus, und ich sprach ebenso begeistert davon: es war der Traum seines Lebens. Ob ich ihn mitnehmen wolle? Aber leider ... er hatte Ärger mit der Polizei. (Das Gesicht des dunkelhaarigen Jünglings starrte angestrengt in die Kamera – mit dem offensichtlichen Wunsch zu gefallen.) »Hier ist der kleine Franzose – mit seinen Eltern – sie bestanden darauf, mit dem anbetungswürdigen Kind zusammen aufgenommen zu werden.« (Das Bild zeigte einen sich selbst offenbar sehr wichtig nehmenden älteren Mann und eine dicke, gutmütig aussehende Frau. Zwischen ihnen stand ein sehr hübscher Knabe, das Hemd offen bis zum Gürtel. Die Frau legte einen Arm stolz um seine Schulter, die andere Hand hielt der Kamera eine Weinflasche entgegen.) Der Professor überschlug eine Seite, drückte das Album einen Moment an die Brust und sagte: »Das kommt zuletzt ... Und dies ist der poetischste von allen meinen Engeln – er schrieb die göttlichsten, empfindsamsten Verse – wahre Kristalle! ... ich verhalf ihm zu einem Stipendium ... nicht durch irgendeine Stiftung etwa, sondern aus meinen Mitteln: ein Teil meines Lebensunterhalts trug damals auf diese Weise zu dem seinen bei.« (Dem Jüngling auf dem Bilde fiel das Haar hochpoetisch in die Stirn.) »Er war ein wundervoller Dichter ...«, sagte der Professor seufzend, »und als ich ihm sagte, ich würde ihm helfen, erwiderte er voll Leidenschaft, er würde sein erstes Buch mir widmen. Ob es wohl je erschienen ist ...? Danny, der Eiskunstläufer; er glitt über mein nicht so eisiges Herz ... und hier! – ein Anwärter auf den Titel *Mr. Amerika* (Von dem Körper auf dem Foto ging ein kal-

ter Glanz aus, als sei er aus Eis gemeißelt.) Es gab noch mehr Bilder: junge Männer aus Spanien, Frankreich, Italien, Deutschland, Mexiko, Amerika ... einige Matrosen, Soldaten, verschiedene junge Leute in Badehosen: alle starrten sie mit einem merkwürdig ähnlichen Ausdruck in die Welt; es war ein Blick, hinter dem ich zunächst trotz des Lächelns innere Kälte vermutete, aber dann begriff ich, daß es sich wohl um eine Art unterdrückter Verzweiflung handeln mußte – um das zügellose Verlangen, sich das zu verschaffen, was die Welt anderen freigebig bot, ihnen aber verweigert hatte ...
Und jetzt kehrte der Professor zu der Seite zurück, die er überschlagen hatte. Ich wußte, wessen Bild nun drankam: *»Dies ist Robbie!«* verkündete er. (Ich sah einen hübschen jungen Mann, der auf dem Kühler eines ausländischen Wagens saß – er blinzelte in die Sonne und lächelte breit, als würde ihm eines Tages die ganze Welt gehören, als ob die Welt für ihn nur ein Spiegel sei. Aber selbst auf dem Bild schien er der Sonne zu verübeln, daß sie ihn überstrahlte.) Der Professor seufzte und preßte das Album fest an sich. »Hier habe ich die Liebe – in ihrer nicht festzulegenden äußeren Gestalt und du, liebes Kind, wirst es mir nicht verweigern, dein Bild hinzufügen zu dürfen ...« (Ich überlegte mir plötzlich, ob ich auf einem solchen Foto wohl auch den gleichen harten Blick haben würde ... und Mr. King fällt mir ein: »Wie die Bilder in so 'nem Scheiß-Familienalbum.«) »Ja ... die Liebe«, sagte der Professor, »... sie erscheint in vielen Gestalten. Wer hat am stärksten geliebt? Ich? Die anderen? Wer war der Nehmende, wer der Gebende? Wer kann es sagen? Eines Tages – am Ende meiner Suche – werde ich es wissen ... Und nun«, sagte er, »... tu den Stuhl weg und stelle dich neben mich, bitte ...«

Ich legte das Album wieder unter das dicke Buch mit dem Namen des Professors auf dem Schutzumschlag. Ich fühlte seine hervorstehenden Augen auf mich gerichtet, als ich das Buch aufhob und das Album darunterschob. Dann stellte ich mich ans Bett.
Als ich im Begriff war zu gehen, machte der Professor wieder die übliche Handbewegung und seufzte wie jedesmal hinter mir her:

»Gott ist die Liebe!«
Draußen starrte der Pfleger mich mit gefrorenem Blick an.

5

Am nächsten Tag bekam ich ein drittes Telegramm: aus NOTWENDIG war VON HÖCHSTER WICHTIGKEIT geworden, und VON HÖCHSTER WICHTIGKEIT war jetzt durch DRINGLICHST ersetzt. Der verzweifelte Tonfall der Telegramme überraschte mich mittlerweile nicht mehr, und als ich am nächsten Tag zum Professor ging, erwartete ich, ihn ebenso gelassen wie immer anzutreffen. Ich irrte mich. Er schien sehr erschöpft. Während der Dauer der *Unterredung* griff er immer wieder nach einem Glas Wasser und schluckte Tabletten. Ich bemerkte, daß die rote Klammer auf dem Bandmaß nicht mehr da war, entweder war sie abgenommen worden oder heruntergefallen ... Die Worte überstürzten sich immer noch in wirrer Hast: es war, als ob er eine Halskette aufreihe, deren Perlen seine Liebesabenteuer waren, die er in allen Einzelheiten beschrieb. Plötzlich (es war am Ende der *Unterredung* und ich stand neben dem Bett) legte er seine gewaltigen Arme um mich und zog mich an sich. Das weiche schwammige Fleisch seines riesigen Gesichtes streifte flüchtig meine Wange. Ich stieß ihn fort und trat rasch einen Schritt zurück. Seine großen Augen starrten mich an, sehr lange, intensiv, wortlos, hartnäckig. Dann keuchte er plötzlich: »Die Papiere! ... unter dem Album! ... hol sie her!«
Ich reagierte rasch auf diese jähe Dringlichkeit und brachte ihm die gewünschten Papiere. Er sah sie in fieberhafter Eile durch, holte drei engbedruckte zusammengeheftete Bögen heraus und schleuderte sei mir zu.
»Lies! – wenn du lesen kannst!« schrie er bösartig.
Obenan stand sein Name, darunter war das Wort *Resümee* gedruckt: das Heft enthielt die Daten seiner in Yale verbrachten Jahre und seine vielen akademischen Grade einschließlich der Ehrentitel. »Lies es ganz durch!« schrie er mich an; er zitterte. »Weiter!« ... Es folgten: Ämter im Auswärtigen Dienst, weitere Ehrentitel, Publikationen in wissenschaftlichen Zeitschriften des In- und Auslandes,

Bücher, die er geschrieben hatte, ehrende Auszeichnungen, die ihm zuteil geworden waren...

Ich hob den Kopf und sah den Mann vor mir, der all dieses erreicht hatte: das gedunsene Gesicht kläglich zur Seite geneigt wie das eines traurigen Hundes, blickte er mich an – mit einem Ausdruck in den Augen, den nur Folterqualen bewirken können...

»Das bin ich *auch!*« ruft er mir zu. »Ich werde *respektiert, bewundert,* gelesen, und man hört auf mich! – aber was kümmert das dich? Du siehst nur den lächerlichen alten Mann, der von dir verlangt, daß du dich mit offenen Hosen neben sein Bett stellst. Aber weißt du irgend etwas von dem *anderen!*«

Die Verwandlung geschah plötzlich und war völlig unglaubhaft. Sein großer Kopf warf sich in meine Richtung, fast flehend, wie der Kopf eines großen weidwunden Tieres... die Augen hinter den Brillengläsern drohten aus ihren Höhlen zu treten.

»Die Engel, die mich ausgesaugt haben!« sagte er voll Verachtung. Ich sehe fasziniert in seine Augen und überlege mir, ob die Tränen, die gleich fließen werden, wohl Riesentränen sein werden – Riesentränen aus riesigen Augen in einem riesigen Gesicht.

»Die Engel! Die gefräßigen Engel!« brüllt er. »Sie waren es, die *mich* aussogen – die mich nie kannten... *mich* nie respektierten! Liebe? Gekauft! Gekauft für die Aussicht auf eine Reise in die Staaten, einen Trauring, den *ich* nie tragen würde, auf ein Paar Schuhe und ein paar Weinflaschen! Gekauft für sieben Dollar fünfzig die Stunde! Gekauft für hundert Dollar... mit Berechnung erwartet... als das Wort... Liebe ausgesprochen wurde...« Es kam zu keinen Tränen; seine Augen waren bereits wieder trocken.

Der Pfleger stürzt herein. »Professor!« ruft er dringlich und greift nach Pillen und Wasserglas. Der Professor schluchzt. Der Pfleger umarmt ihn und zieht ihn fest an sich, zärtlich und beschützend, wiegt seinen Kopf in den Armen, wie man einen Säugling wiegt, versucht ihn zu beruhigen und bedeckt den rasierten Schädel mit Küssen... Plötzlich richtet der Pfleger seinen Blick auf mich, in seinen Augen steht der nackte Haß. »Was haben Sie ihm angetan?« Die Worte kommen wie Geschosse geflogen.

»Laß ihn in Ruhe«, seufzte der Professor und befreit sich aus der beschützenden Umarmung des jungen Mannes.
Der Pfleger geht hinaus. »Larry…«, sagt der Professor, und das Schluchzen verebbt allmählich, »… Larry ist … kein Engel …«
Und nun legt er sich erschöpft in die aufgetürmten Kissen zurück. Er greift nach der Zigarettendose, sucht darin herum, bis er eine goldberingte schwarze Zigarette findet, steckt sie in den Mund und sagt jetzt seufzend und ganz friedlich: »Vergib mir, Kind. Meine Nerven. Es ist, weil ich hier so lange liege. Ich habe unbesonnene Dinge gesagt. Das tun wir alle zuweilen. Ich hatte kein Recht dazu … und eigentlich«, sagte er traurig, »… eigentlich … mache ich mir … gar nicht viel … aus Küssen … Und außerdem: … die Bedingungen waren ausgemacht … schon … am Beginn … unserer Unterredungen … Sie wurden – um es genau zu sagen – vor langer langer Zeit schon ausgemacht … Nun, Kind, stelle dich wieder neben mich, bitte … Laß mich … laß mich … dir …«, er hielt ein. Und dann schließt er mit einem Unterton von Verachtung sowohl für sich wie für mich: »Laß mich dir … *meine* Liebe beweisen … »
Als es vorbei war, sagte er: »Gott schütze dich, mein lieber Engel. Ja …«, er seufzte erschöpft, »… *Gott schütze euch alle … und mich …«* Er machte wie üblich mit seiner fetten Hand die flüchtig segnende Geste, indem er langsam die Augen schloß. Zum ersten Mal seit ich ihn kannte, nimmt er seine Brille ab und sieht mich aufmerksam an. Die riesigen Augen hinter den Gläsern waren in Wirklichkeit winzig klein …
»Nun geh …«, er seufzte, »ja, fliege davon … geselle dich dem endlosen … *endlosen* … Fluge der Engel …« Die Augen schlossen sich. Seine Hand glitt das Bandmaß entlang bis zum äußersten Ende.

Ich erhielt keine weiteren Telegramme. Nach einer Woche rief ich beim Professor an. Der Pfleger war am Apparat. »Der Professor ist tot«, sagte er, mit mühsam beherrschter Stimme die Tränen unterdrückend, »die Unterredungen sind vorbei …« Ich wußte, er würde im nächsten Augenblick anfangen zu weinen. Doch bevor ich das unausweichliche Schluchzen hören konnte, hatte er eingehängt.

Die Stadt der Nacht

Und eines Tages war es soweit, daß ich in New York auf einer Straße oder in einem Park stand und irgend jemanden sah und mir überlegte, ob ich mit ihm zusammengewesen war – oder ob ich nur ein paar Worte mit ihm gewechselt hatte... nächtens... irgendwo.

Einmal fuhr ich mit jemandem, den ich gerade kennengelernt hatte, kurz nach Southampton. Ich lag den ganzen Tag am Strand, ließ mich bräunen und versuchte, in Trägheit versinkend, die immer wiederkehrende panikartige innere Unruhe zu überwinden – das Verlangen nach etwas, das noch völlig gestaltlos schien. Dann fuhr ich mit dem gleichen Menschen ebenfalls für kurze Zeit nach Vermont. Es war ein kühles, cooles sommerintermezzo, in einem Hause inmitten grüner Berge.

Als wir in die Inselstadt zurückfuhren – in diesen Dschungel messerglänzender Gebäude – wußte ich plötzlich, daß ich nicht mehr lange in New York bleiben würde.

Ich würde nach El Paso zurückkehren.

Und wieder einmal verschaffte ich mir einen Job – da ich entschlossen war, das Geld für die Heimreise nicht auf der Straße zu verdienen.

Ich verabschiedete mich von Gene de Lancey im gleichen Korridor, auf dem ich sie damals kennengelernt hatte, als sie in dem dunklen Gang des riesigen Hauses auftauchte. Von all den vielen Gesichtern, die ich aus dieser Zeit in New York in Erinnerung behalten würde, war ihres, gezeichnet von jahrelanger Einsamkeit, das einzige, aus dem ich die Worte vernahm:

»Wie traurig, daß du weggehst. Ich werde dich vermissen, Schnuckelchen, schrecklich vermissen ... mehr als ich sagen kann!«

Ich ging zur *Greyhound*-Station in der 54. Straße. Ich verließ diese

Stadt, ohne von irgend jemandem außer Gene de Lancey vermißt zu werden, sogar meine Abwesenheit würde niemandem auffallen. Andere Leute würden auf dem Times Square und im Park an meine Stelle treten ... Als ich an die vielen so flüchtigen Episoden mit Leuten von der Straße dachte (an einige dieser Leute mit Widerwillen, an andere mit ohnmächtiger Traurigkeit, weil das Wesentliche in ihnen mir verschlossen geblieben war) – würden sie sich auch meiner erinnern? ... als an einen unter vielen, mit dem sie gemeinsam für kurze Zeit die Einsamkeit verbannt hatten, die sich doch – welche Ironie – sicherlich gleich darauf in verstärktem Maß wieder einstellte, nachdem die flüchtige Begegnung vorbei war, um kurz darauf einer anderen Platz zu machen?

Ich hatte ein ausgesprochenes Gefühl für die Unvollkommenheit, die die Beschäftigung mit dem Leben eines anderen in sich birgt. Man berührt dieses andere Leben nur am Rande – wie intim die Annäherung sexuell auch ausfallen mag – und kann nur ahnen, was in dem anderen gärt. Denn auch in dieser jähen Beziehung ist die Klimax nur ein kurzes Zwischenspiel. Ihr Leben wird weitergehen, man selbst wird daraus verschwinden. Eine Unzahl von Begegnungen geometrisch angewachsend. Ein prismatisches Geflecht von ... (ich denke an den Professor und sehe winzige Augen hinter dicken Gläsern) ... *Unterredungen.* Um mich herum steuern Menschen an den Häuserwänden entlang wie mechanische Puppen verbissen ihre morgendlichen Ziele an; in Haufen zusammengedrängt warten sie ungeduldig an den Verkehrsampeln, bevor sie aufeinander zuhasten, um in der Mitte der Fahrbahn in ungeordnetem Durcheinander zusammenzuprallen. Sie streifen einander, ohne es zu bemerken, stolpern, bewegen sich weiter: Jeder einzelne eingeschlossen in seine eigene unmittelbare Welt.

Plötzlich möchte ich, grundlos, lachen.

Diese zermürbende Reise ... wohin?

Nach einigen Tagen – der Herbst hatte gerade begonnen – war ich wieder in El Paso.

Als ich die Tür des Hauses meiner Mutter öffnete, sah ich sie dastehen und mich erwarten. Sie umarmte mich und drückte mich fest an sich und über ihre Schulter hinweg fiel mein Blick auf die zierliche Vitrine mit den Glasengeln …

Nun galt es, einige Schritte in die Vergangenheit zurückzutun. Ich rief das Mädchen an, mit dem ich seinerzeit auf den Cristo Rey geklettert war. Ihr Vater war am Apparat: sie lebte nicht mehr hier, war verheiratet, hatte ein Kind …

So machte ich mich allein daran, auf den Berg zu gehen.

Hier hatte ich an Feiertagen Leute aus El Paso, Ysleta, Canutillo, Smeltertown und Juarez gesehen, die in langen Prozessionen und inbrünstig Gebete skandierend den Berg heraufgezogen kamen und wieder und wieder hinknieten – Frauen mit Umschlagtüchern über dem Kopf, den Rosenkranz in den Händen. Die Priester führten die Prozession an, und Männer trugen Heilige mit traurigen Gesichtern … Unter der heißen weißen Sonne verspürte ich – damals – den Wunsch, dazuzugehören und an jenem Glauben teilzuhaben, der die Gesichter der Menschen beim Aufstieg wie in Trance erstarren ließ. Und auf dem Gipfel dieses Berges kam mir jetzt, nach Jahren, plötzlich der Gedanke, ob ich diese Stadt innerlich wohl je wirklich verlassen hatte.

Beim Abstieg empfand ich fast körperlich die Gegenwart der Berge, die die Stadt so bedrohlich umringen – bereit, mich zu zerschmettern, wie in dem Traum meiner Kindheit. Aber natürlich war es etwas anderes: Es waren die Wunden meiner Kindheit, die ich durch die Flucht vor einer vorgetäuschten Unschuld zu heilen suchte. Ich war abermals hierher zurückgekehrt und fühlte, wie leicht ich mir meine frühere Lebensart wieder zu eigen machen könnte. Die Erinnerung an die behütete Abgeschiedenheit hinter jenem Fenster (in dem Hause, in dem mein Hund gestorben war und das wir später räumen mußten) weckte in mir erneut das Verlangen nach einem wirksamen symbolischen Fenster, das mich von der Welt trennte.

Um diesem mich einwiegenden Nachhall widerstehen zu können, mußte ich hier, an Ort und Stelle, meiner Erinnerungen Herr werden …

Einst, vor vielen Jahren, war El Paso der Kreuzungspunkt zwischen

Ost- und Westküste für die umherziehenden Homosexuellen gewesen, die andere Städte, gleichviel aus welchen Gründen der Rastlosigkeit verlassen hatten. Als kleiner Junge ging ich einmal durch den San Jacinto Park (träge Krokodile in einem runden Teich, die so müde und schläfrig waren, daß sie nicht einmal munter wurden, wenn die kleinen Kinder sie an den Schwänzen packten und mit Schwung ins Wasser beförderten) und hatte die kichernden Gruppen von Tunten gesehen, mit denen die Soldaten sich abgaben. Und ich war rasch weitergegangen ... Inzwischen war die unvermeidliche laienhafte Kleinstadtrazzia erfolgt. In blindem Eifer hatte die Polizei sich auf die Schwulen gestürzt, und sie wanderten ins Gefängnis und, als sie entlassen waren, wieder weiter: irgendwohin.

Aber immer noch tauchen in diesem Park gelegentlich *Jäger* auf. Da ich mich hier nicht lange aufhalten mochte, ging ich in ein Kino im Süden der Stadt, fest entschlossen, an diesem Abend jene verlockenden Erinnerungen auf folgende Weise zu töten:

Der Mann folgte mir in die Latrine und sprach mich dort an.

Ich gab vor, auf der Durchreise zu sein, und griff auf die Touren zurück, die man in solchen Fällen in New York abzog. Ich sagte ihm, daß ich Geld brauche. Er war einverstanden. In einer dunklen Gegend dieser Stadt meiner Kindheit trieb ich es mit ihm in einem parkenden Wagen.

Als ich den Zehn-Dollar-Schein, den er mir gegeben hatte, in die Tasche stopfte, empfand ich statt des Gefühls der Befreiung, das ich erwartete, ein schreckliches sengendes Schuldgefühl. Und ich wußte: wie lange ich auch in El Paso bliebe – nie wieder durfte mein New Yorker Leben sich hier eindrängen.

Am nächsten Tag ging ich mit meiner Mutter auf den Friedhof, wo mein Vater lag. Auf seinem Grab war nur eine kleine verwitterte Tafel. Mich überfiel die Erinnerung daran, wie stolz er einst auf seinen so weithin bekannten Namen gewesen war. (Und als er starb, war es, als ließe sich die Welt herab, ihm noch einmal, wenn auch verspätet, zuzunicken – sein Bild war zusammen mit der Todesanzeige auf der ersten Seite der Zeitung erschienen, und meine Mutter hatte Telegramme geschickt bekommen, eines sogar aus Mexico City.) ... Doch die winzige Tafel auf seinem Grab schien zu bezeugen, was das Leben ihm angetan hatte. Als wir den Kirchhof verließen, überquerten wir die Straße und suchten für ihn einen marmornen Grabstein aus.

Nach einigen Tagen kehrte ich allein auf den Friedhof zurück. Die winzige Tafel war durch den Grabstein ersetzt worden. Hier, in diesem Stück Erde, war sein Körper vergangen. Er lebte nur noch in meiner Erinnerung. Ich betrachtete den Ring, den ich als Kind so begehrt hatte und den er mir schenkte, als ich ihn das letzte Mal lebend sah. In gewisser Weise war dieser Ring das einzige, was mir von meinem Vater geblieben war.

Später fuhr ich im Wagen meines Bruders in der Stadt herum, noch immer auf den Spuren jener frühen Jahre. Ich hielt vor dem Haus, in dem Winnie gestorben und wo ich aufgewachsen war. Die hölzerne Veranda stand nicht mehr schief, der verdorrte wilde Weinstock war verschwunden. Die Wände waren frisch geweißt. Eine dunkle Jalousie hing vor dem Fenster, aus dem ich in den Garten mit den Kakteen und auf die Straße geschaut hatte ... Mein toter Hund, über den der Sturm hinwegfegte ... Ich versuchte vom Gehsteig aus einen Blick auf das Gärtchen hinter dem Haus zu werfen ... Dort hatte meine Mutter die sauberen Laken auf die Leine gehängt und ich hatte ihr mit zerstreuter Aufmerksamkeit dabei zugesehen. Diese weißen, im Winde flatternden Laken ... Ein neuer Zaun versperrte mir die Aussicht. Aber ich brauchte gar nicht hinters Haus zu schauen – ich wußte: auch der Garten hat sich verändert.

An diesem Gebäude war keine Spur jener schlimmen Jahre mehr zu entdecken.

Ich lausche auf dem Wind.

Aber die Luft war vollkommen ruhig.

Die Sonne sieht blind auf mich herunter.

»Sie gingen lange einsame Wege
und finden nicht wieder zurück ...«

Heartbreak Hotel

Die Stadt der Nacht

Der Süden Kaliforniens, der auf der Landkarte ein wenig an einen Sarg erinnert, ist ein riesiges blumengefülltes Sanatorium für Leute, die hierherkommen, um auf diese oder jene Weise vom Leben selbst geheilt zu werden ... Es ist die letzte Station, ehe die Sonne aufgibt und im tiefschwarzen Ozean versinkt und die sternlose Nacht einfällt.

Und obgleich man bald entdeckt, daß zwischen dem Himmel und den Menschen eine Decke aus Rauch und Dunst liegt, die ihnen die ungetrübte Sicht nach oben verwehrt und sie wie in einer Falle gefangenhält, gibt es die Sonne doch und sie hat sogar im Winter Kraft genug, einem eine gesunde Farbe zu verschaffen – und das ist wichtig ... Und die müden gleichgültigen Palmen ... grünes Gras ... und kühle beglückende Abende auch nach einem glühend heißen Nachmittag. Und Blumen über Blumen ...

Rosen, orangefarbene und gelbe Mohnblüten wie aufflammende Streichhölzer im Winde; Vogelkopforchideen mit langen spitzen Zungen; blaue und purpurne Lupinen; Yucca-Bäume mit unwahrscheinlichen Blütenbüscheln, die wie Fackeln in die Luft ragen – entlang an langen langen Reihen phallischer Palmbäume mit Schamhaaren, gebleicht von der Sonne ... *Überall!*

Blumenteppiche säumen sogar die hastigen Schnellstraßen, auf denen Wagen in wirbelnden Halbkreisen dahinrasen – der Harbor Freeway stürzt sich in den Santo. Ana Freeway, in den Hollywood Freeway, und wenn die Strecke frei ist, preschen die Wagen in beiden Richtungen aneinander vorbei wie kalte stählerne blutrünstige Armeen, und das sich ständig wiederholende Wuuuuuusch! gleicht dem Geräusch der Brandungswellen des ruhelosen windgepeitschten Ozeans, und die Wagen winden sich herein und heraus und jagen irgendwohin ... nirgendwohin?

Entlang der Küste erstreckt sich gleichgültig der Strand. *Man kann hier verrotten, ohne es zu merken.*
All dieses sah und begriff ich später.
Zunächst gibt es nur die Busstation mitten auf dem Times Square von Los Angeles – es ist die Gegend um Los Angeles Street, Main Street, Spring, Broadway und Hill herum – ungefähr zwischen der 4. und 7. Straße.
(Von El Paso – ich wußte, daß meine Reise irgendwie gerade erst begonnen hatte – war ich nach New York zurückgekehrt – zurück zur sexuellen Gesetzlosigkeit... Etwa vier Wochen lang wohnte ich erst im Osten der 16. Straße, dann in der 70. Straße und endlich am Riverside Drive, in einem Haus mit ehemals großen Wohnungen, die jetzt aufgeteilt als Einzelzimmer vermietet wurden: Von einem großen Fenster aus konnte ich einen schmalen Parkstreifen mit Bäumen sehen – dahinter den grauen Fluß – und als die Bäume seufzend ihre Blätter fallen ließen und kahl zurückblieben, wußte ich, daß sich New York für mich erschöpft hatte. Ich muß eine andere Stadt finden.)
Ich gehe durch die Main Street in Los Angeles. Die Musikautomaten plärren ihren Willkommensgruß. Schmutzige Bars ziehen sich entlang der Straße – Kinos, wo man drei Filme hintereinander sehen kann. Vorstadttheater, Militärshop; graue zusammengedrängte Häuser, die sich gegeneinander zu wehren scheinen; billige Absteigen; bunte Lampen säumen die Straße: Passagen, Zeitschriftenläden mit Hunderten von käuflichen Fotos hochbusiger unberührbarer unerreichbarer Frauen mit den tollsten Beinen, in schwarzer durchsichtiger Unterwäsche; Nepplokale, Schnellrestaurants, geschwängert von Zwiebeldunst und dem Geruch billigen, fetten Essens.
Ich erkenne augenblicklich die herumlungernden jungen Burschen wieder: die Motorradfahrer ohne Motorrad, die Cowboys ohne Pferde, Soldaten mit Urlaubsschein in der Tasche oder ohne... Und ich weiß, daß ich nur wenige Augenblicke nach meiner Ankunft unter einer wärmenden, wenn auch verhangenen Sonne auf die gleiche Welt gestoßen bin wie die, die ich soeben verlassen hatte.

Ich stehe an der Ecke Main Street / 6. Straße, als ein weibischer junger Schwarzer mit runden Augen aufkreuzt: »Süßer«, sagt sie – einfach so schrillend laut – und begleitet ihre Worte mit weitausholenden Bewegungen, »... du siehst aus, als wärest du eben erst angekommen. Wenn du keine Bleibe hast ... meine ist ganz entzückend ...« Ich kann sie nur anstarren. »Du brauchst gar nicht so zu gucken – wir sind hier in *L.A.* – und dafür können wir Gott danken! Sogar Tunten wie ich haben hier gewisse Rechte! ... Na schön«, seufzt sie, »wahrscheinlich willst du dich erst ein wenig umschauen. Aber ich geb dir wenigstens meine Nummer.« Sie gab mir eine Visitenkarte mit Namen, Adresse, Telefonnummer – beste Druckerarbeit. »Ruf mich an – wann du willst!« sagte sie.

Und die schwarze Transe schwebte davon, wandte sich mit einem Ruck um, da sie einen anderen jungen Mann erspäht hatte, der einen kleinen Koffer trug. Ich hörte sie genauso laut und schrill rufen: »Süßer, du siehst aus, als wärest du eben erst angekommen ... ich ...«

Ich drehte die Visitenkarte um, und auf der Rückseite steht mit Tinte geschrieben: WILLKOMMEN IN LOS ANGELES!

Ich gehe in ein Lokal an der Ecke gleich neben dem Pfandhaus: *Harrys Bar* ... Die Theke ist sehr lang, mit einer unbarmherzigen Spiegelwand dahinter. Von Wand zu Wand ist über die Decke ein Segeltuch gespannt, das den Raum wie ein in die Länge gezogenes Zirkuszelt erscheinen läßt ... Es ist erst früher Nachmittag, aber es ist schon ziemlich voll. Ich merke sofort, daß das hier ein einschlägiger Laden ist. Hinter der Theke flattert ein schwuler junger Mixer mit vielen unnötigen Vogelgesten hin und her. Die Freier sitzen auf Anstand und beobachten die Burschen, die müßig im Lokal herumstehen, in der Nähe des Musikautomaten und an die Boxen gelehnt.

Ich sitze an der Theke und verlange ein Bier vom Faß. Der flattrige Mixer blinzelt mir zu. *Willkommen!* glänzen seine Augen ... Jetzt sagt der Mann neben mir: »Sie sollten hier kein Geld ausgeben.« Er lallt fast, so betrunken ist er, schiebt mir mein Geld zu und legt statt dessen eine Dollarnote auf die Theke. »Wastrinksu?« fragt er mich.

Ich gehe von Faßbier auf Whisky über.

Er ist ein schlanker, noch ziemlich junger Mann, gut angezogen, macht aber in seinem vollgelaufenen Zustand einen etwas unordentlichen Eindruck. Er ist nicht effeminiert, aber seine abschätzende Art mich anzusehen sagt mir, daß er ein Freier ist. So sitze ich lange Minuten neben ihm und er sagt kein Wort. Ich befürchte, daß er das Interesse verloren hat. Ich gehe durch die Schwingtür zur Toilette. Der Geruch von Urin und Desinfektionsmitteln droht mich zu ersticken. Auf dem Boden stehen Lachen schmutzigen Wassers. Über der streifigen Wand, an der das Wasser herunterläuft, sind rohe obszöne Zeichnungen und werbende Inschriften zu sehen – sie springen einen förmlich an. Jemand hat sich selbst in glühenden Farben beschrieben – Alter, Erscheinung, Größe. Unter dieser Inschrift voller Eigenreklame hat ein anderer hinzugefügt: »Prima, aber bist du auch aus guter Familie?« Woanders steht in Fortsetzungen gekritzelt: »Candy ist eine Tunte.«, »Nein, sie ist keine.«, »Doch, ich bin eine...« Und in kühnen, auffällig – schwarzen Buchstaben quer über die Wand: IN THE BEGINNING GOD CREATED FAIRIES & THEY MADE MEN.

Der betrunkene Mann torkelt in die Toilette. »Bist du blank?« fragt er mich ohne Übergang. Ich war es nicht, aber ich sagte ja. »Gehst du mit?« fragte er.

Wir verlassen die Bar und der Mixer ruft hinter uns her: »Viel Spaß!« ... Draußen wenden wir uns nach links, gehen vorbei an dem Vorstadtvarieté mit den aufreizenden Bildern üppiger Busen und in das daneben liegende Hotel.

Ein rattenähnlicher Mann mit Zigarre wirft kaum einen Blick auf uns, öffnet ein fleckiges altes Meldebuch, und wir kritzeln irgendwelche erfundenen Namen hinein. »Drei Dollar«, sagt er. Mein Begleiter öffnet seine Brieftasche. Geldscheine quellen heraus. Er zählt drei davon ab. Der Mann am Empfang sagt: »Die Tür ist offen. Sie können von innen abschließen.« Er gibt uns keinen Schlüssel ...

Wir gehen die lange knarrende Treppe hinauf. Im Flur steht eine Tür halb offen, ein junger Mann im Slip saß allein auf dem Bett und

rieb sich die Innenseiten seiner Oberschenkel. Wir gehen an dem Labyrinth verloren wirkender Zimmer vorbei, bis wir das unsere erreicht haben. Es ist fast unmöbliert. Eine leere alte Konservendose dient als Aschbecher. Keine Handtücher. Die Wände sind fettig, feuchter Gips formt sich zu leprösen Wunden, die wie in Alpträumen der Kindheit nach mir greifen. Keine Fliegengitter. Am Fenster hängen trostlos Papiergardinen mit sägeartig gezackten Rändern: ein Zimmer, wie ertränkt in sich stets wiederholender Einsamkeit, die ihn den ganzen Tag, die ganze Nacht erfüllt. Das Bett ist leicht verwühlt – als ob nur ein hastiger Versuch gemacht worden sei, es nach der letzten Benutzung zu glätten.
Der Mann ist recht unsicher auf den Beinen. »Hier ist Geld«, sagt er und öffnet seine Brieftasche wieder; einige Scheine flattern achtlos aufs Bett. Ich nehme sie an mich. Er stopft die anderen Scheine ungeschickt in die Brieftasche zurück. »Wirst du mich beklauen. Junge?« fragt er plötzlich. Dann grinst er betrunken. »Nu wenn schon«, sagt er, »ich scheiß drauf... passiert... ist schon oft passiert ... scheiß drauf.« Er wirkte plötzlich nüchterner. Seine Augen, bodenlos tief und bodenlos traurig, sehen mich bittend an: »Wirst du mich beklauen?«
Ich denke: er *will* bestohlen werden, deshalb kam er mit mir hier herauf, er bittet mich darum, ihn zu bestehlen... Ich spüre eine plötzliche Welle von Erregung – als würde ich getestet. Er schiebt das Portemonnaie nachlässig in seine Gesäßtasche. Ich zog mich nicht einmal aus, sondern lag nur auf dem Bett und ließ mich von ihm berühren, und nach einigen kurzen hektischen Augenblicken seufzte er tief und schloß die Augen. Er drehte sich auf den Bauch und schien eingeschlafen zu sein. Seine Brieftasche ist halb herausgeglitten. Mit fast sinnlicher Erregung greife ich nach ihr; sie fällt mir beinahe von selber in die Hand. Er rührt sich nicht... Ich beuge mich über das Bett und schaue lange auf ihn herunter, sehr lange, präge mir die Situation ein und empfinde die gleiche aufpeitschende Mischung von Schuld und Befreiung wie damals beim ersten Mal mit Mr. King. Ich höre den Mann wie schluchzend fragen: »Wirst du mich beklauen?« Das monotone Stampfen der Musicbox dringt

mit störrischer Beharrlichkeit von draußen herein. Ich tue das Geld, das ich schon herausgenommen hatte, wieder zurück und lege die Brieftasche – so wie sie war – neben ihn. Und ich gehe hinaus, vorbei an dem gleichgültigen Blick des Mannes am Empfang.

Draußen in der ranzigen Luft stehe ich und schaue in das närrische Treiben. Die Sonne, das große kurzsichtige Auge des Himmels, dringt zaghaft und doch wärmend durch den hellgrauen Dunst des diesigen Nachmittags …

Ich wußte: irgendwie – in jenem Zimmer vorhin – hatte ich vor der Welt, die ich suchte, versagt.

Ein paar Minuten später war ich am Pershing Square.

Ich gehe im wimmelnden Park umher – an den beiden Standbildern der Soldaten vorbei, die seine Ecken zur Hill Street hin schmücke – vorbei an einer unheilverkündenden Kanone, die drohend auf die glatten langgestreckten vielfenstrigen Gebäude auf der anderen Straßenseite gerichtet ist: Banken, Reisebüros (die *andere* Welt repräsentierend, in die ich immer wieder schuldbewußt zurückfliehen werde, um mich dort ebenso schuldig zu fühlen, weil ich die Welt der Parks und Straßen, wenn auch nicht endgültig, im Stich ließ) – vorbei an dem Denkmal Beethovens, der mit einem Stock in der Hand der Menagerie des Pershing Square wütend den Rücken kehrt.

Über den ganzen Park sind Prediger und Propheten verteilt, die das Wort *Verdammnis* mißtönend wie irrsinnige Grammophone in die Menge schleudern: eingesperrt in ein sonniges quadratisches Narrenhaus zwischen Blumen und Palmen und munter plätschernden Springbrunnen: Ollie mit dem weißen Drahthaar spickt seine Verkündigungen mit der Drohung, störende Zwischenrufer verhaften zu lassen … Holy Moses mit langem Haar bis zur Schulter wie ein Christus gibt gefühlvolle Gesänge von sich … Jenny Lou (mit Raffzähnen) bietet Spirituals dar und heult, sie sei eine Verworfene gewesen *(uuuh),* bis sie, schon vor den Pforten der Hölle (gelobt sei der Herr – *uuuuh),* das Licht erblickt habe (Hallelujaaah) und dazu knirscht sie mit den Zähnen und stampft bei jedem *uuuuuh* in einer Art von irrem Jazzrhythmus mit dem Fuß auf; eine schwitzende

Schwarze schreit in eschatologischer Ekstase: »Herr, der Du den Teufel ausgetrieben hast! Der Du ihn in die Hölle zurückgeworfen hast! Herr, erfülle mich mit Deiner Gegenwart! … *uuuh«:* ein einziger religiöser Orgasmus … Desolate Prediger, über die der Geist gekommen ist, winseln: Da ist unter anderen St. Tex, der nach einer durchsoffenen Nacht seine Erweckung in Beaumont erfuhr, als er am weißen Horizont die Flammenschrift las: TRAGE MEIN WORT IN DAS SÜNDHAFTE KALIFORNIEN! … Und fünf junge Mädchen, ganz in Weiß, die älteste vielleicht sechzehn, stehen wie weiße Kerzen in der Sonne, eine Wolke aus weißem Damast (vergib mir meine nicht begangenen Sünden!) und halten abwechselnd ein Kruzifix, aus dem statt Blut Wachs quoll, worin das Licht sich fing und es wie dicken Ketchup schimmern ließ – und die fünf weißen Engelsschwestern stehen da, während ihr Alter predigt: *»Sünder! Sünder! Sünder!«* – und die niedlichste der Schwestern, deren ganz unpassend lebenslustige Sommersprossen in der Sonne orangefarben aufleuchten und deren rotes Haar ebenfalls vor Leben sprüht, kichert unter Palmen in den warmen dunstigen Nachmittag – die älteste jedoch zittert und bebt und klagt und, oh, ich fürchte, eines Tages wird der kleinste Engel auch feststellen müssen, daß es nichts zu kichern gibt, wahrlich, ihr Vater hat die düstere Verkündigung schon an sich erfahren, und auch sie, die einmal sommersprossenleuchtend lächelte, wird zittern, beben und klagen … Und ein epileptischer Jüngling dankt Gott für sein Gebrechen – für das schwere geliebte Kreuz, das ihm auferlegt wurde …

Mitten in den Rosen.

Und während die Prediger ihre vernichtenden Botschaften herausschleudern, erstürmen die heruntergekommenen Säufer auf den Flügeln billigsten Weines *ihren* Himmel; Freier mit hungrigen Augen und Geld in der Tasche (oder auch nur mit einem Quartier, das sie den begehrten heimatlosen jungen Burschen anbieten können) lungern bei der Bedürfnisanstalt herum und fragen sich, ob sie wohl ausgeraubt würden, wenn … Taschendiebe mischen sich mit strategischem Geschick unter die Menge und tun, als lauschten sie völlig versunken den erhabenen Botschaften. Käufliche junge Männer

für jeden Geschmack flitzen wie Vögel ruhelos hin und her; Gelegenheitsstricher halten Ausschau nach einsamen Herren, von denen sie etwas erben könnten – seien es nun die legendären zwanzig Dollar oder ein Dach über dem Kopf für die Nacht (mit Frühstück) und was man sonst so mitgehen lassen kann … Und die Polente in ihren heiligen Uniformen, *heilig* wegen des Allmächtigen Stocks und des noch Allmächtigeren Landstreichergesetzes, die zwanglos verstreuten Rauschgiftsüchtigen, die kleinen Rauschgiftschieber, die traurigen Bettler, die gelegentlich auftauchenden, aus der Gesellschaft ausgeschlossenen Nymphomaninnen, die ebenfalls vor der Bedürfnisanstalt herumgeistern; noch mehr Schwule mit hungrigen Augen – die jungen auf der Suche nach einem gleichgesinnten Partner; die ausgekochten Teenager, die sich mit den erfolglosen Strichern einlassen … Und es erscheinen – aber meist erst am späteren Abend im Schutze der fallenden Schatten – die Dragqueens in farbenfreudigen Hemdblusen, so feminin gekleidet, wie es das Gesetz im Augenblick gerade noch zuläßt, die sich wie mißgünstige gehässige Weiber gegenseitig anmachen und ihre Kommentare dazu abgeben, worauf sie aus sind, das heißt: zu den jungen Männern, denen sie bereitwillig eine Bleibe für die Nacht bieten würden. Und ununterbrochen kichern sie in vorgetäuschter Hochstimmung.
Und auf den Bänken innerhalb der Parkumfriedung sitzen Tag für Tag alte Rentner und Rentnerinnen beschaulich in der Sonne, wie in den Ruhestand getretene Richter, stoisch losgelöst von einer Welt, über die sie einst zu Gericht saßen …
Und all das inmitten der widersinnigen Musik, die regelmäßig herüberflötet von irgendeinem nahe gelegenen spießbürgerlichen Konservatorium! All das inmitten der Blumen! Die Doppelfontänen, die bei Nacht regenbogenfarben sprudeln … Die Welt der Einsamen und Ausgestoßenen Amerikas, aus den Städten der schrecklichen Nacht kommend, auf den Pershing Square geschleust, in die Falle gegangen im Zentrum der Stadt der verirrten Engel …
Und über allem hängen die Zweige der Bäume wie das fühllose Schicksal!

Miss Destiny *oder* Die fantastische Hochzeit

1 Miss Destiny sah ich natürlich zum ersten Mal am Pershing Square, an dem kühlen, fast kalten Abend, der einem warmen dunstigen Tag folgte.

Ich sitze mit Chuck, dem Cowboy, auf dem Geländer an der 5. Straße. »Sieh mal an, da kommt ja Miss Destiny«, sagt Chuck, ein junger Mann in Cowboyaufmachung: breitkrempiger Hut und Stiefel – natürlich sehr schlank, natürlich sehr phlegmatisch, mit Koteletten natürlich, die ihm fast bis ans Kinn reichen, und einer Tätowierung in ungewöhnlich großen Buchstaben auf dem Arm: LIEBER TOT ALS ENTEHRT. »Destinys letzten Kerl haben sie gerade eingelocht, weil er mit heißer Ware gedealt hat, Mann«, fährt Chuck fort, »… und jetzt ist sie auf einen neuen aus, also sieh dich vor, Mann – aber wenn du keine Bleibe hast, bei Destiny geht's immer … die reinste Mitternachtsmission, Mann.«

Und in der Tat: sie kommt! Miss Destiny! Sie kommt aus dem Schatten ins Halblicht geflattert wie ein überdimensionales Glühwürmchen, flirtet mit jedem und ruft jedem, der es hören will, zu: »Halloh, Liebling … ich *liebe* dich … dich auch, Liebling … euch alle … mmmmh!« Achtlos in den Wind gestreute Küsse … Dann zu mir gewandt, überstürzt und atemlos: »*Was* hat dieser Chuck dir eben erzählt, Liebling? Du mußt nämlich wissen, daß Chuck mich immer noch liebt, wie alle meine Ex-Gatten (du mußt hier neu sein, Liebling, sonst wärst du mir schon längst aufgefallen – hast du denn schon eine Bleibe? … Meine ist in der Spring Street und vor der Tür liegt eine Fußmatte, auf der *Willkommen!* steht) – Oh, sie können mich *nie* vergessen … natürlich habe ich Chuck auch einmal geliebt …« (ein tiefer Seufzer) … »… sieh ihn dir an: so 'n strammer Cowboy … aber schließlich habe ich ja jeden neuen Stricher geliebt … aber, oh, diese Ruhelosigkeit in mir! – bist du verheiratet, Liebling?

...oh, aber diese Dame treibt es wirklich zu toll...« (das an die Adresse von Jenny Lou, die immer noch mit dem Fuß aufstampft *uuuh)* »Ich *bete* verheiratete Männer an – solange sie mir *treu* sind, natürlich, du verstehst schon – und ich kann dich gar nicht früh genug vor Pauline warnen, die die gemeinste Klatschtante in der ganzen Stadt ist und die Kerle – ich sag's, wie es ist« – (»Uff!« stöhnte Chuck) – »mit allerlei leeren Versprechungen einzufangen versucht, wie-so-mancher-das-bereits-an-sich-erfahren-mußte...« Chuck bekam einen kalten Blick zugeworfen, dann ging es hastig weiter: »Oh, ich bin eine äußerst ruhelose Frau, wie jeder dir bestätigen wird ...«

Sie/er (Miss Destiny ist ein Mann) – verbreitete sich weiter über seine/ihre Ruhelosigkeit und ihre Gatten, dazwischen stellte sie Fragen an mich, um herauszukriegen, wie schlimm ich wohl sei (»Bist du schon von Miss Loreley *interviewt* worden? – ich meine den Polizisten Morgan, Liebling... wir nennen sie Miss Loreley... Laß dich bloß von der nicht ins Bockshorn jagen, Liebchen... aber du siehst nicht so aus... Miss Loreley, ich meine Wachtmeister Morgan, ist genauso eine Dame wie ich: Ich habe sie mal in einer Klappe gesehen und sie graulte jeden raus, bis auf so 'n niedlichen kleinen Knaben... und...«) dabei wirft sie Chuck abwechselnd kokette und kühle Blicke zu, nicht ohne hin und wieder einen verführerischen Augenaufschlag an mich zu verschwenden: all dies gehört zur Technik der Transen, die damit erreichen wollen, daß man sich wie ein unwiderstehlicher, sexuell aufregender Vollmann vorkommt. Und Dragqueens können das besser als die meisten wirklichen Frauen, da sie keine Hemmungen haben.

Miss Destiny ist ein junger Mann um die Zwanzig herum, ebenso gut könnte er erst achtzehn sein oder auch gar schon fünfundzwanzig, mit einem gefälschten Personalausweis wie alle anderen, wenn er noch minderjährig sein sollte: eine gertenschlanke junge Transe mit jeder Menge roter Locken auf dem Kopf (ihre *Mähne,* wie sie sie gern nennt), die ihr lustig in das bleiche magere Gesicht purzeln und es manchmal fast völlig zudecken. Gelegentlich macht sie unerwartet Südstaatengeräusche, die, wie man noch erfahren wird,

ihren Ursprung im nördlichen Pennsylvania haben.
»Aber mein Lieber!« ruft sie jetzt aus und schüttelt ihre Mähne, »hier stehe ich und plaudere über mein Liebesleben, und dabei haben wir uns einander noch nicht einmal vorgestellt, wie es sich gehört! ... Ich bin Miss Destiny, Schätzchen, und ich muß dir als erstes erzählen – bevor man dir etwas anderes berichtet –, daß ich sogar in Los Angeles bekannt bin ... na ja, ich ging doch im Fummel auf diese normale Party, ganz groß, kann ich dir flüstern – (und wenn ich *ganz groß* sage, meine ich *ganz groß:* Abendkleid, Bleistiftabsätze und Straußenfedern in meiner brandroten Mähne und ...«
»Und weißt du, mit wem sie getanzt hat?« unterbrach Chuck sie.
»Mit der Sitte, mein Lieber«, erklärte Miss Destiny freimütig und sah Chuck nicht gerade freundlich an. »Und dann haben sie sie hopsgenommen, Mann – wegen Trave... Trans ve ...«
»Transvestitismus, Liebster ... aber woher sollte ich wissen, daß diese verklemmte Tucke von der Sittenpolizei war ... kannst du mir *das* vielleicht sagen?...« Und sie fährt atemlos in ihrer Schilderung der bizarren Situation fort ...
(Oh, wie sie tanzte – Aschenbrödel gleich auf dem Balle in jener anderen Welt, in die sie voll sehnsüchtigen Verlangens eindrang, und es stellt sich heraus, daß ihr Märchenprinz zur Sittenpolizei gehört! Und Miss Destiny rafft die Röcke und versucht, wie im Märchen, davonzulaufen, aber die Sitte ergreift sie ohne viel Federlesens, und ab durch die Mitte geht's in einer höchst realen Kutsche in den Knast, und die Straußenfedern auf dem Kopfe zittern. Miss Destiny besteht darauf, eine wirkliche Frau zu sein, und man solle sie gefälligst in Ruhe lassen. [Aber oh, oh, wie kann sie jenes Ding zwischen den Beinen verbergen, das nur dort sein sollte, wenn es jemand anderem gehört?]... Tränenüberströmt und gedemütigt strandet Miss Destiny im Untersuchungsgefängnis: ein störrisches Aschenbrödel ...)
Und sie sagt mit wirklicher Entrüstung: »Ich könnte es verstehen, wenn sie mich einlochen, weil ich mich als Mann ausgebe – aber als Frau ... also wirklich!« ... und man wird feststellen, daß Miss Destiny genau wie alle anderen zünftigen Dragqueens auf der Welt

sich Zoll für Zoll als Dame fühlt. »Aber immerhin«, fuhr sie fort, »habe ich im Kittchen Sachen gelernt, die ich noch nicht wußte, zum Beispiel, wie man sich Lidschatten aus Spucke und Bluejeans-Farbe macht ... und die Kassiber, die ich aus der Zelle schmuggelte! Ich will damit nur sagen, daß keiner behaupten könnte, ich hätte nicht genügend Einladungen verschickt! ... Natürlich, ich muß regelmäßig den städtischen Psychiater aufsuchen – das ist ein Seelenarzt, ihr Süßen – um – ist es denn zu glauben? aber das sagten sie mir tatsächlich – *geheilt* zu werden! Na bitte! Noch *eine* Sitzung mit dem, und er liegt auf der Couch! ... aber nun ...« Sie wendet jetzt betont ihre Aufmerksamkeit mir zu, weil Miss Destiny, wie man begreift, abends auf umherstreunende junge Männer Jagd macht, während man andererseits merkt, daß sie darauf aus ist, Chuck auf die Palme zu bringen, und als sie mich fragte, ob ich nicht jetzt gleich mit ihr ins Kino gehen wolle (»... gleich da drüben – es ist himmlisch, aber man darf dich nicht zu oft dort sehen«, erklärt sie, »weil sie denken werden, du tust's für nix ...«), sagte Chuck: »Ich rate dir ab, Destiny, sie werden dich nicht in die Herrentoilette reinlassen.«
»Miss Destiny, Mister Chuck«, korrigiert sie ihn so nebenbei, und fuhr fort: »Sagte ich dir nicht, daß alle meine Ex-Gatten eifersüchtig sind? Chuck lebte mit mir. Liebster«, erklärt sie, »genau wie fast jeder andere kesse Heini irgendwann, muß ich in aller Bescheidenheit hinzufügen. Aber, Baby, es war eine turbulente Ehe – das bedeutet, daß sie sehr stürmisch war, mein Lieber. Chuck war nämlich nicht vom Fenster loszueisen – er ...«
»Mann!« unterbricht Chuck, »Miss Destiny gegenüber wohnt doch dieser flotte Feger und die rennt den ganzen Tag im Büstenhalter rum, steht am Fenster und ...«
»Da hab' ich mir ja nun zu helfen gewußt!« sagt Miss Destiny triumphierend. »Und zwar hab' ich diese verdammten Jalousien festgenagelt, daß keiner mehr diese Matrone anglotzen kann! ... Oh!« sie seufzte und griff sich an die Stirn, »das war eine anstrengende Zeit! Chuck ist prima, aber er ist einfach zu faul, auch nur *ab und zu* anzuschaffen! Und, Süßer, mit meiner Arbeitslosenunterstüt-

zung verhielt es sich folgendermaßen: ich nahm eine Arbeit an, du verstehst, genau so lange, bis ich wieder stempeln gehen konnte, und dann erschien ich entsprechend hergerichtet zur Arbeit und sie wollten mich nicht mehr haben – und jedesmal, wenn sie mir einen Job andrehen wollen, mach ich es ebenso: rausche im Fummel an und kann gleich wieder abhauen! ... Aber immerhin ...«

Wie ich Chuck und Miss Destiny so vor mir sehe – sie redet genauso hastig immer weiter über die *turbulente* Zeit – kann ich mir alles ganz genau vorstellen: Chuck, der maskuline Cowboy, und Miss Destiny, die Dragqueen: Sie verbringen ihre Tage mit Herumziehen – von den Parks in die Bars und aus den Bars in die Parks, genau wie die anderen in dieser Rattenwelt von Los Angeles, die ich zu der meinen machen will: die Welt der Dragqueens und Strichjungen, mitsamt dem, wovon sie leben – die Dragqueens sind, anatomisch gesehen, Männer, aber keiner empfindet sie als solche – immer heißt es *sie* – und ihre *Gatten* sind die maskulinen Herumstreuner, die vorübergehend und meistens aus Bequemlichkeit bei den Transen wohnen und nie das Gefühl haben, es mit einem anderen Mann zu tun zu haben, und so lange der Stricher sich nur mit Transen abgibt und mit anderen Männern nur zum *Anschaffen* (d.h. für Sex Geld anzunehmen oder eine Mahlzeit oder eine Bleibe für die Nacht) – betrachtet man ihn nicht als schwul ... Er geht halt anschaffen.

»Ja«, redet Miss Destiny weiter, »das waren stürmische Zeiten mit Chuck, und da er ja aus dem Lande der Ochsen kommt, Gott soll ihn schützen, glaubt er alles, was man ihm aufbindet – zum Beispiel, als Pauline ihm sagte, sie würde ihn ganz groß aushalten ...«

»Mann«, erklärt Chuck lachend, »Pauline ist diese Trine, die einen rammdösig quatscht!«

»Kannst du dir vielleicht so was vorstellen?« fragt mich Miss Destiny. »Sie versprach ihm einen *Cadillac!* Ausgerechnet Pauline, die nicht mal genug Kohle hat, ihren Fummel in Ordnung zu halten! ... Aber bitte schön: wenn er so naiv ist – das ist jemand, der alles glaubt – ... Und außerdem ...«, sagt sie und wirft den Kopf zurück, »ich war ja ganz verrückt nach Sandy, einem ganz himmlischen Kerl, der plötzlich auftauchte ... Chuck ist aber immer noch eifersüchtig – er weiß, daß ich mich nach einem neuen Mann umsehe ... nun, da sie den armen Sandy kassiert haben (mein letzter Ex-Gatte, Baby) ... dabei weiß ich ganz genau, daß er kein Rauschgift bei sich hatte, wie sie behaupten – die haben ihm das Zeugs in den Wagen geschmuggelt ... schwing dein Kapital, Süße« (das zu einer hüftschwingenden schwarzen Königin ...) » ... ich liebe meinen Sandy immer noch ... hab' alles versucht: Kaution zu stellen und einen guten Rechtsanwalt zu nehmen, aber es hat nichts genützt: Sie haben nur gelacht, als ich sagte, er sei mein Gatte. ›Die Art der Gnade wird vom Zwang regiert ...‹, wie die teure Portia sagt – bei Shakespeare, meine Lieben – ein sehr großer Dichter, der damals Frauenrollen für Fummeltrinen schrieb. Und mir bricht das Herz, wenn ich an meinen armen Sandy im Knast denke und keine Frau in seiner Nähe, wo er doch immer so scharf wie ein Rasiermesser ist, daß man manchmal direkt fürchten muß, er wird noch schwul ... aber das ist nichts für meinen Sandy, das ist ein richtiger Kerl. Ich müßte mich sehr irren, wenn er nicht reich aus dem Kasten rauskommt, mit Geld, das er den Wärtern abgeknöpft hat ... Ich hab' versucht, ihm treu zu bleiben, aber die Zeit wird zu lang ... und was soll eine Frau tun, und noch dazu eine, die so ruhelos ist wie ich? Ich weine mich Nacht für Nacht in den Schlaf und sehne und sehne mich nach ihm. Aber, ihr Lieben, ich muß einfach *weitermachen* – er würde es so wollen. Nun ja, sogar Königinnen sind schon an der Liebe zugrunde gegangen wie die schöne Kleopatra sagte – sie war die Königin des alten Ägypterreichs ...« (sie zitiert Shakespeare mal falsch, mal richtig, meint, daß dieser Ausspruch im Stück von der wunderschönen Heldin gemacht werde, die eigentlich ein verkleideter Mann sei, und nimmt es als eine unveränderliche Tatsache hin – eine feststehende Voraussetzung in ihrer Welt –, daß ohnehin niemand sie versteht). »Und dann sagte Miss Thing zu mir – Miss Thing ist ein Geist, den ich mit mir rumschleppe, wie manche Leute einen Affen oder ein Gewissen«, erklärte sie, » ... also Miss Thing sagte zu mir: ›Miss Destiny, Liebste, schüttele deine Locken und such' dir einen neuen Mann – sieh zu, daß es diesmal eine feste Sache wird, aber erlaube ihm nicht, Rauschgift zu schieben oder tippeln zu gehen‹ – was eine Ehe zerstört – und Miss Thing sagte: ›Miss Destiny, Liebste, du mußt diesmal eine richtige Hochzeit haben‹ ... *Eine richtige Hochzeit«,* Miss Destiny seufzte sehnsüchtig, »wie jedes junge Mädchen sie wenigstens einmal erleben sollte ... Und wenn es soweit ist, dann wird es die fantastischste Hochzeit sein, die die Westküste je gesehen hat! Mit den schönsten Schwuchteln als Brautjungfern und den schönsten Kerlen als Brautführer! ... – und du wirst unbedingt diese Stiefel ausziehen müssen, Chuck ... und ich ... ich komme ... ganz in jungfräulichem Weiß ... eine Wendeltreppe herunter und trage einen weißen Blumenstrauß! ... und meine Familie wird Freudentränen vergießen ... und es wird Champagner geben! und Torte! und einen richtigen Priester, der die Zeremonie vornimmt! ...« Sie brach unvermittelt ab und schloß die Augen wie in Trance, als ob sie die Situation so deutlicher vor sich sehen könne. Dann öffnete sie die Augen wieder – vor ihr lag die hektisch wimmelnde Welt des Pershing Square ...

»Sie werden dich ganz sicher wieder einlochen, wenn du diese Hochzeit feierst, Miss Destiny«, sagte Chuck ernst.

»Das wäre die Sache wert«, seufzte Miss Destiny, »oh, das wäre die Sache wert.«

Dann bemerkten wir einen gutgekleideten Mann, der nicht weit von uns im Schatten stand und uns anstarrte, bis wir seinen Blick erwiderten und er in eine andere Richtung schaute, sich eine Zigarette ansteckte und dann wieder verstohlen zu uns hinsah.

Miss Destiny lächelte ihn strahlend an, aber er lächelte nicht zurück, und sie meinte, daß das jedenfalls ein Schwuler sei und er also einen Mann brauche. »Also, ihr Süßen, ich überlaß ihn euch und er kann sich ja aussuchen, wen er haben will. Aber laß dir sagen, mein Lieber« – dies vertraulich zu mir gewandt – »... die, die so elegant aufgedonnert hier aufkreuzen, machen immer die tollsten Versprechungen und zahlen nachher zwei Dollar«, und Chuck sagte, o nein, dieser sei mindestens seine zwanzig wert und Miss Destiny lacht wie Tallulah Bankhead, die das Idol aller Transen ist, und sagt mit heiserer Stimme: »Liebling, du sprichst nicht mit deiner unerfahrenen Schwester, du sprichst mit deiner Mutter, die Bescheid weiß ...

schließlich hat ja Miss Thing mir von dem Jungen erzählt, der es für einen Dollar machte! ... nun ja ... wie meine geliebte süße Julia sagt: ›So süß ist Trennungswehe ...‹« Und jetzt seufzte sie, ganz Julia, und flüsterte mir zu, jedoch so, daß Chuck es hören mußte: »Ein andermal, Liebling – wenn du nicht arbeiten mußt.«
Und sie schwebte auf Kaskaden girrenden Lachens davon, flirtend und flatternd, genauso wie sie angerauscht gekommen war: »Guten Abend, Miss St.Moses, Liebste ...«, verteilt Gunstbeweise, wirft Kußhändchen in die Gegend, legt ihre zarten Hände ans Gesicht und seufzt »wie überaus reizend!« hinter einem gutaussehenden jungen Mann her, der ihr gefällt, und wirft einen Blick zurück auf uns, als der Mann aus dem Schatten tritt und sich uns mit Geld klimpernd nähert.
So verläßt Miss Destiny den Pershing Square, ganz Munterkeit, ganz Hochstimmung, ganz Gekicher.
»Ich liebe dich auch, Süßer ... mmmmh ... und wie!«

2 In diesen ersten Tagen in Los Angeles war ich von neuem wie geblendet von der Welt, in die mich meine zwanghafte Reise durch unterdrückte Leben geführt hatte – von neuem wie hypnotisiert von der Straße.
Ich hatte mir ein Zimmer in einem Hotel in der Hope Street genommen – am Rande jener Welt, aber doch außerhalb davon (damit es jederzeit einen Ort gab, wo ich ganz allein sein konnte, wenn ich das brauchte). Auf diese Weise wurde mein Doppelleben durch eine feststehende Grenzlinie, nämlich den Pershing Square, markiert: wenn das Verlangen, unter Menschen zu sein, mich überkam, hielt ich mich jenseits, wenn ich allein sein mußte, diesseits dieser Grenze auf ... Zuweilen, nachdem ich durch die Bars, die Straßen und die Parks gestrichen war, floh ich in jenes Hotelzimmer, als suche ich dort Schutz.
Dann wieder brauchte ich um jeden Preis Menschen – brauchte die Anarchie der Straße ...
Und die Main Street in Los Angeles stellt eine solche Anarchie dar. Es ist die Straße, auf der man in jeder Form dem Geld nachjagt, die

Straße, die von hektischem nächtlichem Leben erfüllt ist: das rastlose Hinundhergeschiebe entlang den Hausmauern; man raucht und sucht die Bullen zu entdecken, ehe sie einen entdeckt haben; bei *Wally* und bei *Harry* – langgestreckten überfüllten einschlägigen Bars – herrscht ein ständiges Kommen und Gehen.
Auf dieser Straße trifft man die Transen von überallher aus ganz Amerika, die wie in ständiger Verbannung leben und ohne Bleibe, wie getrieben nach einem neuen *Gatten* unter den streunenden Strichern Ausschau halten, von diesen beklaut werden (wenn es etwas zu klauen gibt) und nach ihrem legendären festen *Daddy* unter den älteren Männern suchen (die die Spezialtouren, die die Transen zu bieten haben, schätzen), diese ersehnte Bindung aber nur selten finden und in der Main Street oder Spring Street in irgendwelchen Löchern hausen: sie fristen ihr Leben irgendwie (irgendwo beschäftigt oder auch nicht – nehmen ihre *Daddys* aus und werden von den Strichern ausgenommen – manchmal scheint es gar nicht mehr weiterzugehen und manchmal geht es auch wirklich nicht weiter.
Und die Stricher leben mit ihnen und verlassen sie wieder und wechseln von Bars in einsame Zimmer hinüber, geben an mit dem Fünfzig-Dollar-Geschäft mit der schwulen Sau aus Bel Air, die zwei Swimmingpools hat und einen Haufen Geld und sagt, sie wolle einen wiedersehen (aber wenn er sich nicht mehr blicken ließ, wird es verschwiegen), und man versucht irgendwie ein paar Cents zu ergattern für ein Bier vom Faß bei *Wally* oder *Harry* oder im *1-2-3* oder bei *Ji-Ji,* damit man sich dort schon am frühen Abend einen Freier schnappen und nachher mit einer der sich herumtreibenden jungen Frauen schlafen kann, um sich selbst zu beweisen, daß man immer noch *in Ordnung* ist.
Das ist die Anarchie der Main Street, wo das oberste Gesetz heißt: Sieh zu, daß du es schaffst!... Und das einzige, was einen an die Welt außerhalb dieser Welt erinnert, sind die Streifenwagen, die durch die Straßen patrouillieren – die Polizisten, die einen aufs Geratewohl in *Hoopers Nachtcafé* nach zwei Uhr morgens herausfischen... Die kostenlose unbequeme Freifahrt zur Wache zum Zweck der Abnahme von Fingerabdrücken. Rock-n-roll-Geräusche erfüllen die Luft.

Das war die Welt, mit der ich mich verband.
Einige Häuserblocks von der Main Street entfernt, in Spring – die Straße wird von beiden Seiten her von grauen Mietshäusern eingezwängt *(von billiger Kocherei fettige Wände, spinnwebenbehangene Glühbirnen verstecken sich schüchtern in trüber Finsternis, die Fliegengitter, wenn es welche gibt, sind weich wie Samt vor lauter Ruß – wo Transen und Stricher und andere Ausgestoßene hausen)* – gleich neben der üblen Cafeteria, vor der Bettler im grausamen Neonlicht trübselig herumstehen (geflüchtet vor den Eulengesichtern der Heilsarmee, die das Böse bekämpft, ohne Hilfe von Gott oder der Polizei; geflüchtet vor erbauenden Ansprachen und Hammelragout) – liegt das *1-2-3.*
Draußen steht eine Traube von Rauschgiftschiebern wie nervöse, ihrer Freiheit beraubte Affen und offerieren die Sensationen der Pillen und des Marihuana und man sieht sie ameisengleich zu Dad-o hasten und mit dem Negerkönig der kleinen Schieber verhandeln, und Dad-o, der königlich an der Bar thront wie eine sehr schwarze, glänzende, teigige Masse, hält je nach Laune den Daumen nach oben oder senkt ihn.
Genau so und nicht anders ist es.

Ich sah Miss Destiny am Samstagabend im *1-2-3* wieder. Zu dieser Zeit geht es dort hoch her.
»Ooooh ...«, quietschte sie, »ich dachte schon: wo *steckt* er bloß, Baby ... ich hab' viel an dich gedacht und warum du schon wieder fort bist – *mir entwischt!* – und ich bin ja so froh, daß es nicht so ist, komm her, ich möchte, daß du meine lieben Schwestern und ihre Freunde kennenlernst ...«, bei denen es sich natürlich um die Transen und Stricher aus der Gegend handelt, die alle Miss Destinys Freunde sind.
Miss Destiny schiebt sich geübt durch die dichtgedrängte Menge und führt mich in eine Höhle voll Ausgestoßener, die dort wie in einer Falle hocken – junge Männer mit bleichen, geschminkten Gesichtern wie Schaufensterpuppen; brutal aussehende, maskuline Strichjungen, junge Flüchtlinge von überallher, geflohen vor allem,

was denkbar ist, junge abgezehrte Gesichter, über die das Urteil bereits gesprochen zu sein scheint; verbrauchte alte Männer und Männer mittleren Alters, die hinter all denen her sind, und Homosexuelle jeden Alters, die wieder hinter jenen her sind – alle in diese lange enge häßliche Bar gequetscht; der Verputz ist in Klumpen abgebröckelt, als habe er sich selbst seinen Weg in die Wand genagt; lange Bänke hinter Tischen, splittrig und verkommen; Spiegel mit streifigen gelben Flecken – ein Lokal ohne sichtbare Fenster; Zigarettenrauch, gelegentlich durchsetzt von dem unverkennbaren Marihuana-Geruch, hängt fast bewegungslos über uns wie die Hand des Schicksals ... und die Gesichter tauchen aus dem dichten Rauch hervor wie nachgedunkelte trübe Fotos, die einem das Gefühl geben, daß die Dargestellten von der Kamera eingekerkert wurden.

»Dies ist Trudi«, sagte Miss Destiny, und Trudi ist wahrscheinlich die süßeste und glaubwürdigste Dragqueen in Los Angeles, und man muß schon völlig schwul sein, wenn sie einem nicht gefällt. Ihre Haare sind lang genug für eine Frau und kurz genug für einen Mann. Die getuschten Wimpern umgeben bogenförmig ihre runden blauen koketten Augen, und von allen Dragqueens, denen ich in Los Angeles begegnen werde, hat Trudi es geschafft, das weibliche Gebaren so zu vervollkommnen, daß sie, anders als die meisten anderen ihrer Art, nicht zur bloßen Parodie einer Frau geworden ist. »Hi, Baby«, sagt sie und schürzt ihre Lippen ganz reizend, »willkommen in der Schlangengrube.« Sie macht eine Geste um sich herum, als sei sie dazu geboren, in diesem Milieu zu herrschen. »Und das ist Skipper«, setzt Miss Destiny fort, als ob sie ein Empfehlungsschreiben vorliest – ich kann sie bei dem Krach, den die Musik macht, kaum verstehen – und leiser, nur für mich: »Er hat als Modell gearbeitet, Baby, und war mal ziemlich berühmt in Hollywood – er hat sogar Wachtmeister Morgan drangekriegt – das ist die reine Wahrheit – aber sicher wird er dir das alles selbst erzählen ...« Skipper schaut ruhelos und prüfend auf das immer gleiche Bild um sich herum, ab und zu sieht er ganz bestürzt aus, als käme es ihm bei jeder Kopfwendung erneut zum Bewußtsein, wo er sich befindet. Er kneift öfters die Augen zusammen, als wolle er dem Anblick, der sich ihm

bietet, entgehen. Jetzt redet er – und es wird sich herausstellen, daß er das meistens tut – über einen Plan, wie er wieder ganz groß rauskommen könnte. »He, Dingsda!« sagt er und sucht mit den Augen das Lokal ab ... Und plötzlich sieht er viel weniger jung aus als am Anfang.
»... und meine liebe *liebe* Schwester Lola ...«, sagt Miss Destiny (die Dragqueens nennen sich gegenseitig *Schwester)* und vielleicht ist Lola deshalb die liebe liebe Lola, weil sie zweifellos die häßlichste Tunte der Welt ist, mit geschminkten Augen wie ein Stummfilmstar, und ihr struppiges glänzendes schwarzes Haar verbindet sich mit ihrem schwarzen Rollkragenpullover, so daß es aussieht, als trüge sie eine Kapuze – sie hat eine vulgäre rauhe Männerstimme und wirkt wie ein häßlicher Mann in angedeuteten Frauenkleidern. »Für einen ist immer noch Platz«, krächzt sie zur Begrüßung.
»... und Mister Chuck kennst du ja schon«, sagt Miss Destiny seufzend, und Chuck tippt grüßend an den breiten Rand seines Hutes: »Tagchen.«
»... und dies ist Tiger ...«, redet Miss Destiny weiter. Tiger (man bemerkt, daß die Namen offensichtlich betont männlich sein müssen, wie die der Dragqueens betont weiblich, und das aus dem gleichen Grund: um die Rollen, die sie spielen, zu unterstreichen) ist ein reichlich tätowierter junger Mann, der genau das an sich hat, was man bei gefangenen Tigern verspürt, die wild durch die Eisenstäbe stieren.
»... und das ist Dolly ...«, sagt Miss Destiny.
Dolly korrigiert Miss Destiny: *»Darling Dolly,* liebste Destiny.« Und Destiny korrigiert sie: *»Miss* Destiny, liebste Darling Dolly.« Man muß zugeben, daß Darling Dolly im schummrigen rauchverschatteten Licht sehr niedlich aussieht, mit samtigem Teint und tanzenden Augen. Sie trägt heute abend einen bequemen Pullover und weite Hosen und benimmt sich wie ein koketter Teenager, der es darauf anlegt, vernascht zu werden. »... und Buddy ...« ... Miss Destiny ist jetzt mit der Vorstellung fertig.
Buddy ist ein blonder, sehr junger Mann, ich würde sagen 19, den Darling Dolly unentwegt anstarrt, als Miss Destiny und ich uns an

den bereits rundum besetzten Tisch quetschen. Miss Destiny klärt mich vertraulich darüber auf, weshalb Darling Dolly und Buddy so kühle Blicke wechseln. Buddy hatte bis zum Vortage bei Darling Dolly gewohnt. Als sie feststellte, daß er einige ihrer Fummel versetzt hatte, schmiß sie ihn raus und er mußte in seinem zusammengebrochenen Mercury schlafen, der vielleicht nicht einmal ihm gehörte …

An der Bar steht ein Mann, der uns ostentativ einige Runden spendiert – Coca Cola für Darling Dolly, die verkündet, daß sie nicht trinkt. Auf einer kleinen Galerie über dem Eingang zur Toilette bemühen sich die schwarzen Rock-n-roll-Musiker, die dort oben hocken wie ein Nest voll ruheloser Amseln. Eine offensichtlich betrunkene Tunte ist heraufgeklettert und fängt mit einer Art Striptease an, und Ada, die die Bar führt – eine richtige Frau, blond und ordinär wie eine Puffmutter im Film – klettert hinterher und zerrt sie unsanft wieder herunter, als die Tunte ihren imaginären Büstenhalter aufknöpft und dazu singt:

»Einnnsaaammm …«

Am Tisch reden alle zugleich, während ihre Augen unablässig die Bar absuchen. Irgendwie paßt der Rhythmus der Musik genau zu den Bewegungen, den starrenden Blicken, der unterdrückten Verzweiflung, die allenthalben zu spüren ist; das erstickte Stöhnen des Schwarzen, der jetzt irgendwelche Worte von der Galerie herunterplärrt, scheint ein vielfältiges Stöhnen, eine Klage zu sein, von allen gemeinsam ausgestoßen, die in diesen schmutzigen Laden gepfercht sind … Darling Dolly schildert atemlos den *Schock,* den sie bekam, als sie, nach Hause zurückgekehrt, ihre besten Fummel nicht mehr vorfand: »… mein schönes Spitzenneglige – meine mit Steinen besetzten Schuhe!« Buddy schüttelt den Kopf und sagt zu der Tischrunde: »Ich brauchte den Kies.« Darling Dolly erdolcht ihn mit einem Blick. Chuck sagt, er hätte von einem Männerpuff in Hollywood gehört, wo er Hunderte von Dollar am Tag verdienen könnte: »Aber ich weiß nicht, wo es ist, und kann mich deshalb nicht bewerben.« Miss Destiny sagt: »Chuck, mein Engel, du bist doch viel zu lahmarschig, aus dir wird nie was – ich erinnere dich bloß an das

Fünfzehn-Dollar-Geschäft, das ich dir verschaffte – und du bist dabei eingepennt!« ... Trudi fragt sich, wo ihr *Daddy* bleibt, und Miss Destiny erklärt mir, daß Trudis *Daddy* ein alter Mann ist, der »Trudi schon eine Ewigkeit aushält – und manchmal auch Skipper, aber indirekt: Skipper lebt immer wieder bei Trudi, hat aber gelegentlich eine große Sache (»... nachdem er doch mal *ganz groß* war, in Hollywood«), die er dann wieder sausen läßt und zu Trudi zurückkehrt ... Ganz in unserer Nähe gibt ein ausgemergelter Mann vor, die Schlagertitel auf der Musicbox zu lesen, aber es ist ganz offensichtlich, daß er fasziniert Tigers Tätowierungen studiert – und Tiger, der das bemerkt, sieht ihn mit soviel unverhohlener Verachtung an, daß der abgezehrte Mann sich in tödlich verlegenem Lächeln windet.

Jetzt unterhalten sich die Dragqueens am Tisch laut darüber, auf wen der Freier, der die Runden schmeißt, wohl steht: auf sie, die Dragqueens, oder auf die anderen, und auf wen speziell? Und was stellt sich heraus? Er steht auf die Transen. Und auf welche? Auf Darling Dolly. Und als sich das durch Vermittlung der *Kellnerin* herausstellt, schlüpft Darling Dolly zu ihm hinüber, läßt sich auf dem Barhocker neben ihm nieder und sagt: »Noch eine große kühle Coca, bitte, Süßer, aber *pure!«* Miss Destiny seufzt: »Na, ein Segen ... Tara ist für heute nacht untergebracht.«

Skipper hat sofort einen Plan bei der Hand, wie man den Freier ausnehmen könnte, und Trudi sagt philosophisch: »Immer mit der Ruhe ... du wirst die Perlen durcheinanderbringen« ... (die *Perlen* stehen für das Leben – das Schicksal – das Glück; für alles) ... »... und außerdem: Darling Dolly hat ihn zuerst gesehen.« Miss Destiny sagt, sie seien alle *das Letzte.* Sie hat auf einmal ihre Depression – und der Grund ist ganz einfach der, daß der Freier, der, wie es sich herausstellte, auf Dragqueens fliegt, nicht auf sie flog.

»Oh, jetzt bin ich aber *wirklich* deprimiert!« sagt Miss Destiny. Jemand hatte erwähnt, daß Pauline soeben hereingekommen sei. Ich sah hin – und da ist Pauline – eine stark geschminkte Dragqueen, die meint, sie sähe aus wie Sophia Loren – mit einem Kragen wie die böse Königin in *Schneewittchen.* Miss Destiny sagt eisig: »Pau-

line ... ist ,... eine ganz gewöhnliche Hure!«
Trudi: »Eine billige Nutte.« Lola, kurzsichtig blinzelnd, mit ihrer rauhen Männerstimme: »Eine Schlampe.«
Trudi: »Ein ordinärer Scherben.«
Lola: »Ein Saumensch.«
Miss Destiny, abschließend und giftig: »Die will ja bloß immerzu *blasen!«*
Chuck verschluckte sich am Bier. »Wie gut, daß du *damit* nichts zu tun hast, Miss Destiny!« Dann fragte mich Miss Destiny, um die Aufmerksamkeit von Pauline abzulenken und nicht ohne vorher Chuck mit einem Blick in seine Schranken verwiesen zu haben, rasch und übergangslos, ob ich jemanden in Hollywood kenne, der ein tolles Haus mit einer tollen Wendeltreppe besitzt, »... für meine Hochzeit«, erklärt sie, »... wo ich mit meinem Gatten als Arbeitslose ein geruhsames – das heißt: friedliches, Liebster – Leben verbringen kann.«
Darling Dolly kam plötzlich sehr verärgert zurück und zischte, daß der Mann ihr zwei Piepen geboten habe, nachdem er so 'n Faß mit seinen Drinks aufgemacht hatte. »Und weißt du, *was* der Scheißkerl wollte für seine miesen zwei Dollar?«
»Dich heiraten«, sagte Miss Destiny unbeteiligt.
Skipper hatte einen Plan, wie man den Typen ausnehmen könnte.
»Ich hab' mir meinen Gatten noch nicht ausgesucht«, fuhr Miss Destiny fort, als habe es keine Unterbrechung gegeben. »Diese Frage ist ja auch nicht so vordringlich ... ich warte, bis ich mich wieder verliebe – schau nicht hin. Pauline sieht gerade herüber – ... das Wichtigste ist zunächst mal die Wendeltreppe.«
Darling Dolly: »Zwei miese Dollar!«
Lola: »Du bist schon mal für weniger gegangen. Liebste.«
Darling Dolly, unruhig hin- und herrückend: »Ich bin ja schließlich kein Wechselautomat!«
Chuck: »He, Süße, leuchtet bei dir nichts auf, wenn man was reinsteckt?«
Skipper: »Darling Dolly, du gehst jetzt mit diesem Heini, und aufm Parkplatz komm ich dann dazu und die Sache ist geritzt.«

Tiger: »Macht den Scheißkerl fertig.«
Trudi seufzt, als ob außer ihr niemand überhaupt verstünde, worum es geht: »Meine Lieben, ich sage euch: es sind die verfluchten Perlen.«
Buddy: »Darling Dolly, verlang zehn, damit du deine Fummel auslösen kannst.«
Miss Destiny seufzt: »Oh, es ist alles so tieftraurig! ... nein, wirklich, ihr Lieben, ihr redet wie ganz gewöhnliche Diebe und Erpresser ... wo bin ich denn hier überhaupt? ... Was sagte ich doch gleich ... ach ja ...«
Jetzt nahm der Typ die Blicke und den aggressiven Tonfall wahr und machte Anstalten, das Lokal zu verlassen. Darling Dolly rennt hinterher, überläßt Skipper seinen Plänen und flüstert dem Freier etwas zu (sie muß sich auf die Zehenspitzen stellen, da sie sehr klein ist), und als sie zusammen hinausgingen, konnte Buddy sich vor Lachen gar nicht beruhigen: »Zwei Eier!« Und Lola sagte:
»Du bist schon für weniger gegangen. Liebster.« Ich versprach Miss Destiny, es ihr zu sagen, wenn ich jemanden mit einem tollen Haus und einer Wendeltreppe kennenlernen sollte.
»Baby«, sagte sie plötzlich und unerwartet verdrießlich, »findest du nicht auch, daß ich *echt* aussehe?« Und bevor jemand eine Antwort geben kann, die sie vielleicht fürchtet, fährt sie rasch fort: »Oh, du hättest mich sehen sollen, als ich mein Debüt hatte!« – »Jetzt geht's los, Kinder, mit Miss Destinys Perlenkram«, sagt Trudi, da sie das Stichwort kennt, und hält über die Köpfe hinweg nach ihrem *Daddy* Ausschau, der sie hier treffen und sie – wie sie sagt – zu *Chasens,* einem exklusiven Restaurant in Beverly Hills, ausführen wollte. Und tatsächlich, als wenn nichts wäre, ist Miss Destiny in Fahrt und dabei, mir die Anfänge ihrer Laufbahn und wie sie zu Miss Destiny wurde, zu erzählen. Bald bin ich der einzige, der ihr zuhört, da die anderen die Geschichte oder doch Teile oder eine Version davon kennen und sich unruhig zerstreuen: Trudi hat ihren *Daddy* gefunden – einen dicken Mann mittleren Alters – und Chuck geht zur Bar und redet auf einen auffällig angezogenen Schwulen in einer rotkarierten Weste ein. Skipper spielt am Kegelautomaten und knallt

die hölzerne Scheibe verbittert auf die Bolzen … Stumm und hingerissen steht der abgezehrte Mann neben Tiger an die abblätternde Wand gelehnt. Buddy ist fortgegangen, wahrscheinlich zur Main Street oder in den Park. Und Lola sitzt allein an der Bar und hat ihr häßliches Gesicht trübsinnig in beide Hände gestützt. Wie ich sie so aus der Entfernung betrachte, fällt mir auf, wie sehr sie einer Lesbe gleicht.

»Bevor ich loszog«, sagt Miss Destiny rasch, als ob ihr hastiger Redefluß mich daran hindern könnte, fortzulaufen, »war ich sehr unschuldig«, und ich konnte plötzlich die tiefe Depression spüren – vielleicht daß die eben erlittene Zurückweisung in den Tiefen ihres Gemüts Tausende von anderen Zurückweisungen lebendig werden ließ. »Natürlich«, fuhr sie fort, »Miss Thing sagte zu mir: ›wie lächerlich! … über das Ding zwischen deinen Beinen mußt du einfach hinwegsehen, Liebste!‹ Und, oh, als ich klein war, bat ich einmal meinen Vater um Ausschneidepuppen und er brachte mir statt dessen ein paar Superman-Comics – und dann bat ich ihn um Superman-Ausschneidepuppen … Und sie genierten sich immer so, wenn ich mich verkleiden wollte … und mein Vater schmiß mich raus – noch dazu in einer kalten Nacht – und ich nahm eine Puppe mit, mit der ich geschlafen hatte, seit ich klein war … und ich mußte das College verlassen – wo ich Schauspielunterricht nahm, mein Lieber, aber nicht lange, weil sie mich nicht die Frauenrollen spielen lassen wollten – und ging nach Philadelphia. Und das erste, was ich tat, war natürlich, mir ein feuerrotes Kleid und Spangenschuhe mit hohen Absätzen zu kaufen und jeder dachte, ich sei echt und Miss Thing sagte: ›Hurrah, Süße! So ist's richtig – jetzt bleib dabei‹, und ich lernte einen reichen *Daddy* kennen, der dachte, ich wäre eine Frau und mich himmlisch fand und mich zu einer normalen Cocktailparty mitnahm …«

Und so entfaltet sich die höchst widerspruchsvolle eigenwillige Saga der Miss Destiny – in jener Nacht im *1-2-3,* inmitten eines Meeres suchender Gesichter.

»Natürlich kam ich in die *besten Kreise«,* redete sie weiter, »… in die Gesellschaft von Philadelphia und so … und ich nippe auf dieser Party an meinem Cocktail, als der umwerfendste junge Mann hereinkommt, den ich je gesehen hatte. Und er starrte mich an, ließ die Gastgeberin stehen – die eine wirkliche Dame war, Baby *(der* Gesellschaftstyp und später wurde sie ein Filmstar und heiratete diesen Filmkönig ... du weißt schon) ...«, – sie murmelte »Nutte« hinter Pauline her, die gerade vorbeiging und mich ostentativ streifte, um Miss Destiny zu ärgern – »... und dieser himmlische junge Mann kam auf mich zu und sagte – wörtlich! – ›Sie *müssen* Miss Destiny sein‹ ... ich dachte, er verwechselt mich mit irgendeinem anderen Mädchen, und die Dame des Hauses sagte, ich sei die entzückendste Person, die ihr je untergekommen ist und wie ich heiße, und ich hab' solche Angst, daß der zauberhafte junge Mann mich stehen läßt, wenn ich nicht diejenige bin, die er meint, und so antworte ich: ›Ich bin Miss Destiny‹ und dabei blieb es ...« *Und sie gehen an jenem Abend zusammen nach Hause und Miss Destiny muß eingestehen, daß sie keine richtige Frau ist, aber er macht sich nichts daraus, weil er natürlich bereits völlig von Sinnen ist, und bringt sie auf seinen Landsitz – seine Familie ist natürlich enorm reich und alle vergöttern Miss Destiny ...*

»Er hieß Duke«, seufzte Miss Destiny, »und als ich ihn kennenlernte, oh ... ich erinnere mich genau daran, spielten sie *La Varsouviana* (das ist das Lied *Setz deinen kleinen Fuß ...,* Liebster – du begreifst: obwohl es sich nur um eine Cocktailparty handelte, war es dort so elegant, daß es ein Orchester gab ... und wie ich ihn liebte ... ich weiß, daß das ein komischer Name ist: Duke ... es war nicht etwa ein Spitzname, er hieß wirklich so ... aber er hätte mit jedem anderen Namen genauso einer duftenden wilden Rose geglichen ... Da es sich um Aristokraten handelte, trug seine ganze Familie die merkwürdigsten Namen: Seine Mutter hieß ... eh ... Alexandria, wie im Altertum die ... eh ... Königin von Sparta, die den ... eh ... Kaiser in der griechischen Mythologie umbrachte – das sind sehr alte Geschichten, mein Lieber ...«

Plötzlich ist Darling Dolly wieder da, sie keucht und zerrt an Miss Destiny, der diese Störung mitten in ihrer Autobiographie natürlich keineswegs paßt. »Destiny, Destiny ... schnell«, fleht Darling Dolly,

»ich muß den Schlüssel zu deiner Wohnung haben, schnell, *bitte!*« Ich bemerke, daß Darling Dolly ein kleines Bündel bei sich hat, das verdächtig nach einem Paar Männerhosen aussieht. Schon gut, schon gut – und wozu braucht Darling Dolly den Schlüssel? Darling Dolly sagt, sie hätte gerade den Typen beklaut, mit dem sie mitgegangen war und der ihr zwei Eier geben wollte, wir wüßten schon. Sie sagte ihm, er sollte sich nicht die Mühe machen, ein Zimmer zu nehmen, sondern lieber ihr das Geld dafür geben: »Ich kenne eine prima Toilette in einem Apartmenthaus gleich in der Nähe«, und der Freier war sowieso schon ziemlich besoffen. Also gehen sie dorthin, und der Freier denkt, daß dies nun wirklich ein Samstagabend wird, wie es sich gehört: raffinierter Sex mit einer so niedlichen Dragqueen in einer Toilette! Und sie zog ihm girrend und gurrend erst die Hosen und dann die Unterhosen aus und rannte damit davon – die Brieftasche nicht zu vergessen. »Seht mal!« sagte sie jetzt und zog die grüne Brieftasche heraus, grün wie Gras. »Ich muß also zu dir gehen, falls er zurückkommt und mich sucht.«
»Ohne Hosen?« fragt Destiny und setzt hinzu: »Und warum zu mir? Warum nicht zu dir?«
Darling Dolly erklärt, das sei zu weit und außerdem sei es noch zu früh. Miss Destiny neigte den Kopf und besprach sich mit ihrem Privatgeist. »Miss Thing sagt, ich soll dir den Schlüssel nicht geben, aber schließlich ist Miss Thing noch nie hopsgenommen worden – also ... hier ...« Darling Dolly wetzte mit dem Schlüssel hinaus. Miss Destiny seufzte, Darling Dolly sei wirklich das Allerletzte, und ich bemerkte, daß Chuck, den breitkrempigen Hut in die Stirn gezogen, das Lokal mit dem auffällig angezogenen Schwulen von vorhin verließ ... Lola hockt immer noch sehr allein da und starrt in ihr geschminktes Gesicht im Spiegel hinter der Bar ...
Und Miss Destiny redet weiter, als ob nichts ihre Geschichte unterbrochen habe:
»Und dann, ehe ich's mich versah, war Duke tot ... Er war Lastwagenfahrer, und manchmal waren wir so arm, daß wir nicht wußten, was wir tun sollten, ich mußte im Fummel auf den Strich, damit es überhaupt weiterging – natürlich ahnte er nichts davon ...« Als ihr

der Reichtum und der Landsitz einfielen: »Du verstehst, seine Familie enterbte ihn, weil sie mich nicht *ausstehen* konnte.«
Und als ihr einfiel, wie sehr seine Familie sie vergöttert hatte: »... sie liebten mich zunächst, bis sie dahinterkamen ...«
(Jetzt ist Duke, der Aristokrat, Duke, der Lastwagenfahrer, enterbt, aber oh, so verliebt in Miss Destiny und an einem kalten, trüben, feuchten, nebligen Tag überschlägt sich sein Laster auf der Landstraße, die Bremsen kreischen schrill auf, und die Räder drehen sich, drehen sich, drehen sich ... Sirenen heulen: iiiiiuuuhh. Und als sie kamen, um es ihr zu sagen, wußte sie es schon, ehe sie den Mund aufmachten, und sagt: Ich will allein sein ... und es gibt niemanden, der einem beistehen kann ...)
Du begreifst, ich war eine Waise«, und als ihr nun ihr Vater einfiel, der sie hinausgeworfen hatte: »Ich lebte bei *Onkel* und Tante und nannte sie Vater und Mutter – und mein Onkel hat mich rausgeschmissen, der gleiche Onkel, der mich vergewaltigte, als ich acht Jahre alt war, und ich schrie, weil es so weh tat und meine Tante sagte, ich sollte aufhören, das würde schon wieder gut werden – sie war völlig degeneriert ... und jedesmal, wenn ich die Augen schließe, sehe ich diese verdammten Räder sich drehen und drehen ... und ich höre das Lied, das sie spielten, als ich ihm begegnete.« (Sie summte: *Setz deinen kleinen Fuß ...)* ... »Und es hört nicht auf, ehe ich das Krachen höre ... Oh! ...«
Und so schlägt sich Miss Destiny, ganz auf sich gestellt, durch bis Washington, D.C., wo sie es mit Männern treibt, die glauben, daß sie eine Frau ist. Und wenn im engen Auto der bewußte Punkt erreicht ist, sagt sie energisch nein. Süßer, das nicht, ich habe meine Tage – natürlich ist sie gut bandagiert. »Aber das ist kein Grund, warum wir uns nicht trotzdem gut amüsieren sollten.« Wenn nicht das, dann sagt sie, sie sei minderjährig und droht damit, um Hilfe zu rufen. (Und frage nicht wie – wie auch immer: sie schaffte es jedesmal.) Aber ein eifersüchtiger Barmixer, der Bescheid wußte, steckt es drei Matrosen, die sie umlegen wollen, weil sie kein Weib, sondern ein Kerl ist, und die Matrosen warten erbittert draußen auf sie, fangen an, ihr die schönen Kleider vom Leib zu reißen, und

sagen, wenn du ein Weib bist, Puppe, gehört dir die Welt, aber wenn du so 'n verfluchter Schwuler bist, fang lieber an zu beten … Und, oh, Miss Destiny läuft davon, wie sie scheinbar immer laufen muß, und sie schnappen sie brutal, wie sie es scheinbar immer tun, und sie rennt auf die Straße und springt in ein zum Glück gerade vorbeifahrendes Taxi und der Fahrer fragte, sind Sie beraubt oder vergewaltigt worden, meine Dame? – und: ich fahre Sie zur Wache. Sie sagt o nein, bloß das nicht … und geht zurück nach Philadelphia, um einen Kranz auf Dukes Grab zu legen, und kommt mit einem Südstaatenakzent nach Los Angeles …

»Und dann wurde aus mir, was du jetzt vor dir siehst: eine wilde, ruhelose Frau mit unzähligen Ex-Gatten«, sagte Miss Destiny. »Aber, Baby, weißt du, daß ich niemals richtig geheiratet habe? Ich meine: ganz in Weiß eine Wendeltreppe herunterschreitend … Aber das werde ich noch tun! Ich werde mich bald wieder verlieben – das spüre ich, und wenn es soweit ist, wird meine fantastische Hochzeit stattfinden, in einem perlweißen Kleid …« und so redete sie hingerissen immer weiter, bis ihr Blick auf Paulines Gesicht im Spiegel hinter der Bar fiel, und der Art, in der Pauline in unsere Richtung sah, konnte man unschwer entnehmen, daß sie sogleich herüberkommen, sich vorstellen und Miss Destiny auf den Wecker fallen würde.

»Diese widerliche Schwuchtel«, murmelte Miss Destiny und war wieder schwer deprimiert.

3 Ich verließ das *1-2-3* und ging ins *Ji-Ji* – ein anderes einschlägiges Lokal, aber ordinärer. Unter einer zerrissenen Zeltplane hindurch gelangt man in einen dunklen höhlenartigen Raum. Jenseits der Dunkelheit führt der Weg durch eine tunnelartige Öffnung in einen kleinen, engen Lunchraum, wo Strichjungen und Transen sitzen und essen. Und Ji-Ji, die alte verhärmte Tunte, Besitzerin der Bar, schwingt hier liebevoll das Zepter, als ob es sich um eine Art Innerer Mission handelte – ein Untergrundversteck, das diese Rebellen vor dem Leben schützt, welches sie, Ji – Ji, ausspie … Dad-o,

der Negerhäuptling, der Rauschgiftschieber, ist da, sitzt zusammengekauert an einem Ende der Bar und wird fast von der Dunkelheit verschlungen: nur dort, wo etwas Licht von unten her auf sein Gesicht fällt, sind ein paar gespenstisch glänzende Flecken auf seiner schweißigen Haut zu sehen; er spricht mit einem knochigen jungen Mann neben ihm – offenbar ein Schieber.

Es ist hier viel ruhiger als im *1-2-3* – die aufgesetzte Munterkeit fehlt, und es herrscht eine brütende Stille: unkaschierte Sachlichkeit, Geld zu machen. Sogar die Freier sind hier kühler und sachlicher. Sie stehen und betrachten abschätzend die jungen Stricher, als befänden sie sich auf einer Auktion.

Als ich hereinkam, beugt sich ein hochgewachsener, großstädtisch gekleideter Mann zu mir herüber: »Laß uns hier abhauen. Junge, und zu mir gehen ... ich hab' auch 'ne Bar zu Hause.« Seine Selbstsicherheit irritiert mich sonderbar. Das Schuldgefühl ergreift mich mit Macht. Ich empfinde plötzlich überwältigende Scham, daß ich aussehe, als sei ich so leicht zu haben. »Sie scheinen Ihrer Sache sehr sicher zu sein«, sagte ich. Er zuckt die Achseln. »Wir sind hier bei Ji-Ji, oder?« sagt er, geht jedoch – offenbar nun weniger selbstsicher – eilig davon ... Ich verlasse die Bar sofort, das unerklärliche Schamgefühl brennt in mir. Der junge Mann, der mit Dad-o gesprochen hatte, ist jetzt draußen. Die Großstadtnacht ist heller als die Bar ... Der junge Mann fragt mich verstohlen, ob ich interessiert sei – er öffnet die Hand, auf seiner Handfläche liegen ein paar dünne Marihuana-Zigaretten. Er ähnelt seltsam einem biblischen Propheten – bärtig und mit unendlich traurigen Augen. Ich sagte: nein.

Als ich ins *1-2-3* zurückkam, war Chuck auch wieder da. »Ich hab' 'n paar Joints«, sagt er, »hast du Lust?« (Der junge Mann mit dem Prophetengesicht von vorhin fällt mir ein ...) ... Ich gehe mit Chuck die Spring Street entlang, dann links über den Broadway, dann über die Hill, durch den Tunnel dorthin, wo all die Bäume stehen. Chuck sagt: »Ich mach' mir eigentlich nichts draus, Mann – gibt immer so viel Ärger damit, und ich kann Ärger nicht leiden – aber jemand hat sie mir geschenkt ... also warum nicht ...« Wir hockten im Schatten, eingeschlossen von Bäumen, und rauchten wie Indianer oder vielleicht eher wie Kinder, die es heimlich in einer Garage tun.

Wir gingen zur Main Street, und ich empfinde eine gesteigerte Aufnahmefähigkeit – als könne ich plötzlich klar sehen. Die Main Street windet sich in der hektischen Leerlauf-Aktivität der späten Abendstunden. Wir gingen zu *Wally* hinein, die reinste Rauchbombe. Dann zu *Harry* – noch mehr Rauch, dreckige Spiegel, hungrige Augen und starrende Blicke – und später sahen wir vor dem Varieté mit den blinzelnden Lichtern und den Bildern nackter Frauen drei Mädchen, und Chuck ging nachlässig zu ihnen hinüber, sprach mit ihnen und sie sagten: ja. Sie gehörten offenbar zu der Sorte, bei denen die Strichjungen sich gelegentlich ihre Männlichkeit beweisen. Genau wie sie schlagen diese jungen Frauenzimmer sich von einem Tag zum anderen durch ... Wir gingen zum *1-2-3* zurück: Skipper oder Buddy sollten mitkommen. Miss Destiny stand mit Lola draußen, und als sie die Mädchen bei uns sah, stieß sie ärgerlich an. Wir fanden Skipper und stiegen in Buddys Wagen und Skipper setzte sich ans Steuer und da keiner von uns eine Wohnung hatte, fuhren wir zum Echo Park.

Es war eine wunderbar klare Nacht, wie sie in Los Angeles sehr selten sind, und der Mond hing traurig im Himmel, ebenso unbeteiligt wie die Welt, als wir im Wagen mit den drei verlorenen Mädchen herumknutschten ...

Wir setzten die Mädchen am Silverlake ab und gingen ins *1-2-3* zurück, wo Miss Destiny (auf 180) kreischend auf uns zustürmte. »Wißt ihr, was mit euch los ist, mit euch allen? Ihr seid bereits so verkommene Säue, daß ihr euch mit Tunten rumtreiben müßt, um euch zu beweisen, was für Kerle ihr seid, und der ersten Scheiß-Möse, die euch über den Weg läuft, der rennt ihr hinterher wie geile Hunde!« Dann beruhigte sie sich sofort wieder und sagte, man solle sie in die Bixel Street fahren, wo jemand (sie macht es sehr spannend, als ob jemand sie freihielte, weil sie eine so tolle Person ist) sie mit allerlei traktieren würde. Als wir dort anlangten, stellt sich heraus, daß Trudis *Daddy* für den Kram bezahlt hat, inklusive einer Dose Marihuana-Zigaretten und Pillen aller Art, und er bat Miss Destiny, die Sachen in ihre Wohnung mitzunehmen und einzuladen,

wen sie wolle, sie kämen nach und wir würden eine Party arrangieren. Wir fuhren zurück. Gemein, aber auf dem Broadway begegnen wir einer Funkstreife. Skipper setzte seine dunkle Brille auf, Chuck zog sich seinen Cowboyhut tief in die Stirn, ich versank im Sitz (das Rauschgift: die drohende Verhaftung) und die gottverlassene Miss Destiny winkte den Polypen zu – »Juhuu, Mädels« – ihre Tuckerei kennt mal wieder keine Grenzen. Glücklicherweise hören sie sie nicht und hatten auch schon jemand drin, und so fuhren sie vorbei, die Gesichter voller Haß auf jedermann. Gerade als Skipper den Wagen parkte, fährt Trudis *Daddy* mit seinem dicken Kombiwagen vor und hinter ihm Trudi, eingehüllt – ich schwöre es! – in eine Pelzstola. »Wie Mae West«, gurrte sie.
Und wir gingen alle zu Miss Destiny hinauf.

4 Destinys Bleibe besteht aus zwei häßlichen engen Zimmern mit heruntergelassenen festgenagelten Jalousien und einem Klo. Man klettert zwei schmale Treppen hoch und dann führt der Weg durch ein Labyrinth von winkligen Gängen, die gerade soweit von schmuddeligen Glühbirnen beleuchtet werden, daß man die Spinnweben und den Schmutz erkennen kann – lange enge Korridore wie in den Fortsetzungsfilmen, als wir klein waren: *Und die Drachenjungfrau sperrte Terry und die Piraten in einen engen Gang und sie drückte auf einen Knopf und die Wände rückten immer näher ... und bald werden die Wände sie zerquetscht haben und Terry und die Piraten sind ...* Tot!
Miss Destiny öffnet die Tür und knipst das Licht an. Die Helligkeit schnitt uns in die Augen und ließ die Spinnweben an der Decke schlingenförmige Schatten werfen. Auf einer Couch lag zusammengerollt Darling Dolly, auf einer anderen vergnügte sich Lola mit einem schäbig aussehenden Soldaten – dies ist zwar die Küche, aber es stehen zwei Bettcouchs drin. Lola bellt mit ihrer mißtönenden Männerstimme, das Scheißlicht wieder auszumachen. »Löscht eure eigenen verfluchten Lichter, wie die tolle Desdemona sagte«, antwortete Miss Destiny. Der Soldat und Lola fingerten an ihren Kleidern herum, und

Miss Destiny meint, daß die beiden doch wohl *das Letzte* sind – schließlich hat ja doch jeder schon mal Jungs und Mädchen gesehen und außerdem: die ganze Welt ist eine Drehbühne!
Jetzt geht Lola in den anderen Raum und ein paar Minuten später, man traut seinen Augen kaum, ist sie zurück – in einem japanischen Fummel! Unter der Tür stellt sie sich in Positur: ein Kimono mit wunderbar bunten Schmetterlingen, Sandalen, Schlitzaugen! Sie sagt etwas, das so ähnlich wie *tiniwusi* klingt, was, wie sie behauptet, *Kuß* auf chinesisch bedeutet. Der Soldat – jedoch, der den Kerl mimte, als wir kamen, kümmert sich nicht mehr um sie, und aus seinem Gehabe geht eindeutig hervor, daß auch er nur ein Schwanzlutscher ist – ein nicht besonders anziehender, ganz ordinärer Schwuler, von dem Lola annahm, er sei ein Kerl (denn Tunten lassen sich öfter zum Narren halten, als sie zugeben). Angewidert grapscht sich Lola die Mütze des Soldaten, stülpt sie ihm auf den Kopf und bugsiert ihn, jetzt selbst ganz Kerl, zur Tür hinaus: »Du kommst zu spät zum Appell, Schätzchen!«
Und während wir uns über Schnaps, Koks und verschiedene Pillen hermachen und Trudis dicker Freier sagt: »Los, los, Jungs, bedient »euch und lüstern an uns allen herumtätschelt, richten sich im Nebenzimmer die Tunten ganz groß her, viel überzeugender als Lola.
Jetzt kommt Trudi in schwarzem Spitzennegligé, Schlüpfer und Büstenhalter herausgetrippelt (sie hat sich die Brust einbandagiert, damit über dem künstlichen Busen ein möglichst naturgetreuer Spalt entsteht) und ich muß sagen, daß sie verwirrend *echt* aussieht – wie eines dieser Mädchen auf der Rückseite gewisser Magazine, die Reklame für schlüpfrige Negligés und Unterwäsche mit den ausgefallensten Namen machen, wie *Tigerlily, Himmel auf Erden* (Nachthemd und Unterhöschen) und *Pariser-Frivolitäten*-Büstenhalter. Darling Dolly ertrinkt in rosa Rüschen und ist von äußerster Zierlichkeit, und Miss Destiny (zurückhaltender und ohnehin eher von damenhaftem Typ) erscheint, als letzte natürlich, in einem Abendkleid aus grünem Atlas, goldene Spangen im locker hochgekämmten Haar …
Gleich darauf kam Buddy mit einem Freier daher. Miss Destiny sagt,

es täte ihr leid, aber sie müßten aufs Klo gehen. Der Freier ist offensichtlich enttäuscht. Ein paar Minuten darauf hören wir ihn husten und spucken. Lola sagt spitz, sie verabscheue Anfänger und Schwule. Jetzt kommen die beiden zurück, und der Freier ist nicht nur enttäuscht sondern auch nervös, da ihm die Situation, in die er geraten ist, Angst macht. Als er auf die Tür zugeht, ruft Trudi: »Sei nicht nervös, Schatz – die Perlen sind schuld!« und Skipper will mit ihm reden, aber Buddy sagt nein, er habe den Zaster schon und fügt hinzu: »... hast du den Trottel spucken gehört, Mann? Eh?« und dann, indigniert: »... mein Gott, dabei *tat* ich ja nur so, als ob ich fertig werde!« Darling Dolly imitiert jetzt einen Striptease. Sie ist stolz auf ihre zarte mädchenhafte Haut und ihre Figur und jedesmal, wenn sie mit dem Fuß aufstampft (wie die Schwuchtel im *1-2-3)* sagt sie *»ein-n-n-s-aa-mm...«* Trudis dicker Freier gackert bereits ziemlich hysterisch, öffnet Flaschen und reicht Pillen und Rauschgift herum.
Plötzlich gibt es ein Getöse vor dem Fenster, als habe jemand mit einer Flasche geworfen, und Miss Destiny sagt: »Das ist wieder diese irre Kuh!« Sie reißt die Jalousie mitsamt den Nägeln hoch, und da hängt doch tatsächlich die Nymphomanin im Hinterhaus aus dem Fenster, in Schlüpfer und Büstenhalter (und sieht gar nicht so übel aus) und schreit, was denn bei uns wieder los sei und daß wir die Ruhe stören. Was die schon Ruhe nennt, kichert Trudi und kuschelt sich wohlig in ihre Stola. Und Miss Destiny gurrt: »Komm rüber. Liebste, komm doch rüber«, um sie zu besänftigen, und das mannstolle Frauenzimmer springt um ein Haar aus dem Fenster: »Moment, bin schon da!«
»Uiiih«, sagt Chuck und das bringt Miss Destiny auf die Palme.
Ein paar Minuten später ist sie auch wirklich schon da und sagt, es sei so warm hier, sie würde sich die Bluse ausziehen, wenn man nichts dagegen habe, und man kann wohl sagen, daß sie's eilig damit hatte. Angeekelt von so viel schamloser Unbildung unterlief Darling Dolly, die eben aufs graziöseste eine Zigarette rauchte, versehentlich ein Lungenzug, an dem sie fast erstickte.
Um das Maß für Miss Destiny voll zu machen, die bereits einer

abgrundtiefen Depression nahe ist, steht schon wieder eine Tucke an der Tür: Miss Bobbi mit einem Betrunkenen, der bei dem Anblick, der sich ihm bietet, krampfhaft versucht, nüchtern zu werden und auf dem Absatz kehrt macht. Aber Skipper hat ein Wort mit ihm: »Immer mit der Ruhe, Chef«, ist alles, was Skipper sagt, und der Mann greift fahrig nach seiner Brieftasche, gibt Skipper Geld und stolpert eilig hinaus. Miss Bobby sagt eisig: »Her mit dem Geld!« (das ja auch wirklich rechtmäßig ihr gehört). Skipper warf ihr einen unmißverständlichen Blick zu. Miss Bobbi sagt, daß ja sie immerhin den Freier aufgerissen habe. Skipper fragt, wer denn das Geld bekommen habe, und Miss Bobbi erwidert, daß sie es bekommen hätte, wenn er, Skipper, sich nicht so unverschämt dazwischengebrezelt hätte. Skipper sagt, der Freier hätte sie sowieso angeschissen und wir hätten ja gesehen, daß der Kerl *ihm* die Kohle gegeben habe. Miss Bobbi zog beleidigt ab.

Tief deprimiert, warf Miss Destiny sich auf die Couch und rief: »O Gott, Miss Thing, wo sind wir hier bloß!?« und klammert sich an eine arme trostlose Diwanpuppe – ein Waisenkind mit traurigen Augen – aber alle redeten und rannten durcheinander und keiner achtete auf sie. Also frischte sie ihr Make-up auf und sagte, sie sei ein grauenvoller Anblick und – zu mir – ich solle mich doch, bitte, zu ihr setzen, *bitte!* Dann vermeinte sie, im Spiegel zu sehen, daß Darling Dolly mir einen Schlafzimmerblick zuwirft und sagte: *»Also das ist ja wohl wirklich das Letzte!* Darling Dolly ist eine ganz gewöhnliche Hure!« Miss Destiny schrie fast dabei, und doch hört sie niemand außer mir; aus dem Radio röhrt einer dieser kalifornischen Nachtsender einen gurgelnden brünstigen Rock-n-roll, »... und ihr alle! Gerade ihr! Ihr seid nichts anderes als Versager! Stinkbesoffene Penner, und ihr gehört alle hinter Gitter! Schlimmer als Penner, Kokser und hoffnungslose Versager und Windeier!!« und immer so weiter, ganz unähnlich der sonst so aufgedrehten Miss Destiny. »Und ich weiß überhaupt nicht, was ich hier zu suchen habe unter all diesem Abschaum! Ich war auf dem College! Und ich kenne Shakespeare!«

Ich flüsterte: »Sag's nicht weiter – ich auch!«

»Das nächste Mal bist du der Prinz von Wales«, sagte sie giftig und stierte Chuck und Buddy an, die bereits an der Nymphe dran waren. Die Dame fächelte sich jetzt mit ihrem Höschen.
Und Miss Destiny fährt hochmütig fort – ihrer Sache sehr sicher: »Dann-sag-mir, wenn du Shakespeare gelesen hast: Wer ist Desdemona?« Sie ist ganz Überlegenheit und stellt die ausschlaggebende Testfrage: Shakespeare und seine erhabenen Heroinen, die früher, wohlgemerkt, von Männern dargestellt wurden.
Ich antwortete (und man denke an Pillen, Alkohol und Marihuana): »Desdemona war eine Knalltante im Französischen Viertel, die einen Schrank von einem Schwarzen heiratete, der verrückt nach ihr war, bis ein eifersüchtiger Koksschieber ihm steckte, daß sein Herzchen es mit einem Matrosen trieb, und der Schwarze machte Desdemona kalt und die Polente kam, ihn zu holen und er brachte sich um …«
Miss Destiny starrte mich eine ganze Weile sprachlos an. Und als sie mich noch so anstarrte, kam Lola vom Flurklo zurück – Destinys Klo war besetzt – und kreischte, draußen auf der Toilette sei ein Mann und er habe keine Hosen an! Miss Destiny sprang auf und rannte auf Darling Dolly zu: »Du verhuschtes blödes Loch! Den hast *du* angeschleppt! Oder?«
»Wohin hätte ich ihn denn schleppen sollen, Miss Destiny?« jammert Darling Dolly hilflos und schlägt dramatisch die Hände vors Gesicht.
»Bring ihm seine Hosen!«
»Wie denn, Destiny? Ich weiß ja nicht, wo sie geblieben sind!«
»*Miss* Destiny!« kreischt Miss Destiny.
»Miss Destiny, verdammtnochmal!« kreischt Darling Dolly zurück.
»Hier!« Miss Destiny rauscht ins andere Zimmer, kommt mit einem Paar Hosen zurück (von denen es sich später herausstellt, daß sie Buddy gehörten, der mit der Nymphe drüben ist), entleert die Taschen auf den Boden, wirft Darling Dolly die Hose an den Kopf und brüllt sie an: »Schmeiß sie durchs Oberlicht!«
Darling Dolly rennt wimmernd hinaus.
»Dumme Sau«, sagt Miss Destiny und durchbohrt Darling Dolly

mit ihren Blicken, als sie kichernd wiederkommt und meint, der Mann habe wohl gedacht, die Hosen seien vom Himmel gefallen. Miss Destiny setzt sich jetzt neben mich auf den Boden. »Du *weißt*, wer Desdemona ist!«

Wieder war es lange Zeit still zwischen uns.

Und plötzlich!

Plötzlich (und wie seltsam erschien es damals gegen heute) – wie ich es jetzt sehe, geschah sehr eindeutig und klar folgendes: Irgend etwas in Miss Destiny hatte seine Fesseln gesprengt und irgend etwas entstand zwischen uns kraft der simplen Tatsache eines gemeinsamen Wissens um Desdemona – nach dem Etwas, das sich befreit, und dem Etwas, das entstanden war, hatte Miss Destiny sich von Begegnung zu Begegnung gesehnt in dieser versperrten Welt, und da sie immer wieder vergeblich danach gesucht hatte, hatte sie es aufgegeben. Und natürlich waren es auch der Alkohol und erlittene Zurückweisungen, die ihr auf den Magen geschlagen waren wie der Hieb einer Riesenfaust – und die Pillen, die sie in verschiedene Richtungen zerrten und an ihr rüttelten – auch die Erinnerung an die wirklichen Mädchen, mit denen wir vorhin zusammengewesen waren – und vor allem dies: die Einsamkeit, die unter der animierten Fassade gärt und in jedem wachen Augenblick verzweifelt darauf drängt, ausgesprochen und damit mitgeteilt zu werden: an die Oberfläche gelangt durch etwas so Unwichtiges wie das gemeinsame Wissen um die tieftraurige Geschichte von Desdemona – oder vielleicht, um es genauer auszudrücken: nicht an die Oberfläche gelangt, sondern aufgebrochen aus den Tiefen ihres Bewußtseins, durch Zurückweisung erweckt und mündend in einen dieser seltenen flüchtigen Kontakte – wie ein Streichholz, das für einen atemlosen sprühenden Augenblick die Dunkelheit erhellt … Und nun: wegen Desdemona und all dem, was sie Miss Destiny bedeutete, und wegen aller Dinge, die das Wissen darum jetzt scharf hervortreten ließ, stieß Miss Destiny wie gehetzt aus:

»O Gott! … Manchmal, wenn ich ganz besonders aufgekratzt bin und vielleicht im *1-2-3* hocke, stell ich mir vor, daß plötzlich ein Engel auf der Galerie erscheint, wo die Kapelle zu Gange ist – oder

vielleicht bin ich gerade in Main Street oder in Pershing Square – und der Engel sagt: ›Nun, meine Lieben, das Ende der Welt ist gekommen, und Himmel und Hölle wird darin bestehen, daß ihr die Ewigkeit genauso verbringt wie eure Zeit hier, am gleichen Ort, mit den gleichen Leuten … für *immer!*‹ Und wenn ich das höre, fürchte ich mich sehr, und ich weiß plötzlich, was das bedeutet – und ich fange an zu laufen, denn der Engel des Bösen sieht mich und hält mich fest und ich bin gefangen …« *Wie beim Figurenschleudern vor langer langer Zeit, wenn jemand einen an der Hand nahm und in die Runde wirbelte und man blieb dort, wo man hingefallen war, wie erstarrt liegen, und nun ist es der Engel, der einen schleudert …*
Miss Destiny fuhr verzweifelt fort:
»Ich weiß, daß es ganz irre klingt, aber ich kam hierher und glaubte – nein, ich glaubte es nicht wirklich – ich hoffte vielleicht, hoffte es auf irgendeine verrückte Weise – daß irgendein Theatermann mich sehen und mich für eine Frau halten würde … mich entdecken und aus mir einen großen Star machen würde! Und ich erscheine auf glänzenden Premieren und werde von Louella Hopper interviewt und wir stehen im Scheinwerferlicht und niemand wird je wissen, daß ich *keine* Frau bin …« *Dieses sonderbare Etwas, das nie eintreten wird …*
Und Miss Destiny spricht wie im Fieber weiter: »… und nachts im Bett, wenn ich glaube, in der Dunkelheit zu ertrinken, denke ich: morgen wird es genauso sein wie heute – aber ich werde älter sein – oder ich sehe mich unerwartet in einem Spiegel oder in einer blanken Fensterscheibe, und mir stockt der Atem: *Ich!* … Und ich denke an meine Hochzeit und wie toll ich aussehen werde – und ich möchte aus mir heraus! Aus mir *herausspringen!* Jemand anderer sein, so daß ich Miss Destiny weit weit hinter mir lassen kann …«
Und Miss Destiny erwacht in der Nacht, entsetzt über das Wissen von dieser sonderbaren Unmöglichkeit, und das Dunkel schreit: Einsamkeit! und die Un-Möglichkeit umwirbelt uns – bald wird man dem Morgen ins Gesicht sehen müssen – und sich selbst – immer und immer wieder …
Aus dem anderen Zimmer ertönte ein gellender Schrei. Es war die

Nymphe. Ich hörte Chuck brüllen: *»jipiiiih!«* ... und Darling Dolly gleich hinterher: »Chuck, *runter!* – das ist doch *Buddy!«* Und Lola kam herausgerannt und kreischte vor sich hin: »Laßt mich in Ruh'! Ich bin häßlich! Ich bin häßlich!« – das Gesicht grotesk entstellt durch Schminke und große Tränen – »... ich bin häßlich, ich bin hä-hä-häßlich!!« und Trudi verläßt für einen Augenblick den sinnlos betrunkenen Skipper und versucht Lola mit ihrer Pelzstola zu beschwichtigen ...

»... und das geht immer so weiter«, seufzte Miss Destiny und umarmte die Puppe, die wie ein Waisenkind aussieht, »... und wenn uns morgen vielleicht jemand fragt, was hast du vergangene Nacht getan? werden wir antworten: *nichts* ... und ... glaubst du an Gott?« fragte sie mich unvermittelt, und ich antwortete ihr, »Gott« sei ein Schimpfwort. »Oh, mein Lieber«, sagte Miss Destiny, »es gibt einen Gott und Er ist ein verteufelter Witzbold. Bitte – hier« – und sie zeigt auf ihr schönes grünes Atlaskleid und macht dann eine Geste, die den ganzen Raum umfaßt – »... *in der Falle!* ... aber eines Tages, im tollsten Fummel, der dir je untergekommen ist: Absätze! und Perlen! und solche Ohrringe! – werd' ich den Himmel stürmen und protestieren! *Hier bin ich!* werd' ich kreischen ... und ich werde mit meinen Perlen vor Ihm rasseln ... und Gott wird sich ducken!«

Miss Destiny lehnt sich jetzt an mich, und ich kann den süßen Schnaps und ihr süßes ... dekadentes ... Parfüm riechen – und mit feiner Dringlichkeit, wie nur abgrundtiefe Einsamkeit sie hervorbringen kann, flüstert sie:

»Heirate mich – bitte, Liebling!«

5 Ich befand mich mit dieser sonnenbebrillten Jazztype, die später irgendwann bei Miss Destiny aufgetaucht war, auf der Straße. Los Angeles war so öde in den frühen Morgenstunden mit seinen nassen Gehsteigen, die gerade gesprüht worden waren, und dem rötlichen Dunst der Dämmerung. Und er fragte mich, wo ich langging'. Dort lang, sagte ich. Ich auch, sagte er. Und wir gingen durch die Straßen. *Dann begann irgendwo eine Glocke zu läuten,*

und ich sah unwillkürlich hinauf zum Himmel ... Eines Tages wird eine Glocke läuten und Miss Destinys Engel des Bösen wird erscheinen! ...

Ich verließ Los Angeles, ohne Miss Destiny nach jener Nacht wiedergesehen zu haben. Und ich ging für kurze Zeit nach San Diego. Und kam nach Los Angeles zurück.

Einige der Leute, die ich gekannt hatte, waren fort – waren – nach dieser kurzen Zeit – zurück in den mittleren Westen oder zum Times Square oder sie saßen hinter Gittern oder hockten jetzt in *Andys Kaffeestube* in Hollywood oder waren nach dem goldenen Miami gefahren. Eines Tages waren sie verschwunden: den einen Tag bist du hier, und das ist gut, und den nächsten Tag bist du fort, und das ist auch gut, und irgend jemand ist gerade an diesem Tage angekommen, um deinen Platz einzunehmen, gleichviel, was es für einer war.

Chuck war immer noch da, mit Stiefeln und breitkrempigem Hut. Ebenso Skipper ... und Trudi, die immer noch den *Perlen* die Schuld an allem gab ...

Ich fragte Chuck eines Nachts nach Miss Destiny, als wir wieder im *1-2-3* saßen, aber diesmal war es ruhig dort. Nicht einmal die Musicbox spielte. Kein Mensch hatte Geld. Kein einziger Freier. Sogar die Schieber hingen trübsinnig im Lokal herum.

Chuck antwortete, er habe Miss Destiny lang nicht gesehen, sie sei einfach verschwunden. Irgendwohin. »Mann, das war 'ne tolle Nudel«, sagte er und schob seinen Hut zurück wie eine Art von Ehrenbezeigung für sie.

Ich fragte ihn, ob sie denn ihre fantastische Hochzeit gehabt hätte. »Na klar, Mann. Ich war allerdings nicht da, aber jemand hat mir davon erzählt, die Hochzeit war in einer tollen Wohnung in Hollywood, Mann, und sie soll tatsächlich wie 'ne Braut angezogen gewesen sein, Mann ... sie hat irgendeinen Kerl aus Seattle geheiratet, und es muß alles ganz groß gewesen sein, so wie ich Miss Destiny kenne ...«

Dann sprach er weiter und erzählte mir, daß er ein paar Tage als Tellerwäscher gearbeitet, aber bald wieder damit aufgehört habe, und irgendein Freier hätte ihm versprochen, ihn in irgendeinem Männ-

erbordell in Hollywood unterzubringen, wo er mindestens fünfzig Dollar am Tage machen könne.
Später sah ich Pauline (und jetzt spielte die Musicbox das Lied, das für mich immer ein Stück von Los Angeles sein wird: *For Your Love* – und Ed Townsends traurig-kehlige Stimme griff einem ans Herz), Pauline, die ich kennengelernt hatte, bevor ich die Stadt verließ. Und ich fand Miss Destinys Warnung an jenem ersten Abend im Park bestätigt: Pauline gab an wie ein Wald voll Affen, daß sie in ein paar Wochen ihren eigenen Schönheitssalon haben würde und daß jeder, der ihr gefiele, es gut bei ihr haben könnte, mehr als gut.
»Ich *muß* dir von Destiny erzählen ...«, sagte Pauline. »Du fuhrst fort, bevor sie heiratete – na, ihre *Hochzeit* hat sie ja nun gehabt, mich hat sie nicht eingeladen, aber man hat mir davon erzählt, und es war *fürch-ter-lich!* Es war *ent-setz-lich!* Sie hatte zwar ihre berühmte Wendeltreppe, bitte schön, aber sie stolperte über ihre Schleppe und ihr Schleier riß entzwei und sie fiel *kopfüber* die Treppe herunter! Dann gab es eine *Razzia!* Und Miss Destiny, unsere Collegestudentin, sitzt jetzt im *Loch* – im *Kittchen,* wieder mal ... Wegen Erregung öffentlichen Ärgernisses – und da es nicht das erste Mal ist, daß sie sie geschnappt haben, wird sie ein ganzes *Weilchen* dort darüber nachdenken können! Stell dir doch bloß den *Anblick* vor: Miss Destiny im Brautfummel hockt an ihrem Hochzeitstage hinter Gittern und heult!«
Trudi behauptet, Miss Destiny lebe in Beverly Hills mit dem Mann, der die Hochzeit ausgerichtet hatte (obwohl Trudi auch nicht da war, weil sie Angst vor einer Razzia hatte, aber es gab keine, und sie sagt, sie wünschte, sie wäre eine wunderschöne Brautjungfer gewesen, wie Destiny das wollte, und Destiny sei das Herz gebrochen, als Trudi absagte, aber daran sind die *Perlen* schuld). »Und ich hörte, daß Destiny einfach *fabelhaft* aussah in ihrem Brautkleid und den roten Haaren«, sagte Trudi, »... und, Süßer, da hast du mal wieder diese verfluchten Perlen – Destiny lernt diesen reichen *Daddy* kennen, der erleben möchte, wie eine Tunte im Fummel mit einem richtigen Kerl Hochzeit macht, und Destiny fragte, ob denn eine Wendeltreppe vorhanden ist? Es ist eine vorhanden ...« Aber wie

dem auch sei – Trudi sagt, soviel sie weiß, lebt Miss Destiny immer noch in Beverly Hills (Skipper sagt o nein, in Bel Air, wenn sie es wirklich ganz groß getroffen hat) mit dem reichen *Daddy* und ihrem Kerl von Gatten.
»Der Geldsack«, sagt Skipper wissend, »... ich wette, er steht auf Destinys Kerl und nicht auf sie – aber er hat sein Vergnügen, wenn er den beiden zuschaut, Mensch. Der ist nämlich schwul müßt ihr wissen ...« – und dann erzählt Skipper mir, daß ihm diese üblichen Touren, die so wenig einbringen, zum Halse raushängen, und daß bald wieder seine große Zeit käme ... und Trudi sagt:
»Immer mit der Ruhe, Baby, du bringst sonst die Perlen durcheinander.«
Und so gibt es also über Miss Destinys Hochzeit die verschiedensten Versionen.
Keiner scheint dabeigewesen zu sein.
Aber jeder hat davon gehört.
Nur eines steht fest. Miss Destiny ist nicht mehr da.
Und ich überlege, ob sie wohl auf irgendeine Weise dem Engel des Bösen entronnen ist.
Und wieder mied ich für eine Weile den Park und die Bars – und als ich zurückkam, war Chuck natürlich immer noch da. Und jetzt sitzen wir am Pershing Square am gleichen Platz, wo ich Miss Destiny kennenlernte ... (Und Jenny Lou ist auch noch da, als ob der Engel hinter ihr her wäre ... wehe! *uuuhh!* ... und Holy Moses ... und St. Tex, der seinerzeit den Auftrag erhielt, nach Kalifornien zu gehen, und den von ihm vorausgesagten Weltuntergang offenbar überlebt hat ... und die fünf weißen Engelsschwestern und Christus blutet ... aber das Blut ist Wachs ...)
Plötzlich sagt Chuck: »Mann, hast du schon von Miss Destiny gehört? ... du weißt schon, die Irre mit dem roten Haar? Irgendso 'ne Tante erzählte, daß sie 'nen Brief von Destiny bekommen hat, Mann. Erinnerst du dich an diesen ... eh ... Doktor, du weißt schon, zu dem sie ging? Von dem sie sagte, das nächste Mal würde er auf der Couch liegen? Na, er hat Miss Destiny geheilt, Mann ... Miss Destiny schreibt, daß sie keine Frau mehr ist, sie ist jetzt Herrdu-

meinefresse ein *Kerl!* … und das ist noch nicht alles, Mann!« setzt er fröhlich fort, »… Miss Destiny schreibt, daß sie sich verheiraten wird, Mann … *mit einer richtigen Frau!*«

Und Chuck zog sich seinen breitkrempigen Hut über die Augen, als wolle er dem Anblick einer Welt entgehen, in der so verrückte Dinge geschehen können.

Ich sehe Miss Destiny vor mir, wie sie einsam in Irgendwo, der Großen Stadt in Amerika, sitzt – und sich sorgfältig schminkt – und ich denke:

O Destiny, Miss Destiny! Ich weiß nicht, was aus dir geworden ist, noch wo du steckst – aber die Geschichte, die Chuck mir soeben erzählte, ist, wie du selbst als erste zugeben würdest, das Letzte, was man glauben könnte.

Die Stadt der Nacht

Von Gesicht zu Gesicht, von Zimmer zu Zimmer, von Bett zu Bett nahm die Welt, die ich mir erwählt hatte, festere Gestalt an – eine klare Gestalt, jedoch ohne bestimmbare Bedeutung. Jeden Morgen hob sich die Sonne in den künstlich-blauen Himmel von Los Angeles, und die endlose Auferstehung eines neuen Tages begann. Wie die Palmen, die die Straßen der Stadt säumten, schien die Welt gleichgültig die Achseln zu zucken.

Für mich folgte nun eine Periode entfesselter Anarchie – ich spürte, daß mein Leben auf eine Art von symbolischer Nacht zusteuerte, und die Zahl der Leute, mit denen ich ging, vervielfältigte sich täglich. Mit diesen vielen Menschen – nur in den Augenblicken, in denen man mich begehrte – in den Augenblicken, bevor wir nach einer flüchtigen Intimität wieder zu Fremden wurden – verspürte ich ein elektrisierendes Glücksgefühl, als sei der unbarmherzige Ablauf des Lebens zum Stillstand gekommen, als hielte der Zeiger ein, und ich ruhte nun im Zenith der Jugend, und für diese kurzen Augenblicke verhielt die Jugend in einem unbeweglichen Schwebezustand.

Ich begann zu spüren, daß jene Welt immer weitere Anarchie forderte. Oft fiel mir der Mann ein, dem ich an jenem ersten Nachmittag in Los Angeles begegnet war, und wie ich, sein Geld bereits in den Händen haltend, plötzlich nicht fähig gewesen war, ihn zu bestehlen. Das war etwas, das unvollendet geblieben war: ein Test, den die von mir gewählte Welt für mich vorbereitet und bei dem ich versagt hatte ... Das Gesicht des Mannes verfolgte mich ... undeutlich und geheimnisvoll.

Da war auch immer noch diese narzißtische Besessenheit – die qualvollen Zwischenspiele im Spiegel – das verzweifelte, seltsame Bedürfnis, eine in sich geschlossene Welt für mich zu sein. Und ich

hatte damals das bestimmte Gefühl, daß nur der Spiegel mich richten konnte, wofür immer ich gerichtet werden mußte.
Als die Wochen unter dem dunstig verschmierten Himmel vergingen, stand ich oft inmitten der maskierten Turbulenz des Pershing Square als faszinierter Beobachter. Gleichzeitig empfand ich eine überwältigende Traurigkeit, die so intensiv war, als sei ich der einzige Mensch auf der Welt, der je so viel Trauer um das Leben in sich gespürt hatte: voll Scheu vor dem schreckenerregenden Schauspiel, das diese brodelnde Welt der Ausgestoßenen bot. So wurde an langen langen Nachmittagen der Park zum Brennpunkt meines Lebens.

Wie ein Herrscher, der die Oberaufsicht in seinem Reiche führt, schreitet Wachtmeister Morgan nachmittags durch den Park und nickt herablassend den gewohnten pensionierten Dauergästen zu, die auf den Bänken kleben... Ich sehe ihn den Gehweg entlangstapfen, stolz flankiert von zwei jüngeren Polizisten. Sie gehen in gleichem Schritt wie Soldaten, die Begleiter wie jüngere, wenn auch schlankere Imitationen des Dicken in der Mitte – sie marschieren wie zu den taktfesten Rhythmen einer Trommel, die nur sie allein hören. Ich hatte den dicken Bullen schon oft gesehen – aber er hatte mich nie angehalten. Jetzt, den zielbewußten Marsch vor Augen, denke ich: sie sind hinter jemandem her. Als sie sich mir nähern – sie sehen geradeaus vor sich hin – macht der Dicke eine scharfe Wendung auf mich zu. »Los, komm' mit!« bellt er.
Auf unserem Wege suchen sie sich noch zwei andere junge Leute heraus: Der eine ist ein verdrossen aussehender schlanker Junge von ungefähr achtzehn, der andere ist älter: kantiges Gesicht, lächelnd und gelassen, sogar ziemlich hochnäsig, als sei ihm die Situation längst bekannt.
Wir fahren mit der Rolltreppe in die unterirdische Großgarage unter dem Park und durchqueren sie: Leute, die ihre Wagen dort abholen, starren uns an, überlegen sich, was wir wohl angestellt haben, und hoffen das Schlimmste... Stufen hinauf und in den gegenüberliegenden Teil des Parks. Stufen hinunter, durch eine Tür in einen Raum, wo scheinbar Gartengerät aufbewahrt wird – in Wirklichkeit

aber werden hier hinterhältigerweise – typische Polizeimanier – wie in einem Miniaturkittchen Verhöre durchgeführt. Drinnen sitzt noch ein Polizist an einem Tisch. Es sind im ganzen zwei kleine Räume. Auf einer Tafel hinter dem Tisch sind viele Fotografien von verhärteten, gesuchten Gesichtern: Sie starren steinern in den Raum, wie sie in die Kamera und auf den Bullen dahinter gestarrt haben – wie sie herausfordernd in die Welt gestarrt hatten. Auf einer schmalen Bank dem Tisch gegenüber sitzen wir drei, die wir aufgegriffen worden sind, und warten darauf, daß unsere Personalien aufgenommen werden.

Wir werden durchsucht. Sie gehen unsere Brieftaschen durch, wühlen in unseren Taschen, sie fragen, wieviel Geld wir haben und weswegen wir gesucht werden, und grinsen, als wir alle drei antworten: »Nichts liegt an.« Sie suchen unsere Arme nach *Tätowierungen* ab – nach Einstichen von Injektionsnadeln ... Dann fahren ihre Hände langsam an unseren Beinen herunter und zwischen dieselben – und es belustigt mich, wie liebevoll, gründlich und langsam sie diesen Teil abwickeln. Nun, da sie nichts Verdächtiges an uns entdecken können, starren sie uns enttäuscht an. Der am Tisch telefoniert mit der Zentrale. Wir hören unsere Namen und Codes, die für bestimmte Vergehen stehen. Wieder sind sie enttäuscht: Keiner von uns steht auf der Fahndungsliste.

Während der Polyp am Tisch die Verhörformulare ausfüllt, pflanzt der dicke Bulle sich vor uns auf und steht auf fetten Beinen da, breit wie ein Stier, den Stock wie ein Zepter vor sich. Er erinnert mich an einen despotischen General. Er hat ein rundes pausbäckiges Gesicht wie ein weicher roter Gummiball und winzige trübe Augen. Wenn er einen weißen Bart und eine rote Zipfelmütze trüge, sähe er aus wie ein gestrenger St. Nikolaus. Er dröhnt:

»Ich bin Wachtmeister Morgan!«

Als ob er die Wiederkunft des *Herrn* ankündigen würde. »Ich habe euch hierhergebracht«, sagt er, »obwohl ich noch nie mit einem von euch geredet habe, aber ich habe euch im Auge gehabt, ich habe gesehen, daß ihr euch im Park herumtreibt.« Seine Augen wandern abwägend vom einen zum anderen. »Und in diesem Park muß ich jeden, kennen! ... Ich weiß nicht, was ihr im Sinn habt, aber ich habe meine Vermutungen ... Ich sage nur das eine: Nehmt euch in acht! Ich kann keinerlei Gesocks in meinem Park gebrauchen ... keine Taschendiebe, keine Kokser ... *und* keine Stricher! Verstanden?« Er sah uns einzeln genau an, wie wir darauf reagierten. Wir erwidern den Blick mit wohlerwogener Verständnislosigkeit. »Ich schau mir euch jetzt genau an« (was er tat) »und weiß ja jetzt, wer ihr seid. Wenn ich euch wieder im Park sehe, werde ich euch schnappen und ihr seid anklagereif. Und wenn sie euch rausgelassen haben, schnapp ich euch wieder. Dies ist keine *Warnung* ... es ist eine Drohung ... Jeder hat vom Pershing Square gehört, und ich schätze, daß ihr euch deshalb hier rumtreibt ... weil ihr wißt, was hier los ist. Nun, es ist nicht so einfach, wie ihr glaubt – und es wird nicht einfacher werden, nicht, solange es mich gibt ... no Sir!« Er schwingt drohend seinen Stock. Ich habe das Gefühl, daß einer der anderen Bullen ein Neuling ist und der Dicke will ihm imponieren. »Eine Menge Leute in diesem Park kennen und schätzen mich«, fuhr er fort, »sie erzählen mir, was ich wissen will – und so bin ich immer auf dem laufenden. Und jetzt verrate ich euch ein Geheimnis: Es wimmelt hier von Geheimdetektiven, die euch beobachten. Ihr habt keine Chance! Ich kann euch vielleicht nicht verbieten, den Park zu betreten, weil es ein öffentlicher Park ist, aber eines kann ich: ihn für euch recht ungemütlich machen!« Er brach unvermittelt ab, als erwarte er Applaus. »Und jetzt raus mit euch!« kläfft er wie so ein ungehobelter Bulle im Film. Er dreht uns gereizt den Rücken zu. Der grämlich aussehende Junge geht ein kleines Stück mit mir zusammen durch den Park und sagt: »Was ist denn hier los, Mensch, ich hab' heute noch keinen Cent verdient – und dafür kriegt man die Polente auf den Hals!« Dann sieht er einen offenbar interessierten, gutangezogenen Mann, geht hin und setzt sich neben ihn.

Wie alle anderen, denen man drohend geraten hatte, vom Park wegzubleiben, ging auch ich immer wieder hin, und der fette Bulle ließ mich in Ruhe. Das ist so ihre Art, es sei denn, man würde wegen etwas Bestimmtem gesucht: Sie sagen einem, man soll wegbleiben, und sie lassen einen in Ruhe – und dann, wenn mal wieder der Teufel los ist (wenn irgendein Überfall, mit dem angeblich ein junger Ganove vom Pershing Square etwas zu tun hat, die Schlagzeilen füllt – oder, wie Trudi sich einmal im *1-2-3* ausdrückte, »wenn Wachtmeister Morgan ihre Periode hat«) greifen sie einen auf wegen Landstreicherei. Und die Zeitungen verkünden munter:

RAZZIA AM PERSHING SQUARE

Nun, da die Zügellosigkeit wiederum in mir gärte, brachte ich die Tage mit Pillen und Marihuana hinter mich.

Und dann, eines Nachmittags, aufgedopt – ich saß im Park und hörte die Spiritualsänger konvulsivisch röhren – inmitten einsamer Jäger und der Blicke voll Hunger nach *Liebe,* der Hektik, jede kleinste Zeitspanne mit *irgend etwas* zu füllen – stellte ich mir wie in einem Alptraum plötzlich vor – als die Menge aus den Tiefen der Unterwelt auftauchte und auf den Straßen ausschwärmte – daß die Welt sich in einer Flutwelle von Gesichtern auf den Pershing Square ergoß – daß jeder dieser Menschen sein Leid in Ewigkeit in den ungerührten Himmel hineinschreien würde. In Panik kehrte ich zu dem gemieteten Zimmer in der Hope Street zurück. Ich schloß die Fenster, ließ die Jalousien runter und verriegelte die Tür.

Und trotzdem konnte ich hören, wie das Leben mich anschrie.

Und wieder kam eine Zeit, in der ich mich von den Straßen fernhielt. Ich nahm einen Job an … und wieder war das Schuldgefühl da. In der Nacht gewährten mir die Marihuana-Zigaretten, die ich auf dem Dach des Hotels rauchte, Erleichterung vor der seltsamen Angst. Wenn die Pseudoklarheit der Droge mich ergriff, sah ich auf die Stadt hinunter, auf die die Schwärze der Nacht sich wie Regen ergoß, und stellte mir vor, daß ich wie in einer Pantomime, in der jedes Gefühl zum Schweigen verurteilt ist, außerhalb der Welt stand: das gleiche Gefühl, daß ich als Kind gehabt hatte, wenn ich aus dem Fenster schaute, vom Leben abgetrennt.

Die Welt enthüllte mir ihr Sterben durch einen Prozeß allmählicher Entdeckungen: der langsame nagende Verlust der Unschuld; ich sehnte mich nach dem Gott, an den ich als Kind so bedingungslos geglaubt hatte. Aber diese Welt der Einsamkeit und der Verzweiflung strafte sein Vorhandensein Lügen. Der Himmel, der einst grenzenlos und voller Kindheitsengel und Frieden gewesen war, war zu einer schwarzen Höhle geworden. Als die Kirchenglocken von jenseits der Straße trauervoll in die Nacht klagten, sah ich vom Dach in Richtung Pershing Square:

Eines Tages, in Trauer über seine eigene Schöpfung, stürzte sich Gott in die Hölle... Und nun drehte sich die Welt wie ein verrückt gewordenes Riesenrad...

Chuck *oder* Den Himmel in der Tasche

1 »Heh, Mann – wie geht's? Komm rüber ... hierher zu mir.« Chuck saß gemütlich auf dem Geländer am Pershing Square unter dem Standbild eines Soldaten aus dem ersten Weltkrieg, der trutzig die Straße überschaute. Chuck trug ein Paar neue Cowboystiefel – glänzend und grellbunt (orange, braun und mit Spuren von Gelb) – die er noch mehr zur Geltung bringt, indem er seine Jeans noch höher als sonst umgeschlagen hat, und sitzt da wie auf seiner eigenen Veranda. »Wo hast du gesteckt?« fragte er mich. Ich sagte es ihm nicht.

Nachdem ich den Park ebenso zwanghaft gemieden hatte, wie ich immer wieder zu ihm zurückkehrte, war ich erneut nach San Diego gegangen: zu dem Strand von La Jolla, der wie ein Edelstein in einen Ring gleißenden Sandes gefaßt ist. Stundenlang lag ich allein an diesem still-kühlen Strand und tat nichts anderes als in den Himmel starren, auf die hastig hingeworfenen Muster, die die Wolken bildeten: So wie ich in El Paso dagelegen und in den Himmel gesehen hatte, als ich klein war, und die Hügelkette, die man Cristo Rey nannte, erkletterte, um näher an jenen Himmel heranzukommen, der von aufragenden sandigen Bergen umarmt wurde: Dort lag ich – allein – und sah hinauf – manchmal auf den Himmel, manchmal auf die Wolken, manchmal auf die Riesenstatue des Christus mit dem bäurischen Gesicht auf dem Gipfel des Berges ... Und Jahre später lag ich im Sand von La Jolla und versuchte, in den Formen dieser kalifornischen Meereswolken vielleicht die verlorengegangenen Gestalten der Kindheit wiederzufinden – vergebens ... Die träge Ruhe des noch nicht belebten Strandes mit seiner lässigen Andeutung von Frühling und der aufgedrehte Müßiggang in den Straßen der Stadt – San Diego – die nachts mit ziellos umherschweifenden Matrosen gefüllt waren – all dies vergrößerte nur noch die gestaltlose Angst und Panik ... Ich kehrte nach Los Angeles zurück, zurück zu dem gleichen Zimmer in der Hope Street, zu dem gleichen nächtlichen Dach – zu dem gleichen Marihuana-Rausch, dessen Wunderkraft langsam abnahm ... Und bald kehrte ich auch zum Pershing Square zurück, wie ich früher zum Times Square zurückgekehrt war ...

Ich antwortete Chuck bloß: »Ich war fort.«

»Ist das nicht komisch«, sagte er, »ich auch – ich war auch fort. Ich hatte doch diesen Job vor einiger Zeit ...« Er gähnte, als ob sogar die Erinnerung an Arbeit ihn ermüde. »... auf so 'nem Parkplatz in Hollywood. Ein Freier, den ich hier traf, hat mir den verschafft. Aber was soll's denn: Ich verdien' mir ein paar Piepen mit Arbeit und dann sind sie auch schon wieder weg – wie nix! Ob ich die nun habe oder nicht habe ... ist doch scheißegal. Wozu sich mehr abrackern als nötig?« Dann blinzelte er in die Sonne und fügte philosophisch hinzu: »Es gibt zwei Sorten von Leuten, die nicht zu arbeiten brauchen: die, die das ganze Geld haben; und die, die gar keins haben ... Und ich ...«, sagte er zufrieden, »... hab' gar keins.« Ich hockte mich neben ihn auf das Geländer. In meiner Erinnerung gehörte später Chuck ebenso wie das Standbild zum Pershing Square: der an faulen Nachmittagen behaglich dahockende Chuck – immer auf der gleichen Stelle, die Schultern vornübergeneigt, die Hände auf dem Geländer, sich im Gleichgewicht haltend – lange magere Beine, die Spitzen der gestiefelten Füße hinter der unteren Stange verschränkt, als säße er auf dem Zaun einer Ranch; sandfarbenes Haar, das unter dem breitkrempigen Hut und über den langen Koteletten hervorsteht – wie er sich die wechselnde Szenerie des Pershing Square anschaut – belustigt, wie ich manchmal meine, aber gelegentlich wieder scheint er mir eher verblüfft zu sein ...? Wenn irgend etwas Ungewöhnliches – ungewöhnlich im Sinn des Pershing Square – innerhalb seines Gesichtskreises oder besser: innerhalb seines Bewußtseins, da beides bei ihm gelegentlich völlig getrennt zu sein schien, sich ereignete, rief er laut »jipiiiihh!« mit mehr Energie, als er für irgend etwas anderes aufbrachte, wie auf einem Rodeo, in Erinnerung an die kindliche Begeisterung für die *Ranger.*

Andere kamen und gingen in dieser ruhelosen nervösen Welt und verschwanden plötzlich völlig. Chuck jedoch schien immer dazusein. Und anders als die anderen jungen Männer, die sich im Park herumtrieben, fand er sich sogar selten bereit, seine Kunden aufzuspüren. Nicht aus Eitelkeit oder Überheblichkeit, bin ich mir sicher, sondern weil er es vorzog, sich so wenig wie möglich zu bewegen – er wartet darauf, daß man auf ihn zukommt. Und das taten sie auch meistens: In jenem Sektor war Chuck einer der Beliebtesten – sowohl bei den Freiern als auch bei seinen *Kollegen* – vielleicht, weil bei ihm immer alles seine Ordnung zu haben schien... Es ging bei ihm ohne Anstrengung immer irgendwie weiter, als mache er eine notwendige Reise, die er sich so angenehm wie möglich gestalten wolle.

»Du verstehst schon, was ich meinte, als ich sagte, ich hätte keine Lust, mich abzurackern, nicht wahr?« fragte er mich. »Ich meine: is' ja großartig, wenn dir das, was du tust, Spaß macht – aber der *Arbeit* wegen! Da kann ich doch verdammtnochmal genausogut hier rumhängen... Na ja – ich hab' auf dem Parkplatz da ein paar Kröten verdient – und dann hab' ich mir davon diese Stiefel hier gekauft.« Er hebt den einen pompös gestiefelten Fuß zur Besichtigung in die Höhe. »'ne Wucht, was?« sagte er, »ich wollte ja lieber welche mit was Rotem dran, aber sie hatten keine.«

Ich nickte ja zu beidem: Ich verstand, was er über die Arbeit gesagt hatte – und die Stiefel waren *'ne Wucht.* »Also: ich hänge hier rum, und so geht's auch«, sagte er.

Wir befinden uns in der unbestimmbaren Jahreszeit, die in Los Angeles *Frühling* genannt wird, eigentlich nur, weil der Sommer noch nicht da ist. Das Wetter bewegt sich gleichmäßig auf den Sommer zu, und der einzige Unterschied, der einem im Park auffällt ist, daß die Menschenmenge mehr und mehr zunimmt, je wärmer die Tage werden.

Jetzt bietet der Park am Nachmittag das übliche Bild geschundenen amerikanischen Auswurfs jeder Sorte. Alte Männer und Frauen sitzen unter müden Palmen auf Bänken und um die abgegrenzte Rasenfläche herum, am Gitter entlang hocken einzeln oder in Grup-

pen die Streuner jeden Alters – die Jüngeren, um *anzuschaffen,* die Älteren lediglich, um die Zeit des Tages auszufüllen, die beweist, daß sie *noch am Leben* sind, und alle warten – mit den maskenhaften Gesichtern von Menschen, die Alles oder Nichts erwarten …
»Als ich diesen Job bekam – auf dem Parkplatz …«, hielt Chuck sich dran, »… dachte ich oft an diesen Männerpuff irgendwo in Hollywood, von dem ich so viel gehört hatte, und daß ich jemandem auffallen würde, der mich dann dort hinbringt.« Diese Geschichte kehrte immer wieder – im Moment sprach er halb scherzhaft darüber. »Dieser Freier, Mann, sagte: ›Chuck, du arbeitest zunächst mal auf meinem Parkplatz, und ganz bestimmt kreuzt jemand auf, der weiß, wo es ist, und dann kannst du hingehen und dich bewerben‹ Aber Scheiße … es passierte genau nichts, und ich hatte die Nase voll.« Er zuckt die Achseln. Er hatte den Hut nach hinten geschoben und hielt sein Gesicht der Sonne hin. »Muß 'n bißchen Farbe kriegen«, erklärt er und gähnt faul und ausgiebig, »… und … uuh … jetzt werd' ich … uuuhh … ganz schläfrig …«
Unmittelbar hinter uns erhebt sich die heulende Stimme der Schwarzen, die hier jeden Tag predigt, in einem Winseln, da sie wieder einmal ihre religiöse Offenbarung hat. Sie greift sich an die Kehle und keucht wie besessen halb ersticktes Gestammel aus sich heraus; die Augen sind geschlossen wie im Delirium, die eine Hand baumelt unbekümmert zwischen ihren leichtgespreizten krummen Beinen – wie die Travestie eines Varietéstars. »Ich komme, Herr!« verkündigt sie triumphierend. Sie atmet schwer, als hätte sie Ihn zwischen den Palmen entdeckt, und sie grüßt Ihn mit schwingenden Hüften. »Ich komme, Herr!« Ihre Arme sind wie in flehender Bitte oder als Willkommen ausgestreckt.
Und Chuck rief fröhlich: »Jipiiih! Mann, o Mann! Bei der isses passiert! Ich schwöre, bei der isses passiert!« Dann brüllt er zu ihr hinüber; »Krallen Sie ihn sich, junge Frau! Krallen Sie ihn sich – und halten Sie ihn fest!«
Nun wendet er den Kopf und sieht mich an. »Die beste Art hinzukommen, ist, nicht die Ruhe zu verlieren«, sagt er jetzt sinnend.
»Wohin zu kommen?«

Er zuckt die Achseln. »Überallhin ... ich meine, überall, wo man hin will. Die zum Beispiel ...«, er zeigt auf die Predigerin, »... die will in 'n Himmel, verstehst du ... Oder jemand will nach New York oder Denver ... oder nirgendwohin wie ich ...«

Das war es.

Das war's, was mich von Anfang an an Chuck fasziniert hatte: die leichte zufriedene Hinnahme des Nichts. Es war keine Resignation – es war Hinnahme. Ich sehe ihn mir an, wie er in die strahlende Sonne lächelt ... Inmitten des ganzen Wirbels war er immer beneidenswert kühl und ruhig – fast so, als habe ein anteilnehmender Engel ihm ein Geheimnis zugeflüstert (was so etwas Ähnliches wie *Ruhe* gewesen sein muß) und im Besitz dieses Geheimnisses schien er sein Leben unberührt von der wirren Unruhe um ihn herum zu leben – obwohl diese wirre Unruhe ihn unablässig umgab.

»Nimm zum Beispiel Skip«, fährt Chuck fort. »Der knallt noch eines Tages durch – ich meine, er explodiert! Bumm! Als ob er eine Rakete mit einer langen Zündschnur im Hintern hat, und die Zündschnur wird immer kürzer und kürzer ... und eines Tages: *Brrummmm!* ... Nimm Buddy: es wird damit enden, daß sein Foto in den Postämtern aushängt ... Und Tiger: Eines Tages wird er einen der Kerle, mit denen er's treibt, umbringen ... der haßt jeden, Mann ... Und du auch, Mann«, wendet er sich jetzt direkt an mich, »du benimmst dich immer, als ob du dir gerade 'ne Spritze verpaßt oder Feuer in 'ner Hosen hast: keine Ruh' im Hintern. Was glaubst du denn, wo du hinmußt? ... und was wird sein, wenn du dort angekommen bist? ... Ich, ich hab' die Ruhe weg ... immer friedlich, immer gemütlich – ich mach's länger als ihr.«

Wie sollte ich ihm wohl diese zwanghafte Unruhe erklären, die für mich die Jugend war? Die sichere Erkenntnis, daß ich ihr nicht vorauseilen konnte, ließ mich immer dringender nach einer Art von bestimmter Bedeutung, die die Jugend nun einmal hatte, suchen ... Wie sollte ich Chuck das erklären? ... ihm, der immer lächelt und sich zufrieden dahintreiben läßt, indem er sich von jeglicher Anstrengung fernhält ... Er hatte recht, was die anderen Burschen auf der Main Street und im Park anging. Obwohl sie nie von ihren

Ängsten sprachen – was übrigens auch ich nicht tat – war jede ihrer unbeherrschten Bewegungen, jede leere Pose der Sorglosigkeit von diesen Ängsten gezeichnet ... Wir mühten uns ab, lässig zu wirken – von Bar zu Park, von Park zu Bar ... Nicht so Chuck. Seine Trägheit war ganz rein: Für ihn war die Welt eine riesige Ebene, auf der er für eine bestimmte Zeit möglichst behaglich zu leben hatte ... Und doch ... und doch war Chucks Leichtlebigkeit nicht ganz vollkommen.

»Da gibt es allerdings noch etwas«, fuhr er gutgelaunt fort, »... ich hätt' nichts dagegen, diesen Männerpuff ausfindig zu machen, von dem ich gehört hab', dort in Hollywood. Das wär 'ne Sache, was? ... dort angestellt zu sein? Man könnte sogar zur Abwechslung an Weibern Geld verdienen. Mann, ich will dir mal etwas sagen: Gewöhnlich hab' ich nichts davon, wenn die Kerle sich auf mir rumwälzen. Meistens penn' ich sogar ein. Wenn ich penne, hab' ich keine Sorgen mehr. Ich hab' immer 'nen Ständer beim Schlafen ...«

Bei Chuck – das wußte ich instinktiv und ohne daran zu zweifeln – gab es keine inneren Komplikationen, weil er es mit Männern trieb. Es war lediglich einfacher in der Welt, in die er geraten war. Ich zweifelte nicht daran, daß er sexuell ausschließlich auf Frauen eingestellt war. Aber es wäre für ihn zu kompliziert gewesen, sich in jener Welt zurechtzufinden ... Und ich hatte nie gehört, selbst von den Freiern und Transen nicht, daß sie von Chuck das sagten, was sie oft gehässig äußerten: »Heute Stricher, morgen Freier!«

»Nicht, daß ich irgend etwas gegen jemand hätte, der sich auf mir rumwälzt ... klar? ... wenn es ihm Spaß macht ...«, redete er weiter. Es gab wenig, was er verurteilte, wenig, was er nicht akzeptierte – nicht einmal, wenn er von der Polente hochgenommen wurde ... Einmal, vor Wochen – ich saß gegen zwei Uhr morgens mit ihm bei *Hooper* (Kaffee und Doughnuts) – hatten zwei Polizisten aufs Geratewohl uns beide unter all den anderen Figuren herausgefischt. Chuck war kühl wie eine Hundeschnauze geblieben und von fast philosophischer Haltung. Er sagte zu mir: »Na wenn schon, wenn sie einen nicht einer bestimmten Sache wegen suchen, sitzen wir in ein paar Minuten wieder hier. Mann, am Wochenende und so spät

haben sie schon zu viele drin ... aber wir werden einen kurzen Abstecher in denn Glaskasten machen müssen«, prophezeite er – und er behielt recht. Im *Glaskasten* wird man verhört, und es werden Fingerabdrücke gemacht, ohne daß man in die Fahndungsliste eingetragen wird – eine unerlaubte Maßnahme der Polizei von Los Angeles zur Abschreckung für die Streuner ... (Mir fiel ein: Als wir einmal für die gleiche Prozedur mit fünf anderen bei Hooper aufgegriffen wurden, sagte eine der Schreibdamen, die Nachtdienst hatte – ein hübsches Mädchen mit einem runden Gesicht –, zu der Kollegin neben ihr: »Eine entzückende Blütenlese, wie?« Und Chuck rief ihr zu: »Ab wann sind Sie frei, Miss?« Sie antwortete schnippisch: »Denken Sie lieber darüber nach, wann *Sie* wieder frei sind!« und da kam auch schon ein niederträchtiger Bulle angestürmt, um die Romanze im Keim zu ersticken ...)
Auf den Parkwegen nahm die Zahl der Jäger und Zuschauer langsam zu. Ich bemerkte drei Stricher, die ein paar Schritt von uns entfernt standen, und kann Fetzen ihrer Unterhaltung verstehen: »... ich hab's ihm besorgt, Mann ... für hundert Eier ...«, »... Mann, er durfte mich nicht mal anfassen und mußte zwanzig Linsen blechen ...« Die Ansprachen und Predigten allerorten nehmen zu. Die Engelsschwestern marschieren ernst zu ihrem Standplatz – angeführt von dem finsteren Alten, der aussieht wie ein Diakon ... Ein Mann steht direkt vor der heulenden Negerin, und als sie mit dem Fuß aufstampft, verschränkt er die Hände im Nacken, schiebt ihr seinen Unterleib laszivFNentgegen und brüllt: »Nu man los!« während sie weiterheult: »Herr! Laß Satanas mich nicht versuchen! Herr! Ich sah Dich in all Deiner Herrlichkeit! Herr!« als spiele sie Verstecken mit Gott ... Ein zerlumpter, betrunkener, grauhaariger, alter Mann schwankt vorbei und murmelt: »Sakrament! Sakrament – verdammtnochmal!« ... Chuck starrt auf dieses Schauspiel und schüttelt den Kopf. Ich warte neugierig auf den Kommentar, den er jetzt dazu abgeben wird.
Und dann sagte er: »Mann, guck dir diese Vögel an.« Vor uns gurrten zwei Tauben sich romantisch an. »Ist das vielleicht nix? Sie treiben es am hellichten Tag, und niemand locht sie ein wegen Er ... Er-

regung öffent-lichen Är-ger-nisses ... Was ist aus dem Kerl geworden?« fragt er unvermittelt – er sprach immer aus, was gerade in seinem Kopf vor sich ging, als erwarte er, daß andere die gleichen Gedankengänge wie er hätten. Einmal konnte er fast kindisch fröhlich sein – und wie ein Kind gefesselt vom Anblick sich drehender Riesenräder und der Achterbahn – und gleich darauf wendete er seine Aufmerksamkeit mühelos etwas anderem zu.

»Welcher Kerl?«

»Ach, du weißt schon, Mann – der Typ, mit dem du damals gingst ... der so scharf auf Marihuana war!«

Vor einiger Zeit war ich auf der Main Street einem Provinzei begegnet, der aufs äußerste fasziniert von dem war, was er *die Unterwelt* nannte – und besonders davon, was ihm als ihre konzentrierteste Manifestation erschien: Marihuana zu rauchen. Ich sagte, ich könne ihm das Kraut besorgen, und wir würden uns einen tüchtigen Rausch anrauchen. Er war ein solcher Ignorant, daß ich zu Recht annahm, ich könnte ihn dazu kriegen, zwei Dollar für einen Stengel zu bezahlen, die damals fünfzig Cents das Stück kosteten und die ich ganz umsonst von einer Tunte aus San Francisco erben konnte. Es gelang mir nicht, sie an diesem Abend irgendwo aufzuspüren. Ich versuchte, etwas bei *Dora* zu ergattern – das war so 'ne Koksbar – aber es war gerade sehr *heiß,* und der zappelige Schieber, der dort herumlungerte und mit dem man sich in der trostlosen übelriechenden Toilette, wo seine Transaktionen vonstatten gingen, unterhielt, sagte mir, daß er an diesem Abend nichts auftreiben könne, »... nicht einmal irgendwelche Pillen«. Bei Ji-Ji war Dad-o nicht erschienen, ebensowenig der Schieber mit dem Prophetengesicht ... Dann stießen wir im Park auf Chuck, und während der Freier mit großen Augen diese Szene aus der *Unterwelt* genoß, erzählte ich Chuck, was ich suchte und warum. Er heckte einen Plan aus: Er würde losgehen, irgendwelche ganz gewöhnlichen Zigaretten besorgen, den Tabak herausnehmen und ihn in braunes Papier einrollen. In ein paar Minuten würden wir uns wieder treffen und er würde mir die Zigaretten übergeben und eine prima *Unterwelt*-Schau für den Freier abziehen. Es haute hin ... Später, in einem kläglichen gemieteten

Zimmer – von dem ich annahm, daß der Mann es der *Unterwelt*-Atmosphäre wegen gewählt hatte – machte der Typ sich über die harmlosen Glimmstengel her und sagte: »Das ist aber 'n kräftiges Zeug, das du uns da besorgt hast, Junge.« Nachdem er zwei von den Dingern geraucht hatte, war er fest davon überzeugt, toll *in Fahrt* zu sein ... »Man *sieht* es«, sagte ich zu ihm, »schaun Sie nur einmal Ihre Pupillen an – sie springen Ihnen gleich aus dem Kopf!« – »Kann man das daran sehen?« – »Na klar!« ... Er rannte zum Spiegel, um sich an seinen Unterweltspupillen zu weiden. »Tatsächlich«, sagte er, »man sieht's ... tolles Zeug ... tolles Zeug!«

Jetzt erzählte ich Chuck, wie die Sache ausgegangen war. »Na, is' doch bestens, Mann«, sagte er, »... und schau: keinem hat's geschadet – er hat seinen Spaß gehabt, genau als hätte er das echte Zeug geraucht ... und außerdem: wenn's das echte Zeug gewesen wäre, hätten sie ihn vielleicht auch noch erwischt oder so was. Vielleicht hätte er sogar einen schweren Brummschädel gehabt.« Und jetzt lächelt er und sagt: »Ich hab' sogar etwas von diesem Men... Mentholtabak dazugenommen.«

Und so stellte sich Chuck das Ganze letzten Endes als die *tägliche gute Tat eines Pfadfinders* dar.

Auftritt Darling Dolly.

»Mir hängt es wirklich meterlang zum Hals raus«, sagt sie und kommt rasch auf uns zu. »Im *1-2-3* ist kein Schwanz – irgend jemand hat rumerzählt, daß dort soviel Rauschgift verschoben worden ist, daß der ganze Saftladen jeden Tag hochgehen kann.«

Gewöhnlich meiden die Transen den Park am Tag, und wenn sie doch hingehen, dämpfen sie ihr weibliches Gehabe – aus gutem Grund: Sie werden zu leicht von der Polizei erkannt. Nichtsdestoweniger trägt Darling Dolly ein Hemd, das genausogut eine Bluse sein könnte.

Chuck: »Darling Dolly, wieso bist du denn heute nachmittag gar nicht angestrichen?«

Darling Dolly (seufzend): »Liebling, die Polente ist weniger nachsichtig als du ... ich werd' für dich beten ... Habt ihr Trudi gesehen? Nicht? Mein Gott! ... Das arme Ding ist ein *Nerven*bündel! Skipper

ist verschwunden ... wieder mal!«
»Das ist nichts Neues«, meinte Chuck, »der verschwindet doch alle naselang.«
Darling Dolly (fingert an ihrem Kragen herum, damit er hochsteht): »Natürlich ist das nichts Neues – aber Trudi regt sich trotzdem jedesmal wieder auf – noch dazu, wo Skipper die letzte Zeit so viel schluckt! ... Und diesmal hat sie ihn schon *länger als drei Wochen* nicht mehr gesehen! Ihr wißt ja: mal ist er da, mal ist er weg und kommt dann wieder – aber so lange bleibt er sonst nicht fort. Trudi-Mäuschen hat sogar im Kittchen nachgefragt, bei all diesen ekelhaften Bullen und überhaupt! Und, meine Lieben, dies ist die reine Wahrheit oder ich freß einen Besen: einer der Bullen dachte, Trudi wäre ein Weib – sie ging im Fummel hin, und ihr wißt, wie echt sie aussieht – und einer von ihnen versuchte also, sie aufs Kreuz zu legen, und Trudi sagte: ›Du kannst dir mit 'nem Schlappen draufschlagen, von mir aus!‹ ... Und Trudi erzählte, sie hätten ihr gesagt, Skipper sei nicht hochgenommen worden ... Arme Trudi – mein Gott – ihr könnt lange suchen, bis ihr eine treuere *Gattin* findet! ... Nun, ihr Süßen, euer Mäuschen muß jetzt weiter ... Ehrlich, wenn die Sitte uns weiter so schikaniert, gibt es bald keinen Ort mehr, wo eine anständige Frau nachmittags hingehen kann ... man treibt uns ja gerade auf die Klappen, und dann heißt es, wir seien eine Landplage ... Übrigens!« sie stützt indigniert die Hände in die Hüften, »habt *ihr* vielleicht Buddy gesehen?«
»Was hat er dir denn jetzt schon wieder getan?« fragte Chuck.
»Möchtest du wissen, was er getan hat?« Des dramatischen Effekts wegen zieht sie die Sache noch ein wenig in die Länge.
»Schon wieder?« fragte Chuck.
»Ja!«
»Nun«, sagte Chuck, »ich wette, er hat mal wieder deinen Fummel gekrallt und ihn versetzt.«
»Genau! ... Ich ließ ihn aus reiner *Herzensgüte* wieder bei mir wohnen ... und das, nachdem er meine *allerbesten* Fummel für zehn lausige Piepen versetzt hatte – stellt euch vor! Und dann kam er und klopfte an meine Tür: er hätte keine Bleibe! Schließlich bin ich ja

die Güte selbst, ihr Süßen, und so ließ ich ihn wieder rein. Dabei hatte ich ja meine *Erfahrungen*... aber wie's so ist. Und dieser Scheißkerl, der auch noch hinter Weibern herrennt, hat's doch *wieder* gemacht – und jemand hat mir gesteckt, daß er eines meiner Armbänder so 'ner Scheißmöse geschenkt hat, hinter der er her war ... Aber: wenn ich ihn irgendwo entdecke! Wenn ich ihn *bloß* irgendwo entdecke! Ich schwör' es euch: Ich mach' ihm eine Szene wie noch nie! Egal wo ich ihn treffe! Auch hier, mitten auf dem Pershing Square! Und wenn die Bullen kommen, werd' ich ihnen mitteilen, daß er meine Fummel gestohlen hat, und ihr Süßen«, setzt sie listig hinzu, und ihre Augen funkeln vor Gehässigkeit, »... die Polente hat so viele Schwuchteln in ihren eigenen Reihen, daß sie ganz bestimmt verstehen wird, wie einer Frau zumute ist, die ihre ganze Garderobe im Leihhaus hat! Sie ist nämlich einfach *verloren* ... Hab' ich euch übrigens jemals erzählt, wen ich das letzte Mal zu Halloween auf dem Transvestitenball in Long Beach traf?« redet sie munter und schadenfroh weiter. »Wachtmeister Loreley, bitteschön! So was von Fummeltrine hab' ich noch nie gesehen! Sie sah aus wie Sophie Tucker – also wirklich, der ausgefallenste Fummel, der mir je untergekommen ist! Wahrscheinlich dachte er, niemand würde ihn ohne Uniform erkennen.«

Sie wirft wütende Blicke in verschiedene Richtungen, da ihre gestohlenen Frauenkleider ihr wieder eingefallen sind. »Dieser Buddy! ... ihr wißt: ich hab' nichts dagegen, daß jemand beklaut wird, besonders Typen, die einem ein paar lumpige Dollar für dieses und jenes bieten«, fügt sie hinzu, und ich denke an den Mann, dessen Hosen sie klaute und ihn in der Toilette sich selbst überließ. »Aber wenn ein Dieb einen anderen Dieb beklaut – also das geht einfach zu weit! Irgendwo *muß* es eine Grenze geben – oder wir sind alle im Eimer. Und was mich betrifft: dieses ist *das Ende!* ... es ist ja kein Geheimnis, ihr Lieben: Ich hab' 'ne Schwäche für Buddy ... obgleich ...«, setzt sie flirtend hinzu und spitzt die Lippen wie zum Kuß, »ich euch beide auch liebe. Trotz allem: ich hab' nun mal 'ne Schwäche für Buddy. Er hat vielleicht nicht den größten Riemen der Welt, aber wenn schon: Ich gehöre nicht zu denen, die rumren-

nen und sich darüber auslassen, wie einer bestückt ist. Und er ist so niedlich, wie man nur sein kann – und dieser Schweinehund weiß, daß ich verrückt nach ihm bin. Und dann geht er hin und benimmt sich so... und nutzt meinen Edelmut aus!... Aber niedlich oder nicht: *Jetzt ist es endgültig aus!«* Sie sah über den Park hin. »Oh, oh, da haben wir Miss Wachtmeister Morgan. Ich hau' lieber ab!« Sie verließ uns mit einer winkenden Geste und schlängelte sich den Parkweg entlang, immer weiter Ausschau nach Buddy haltend.
Und in der Tat! Wachtmeister Morgan macht die Runde, wie gewöhnlich flankiert von zwei Polizisten. Als er an uns vorbeigeht, schwingt sein riesiger Hintern hin und her – genau wie sein Stock.
»Glaubst du wirklich, daß er auf dem Fummelball war, wie Darling Dolly behauptet?« fragt mich Chuck.
Ich stellte mir den fetten Körper in Frauenkleidern vor, wie Darling Dolly es beschrieben hatte, und lachte. »Na klar! Warum nicht?« Und Chuck sagte: »Mann, man muß diese verdammten Tunten wie Darling Dolly und die anderen doch bewundern... die haben's in sich. Sie leben, wie sie leben müssen...«

2 Die Sonne wandert, und die Schatten längen sich. Und der Pershing Square zeigt sich, in Erwartung der Nacht, noch einmal in grellen Nachmittagslumpen. Die trübseligen alten Vagabunden hocken wie gestrandet in Haufen beisammen. Noch mehr Prediger haben den Park überflutet. Noch mehr Stricher, noch mehr Freier. Jenny Lou legt sich von neuem ins Zeug. Und die Engelsschwestern lobsingen in der Ferne, wie sehr Jesus sie liebt. Ein Mann in Schwarz, der die Nächstenliebe verkündigt, sagt: »Gebt statt zu verkaufen! Geben ist seliger denn Nehmen!« Chuck sagte: »Hast du bemerkt, wie viele von den Kerlen hier in letzter Zeit ihren Spaß umsonst haben wollen?«
Der Prediger ruft: *»Trägheit!«*
Chuck: »Mann, es geht mir auf 'n Sack, noch länger hier rumzuhocken.«
»Unwissenheit!«

Chuck: »Weißt du, ich hielt es in der Schule nicht aus, ich rannte immer davon, Mann. Ich sah aus dem Fenster – und dann haute ich einfach ab – und diese alte Paukerin, Mann, die warf sogar mal 'n Stein hinter mir her.«
»Eigennutz!«
Chuck: »Jaaa ... viele von denen, wo man was erben will, wollen einfach nichts zahlen.« Er schüttelte den Kopf. Da die Wärme zunahm, rollte er seine Hemdsärmel hoch und kratzte sich hingebungsvoll am Arm, dort, wo inmitten von Blättern und Rosenknospen eintätowiert ist: LIEBER TOT ALS ENTEHRT ... »Meine alte Dame«, erklärt er, »begleitete mich, als ich mich tätowieren ließ. Ma sagte: ›... is' doch nett, so was Ähnliches wie MAMMI auf'm Arm zu haben‹ – aber wahrscheinlich dachte sie ... na ja ...« Ein Lächeln leuchtete auf seinem Gesicht auf, und er erinnerte sich offensichtlich liebevoll der weit zurückliegenden Begebenheit. »Hab' ich dir diese Geschichte eigentlich schon erzählt?«
Ich schüttelte den Kopf. Während dieser Monate in Los Angeles war ich viel mit Chuck zusammen gewesen, und wir hatten oft an eben dieser Ecke hier zusammengesessen – aber bis jetzt war er noch nie so gesprächig gewesen. Dieser Nachmittag hat etwas an sich, das die Verständigung leichter macht. Und für mich stellt Chuck inmitten des Wirbels meines eigenen Lebens eine Art von symbolischem Anker dar ... Trotzdem wartete ich immerzu auf etwas, das seine Lockerheit Lügen strafen würde. Aber es hatte bis jetzt nichts gegeben.
»Also: diese Tätowierung ließ ich mir in Georgia machen«, sagte er, »... wo ich geboren bin ...«
»Georgia? Ich dachte, du bist aus Texas.«
Er lächelte verlegen. »Ach, ich erzähle den Leuten immer, daß ich aus Texas bin – weil ich doch durchaus ein Cowboy sein wollte – und ich hab' auch dort gelebt, ehrlich ... verstehst du: Als ich klein war, bin ich immer ins Kino gegangen ... in diese Western ... o nein, Mann, es war nicht Texas, es war schon Georgia ...«
Ich muß jetzt lächeln, wenn ich an *sein* Texas denke und an das Texas, das *ich* kannte: die Stadt und nicht die weiten Ebenen, von

denen er in Georgia geträumt hatte, als er sich nach dem Land der Cowboys sehnte. Eine mit Kakteen bestandene Wüste ... nicht die Kakteen, die ich in dürftiger Anzahl vor jenem Fenster auf dem unbewohnten Grundstück gesehen hatte ... Das Texas, das ich kannte ... Erinnerungen an den Wind ... die Erde ... Unkraut ... mein toter Hund ... Der Wind, der nicht frei über die Ebene schweifen konnte, sondern drohend über die gepflasterten Straßen fegte und in jenes verrottete Haus eindrang ... El Paso ... Texas ... für mich nicht das ausgedehnte Land des Films mit seinen weiten Ebenen, sondern die bedrückende Stadt, in der ich aufwuchs, erstickt von Liebe und Haß.

Chuck sagte: »Ich wollte dir von Ma und dieser Tätowierung erzählen.« Seine grauen Augen blickten geradeaus auf nichts Vorhandenes: vielleicht in die Vergangenheit, in Erinnerung an das, was geschah. »Ich war ja fast noch ein Kind, und eines Tages, mein Gott, als ich fünfzehn war, langweilte mich diese kleine Stadt ... sie hatte mir ja nichts getan, aber ich wußte einfach, es ist Zeit abzuhauen. Als ob einen jemand ruft. Mein Alter war schon lange tot. Wir waren fünf – alles Brüder, und Ma. Sie sorgte für uns auf so 'ner Art Farm außerhalb der Stadt, verstehst du? Also, ich sagte ihr eines Tages, daß ich abhauen und irgendwoanders hingehen werde. Ma nahm das ganz ruhig, Mann. Sie sagte nicht: ›Geh' nicht fort‹ oder ›Warte noch‹ oder so was. Sie sieht mich nur an und nickt, als ob sie versteht. Dann fragt sie mich, wann ich gehe. Morgen, sag' ich ihr. Mann, und dann sagt sie – paß auf jetzt – sie sagt: ›Schön, wir gehn zusammen in die Stadt, du und ich.‹«

(Ich sehe meine eigene Mutter, wie sie vor der Vitrine mit den Glasengeln steht: ausgestreckte Arme, die mich halten wollen ...)

»Wir hatten diesen alten Ford«, sagte Chuck. »Ich erinnere mich ganz genau an ihn und daran, wie Ma ihn in dieses Loch von Stadt kutschierte, als ob sie in einem Rennauto sitzen würde! Jipiiiih ...!« Er drückte sich seinen Hut fester auf den Kopf, als ob der Wind imstande sei, ihn herunterzuwehen, wenn auch nur in der Erinnerung.

»Wir gehn also in diese Bar«, fuhr er fort, »und sie bestellt Bier.

›Bier!‹ sagt sie zum Wirt, ›für einen Jungen, der bald ein Mann sein wird.‹ Mann, eigentlich durfte ich da noch gar nicht rein. Aber jeder kannte Ma, und sie kümmerten sich nicht darum. Sie sagt, wir würden einen tüchtigen Schluck nehmen, weil sie dachte, wenn es meinen Alten noch gegeben hätte, dann hätte der mich ausgeführt. Aber er ist nicht mehr da, und so muß sie es eben tun ... Ich hatte ja schon früher was getrunken – ich und meine Brüder haben uns oft richtig einen angesoffen.« Er richtet sich jetzt auf dem Geländer auf – die Erinnerung begeistert ihn – und sieht weit über den Park hinweg. »Einmal, Mann, waren wir so stinkbesoffen, Mann – ich und mein älterer Bruder – daß wir anfingen, Steine in den Himmel zu werfen! Steine in den Himmel zu werfen, Mann! Verrückt! Dabei waren wir nicht wirklich verrückt oder so was – du weißt schon – aber nur so, weißt du, damit man merkt, daß es den Himmel auch wirklich gibt ... Steine in den Himmel zu werfen«, wiederholte er leise für sich und schüttelt den Kopf, als ob das irgendwie sehr wichtig für ihn sei, obwohl er nicht wußte, weshalb und es vielleicht auch nie wissen würde. »Aber diese Steine, Mann, fielen wieder direkt auf uns herunter. Sie erreichten den Himmel nicht ... Wahrscheinlich ...«, er lachte, und die leise Spur einer Trübung seiner Laune war wieder verschwunden, »... wahrscheinlich haben wir nicht hoch genug geworfen.« (Ich denke an meinen eigenen Wunsch, den Himmel durchlöchert auf die Erde stürzen zu sehen ...) Chuck hat jetzt einen Mann bemerkt, der in einiger Entfernung von uns steht und in unsere Richtung sieht. »Das is' 'n Freier, Mann – ich kenn' ihn. Willst du mit dem losziehen (ich bin zu müde) oder den Rest der Geschichte hören?«

»Die Geschichte«, sagte ich, und er war mir plötzlich sehr nahe. Zu gleicher Zeit empfand ich eine überwältigende unbestimmte Traurigkeit.

Er schien kindlich erfreut über meinen Entschluß, als er fortfährt: »Wir sitzen also in der Pinte und trinken unser Bier aus, und Ma sagt immer wieder ›das ist, was dein Pa getan hätte – und jetzt tu' ich's eben, verdammtnochmal, und wenn schon, dann auch richtig!‹ ... Wir hauen ab, und die Sonne ging unter – alles rot und du weißt schon, wie es im Süden so ist.« Er blinzelte in die dunstige schwächliche Sonne von Los Angeles und wieder schien er darüber hinaus zu sehen: vielleicht auf eine andere, strahlendere Sonne in seiner Erinnerung. »Und dann – paß auf – dann zeigt Ma auf ein Haus und sagt ›Puff‹. Ehrlich, das sagte sie, und dann: ›Da hinein gehst du jetzt, junger Mann.‹ Mann, ich war schon dort gewesen, mit meinem Bruder. Das wußte Ma nicht ... dort war so 'ne niedliche Nutte – nicht gerade taufrisch mehr, aber im Kahn sah sie wirklich nett aus – und, Mann, die verstand ihre Sache. Sie sagt, sie will nichts von mir nehmen ... weil ich es besser könnte als ein Lastwagenfahrer. Die reine Wahrheit, Mann – das sagte sie. Sie sagt ›die anderen sind für die Arbeit, *du* für die Freizeit!‹« Er sagte das nicht wie ein Mann, der mit seiner Männlichkeit prahlt, sondern mit dem Stolz eines Kindes, das in der Schule eine Eins bekommen hat und das auch mit seinem Zeugnis beweisen kann. »Also, wie ich aus dem Haus rauskomme, wartet Ma auf mich. Sie sagt ›in Ordnung?‹ Ich sagte prima, Ma, prima!« ... Sein Blick fällt auf die Tätowierung. »Ach richtig ... die Tätowierung«, erinnert er sich. »Also wir los und noch einige gehoben. ›Ich bring's dir gleich richtig bei‹ sagt Ma immer wieder. Wir torkelten in der Stadt rum wie so zwei besoffene Kumpel, aber Ma kannte jeden, wie ich schon sagte, und jeder dachte, wir geben nur an.« Er kicherte. »Ma plumpste in einen Graben und machte vielleicht 'n Faß auf!« ... Er warf lachend den Kopf zurück ... » ... und sagt, sie würde die Stadt verklagen, sie hätte sich den Knöchel verstaucht oder irgendwas ... sie müßte sich 'ne Weile ausruhen, bis der Schmerz vorbei ist ... aber ich wußte, daß sie einen sitzen hatte, weiter gar nichts.«

Der Mann vor uns bewegt sich jetzt auf einen Burschen in einem Militärhemd zu, der soeben in den Park spaziert kam. Der Bursche, der den Mann als Freier erkennt, bewegt die Hände in den Hosentaschen, um rascher zum Ziel zu kommen.

Chuck sagte: »Und dann sieht Ma diesen Tätowierungsladen und sagt, laß uns dort hingehen und uns ausruhen, und knallt sich auf einen Stuhl. Mann, ich seh' sie vor mir ... sie ist völlig fertig. Uff! stöhnt sie immer wieder und daß sie die Stadt verklagen wird. Mit

all diesen Tätowierungen vor ihren blutunterlaufenen Augen!… Schön, dann pennte sie ein Weilchen – duselte so vor sich hin – und als sie aufwachte, starren all die Engel und Blumen ihr ins Gesicht, und sie sagt: Halleluja, is' ja wie im Himmel!… Genau das sagte sie – ehrlich!… Ich sagte, ich laß mir so 'ne Tätowierung machen, damit ich an dich denke, wenn ich fort bin… Und ich hab' auch schon was entdeckt – ein Weib mit so 'ne Titten, du weißt schon… nackig – und seh' mir die genau an. Ma bemerkt, wo ich hinsehe, und sagt: ›junger Mann, bei dieser Dame denkst du besser nicht an mich!‹… Schön, der Mann dort sagt, er kann mir gleich MAMMI auf'n Arm draufmachen, und dann is' der Fall erledigt. Aber Ma – paß auf – Ma sagt: ›Ja, ja, das war sehr hübsch und überhaupt, aber ich möchte was Hübscheres auf 'm Arm von meinem Sohn, etwas wirklich *Hübsches,* damit er an seine Ma denkt – so was mit Blumen und Blättern – so was richtig Hübsches – und es muß auch irgendwas Schönes draufstehn, woran ich die ganze Zeit denken kann, wenn er weg ist…‹ Ihr Blick fällt auf dieses zünftige Muster, wo steht LIEBER TOT ALS ENTEHRT« Er zeigt mir stolz seine Tätowierung, als sei es ein Orden. »Dies hier…«
Und er fährt fort: »Ma suchte also dies hier aus, und so kam ich dazu. Ma sagte, es würde mich beschützen. Und das hat es auch getan. Sie haben mich noch nie eingelocht… das heißt…« – das Folgende eröffnete er mir fast schüchtern – »… einmal doch – aber nur einmal – weil ich ein Pferd gestohlen hatte – ehrlich, Mann, weil ich ein Pferd gestohlen hatte!… aber ich bin natürlich schon verhört worden, da will ich dir gar nichts vormachen… Sogar Wachtmeister Morgan – weißt du, was er sagte, Mann, als er mich das erste Mal da mit runter nahm, nachdem ich in diesem Park hier gelandet war?… als er mich in diesen Geräteschuppen da unten schleppte… du kennst diesen Schuppen doch?… Schön, er sagte: ›Du bist ein zu faules Stück, um irgendwas im Park anzustellen.‹ Und seitdem läßt er mich in Ruh'… He! Hab' ich dir eigentlich von dieser Tunte aus Chicago oder-wo-sie-her-war erzählt?« fragt er mich und wechselt unvermittelt zu etwas über, was ihm gerade einfiel. »Mann, weißt du, was die treibt? Sie reißt sich irgend 'nen Kerl auf, auf den

sie steht, und sie sagt, sie rückt was raus, wenn er sie ranläßt. Mann, und wenn se ihn dann bedient hat, sagt se, kommt nicht in die Tüte, sie zahlt nicht, weil nichts mit ihm los war. Natürlich wird der Kerl wütend – kannste dir ja wohl vorstellen – und verprügelt sie, immer feste hinten drauf – und, jetzt kommt's: Das isses nämlich, worauf sie eigentlich steht: Sie will verhaun werden, und so hat sie zum Schluß ihren Spaß umsonst! … Mich hat sie allerdings nicht soweit gekriegt«, sagt er und schüttelt den Kopf. »Dreschen ist mir zu anstrengend. Ich bin einfach abgehauen. Und dann hat man mir erzählt, daß das ihre Tour is'. Ist das nicht das Hinterste vom Letzten … findste doch auch, oder? … Es gibt wirklich die komischsten Touren … Dabei fällt mir etwas ein … eine wirklich komische Geschichte … Als ich mal in Frisco war, lud mich so 'n Kerl ein mitzufahren. Du würdest es nicht glauben, wenn du es nicht gesehen hast. Der Kerl war der Hammer: hohe Stiefel mit Silberketten drumrum und ein Hut mit so Silberknöpfen und schwarze Handschuhe – und sogar ein Patronengürtel mit allerlei Kram, der dran bammelte, ehrlich. Paß auf: in seiner Wohnung gibt er mir *Tee!* Und ich meine wirklich Tee und nicht irgendwas anderes. Dann zeigt er mir seine Sammlung: jede Menge spinnerige Ausstaffierungen. Und Stiefel! … Stiefel und Uniformen, wie man sie will. Und weißt du, was er dann tat? Er steckte mich in Stiefel, Ledergamaschen und was weiß ich, und dann kniete er sich vor mich hin und machte da unten vielleicht 'n Faß auf, Mann! … leckte die Cowboystiefel und Ledergamaschen ab und rieb sein Gesicht dran. Mann! … ich … he! da is' Buddy.«

Buddy steht am Trinkbrunnen und späht vorsichtig in den Park hinein. Neben ihm steht ein mageres, häßliches, abgebrüht aussehendes, junges Mädchen, und ich bemerke ein fürchterlich auffallend blitzendes Armband an ihrem Handgelenk. »Er hat Angst vor Darling Dolly«, sagte Chuck. »Habt ihr Darling Dolly gesehen?« fragte Buddy und kam zu uns herüber. Das Mädchen blieb am Trinkbrunnen stehen. »Sie sucht dich«, antwortete ich und bemerkte mit perverser Schadenfreude, wie das auf Buddy wirkt.

Er schüttelt bedauernd den Kopf. »Ich hab' ihren verdammten

Fummel wieder versetzt. Scheiße ... was sollte ich tun? Ich war völlig blank ...« Er fügt hinzu – und ich bin sicher, daß er das Skipper nachplappert und möchte, daß es recht keß klingt: »Ich hab' die Nase gestrichen voll von diesem lächerlichen Kleinkram, ich muß jetzt mal 'n ordentliches Ding drehn – in 'nem Schnapsladen oder 'ner Bank!« Es klingt ziemlich drollig; er sieht aus wie ein kleiner Junge dabei ... Und doch sind solche wie er plötzlich und unerwartet auf den Titelseiten zu sehen, und eines Tages ist es das Foto eines bekannten Gesichts – vom Kiosk an der Ecke her kommt der einstudierte keß-herausfordernde Blick aus den Augen eines verirrten Kindes ...

»Ohne mich«, sagt Chuck, »... *zu* anstrengend.«

»Es wäre gräßlich, wenn Darling Dolly mir hier eine Szene machen würde«, sagte Buddy, »... sie hat gesagt, sie tut's. Und dann tut sie's auch. Sie sagte, sie würde sich aufführen wie 'ne Wildsau, egal wo sie mich trifft. Und das wäre mir doch ziemlich unangenehm ... Ich bin es überhaupt leid, mich mit diesen Tunten abzugeben ... warum ich hier bin? Ich such' diesen Knilch, der zusehen will, wie ich es mit einem Weib treibe.« Er zeigt auf das Mädchen, das immer noch am Trinkbrunnen steht. »Ach du lieber Gott ... da kommt Darling Dolly!« Zusammen mit dem Mädchen taucht er eiligst in der Menge unter. Chuck sagte:

»Diese Mieze von ihm ... Mann, ich hab' bloß mal neben der gestanden, und schon hatte ich Filzläuse.«

3 Ein Frau, ungefähr Ende Dreißig, geht an uns vorbei. Ich hatte sie schon oft gesehen, meistens in der Nähe der Bedürfnisanstalt. Ein geisterhaft bleiches Gesicht mit dicken schwarzen Strichen um die Augen. Sie lächelte niemals. Sie blieb vor irgendeinem jungen Burschen stehen – meist vor dem verkommensten und jüngsten – und flüsterte ihm etwas zu ... Sie war der einzige weibliche Freier im Park, von dem ich wußte.

»Die is' vielleicht müde im Gesicht«, sagte Chuck, als sie vorbeiging.

Die offenbare Einsamkeit der Frau überflutete mich wie eine Welle, und ich fragte Chuck unvermittelt: »Wirst du nie müde, dir das alles hier anzusehen?«
»Ich? … mmh … na ja …«, sagte er, »… ich bin immer müde.« Er hatte mich mißverstanden. »Deshalb sitz' ich ja immer so rum … Aber soll ich dir mal was sagen? Ich wär schon sehr gern ein Cowboy geworden … und ich bin auch mal einer gewesen.«
»In Georgia?« entfuhr es mir wider Willen.
»Aber nein doch … dort wurde ich doch bloß geboren, Mann … aber ich sah doch immer diese Western – und diese Cowboys, Mann … bei denen war immer Jubel, Trubel, Heiterkeit … Das is' was für mich, dachte ich. Ich hatte keine Lust, mich abzurackern, verstehst du … ich laß die Dinge auf mich zukommen … wie's kommt, so kommt's. Ich sah mich auf so 'nem Zaun sitzen – oder auf 'm Pferd, vor mir nichts als Sand und Himmel und nichts, was einem den Spaß verdirbt. Man wartet … und es passiert genau nichts. Friedlich und gemütlich. Und dann dachte ich: wenn mir so ist, schnapp ich mit 'nem Gaul und reite einfach davon, Mann …«
Ich versuche, mich in seine Vorstellung vom Himmel hineinzudenken. Keine Wolken. Keine Engel. Nein … sondern weite weite Ebenen mit Hügeln darinnen – eine anspruchslose unverfälschte Ebene in der warmen Umarmung der goldenen Sonne … eine endlose Weite jenseits lang hingestreckter sanfter Hügel …
»Also machte ich mich auf, am Tag nachdem Ma und ich in der Stadt waren … westwärts«, sagt Chuck. »Der Kerl, der mich mitnimmt, sagt ›wohin, Freundchen?‹ Ich sage ›westwärts!‹ … dahin wollte ich!« Wieder wandern seine Blicke über den Park hin, als dächte er darüber nach, wann und wo wohl der Westen seiner Fantasie zum Westen von Los Angeles geworden war. »Dieser Knilch sagt, er muß nach Houston oder Dallas oder so was, weiß nicht mehr … und wir fahren los. Und auf einmal waren wir mitten drin: genau wie im Film. Mann … Meilen und Meilen weit nichts als flaches Land und Himmel, flaches Land und Himmel … Und dann sehe ich die Pferde. Ich sag' dem Mann ›hier will ich raus‹. Er sagt ›hier bist du im Lande Nirgendwo, Freundchen‹. ›Im Lande Nirgendwo‹ wie-

derholte ich, ›... da will ich hin.‹ Und ich raus aus der Karre und rannte los wie bescheuert und sang und brüllte vor mich hin ... Und dann geht doch dieser Gaul von den anderen fort und kommt direkt auf *mich* zu. Direkt auf mich zu! Ich kroch auf den Zaun, und da steht das Pferd und sieht mir gerade in die Augen und ich muß es auch immerzu anschauen. Mann, ich schwör dir: Das Vieh *lächelte* mich an – irgendwie komisch, du weißt schon – aber es lächelte. Und ich – is' ja verrückt – aber ich denke: Es hat die ganze Zeit auf mich gewartet. Ich denke, es ist abgehauen wie ich – und irgendwie wußte ich, daß es auf mich gewartet hatte. Es war bei uns beiden das gleiche: Wir standen beide am Anfang. Und ich lächelte zurück ... Und, Mann: das Pferd verstand mich! Es nickt mit dem Kopf und sagt ja. Ja! Also sprang ich auf und ritt davon ... Über die herrliche Prärie und über mir diese Wolken ... oeeh, Mann! Ich wäre nicht glücklicher gewesen, wenn's direkt in den Himmel gegangen wäre ... Aber dann kommen diese drei dreckigen Kerle angeritten und behaupten, ich hätte das Pferd gestohlen. *Gestohlen,* Mann! Wenn überhaupt, dann hatten wir uns gegenseitig gestohlen ... Und ich denk' mir, jetzt werden sie dich lynchen, wie ich es im Kino gesehen hatte ... Aber ich war ja eigentlich nur ein Junge, und der Mann, zu dem sie mich brachten, der Besitzer, war irgendwie nett. Er begreift und bietet mir einen Job an ... Aber es war nicht so, wie ich mir das gedacht hatte. Ich arbeitete also dort – dies und jenes, du weißt schon – wie es gerade kam. Nicht daß ich was dagegen gehabt hätte, es war nur das: Man ließ mich nicht mehr an das Pferd ran ... außer, wenn ich einen sitzen hatte.« Er lächelte. »Dann ging ich los und fand es auch, und es stand und erwartete mich – mit gerecktem Hals erwartete es mich. Und wir hauten wieder ab. Es passierte immer wieder. Ich konnte einfach nicht von dem Gaul wegbleiben ... Dann, einmal, sagte der Besitzer, er täte das nur sehr ungern, aber wenn ich es wieder mache, läßt er mich hochgehen, damit ich es lerne. Schön, es passiert wieder. Ich ließ mich vollaufen und ritt mit dem Pferd in die Berge – und diesmal wurde ich verhaftet, wie der Mann gesagt hatte. Der Bulle sagte, ich wäre gemeingefährlich ... Und so ging ich also fort von dort ... Mich kränkt nur, daß ich mich nicht von meinem Pferd verabschieden konnte ... Und als ich ging, dachte ich: Scheiße, es ist nicht wie im Film.« ... Es war die einzige Spur von Bitterkeit in seiner Stimme – und vielleicht bildete ich es mir auch bloß ein –, die ich je an ihm entdeckt hatte. Aber er lachte schon wieder: »Ich denk mir: schön, mit dem Reiten is' nu Essig, jetzt geht's also wieder per Anhalter. Jipiiih! ... Und dann nimmt mich so 'n Knilch mit, und das war der erste, der was mit mir machte. Hör zu, du wirst es nicht glauben, aber es ist wahr, ehrlich: Als wir zu diesem Motel kommen, sagt er, daß wir dort übernachten wollen. Ich war müde wie 'n Hund und sage, is' geritzt ... Am Morgen fängt der Kerl an zu labern, es täte ihm leid – es täte ihm leid, was passiert ist – es wäre das erste Mal und überhaupt ... und es täte ihm sehr leid. Ich wußte überhaupt nicht, wovon er sprach. Aber er hielt sich dran, bis ich begriff, was er meinte: Er hatte mir einen geblasen und nicht gemerkt, daß ich die ganze Zeit pennte ... Na ja, und dann gab er mir ein paar Piepen, und ich kam so allmählich bis nach L.A. und lande hier in diesem Park ... Wachtmeister Morgan hat mir dann gesteckt, was hier los is. Er nahm mich mit runter und warnte mich vor all der Stricherei hier und überhaupt. Und während er redet und ich ihm sage: nee, nee ... ohne mich, denk' ich mir: Scheiße, du hast nichts gelernt ... du wirst dieses Pferd nie haben – also bleib ich hier ... Und hier bin ich«, schloß er. Er streckt die Beine – er ist hier zu Hause ... *sein* Geländer, *sein* Park ...

Allmählich wurde es kühler. In Los Angeles kommt die Nacht wie eine Wohltat heran, sogar nach den heißesten Nachmittagen. Bald werden lange Schatten die Ausgestoßenen lindernd beschirmen, noch bevor die schützende Nacht da ist. Als es später wird und die Einsamkeit und die Entschlossenheit dringlicher werden, nimmt auch die erregte Unruhe zu. Das fängt sogar jetzt schon an. Ollie und Holy Moses predigen und brüllen ... Schmerzensschreie, halberstickte Anrufungen Gottes, die ungehört oder unbeachtet gen Himmel steigen ... Die Negerin ist zurückgekommen, wieder hält sie sich dran mit ihrem »Herr, ich komme!« ... es ist wirklich so, als würde Er drauf pfeifen ... Jenny Lou streicht ihre Gitarre, um ihre scharlachene Vergangenheit nachdrücklich zu untermalen:

»Sünde!« (Plom!); »Das Fleisch!« (Plom!); »Unzucht!« (Plom! Plom!!) … Zwei offensichtliche Freier starren die jungen Burschen an. Sie gehören zu der sachlichen Sorte, die einen als Ware betrachten: »Was hat er in der Hose? … Das ist zuviel, ich geb' dir …« Junge Männer die Hecken entlang … die Einsamkeit lebt … starrende Augen … Der junge Mann im Militärhemd ist immer noch da und wartet immer noch … Eine alte Vettel murmelt Erinnerungsfetzen aus ihrem verbrauchten Gehirn zu niemandem … Und die geisterbleiche Frau redet flüsternd auf einen verkommen aussehenden Jungen zwischen sechzehn und achtzehn ein, der ungläubig dazu lächelt. Ein paar Dragqueens haben sich in Erwartung der Nacht mutig den Weg entlang postiert. Als sie einen Polypen um die Ecke kommen sehen, wechseln sie die Pose rasch, um so männlich zu erscheinen, wie es nur eben geht – aber es bleibt eine Parodie. Der Polyp jedoch macht in ihrer Nähe halt und spricht barsch mit dem Burschen im Militärhemd … Chuck hat mit unbewegtem Blick in den Park gestarrt, der vor lauter betriebsamer Einsamkeit brodelt …
»Und hier bin ich«, wiederholt er. Es klingt wie ein Echo.
»Und später?«
Ich stellte bestürzt fest, daß ich es ausgesprochen hatte – daß die Frage, die endlich Form angenommen hatte – die Frage, die mich die ganze Zeit unserer Bekanntschaft beschäftigt und die seine beneidenswerte Lässigkeit unvollkommen gemacht hatte – mir unwillkürlich entschlüpft war. Und nachdem ich diese Frage ausgesprochen habe, sehe ich ihn an, und es ist mir plötzlich traurig zumute …
Chuck als alter Mann! …
Selbst dann, wenn die anderen von ihrer Großen Zeit redeten, spürte man das beklemmende Bewußtsein dessen, worauf ihr Leben zulief: die verquälten Straßen, die nächtlichen, schmuddeligen Gefängnisse, die Mitternachtsmissionen … der Wein, der Vergessen spendet … Das Leben hat die Lose ungerecht verteilt, und sie wußten es sogar, während sie prahlten. Aber mit jedem verkrampften Schritt, jeder vergeblichen Geste der Auflehnung bereiteten sie sich darauf vor …

Chuck jedoch?
Chuck, der auf diesem Geländer hier sitzt und immer lächelt – lässig und gutmütig, am besten zu leiden von allen … Chuck. Was wird aus ihm? Würde er als alter Mann ebenso unbeteiligt in die Welt sehen, immer noch so, als sei sie eine weit hingestreckte anspruchslose Ebene? Wenn sein Leben ausläuft in die triste Szenerie der Mitternachtsmissionen, Suppenküchen und Wärmestuben? … Um ihn herum müßte Weite sein, er gehört an die Westgrenze, die es schon lange nicht mehr gibt, die es ironischerweise nur noch auf den Kinoleinwänden gibt, vor denen er als Kind so fasziniert gesessen hatte … »Und später?« hatte ich ihn gefragt.
Er starrte immer noch in den Park. »Eh?« machte er. »Mann …«, setzt er an. »Also, Mann …« Und dann, als er sich mir kurz zuwandte, den Hut zurückgeschoben, um den letzten Rest des verhangenen Sonnenlichts zu ergattern, sah ich das vertraute Lächeln strahlend sein Gesicht verschönen … Hatte er meine Frage überhaupt verstanden? Ich war mir nicht klar darüber, als ich seinem Blick folgte und begriff, warum er so angestrengt in den Park starrt …
Ein reizendes junges Mädchen von siebzehn oder achtzehn Jahren kommt durch den Park auf uns zu – ihr kleiner Hintern zeichnet sich fest und frech unter dem kurzen, engen, schwarzen Rock ab, das Gesicht ist stark geschminkt, aber immer noch das eines sehr jungen Mädchens. Ein wenig geziert und kokett und sich ihrer Wirkung durchaus bewußt … Als sie jetzt an uns vorbeigeht, lächelt sie. Sie geht auf den Brunnen zu und beugt sich herunter, um zu trinken, bleibt lange dort stehen und schaut wiederholt in unsere Richtung und stellt ihr kleines Hinterteil, das sie uns zugewandt hat, zur Schau. Jetzt schüttelt sie ihr funkensprühendes rotes Haar, das ihr bis zu den Schultern reicht – so steht sie in gespielter Unentschlossenheit da, als wisse sie nicht, was sie als Nächstes tun solle.
»Heiße Sache!« sagte Chuck und sprang in einer plötzlichen Aufwallung von Energie vom Geländer herunter. »Sieh dir bloß den kleinen niedlichen Hintern von der Biene an, Mann!« Er schiebt sich seinen breitkrempigen Hut verwegen auf ein Ohr und geht auf

sie zu, während sie jetzt langsam ihren Weg durch den weniger belebten Teil des Parks fortsetzt.

Und später…?

Plötzlich hatte die Frage, die ich gestellt hatte, kein Gewicht mehr. In einiger Entfernung drehte Chuck sich um, sah zu mir hin, schob sich den Hut für einen Augenblick auf den Hinterkopf, und seine Lippen bewegten sich:

»Heiße Sache!«

Er blinzelte mir eindeutig zu, und dann näherte er sich mit ganz echtem wiegendem Cowboyschritt dem Mädchen, das kokett den Bürzel schwenkt, als es bemerkte, daß er ihr nachstieg.

Die Stadt der Nacht

Unter den Banden von Strichjungen, die in einem bestimmten Viertel von Los Angeles herumlungern, gibt es immer wieder einige Mädchen: Sie sind sehr jung, gewöhnlich mit vorzeitig hartgewordenen Zügen und von abgebrühtem und desillusioniertem Aussehen, auch wenn sie hübsch sind. Sie wissen alles über die jungen Leute, mit denen sie sich abgeben, manchmal sogar zusammen wohnen: daß diese jungen Leute Geld mit anderen Männern verdienen und sie bestehlen. Und obwohl ihnen das bekannt ist, scheint es ihnen nichts auszumachen. Gelegentlich geht eines dieser Mädchen mit einem Stricher in den Park und sitzt dort mit ihm, bis er vielleicht einen Freier entdeckt, und dann trennen sie sich wie in stillschweigender Übereinkunft: Der junge Mann verschwindet mit dem Kunden, das Mädchen geht zu *Hooper* zurück, wo sie damals nachmittags gewöhnlich herumsaßen.

Eine von ihnen interessierte mich ganz besonders. Sie war die Hübscheste – ungefähr neunzehn, mit langem aschblondem Haar und hypnotischen Augen. Sie sah einen immerzu mit einem halben Lächeln an, das etwas Wehmütiges an sich hatte – als ob die Welt, so traurig sie war, sie doch belustigte. Ich wußte von Buddy, der sie gehabt hatte und sie gern mochte (»Aber sie ist irgendwie komisch«, sagte er, »... als ob sie nicht immer ganz *da* ist ...«), daß sie mit drei Strichern zusammen in einer kleinen Wohnung hauste – einer von ihnen war der Bursche mit dem kantigen Gesicht, mit dem zusammen ich an jenem Nachmittag im Pershing Square verhört worden war.... Sie war auf Draht, redete wie die anderen und wirkte sehr abgebrüht. Aber bei ihr schien das alles nicht zu stimmen, die Rechnung ging auf eine mir unverständliche, sonderbare Weise nicht auf. Es war nicht nur ihr hübsches Aussehen, das hatten einige von den anderen auch. Es war was anderes, sie hatte etwas an sich, wodurch

sie sich deutlich von den übrigen unterschied ... als trüge sie ihre Abgebrühtheit nur als Maske, als sei sie darunter sehr einsam.
Eines Nachmittags saß ich bei *Hooper* in ihrer Nähe an der Theke. Draußen hatten die Bullen eine zu sehr angemalte Transe angehalten. Das Mädchen lächelte und sagte: »Oh, oh, da haben sie mal wieder eine Husche eingefangen ... ist wohl bei Rotlicht über die Straße gegangen.« Ich rückte neben sie, und die nächsten Minuten plauderten wir unbeschwert. Dann fing ich einen merkwürdigen Blick von ihr auf. Sie sagt unerwartet: »Mensch, irgendwas an dir kratzt mich. Ich hab' dich schon im Park gesehen und auch hier, und du siehst aus wie die anderen – aber irgendwas stimmt da nicht.«
Ich war überrascht, sie genau das aussprechen zu hören, was ich über sie dachte. Zu gleicher Zeit hatte ich ein leichtes Gefühl der Panik: Ich mag es nicht, wenn die Leute mich durchschauen ... »Ich meine«, fuhr sie fort, »... du hältst dich meistens für dich und redest auch nicht allzu viel ...«
Wir verließen *Hooper* und gingen in den Park und saßen eine Weile dort und hörten den Nachmittagspredigern zu. Es gefiel mir, mit diesem Mädchen so dazusitzen und mit ihr von einigen der Männer, mit denen ich es gehabt hatte, gesehen zu werden. Unvermittelt, als habe sie plötzlich genug vom Park, lud sie mich ein, mit in ihre Wohnung zu kommen. »Ich wohne mit drei Jungs zusammen«, sagte sie, »aber nachmittags sind die immer hier draußen.«
Die Wohnungstür ist nicht verschlossen. »Sie ist immer auf«, sagte sie, »... wenn du mal 'ne Bleibe brauchst, bitte ... wir haben 'ne Menge Platz.«
Die enge Wohnung ist in völliger Unordnung – benutztes Geschirr häuft sich im Spülstein, schmutzige Pappteller und Bierdosen liegen auf dem Fußboden – ihre Kleider und die der anderen sind in allen Zimmern verstreut. In dem einen Schlafzimmer standen zwei Betten und eine Couch, auf dem Boden lag eine Matratze. Wieder ertappe ich sie dabei, daß sie mich auf sonderbare Weise ansieht – und sie sagte plötzlich ganz beiläufig und ohne Übergang: »Ich wette, du liebst Bartók.«
Ich sagte ja.

»Mensch, ich auch«, sagte sie. »Siehst du, ich wußte es doch ... das meinte ich, als ich sagte, daß mich irgend etwas an dir kratzt. Ich meine, du *siehst aus,* als ob du dazugehörst, aber ... Warum treibst du dich hier rum?« fragt sie mich.

»Ich weiß es nicht«, antwortete ich. »Ich weiß auch nicht, warum ich es eigentlich tue«, sagte sie. Sie zog ein billiges Grammophon unter dem Bett hervor, und es lag schon eine Platte drauf. »Es ist die einzige, die ich habe«, sagte sie. Die Musik begann: *Musik für Streicher, Schlagzeug und Celesta von Bartók.* Der schlechte Apparat kratzt, aber es klingt immer noch schön – diese geisterhafte Musik, die einen nicht losläßt. Ich liege neben ihr auf dem zerwühlten Bett und halte ihre Hand, die sehr kalt ist, während die Musik spielte und sie sich plötzlich wild und wie verloren an mich preßte.

»Mann«, sagte sie, »ich kenn' mich aus: Man muß so tun, als ob einem alles ebenso egal ist wie den anderen – oder man geht unter ...«

Als ich mich auf sie legte, steht sie überraschend und plötzlich auf. Sie sieht mit einem Mal böse und gewöhnlich aus. »Warum siehst du nicht zu, daß du aus diesem Sauhaufen rauskommst?« fährt sie mich an. »Alle redet ihr euch ein, daß ihr normal seid – und ihr treibt es mit Weibern, um es euch zu beweisen – und wenn ihr mit Kerlen geht, sagt ihr, daß ihr's nur wegen dem Zaster tut – und außerdem: bei denen legt ihr euch bloß lang ... das behauptet ihr wenigstens! ... Vielleicht stimmt's ja auch, aber ...« Sie stellt den Apparat ab. »Warum läßt du es nicht sein, Mann – *wenn du es wirklich willst!«* sagte sie. Und sie fügte herausfordernd hinzu in einem Ton, der ebenso bitter wie gemein klang: »Ich könnte wetten, du hast noch nicht mal einem Freier die Brieftasche geklaut.« Ich denke an den mißglückten Versuch ... »Nein.«

»Mach dir die Sache ab ... jetzt!« sagte sie. »Verschaff dir einen Job!«

»Ich hab' mehr gearbeitet, als du denkst«, antwortete ich merkwürdigerweise, als müsse ich mich verteidigen.

»Aber du kommst immer wieder zurück«, warf sie mir an den Kopf.

»Ja.«
»... und warum?«
»Ich weiß es nicht«, wiederholte ich.
Sie näherte sich wieder dem Bett. Und jetzt beginnt sie, sich auszuziehen... Als wir uns wie im Krampf aneinanderpreßten, sagte sie: »Ich heiße Barbara.«
Danach traf ich sie öfters bei *Hooper* und dann gingen wir in ihre Wohnung. Immer spielte sie die eine Schellackplatte. Und ich hielt sie in den Armen, während die Musik spielte. Trotzdem verfiel sie zwischendurch immer wieder in ihren gemeinen Tonfall.
»Reg' dich wieder ab«, sagte sie einmal mittendrin. Sie ging ins Badezimmer und kam mit einem Präservativ zurück. »Man weiß ja nie, wo ihr Kerle euren Schwanz dringehabt habt«, sagte sie brutal.
»Und du?« gab ich ihr ebenso brutal heraus. »Jeder Stricher im Park hat dich schon gehabt – mehr als einmal!« Ich bereute es im gleichen Moment.
»Ich weiß...«, seufzte sie fast traurig... Wenn ich mit ihr zusammen war, lag sie nachher wie ein verirrtes Kind da, zusammengerollt und klein und endlich nicht mehr frierend. Und irgendwie erschrocken...
Dann zeigte sie sich einige Tage nicht bei *Hooper*. Buddy erzählte mir, sie habe die drei Stricher, mit denen sie zusammen wohnte, gebeten, auszuziehen. »Hat die Biene dir den Kopf verdreht, oder was?« fragte er mich. Ich sagte nein. Aber als sie auch am nächsten Tag nicht aufkreuzte, ging ich in ihre Wohnung.
Die Tür ist zum ersten Mal verschlossen. Ich klopfte sehr lange, bis jemand antwortete. Nun öffnet sich die Tür. Dort stand sie, im Höschen – und sie sieht auf sonderbare Weise hübscher aus als je zuvor: ihre merkwürdigen Augen starren mich an, in mich hinein. »Es tut mir leid«, sagte sie hastig und atemlos, »ich kann dich jetzt nicht brauchen.« Sie wollte die Tür bereits wieder schließen.
»Jetzt nicht und überhaupt nicht mehr«, sagte eine andere Stimme – die einer Frau. Ich warf einen Blick in den Raum, und dort steht ein großes schlankes Mädchen in schwarzen Hosen, dem ich noch nie begegnet war. Sie sah mich fast haßerfüllt an. »Hau ab, Mann«,

sagte sie grob, »ich meine, verschwinde – Barbara braucht euch Kerls nicht mehr ... sie hat jetzt mich.«

Und sie legt ihren Arm vertraulich um die nackte Schulter der anderen.

Von einem Gefühl des Verlustes gepackt, das mit Barbara zusammenhing – aber außerdem auch mit etwas noch nicht Erkanntem –, ging ich nach San Francisco mit seiner frischen Luft (wohin ich später zurückkehrte und viel länger blieb) – aber bald war ich wieder in Los Angeles.

Im Park war es jetzt äußerst mulmig. Vor ein paar Tagen hatte ein junger Streuner ein Mädchen ermordet, das eben erst in der Stadt angekommen war – und in der folgenden Zeit stürmten die Bullen rachsüchtig den Park – rachsüchtig, weil es ihnen nicht gelungen war, den psychopathischen Kerl aufzustöbern, ehe die Presse sie, die Polizei, verdächtigte, in die Sache verwickelt zu sein. Und all die jungen Herumtreiber blieben weg.

Und die Main Street, obwohl auch heiß genug, ist noch überfüllter als sonst.

Wenn die Lokale auf der Main Street schließen, ergießt sich ihr Publikum auf die Straßen. Strichjungen, Tunten, Freier – alle, die auf diese oder jene Weise noch nicht zum Zuge gekommen sind oder die ihr Glück ein zweites Mal versuchen wollen – verstreuen sich in der Dunkelheit, um noch den letzten Rest von Nachtleben aus den Straßen herauszuschinden.

Sie stehen und geben vor, sich die Auslagen in den Schaufenstern anzusehen – sie setzen ihre Suche in den überfüllten Nachtkinos und Kino-Varietés fort, wo in den frühen Morgenstunden am Wochenende in den dunklen Stuhlreihen Männer mit offenen Hosen dasitzen und sich befummeln. Oder die versprengte Armee geht zu *Hooper* auf der Main Street, wo in gewissen Abständen Polizisten hereinkommen, mürrisch an der Theke auf und ab gehen und einen aufs Geratewohl herausfischen – und man ist plötzlich sehr intensiv mit seiner Tasse Kaffee beschäftigt.

Das Leben auf den Straßen wird am Rande der Panik gelebt, die das augenblickliche Erleben verdichtet – die Wirklichkeit des *Heute,*

dieses Augenblicks – Jetzt! – und die Panik wird hervorgerufen durch die drohende Sittenpolizei (Polizist in Zivil hocken in den berüchtigten Bedürfnisanstalten und lecken sich die Lippen, manchmal auch streifen sie durch die Straßen und bieten einem sogar Geld, bevor sie einen hochnehmen), durch die Funkstreife, die durch die Straßen fährt, langsam wie ein Leichenwagen. Wie eine Bande, die den Angriff einer anderen Bande erwartet, sucht die Polizei mit ganz persönlicher Gehässigkeit diese Gegend heim ... Auch lauert auf die heimatlosen Herumtreiber die Gefahr, eines Tages zu erwachen und festzustellen, daß die Straßen und Lokale ihnen nicht mehr weiterhelfen – daß fast jeder sie gehabt hat und die wenigen anderen das Interesse verloren haben – daß sie durch neue Gesichter ersetzt worden sind, die mit dem stets wechselnden Strom der Herumstreuner in die Stadt geschwemmt wurden – jünger, als du selbst mittlerweile bist (und Jugend ist Trumpf), und nun konzentriert sich das Interesse, das einmal dir galt, auf einen anderen. Eines Tages wird jemand von dir sagen: »Ich habe ihn gehabt, als er jung und hübsch war.«
Und wie ein Menetekel gibt es hinter der Los Angeles Street die Skid Row, räumlich zwar in der Welt der Main Street gelegen, ohne aber direkt ein Teil von ihr zu sein, und man sieht die vorzeitig gealterten, gescheiterten Männer, von Fusel und Sprit beflügelt wie verloren in diesem sonnig-rosigen Hafen – wie struppige Gespenster lungern sie herum und warten darauf, daß die Türen der Inneren Mission sich öffnen; zusammengekrümmt in einer Lache ihres eigenen Urins liegend, wo sie sich auf der elenden Gasse gerade fallen ließen ...

Wenn du jung bist, meidest du diese Straße – du lebst nur für das Heute.

Das Morgen ist unausweichlich wie der Tod – nur denkt man nicht daran ...

Am Abend versucht die fette Negerin, die zwischen Harry und Wally dahockt wie ein ausgeflossener Schokoladenpudding, einen murmelnd dazu zu überreden, ihr ein Exemplar des kleinen Stoßes religiöser Schriften abzunehmen, die ihr vom Schoß auf die dicken müden Füße gleiten. Das Blatt schreit: ERWACHE!

In dieser Gegend heißen die grauen Hotels die Stricher und Freier willkommen: Es werden keine Fragen gestellt. Für einige Minuten – es sei denn, man hätte eine andere Unterkunft, wo man die ganze Nacht bleiben kann – hält man sich in dem für kurze Zeit gemieteten Zimmer auf. Draußen blinkt das unvermeidliche Neonlicht schwächlich wie müdes, jedoch beharrliches Wetterleuchten ... Die ganze Nacht hindurch hört man rasche Schritte die Treppe hinunterlaufen.

Wenn man die Nacht über dageblieben ist, tritt man morgens ins grelle Tageslicht hinaus. Die Sonne sticht einem grausam in die Augen. Für einen geblendeten Augenblick sieht man sich selbst deutlich. – Wieder beginnt ein Tag ... immer der gleiche. – *Heute!*

Skipper *oder* Ein sehr schöner Junge

1 Entlang der bernsteinfarbenen Spiegelwand bei *Harry* taucht ein Panorama suchender Augen aus dem Apfelsinendämmer von Zigarettenrauch und gedämpftem Licht: ein Brei von Gesichtern, der trübe in der rauchigen Dunkelheit dahintreibt.

Im Spiegel sehe ich den dicken Mann auf dem Hocker neben mir, wie er Geld über den Tresen schiebt, um mir einen Drink zu spendieren. Ich wende mich von dem Spiegelbild ab, das mich mit ihm zusammen zeigt, und sehe dem Mann jetzt ins Gesicht.

Es scheint wie aus blassem Teig geformt, dieses verquollene Gesicht, das in eine winzige Himmelfahrtsnase ausläuft und als Mittelpunkt eine Zigarre hat; er kaut lasziv an ihr herum und liebkost sie zärtlich mit seinen dicken gerundeten Lippen. Er riecht nach Kölnisch Wasser, Bier und Zigarrenrauch.

Mit seiner fleischigen Hand schiebt er den Drink in meine Richtung, nachdem er das Wechselgeld sehr genau kontrolliert und in seiner Brieftasche verstaut hat. »Trink aus. Kleiner, trink aus, und ich bestell dir 'nen neuen!«

Der hagere Mann, der neben uns an der überfüllten Bar steht, fährt mit seiner Zigarettenspitze durch die Luft. »Wen stellst du heute abend dar?« fragt er den Dicken. »Sankt Nikolaus?« Er ist von ausgemergelter Magerkeit, etwa Ende Dreißig – die Augen ausgeleert von Jahren enttäuschter Erwartungen, den Körper vampartig gewunden, so steht er da, eine Hand in die Hüfte gestützt und – oh, wie graziös – mit der anderen die schwarze Zigarettenspitze wie eine Spielzeugtrompete zwischen langen manikürten Fingern haltend.

»Du brauchst ihr gar nicht zuzuhören. Kleiner«, sagt der Dicke zu mir. Wenn er lächelt, verschwinden seine winzigen Augen fast in der Masse des Fleisches. »Sie kommt eben aus New York«, erklärt er und zeigt auf den hageren Mann, »und ich sagte ihr, daß sie sich unbedingt die Main Street ansehen muß.« ... So hat also der Dicke die Rolle des kundigen Fremdenführers beim ersten staunenden Ausflug des anderen aufs Main-Street-Lasterpflaster übernommen. »Sprich nicht als *sie* von mir«, sagt der Hagere und preßt die Lippen zusammen, daß sie einen geraden rosa Strich in seinem Gesicht bilden ... Ich merke genau, daß er ungeheuer fasziniert von diesem Lokal ist; trotzdem heuchelt er Gleichgültigkeit. Sonderbarerweise stelle ich mir ihn vor, wie er die Madison Avenue in New York in einem engen olivgrünen Anzug entlangtrippelt, als seien seine Beine an den Knien zusammengebunden; er trägt einen bleistiftdünnen Regenschirm ebenso geziert, wie er seine Zigarettenspitze *trägt,* und abends traktiert er seine ebenso verkrampften Freunde mit Cocktails. Nachts geilt er sich an Bildern junger Männer auf ... Ich wußte genau: irgendwann heute nacht, wenn ich wieder hier hereinschneie (ich wollte, angewidert von dem Dicken, schon zwei Mal gehen, und zwei Mal hatte er angeberisch einen großen Schein auf die Theke geknallt, für Drinks, »trink aus, ich bestell dir 'nen neuen«) – irgendwann heute nacht würde ich den Hageren in erregtem Ton sein fingiertes Erstaunen darüber äußern hören, daß *angeblich normale Männer* Homosexuellen Geld für Sex abnehmen ... Und trotzdem tat er mir irgendwie leid wegen der Maske, die er als Selbstschutz tragen muß ...

Doch ich vermeide es, die beiden anzuschauen, und sehe mich stattdessen in dem mir so vertrauten Lokal um: die gemalten exotischen Pflanzen, die einen Dschungel vortäuschen sollen: ein riesiger Schmetterling, der vergeblich zu *entkommen* trachtet – das von Wand zu Wand gespannte Segeltuch, das in schweren Falten von der Decke hängt, beschützend oder bedrückend. Nadelspitze Punkte farbigen Lichts von den rotierenden Facettenkugeln stürzen sich in die Dunkelheit ... schüchternes Kindheits-Feuerwerk, das verlischt ... In den Nischen pressen sich Gestalten vertraulich aneinander – schattenhaft zusammengeballte geierartige Formen zunächst, wenn man in das rauchige Zwielicht kommt, in der die Gesichtszüge von der Dunkelheit verschlungen werden, um wie Treibgut aus seich-

tem Wasser aufzutauchen, wenn sie von einem gelegentlichen Lichtstrahl getroffen werden; dann werden Augen sichtbar, die unablässig ein neues Objekt finden, auf das sie sich konzentrieren.
Wie Käufer auf dem Markt tauschen die Freier, zu Gruppen geballt, Bemerkungen über die Strichjungen aus, bevor sie einzeln über das Lokal ausschwärmen und die eigentliche Jagd beginnen: Sie unterhalten sich ungeniert über das Angebot und wägen den einen Jungen gegen den anderen ab, als könnten die Stricher, wie unbelebte Gegenstände, nicht hören ... Und wie Verschwörer gegen einen gemeinsamen Feind, den man nichtsdestoweniger braucht, unterhalten sich die Stricher, die auch für kurze Zeit beieinanderstehen, prahlerisch darüber, wieviel ein bestimmter Freier wohl wert sei ... So prallen die zwei Armeen – Freier und Strichjungen – allnächtlich hier aufeinander.
Und allnächtlich werden bei *Harry* Scharaden gestellt. Anders als diejenigen, die auf den Straßen umgehen, werden hier sogar die männlichsten Freier meistens – nicht immer –, sobald sie in Gruppen zusammen sind, in ihrem Gehabe feminin. Je weiter die Nacht fortschreitet und sich den verzweiflungsvollen Stunden nach Mitternacht nähert und je mehr der Alkohol das feminine eigentliche Ich freigibt, desto flattriger werden die Gesten und Gebärden. Und der Stricher seinerseits stellt durch diese oder jene Pose seine Männlichkeit noch besonders heraus: ein Bein an die Wand gestützt, die Zigarette zwischen Daumen und Zeigefinger – der verschleierte Blick behält die möglichen Aussichten im Auge, die bewährte, einladend – kesse Aufmachung ... In den Nischen fläzen sich Körper auf den Bänken. Und der schwankende Exodus zur übelriechenden Toilette am Ende der langen Bar – ein klaffendes zahnloses Maul – reißt nicht ab ...
Jede Geste, jeder Blick, jede Bewegung signalisiert Entschlossenheit. Die Besucher kommen hauptsächlich aus zwei Gründen zu *Harry:* um sich jemanden zu kaufen oder sich kaufen zu lassen.
Gelegentlich wehen kichernde Tunten aus dem *1-2-3* oder von *Ji-Ji* herein – wie verwelkte Blumen, die auf Rauchschwaden dahinschweben. Sie machen hochmütig eine flüchtige Bestandsaufnahme

der Gäste, um sich kurz darauf mit großer Gebärde einen effektvoll – herausfordernden Abgang unter den spitzen damenhaften Schreien ihres verlorenen Gelächters zu sichern. Sie tragen eine Art von Verachtung für die Männer im Lokal zur Schau, die bloß andere Männer begehren, ohne, soweit das Gesetz es zuläßt, eine wirkliche Frau darstellen zu wollen, wie die Transen das tun …

Der Hagere hat die Bar mit den Augen abgesucht und jedermann mit einem gehässigen Kommentar bedacht. Er muß sich gegen diese lockende verwirrende Welt zur Wehr setzen, mit der der Dicke ihn geflissentlich konfrontiert hat. »Mein Gott!« sagt der Hagere, »schau dir doch bloß den an – er verliert gleich seine Hosen! … und der da geht schon wieder auf die Toilette!« … Plötzlich kamen seine Augen, die unablässig durch das Lokal wanderten, zum Stillstand und, als hätten seine Gedanken die Worte ohne sein Dazutun gebildet, platzte er gänzlich unerwartet heraus: *»Der* da gefällt mir!« Er deutet mit seiner Zigarettenspitze auf Skipper, der an der Musicbox steht und sich offenbar davor zu drücken sucht, einen Drink auf eigene Rechnung bestellen zu müssen. Der Dicke schlug sich in gespieltem Erstaunen an die Stirn und kreischte mit unnatürlicher Fistelstimme: »Aber nein, Mary, das ist doch nicht dein Ernst!« Seine schwammigen Lippen schließen sich fest um den Zigarrenstummel, und er läuft Gefahr, ihn zu verschlucken. »Du meinst doch nicht etwa den im schwarzen Hemd!?«

»Doch, ich meine den Blonden«, sagte der Hagere, da er nun bereits so weit gegangen war. Und fügte hinzu: »… und nenne mich nicht *Mary.«*

Skipper, der das Interesse des Hageren wahrnimmt, legt seine Hände zusammen, verschränkt die Finger und streckt langsam seinen Körper. Das Licht der Musicbox wirft seine Farben bogenförmig auf ihn – und aus der Entfernung sieht er aus wie ein sehr junger Mann, ein Knabe …

»Süßer«, sagte der Dicke zu dem Hageren, der immer noch mit seiner Zigarettenspitze auf Skipper zielt, als sei sie ein Zauberstab, der ihm den Jungen herbeischaffen könne, »… ich hätte ihn haben können, als er jung und hübsch war.«

Auf den Hockern neben uns sitzen zwei Männer mittleren Alters. Sie haben sich im Flüsterton unterhalten, aber jetzt, als sie den Dicken zwar verstohlen, aber doch in nicht zu übersehender Weise anschauen, löst sich ein Wort klar und deutlich aus den Zischlauten heraus: »Speck.«
Der Dicke öffnet abrupt den Mund und läßt den Zigarrenstummel fallen, setzt seinen eiförmigen plumpen Fuß darauf und tritt ihn verärgert in die Kippen auf dem Boden. Die beiden Männer mittleren Alters, die merken, daß er sie gehört hat, wenden sich nervös ab und stürzen sich in eine zusammenhanglose Unterhaltung, wobei sie sich an ihre Biergläser klammern, als suchten sie Schutz, und ziehen sich zur Wand hin zurück.
Der Dicke folgt ihnen störrisch mit den Blicken. Mit gesteigerter Bosheit fährt er fort, sich über Skipper auszulassen: »Ich wette, er ist über dreißig – den gibt's schon länger als fast jeden anderen von denen.«
»Vielleicht ist er nicht so jung wie mancher andere Gestrauchelte hier«, sagte der Hagere, »aber trotzdem finde ich ihn *wahnsinnig* aufregend.« ... Und dann – in einem unkontrollierten Ausbruch, wobei er auf peinliche Weise seine Maske lüftet, sagte er: »Er sieht so wunderbar *brutal* aus!« Er verdrehte die Augen ekstatisch zum rauchigen Himmel hinauf. Als ihm klar wird, was er soeben von sich gegeben hat, bekommt er sich rasch wieder in die Gewalt und bringt seine Pose erneut in Einklang mit der Rolle der unberührten Jungfrau. Er nippt an seinem Glas, wechselt das knochige Standbein und sagt:
»Diese Bude hier ist wirklich höchst unanständig, hier müßte mal ordentlich ausgeräuchert werden!«
Der Dicke brüllt vor Lachen. »Warum gehst du nicht rüber und quatschst ihn an?«
»Aber was soll ich denn sagen?« fragt der Hagere mit neu aufflammendem Interesse. Er legt eine Hand auf die Brust in einer Geste unschuldsvoller Hilflosigkeit.
»Nichts«, sagte der Dicke. Seine Fleischmassen zogen sich in einem Achselzucken zusammen.

»Du meinst, *er* wird etwas zu mir sagen?«
Der Dicke giftig: »Nein. Was ich meine, Mary, ist, daß du ihm bloß mit ein paar Scheinen vor der Nase rumzuwedeln brauchst, und er wird die Hosen runterlassen – hier, an Ort und Stelle.«
Sogar in der orangefarbenen Dunkelheit kann ich sehen, wie der Hagere erbleicht; er preßt die Lippen zusammen und zieht sie zwischen die Zähne, wobei er tief Luft holt. In seinen Augen steht Haß auf den Dicken. Lange Zeit sehen die beiden Männer sich an und verwünschen das gemeinsame Wissen, das sie aneinander bindet. Endlich muß der Hagere sich von dem herausfordernden Starren des anderen geschlagen geben. »Ich kann es nicht glauben«, sagt er kläglich, »daß Männer von anderen Männern für Sex Geld nehmen.«
»Wenn du ihm kein Geld geben willst«, sagte der Dicke ohne Erbarmen und treibt die Worte wie Dolche in den Hageren hinein, »werde ich ihn für dich kaufen ... nichts einfacher als das.« Der Hagere wirft einen verzweifelten, tief verwundeten Blick auf ihn.
»Los, Süßer«, fährt der Dicke gnadenlos fort, »du mußt endlich was dazulernen. Bist ja auch keine Schönheit, weißt du.« Er stößt dem Hageren seinen dicken Ellbogen in die Rippen, daß dieser fast das Gleichgewicht verliert. »Na los schon!«
»Ich ... hab' ... noch nie dafür bezahlt«, murmelt der Hagere.
»Ich sagte doch: Ich kauf' ihn dir – wenn du selber nicht genug Mumm dazu hast«, sagte der Dicke ungerührt. »Los, lad ihn zu einem Drink ein – bring ihn her, und das andere mach ich schon. Überlaß das mir. Süßer. Deine *blonde Bestie* ist sicher ... eh ... unterhaltend.«
»Wenn *du* ihn haben willst«, sagte der Hagere, »warum quatschst du ihn nicht an?«
»Ich bin zufrieden mit meinem«, antwortete der Dicke. Trotzdem schwingt in seiner Stimme ein Ton tiefen Unmuts mit ... Wenn ich mit ihm gehe, wird er vermutlich gähnen, wenn's vorbei ist, und irgendwas sagen, was mich demütigen soll. Er wird mir das Geld verächtlich, wenn auch mit großer Geste überreichen. Er wird sich seine teure Krawatte sorgfältig zurechtziehen und bewußt den Unterschied betonen, der, wie er sich selbst glauben machen möchte,

zwischen unseren Welten besteht: Er wird versuchen, die vorherige einseitige Begierde zu vergessen – die sich doch immer und immer wieder einstellen wird – nach irgend jemandem ... Er könnte sogar sagen: »Alles Gute« – aber ich werde wissen, daß er auf den Zeitpunkt wartet, an dem sich all das verflüchtigt haben wird, was er an mir wie auch Nacht für Nacht an anderen begehrenswert gefunden hatte ... Ich hob den Kopf und sah mein Bild in der Spiegelwand und hinter mir das Abbild des Lebens, das mich so sehr fasziniert hatte. Es grüßt mich triumphierend: Die ganze lange eingeschlossene Bar entlang starrt mir das vielfältige Antlitz dieser versteckten Welt herausfordernd entgegen ...

»Dein Blondling im schwarzen Hemd ist wirklich das Letzte«, hält sich der Dicke dran. »Du würdest es einfach nicht glauben!« sagt er zu dem Hageren, »er schleppt ein paar Zeitungsausschnitte mit sich herum – und dann diese Fotos!« – »Was für Fotos?« fragte der Hagere.

»Sie hat angebissen«, sagt der Dicke und blinzelt mir zu; er versucht sich mit mir gegen den Hageren zu verbünden.

»Ich sagte dir schon: sprich nicht als *sie* von mir!« sagte der Hagere energisch.

»Ach, Mary, hör jetzt auf!« sagt der Dicke ungeduldig, mit einer Bewegung seiner plumpen Hand, als wollte er dem anderen die Maske herunterreißen. »Was glaubst du denn, wem du hier etwas vormachen kannst? Dich juckt's – und du mußt dafür bezahlen – genau wie ich – *weil dir nichts anderes übrigbleibt!«* Es klang wie ein Peitschenhieb. »Schluß also mit dieser verdammten Angeberei – und find dich damit ab!« Er wendet seinem hageren Freund den wuchtigen runden Rücken zu.

Mit offenem Mund, einen Ausdruck ungeheurer Entrüstung auf dem Gesicht, entfernte sich der Hagere. Er stand einen Augenblick mitten im Lokal, dann marschierte er in steifer Haltung auf die Tür zu. Ich beobachte ihn, wie er unentschlossen dort stehenbleibt. Und dann macht er ganz unerwartet kehrt.

»Ist er gegangen?« frägt mich der Dicke.

»Nein.«

»Das wußte ich doch!« sagt er triumphierend und wälzt die Masse seines fleischigen Körpers auf dem Hocker herum und schaut zur Tür. Er starrt den Hageren an, der jetzt, nur ein paar Schritte von der Musicbox entfernt, den Blick erwidert. Ich sehe auf den Dicken. Das feiste Schweinegesicht hat etwas undefinierbar Abgründiges. Schon im Begriff, Skipper anzusprechen – er ist wie hypnotisiert von ihm –, zog der Hagere sich rasch etwas zurück. Er sah den Dicken an, und dieser erwiderte aus der Entfernung den Blick herausfordernd. Plötzlich gab der Hagere in verwirrter Hast die Pose der jungfräulichen Novize auf und sagte etwas zu Skipper, der sich langsam umdreht, um ihn anzusehen, und ihm antwortet. Der Hagere stürzt an die Bar. Er vermeidet es, zu uns hinzusehen, und geht mit einem Glas zu Skipper zurück. Er überreicht es ihm hastig, als würde er, endlich, einen behüteten kostbaren Teil seines Selbst aus der Hand geben, wenn auch wie unter einem inneren Zwang …

»Na also!« seufzt der Dicke triumphierend. Wie ein bulliger Feldwebel, der seine eigene Existenz durch die Einstellung von Rekruten gerechtfertigt sieht, scheint er in der Niederlage des Hageren eine Art von Rechtfertigung zu empfinden.

»Kennst du ihn – den Kerl im schwarzen Hemd?« fragt er mich. Ohne Zigarre ist sein Gesicht leer und unvollständig, das teigige Fleisch scheint wie achtlos darüber hingeschmiert.

»Klar – ein toller Bursche.«

»Warum, zum Kuckuck, läßt er's denn nicht allmählich – man sieht ihn doch schon jahrelang!«

Seit jener ersten Nacht, im *1-2-3,* als Miss Destiny ihn mir als *Modell* und ehemaligen Filmschauspieler vorstellte, hatte ich Skipper natürlich oft gesehen. Ich war in der gleichen Nacht mit ihm zusammen gewesen – mit Chuck und den Mädchen, die wir auf der Main Street aufgegabelt hatten. Mit wilder Entschlossenheit – fiel mir ein – hatte er die Zündung kurzgeschlossen, um Buddys Wagen in Gang zu bringen, als habe er Angst vor seiner eigenen Entschlußlosigkeit … Später hatte er einem der Mädchen eins draufgegeben, als sie viel Wesens daraus machte, daß sie zum Film wolle. »Geh doch baden«, hatte er barsch zu ihr gesagt … Ich sah ihn oft in den Lokalen, wie er an Spielautomaten spielte und sich mit dem Apparat herumschlug, um eine möglichst hohe Ziffer zu erreichen, bis höhnisch und unwiderruflich *Ende* aufleuchtete. Oder ich sah ihn am Kegelautomaten, wie er böse die hölzerne Scheibe auf die Bolzen knallte, so daß sie im Zickzack zu ihm zurückschnellte. Aber ich sah ihn nie am Pershing Square. Es gab Geschichten darüber, daß zwischen ihm und Wachtmeister Morgan etwas vorgefallen sei – Geschichten des Inhalts, daß nach einem Zwischenfall, über den es verschiedene Versionen gibt, Wachtmeister Morgan ihn rausgeschmissen habe. Skipper selbst sagte dazu bloß: »In diesem Park treibt sich doch nur das Letzte rum – die tun's für 'nen Appel und 'n Ei,« ... Eines Abends, angetrunken, hatte er alle dazu überreden wollen, nach Hollywood rüberzufahren, um die Sache dann mürrisch auf sich beruhen zu lassen: »Hollywood gibt's ja gar nicht ... Zwischendurch wohnte er immer wieder in der Nähe von Silverlake in Trudis gepflegter, mit weiblichem Geschmack eingerichteter Wohnung; sie lag an einem Hof mit vielen Blumen und Trudis *Daddy* kam für sie auf. Und in jener Welt bekommt man zu hören, daß Trudis *Daddy* eigentlich auf Skipper steht, aber nicht zugeben will, daß er (der *Daddy* nämlich) schwul ist, und so treibt er's also mit Trudi und vergißt dabei vielleicht – was nicht schwerfällt –, daß Trudi, wenigstens anatomisch gesehen, ebenfalls ein Mann ist. Einmal war ich zu Trudi gegangen, um Marihuana bei ihr zu schnorren – sie hatte immer welches da –, und dort saß Skipper am Tisch und aß, während Trudi ihn wie eine junge verliebte Gattin voll Hingabe bediente ... Wenn Skipper für länger als ein paar Tage verschwunden blieb – und das war immer wieder der Fall –, erschien Trudi in den verschiedenen Lokalen, kaum zurechtgemacht, und sah dann aus wie ein trauriges kleines Mädchen und fragte, ob irgend jemand Skipper gesehen habe. Wenn das verneint wurde, schüttelte sie den Kopf und murmelte: »Diese verfluchten Perlen!« Zu anderen Zeiten kam sie, entsprechend hergerichtet, ganz groß ins *1-2-3* hereingerauscht, wo sie sich mit Skipper verabredet hatte.

Skipper strahlt eine verzehrend-verzweiflungsvolle Unruhe aus, die auf einen überspringt, sobald er anfängt zu reden – oft stößt er die

Worte keuchend hervor – seine Augen brennen – manchmal wirkt er, als würde er vor Intensität gleich explodieren; ein andermal wieder ist er in sich gekehrt und scheint kurz vor dem Aufgeben zu sein. Unaufhörlich bewegt sich sein Körper, und er sieht aufmerksam an sich herunter, als wolle er feststellen, ob noch alles in Ordnung sei ... Er hält sich nur ein paar Minuten im Lokal auf; wenn er nicht gleich mit jemand mitgeht, verläßt er die Bar und geht in eine andere, kommt wieder zurück – und wenn er sich irgendwo hinsetzt, trommelt er unaufhörlich mit den Fingern zu der tobenden Musik und hört mit dem hektischen Trommeln auch dann nicht auf, wenn etwas Langsames gespielt wird – als ob die Töne, die er hört, aus ihm selbst kämen; er senkt die Lider über den verschleierten Blick – oder schaut auf den Tresen herunter, als wolle er nicht allzu klar sehen; er malt Ringe auf die Theke mit dem Wasser, das vom Glas tropft, und wischt sie unvermittelt wieder weg ... Um Mittemacht ist er meistens betrunken.
Nachdem ich einige Male mit ihm zusammengewesen war, begann ich ihn zu meiden; das Wissen um den so sehr traurigen Verlust der Jugend beklemmte mich ebenso wie die schrecklichen Anzeichen dafür, daß das Leben perverserweise imstande ist, einen zur Karikatur seiner selbst werden zu lassen, zum ruhelos umherirrenden Gespenst des jungen Mannes, den es einst gab – das Gebaren der Jugend dauert fort, aber die Jugend ist längst vertan und entschwunden. Bei Skipper erschien dieser Verlust so besonders schwerwiegend, weil das Leben ihm nichts als physische Schönheit gegeben hatte, eine vergängliche Schönheit, einzig auf Jugend gegründet ... Dieses Gefühl des Verlusts hatte mich eines Tages besonders heftig ergriffen, als ich irgendwo mit ihm und zwei Freiern herumsaß, ihn aus seiner Brieftasche eine Reihe von Fotos herausziehen sah, etwa sechs, alles Aufnahmen von ihm selbst in verschiedenen Posen, die ihn – fast nackt und viel jünger – als strahlenden jungen Mann von ungefähr zwanzig Jahren zeigten. »Das bin ich!« hatte er fast herausfordernd gesagt, als er die Bilder den Freiern hinhielt. Mysteriöserweise trug er auch einige abgegriffene Zeitungsausschnitte in einem Briefumschlag bei sich, und

ich beobachtete ihn einmal, wie er diesen Umschlag liebevoll und mit großer Sorgfalt durch einen neuen ersetzte: die abgegriffenen Ausschnitte wurden immer älter und unansehnlicher – der Umschlag war neu.

In seinen Reden gab es Andeutungen von Türen, die hinter ihm zugefallen waren, endgültig zugeschlagen, nachdem sie sich lockend geöffnet hatten, und es waren Worte voll schmerzlicher Resignation. Hinter seiner mürrischen Miene, mit der er die Leute, die ihn sich kauften, bestach, stand unverkennbar das Wissen, daß er nur zu bald seinem Urteil ins Gesicht sehen müsse – daß er den Tod sozusagen vor Augen hatte, denn der Verlust der Jugend bedeutete für Skipper den Tod ... Die Jahre, die dem Wissen um seinen vorzeitigen Tod folgen würden, würde er hinbringen wie ein Gespenst ...

Als Chuck ihn einmal aus einem Lokal herausstürzen sah, sagte er: »Mann, der Kerl bringt mehr Kilometer am Tag hinter sich, als ich die ganze gottverdammte Woche lang!« Und Darling Dolly fügte tief aufseufzend hinzu: »Das schon, Baby, aber er kommt immer wieder dort an, wo er losgerannt ist ...«

Vielleicht zeigte Skipper deshalb diesen verschleierten Blick, vielleicht war auch er sich dessen bewußt.

Ich sehe, daß der Hagere nun mit Skipper spricht. Und ich sehe das vernichtende Lächeln auf dem Gesicht des Dicken, als er die beiden herüberwinkt. Als Skipper mit dem Hageren auf uns zukommt, bemerke ich sofort, daß Skipper bereits betrunken ist; er stolpert und flucht vor sich hin. In seinen Augen schwelt die Ahnung dessen, was heute nacht passieren wird ... »He, Jack«, sagt er zu mir. »He, Cholly«, sagt er zum Dicken. Das ist Skippers Art, einen Freier herabzusetzen. Die Welt besteht aus *Jacks* – zu denen Skipper selbst gehört – und aus *Chollys.* Ein *Cholly* ist zwangsläufig der Feind im Leben eines *Jack.*

»He, kenn ich Sie nicht von irgendwoher?« sagt er zum Dicken. »Ich hab' dich öfters ... gesehen«, antwortet der Dicke. Er starrt Skipper an – und der stechende Haß in seinen Augen, deren Blicke Skipper festnageln, straft das Lächeln auf seinem Gesicht verächt-

lich Lügen.
Der Dicke steckt sich eine neue Zigarre in den Mund und läßt sein Feuerzeug mit einem Geräusch aufspringen, als würde er einen Revolver, auf Skipper gerichtet, entsichern. Im flackernden Licht der Flamme, die der Dicke Skipper vors Gesicht hielt, kann man um Skippers Augen eine Andeutung von Falten wahrnehmen. Deswegen und weil er dem hartnäckigen Starren des Dicken entgehen will, weicht Skipper ein wenig zurück, zurück in die orangefarbene Dämmerung, die in rauchigen Inseln durch das Lokal treibt.

2 Auf dem Tisch der Laube, in der wir sitzen, seit Skipper zu uns stieß – ich und der Dicke an der einen Seite, Skipper und der Hagere an der anderen –,stehen geleerte Bierflaschen und leere Gläser; der Aschbecher ist mit Kippen wie mit toten Käfern vollgestopft. Die Mischung von Bier und hartem Schnaps, die ich getrunken habe, hat ihre eigenartig-magische Wirkung getan: In überwacher Gehobenheit scheint die Welt mir hier auf diesen Fleck zusammengedrängt – als ob auf einem riesigen Gemälde alles, bis auf eine kleine Stelle, nur flüchtig skizziert sei und ich hätte den ausgeführten kleinen Teil des Bildes zur genauen Betrachtung vor Augen. Und wie meistens in diesem Zustand, bin ich von meiner Umgebung aufs äußerste fasziniert... Die unklaren rauchverhangenen Gestalten außerhalb dieser Nische haben sich weiter und weiter in die bernsteinfarbene Dämmerung des Lokals verloren.
»Und was geschah dann?« Der Dicke hat Skipper ausgefragt, in einem Ton, den man bei einem Kind anschlagen würde, wenn man es dazu kriegen will, eine fantastische Geschichte zu erzählen zur Belustigung der Erwachsenen, die mit gespieltem Interesse zuhören – und das Kind, nicht ahnend, daß man es ausnutzt, wird durch die ihm geschenkte Aufmerksamkeit immer zugänglicher.
Ich weiß, daß Skipper in nüchternem Zustand längst gegangen wäre – genau wie ich – in bewußter Hingabe an die Trunkenheit jedoch beantwortet er die Fragen des Dicken, als mache er eine Zeugenaussage in eigener Sache. Der Hagere, der neben Skipper sitzt, hat

seine bisherige Rolle einer Novize völlig aufgegeben. Unter dem Einfluß des Alkohols und der brutalen Attacke des Dicken hat er das Leben akzeptiert, in das der Dicke ihn hineingedrängt hat. Wie ich ihn mir so ansehe – die knochige Gestalt an das bräunliche Leder der Nische gelehnt –, tut er mir jetzt noch mehr leid – jetzt, da die Pose, die ihm heute abend sein Dasein erleichterte, möglicherweise unter den rammenden Worten des Dicken zusammengebrochen ist. Der Dicke, seines Triumphes bewußt, hat den Hageren in den Hintergrund geschoben. Nun befragt er Skipper mit der Bestimmtheit eines Staatsanwalts, der einen bereits geständigen Angeklagten verhört.

»Also – was geschah dann?« wiederholt der Dicke: er hockt da wie die gewaltige Karikatur eines Buddha. Seit wir hier sitzen, hat er an einem Drink geschlürft; er umschließt das Glas mit seiner fetten Hand, als sei es seine Nüchternheit, die er für die Zwecke der heutigen Nacht beschützen müsse.

Skipper murmelt: »Jaa ... also ... es war gleich nachdem ich bei den Ledernacken war – da lernte ich diesen Kerl in L.A. kennen. Und ich ...«

»Lauter«, sagt der Dicke. »Ich kann dich nicht verstehen.« Skipper hob die Stimme. Er macht mit dem feuchten Glas die bekannten Ringe auf dem Tisch. »Ich kannte diesen Kerl in L.A. ... Sie verstehen ... bei dem ich dann wohnte ... Sie verstehen, als ich bei den Soldaten rauskam, trieb ich mich auf der Main Street herum. Ich lernte 'ne Menge Männer kennen ... Sie wissen schon ... ging mit ihnen ... hing hier rum ... oder auf der Main Street ... die ganze Zeit ... Und dann traf ich diesen Kerl – hier traf ich ihn, hier, bei *Harry* ...«

»Ach?« macht der Dicke. Er nimmt die Zigarre nie aus dem Munde oder doch erst, wenn sie zum Stummel geworden ist, dann scheint er für einen Augenblick zu überlegen, ob er diesen Stummel verschlucken soll – er schiebt ihn unentschlossen mit den Lippen im Munde hin und her – und dann spuckt er ihn aus und ersetzt ihn durch eine neue Zigarre. Zwischendurch blinzelt er mir zu: Für seine derzeitigen Zwecke – heute nacht – versucht er mich von den Fragen auszuschließen, mit denen er Skipper bombardiert. Aber ich weiß:

seine Verachtung könnte ... würde sich nur zu bald auch über mich ergießen ... »Und dieser Kerl also – du bliebst bei ihm?« fragt der Dicke.

»Jaa ...«, sagt Skipper und schüttet den Inhalt seines Glases herunter. »Noch einen«, sagt er, »... noch 'n Drink.« Der Dicke gibt dem Hageren Geld. »Hol noch ein paar Drinks, Mary«, sagt er, und der Hagere geht, jetzt ganz gehorsam und willig wie mechanisch an die Bar und kommt mit den Gläsern wieder, die er unsicher im Gleichgewicht zu halten versucht.

Der Dicke schiebt Skipper sein eigenes Glas zu. »Hier sind zwei«, sagt er, »... muß immer Nachschub da sein.«

»... muß immer Nachschub da sein«, wiederholt Skipper wie ein Echo und schüttelt den Kopf – entweder weil er die Benebelung abschütteln möchte oder weil diese Worte für ihn eine unmittelbare Bedeutung haben. »Muß ... immer ... Nachschub da sein.«

»Und dann?« insistiert der Dicke ungeduldig. Er scheint sich in Skippers Leben aus Gründen irgendeiner geheimnisvollen Rechtfertigung seiner selbst hineinzuwühlen. »Nun ja ... Sie verstehen ... wie ich schon sagte ... Ich war gerade bei den Ledernacken raus. Rausgeschmissen. Ich blieb immer ohne Urlaub fort. Herrgottnochmal – ich wollte endlich *leben.* Sie verstehen ... wirklich leben ...«

»Wir wollen alle leben«, sagte der Dicke spöttisch. »Das ist nichts Besonderes.«

»Jaa ...«, sagt Skipper, »... klar ... aber. Sie verstehen ... als ich aus 'm Dienst rauskam – rausgeschmissen – lebte ich nur so irgendwie. Kein Job ... also trieb ich mich auf der Main Street nun. Dann traf ich diesen Kerl – diesen Kerl, von dem ich Ihnen erzählte – hier traf ich ihn, wo wir jetzt sind ... verstehen Sie: Ich war gerade rausgeschmissen worden ... bei den Ledernacken ... ich ...«

»Das hast du uns alles schon erzählt«, sagte der Dicke. »Ich wäre gerne bei den Ledernacken gewesen«, sagte der Hagere wehmütig, »aber ...«

»Schon gut, schon gut«, fertigt der Dicke ihn ab, »statt dessen steckten sie dich zu den Blitzmädels.« Er wandte sich Skipper zu. »Du kamst also von den Ledernacken und du trafst eine Menge Leute ...

die dir *halfen* ...«
»Also ... dieser Mann«, sagte Skipper, »... da war also dieser Mann ... er ... er nannte mich immer seinen *Engel* ... ehrlich ... und sagt, daß er ein Bild von mir braucht ... für dieses ... für dieses verrückte Album, das er hatte ... mit lauter Kerlen drin ...«
In meinem angetrunkenen Zustand verspüre ich plötzlich gleichzeitig Mitleid und den Wunsch zu lachen ...
Und Skipper sagt: »... und dieser Kerl nimmt mich zu diesem Fotografen mit, der so 'ne Körperaufnahmen macht ... Sie wissen schon ... fast nackt ... und dieser Fotograf, der sagte, ich sollte wiederkommen ... er wollte noch mehr Bilder machen ...«
»Ich hätte nichts dagegen gehabt, bei der Marine zu sein«, murmelte der Hagere. Seine Zigarettenspitze hat ihre magische Wirkung eingebüßt. Sie liegt vor ihm auf dem Tisch, beiseite gelegt samt der Pose von vorhin – tot.
»Dieser Kerl also – er war okay, dieser Fotograf – möchte mir helfen ... er sagt, jemand hätte ihn angerufen und möchte mich kennenlernen ... dieser berühmte Regisseur dort in Hollywood ... und ich fahr' da raus ... Der hatte da so 'n fantastisches Haus ... ich meine, mit 'nem Swimming-pool so groß ... so groß wie ...« Er sieht sich im Lokal um. »... größer als dieser ganze Laden«, schließt er.
»Und dieser Regisseur ruft also diesen Fotografen an und will mich kennenlernen. Die Bilder ... waren in einem von diesen Magazinen, verstehn Sie ...«
»Wie hieß der Regisseur?«
Skipper sagte es ihm.
(Ich hatte den Namen dieses Regisseurs schon gehört – das hat jeder in jener Welt. Er ist einer ihrer Könige. Später, als ich mich in den Bars von Hollywood herumtrieb, hörte ich die albernen Tanten aufgeregt und neidisch über die neueste *Entdeckung* dieses Mannes klatschen. Noch später war ich einmal mit einer alten Tunte – einem affektierten alten Mann – im Hause des Regisseurs, besser gesagt: in seiner hochherrschaftlichen Villa. An diesem Tage war noch ein anderer junger Mann da – die momentane *Entdeckung* des Regisseurs –, der bei ihm lebte. Und später werde ich, wenn ich an Skip-

per denke, mich dieses anderen jungen Mannes erinnern. Das Leben enthüllt sich, wenn überhaupt, nur langsam – und oft durch Aspekte, die sich erst in der Rückschau abzeichnen ...) Mit nunmehr völlig geschlossenen Augen, als sei die Erinnerung an die Vergangenheit zu kostbar für ihn, um ihr in diesem Lokal nachzuspüren, sagt Skipper: »Es war ein wunderschönes Haus ...«

Die Villa des Regisseurs beherrscht die ganze verzauberte Anhöhe ringsum. Man parkt an einer dicken Mauer, die die Weit des berühmten Mannes umschließt. Innerhalb dieser Mauer regiert er souverän wie ein Monarch. Man hebt einen Telefonhörer in einer Nische ab und sagt sich an. Wenn man erwartet wird, öffnet ein Hausmädchen das Tor, und man betritt einen Garten, der die Villa von drei Seiten her umgibt. Im Park verteilt stehen Statuen in nackter Weiße zwischen dem Grün der Bäume ... Gras ... üppige Blumen. Ein Teil des Gartens wird von einem Swimming-pool beherrscht, der von Marmorbänken umgeben ist. In einer aus Buschwerk gebildeten Grotte stellt eine lange Bar ihre Flaschen zur Schau wie unechtes Geschmeide. Es ist, als ob sie strammstehen in Erwartung des Hausherrn. Vom Schwimmbecken und der Bar schwingt sich eine allmählich ansteigende Treppe in eine Laube, gedrungene weiße Säulen bilden eine offene Rotunde. Hinter dieser verlieren sich die Bäume trügerisch in gleichmütig-grüne Hügel ...

Skipper drehte für einen Augenblick das Gesicht zur Wand, fort von den schrillen Geräuschen, die von der Bar kamen. Ein Stück Mörtel droht aus der Wand zu fallen, und er bedeckt es spontan mit der Hand. »Mann«, sagt er, »... ich war vielleicht nervös, dieses erste Mal – ich war allein hingegangen. Sie verstehen ... dieser Fotograf ... er konnte nicht ... und der Regisseur will mit mir reden – allein. Das Mädchen ließ mich herein. Ich ... ich stand bloß da ... ich kam mir vor wie in einem Schloß ...«

Und dann, an jenem Nachmittag, hat der Regisseur seinen Auftritt. Er löst sich von den weißen Wänden des Hauses, angetan mit langen Hosen und Sporthemd: ein winziger dürrer drahtiger alter Mann mit lebendigem und zielbewußtem Blick. Er betrachtet Skipper abschätzend. »Sie sehen viel besser aus als auf Ihren Fotos, junger

Mann«, sagt er, »und ich möchte hinzufügen, daß Sie auch angezogen sehr gut aussehen.«
»Ich wußte: das war *die* Große Sache«, seufzte Skipper. »Die Große Sache«, wiederholt der Dicke – als ob ihm, in seiner Rolle als Ankläger, als *Rächer,* dieser Satz ein Beweismittel in die Hand gäbe.
»Jaa ... klar«, sagte Skipper. »Er ist ja ein berühmter Mann ...«
»Sogar in New York«, warf der Hagere ein, »spricht jeder über ihn. Auch von diesem großen Swimming-pool hab' ich gehört – und immer Jungs da. Man hat mir erzählt ...«
Später, als ich den Regisseur mit der alten Tunte besuchte – einige Wochen später – war er dabei, sein Haus neu einzurichten. »Es ist mir ans Herz gewachsen«, erklärt er, »aber man muß viel Arbeit und Mühe hineinstecken, und so richte ich es ganz neu her – alles.« Die alte Tunte sagt: »Sie verstehen es zu leben.« – »Allerdings«, antwortet der Regisseur.
»Hat dieser Regisseur dich beim Film untergebracht?« Skipper seufzte fast unhörbar: »Ja.«
Es ist ein Sommertag, die Wärme liebkost die Villa, den Garten des Regisseurs – auch sie liebt den Luxus: eine ganz besondere Wärme. Und Skipper sieht mit hungrigen Augen um sich. Der Regisseur spürt das Verlangen in Skippers Blick – er hatte es nach den Fotos auch nicht anders erwartet –, wie er es schon viele Male bei anderen gespürt hat, und er richtet den eigenen Blick auf sein Haus, seinen Garten, sein Schwimmbad – das alles gehört ihm, es ist sein Besitz. Und nun betrachtet er Skipper auf die gleiche Weise. »Hätten Sie Lust zu baden?« fragt er Skipper. Und Skipper, Anfang Zwanzig, schwimmt im Swimming-pool des Regisseurs, und das Wasser umschmeichelt ihn, als sei auch er für all diesen Luxus bestimmt. Als er lachend aus dem Wasser steigt, legt der Regisseur seine Hand auf Skippers Schulter und sagt: »Ich habe das Gefühl, daß du meine neue Entdeckung bist.«
»Er bot mir an, zu ihm zu ziehen«, sagte Skipper jetzt. Er kotzte vor dem Dicken mit der Zigarre die Fakten aus sich heraus, die sein Leben stufenweise dahin geführt hatten, daß er jetzt mit schrägem Blick bei *Harry* hockte.

»Für wie lange?« Die Frage kommt wie ein Geschoß.
»Ich zog am nächsten Tage bei ihm ein«, sagt Skipper ausweichend. »Er sagte, ich würde groß im Film rauskommen – er erzählte jedem, daß ich seine allerbeste Entdeckung wäre ... ich hab's selbst gehört.«
«Du bist ein sehr schöner Junge«, sagt der Regisseur zu Skipper. »Und in dieser Stadt ist das das einzige, was zählt.«
»Er nahm mich überallhin mit und führte mich den Leuten vor«, sagte Skipper. Er lächelte das längst vergangene Lächeln des jungen Mannes, der glaubt, daß sich die Welt, nach der er suchte, uneingeschränkt verwirklicht hat. »Mann – ich war wirklich *jemand!«*
Skipper lernt, wie man einen Drink mixt – wie der junge Mann, der da war, als ich dem Regisseur später begegnete. Er lernt es, dem Regisseur beim Essen die Stichworte zu dessen besten Geschichten zu geben: »Erinnerst du dich: Als du Engel im Paradiese drehtest?« sagt er etwa, und der Regisseur: »Ach ja ... das war wirklich sehr komisch. Der Hauptdarsteller war ...«
»Und was hattest du als Gegenleistung zu tun?« sagte der Dicke. »Oder lebtest du nur so dort?« fragte er höhnisch. Skippers Blick hebt sich langsam von der Tischplatte – er entfernt die Wasserringe mit einer wischenden Bewegung der Hand – und er richtet die Augen ruhig auf den Dicken. »Ich ...«, begann er, und dann fuhr er sich instinktiv über die Lippen wie in physischem Ekel vor erinnerten Berührungen. »Nichts!« sagte er sehr laut.
Skipper lernt zum ersten Mal, sich im Bett zu verstellen – er lernt es, die Augen zu schließen, um dem Abscheu zu wehren – sich auf die sich öffnenden Türen zu konzentrieren, die in jene glitzernde Welt führen ... In diesen ersten Wochen sind er und der Regisseur allein. Die vielen anderen jungen Leute werden nicht mehr eingeladen. Und an den Nachmittagen, wo er nicht im Studio ist, springt Skipper in das Schwimmbecken, und das Wasser wärmt ihn und gibt ihm Sicherheit ...
»Wie lange warst du dort?« bohrte der Dicke weiter.
»Einen Monat ... nein, länger ... vielleicht zwei ...«, sagte Skipper.
»Und warum bliebst du nicht länger?«
Wieder weicht Skipper der Frage aus. »Also ... Sie verstehen ... die-

ser Regisseur … er sagt, ich würde so gut aussehen … und auch meine Persönlichkeit … aber ich müßte lernen, viel lernen … um im Film voranzukommen … und … also … ich war in einem von seinen Filmen drin …«

Der Regisseur sagt zu Skipper: »Du hast das, worauf es ankommt: das Aussehen. Aber du wirst Schauspielunterricht nehmen müssen. Und Talent ist auch sehr wichtig – es gibt viele sehr schöne Jungen in dieser Stadt … Ich weiß da jemand, einen wunderbaren Lehrer – zu dem bring' ich dich.« Und es werden Reklamefotos von Skipper gemacht, und der Lehrer sagt zu ihm: »Sie sind ein sehr schöner Junge – und das ist wichtig!« Und der Regisseur sagt Skipper, er habe in seinem neuen Film eine Rolle für ihn: »… keine große Rolle – aber die nächste, wenn du etwas gelernt hast …« Er lächelt beruhigend. »Man wird dich nun endlich zu sehen bekommen, und das ist wichtig. In meinem nächsten Film wird eine größere Rolle für dich drin sein, du wirst auch sprechen – sie werden dich dann auch hören.« Und Skipper redet sich ein, daß er tatsächlich dafür gemacht ist.

»Was für 'n Film war das?« sagt der Dicke. Skipper warf einen Blick in sein leeres Glas. Er wendet sich zum Barmixer: »He! Noch was zu trinken!« Der Mixer ruft zurück: »Hol's dir selber. Süßer, ich bin keine Kellnerin!«

Der Dicke gibt dem Hageren wieder Geld. »Hol Drinks«, sagt er befehlend.

Der Hagere erhebt sich – die Zigarettenspitze rollt auf den Boden herunter, und er stolpert beinahe über sie. »Wie hieß der Film, in dem du drin warst? Vielleicht hab' ich ihn gesehen.« Der Dicke schiebt Skipper wieder sein Glas hinüber, als der Hagere sich setzt und gottergeben in die Nische zurücksinkt. »Er hieß …«, sagte Skipper, »… er hieß *So ist das Leben.«* Er lacht unfroh.

»Ich erinnere mich nicht an dich – aber das ist ja auch schon lange her«, sagte der Dicke natürlich. »Welche Rolle spieltest du denn?«

»Sie hatte keinen Namen«, sagte Skipper.

»Wieso das denn, ich dachte, du würdest uns jetzt erzählen, du hättest einen Preis dafür bekommen.«

»Scheiße, Mann!« platzt Skipper betrunken heraus, »man sah… man sah nicht einmal mein Gesicht!«
»Und dann?« Das Verhör geht unerbittlich weiter. *Eines Abends – eine kühle Brise von den Bergen her fällt in den Garten ein – eines Abends spricht Skipper von seinem Zimmer, wie der junge Mann, den ich später dort traf – und der Regisseur zieht die Brauen zusammen, sieht ihn an und berichtigt ihn in fatalem Ton: »Du meinst das östliche Schlafzimmer…« Bald bemerkt Skipper die Ungeduld in den Augen des Regisseurs, er sieht die Clique von jungen Leuten aus dem Filmstudio, die wieder zum Schwimmen kommt – und einen jungen Mann ganz besonders –, und er hört, wie der Regisseur dem jungen Mann (er steigt gerade aus dem Swimming-pool, während Skipper auf der Marmorbank sitzt) erklärt: »Ich glaube, Sie werden im Film eine Sensation sein.« Und er wendet sich an Skipper und sagt: »Geh und sag Mattie, daß wir einen Gast zum Essen haben.«*
»Nun ja«, sagte Skipper, »verstehen Sie… und dann… sagt er zu mir, daß ich noch mehr Stunden nehmen muß… ich muß… ich muß noch besser lernen, zu spielen.«
»Ihm fehlt der Zauber«, sagt der Regisseur später über Skipper zu seinen Freunden. »Aber da ist dieser Junge im Studio – ich habe gerade heute noch mit ihm über seine Möglichkeiten gesprochen und… er ist wirklich sehr schön, dieser Junge.«
»Du mußt ein sehr schöner Junge gewesen sein«, murmelte der Hagere.
Skipper zuckte zusammen. Er sah den Hageren verstört an. Er schaut verwirrt um sich, als ob das Echo der Worte, die er jene kostbaren Jahre seines Lebens hindurch vernommen hatte, ihn unversehens woandershin versetzt habe: in die Villa des Regisseurs, in die Wohnungen – nach und nach immer weniger extravagant – in denen er gewesen war. In seinem Blick sehe ich jetzt, noch schemenhaft, die langsame Kapitulation.
»Und was geschah dann?« fragte der Dicke. Er stieß zwei kräftige Rauchfahnen durch die Nasenlöcher und glich nun einem angreifenden Stier.
»Ach… ich… na ja… später zog ich dann aus. Aber ich ging wei-

ter zu diesem Schauspiellehrer ... und Sie verstehen ... zog zu ihm ... und dann ... ich hatte ja 'ne Menge Leute kennengelernt, als ich bei diesem Regisseur lebte ... und dann durch diesen Lehrer und ... ich ... na ja, sie hatten mich alle gern ... Scheiße, Mann«, sagte er plötzlich, »ich lebte mit allen von ihnen ... mit einem von diesen Scheißkerlen nach dem anderen.«

»Und dann?«

»Mit anderen«, sagte Skipper stumpf.

»Und dann?« Der Dicke gibt nicht nach.

»Dann ... dann hatte ich die Nase voll, verstehen Sie? Ließ alles stehn und liegen und haute ab. Dann ... als ich zurückkam ... verdammtnochmal: Ich wollte ... ich wollte diese Leute am liebsten gar nicht wiedersehen. Und ein paar von ihnen ...«, fügt er bitter hinzu, »... wollten mich nicht sehen. Sie riefen irgend jemand an ... brachten mich für 'ne Weile unter ... bei irgendeinem Freund ... Dann hing ich bei Schwartz herum, in diesem Filmlokal ... am Hollywood Boulevard ... am Strande: überall ... Und dann kam ich zurück ... zurück zur Main Street ... von Hollywood hatte ich die Nase gestrichen voll ... ich wollte am liebsten gar nicht mehr daran denken ... Und dann ... du lieber Gott! – dann hatte ich noch diese Schweinerei da auf dem Scheiß-Pershing-Square ... Pershing Square!« sagt er verächtlich.

»Und zwar?«

»Dieser Bulle – dieser Wachtmeister Morgan. Nimmt der mich doch hops, Mann, und schleppt mich dort runter, wo sie einen verhören. Wir sind allein, und da versucht der doch, mich umzulegen! Ich knallte ihm eine vom Latz – Mann! Ein Bulle! Natürlich hatte er dann die Hosen gestrichen voll vor Angst, ich würde ihn verpfeifen, und läßt mich laufen und sagt, wenn er mich wieder irgendwo erwischt, würde er mich einbuchten lassen ...« Er preßte sein Glas fest zwischen beide Hände. »Scheißkerle«, sagt er und schüttelt den Kopf, als fälle er ein Urteil über all die Leute, die sein Leben bevölkert hatten.

Der Dicke sieht ihn mit steinernem Blick an. Dann gähnt er und sieht auf seine Uhr. »Es ist schon nach eins«, sagt er. Um uns herum ist die verzweiflungsvolle Suche nach einem Partner ausgebrochen: Es *muß* passieren! In der vergangenen Stunde sind viele Paare gegangen: in benachbarte Hotels, in Apartments, in Wohnungen – Parties, die bis in den kommenden Tag hinein andauern werden. Aber das Lokal ist immer noch gerammelt voll. Die Musik scheint lauter, das Gelächter schneidend – schriller und forcierter. Ein nicht abreißendes Brausen von Worten bedrängt einen fast körperlich. Das Gehabe ist auf der einen Seite weibischer, auf der anderen männlicher geworden.

Wie ein Stier vor dem Angriff senkt der Dicke seinen Kopf und legt die Hände auf den Tisch. »Hör zu«, sagt er zu Skipper, und in klarer Voraussicht des Kommenden möchte ich ihn zum Schweigen bringen. Ich will aufstehen, aber der Dicke redet bereits weiter: »Mein Freund hier«, er deutet auf den Hageren, »möchte gern, daß du mit zu ihm gehst. Er hat keinen Mumm, dich selbst zu fragen, und so habe ich ihm angeboten, dich für ihn zu kaufen – keine dicke Sache, wie du es gewohnt bist: nur für heute nacht.«

Der Hagere, obwohl betrunken, blinzelt ungläubig. Skipper streicht sich benommen mit der Hand übers Gesicht, als sei er bemüht, die Situation zu begreifen. »Was?« murmelt er, »... mit ihm ...?«

Wieder möchte ich rasch fortgehen. Diese düstere Szene hat sich wie unter einem Brennglas in qualvolle Realität hineingesteigert. Aber hilflos wahrnehmend, daß der Stier bereits angreift – Bier und harter Schnaps gären bösartig in mir –, höre ich die Worte des Dicken unentrinnbar folgen. »Wirst du mitgehen?« hat er Skipper gefragt. Der Hagere, plötzlich die letzten Überreste von Nüchternheit zusammenraffend, den Tränen nahe: »Wirst du nicht endlich Ruhe geben? *Bitte, gib doch endlich Ruhe, bitte!*«

»Nun?« fragt der Dicke.

»Ich geh mit ...«, murmelt Skipper.

»In Ordnung«, sagt der Dicke. Aber er scheint enttäuscht, als habe er irgendeine andere, dramatischere Reaktion erwartet.

»... für dreißig Eier«, fügt Skipper hinzu. An der Art, wie der Dicke jetzt den Rauch befriedigt ausstößt, wird mir klar, daß es das war, worauf er gewartet hat.

»Dreißig Dollar!« brüllt er. »Einen für jedes Jahr, wie? – und noch ein paar Jahre als Zugabe? So hast du es dir wohl gedacht?«
»Dreißig Eier«, wiederholte Skipper. Sein Kopf berührt fast die Tischplatte.
»Dafür kann ich mehrere haben«, prahlt der Dicke. »Jeden! Dafür kann ich mir den besten von allen raussuchen!«
»Gib doch Ruhe«, murmelt der Hagere.
»Fünfundzwanzig«, sagt Skipper und ballte die Fäuste.
»Zu teuer«, sagt der Dicke lachend.
Die Bestürzung auf Skippers Gesicht, als er jetzt in verblüffter Dumpfheit vom Tisch aufsieht, um seinen Blick auf den Dicken, den *Feind,* zu richten, berührt mich schmerzlich ... Als Skipper in die Tasche langt und seine Fotos aus dem Umschlag nimmt, ruft etwas in mir ihm zu: *Tu's nicht!* ... da mir klar wird, daß Skipper im Begriff ist, um seine Jugend zu schachern. Aber Skipper hat bereits zwei abgegriffene Zeitungsausschnitte in der Hand. »Hier«, sagt er triumphierend zum Dicken, »... ich stand in der Zeitung!«
Der Dicke greift nach den Ausschnitten. Er sah sie sich genau an. »Oh«, sagte er trocken, »... du begleitetest eine junge Schauspielerin in ein Nachtlokal.« Er liest den anderen Ausschnitt. »Hier ist kein Name genannt. Da steht bloß, daß sie in Gesellschaft eines jungen Schauspielers war.«
»Jaa ...«, sagt Skipper, »aber das war ich ...«
Der Dicke gibt ihm die Ausschnitte wieder. Jetzt schiebt Skipper ihm die Fotos herüber, die auseinandergleiten und zwischen die Flaschen und Gläser und Zigarettenkippen geraten.
»Das bin ich!« sagt er. Die Bilder eines jungen Mannes – Skipper – liegen zwischen Abfällen auf dem Tisch: Der fast nackte Körper ist in strahlender Jugend von der Kamera eingefangen. Der Dicke blickt gleichgültig auf die Fotos. »Du hattest nicht gerade viel an, wie?«
»Sie waren in diesen Körperkultur-Magazinen«, sagte Skipper. »Ich hab' sogar einen Film für die gemacht ... und es gab noch viele andere Bilder ... man konnte auch Vergrößerungen bestellen, sogar ... sie kaufen ... und ...«

Der Hagere greift angetrunken nach den Bildern. Er betrachtet sie eingehend. »Ja, aber … dieses sieht aus, wie … ist es nicht das gleiche …?« begann er.
Der Dicke unterbricht ihn scharf: »Gib ihm seine Bilder zurück!« rief er ärgerlich.
»Aber ja … es sieht aus … genau wie das Bild, das im Rahmen in deinem Zimmer steht … das große!« sagte der Hagere zum Dicken. »Es ist … es ist das glei…«
»Gib ihm seine Bilder zurück!« befiehlt der Dicke und reißt sie dem Hageren weg …
Und nun, da er seine Motive entdeckt sieht, wendet sich der Dicke mit unverhohlener Grausamkeit Skipper zu. »Du warst damals bedeutend jünger«, sagte er.
»War ich auch! … Ich war gerade bei den Ledernacken raus … ich sagte es ja … ich … als … Sie verstehen …«
»Das ist verdammt lange her!« brüllte der Dicke.
Ich sehe, wie die vernichtende Niederlage Skippers Kopf fast auf die Tischplatte drückt – und ich höre den Dicken zu ihm sagen: »Du kriegst zehn Dollar – und ich will dich nicht haben, ich kaufe dich für den da …« Er zeigt auf den Hageren, der vor dem erbarmungslos auf ihn deutenden Zeigefinger zurückweicht … »Zehn Dollar – für dich … und die Bilder …«, sagt der Dicke unbarmherzig und versucht nun, indem er sogar die Erinnerung an Skippers Jugend, festgehalten auf diesen Fotos, heruntermacht, seine eigene jahrelange Begierde auszulöschen.
»Die Bilder nicht«, murmelte Skipper.
»Dann ist kein Geschäft zu machen«, erklärt der Dicke triumphierend. Er hält die Bilder noch in seiner Hand. Plötzlich beugt Skipper sich mit einem Ruck weit über den Tisch und entreißt ihm die Fotos. »Laß deine dreckigen Pfoten davon!« brüllt er. Die Bilder liegen am Boden verstreut. Der Dicke sieht Skipper voll nacktem, kaltem Haß an. Er sammelt seine überquellenden Fleischmassen zusammen, um sich zu erheben, und wendet seinen Blick mühsam von Skipper ab. Skipper steht jetzt schwankend auf. Mit einer raschen unerwarteten Bewegung stößt er den Dicken in die Nische

zurück. Das Leder gibt ein saugendes, protestierendes Geräusch von sich, als der Körper des Dicken hineinsinkt.
Skipper brüllt: »Setz dich – Speckschwein!«
Im Nu bricht die dämonische Gelassenheit des Dicken zusammen wie eine Mauer unter dem Anprall eines Rammbocks.
»Du dreckiger Hund! – wie kannst du es wagen?« winselt er.
Die Leute im Lokal drängen sich sensationslüstern um die Box.
Skipper steht drohend über den Dicken gebeugt. »Du *riechst* sogar nach Speck!« sagt er.
Sie starren einander an wie zwei Soldaten feindlicher Armeen, die begreifen, daß es keinen Sieger geben wird – daß sie beide tödlich verwundet sind.
Skipper wiederholt: »Du riechst sogar nach Speck!«
Der Dicke – ein Stier, der sich nach dem Todesstoß noch einmal aufrafft – brüllt mir zu: »Also – gehst du nun mit uns oder nicht?«
»Du kannst mich am Arsch lecken«, sagte ich.
Wie ein Sturmwind greift der Dicke nach dem Hageren, hebt ihn vom Sitz und schlenkert ihn wie eine Marionette hin und her. Der Hagere schlägt mit den Nägeln zu, als wolle er den aufgeblähten Körper durchlöchern, und befreit sich aus dem Bärengriff.
»Er hat recht!« brüllt der Hagere – und jetzt weint er. »Er hat recht! Du riechst wirklich nach Speck!« Er fängt an zu lachen und wiederholt immer wieder: »Speck, Speck, Speck, Speck... *Speck!*...«, bis das Wort in hysterischem Gelächter unterging, als der Dicke, einem gezielten Fausthieb des betrunkenen Skipper ausweichend, sich fast mitleiderregend, die Arme voran, in die herumstehende Menge wirft und sich einen Fluchtweg in die schützende Nacht hinaus bahnt.
Als er hinausstürmte, hörte ich eine bekannte Stimme sagen: »Laßt mich durch, laßt mich durch«, und aus dem Kielwasser des Dicken tauchte Trudi auf und erkämpfte sich den Durchgang zu Skipper. Klein, zerbrechlich und sehr zurechtgemacht, sammelte sie die verstreuten Fotos und Zeitungsausschnitte behutsam vom Boden auf – sie hat instinktiv verstanden, was vorgefallen war – und steckte sie sorgfältig in den Umschlag. Sie reichte Skipper knapp bis zur

Schulter, und sie sah ihn mit soviel Erbarmen an, wie nur ein Ausgestoßener es für einen anderen Ausgestoßenen empfinden kann. Dann legte sie ihre Arme um ihn und flüsterte ihm zärtlich zu:
»Komm, Baby ... diese Scheißperlen ... laß uns nach Hause gehn.«
Sie führt Skipper, der nunmehr jeden Widerstand gegen seinen Rausch aufgegeben hat, schwankend, aber zielbewußt durch die Menge.
Draußen ist die Luft kühl. Schwarze Nacht umfängt die Main Street ...
Ich stehe da und sehe den Leuten zu, wie sie die Bar verlassen ... paarweise oder in verzweiflungsvoller Einsamkeit. Ein paar Schritte entfernt steht Skipper über den Rinnstein gebeugt und übergibt sich. Eine Dragqueen kommt vorbei, bleibt stehen und starrt Skipper an ... Und ich höre, wie Trudi – während sie Skipper, der sich krampfartig erbricht, liebevoll stützt – dem plötzlich verwirrten Blick der Transe angriffslustig entgegenhält:
»Was ist los, Schwester? ... noch nie einen *Mann* kotzen gesehen?«

Die Stadt der Nacht

Bedenken Sie dies: *»Diese beschissene Welt taugt nichts. Man muß so tun, als ob einem alles ebenso egal ist wie den anderen – oder man geht unter.«*
Ich hungerte danach, begehrt zu werden – doch wenn jemand versuchte, mir näher zu kommen – irgend jemand, dem ich auf meiner täglichen Exkursion durch Kinoränge, Bars und durch den Park begegnete –, rückte ich sofort von ihm ab. Öfters sah ich so gut wie niemanden.
Immer wieder, inmitten der anderen, die sich an diesen Orten herumtrieben, empfand ich ein eigentümliches, überwältigendes Schuldgefühl, weil ich fest glaubte, daß ich, anders als die anderen, dieser Welt nicht in die Falle gegangen war. Dennoch gab es Zeiten, in denen ich mich noch hoffnungsloser als sonst als ein Teil von ihr empfand, weil ich sie selbst gesucht hatte. Die seelische Zwickmühle, in der ich mich befand, war so seltsam beunruhigend – so schwer zu verstehen –, daß ich mich zu zwingen versuchte, nicht an sie zu denken – vielleicht weil ich sogar damals schon spürte, daß die Lösung des Rätsels etwas nach sich ziehen würde, dem ich in seiner Härte nicht gewachsen war.
Es gab immer häufiger Augenblicke des Verlangens nach einer Art von Rache am Leben – um mit dem Leben quitt zu sein. Und aus welchem Grunde im besonderen? Ich wußte es eigentlich nicht. Immer mehr und mehr wurde die Rache zum bewußten Verlangen.
In der Sixth Street in Los Angeles, einen Häuserblock vom Pershing Square entfernt, gibt es eine Bar namens *Hodge Podge.* Damals war es nicht ausschließlich ein Stricherlokal – viele kamen, um es untereinander zu tun. Aber oft eignet ein solches Lokal sich noch besser zum *Anschaffen.*
Man steigt von der Straße aus hinab, als ginge es in einen Keller.

Drinnen ist es dunkel und wie in einer Höhle: Durch Unterteilungen sind kleine Ghettos entstanden, in denen Grüppchen im Dämmerlicht eng zusammengedrängt beieinanderhocken. Wenn man hereinkommt, kann es passieren, daß ein junger Mann, der aussieht wie ein Ganove, einen nach seinem Personalausweis fragt. Weil er mich dort noch nicht gesehen hatte, verlangte er auch den meinen. Ehe ich ihn aus der Brieftasche nehmen konnte, kommt eine Negertunte, die ich flüchtig kannte – Miss Billie: Ich war ihr höchstens zwei Mal im *1-2-3* begegnet – auf uns zugestürzt. »O Baby«, sagt sie indigniert zu dem jungen Mann, der die Ausweise kontrolliert, »der ist in Ordnung – schließlich kenn ich ihn ja schon *jahrelang!* Den läßt du sofort rein, wie deine Schwester dir das hiermit zu verstehen gibt. Klar?« Sie wandte sich an mich: »Ich arbeite jetzt hier, Baby – um den Umsatz zu erhöhen –, und du brauchst dich bloß auf Miss Billie zu berufen, wenn sie dich nicht reinlassen wollen.« Jemand rief nach Getränken. »Bis gleich, Liebling«, sagte sie und ging.

Es braucht einige Zeit, bis man die Gesichter hier erkennen kann, da die Augen sich erst an das Licht gewöhnen müssen. Als es soweit war, erblickte ich als ersten jemanden, der auch mich ansah: ein gutgekleideter, noch verhältnismäßig junger Mann, der allein an einem Tisch saß ... Ich wußte sofort, daß ich ihn kannte – irgendwoher, vielleicht sogar aus New York. Möglicherweise hatte ich nur irgendwann mit ihm gesprochen – auf der Main Street oder im Park. Aber ich glaubte, daß es nicht nur *irgendwann, irgendwoher* war. Es mußte bei einer Gelegenheit von besonderer Bedeutung gewesen sein ...
»Baby!« Ich sah Pauline mit zwei Gläsern auf mich zukommen, von denen sie eines mir überreichte. Sie ist heute abend um die Augen heftig geschminkt und legt es nach wie vor darauf an, mit ihren aufgeworfenen und geschürzten Lippen wie Sophia Loren auszusehen. Ich überlege mir, wieso sie nicht im *1-2-3* oder bei *Ji-Ji* ist – die beiden Lokale, die die Queens bevorzugen, weil sie dort eher als anderswo angefummelt erscheinen konnten. »Ich wußte doch, daß ich *häufiger* hierherkommen sollte! Man hat mir erzählt, daß in diesem Puff hier immer öfter *wirklich* was los ist.« Sie spielt sich auf

wie bei jedem – bald wird sie mir Gottweißwas versprechen. Sie wird ihren Schönheitssalon erwähnen, der immer *demnächst* eröffnet wird – und wird mir, wie jedem anderen, erzählen, daß ich der *einzige* sei, den sie je geliebt habe.

»Ich bin *gerade* in dieses fantastische Apartment gezogen, draußen in Hollywood, Baby«, sprudelt es aus ihr heraus, »... und du mußt hinkommen und bei mir *wohnen.* Wir werden auf großem Fuße leben ... du weißt, mein Schönheitssalon wird demnächst *eröffnet* ... und meine Kundinnen sind die *vermögendsten* Frauen von Beverly Hills, und ich habe *gerade* ...« Und so weiter, wie gehabt.

Der Mann am Tisch starrt mich immer noch an. Ich überlege mir, ob wohl auch er versucht, sich zu erinnern, woher er mich kennt. So sehr ich mich auch bemühe, ihn nicht anzusehen: ich wende mich immer wieder nach ihm um. Hier in diesem Lokal – umgeben von Gekicher, lautem Gelächter und dem Stampfen der Musicbox – scheint es mir auf sonderbare Weise, als säße er dort über irgend etwas zu Gericht. Über mich? Aber ich kann mich nicht mehr erinnern.

»Ich muß abhauen«, sagte ich unvermittelt zu Pauline.

»Aber du bist doch eben erst gekommen, Baby!« Sie spielt die Gekränkte. »Bist du etwa *untreu* ... dem Menschen gegenüber, der dich am allermeisten auf der ganzen weiten Welt liebt? *Gesteh' es* – bist du mir untreu ... Dieser Laden fällt dir auf den Wecker, nicht wahr? Ich *seh' es* ... Jetzt will ich dir mal *etwas* sagen! Ich hab' Geld wie Heu heute abend, Liebling. Laß uns doch in diesen wirklich tollen Schuppen gehen, den ich da kenne, wo wir erstklassiges Marihuana ergattern können. Und dann gehn wir in meine Wohnung und rauchen uns einen an ... Ich würde dich natürlich zu gern in meine *neue* Wohnung mitnehmen – in *Hollywood* (obwohl es eigentlich eher Beverly Hills ist) – aber, um es genau zu sagen: ich bin noch nicht so *richtig* eingezogen. Du verstehst schon: die Wohnung wird ganz neu ausgestattet, und die Innenarchitekten nehmen es sehr genau – du, weißt, wie diese Mädels sind – und inzwischen wohne ich also *noch* in der Spring Street ...«

Pauline kreischte laut, als wir zusammen hinausgingen, um ihrem Abgang die entsprechende Aufmerksamkeit zu sichern. Auf dem

Treppenabsatz, vor den Stufen, die hinaufführten, warf ich noch einen Blick zurück auf den Mann am Tisch. Er sah mich immer noch an. Diesmal hatte Pauline ausnahmsweise einmal die Wahrheit gesagt.

Sie hatte wirklich Geld wie Heu. Wir nahmen ein Taxi und fuhren zu einem Lokal am oberen Broadway.

Die Bar war hauptsächlich schwarz. Auf der Tanzfläche bewegen sich flotte Piekdamen – klassische Hinterbacken in goldene, orangefarbene und rote hautenge Kleider gezwängt – und ihre Neger mit den glänzenden Gesichtern. Dies ist kein schwules Lokal, sondern eines für Ausgestoßene jeder Art: Schwarze und deklassierte Weiße, Kokser und Morphinisten, *kesse Väter* und Dragqueens. Auch auf der Tanzfläche sind Lesben – die maskulinen (die kessen Väter) tanzen mit über die Maßen effeminierten Tucken, wobei die Rollen natürlich vertauscht sind – verstößt aber nicht gegen das Gesetz: breitschultrige Frauen und junge Männer mit Wespentaillen. Die kessen Väter führen die Transen.

»Geht es hier nicht wirklich *irre* zu, Süßer?« sagt Pauline, die für den heutigen Abend – oder solange ihr Geld reicht – die wohlhabende Frau spielt, die sich mit ihrer männlichen *Begleitung* ins Nachtleben gestürzt hat. »Ich hab' 'ne *prima* Beziehung hier, Baby, und wir werden uns mit Pillen und Marihuana vollpumpen und dann wirst du im Bett vielleicht was erleben! Ich habe gewartet seit dem ersten Mal, als ich dich sah ... Wieso hast du es eigentlich noch nie mit mir getrieben, Baby? – du bist der *einzige,* den ich *je* geliebt habe! ... Mein *Gott,* diese *Tunten,* die mit Lesben tanzen – puh! Die müssen pervers sein!«

Ich ging auf die Toilette, wo schweißglänzende schwarze und weiße Gesichter sich gespannt über Würfel beugen, zusammengedrängte Körper in dem winzigen Raum, den der Geruch von Marihuana zu sprengen droht. Ein Neger mit schweren Lidern bietet mir etwas an, das kaum noch eine Kippe genannt werden kann: »Willst du dich aufmöbeln?«

»Du warst so lange fort«, sagte Pauline, als ich an den Tisch zurückkam, an dem wir saßen. »Ich hoffe, niemand hat *Ungebührliches* von dir verlangt! Ich kratz' ihm die Augen aus!« In dem Stil fuhr sie fort – aber ich hörte nicht wirklich zu. Ich dachte immer noch an den Mann im *Hodge Podge.* Was immer zwischen uns geschah, wann und wo es auch geschehen oder nicht geschehen war: irgendwie war es wesentlich. Das wußte ich mit Gewißheit.

»Warum bist du so nervös, Baby?« fragt mich Pauline.

Und dann fiel es mir ein, plötzlich und ganz deutlich. Ich stand abrupt vom Tisch auf. »Wo willst du *hin?«*

»Mir fällt gerade ein«, sagte ich, »... ich muß jemanden treffen. Ich muß gehn. Pauline. Wir sehen uns ein andermal – in deiner Wohnung in Hollywood, okay?«

»Aber *Baby!«* rief sie aus. »Du hast nicht einmal den Drink ausgetrunken, den ich für dich bestellt habe!«

Ich trank ihn mit einem Schluck herunter. »Irgendwas stimmt nicht«, sagte sie. »Oder liebst du mich nicht mehr?«

»Ich muß dorthin zurück, wo wir waren«, sagte ich, »mir fiel gerade ein, daß ich jemanden sprechen muß, sonst gar nichts.«

Sie wurde jetzt wütend, »Geh zum Teufel, von mir aus – so 'n Kerl bist du auch wieder nicht«, knurrte sie mit tiefer Männerstimme.

»Es tut mir leid, Pauline – ich muß.«

An der Tür wandte ich mich um: Sie stürmte über die Tanzfläche, blieb einen Moment stehen und sah zurück, ob ich ihr wohl folge. Als sie verstand, daß dem nicht so war, stürzte sie in die Damentoilette, an nicht vorhandenen Tränen herumwischend. Die Situation war für sie – obwohl anders, als sie es erwartet hatte – nichtsdestoweniger durchaus befriedigend. Nun war sie die gekränkte Frau, der übel mitgespielt worden ist...

Kurz danach war ich wieder im *Hodge Podge.* Als ich hereinkam und durch die dunklen Rauchwolken spähte, dachte ich für einen Augenblick, der Mann sei gegangen, und das Herz wurde mir schwer. Aber dann sah ich ihn: Er hatte sich bloß weiter in die Dunkelheit zurückgezogen. Und nun, betrunken, wie er es das erste Mal gewesen war, bin ich ganz sicher, wer er ist. Ich hatte plötzlich das Gefühl, daß auch er auf mich wartete. Ich stand neben ihm.

»Drink?« fragte er. Ich setzte mich. Er rief nach Miss Billie. »He,

Süßer«, sagte sie zu mir, »Warum bist du vorhin so rasch gegangen? ... Und da wir gerade dabei sind: wieso hab' ich dich so lange nicht gesehen? – aber stimmt ja, ich war ja ungefähr eine Woche im Krankenhaus. Ich wurde operiert ... und als ich ...«

»Eine Abtreibung?« fragt eine weiße Dragqueen, die gelauscht hat.

»Halt deine dreckige Schnauze, Mary«, sagte die Transe, »... oder du fliegst hier mit solcher Windeseile raus, daß du ohne Puder auf dem Gesicht draußen stehst!«

»Süße«, sagt die andere, »ich wollte dir doch nicht an die Karre fahren, Liebling ... Liebste, wäre ich ja *selbst* gerne in andern Umständen!« Jetzt kicherten sie alle, Miss Billie eingeschlossen: plötzlich alle wieder zu Schwestern vereint.

Der Mann, bei dem ich sitze, schweigt lange. Er sieht mich nicht einmal an. Er starrte auf den Tisch herunter, drehte an seinem Glas ... Aber ich bin fast sicher, daß auch er sich an mich erinnert – daß er auf mich gewartet hat, damit etwas äußerst Wesentliches – wenn auch in verkehrtem Sinn Wesentliches – seinen Abschluß findet.

»Gehst du mit?« fragt er mich.

Ohne zu antworten, stand ich auf, und wir verließen das Lokal.

Wir gingen zu einem Hotel in der Nähe, es war weit besser als die in der Main Street. Kühl und beziehungslos fuhren wir mit dem Fahrstuhl hinauf und gingen in sein Zimmer ...

Draußen war er mir weniger betrunken erschienen als jetzt und ich überlege mir, ob es für ihn irgendwie notwendig ist, betrunken zu sein, und wenn schon nicht in diesem Maße, so doch zumindest, es vorzutäuschen.

Er zieht nur die Jacke aus, legt sie sorgfältig mit dem Futter nach außen auf einen Stuhl, und sein Portemonnaie ragt halb aus der Brusttasche heraus. Im Bett, als er mich berührte, ging es schnell und hektisch vor ... Dann legte er sich zurück wie in trunkenem Schlaf.

Sofort – ich tat das, weswegen ich mit heraufgekommen war – griff ich nach seiner Brieftasche und nahm das ganze Geld heraus. Die Brieftasche ließ ich geöffnet auf dem Stuhl liegen.

Und ich verließ das Hotel mit dem seltsam triumphierenden Gefühl, soeben den Mann bestohlen zu haben, bei dem ich, an jenem ersten

Nachmittag in Los Angeles, vor der Welt, die ich suchte, versagt hatte.

Dritter Teil

»Er hält den Wind und den Regen,
Hält beide, dich und mich,
Und hält die ganze Welt in Seiner Hand.«

He's Got the Whole World in His Hands

Die Stadt der Nacht

Der Hollywood Boulevard ist das Herz der herzlosen Legende von Hollywood. Wie eine bestimmte Art von Motten, angelockt von dem besonderen Glanz der nihilistischen Filmmetropole, werden die Unbegabten und Unentdeckten von der Mär vom Erfolg in die Straßen gespien.

Du kamst hierher, um inmitten von Blumen deine Wünsche in 3-D erfüllt vorzufinden; die sich dir entziehende Welt der Kindheit wird beharrlich ins Erwachsenendasein projiziert (ein übertragenes Etwas, das heißt: ein Händchenhalten, wie du es mit Mammi tatest, bis du die Onanie entdecktest); die Scheinwelt unter beklemmenden Palmen, welche uns, o wie lange schon, die verlockenden, goldverbrämten Filme in Technicolor (im Bunde mit Mineralwasserausschank und Starkult und den tausend vergegenwärtigten Wundern, die allein diese Dinge schon heraufbeschwören), die ewige Sonne (selten nur die Einsamkeit des grauen ... verlorenen ... Winters oder des heulenden Windes) und der Traum von einer fast grenzenlosen, strahlenden Freiheit (barfuß und mit nacktem Oberkörper durch die Straßen gehen) aus der Ferne versprochen haben. In dieser strahlenden sonnigen vielfarbigen Stadt ergeht überall die Aufforderung an dich, zu verrotten, ohne es zu bemerken, zu sterben, ohne es zu fühlen, alt zu werden und dabei jung auszusehen. Das spürt man bereits, ehe man die eigentlichen Grenzen der Welt, die sich Hollywood nennt, überschreitet: Auf der Tafel bei Crenshaw stand, umgeben von riesigen Rosen: WIR BEHANDELN IHRE MÜDEN FÜSSE FÜR IHREN INNEREN FRIEDEN – und in Melrose sahst du einen Christus mit glücklichem Gesicht vor einer Kirche: seine prächtigen Gewänder wirken außergewöhnlich festlich. Und was du hier zu deiner Heilung suchtest (etwas, wovon, wohlgemerkt, ein anderer geheilt werden möchte – dein Leiden ist somit

das Heilmittel für jemand anderen), ist sicherlich vorhanden (obwohl du es vielleicht nicht finden wirst): hier, inmitten von Blumen, Gras und Palmen.
Die gesegneten Abende …
Hollywood – die Randwelt jenseits der Filmgelände.
Hollywood: Sex und Religion und Polizisten und Nymphomaninnen und Kulte aller Arten und Sex und Religion und Drogen … und Sex und Sekten und Blumen und Drogen und Religion … Schwule und Nymphomaninnen und neurotische Bullen … und Sex.
Der Hollywood Boulevard ist das Zerrbild eines Traumes.

Du bist sofort enttäuscht – die Erwartung, die Stars in Traumlimousinen zu Gesicht zu bekommen, erfüllt sich nicht; die einzigen Sterne, die du erblickst, sind die in die Gehsteige eingelassenen Bronzesterne, die die Namen der denkwürdigen – manchmal auch die der weniger denkwürdigen – Persönlichkeiten Hollywoods sehen lassen. Des weiteren erblickst du zu beiden Seiten die langen, mit leuchtenden Spangen besetzten Reihen von Geschäften und Schnellrestaurants, zweifelhaften Bars, *Red-Devil*-Würstchenständen, Kinos … Doch deine Enttäuschung wird nicht von langer Dauer sein, wenn du gekommen bist, um unter der neonleuchtenden, für die Touristen bestimmten Oberfläche dieser Straßen zu schürfen. In der Nähe von Las Palmas, vorbei am Zeitungsstand – doch auf der gegenüberliegenden Seite –, wo Existenzialisten-Profis mit oder ohne Sandalen in einem Taschenbuch blättern und die Schwulen vor den Körperkulturmagazinen herumstehen und sich beäugen – während die Dame aus, sagen wir, Iowa, die hier ist, um an einer Schultagung im *Biltmore* teilzunehmen, sich ein Filmbuch kauft (und *ahhhh* seufzt, wenn anläßlich einer Filmpremiere die Scheinwerfer sich in den Himmel bohren) – in der Nähe von Las Palmas malt der Pershing-Square-Veteran, vornehmlich am Samstagabend, mit Kreide Bibelworte auf die Straße: sorgfältig ausgeführte, unwahrscheinlich schöne Buchstaben. Die jungen Hochschulrabauken (mit Bürstenhaarschnitt als Abzeichen ihrer Jugend) verhöhnen ihn grausam nach Art erbarmungsloser Halbwüchsiger, während er seine

Prophezeiungen des durchaus möglichen *Gerichts* herausschleudert: Die dröhnenden Worte sind so etwas wie ein musikloses Leitmotiv dieser Straße... Die Tunten, die für einen Augenblick mit halbem Ohr seinen herausgebrüllten Drohungen im Hinblick auf das unmittelbar bevorstehende *Strafgericht* zuhören (und dabei die Menge mustern, ob jemand darunter ist, der ihnen gefällt), überqueren die Straße auf ihrem mutmaßlichen Weg zur *Grünen Bar* (wo Miss Ana Mae – in angemessener Umgebung – das Echo der erwähnten Drohungen mit ihrer Hammond-Orgel übertönt, die sie kokett bedient), und wahrscheinlich werden sie gehässige Bemerkungen über den Strafgerichtspropheten loslassen:
»... na, *die* ist vielleicht *das Letzte,* was? Sie sollte zusehen, daß sie sich einen Mann angelt und endlich zur Ruhe kommt« – und kichernd wieder abrauschen in der Hoffnung, einen Mann zu finden und zur Ruhe zu kommen – sie fragen sich irritiert, ob ihre Unbefriedigtheit trotz Gekichers zu spüren ist (was sich ruinös auswirken könnte) und ob sie sich für heute nacht jemanden auftun werden, und wenn ja, ob es jemand Nettes sein wird, und Gott geb's, daß es früh am Abend geschieht, damit sie nicht die Schatten bei Selma um ihre Person vermehren müssen.
Denn Selma Street ist ein düsteres Fegefeuer, zu dem diejenigen, die in den Bars oder auf dem hellerleuchteten Boulevard nicht zum Zuge gekommen sind, sich in den verzweiflungsvollen Nachmitternachtsstunden selbst verdammen.
Auf einer Strecke von etwa vier Häuserblocks gehen dort in den späten Nacht- und frühen Morgenstunden männliche Geister um, an den Apartmenthäusern und den Silhouetten der Bäume vorbei (alles reichlich dürftig, wie eine Filmdekoration); sie warten darauf, daß ein Wagen hält und jemand sie fragt, worauf sie aus sind: Wenn er das zu geben bereit ist, was du erwartest, gehst du mit – wenn nicht, wartest du darauf, daß ein anderer aus dem Schatten auftaucht... Gesichter starren aus dunklen parkenden Wagen heraus, von denen du zunächst annahmst, sie seien leer, bis ein plötzlich angerissenes Streichholz aufflammt und ein Paar starrender Augen in einem verschatteten Gesicht enthüllt... Aber ruhig Blut:

auch Polizisten in Zivil wandern auf diesen Straßen unentwegt auf und ab ...

Wenn der mehr oder weniger lebhafte Betrieb nachläßt – du bist jetzt wieder auf dem Boulevard, der eine kurze Strecke weiter an schillerndem Glanz abnimmt und in ein Apartmenthäuser-Gelände mit pastellfarbenen Lichtern und sanften Rasenflächen ausläuft (wo Filmsternchen einsam leben und darüber nachgrübeln, ob sie es wohl schaffen werden – der Ersatz für Prominenz läßt sich nicht aus den sorgfältig rationierten Marihuanazigaretten saugen, die Träume vom Fließband vermitteln sollen) – dort also (vor den von weichem Rasen umgebenen, mit Swimmingpools versehenen Apartmenthäusern) gibt es ein Café, vornehmlich für ganz junge Schwule und diejenigen, die auf sie fliegen: Drinnen (farbige Glasfenster, wie in einer Kirche) schreibt ein kesser Vater (eine breitschultrige vierschrötige Lesbe mit Schreibblock und gezücktem Bleistift, durch Pillen in Fahrt) Liebesgedichte auf die weibischen jungen Tunten ... Nach zwei Uhr morgens stehen sie Schlange, um eingelassen zu werden. In den Seitenstraßen des Boulevards machen die einschlägigen Lokale am Wochenende Bombengeschäfte – sogar dann, wenn ihre Stammgäste auch die anderen Bars durchstreifen und manchmal, in einer besonders lebhaften Nacht, mehr als ein Dutzend hinter sich bringen – manche dieser Lokale werden von Strichjungen frequentiert (eins davon, in der Nähe der USO, von Soldaten, die auf den Strich gehen), einige von gemischtem Publikum, andere von den effeminierten oder auf *Künstler* hergerichteten Chorknaben, einige von Leuten, die Wert auf *Eleganz* legen, wieder andere von gutaussehenden, maskulinen Film-*Schauspielern* – ob sie nun jemals in einem Film mitgewirkt haben oder nicht ... Ein privater *Club* hügelaufwärts (einen gewundenen ungepflasterten Weg hinauf), wo Männer mit Männern und Frauen mit Frauen tanzen ... Und dann gibt es noch die »Leder-Bars«: Männer in schwarzen Jacken und Netzhemden darunter; Filmbilder von höchst realistisch miteinander ringenden jungen Burschen; Wandbilder, Motorradfahrer mit sexuell erregten Gesichtern während eines Rennens darstellend; draußen stehen Motorräder in bedrohlichen Reihen ... Nachdem ich versehentlich einige Male dort hineingeraten war, mied ich diese Lokale.

Und wenn die Bars schließen, nimmt die Menge Besitz vom Boulevard; diejenigen, die immer noch ohne Partner sind, tun so, als betrachteten sie sich die Fantasiehemden in den Schaufenstern – oder sie stehen auf dem Vorplatz von Vic Tanny's Turnhalle herum – oder vor dem Sandwich-Stand in der Nähe von Highland, der hauptsächlich junge Stricher und Freier anzieht, die hinter jenen her sind ... Oder sie gehen in eins der Nachtcafés: insbesondere zu *Andy's Café,* das tagsüber ein mehr oder weniger *normales* Restaurant ist, nach zwei Uhr nachts jedoch zum Treffpunkt und Umschlagplatz der Nachtschwärmer wird.

Oder ein Teil dieser Welt begibt sich am Wochenende zu vorgeschrittener Zeit auf eine der vielen Parties, die meist in einer Bar oder bei *Andy's* aus der Laune des Augenblicks heraus organisiert werden und sich gewöhnlich bis zum Montag hinziehen – die Gesichter vom Vortage haben sich gewandelt oder sind womöglich alle durch andere ersetzt worden. Eine bestimmte Wohnung wird zur abgeschlossenen Welt für sich: Soldaten, auf der Straße aufgelesen, als sie vor dem USO auf den Bus warteten, maskuline Schwule, Transen, Freier, kesse Väter, frigide Heteras, normale, aber neugierige Männer, Stricher, Nymphomaninnen ... Plötzlich verschlossene Schlafzimmer, die sich öffnen, um eine Person zu entlassen, die rasch durch jemand anderen ersetzt wird oder manchmal durch zwei oder drei andere ... Plötzlich gelöschte Lichter, auf dem teppichbelegten Boden Körper in anonymer Verschlingung.

Der Zustand der Entrücktheit, der mich umfing, seit ich endlich jemanden bestohlen und damit einen befreienden Sieg errungen hatte, bewirkte, daß ich mich dauernd wie in einem Rausch befand – ich brauchte weder Marihuana noch Pillen: Meine Sinne waren so angespannt, als sei ich alkoholisiert, ohne getrunken zu haben. Wie besessen war ich ständig auf einer wütenden Suche, und ich wurde ihrer nicht überdrüssig. Die Ausflucht, daß ich es nur des Geldes wegen tue – obwohl ich mich bereits in New York (besonders wenn der Akt sozusagen in der Öffentlichkeit stattfand) nicht strikt daran gehalten hatte – wurde immer fadenscheiniger. Jetzt war es eine Frage der Anzahl.

Befriedigt von dem Wissen, daß ich hätte anschaffen können, zeigte ich dem, der mich angesprochen hatte, die kalte Schulter und kehrte oft allein in ein inzwischen anderes, gemietetes Zimmer in der Hope Street zurück, nun auch in einem anderen Hotel; und ich liege in diesem Zimmer und bin meiner selbst gewahr – sexuell gewahr.

Oft auch ergriff mich unerwartet das Verlangen, nach El Paso zurückzukehren. Im Geiste sah ich meine Mutter vor der Vitrine im Wohnzimmer stehen. Sehnsüchtig dachte ich an den Berg, den ich als Knabe erklettert hatte: die Christusstatue unter dem schönsten Himmel der Welt... Die Erinnerung an meinen Vater... Und ich berührte den Ring, den er mir geschenkt hatte. Und dann sah ich El Paso, gepeinigt von grausamem Wind.

In einem dunklen Kino in Hollywood spricht mich ein magerer junger Mann an. Er sagt, ich soll einen Augenblick im Vorraum warten, bald kommt er mit einem anderen jungen Mann wieder und nimmt uns mit in seine Wohnung auf einem der Hügel, wo er uns beiden an die Wäsche geht – und später gehe ich mit jemandem, den ich traf, als ich per Anhalter fuhr (die Autos kurven wie Käfer mit glühenden Augen über den Sunset Boulevard, als seien sie alle in Schrecken versetzt worden, in dessen Wohnung, wo ich bloß dastehe, während er – er ist verrückt auf Fotos – in den Sucher der Kamera späht und ich denke: ist das alles? Es war alles, denn jetzt bin ich im Echo Park, wo eine Tunte, die sich bei der Bedürfnisanstalt installiert hat, ruft: »He, Baby – willkommen in Jennys Klappe ... du verstehst schon: ich bin Jenny und dies ist meine Klappe«, wobei sie auf die Toilette deutet (gegenüber von Aimee Semple McPherson's Tempel gelegen, in dem passenderweise die Brüderliche Liebe gepredigt wird) und fortfährt: »Ich bin jeden Tag hier«, und nun kodderschnäuzig: »... und ich vergraule all die anderen geilen Pupen zuerst, damit ich mir raussuchen kann, wer mir gefällt ... also, Schätzchen, wenn dir auch so ist – kommst du auf ein paar glückliche bekömmliche Minuten mit in mein Stübchen?« – und wenig später (Morgen, Nachmittage, Nächte verschmelzen zu einem zeitlosen Dasein) sitze ich auf dem Rang eines Kinos in Hollywood – warte absichtlich auf jemand, der sich mir nähert, um ihn abzuweisen und das gleiche Spiel mit einem anderen zu treiben – zwanghaft Zahl zu Zahl fügend – und ich verlasse das Kino – allein – und kehre zurück in jenes gemietete Zimmer in erfüllter – jedoch bloß augenblicklich erfüllter – Wahrnehmung; und ich begegne einem jungen Mann in Marihuana-Euphorie, und wir fahren auf die Hügel, auf dem sich die dort im Bau befindlichen Häuser lediglich als skeletthafte Gerüste gegen den schwärzlichen Geistermond abzeichnen und wo wir auf einen Bauplatz einbiegen und uns Marihuanazigaretten anstecken, einen beklemmenden Himmel über uns, und er legt gleich an Ort und Stelle los, während ich rauchend in die Sterne sehe – es sind so wenige, daß ich anfange, sie zu zählen … aber jetzt, auf einer Party, die zwei verqualmte Nächte lang dauert, sehe ich in keine Sterne mehr, ich betrinke mich in einer Weise, daß ich vergesse, mit wem ich herkam, und erwache in einem verwüsteten Zimmer, in dem Leute auf Stühlen schlafen – und eine blasse großäugige, auf den passenden Augenblick wartende, zwei-Nächte-lang-nicht-ins-Bett-gekommene Tunte fragt mich besorgt: »Geht es dir jetzt besser, Süßer?« – und ich überlege, was ich gesagt oder getan habe – ich überlege nicht weiter, als ich mich, nur Minuten später (jedenfalls schien es mir so – vielleicht waren es auch Stunden) auf dem Mulholland Drive im parkenden Wagen eines Mannes wiederfinde, den ich soeben traf: zusammengedrängt im Auto am Rande einer Klippe, die die Stadt überschaut … dieser Szene folgt gleich darauf eine andere, jetzt in Westlake, wo zwei ängstliche Tunten mich aufgabeln – die eine kommt auf mich zu und sagt hastig: »Gleich hier … hinter den Bäumen da drüben … meine Schwester paßt auf» … und das Stöhnen wird von dem Geräusch übertönt, das die Enten in der Nähe vollführen, die sich das Seewasser aus den Federn schütteln, und von den Wagen, die an Wilshire vorbeisausen … der Park liegt in abgründiger Schwärze unter einem jetzt sternlosen Himmel, an dessen Stelle sich die rauchverhangene

Decke einer Bar schiebt, in der ich mit einem Mann bin, der mir Sexgeld gab, und wo ein anderer Freier in Begleitung eines jungen Burschen dem Mann, in dessen Gesellschaft ich mich befinde, vorschlägt, die Partner zu tauschen, und wir gehen zu viert fort... und jetzt, als ich ein Kino verlasse (die kerkerartige Toilette, wo ebenfalls die Partner getauscht werden), bietet ein Mann, der mir folgte, »zehn Dollar für ein paar Minuten... nur ein paar kurze Minuten ...« – aber die Depression ist nahe, und ich lasse ihn abblitzen und bedauere es, als ich einsam nach Hause gehe und versuche zu schlafen und die Angst erstickt mich wie eine schwere Decke... bald jedoch – und es ist nun Nachmittag – halte ich wieder den Daumen raus auf dem Sunset Boulevard (ich will nirgendwohin – oder eher: egal wohin) und werde diesmal von einem sehr jungen Schwulen mitgenommen, mit dem ich – weil er einen sehr eifersüchtigen Liebhaber habe – in die Wohnung eines Freundes gehe... der sich überraschenderweise als ein junges Mädchen mit heißhungrigen Augen entpuppt: Wir treiben es zu dritt, und das mannstolle Mädchen legt los wie ein ausgehungerter Schwuler, will aber nicht gevögelt werden... und ich überlege mir, weshalb wohl nicht, als ich mit drei Männern in einem Auto fahre, die gleich loslegen werden und es erregt mich bis zum Überdruß, das Objekt ihrer einseitigen Begierde zu sein – doch dieser Überdruß hält nur für die paar kurzen Augenblicke an... und wieder auf der Straße, um die Anzahl zu erhöhen, werde ich statt dessen von zwei Bullen angehalten – der eine durchsucht mich überaus gründlich und ich stehe eingekeilt zwischen ihm und dem Streifenwagen mit dem Blaulicht (wie das Böse Auge aus einem Gruselfilm); seine Hände schlüpfen zwischen meine Beine, und ich sage wie in Sex- statt Sektlaune: »Na, macht's wenigstens Spaß?« was zur Folge hat, daß sie mich auf die Wache schleppen – ohne mich in die Kartei einzutragen, aber sie nehmen mir unerlaubterweise die Fingerabdrücke ab – und der Bulle, der die Fahndungsliste durchgeht, um einen Hinweis zu finden, der auf meine Person passen könnte, sagt, ich hätte eine auf ihn gemünzte obszöne Bewegung gemacht, als er vorbeifuhr (was nicht stimmt) und der anwesende Polizist (gelassener als die meisten und – vielleicht –

ohnehin nicht allzu begeistert von dem verfolgungswahnsinnigen Bullen) bricht in spöttisches Lachen aus und läßt mich laufen – die Bullen fahren mich dorthin zurück, wo sie mich aufgegriffen haben – wo ich, kurz nachdem ich aus dem Streifenwagen gestiegen bin, jemandem begegne, mit dem ich es bald treiben werde …

All das – und noch einiges dazu – geschah innerhalb etwa einer Woche. Manches ist mir entfallen … die Episoden stehen da wie auf einer von Menschen überfüllten und doch endlos leeren Ebene.

In dieser Periode meines Lebens tauchte ein Gesicht auf, das zunächst wenig Bedeutung hatte – später jedoch erinnerte ich mich daran.

Draußen vor *Andy's Café* – ein guter Treffpunkt, wenn man den hier von Zeit zu Zeit aufräumenden Polypen entgehen kann – bittet mich ein sehr junger Bursche, dem man den Stricher ansah, um Feuer.

»Wie geht's – wie steht's?« fragt er mich.

»Okay.« Ich mißtraute ihm.

»Schon angeschafft heute?«

Ich zögere.

Er sagte ungeduldig: »Ach Mann, hör zu: mir brauchst du doch nichts vorzumachen. Spar' dir das für die Provinzeier auf. Ich bin in Ordnung – ich zieh' das gleiche ab wie du.«

Er war höchstens achtzehn und sah aus wie hundert andere junge Leute in Hollywood: nicht groß, fast mager, schlechte Haltung – seine gürtellosen Hosen saßen ihm locker auf den Hüften – ein Ganoventyp mit braunem Haar, nicht eigentlich hübsch, aber ein Typ, den die Freier reizvoll finden. Sein Gesichtsausdruck kann beides bedeuten: Gemeinheit oder eine vorzeitige Verbitterung über die Entdeckung des Lebens, wie es wirklich ist.

»Mann«, sagt er, und sein unruhiger Blick sucht die Straße nach irgendeiner Gelegenheit ab, »… weißt du, was ich heute abend tu'? Ich reiß mir 'ne reiche Schwuchtel auf und klau ihm alles, was er hat – ich mein', ich nehm' ihn aus bis aufs Hemd! … Aber, du verstehst, ich bin noch nicht allzu lange hier und kenn' mich noch nicht so richtig aus. Also du kapierst, worauf ich scharf bin: Ich möcht'

mir 'nen Kumpel anlachen, der mir hilft, bei den Schwulen so richtig abzustauben – du verstehst ... sie inne dunkle Straße locken ... oder inne Bleibe, wo man sicher ist ...«
Schon bevor er es ausspricht, weiß ich, worauf er hinaus will:
»Willst du mitmischen? ... Einer von uns quatscht ihn an – und dann machen wir ihn zusammen fertig und teilen uns den Zaster. So geht's viel leichter.«
Es ist typisch, daß er so großkotzig daherredet – er muß bei sich selber Eindruck schinden, braucht aber jemand, der ihm Mut macht: Erst der Leichtsinn eines anderen kann ihn zur Tat treiben ... Ich habe ihm nicht geantwortet. Er ist mir aus irgendeinem Grunde unangenehm.
»Ich heiße Dean«, setzt er fort, streckt mir die Hand hin und versucht sich anzubiedern. »Ich bin erst vor ein paar Tagen hierhergekommen, wie ich schon sagte. Per Anhalter ... die schwule Sau, die mich mitnahm, hat ziemlich was ausgespuckt«, prahlt er, »und hat mir genau über das hiesige Pflaster Bescheid gestoßen.« Trotz seines kerligen ganovenhaften Äußeren und seines ruppigen Geredes geht irgend etwas Vages, kaum merklich Weichliches von ihm aus. »Scheiße, Mann«, sagt er, »weißt du, was ich tu', wenn ich hier erst so richtig drin bin? Ich reiß' mir 'nen wirklich reichen Schwulen auf, damit diese Schinderei aufhört, Mann. Verdammtnochmal, manchmal hab' ich im Kino geschlafen, bis sie mich rauswarfen – da hab' ich gar nichts für übrig. Das ist es ... erniedrigend! ... Verstehst du, und wenn der Schwule nicht reich genug ist, dann lern' ich durch ihn einen anderen kennen, Mann ...« Und dann: »Wie isses, Mann? Machst du mit, 'nen Warmen auszumisten?«
Einen schrecklichen Augenblick lang empfand ich eine riesengroße Versuchung, doch ich erstickte rasch dieses beunruhigende Aufflammen von Erregung bei der Aussicht auf Gewalt und sagte nein zu dem Burschen neben mir.
Er zuckte die Achseln und ging. Ich sah ihn mit einem anderen Strichjungen reden. Dieser junge Mann scheint interessiert. Zusammen gehen sie den Boulevard entlang und biegen Richtung Selma Street ein. Ich wüßte gerne, was heute nacht in jener Straße passie-

ren wird.

Diese Phase meines Lebens, von der ich – gewiegt von trügerischer Euphorie – angenommen hatte, sie werde hauptsächlich eine Periode des Sich-Treibenlassens und des Verdrängens aller über das Heute hinausgehenden Gedanken sein, wurde statt dessen zu einer Zeit wiederholter Selbsterkenntnis und gipfelte schließlich in Gewalttätigkeit außerhalb von San Francisco.

Lance *oder* Der Schemen Esmeralda Drake III

1 In jener schattigen Welt der schummrigen Bars, die durch fahrige Gesten, verstohlene Blicke und maskierte Einsamkeit charakterisiert wird – die Welt der schwulen Lokale – über der nebelhaft, wie aus den Rauchschwaden gebildet, die Allegorie einer bedingungslos liebenden Mutter schwebt – im wolkigen Himmel jener Welt hatte Lance O'Hara gefunkelt: eine Legende. Obwohl er ein Teil der flimmernden Traumwelt gewesen war: Die große Karriere hatte er nicht gemacht, und man wird sich seines Namens unter den magischen Filmgrößen nicht entsinnen.

Zunächst war er Chorist, später Tanzpartner der Göttinnen der Leinwand. Nichtsdestoweniger: in seiner Welt – jener Welt – war Lance ein Star gewesen: »die hervorragendste Schönheit Hollywoods«, der Begehrteste und Umworbenste von allen … Von Anfang an hatte Lance O'Hara (getragen von der Sicherheit des Begehrtwerdens, anerkannt und flüsternd besprochen – etwas, wonach sogar *die Stars* sich teilweise neidisch oder vergeblich sehnten) mutig die Maske fallengelassen: Er begehrte junge Männer, wie er einer war, und er gab es offen zu.

Um ihn herum, in den Randgebieten jener Welt, die Lance zweifellos – und oft ohne Gnade, mit dem Hochmut jener, die wissen, daß Schönheit die Zügellosigkeit regiert – beherrscht hatte, waren die *Extras* – die Statisten und Kleindarsteller – dazu da, seine Legende in die Bars zu tragen – denn die Welt dieser Bars, die sich wie ein Untergrund von New York bis Hollywood erstreckt (mit flüchtigen Haltepunkten in anderen Städten), ist eine Welt des Geraunes, wo jede Eroberung, jedes neue Geplänkel ihrer Prominenten entzückt registriert wird: Die Flüsterer sind zugleich eine Art antiker Chor, der in der Kulisse wachsam und gespannt darauf wartet, aufzutreten und einen neuen Sturz zu verkünden.

Und er wartete mit munterer Bereitschaft auf die drohende Katastrophe.
Unweit des Hollywood Boulevards, im *Splendide* – in einer Umgebung, die bemüht ist, durch Gitterwerk und französische Poster, scharlachrote Samtdraperien und verstaubte Weinflaschen eine Art von New-Orleans-Atmosphäre zu schaffen – hat die invertierte Welt von Hollywood ihr Hauptquartier aufgeschlagen: in gedämpfter bernsteinfarbener und rosa Beleuchtung, die besänftigend auf das überwältigende, wenn auch aufgezwungene Schuldbewußtsein wirkt, findet sie dort ihre Freistatt; in ihren Bewohnern findet sie ihren flüchtigen Sinn für die Dauer einer Nacht (der unbefriedigte Hunger, der hastige Abschied nach sexueller Intimität ...). Zu ihren Stammgästen gehören die jungen gutaussehenden maskulinen Männer – die *Umworbenen* – aber auch die weibischen Ruhelosen und Flattrigen mit dem Gebaren schmachtender lässiger junger Damen, die die gegenwärtig flachbrüstigen Leinwandidole imitieren, ohne jedoch von der Möglichkeit weiblicher Kleidungsattribute Gebrauch zu machen, wie die weitaus kühneren Dragqueens in der Innenstadt von Los Angeles es tun.
Es war im *Splendide,* wo ich zum ersten Mal von Lance O'Hara hörte.
An der Bar neben mir sitzt ein blonder weibischer Schwuler und unterhält sich mit einem schlanken, dunklen, jungen Mann. »Rate mal, *wer* wieder aufgetaucht ist!« sagte der Blonde und antwortete sich gleich selbst: »Lance!«
»Lance O'Hara?« sagte der Dunkle, Gleichgültigkeit heuchelnd. »Ich wußte nicht einmal, daß er fort war!« Er nippte geflissentlich an seinem Drink.
»Also«, sagte der Blonde und stützte den Ellbogen auf die Bar, und die Hand hing lose am Gelenk wie eine Tulpe, »er *war* in New York. Er sollte in einer Revue auftreten ... aber ...« Er zuckte die knochigen Achseln und sah nervös in die Runde. Die Stunde der Verzweiflung naht und er hat noch keine Eroberung für die heutige Nacht gemacht. »Du kennst ja Lances *Revuen* – es scheint nie etwas daraus zu werden in letzter Zeit ... Ich hörte, daß er wieder in einem

der Studios arbeitet – aber *nicht* als Schauspieler.«
»Wie sieht er aus?« fragt der andere, der ununterbrochen den Kopf hin und her wendet und mit den Augen die Bar absucht. (Wenn zwei Homosexuelle, aneinander uninteressiert, sich in einem Lokal unterhalten, sehen sie sich selten an – ihre Augen halten Ausschau nach irgend jemand Neuem, der in Frage käme.) »Ich hab' ihn Jahre nicht gesehen! Ich dachte, er hätte sich ... zurückgezogen!«
»Du übertreibst. Wir haben ihn im vergangenen Sommer besucht – erinnerst du dich? ... als er so tat, als wollte er niemand sehen. Na, jedenfalls: er sieht furchtbar aus!« sagte der Blonde vergnügt. »Du würdest ihm die *hinreißende Schönheit* nicht mehr glauben. Einfach *furchtbar!«*
»Wirklich?« sagte die dunkelhaarige Tucke, nunmehr äußerst interessiert. Sie befühlte ihr Gesicht, als wolle sie feststellen, ob die Haut noch glatt sei. In dieser Welt ist mehr als in jeder anderen Jugend ein Rangabzeichen, Schönheit kostbarster Besitz. »Vielleicht kommt er heute noch her – dann wirst du es ja selbst sehen.«
»Ich hörte, er geht nicht mehr in Lokale.«
»Aber doch, und *wie* ... Ach, sieh mal: Dort ist Teddy. (Ich finde ihn sehr niedlich, du nicht auch?) Teddy! Teddy! (Aber für mich zu tuckig, mir sind sie kerlig lieber.) Teddy!«
»Du nimmst, was du kriegst, Süße.«
»Sei nicht so gehässig. Ich hab' noch nicht bemerkt, daß hier einer auf dich steht ...« und dann flüsternd: »... siehst du die Type neben mir? Er starrt ein Loch in mich hinein.«
»Wie interessant: ein Loch mehr.«
Und der Blonde schlüpfte wie eine Schlange durch die dichtgedrängte Menge zu einer eng beisammenstehenden Gruppe, in der offenbar Teddy sich befand, und zischte: »Wie geht es dir? ... Rate mal, *wer* wieder aufgetaucht ist!? *Lance!«*
»Lance O'Hara?«
»Zurück aus New York?«
»Dieses Schwein!«
»Wie sieht er aus?«
»Wie 'n Trümmerhaufen!«

»Na, es wurde ja auch Zeit!«
Und so macht der Chor sich angeregt bereit, endlich den Sturz Lance O'Haras zu verkünden – *macht sich bereit,* weil Lance in den erwartungsvollen Augen der Flüsternden noch keine lächerliche Figur abgibt.
Denn will der Chor Anspruch auf Triumph haben, muß der Gott seinen Sturz selbst zugeben.
Das hämische Gewisper des Chors sorgte dafür, daß ich ein wenig später von Esmeralda Drake III hörte.
»Ich sah Lance neulich abends, und es stimmt: er sieht furchtbar aus«, sagte eine Trine, mit der ich in der *Ivy-Bar* zusammen war. Eine kleine Gruppe drängt sich am ungeheizten Kamin. »Und weißt du, was ich gehört habe?« Eine lange lange Pause. »Daß Esmeralda Drake tot ist!« – »Esmeralda Drake III!« berichtigt jemand.
»Ja ... ich vergaß: die Dritte!«
»Na Kunststück: sie war mindestens hundert!«
»Älter!«
»Übertreibe nicht.«
»Aber rechne es dir doch aus: Sie gab zu, über sechzig zu sein, als ...«
Dann löste die Gruppe sich wie Vögel, die ihr Nest fliehen, und der heraufbeschworene Schatten Lance O'Haras mischt sich unter die übrigen Schatten.

»Da ist er!«
Er stand am gerafften Vorhang in der Eingangstür des *Splendide,* als könne er sich nicht entschließen einzutreten. Eine imposante Erscheinung: groß, schlank, breitschultrig. Aber ich konnte sein Gesicht von meinem Platz aus nicht sehen.
»Er ist es wirklich!« sagte eine andere Tunte an der Bar.
»Wie sieht er aus?«
Ungeduldig: »Das weiß ich ebensowenig wie du, bis er drin ist.«
»Komm, wir gehn ihn begrüßen, dann werden wir ja sehn.«
Sie eilten auf den Schatten zu, der das Lokal betrat. Jetzt kann ich ihn besser erkennen. Aus der Entfernung war er – ungeachtet des

vernichtenden Gewispers, das mir zu Ohren kam – ein außerordentlich gutaussehender junger Mann: schwarzes gewelltes Haar, starke gewölbte Brauen, vollkommen gebildete Züge … Er nahm die beiden ihm entgegenstürzenden Tunten nur flüchtig zur Kenntnis und ließ sie mit indigniert-offenen Mündern stehen, als er sich durch die Menge schob und kurz in Richtung der sich unablässig umwendenden Leute grüßte, von denen viele ihn kannten oder erkannten, bahnte sich seinen Weg zum äußersten Ende der Bar im Hintergrund des Raums und saß dort allein.

Ungeachtet seines attraktiven Äußeren sah er irgendwie geisterhaft aus – oder besser (es konnte auch am diffusen Licht liegen, das ihn umfloß) wie jemand, der von Geistern heimgesucht wird.

2 Wieder im *Splendide.* Diesmal war ich in Gesellschaft von Chick und Jamey, die ich vor einigen Minuten auf dem Boulevard kennengelernt hatte. Sie waren mit der Rasanz jenes Typs vorgegangen, der fest daran glaubt, daß jeder – fast jeder – herumzukriegen ist. Und sie sagten, ich solle mit ihnen essen gehen. Mittlerweile befand ich mich bereits lange genug in Hollywood, um als einer der vielen Sich-Treiben-Lassenden, die sich, zumindest vorgeblich, nur aus Bequemlichkeit in diesem Milieu bewegen, festgelegt worden zu sein: nicht wirklich zu ihm *gehörend* – noch nicht … Ich sage *nur aus Bequemlichkeit* und *noch nicht* nur deshalb, um jener Welt gegenüber gerecht zu sein, da die meisten ihrer aktiven Mitglieder davon überzeugt sind, daß jene zurückhaltenden Wanderer zwischen den Welten die Sexgrenze, die jetzt noch trennend dazwischen liegt, irgendwann überschreiten werden – und sie warten fast rachsüchtig auf dieses Überlaufen zur anderen – *ihrer* – Seite … Chick und Jamey also sagten, ich solle mit ihnen essen gehen und ich antwortete, daß ich kein Geld habe, was gelogen war, und sie seufzten und Chick sagte: »Ich weiß, ich weiß … *das* Drehbuch kennen wir.«

Chick ist vielleicht Mitte Dreißig – man könnte ihn fast dick nennen, wenn er sich nicht so erbarmungslos schnürte, daß er einer Karikatur von Mae West gleicht. Jamey ist jünger. Heute abend trägt er einen Cowboyhut und Stiefel und da er, ungeachtet Kostüm und Pose, ziemlich weibisch ist, sieht er bestenfalls aus wie ein leicht viriles *Cowgirl.*

»Ich hab' etwas wirklich Himmlisches über Lance gehört«, sagte Jamey. »Ich hörte, daß Lance – der schöne Lance, dem es nie im Traum eingefallen wäre, sich zu verlieben ... nicht wahr, Chick? – nun: es hat ihn erwischt! Er hat sich in diesen Jungen da verliebt ... Kannst du dir das vorstellen, Chick? Lance – *verliebt?«*

»Also ehrlich: das glaube ich nicht. Das ist sicher nur Gerede«, sagte Chick, »obwohl ich sagen muß – wie sehr ich Lance auch immer bewundert habe und es immer noch tue ... das kann auch ruhig jeder wissen – obwohl ich sagen muß: es wäre das beste, was ihm passieren könnte.«

Ich sehe den so ausgeglichen wirkenden Mann von gestern abend vor mir – der allein dagesessen hatte und ein paar Minuten später allein fortgegangen war – und sogar ohne ihn zu kennen, konnte ich ihn mir nicht als Liebenden vorstellen.

»Und hast du schon von Esmeralda Drake der Dritten gehört?« fragte Jamey.

»Was ist mit ihr?«

Jamey sagte: »Ich hörte, sie ist gestorben.«

»Aber ich habe sie doch neulich erst gesehen«, sagte Chick. »Sie humpelte an ihrem Stock über die Straße. Wenn sie tot ist, kann sie nur überfahren worden sein ... Dabei fällt mir ein: ich war doch mal auf der Beerdigung von so 'ner Trine und sie hatten ihr ihren Fummel angezogen!«

»Nein, also bitte!«

»Es ist die reine Wahrheit. So stand's in ihrem Testament: Abendkleid, hohe Absätze, lange Handschuhe.« Und dann: »... dieser Junge, über den Lance gestolpert ist ... kennst du ihn?«

»Aber natürlich!« gröhlte Jamey. »Jeder war schon mal im Bett mit ihm. Er ist einer von diesen Schnorrern, die sich auf dem Hollywood Boulevard ... Oh!« ... er schlug sich schelmisch die Hand vor den Mund – vom Cowboy war fast nichts mehr übriggeblieben. »Ver-

zeih' mir, Baby«, sagte er und tätschelte meinen Arm, »ich vergaß, daß wir gerade ... hm ... dich auf dem Boulevard kennenlernten«, und er grinste verräterisch. »Aber trotzdem: der Junge ist ein Ganove! ... Sag mal, Chick: wollten wir ihn uns nicht eines Abends aufreißen ... bei *Andy* ... du und ich? ... oder ich und du? ... Wir bestellten ihm einen Hamburger und dann ging er. Er heißt Dean ... Dean irgendwas ... Nein, das war nicht mit dir. Ich war den Abend mit Rick zusammen, fällt mir ein. Rick gefiel er, mir nicht ... Aber trotzdem«, wiederholte er, »... dieser Dean ist ein Ganove.«
»Dean? Dean ... ich erinnere mich an diesen Namen.«
»Ich glaube das über Lance nicht«, sagte Chick mit rührender Loyalität. »Das ist wieder so 'ne Biesterei von dir. Lance mag inzwischen älter geworden sein, aber er ist immer noch etwas ganz Besonderes.«
»*Ich* kann dazu nur sagen«, meinte Jamey, »daß ich ihn *passé* finde.«
»Baby«, sagte Chick jetzt zu mir, »Lance war der schönste Junge in Hollywood.«
»Ich fand nie, daß er so 'ne Wolke war«, sagte Jamey.
»Er war es«, sagte Chick unerschütterlich und klärt mich auf: »Sie winselten alle vor seiner Tür. Er war beim Film – das waren wir alle damals – er war kein Star, aber jeder kannte ihn. Und er hatte ein Verhältnis mit Pierce Flint – dem berühmten Filmschauspieler. Pierce liebte Lance so sehr, daß er sich, als Lance ihn verließ, verheiratete – *mit einer Frau!* ... Und damals lernte Lance Esmeralda Drake die Dritte kennen.«
Jamey unterbrach Chick: »Warst du eigentlich an dem Tag dabei, als Esmeralda Lance zum ersten Mal sah?«
»Du weißt ganz genau, daß ich dabei war, du alte Zicke – du versuchtest jedesmal, wenn du drankamst, mich aus dem Bild zu schubsen wie jeder andere Scheiß-Chorist, der sich hochgekrabbelt hat. Wir drehten damals dieses Betty-Grable-Musical ...«
»Rita Hayworth«, sagte Jamey.
»Schön, also eine von beiden, ist ja gleich ... von mir aus Shirley Temple!«
Jamey fing an, eine Melodie aus einem Musical zu summen und

bewegte seinen Körper im Rhythmus hin und her. »Ich war ja damals noch ein halbes Kind, aber ich erinnere mich daran, als wäre es heute morgen gewesen.«

»*So* jung warst du auch wieder nicht«, sagte Chick und dann zu mir gewandt: »Lance drehte seine Nummer mit Betty Grable – oder Rita Hayworth – eine von beiden – es war kurz nach seinem Bruch mit Pierce. Und laß dir von niemandem einreden, Baby, daß ein Filmstar in dieser verdammten Stadt keinen Einfluß hätte. Denn als Lance Pierce verließ, sorgte Pierce dafür, daß Lance nichts mehr zu tun bekam, oder doch kaum etwas. Lance könnte heute ein großer Star sein, wenn diese Sache nicht gewesen wäre. Aber sie mußten ja den Film zu Ende drehen – und Lance wußte, daß irgend etwas zu geschehen hatte, und zwar rasch – Lance sieht immer zu, wo er bleibt ...«

»Außer vielleicht damals in Laguna«, sagte Jamey.

»Du weißt ja gar nicht, was damals wirklich los war, tu bloß nicht so. Du nimmst immer das Schlimmste von Lance an ... du bist einfach eifersüchtig.«

»Ich? Eifersüchtig? Ha!«

»Jedenfalls«, setzt Chick fort, »Lance tanzt mit Betty – oder Rita – als Esmeralda hereinkommt ...«

»Esmeralda Drake die Dritte«, berichtigte Jamey.

»Also eigentlich hieß sie Gregory«, sagt Chick, »... Gregory Drake, und sie stammte aus der märchenhaft reichen Drake-Familie – und war die Dritte ...«

»... und die Letzte ...«

»Ja, es ist ein Trauerspiel. Sie war als einziger Mann in der Familie übriggeblieben ... und. Süßer, sie war schwuler als ich«, sagte Chick.

»Das gibt es nicht!« sagte Jamey und warf die Arme hoch, wobei er sich diesmal den Cowboyhut vom Kopf stieß. »Mein *Chapeau!«* quietschte er und weiter: »Niemand – nicht einmal die tote Tucke, die sie im Fummel beerdigten, ist so schwul wie du!«

»Halt dein Maul, Mae – du machst hier so 'nen Wirbel, daß gleich ein Hurrikan draus wird – womit ich nicht gesagt haben will, daß eine leichte Brise in diesem Ausschank unwillkommen wäre.« Chick beginnt sich mit Jameys wiedergefundenem Hut Luft zu zufächeln.

»Jedenfalls«, setzt er zu mir gewandt fort, »Lance gab Gregory Drake dem Dritten den Spitznamen *Esmeralda Drake die Dritte* – was auch sehr gut zu ihr paßte. Oh, Baby, das war vielleicht 'ne alte Schachtel! Entsetzlich! Als Lance sie kennenlernte, war Esmeralda schon ein uralter Mann …«
»Erzähl' ihm, wie sie aussah«, sagte Jamey genießerisch und erzählt es mir selbst: »Sie war ein faltiger knochiger ur-ur-alter Mann mit tief eingefallenen Wangen …«
»Und kannst du dir so etwas vorstellen? Dieser geile alte Sack verliebte sich in Lance. Im gleichen Augenblick, als sie ihn im Studio sah, war's passiert – ich muß allerdings dazu sagen, daß Lance phantastisch aussah.«
»Erzähl' ihm, was Lance mit Esmeralda trieb.«
»Ich bin ja dabei, wenn du mich läßt … nichts Schlimmeres als eine nervöse Tunte am Samstagabend, wenn sie Angst hat, daß sie sich niemanden mehr einfängt und nach Hause gehen muß, um selbst Hand an sich zu legen«, sagt Chick strafend. »Du kommst doch mit mir, nicht wahr, Baby?« fragt er mich … »Esmeralda Drake also – Lance gab ihr diesen Namen gleich nachdem er sie kennengelernt hatte (und nannte sie auch so, wenn er mit ihr sprach, das taten wir alle) – also: Esmeralda Drake verknallte sich in Lance – und das ist noch milde ausgedrückt, Baby! Und Lance bekam keinen Job, weil er Pierce sitzengelassen hatte. Also beschließt er, den alten Knacker zu rupfen, daß die Federn fliegen. Jeden Tag ließ er sich von ihr zum Essen ausführen, jeden Tag … Und jetzt kommt das Schärfste: er ließ sie nicht ran.«
»… sagt Lance jedenfalls!«
»Es ist wahr. Das weiß jeder – du bist nur wieder mal gehässig. Jeder weiß, daß sie Lance niemals auch nur berührt hat!«
»Ach, du warst ja selbst in Lance verliebt, das ist alles«, sagte Jamey. Er kreischte in vorgetäuschter Empörung laut auf, als jemand, der vorbeiging, zu ihm sagte: »Liebste, ich hab' dich in dem Cowgirl-Fummel gar nicht wiedererkannt!« – »Wer war nicht in Lance verliebt?« sagte Chick.
»Und wer stieg ihm damals in die Garderobe nach, verschloß die

Tür und …«

»Gewäsch!«

»Wir haben's alle gesehen und Lance gab dir einen solchen Stoß, daß du hinfielst und du drohtest damit, die Filmgesellschaft zu verklagen und sie versprachen dir, dich in die erste Reihe zu stellen.«

»Das ist nicht wahr. Ich hätte Lance so haben können …« Jamey schnippte mit den Fingern.

»Du brauchst ihr nicht zuzuhören, Baby«, sagt Chick. »Sie ist nervös, weil sie allein nach Hause gehn muß.« Er wendet sich an Jamey: »Dieser Cowboy-Fummel ist nicht das Richtige für dich, Süße … du siehst aus wie ein Statist, der in die falsche Aufnahme geraten ist … aber weiter – wenn diese zickige Person nicht immer dazwischengackert – Lance bekam Geld von der Alten, aber Lance ist helle: Er verstand es, den alten Mann so scharf auf sich zu machen, daß die Alte völlig aus dem Häuschen geriet. Sie kaufte Lance einen Wagen und alles, was er wollte, und, Baby, dies ist nicht etwa irgendso 'nen Tratsch, sondern die reine Wahrheit. Aber er ließ sie immer noch nicht ran. Und dann machte Lance folgenden Vorschlag: er würde zu Esmeralda ziehen …«

»… der Dritten.«

»… er würde zu Esmeralda der Dritten ziehen, wenn sie die Grundbucheintragung ihres Hauses ändern ließe, und zwar auf seinen *und* ihren Namen. Am nächsten Tag war Esmeralda bei ihren Notaren und Lance zog ein. Dann versuchte Esmeralda wieder ihr Glück – und Lance sagt: kommt nicht in die Tüte. Er hätte versprochen, zu ihm zu ziehen, und er hätte sein Versprechen gehalten. Aber im übrigen: ist nicht drin … Der alte Mann war wirklich ein Fall für sich, ich habe noch niemals jemand so von Sinnen gesehen. Und dann sagt er zu Lance, er könne alles haben, was er wolle. Okay, sagt Lance, er will das Haus auf seinen Namen überschrieben haben. Es war ein fantastisches Haus, Baby, Lance besitzt es immer noch: mit den herrlichsten modernen Möbeln, Originalgemälden (in New York gekauft) – Portieren wie im Film – einfach alles, was man sich nur denken kann! … Also: die Alte läßt ihre Notare wieder kommen und läßt ihren Besitz auf Lance umschreiben – und was glaubst du,

geschah dann?«
Das Folgende gewissermaßen vorwegnehmend schüttet Jamey seinen Drink herunter. »Du wirst es nicht glauben!«
»Wir waren alle da – auch Jamey – alle, die bei diesem Film mitmachten. Lance gab eine Einstandsparty und Esmeralda humpelt am Stock herum und lächelt und nickt und glaubt, daß sie's nun geschafft hat. Schön! Es war schon recht spät geworden, da geht Lance auf Esmeralda Drake die Dritte zu und sagt…« – »Er sagte es wirklich, wir haben's alle gehört.«
»…und sagt: ›Verlasse mein Haus, ich will dich hier nicht mehr sehen!‹«
»Und der alte Mann sah aus wie ein Geist…«
»Ja, als ob er auf dem Fleck tot umfallen würde, und Lance fügt hinzu: ›Es ist mein Ernst, mein völliger Ernst: hau ab, du bist mir lange genug auf den Wecker gefallen – raus mit dir!‹ Und er schubst Esmeralda Drake vor unseren Augen zur Tür hinaus… Du mußt wissen: Lance ist stark und es kostete ihn wenig Mühe. Der alte Mann stolperte fast über seinen Stock. Nun, es war ungefähr vier Uhr morgens…«
»Es war später – erinnerst du dich nicht, daß gerade jemand gesagt hatte, ob wir uns nicht den Sonnenaufgang ansehen wollten?«
»Ja, stimmt. Waren wir besoffen, weißt du noch?«
»Allerdings. Und weißt *du* noch, wie Ronnie dir eine klebte, als du dich an seinen Freund ranmachtest?«
»Ronnie mir? Ich klebte Ronnie eine!«
»Ich hab' was anderes gesehen«, trällerte Jamey.
»Was du schon gesehen hast, du dumme Liese! Du gingst ja an *jeden* ran und warst nicht aus dem Scheißhaus rauszuprügeln… jetzt halt die Klappe und laß mich weitererzählen… Also«, sagt Chick und dreht Jamey den Rücken zu, »Lance schubst den alten Mann raus und ungefähr um sieben kommt das arme Schwein (wirklich, er tat mir leid) – kommt das arme Schwein zurück und klopft mit seinem Stock an die Tür. Lance hatte abgeschlossen und brüllte durch die Tür: ›Laß mich in Ruh, du geiler alter Sack!‹«
»Nein. Er sagte ›dreckiger alter Sack!«

»Schön, meinetwegen – das ist ja nur eine höflichere Art, das gleiche auszudrücken. Und schrei nicht so, alle schauen schon her.«
»Und was stört dich daran?« sagt Jamey und nimmt Pose Nr. 17 ein.
Chick fuhr fort: »Der alte Mann klopfte immer weiter an die Tür. Darauf geht Lance ans Telefon, ruft die Polizei an und sagt: ›Draußen ist ein Mann, der versucht bei mir einzubrechen. Kommen Sie und nehmen Sie ihn fest.‹ Und die Alte schlägt immer weiter mit dem Stock an die Tür und ruft: ›Laß mich herein, laß mich herein!‹«

3 Die Legende von Lance O'Hara kursierte in den Lokalen, oder, besser gesagt: das vielfältige Echo der Legende. Einzelheiten werden hervorgeholt, Motivierungen hinzugefügt, und so mancher, der Neid und Begierde empfunden hatte, war nun offensichtlich befriedigt: Wen kümmerte es denn schon groß, wenn täglich eine andere *blendende Schönheit* in ihre Welt einbrach? Was zählte und was sie zu ihrer Rehabilitation brauchten, war, daß *die Schönheit* ihrer Zeit, die sie rücksichtslos in den Hintergrund verwiesen hatte (und die sich – das ist wichtig – von Anfang an zu ihnen bekannt hatte) sehr bald schon auf ihren Thron würde verzichten müssen ...
In Lances Leben – so jedenfalls stellten die Zuträger es dar – in Lances Leben (das, gemessen an den Eroberungen, die in dieser Welt gleichbedeutend mit Erfolg sind, ein lodernder, steiler Aufstieg gewesen war) hatte es einen höchst bedeutsamen Vorfall gegeben, der nun, in dieser eng verflochtenen Welt, mit hämischer Befriedigung allen ins Gedächtnis zurückgerufen wurde. Die Falle war gestellt, und das bewußte Ereignis wurde dazu ausersehen, den Beginn des Sturzes anzuzeigen. Obwohl es sich vor vielen Jahren zugetragen hatte, in der Zeit von Lances unbestrittener Herrschaft, war es der Angelpunkt, auf den die Klatschtanten ihr gespanntes Augenmerk richteten.
Randy ist in Hollywood eine bekannte Figur – ein noch gutaussehender, maskuliner Homosexueller, der, wie man sich zuflüstert, mit Rauschgift dealt. Seine dichtbewimperten Lider sind immer halb geschlossen, wenn die so beliebte dunkle Brille einmal seine Augen

freigibt. Einst hatte er sich treiben lassen, hatte den unsteten Bummler in der Welt der aktiven Homosexuellen gemimt, um so begehrter, weil er noch nicht *dazugehörte* – damals. Denn das war gestern. Heute, als Überdreißigjähriger, hat er die Grenze überschritten. Und Randy war, wie das Getuschel sich ausdrückte, *herumgereicht worden.* Dann hatte er die Rolle gewechselt und war nun ein hungrig Suchender. Nachts kann man ihn, mehr oder weniger betrunken, in einem der schwulen Lokale sehen. So wie er einst im Leben – und in den wollüstigen Träumen – anderer eine Rolle gespielt hatte, geben nun andere in seinem Leben kurzfristige Gastspiele. Randy hatte sich längst zu dieser Tatsache bekannt: Sein Dasein bestand aus dichtgedrängten, nächtlichen Abenteuern. Als ihm das aufging, hatte Randy sein Schicksal auf sich genommen und warf sich nunmehr bereitwillig in seinen Strudel. Ich kam eines Abends mit Randy in die *Seeräuberhöhle,* als jemand, der lispelte, ihm zuzischte: »Randylein! Du hast gerade Lance verfehlt.«
Randy gab keine Antwort. Er ging rasch auf den Hintergrund des Lokals zu. »Ist er immer noch gestorben für dich?« kam es lispelnd hinter uns her. »Du bist aber wirklich... kannst du denn Laguna Beach nie vergessen, Liebling?« Randy und ich setzten uns an einen Tisch in der Nähe der Musicbox – ihre buntfarbigen Lichter stürzten sich beherzt ins dunkle Lokal. Plötzlich sagte Randy bitter: »Dieser Lance, dieser Scheißkerl! Warum geht er nicht fort von hier, und bleibt fort oder stirbt, von mir aus, daß ich bloß nichts mehr von ihm sehe und höre und nicht einmal weiß, ob's ihn überhaupt noch gibt.« Er nimmt die Sonnenbrille ab, sieht mit zusammengekniffenen Augen zur Bar hinüber und setzt die Brille angewidert wieder auf. »Immer dieselben Fressen, Nacht für Nacht. Mann, wenn ich den Fall richtig sehe – du kannst immer noch raus, bevor es zu spät ist. Ich geb' 'nen Dreck darauf, wie du selbst darüber denkst und wie überlegen du dir vorkommst – du wirst hier hängenbleiben, und zwar gleich richtig. Scheiße, Mann, ich war auch nicht schwul, als ich hier aufkreuzte. Klar, ich trieb es mit ihnen und nahm, was ich kriegte – aber ich tat's nicht zum Vergnügen... Und dann lief mir dieser Scheißkerl über den Weg... aber etwas freute mich, wenn

überhaupt: Wenn dieser Hund in Laguna bei mir geblieben wäre, wäre er nicht in diese Schweinerei hineingeraten. Das war es, worauf diese idiotische Tunte von vorhin anspielte, als wir hereinkamen.« In einem so verfilzten Mikrokosmos, wie es diese Lokale sind, passiert es nicht selten, daß zwei Leute, die sich gerade erst kennengelernt haben, die intimen Details ihres Lebens heraussprudeln, und Randy sagte: »Verstehst du Mann – ich ging mit Lance – mehr oder weniger – das ist so ziemlich der einzige Ausdruck, der mir bei Lance einfällt. Und in dem Sommer, damals, fuhren wir oft nach Laguna Beach hinaus. Und dann erzählte ihm irgend jemand irgendwas von Esmeralda Drake – diese uralte Schachtel, die ihn aushielt. Jemand erzählte ihm, daß Esmeralda eben einen Herzanfall gehabt hätte oder irgendso 'n Kack und daß man sie ins Krankenhaus gebracht hat. Na, Lance hat sich immer einen Dreck aus dem armen alten Schwein gemacht – er nahm die Alte bis zum Weißbluten aus und dann schmiß er sie raus – aus dem Hause, das er von ihr hatte. Schön. Wir waren am Strand mit Chick und den anderen und Lance war sehr braun wie immer im Sommer. Aber als er hört, daß Esmeralda Drake eben einen Schlaganfall gehabt hat, wurde er gelb – als ob er geschminkt wäre oder was weiß ich und sagt: ›Ich muß gleich zu ihm‹. Ich sagte, was is' denn mit dir los? Die arme alte Sau ist froh, wenn sie dich nicht sieht, nach allem, was du mit ihr getrieben hast. Mann, Lance hat dem armen Tier die Tür vor der Nase zugeknallt und dann die Polente angerufen, daß er versucht, bei ihm einzubrechen. Na, jedenfalls sagt Lance: ›Du hast recht, er wird mich nicht sehen wollen.‹ Und dann ging's los: als ob Lance plötzlich nicht mehr er selber wäre. Er fing an, am Strande auf und ab zu rennen, wie irgendso 'ne ausgehungerte Tunte, die monatelang keinen Kerl gehabt hat. Er ging ins Wasser, spritzte nun und machte so 'n richtige Faß auf. Das hatte er noch nie getan – er hatte es nicht nötig, anzugeben. Er sah so fantastisch aus, Mann, daß jeder es wissen wollte – er brauchte den Mund nicht aufzumachen. Wenn er in einem Lokal war, allein – mit niemandem redete und den, den er wollte, nur ansah – und im übrigen saß und wartete – du konntest darauf wetten, daß er in fünf Minuten die Type, hinter der er her war, bei sich hatte. Aber an dem Tag in Laguna quatscht er jeden an, rennt in die Bar am Strand und trinkt. Und sonst trank er nie, Mann ... ehrlich. Ich fragte: »Was ist los, verdammtnochmal, willst du dich besaufen?‹ Er sagt: ›Ja, ich will mich besaufen.‹ Ich fragte: ›Warum?‹ ›Um zu feiern‹, antwortete er – genau das sagte er: ›Um zu feiern‹ ... Und, Mann, all dieses Flirten und Herumkokettieren regt mich auf. Wie ich schon sagte: Ich war damals nicht eindeutig schwul, aber Lance, der hat's in sich – in Nullkommanix hatte der mich umgepolt. Schön. Das war also die Situation, und dieser Sauhund treibt's immer doller. Es war schon spät, die Sonne ging unter und es wurde kalt. Wir gingen ins Lokal – in diesen schwulen Puff da am Strand. Und Lance säuft immer weiter. Ich versuchte ihn dazu zu kriegen, daß er mit mir ins Hotel zurückging. Aber er wollte nicht und wiederholte immer wieder: ›Die Feier ist noch nicht vorbei!‹ ... und ... ja, dann sagt er ein paarmal irgendwas darüber, daß jetzt sein neues Leben beginnt ... Dann kommen diese beiden rotzigen Ledernacken herein – die waren nicht mal schwul, sondern stinknormal und trieben sich bloß da rum, um ihren Spaß zu haben. Und Lance sagt: ›Das wär's – die beiden‹. Schön. Ich sagte ihm, er könnte mich gernhaben und beobachtete ihn, wie er an die beiden Knilche rangeht. Zum Schluß haute ich ab, ging nicht mal ins Hotel, sondern gleich nach Hollywood zurück. Und am nächsten Tag las ich, daß ein Schauspieler (du weißt ja, wie die Zeitungen so was aufputschen: Wenn jemand beim Film ist, nennen sie ihn gleich einen Filmstar – Lance war nie was Besonderes in der Branche, aber die Zeitungen taten so – sicher steckte irgendso 'n gehässiger schwuler Journalist dahinter – also die Zeitungen schreiben, daß dieser Filmstar da draußen in Laguna beinahe umgebracht wurde, daß er von einer Klippe heruntersprang und sich beide Arme gebrochen hätte. Weitere Einzelheiten standen nicht da, aber es war klar, was los war, Mann. Man braucht nicht dabeigewesen zu sein, um das zu wissen.

Lance geht an die beiden ran, und die beiden stinknormalen Knilche fangen an: ›Aber nein ... nicht doch ... is' nich' drin ... vielleicht später ...‹ Das bringt Lance auf Touren – er ist ja sehr von sich eingenommen – und er sagt den beiden, er würde sie in die Kaserne zurückfahren. Dann versucht er sie zu befummeln – im Wagen – (was nicht seine Art war, damals, muß ich sagen) und die beiden immer dasselbe: ›Is' nich' drin ... vielleicht später ...‹ Und dann sagt Lance: ›Macht daß ihr rauskommt, und zwar 'n bißchen dalli‹. Und dann werden sie ordinär: nu wolln wir die schwule Sau mal ordentlich ausmisten, in der Art. Aber er war blank – ich weiß es, weil wir ja vorher zusammen gewesen waren – und sie werfen ihn einen steilen Abhang hinunter, wie irgendso 'nen gewöhnlichen, hilflosen Schwulen, der überfallen wird ... Scheiße, Mensch ... ich weiß, daß man dir was anderes erzählt hat: Wie die versucht haben, ihn umzulegen, und daß es ein Unglücksfall war, daß er hinunterfiel. Ganz große Kacke! Was ich dir erzählt habe, ist die reine Wahrheit! Und ich muß es wissen, weil ich diesen Schweinehund kenne ... Und, Mann, wie ich schon sagte: ich seh' noch nicht ganz klar, was mit dir eigentlich los ist ... aber ich möchte dich warnen: Hände weg von Lance O'Hara ... diesem Arschloch ...«

»Ich sah dich neulich abends in der *Seeräuberhöhle* mit Randy reden«, sagt Chick zu mir. Ich lief ihm in der *Grünen Bar* in die Arme. »Ich möchte dir einen guten Rat geben: es ist hier in Hollywood höchst riskant, öfters mit ihm gesehen zu werden. Die Bullen haben ihn ununterbrochen auf dem Kieker. Jeder weiß, daß er mit Stoff schiebt – und das Zeug selber nimmt. Der ist immer im Tran und hat dich sicher bequatschen wollen, sein Geschäftspartner zu werden. Er ist Auswurf – arbeitet mit Marihuana – und Schlimmerem –, um die Leute rumzukriegen – *ich* geb' ihnen doch wenigstens was zu essen ... Übrigens: hast du schon gegessen? ...« Er bugsiert mich in eine Ecke. Auf unserem Weg dorthin entdeckt er Jamey, der an der Bar steht. Heute hat Jamey sich als Motorradfahrer verkleidet und sieht aus wie eine leicht virile Rennfahrerin, bloß weniger schneidig. »Mein Gott!« sagt Chick und bedeckt sein Gesicht in gespieltem Entsetzen. »Ist die noch zu retten? Dieses Aas! Mit der red' ich überhaupt nicht mehr. Das ist 'ne ganz Böse ... Aber wie dem auch sei: ich riet dir, von diesem Randy wegzubleiben –

zu deinem eigenen Besten – was für Versprechungen er dir auch machen sollte: Er ist ein Lügner. Ich kenne da einen sehr netten Jungen, dem er gesagt hat, er würde ihn mit nach Las Vegas mitnehmen und ich-weiß-nicht-was für Gelder an ihn verschwenden (die er nicht hat) – und damit hat er ihn rumgekriegt ... und dann gibt er ihm eine falsche Telefonnummer – nachdem er bereits mit ihm geschlafen hatte ... Hast du meine Nummer, Baby? ... Nun hör mir zu, Kind – hör auf deine Mammi – sie ist älter und weiser und kennt den Betrieb viel länger als du und weiß, was sie sagt: Dieser Randy wird dich beschwatzen, für ihn zu schieben, er hat mit dieser Masche schon andere prima Jungs vermurkst, und das einzige, wofür die sich dann noch interessieren, ist dieses Drecksmarihuana und so weiter, und das macht es für uns arme Weiber, die keins haben, sehr schwierig – nicht daß *ich* je zu solchen ordinären Tricks greifen würde ... ich sage immer: was ich im Bett tu', schadet niemandem, aber diese Drogen – na! ... Außerdem hat er weißgottwas für Geschichten über Lance verbreitet, seit das damals in Laguna Beach passierte, und weißt du, was sie auch über ihn reden: Ich hab' den Kerl gern – habe ihn immer gern gehabt und werde ihn immer gern haben. Er hat ein paar ziemliche Schweinereien in seinem Leben gemacht, da bin ich der erste, der das zugibt. Trotzdem hat er was Besonderes an sich ... Jedenfalls war es Randy, der die Story aufgebracht hat, daß diese Ledernacken Lance in Laguna Beach überfallen und von der Klippe heruntergeworfen hätten (außerdem waren sie, als es passierte, auf dem Weg nach Malibu) und du darfst mir glauben: das ist eine ganz gemeine Lüge. Es hat noch niemals jemand auch nur den *Versuch* gemacht, *Lance* zu überfallen – niemand würde überhaupt auf diese *Idee* kommen! Er hatte zu viel Würde, es war etwas Königliches um ihn, und das spürte jeder. Randy aber rennt rum und verbreitet so 'nen Mist, wie daß diese Ledernacken normal gewesen wären. Baby, glaub deiner Mammi: Die waren genauso schwul wie ich es bin. Und *die* wollten sich Lance unter 'n Nagel reißen – der außerdem getrunken hatte, was er fast nie tut. Irgend etwas ist an dem Tage am Strand passiert – jemand, der gerade aus Hollywood kam, hat Lance erzählt, daß

Esmeralda Drake die Dritte im Sterben liegt oder irgendwas, und Lance fing an zu trinken. Das überraschte alle – er hatte sich nie was aus ihr gemacht, und wie gesagt: er trinkt nie – vielleicht hat er sich vorgestellt, er könnte der armen alten Sau noch einige Scheinchen aus den Rippen leiern, bevor sie stirbt – oder vielleicht war's ganz was anderes, wer weiß?... aber Esmeralda starb nicht, damals – allerdings hat mir neulich jemand erzählt, daß sie von einem Auto überfahren wurde, als sie den Hollywood Boulevard überquerte, und dazu kann ich nur sagen: wenn sie, in ihrem Alter, immer noch den Hollywood Boulevard unsicher macht, hatte sie auch nichts anderes zu erwarten... Nun ja. Als Lance hörte, daß Esmeralda im Krankenhaus liegt, wollte er abhauen, aber wir haben es ihm ausgeredet. Es war sehr lustig, mit Lance zusammen zu sein – er ersetzte eine ganze Party. Also Lance bleibt, aber besäuft sich. Und diese beiden Ledernacken in der Bar dort fangen an zu bohren, daß sie's mit ihm treiben wollen. Ich mach ihnen keinen Vorwurf, Baby: Lance war berühmt von hier bis New York!... Er war der Freund von Pierce Flint gewesen und hatte Affären mit Bruce Storm und Kipp Rugged – lauter prominenten Filmstars. Na, jedenfalls sagte Lance den beiden Ledernacken immer wieder nein, so tief würde er nicht heruntersinken – sie wären ihm zu ordinär. Vergiß nicht: er hatte den Kanal voll – gestrichen voll!... He, Teddy! (Ist das nicht komisch? Teddy dachte, ich hätte ›he‹ zu ihm gesagt.)... Jedenfalls sagte ich immer wieder: ›bleib hier, Lance, du hast getrunken‹ Aber er wollte nicht auf mich hören. Also gingen sie zusammen fort, alle drei – Lance wollte bloß versuchen, sie ohne öffentlichen Skandal loszuwerden, glaub' mir – sie interessierten Lance nicht, es hat ihn niemals jemand wirklich interessiert – so war es jedenfalls früher«, fügt er wehmütig hinzu, dann hastig: »Nicht, daß ich all diesen Tratsch über ihn glaube. Natürlich brachte das Randy auf die Palme, und er fing an, Geschichten rumzuerzählen, wie normal er war, bis Lance ihn umgepolt hätte – Baby: Randy hat schon in der Wiege die Augen verdreht, wenn ein Kerl ins Zimmer kam... normaler kann man ja nicht sein... Ich verstehe gut, daß er mit Lance böse war, sie waren ja zusammen nach Laguna gefahren... immerhin!... Jedenfalls, soviel *ich* weiß – und ich weiß es so genau, als wäre es mir selbst passiert – fangen diese Ledernacken an, an Lance rumzufummeln – im Wagen – und, Baby, besoffen oder nicht besoffen: diese Tour ist nichts für Lance, und er wehrt die beiden ab. Sie versuchten ihn zu zwingen, dazubleiben, und dann sprang Lance aus dem Wagen und die beiden hinterher – selber besoffen und scharf auf ihn, verständlicherweise – und Lance wußte nicht, daß er sich auf einer Klippe befand, und sprang. Ein Unfall und sonst gar nichts. Er brach sich einen Arm. Und diese gehässigen, eifersüchtigen, wildgewordenen Schwuchteln zerreißen sich natürlich das Maul. Aber jeder wußte, daß kein Wort wahr war. Lance jemandem Anträge machen! Einfach lächerlich! Ich kenn' ihn viele Jahre, besser als sonst irgend jemand – Lance macht einfach niemandem Anträge! Jedenfalls«, er seufzte, »... damals nicht. Wie es heute ist ... die Leute verändern sich ... sieh *mich* an.« (Ein weiterer Seufzer.) »Wonach ist dir? Willst du hier weg? ... was essen, Baby? ...«

4 Der Chor gruppiert sich, die Parzen sind bereit, die Lose zu werfen: Und sobald Es geschieht – wenn Es geschieht – werden sie Lance einen Sturz gestatten, der seiner würdig ist? Oder wird er aus den Höhen herniedersausend auf den Trümmern der zerstörten Egos aufschlagen?

Der Chor wartet auf neue Kunde von den Klippen.

Im *Leoparden* platzte Jamey vor Aufregung aus allen Nähten. »Eben hab' ich Lance gesehen!« verkündet er einer größeren Clique. Heute abend trägt er eine Art Strandkostüm. »Und wißt ihr was? Er ist stinkbesoffen!«

»Lance doch nicht«, protestiert jemand.

»Lance O'Hara – ich hab' ihn doch gerade gesehen. Er sieht aus, als ob er den ganzen Tag gesoffen hat. Er ist wirklich kein Anblick!«

»Ich habe Lance noch nie betrunken gesehen«, sagte ein anderer.

»... außer damals in Laguna Beach«, entsinnt sich jemand. »Er war sein ganzes Leben lang besoffen – besoffen von sich selber.«

»Na, jedenfalls ist es heute schlimmer als irgendwann sonst«, sagte

Jamey. »Bei den Seeräubern war er so völlig hinüber, daß sie ihm nichts mehr geben wollten. Er fing an, sich mit Eddy – dem niedlichen Mixer – zu prügeln, und ihr wißt ja: Eddy ist nicht besonders kräftig, aber Lance wohl, und zum Schluß mußten die drei Barmixer ihn zusammen rausschmeißen und Lance brüllte – also ratet bloß, was er brüllte? Also: daß er jemand sucht! Ist das nicht einmalig?«
»Hat er gesagt, wen er sucht?« fragt einer eifrig.
»Jaa...«

»Wen denn?«

»Wen denn?«

»Wen denn?« Jamey machte einen stummen Augenblick lang ein Gesicht wie ein Bote, der die Nachricht von einer gewonnenen Schlacht überbringt. Als speie er Gift aus, stieß er hervor: »Dean!«
»Dean?«

»Diesen kleinen Gangster?«

»Der ist doch schon durch alle Betten gegangen.«

»Er ist ein Dieb.«

»Ist das der Bursche, der Eddy beklaut hat?«

»Der ist ja noch 'n halbes Kind...«

»Süßer, er ist das Letzte!« – »Ich möchte nicht, daß man sieht, wenn ich mit ihm auch nur *rede.«*
»Den suchte Lance O'Hara?«
»Genau das sagte ich, oder?« sagte Jamey spitz, und das Stimmengewirr brach nicht ab. Tief befriedigt von dem Aufruhr, den er veranstaltet hat, schlängelt Jamey sich davon, mimt Erstaunen, als er mich in der Nähe sitzend erblickt, und sagt vertraulich zu mir: »Ich muß mit dir reden, Baby. Ich sah dich neulich abends mit Chick, und ich muß dich vor dieser Irren warnen... *zu deinem eigenen Besten!* Das ist 'ne ganz Üble! Ich will dir mal erzählen, was sie mit einem niedlichen Jungen machte, den ich kenne. Sie versprach ihm, ihn nach Las Vegas mitzunehmen und ich weiß-nicht-was-für Gelder an ihn zu verschwenden, wenn er mit ihr ins Bett geht – und dann gibt sie dem Jungen eine falsche Telefonnummer...«
Ich verließ die Bar – später – mit Jamey und jemandem, den Jamey gerade angequatscht hatte, der Tim hieß. Jamey gab reichlich an und

erzählte erst ihm und dann mir, wieviel Einfluß er immer noch in den Filmateliers habe, aber ich nahm an, daß er heute abend auf Nummer Sicher gehen wollte: Er würde sich einen von den leichter Erreichbaren aufreißen. Wie es so geht, landeten Tim und ich zum Schluß auf einer Party – viel später, gegen Morgen – in einem Haus, wo der Tod wohnen könnte – oder wie das Haus in dem Gloria-Swanson-Film, wo sie den Verstand verlor: In diesem Haus des Todes gibt es Bärenfelle und gekreuzte Schwerter und ein angeketteter Affe springt auf samtbezogenen Polstersesseln herum. Irgendwoher kommt geisterhafte Orgelmusik. Männer tanzen fest umschlungen miteinander. Ich war schon etwas benebelt und die Gestalten auf der Tanzfläche, die fast bewegungslos langsam über das spiegelnde Parkett glitten, glichen schattenhaften Segelbooten auf einem gefrorenen schwarzen See. Hinter den hohen breiten Fenstern geht ein Garten in hügeliges Gelände über und Figuren, von denen ich zunächst angenommen hatte, es seien Statuen, bewegten sich hin und wieder, kamen einander nahe und trennten sich wie dunkle Wolken. Ein junger Mann stürmte tränenüberströmt aus dem Garten herein und schrie hysterisch: »Ich bin fertig mit ihm, er ist mit Rick draußen – ich bin fertig mit ihm … diesmal endgültig!« »Hier is' schwer was los, wie?« hörte ich Tim mit unsicherer Zunge sagen – obgleich all dies ihm offensichtlich neu ist, starrt er fasziniert in die Runde.
Der Gastgeber kam auf uns zu. Es fügte sich gut, daß er aussah wie Dracula: stechende Augen mit unbewegten Lidern und sehr rote Lippen. »Ihr zwei beiden scheint euch nicht zu amüsieren. Los doch, Jungs … ist wohl alles noch neu für euch? Also das finde ich ganz entzückend!« – er klopft uns verständnisinnig auf den Rücken. »Wollt ihr beiden Hübschen noch was zu trinken?« Er entglitt und kam mit zwei kleinen Bechern, auf denen eine Haube von Schlagsahne war, wieder. »Dies hier wird euch in Stimmung bringen«, sagte er. Seine Augen zielen wie Pfeilspitzen zwischen unsere Beine. »Los, wir wollen uns besaufen! … Oder wollt ihr euch vielleicht lieber ein wenig ausruhen? In meinem Schlafzimmer ist niemand, ich habe es mir für etwas ganz Besonderes reserviert (ich bin unmög-

lich, nicht wahr?) … wir drei könnten doch …« Aber er hatte kein Glück. Mit einem Seufzer glitt Dracula davon, löste sich auf und verschwand in den Garten … Plötzlich bin ich auf dem Hollywood Boulevard. Die strahlende Morgensonne stürzt auf mich hernieder, Farben bersten auseinander wie ein Miniaturfeuerwerk. Es war Samstag. Mir ist, als habe Jamey gestern abend gesagt, er würde heute morgen im *Rendezvous* sein. Ich ging den Boulevard herunter und wollte gerade in die Cahuenga Street einbiegen, da höre ich hinter mir die Bremsen eines Wagens aufkreischen, über den jemand die Gewalt verloren hat. Der Wagen schleudert im Zickzack auf die entgegengesetzte Fahrbahn, der Motor setzt aus. Ich sah, wie der Kopf des Fahrers fast aufs Lenkrad aufschlug; es schien, als habe er für einen Augenblick die Besinnung verloren, dann kommt er wieder zu sich. Ich erkannte Lance O'Hara.

Dann wurde der Motor ungeschickt wieder angelassen, der Wagen raste davon und bog in den Sunset Boulevard ein, als ich das *Rendezvous* betrat.

Am Wochenende füllt sich das *Rendezvous* bereits früh: Wer in der vergangenen Nacht keinen gefunden hat, sucht hier weiter – die nächtliche Jagd hat den Gesichtern jegliche Farbe genommen. Andere, immer noch unbefriedigt, immer noch sexhungrig, begeben sich von neuem bereits in der Frühe auf die Jagd ohne Ende. Die meisten kommen von Partys, die bis in den Morgen hinein dauerten oder noch anhielten, und sie kämmen die Lokale nach, wenn möglich, frischen Rekruten durch.

Wenn der Vorhang an der Tür sich teilt und dadurch anzeigt, daß vielleicht 'was Interessantes eintritt, so wirkt das wie ein elektronischer Impuls, der Alle erwartungsvoll zur Tür blicken läßt. Die Köpfe schwingen herum, wenn das Licht verängstigt ins Lokal hereingeschossen kommt, ein wenig herumhüpft und wieder hinausstürzt …

Drinnen gibt es gewisse bekannte Gesichter. Jamey, Randy und Chick hocken zusammen, und ich setze mich zu ihnen an die Bar. Die Musicbox spielt: *»Geht, Kinder, wohin ich euch sende – wie aber sende ich euch? Ich sende euch einen nach dem anderen …«*

Dann teilte sich der Vorhang, und ein Streifen Sonnenlicht fuhr wie ein Blitz ins Lokal. »Das ist Lance!«

»Was ist los mit ihm?«

»Ist er krank?«

»Lance, Baby!«

»Komm hier rüber, Lance ...«

»Er sieht furchtbar aus!«

»Er ist betrunken!«

Stimmen schwirren wie verirrte Vögel durch die verräucherte Bar. Randy, der im Rhythmus der Musik mit den Fingern getrommelt hatte, schlug böse mit der flachen Hand auf die Theke – plötzlich waren seine Finger angespannt und bewegungslos.

Jamey glitt vom Hocker, ging auf die hochgewachsene schlanke Gestalt, die sich mittlerweile im Raum befand, zu und sagte: »Lance ... Baby: ich dachte, du bist in New York ... was ist mit der Revue? Ich dachte ...« Die schlanke Gestalt ging an ihm vorbei und starrte suchend und gespannt in die Runde.

»Was ist los, Lance?« flüsterte Chick und geht ihm nach, als wolle er ihn beschützen; er weiß: der Chor wartet.

Lance O'Hara blinzelt benommen und schwankt auf Chick zu: »Chick ... ich ...« Und dann: »Hast du ... Dean gesehen?«

Stimmen, Musik, ohrenbetäubender Lärm. Rauch: ein graues Bahrtuch ...

Ich ging rasch hinaus.

Auf der anderen Straßenseite durchsuchten die Bullen drei junge Burschen. Ich machte mich auf den Weg, zurück zum Boulevard, als ich spürte, daß jemand dicht hinter mir war. Ich wartete. Ich fühlte eine Hand auf meiner Schulter, drehte mich um und sah Lance O'Hara ins Gesicht.

»Du bist es ja gar nicht«, seufzte er.

Die Bullen sahen jetzt zu uns herüber. Lance lehnte sich schwer gegen mich, er wäre sonst umgefallen. »Komm«, sagte ich und führte ihn fort.

»Nein ... warte doch. Bitte ... fahren ... du mußt ...«, murmelte er. »Bitte ... bleib bei mir. Mein Wagen ist ... ist irgendwo hier ...«, er fing an zu lachen, weil er nicht mehr wußte, wo sein Wagen stand. Da ich vorhin gesehen hatte, wie er in den Sunset Boulevard einbog, führte ich ihn um die Ecke herum. »Da ...«, sagte er, »das ist mein Wagen.« Er gab mir den Autoschlüssel, kroch stolpernd hinein, lehnte sich zurück und schlug die Hände vors Gesicht: »Brr! Ich ... ich kann nichts trinken ... Fahr los ... *irgendwohin!*«

Als ich ihn das erste Mal, im *Splendide,* zu Gesicht bekam, hatte die gedämpfte Beleuchtung gnädig das Ihre getan und mir den jungen Mann gezeigt, dessen Herrschaft unbestritten gewesen war. Aber jetzt, in der gleißenden Sonne, gab es keine Gnade. Ich sehe den zerstörten Lance O'Hara einer welkenden Legende vor mir: hochgewachsen, ja ... auch schlank, aber sein Gesicht, gedunsen von Alkohol und schlaflosen Nächten, zeigte den bestürzten Ausdruck, den einzig die Gesichter ehemals sehr schöner, sieggewohnthochmütiger Menschen aufweisen können, die bald ihre diesbezüglichen Ansprüche aufgeben müssen: Das scharfe Licht enthüllte den gelblichen Teint sowie die sich überschneidenden Linien unter den Augen, die in hängende kleine Säckchen ausliefen; an der Stirn war das dunkle Haar stumpf von Schweiß. Doch was mir am meisten auffällt, sind die Augen, die mich mit gehetztem Ausdruck ansehen – die klar-blaue Iris geht fast unmerklich ins Weiße über: die verblüfften Augen eines Menschen, der jahrelang eine dunkle Brille getragen hat und sich plötzlich gezwungen sieht, ohne sie dem rücksichtslosen Starren der Sonne zu begegnen ...

»Fahren wir ... irgendwohin«, sagte er, »... irgendwohin ... überallhin ... niiirgendwoohiin ... ins Blau-au-e ...« Von krampfigem Lachen geschüttelt, schwankt er seitwärts – »Uuups!« – erwischt eine unter den Sitz gerollte Whiskyflasche und trank in gierigen Zügen. Ich ließ den Wagen an und fuhr den Sunset Boulevard herunter. Wie ein belebtes Wesen eilt er rasch an den kalifornischen Palmen vorbei – stumme Zeugen hastenden Lebens und flüchtiger Jugend. Plötzlich öffnet Lance die Augen weit und sieht mich, wie es scheint, jetzt zum ersten Mal wirklich. »Du bist ihm ja nicht einmal ähnlich«, sagte er. »Überhaupt nicht, wirklich. Ich kam dir nach. Als ich dich fortgehen sah – aus dem Lokal – dachte ich ... dachte

ich, du seist Dean ... He! Los ... wir woll 'ne Party machen ... auf keiner Party gewesen, nicht seit ... oh, lange ... lange ... möchte mich so richtig besaufen!« Er hielt mir die Flasche hin, und ich trank. Seine Panik wirkte ansteckend. Mir ist plötzlich, als seien wir auf der Flucht ... er flieht, ich fliehe ... »Uuups!« machte er, »... du bis' auch voll ... so is' richtig ... uääh!«
Wir waren jetzt auf dem Highway – rasende Wagen vor uns, neben uns, uns entgegen. Sie wirbeln umeinander, die ganze Welt wirbelt strudelnd davon ... Fort! ...
»Hopp-la-la«, sagte Lance, nahm wieder einen Schluck aus der Pulle und reichte sie mir. »Je mehr ich trinke, desto ähnlicher wirst du ihm ... is mir auch ganz gleich, wer du bist ... Hauptsache, du fäährst. Uuups! Blau wie 'n Veilchen! Hopp-la-la! Hoch die Tassen! ...« Dann schloß er die Augen und schwieg.
»Du kennst ... Dean ... nicht ... oder?« fragte er mich unvermittelt. »... hab' ihn nicht wiedergesehen ... seit ... iiuuh ...«, und er hielt mir wieder die Flasche hin. »Dean«, sagte er mit schwerer Zunge und schien erneut hinüber zu sein.
Mein Sehvermögen wurde jetzt überscharf – dieses Stadium geht bei mir immer dem der Betrunkenheit voran: Dann wird jedes Objekt auf heftige Weise *wirklich*. Der Verkehr hatte nachgelassen, und wir glitten an buntfarbigen Obstständen vorbei, die die Autobahn wie Zigeuner-Wohnwagen säumten.
Nun sind wir in den Bergen – hier saftstrotzend grün, dort leprös braungefleckt – vorbei an eingestreuten toten Flächen niedergebrannter Bäume. Der Weg windet sich tückisch in einer engen Folge von S-förmigen Kurven – der Himmel ist blau und durchsichtig: ein kühler unnahbarer See zu unseren Häuptern.
An einer Biegung wäre der Wagen fast von der Straße abgekommen und in den Bäumen gelandet. Lance richtete sich auf: »Hoch die Tassen!« Er lachte. »Fahr doch den Scheißwagen zu Klump! In Flammen gen Himmel! Brruch!! ... undwir sind da!!«
Grüne Szenerie stürmt uns entgegen, zieht sich wieder zurück. Ungeheuerliches Himmelsblau wie sich verschiebende Versatzstücke ...

»Ich bin besoffen«, sagte Lance. »Du auch? ... Hier – wenn wir noch mehr trinken, gehts wieder rückwärts ... und wir sind wieder stocknüchtern ... Dort ...«

Krachen von Holz.

Grünes Buschwerk zittert. Der Wagen steht. Ich lag auf dem Lenkrad und ließ mich vom grünen wirbelnden Karussell entführen. Sonnenstrahlen, die durch die schwankenden Blätter brachen, stachen mir in die Augen. Lance taumelte hinaus. »Großartig ... besoffen zu sein!« sagt er und sucht sich seinen Weg, den Abhang herunter. »Großartig, ganz groß! Jeder müßte betrunken sein ... immer ... hab' ich recht? ... Die ganze beschissene Welt immer und immerzu: *besoffen!«*

Ich stieß gegen die Tür, gegen die Büsche. Hohe Bäume schützten uns vor der Sonne. Am Fuße des Abhangs schlängelt sich, blau und durchsichtig wie der Himmel ein schmaler Wasserlauf heiter an Bäumen vorbei. Ich kniete mich hin und benetzte mein Gesicht, um den grünen Wirbel um mich herum zum Stillstand zu bringen. Es geschah wild und plötzlich: Lance schlug die Arme um mich, preßte mich an sich und schluchzte flehend: »Dean ... geh nicht fort ...«

»Ich bin nicht Dean«, wiederholte ich immer wieder.

Aber er hörte mich nicht. »Dean ...«, schluchzte er und hielt mich umschlungen. Die Szenerie hörte jetzt auf, sich zu drehen, und brach krachend über uns zusammen – die Bäume zersprangen und fielen in Stücken auseinander. Wieder durchstach die Sonne für einen Augenblick die Blätter in Myriaden von Lichtpunkten – berstende Nadelspitzen im flimmernden Wasser. Lance preßte mich an sich und flüsterte immer und immer wieder: »Dean ...«

Ich fühlte meine Hand im Wasser, mein einziger Kontakt mit der Wirklichkeit. Ich bewegte meine Finger in der Quelle ... Und das grüne Gewölbe um uns verdunkelte sich und ... die ... Nadelspitzen ... der ... geborstenen...Sonne ... entschwinden ... in ... die ... Ferne ...

Ich erwachte. Die Sonne, die durch die Bäume drang, schnitt mir in die Augen, als wolle sie mich blenden. Neben mir berührte Lances

Kopf fast das Wasser. Ich zog ihn zur Seite, besprengte sein Gesicht, und er öffnete sofort die Augen, starrte mich erstaunt an und versuchte sich zu erinnern. Dann wandte er sich ab und begann zu schluchzen.

Ich ging zum Wagen zurück und wartete, bis Lance endlich erschien.

»Wer sind Sie?« fragt er mich.

»Wir sind uns vor kurzem erst begegnet – heute früh.«

Er schwieg.

»Sie baten mich, Ihren Wagen zu fahren.«

»Ich entsinne mich – irgendso was.«

Seine Augen starrten vor sich hin – in der furchtbaren Leere zwischen Besäufnis und nahendem Katzenjammer. »Wo sind wir?« fragte er.

»In der Nähe von Arrowhead – glaube ich.«

Er vermied es immer noch, mich anzusehen. »Jetzt fällt es mir ein: ich sah Sie in irgendeinem Lokal. Ich hielt Sie für Dean. Ich weiß nicht, was ich mir dabei dachte, ihn in den Lokalen zu suchen – er ist ja noch viel zu jung, um überhaupt hereingelassen zu werden.«

»Ich war auch betrunken«, sagte ich, um ihm seine offensichtliche Verlegenheit zu erleichtern.

Als ich den Wagen bergabwärts fuhr, löste sich seine Verkrampftheit, und er wurde umgänglicher. »Ich kann mich nicht an alles erinnern«, sagte er, »aber was auch passierte: wenn ich irgendwas Dummes gemacht habe, tut es mir sehr leid. Ich vertrage keinen Alkohol«, sagte er zur Erklärung.

Wir hielten an einem Trinkbrunnen am Wege und stiegen aus. Die Welt unter uns, unendlich ausgedehnt und unendlich unbeteiligt, schien die Achseln zu zucken.

»Ich stürzte ... von einer Klippe ... irgendwann mal«, sagte Lance stumpf und starrte zu Boden. Er lacht bitter auf. »Wenn Sie in Hollywood öfters in diese Lokale gehen, haben Sie sicher davon gehört.«

Ich schwieg.

»Sie schweigen? Also haben Sie davon gehört. Ist mir auch gleich. Wenn ich nur wüßte, was wirklich geschah. Ich war an dem Abend auch betrunken. Irgendwelche Ledernacken – ich war mit ihnen zusammen ... ich entsinne mich nicht einmal der näheren Umstände – ich war wie verrückt; besoffen. Jemand hatte mir gerade erzählt, daß ...« Er machte eine lange Pause. »Ich erinnere mich, daß ich die Kerle anbrüllte, ich erinnere mich ... Der Wagen hielt. Und dann war da eine Klippe ...« Er stand und starrte auf die teilnahmslose Welt herunter. »Manchmal ... manchmal glaube ich ... ich wußte, daß ich auf einer Klippe stand, als ich sprang ...« Er schwieg wieder. »Wenn man so hinunterschaut«, sagte er, »... scheint es fast, als warte die Welt darauf, daß man springt, und man kann sich nur umdrehen und die Sache verschieben ... für eine Weile – oder sich herunterstürzen, damit man es hinter sich hat ...«

Er wandte sich um und lächelte mich an – das bezaubernde Lächeln des legendären Lance O'Hara – und er streckte mir seine Hand in einer Geste der Freundschaft entgegen. »Ich danke Ihnen, daß Sie mit mir hier herausgefahren sind.«

Im Wagen sagte er unvermittelt: »Ich hab's! Wir wollen dorthin fahren – nach Laguna Beach! Ich bin seit damals nicht wieder dort gewesen. Wir haben noch Zeit – ich würde es gern wiedersehen.«

Als wir Laguna erreichten – diese Stadt, die einer glattgebügelten Flickendecke gleicht – lag der Strand verlassen da und es war kalt. Wir gingen in der Dämmerung den Strand entlang. Lance starrte ins Meer. Wir lagen schweigend im Sand. Dann stand er auf und ging dem Wasser entgegen, das sich ihm murmelnd nähert, sich wieder zurückzieht, nun ungestümer noch näher herankommt ...

Er stand gegen den Himmel, ein Schatten, und das Wasser schmatzte zu seinen Füßen ...

Als wir zurückfuhren, schien er zufrieden. »Ich möchte gern, daß Sie die Nacht bei mir bleiben – ist das möglich? – und morgen gebe ich eine Party. Ich habe plötzlich große Lust dazu. Ich will sie alle einladen – und sie werden alle kommen – wenn auch nur aus Neugier. Aber das, was sie gern sehen wollen, werden sie nicht zu sehen kriegen ... Bleibst du heute nacht bei mir?«

5 *Dies ist das Haus von Lance O'Hara – das Haus von Esmeralda Drake der Dritten...*
Unbeschwert, in den Hügeln...
Das Lächeln auf Lances Gesicht scheint ebenfalls unbeschwert – ein Lächeln, welches die Gegenwart eines Gespenstes Lügen straft, das am Stock um das Haus tappt...

Den größten Teil des Morgens verbrachte Lance am Telefon. »Ja, ich bins – Lance! Ich gebe eine Party ... so früh wie du willst... hier bei mir zu Hause – du weißt ja, wo es ist...« Und den größten Teil des Morgens und bis in den Nachmittag hinein klingelte das Telefon, als ob es selbst von dieser Party wüßte.
Seit gestern in Arrowhead hatte Lance Dean nicht mehr erwähnt, außer einmal, nachts im Bett (als er, wie ich wußte, versuchte, die schreiende Erinnerung mit Sex zu betäuben), wo er *Dean* zu mir sagte. Aber jedesmal, wenn er heute zum Telefon geht, gefriert sein Lächeln, er schließt die Augen und holt tief Atem, um die aufwallende Panik zu zügeln. Er steht sekundenlang über den Apparat gebeugt und hält die Hand unentschlossen über dem Hörer. Das *Halloh,* das endlich kommt, wird somit zu einer falsch beantworteten Frage...
Als erster erschien natürlich Chick.
»Baby, ich ahnte nicht, daß du Lance überhaupt *kennst!«* sagte er und blinzelte mir verständnisinnig zu – dann huschte er zu Lance hin und umarmte ihn mit echter Zuneigung. »Lance, Baby! ... ich könnte weinen vor Freude, dich in einem so prächtigen Zustand vorzufinden! Was für eine großartige Idee, eine Party zu veranstalten! Erinnerst du dich noch an die alten Zeiten? Weißt du noch, wie wir im Film zusammen tanzten? ... und jeden Abend Partys. Man kam ja überhaupt nicht ins Bett/außer vielleicht, um die Party dort fortzusetzen...«
Und nun sind sie, wie es scheint, alle alle da; die gutaussehenden maskulinen Typen, von Mann und Frau gleichermaßen begehrt; die übersprudelnden Tölen, deren Hände flattern wie Flügel; die vereinzelten Frauen unter Männern (die zwar einen Kult mit diesen

Frauen treiben, sonst aber auch nichts) und wie in jeder Versammlung von Homosexuellen und denen, die sich aus welchen Gründen immer zu ihnen hingezogen fühlen, herrscht hier eine Stimmung oberflächlicher guter Laune – eine Euphorie, die an Hysterie grenzt. So hat nun also der buntscheckige Chor die Bühne betreten.
Doch der Anblick eines seltsam sprühenden Lance zwingt die Furien, ihre herben Prophezeiungen fahrenzulassen. Nur für den Augenblick. Sie wissen Bescheid. Das Leben hat sie manches gelehrt – sie sind gewitzt. Wie Verbrecher, die zum Schauplatz ihrer Tat zurückkehren, wissen die Flüsterer, daß sie den Schauplatz des beginnenden Sturzes betreten haben.
Jamey platzt herein – in einem sehr knappen gestreiften Bikini. »Ich war am Strand«, erklärte er atemlos, »und hörte erst eben von der Party, und man sagte mir, es würde ganz zwanglos zugehen ... *voilà!«* ... er nimmt die Pose einer Badeschönheit ein. Dann fällt sein Auge auf Lance und er stürzt auf ihn zu. »Lance! Willkommen im Lande! Wir haben dich so vermißt! Aber neulich, als wir uns trafen – du weißt schon, im *Rendezvous* (obwohl du dich wahrscheinlich nicht daran erinnerst), sagte ich: ›Mein Gott, was ist denn mit Lance los! – er sieht furchtbar aus!‹« Er starrt Lance kritisch an, und was er sieht, freut ihn keineswegs: es ist wieder der Lance der Legende, die Jamey zerstört sehen muß. »Übrigens, Schätzchen, hast du ihn aufgetrieben? ... Ach, du weißt schon, du ... suchtest doch ... jemand – erinnerst du dich? ... ach sieh mal an: da ist Chick!« Er läßt Lance überstürzt stehen – seine Worte hängen in der Luft wie ein Fluch. »Chick-Mäuschen«, sprudelt er hervor, »ich habe nicht erwartet, dich hier zu treffen – nach dieser *gräßlichen* Sache von gestern abend! Ich habe alles darüber gehört! Hat dieser Ganove dich *wirklich* ausgeraubt? Man muß sich im Moment sehr genau ansehen, wen man sich auf dem Boulevard aufreißt«, sagt er vernehmlich, mit der Absicht, diejenigen von den Anwesenden damit zu treffen, die sich möglicherweise auf dem Boulevard haben *aufreißen* lassen.
Später höre ich ihn zu jemand sagen: »Ich glaube, Lance macht uns was vor – er ist nicht so aufgekratzt, wie er tut. Und was, zum Kuckuck,

ist aus diesem kleinen Schnorrer geworden ... diesem Dean?«
»Ich weiß es nicht«, antwortet der andere. »Ich dachte, er würde vielleicht auch hier sein ... Aber du mußt zugeben«, sagte er, »Lance sieht prima aus.«
»Laß dir nichts vormachen. Süßer, er tut nur so, als sähe er prima aus. Fällt dir nicht auf, daß hier ziemlich an Licht gespart wird?«
»Dafür können Sie froh und dankbar sein, Liebste – die Dunkelheit steht Ihnen auch nicht schlecht.«
Die Bühne ist hergerichtet. Der Chor umringt Lance O'Hara und wartet auf seinen Einsatz ... Aber bis jetzt hielt Lance sich großartig. Er lachte, ging von einer Gruppe zur anderen, erinnerte sich an diese und jene Vorfälle und Liebesaffären und schmeichelt den extravaganten überdrehten Frauen auf geradezu schamlose Weise.
»Sagte ich dir nicht, sie würden alle kommen?« flüsterte er mir zu. »Diese bösen Tunten. *Die* Enttäuschung, daß es noch keinen Leichenschmaus gibt!«
Wie ein Sommergewitter in jenen Breiten, wenn innerhalb eines Augenblicks die Helligkeit sich in donnerndes Dunkel verwandelt – so geschah es.
In der Tür stand Dean – der gleiche Bursche, der damals abends auf dem Boulevard mit mir gesprochen hatte.
Lance unterhielt sich gerade mit jemandem. Die plötzlich eintretende Stille, die sich wie ein Vogel mit schwarzen Schwingen auf den Raum herabsenkte, ließ ihn instinktiv innehalten. Aller Augen gingen zwischen dem jungen Mann unter der Tür und Lance hin und her. Lance war leichenblaß geworden, die Ringe um seine Augen hatten sich vertieft. Er drehte sich mit einem Ruck um, lächelte und ging auf den Burschen zu. »Dean! Du kommst gerade recht zu meiner Party!« Seine Stimme schwankte. Der atemlose Chor memoriert seinen Text. »Wo hast du bloß gesteckt?« fragte er wie beiläufig und legte seine Hand mit gespielter Sicherheit auf die Schulter des Jungen.
»Weg!« sagte Dean kurz und barsch, und dieses Wort, das wie ein Stein nach Lance geschleudert wurde, bedeutet für die Mehrzahl der Anwesenden, daß sie nicht vergeblich erschienen sind. Lance weicht

dem Wurfgeschoß aus und sucht Halt an vorgetäuschter Gelassenheit. Das Geplauder derer, die begreifen – und, sobald sie das bemerkt haben, auch dasjenige derer, die nicht begreifen – wird abrupt abgebrochen, als habe man eine Grammofonplatte abgestellt. Das Geraune, bereit, jeden Augenblick loszubrechen, hält sich in der Schwebe wie ein riesiger Felsbrocken am Rande eines Abgrundes, bevor er mit verheerender Wucht herabstürzt. Jamey, der den Raum vor Deans Ankunft verlassen hatte, kam im falschen Augenblick zurück: »Mein Gott«, sagt er, »ich wurde im Badezimmer um ein Haar vergewaltigt.« Aber niemand lachte. Es war, als habe jemand in der entscheidenden Szene eines Dramas gehustet. »Was ist los?« sagte er, und dann sah er Dean und Lance, wie sie sich bewegungslos anstarrten. Und Jamey kneift die Augen triumphierend zusammen.

Dean ging festen Schrittes an Lance und den starrenden Augen vorbei ins Schlafzimmer – hinter ihm Lance, der den unbarmherzig bohrenden Blicken ausweicht, die darauf lauem, ihm nunmehr seine Schönheit und die Souveränität dieser Schönheit heimzuzahlen. Chick stellt sich Lance rasch in den Weg und flüstert ihm aufgeregt zu: »Lance! Geh ihm nicht nach! *Sie beobachten dich!«* Lance aber drängt ihn zur Seite und folgt Dean ins Schlafzimmer.

Die Tür schließt sich.

Hinter dieser geschlossenen Tür hört man Stimmen, die sich abwechselnd heben und senken. Nun fliegt sie auf, und Dean tritt heraus, seine Kleider achtlos über dem Arm. Lance steht in der offenen Tür.

Und jetzt wird er das tun, was die Herzen all derer, die ihn seiner unbestrittenen Herrschaft wegen gehaßt haben, höher schlagen läßt: Lance wird Dean nachlaufen …

Er holt ihn ein und zieht an den Kleidern, die dem jungen Mann über den Arm hängen. Die Kleider liegen am Boden verstreut: die Legende fällt vor unseren Augen in Trümmer. »Dean.,. geh nicht … fort …«, fleht er. (Fleht er vielleicht ebensosehr um sein Leben wie um Dean? Ich bin nicht sicher.) »Ich muß mit dir reden … komm zurück ins Schlafzimmer … ich …« Der Druck seiner Hand auf

Deans Schulter wird sichtbar stärker. Dean befreit sich tückisch mit einem Ruck. Und dann kommt es, wie ein Peitschenhieb:
»Rühr' mich nicht an, du verdammte Scheißtunte!«
Und die Tür, die Dean zuschmetteern will, weigert sich störrisch, sich zu schließen – sie fliegt wieder auf, weit auf und bietet der einfallenden Nacht Einlaß.
Das Raunen liegt noch an der Kette. Lance muß seinen Sturz zugeben – mit einem Blick, einem Wort.
Mit dem Rücken zu uns steht er in der Tür, vor sich die Nacht... Worauf starrt er? Auf die sich entfernende Gestalt? Oder starrt er an dem jungen Mann vorbei? Erscheint das gleiche Gespenst, das an jenem Nachmittag am Strande, in jener Nacht auf der Klippe umging, nun an dieser Tür? Lance rührt sich nicht. Vielleicht kann er den Anblick der summenden Insekten hinter sich noch nicht ertragen? Oder ist er endlich bereit, sich dem uralten Mann zu stellen, der geduldig seiner Rache harrte?
Wie in Vorahnung des verstörten Blicks, der den Vorhang über Lance O'Haras Herrschaft fallen lassen wird, läuft Chick weinend ins Nebenzimmer, während Jamey aufseufzt: »Na also!« was eigentlich *endlich!* bedeutet.
Nun wird Lance sich gleich umwenden, uns anschauen, und der Anblick seiner Niederlage wird bestätigen, daß seine Herrschaft vorbei ist – daß der magische Aspekt seines Lebens sein Ende gefunden hat. Morgen wird man ihm in den Lokalen die Grabschrift meißeln.
Lance schließt die Tür mit dem Knall, der ausblieb, als Dean das Haus verließ – vielleicht versucht er dadurch das Gespenst auszuschließen: *Noch nicht!*... Und mit dem scheinbaren Mut jemandes, der soeben im Kugelhagel einer Kugel entgangen ist, starrt er den Chor nun herausfordernd an, im verzweifelten Bemühen, dessen Triumph zunichte zu machen – und in diesem kritischen Augenblick geht, Gnade und Mysterium zugleich, ein Strahlen von ihm aus, als ob er, der stets auf Wunder vertraute, immer noch an irgendeine wunderbare Rettung glaubt.
Und die Rettung naht.

Ehe die geflüsterten verlogenen Beileidsbezeugungen den Punkt hinter seine Herrschaft zu setzen vermögen, öffnet sich die Tür hinter Lance, und ein lammfrommer Dean erscheint – die spärlichen Kleidungsstücke baumeln kläglich in seinen Händen. Er geht langsam auf Lance zu – wartet, und dann flüstert er (aber in dem schrecklich stillen Hause können wir ihn alle verstehen):
»Lance ... es ... tut mir leid ... Lance ... Ich wollte eigentlich gar nicht fort ... Ich ... ich hab' nur manchmal solche Angst ... ich dachte, du würdest mich rausschmeißen ... Lance? Kann ich zurückkommen?«
Lance sieht Dean an – dankbar und mit einem Blick, der ein undeutliches, aber unbestreitbar vorhandenes Mitleid ausdrückt.
»Heute nacht«, sagte Lance, »... du kannst heute nacht bleiben – wenn du nicht weißt, wohin ... aber ... in deinem Interesse ... es wird besser sein, wenn du morgen ausziehst.«
Jetzt wendet Lance sich den überraschten Gesichtern zu, während Dean im Schlafzimmer verschwindet.
»Was ist los?« sagt Lance lächelnd – zur tiefen, ach wie tiefen Enttäuschung des wartenden Chors, der sich gezwungen sieht, abzutreten. »Warum so düstere Gesichter?« Er lehnt sich gegen den Kamin wie ein Schauspieler, der seines bezauberten Publikums sicher ist.
»Unser Leben ...«, er seufzte, »ist dazu da, eine Reihe von Affären zu absolvieren ... sonst nichts. Das wißt ihr alle so gut wie ich. Und wer weiß, wer an der nächsten Ecke auf einen wartet? ... Los«, sagte er und ging voll Anmut von einem der eingeschüchterten Gäste zum anderen, »... trinkt aus!«
Und das Stimmengewirr ist nicht ausgebrochen, der Chor steht bestürzt herum, als Lance O'Hara dem an die Tür pochenden Gespenst entschlossen den Rücken zuwendet (oder – wäre es möglich? – wird es nun seinen Frieden gefunden haben und sich zurückziehen? ...) und ausruft:
»So ... und jetzt machen wir uns einen lustigen Abend!«

Die Stadt der Nacht

Es war jetzt Sommer.

Ein Sommer, der im Süden Kaliforniens nicht wie im Osten als Zauberer auftritt. Warme Tage gehen lediglich in heiße Tage über – und die Kraft, sich dem Leben gegenüber zu behaupten, läßt nach. Wie unmerklich verrottende Mangobäume unter weißer Sonne bräunen sich die Leiber an den weit hingestreckten Stränden Kaliforniens. Sie kommen nach La Jolla, nach Malibu, Long Beach, Venice West, nach Laguna – aus dem Canyon hinter Malibu, wenn der Morgennebel ozeanwärts hinweggefegt wird; aus den heißen Straßen von Los Angeles, wo die Hitze sich in dampfenden Tümpeln zusammenballt: Aus ganz Amerika, das jetzt in Ferien geht, kommen sie herbei.

Die Strände Südkalifomiens demonstrieren eine bestimmte Lebenshaltung.

Schmale Sandstreifen, das Festland fliehend, werden von Palmen, die sich in der Ferne abzeichnen, liebkost. Wie ein unermüdlicher, wenn auch erfolgloser Feind dieser durchsonnten Erschlaffung bedrängt das Meer den gleichmütigen Sand. Wenn der Tag sich neigt und die Leiber vor den langsam herankriechenden schmatzenden Wasserzungen zurückweichen, fällt die Nacht wie ein schwarzer Vorhang. Das Wasser, dunkel und gekrönt von sahnigem Schaum, peitscht wild gegen den Strand, und das geheimnisvoll-beunruhigende Murmeln von Wind und Wasser klingt wie ein Urteil, das dich meint.

An diesen Sommernachmittagen am Strand treibt die Zeit unwirklich dahin. Die Tage werden am zunehmenden Dunkeln deiner Haut gemessen.

La Jolla ... Es schließt das Wasser halbkreisförmig ein und schmiegt sich in eine Handvoll Sonne. Und nur eine kurze Strecke hinter La

Jolla und dem Marinestützpunkt: San Diego, die wohlbekannte Reihe von Tätowierungssalons, Pfandhäusern, Läden – typisch für all die einsamen Garnisonstädte Amerikas: Matrosen durchstreifen die nächtlichen Straßen – weiße Wolken dahintreibender Uniformen.

Long Beach ... der Vergnügungspark nahe dem Strand, die hektisch-wirblige Szenerie – die Achterbahn fliegt unaufhaltsam wie ein Geschoß die mörderischen Schienen entlang. Der Park ... die stickigen Bedürfnisanstalten ... eine Bar, in der an Sonntagnachmittagen eine irre Schwuchtel eine Fummel-Schau abzog mit Luftballons und Federgewedel.

Laguna Beach ... gesäumt von gedrungenen zackigen Klippen ... Homosexuelle, schutzbedürftig auf engem Raum zusammengedrängt wie auf den Strand geschwemmtes Treibgut – als ob sie, in einem symbolischen Akt, der Welt, die sie ausschloß, Trotz bieten – einer Welt mit so wenig Mitleid.

Und Santa Monica.

Von einem kleinen, grünen, blumigen Park aus (eine Statue der heiligen Monica schaut gelassen auf die langen Reihen von Wagen, die vom Wilshire Boulevard kommend die Strande ansteuern) sieht man weite Strecken weißen Sandes gleißen – und der Pacific-Ocean-Park zieht sich zusammen wie der dürftige Abklatsch einer Insel des Vergnügens, Achterbahnen, Karussells: ein künstlicher See:

Neptun hält Hof inmitten regenbogenfarbener Fische: Pseudo-Dschungel. Zwischen dem Park und der Reihe von Frischfisch-Restaurants – am *Muskelstrand,* wo Männer mit Muskelkugeln mit unbewegten Gesichtern füreinander posieren – liegt *Crystal Beach.* Auf eine Länge von etwa zwei Häuserblocks – der Sandstrand ist hier zwischen Parkplatz und Wasser einen Block breit – sammelten sich vom frühen Morgen (manchmal tauchte ein Gesicht im ersten Ansturm des Sonnenlichts geisterhaft aus dem Nebel) bis in den späten sonnendurchglühten Nachmittag hinein die Angehörigen der Welt, in der ich lebte. Alle ihre Vertreter sind zugegen: die Dragqueens in extravaganten, häufig bonbonfarben gestreiften Badeanzügen, die die schlanken Körper eng umspannen – Fantasiesandalen werden wie Pantoffeln getragen; maskulin aussehende und tuende Homosexuelle mit durchtrainierten braungebrannten Körpern stellen sich, im Sand lagernd, zur Schau – die Badehose heruntergerollt, soweit es eben geht – oder sie stehen in Bikini-Posen am Wasser herum – wie unentschlossen, ob sie sich hineinbegeben sollen, paradieren den Strand entlang im Bewußtsein der Blicke, die auf sie gerichtet sein könnten; die herumsitzenden, älteren Männer, meist aus Befangenheit so weit bekleidet, wie es die Wärme zuläßt, die vielleicht auf ein zwangloses Zusammenfinden hoffen, das jetzt rarer ist – ironischerweise, denn jetzt ist der Hunger noch gebieterischer, die schreiende Einsamkeit noch fordernder; die Strichjungen, meist barfuß, in Jeans und mit nacktem Oberkörper, den Rest ihrer Kleidung als Bündel neben sich, auf jede Gelegenheit wartend, die jeden Moment da sein kann – deshalb müssen ihre Kleider griffbereit und sie selbst rasch beweglich sein.

Den ganzen Tag über gehen die Vertreter dieser Welt, die sich dort am Strand zusammenballt, von Zeit zu Zeit zum kleinen Erfrischungsstand auf der anderen Seite des Parkplatzes hinüber, und sie sehen sich dabei um, ob jemand ihnen nachkommt. Aber meistens begeben sie sich in *Sallys Bar,* die weiter weg liegt.

Wenn die magisch-bräunende Sonne abnimmt, ist am Wochenende *Sallys Bar* vollgeknallt mit eingeölten männlichen Leibern, die sich sinnlich aneinanderdrängen, während die Hände ungeniert auf Forschungsreise gehen. Forciertes Lachen übertönt das Erbrechen der Musicbox.

Ich hatte in Lances Augen – in jenem Blick, als er vielleicht versuchte, seine Schuld zu sühnen und die drohende Rache eines traurigen alten Mannes abzuwenden – ich hatte in jenem Blick den schwachen Schimmer von Mitleid gesehen – von Mitleid für Dean – und damit die leise Andeutung einer Möglichkeit für mich, lieben zu können – irgend jemand! ... Dieser Blick hatte mich erschreckt. Und ich floh ihn.

Und in diesen Sommertagen am Meer steigerte ich mich in eine wütende Zügellosigkeit hinein: Manchmal ging ich mit jemandem, kehrte rasch wieder an den Strand zurück, verließ ihn mit jemand anderem: die einzelnen Gesichter verschwammen ineinander, und die Erinnerung an hastige Intimitäten kam mir vielleicht erst Tage oder Wochen später wieder.

In jenen Sommertagen, die ich vorwiegend in Santa Monica verbrachte, hörte ich oft von einem jungen Mann namens Glen – ein nicht sehr großer blonder Bursche, den ich jeden Tag am Strand sah. Noch vor wenigen Sommern war er hier einer der begehrtesten Stricher gewesen:

»Damals war einfach, jeder scharf auf Glen«, erzählte mir ein Freier, »… aber jetzt – nun, man hat sich an ihn gewöhnt: jeder Sommer bringt so viele neue Gesichter. Wenn Glen etwas mehr Grips hätte, würde er woanders hingehen, wo man nicht weiß, wie alt er ist. Zunächst war Glen bestimmt eindeutig Stricher. Aber inzwischen … wird er wohl alles machen.« – »Noch eine Weile«, erzählte mir ein anderer Mann, »… und Glen wird die Stricherei an den Nagel hängen. Er wird aufhören, mit den Teenagern herumzurennen, mit denen er immer noch versucht, bei uns Eindruck zu schinden, und wird einen festen Freund haben. Wart's ab.«

»Na ja«, fügte ein dritter hinzu, »… schließlich: zu *behaupten,* daß man dieses oder jenes nie, nie, um keinen Preis tut (oder, da man es jetzt nicht tut, auch nie tun wird): in Ordnung. Aber dieses oder jenes *wirklich* nie, nie, um keinen Preis tun – nun, ich muß sagen, das streift den Irrsinn. Dann ist das eine Perversität für sich.«

Und so lautete der beharrliche Kehrreim dieses Sommers: Jugend ist Trumpf! Oft wurde er von Freiern, wenn es vorbei war, gehässig zitiert – und sonst sagte es einem die bewußte Einsicht in das Leben, das sie – wir – lebten … Mr. King hatte es aufgebracht, aber das war am Beginn der Reise gewesen – und die tiefere Bedeutung dessen, was er gesagt hatte, blieb mir damals verborgen. Es war nicht die Frage, *wie* ich leben würde, die mich erschreckte, sondern die quälende Befürchtung, daß die Ansprüche der Jugend noch erhoben würden, wenn es längst nicht mehr möglich wäre, sie zu befriedigen. Einer, der in dieser sommerlichen Woge von Leuten besagten Kehrreim breittrat, war ein bösartiger, alter Schwuler – der in meiner

Erinnerung als ein untadelig gepflegter, dreckiger, alter Mann weiterleben wird – namens Hubert, der jedoch eitel meint: »Sag Hubsi zu mir, Lieber – das tut jeder!« – ein weibisch – gezierter kleiner alter Mann mit Knopfaugen, ungefähr Sechzig, der etwas Kaninchenhaftes an sich hatte.

Als er es darauf anlegte, vor mir zu brillieren, und dabei T. E. Lawrence und D. H. Lawrence durcheinanderwarf, konnte ich nicht umhin – was gab's dabei schon zu verlieren? –, die intellektuelle Tour abzuziehen, und ich stellte die Sache richtig. »Ach du *lieber* Gott«, sagte er, »wie gräßlich – ein Intellektueller! Sie hätten den Mund halten sollen, junger Mann. Ohgottohgott ... der Verstand eines alten Mannes im Körper eines Jünglings! Du lieber Gott!« Und ich gab zurück: »... besser als der Verstand eines Jünglings im Körper eines alten Mannes!« – »Auah!« Er zuckte zusammen und kuschelte sich wie ein verschrecktes Kaninchen in seinen Sessel ... Obwohl er mich nachher mehrere Male zum Essen einlud, zeigte er damals keinerlei besonderes Interesse an mir.

Und er war es, der mich bald darauf in das Haus des berühmten Regisseurs mitnahm, den Skipper gekannt hatte. Spöttisch verkündete die alte Tunte dem Gastgeber: »Dieser junge Mann ist ein Intellektueller – sehen Sie sich vor!« und der Regisseur erwiderte grinsend: »Das letzte Mal, als ich mit so einem auch nur gesprochen hatte – es war ein Schriftsteller –, endete es damit, daß ich mich in *Confidential* wiederfand.«

»Ohgottohgott – hör dir das an ... da hast du's!« tölte die Alte mich an und dann weiter: »Oh, der Preis des Ruhmes ... tsissississs!« Der Regisseur gab dem jungen Mann, der damals mit ihm lebte, Order: »Geh und sage Mattie, daß wir den Lunch draußen nehmen« – mit einer Kälte und einer unverhohlenen Verachtung – als sei der junge Mann lediglich eine bezahlte Kreatur –, die mich zusammenzucken ließ. Er folgte gehorsam, nachdem er unsere Drinks bereitgestellt hatte.

Im Laufe des Abends nahmen die Feindseligkeiten zwischen dem Regisseur und mir immer unverhülltere Formen an, weil – während er mitleidslos einen Filmstar kopierte, der damals in einen sensationellen Sexskandal verwickelt war – die Erscheinung Skippers – betrunken irgendwo in Los Angeles – mich, quälend heimsuchte. Als *Hubsi* später bei sich zu Hause zum ersten Mal versuchte, es mit mir zu treiben – er knabberte wie ein Kaninchen an meinen Brustwarzen herum –, stieß ich ihn beiseite, von unerklärlichem Abscheu erfüllt.

»Du bist ja sowieso zu alt für mich«, sagte er. »*Ganz* jung sind sie mir lieber, und dazu sehr unerfahren, mein Guter«, fuhr er schneidend fort. »Über Zwanzig sind sie schon durch zu viele Betten gegangen und haben alle Touren hinter sich. Ich liebe kleine Jungs, die man noch mit pornografischen Bildern in Erregung bringen kann. Ich beobachte es gern, wie sie auf den Geschmack kommen … Hier in der Nähe wohnt eine Familie mit drei Söhnen, der älteste siebzehn, der jüngste zwölf«, sagte er angeberisch, »… die älteren habe ich schon gehabt, jetzt bin ich dabei, den jüngsten rumzukriegen. Die lesen Comics – nicht D. H. Lawrence!« Er leckte sich genießerisch die Lippen, und als er Anzeichen von Abscheu bei mir bemerkte, sagte er lachend, aber dennoch ernsthaft: »Die Tanten sind schuld, mein Lieber.«

»Die Tanten?«

»Ja – ich wurde von zwei ledigen Tanten erzogen, die mir Ankleidepuppen zum Spielen gaben. Jedesmal, wenn ich einen Knaben verführe (so um die fünfzehn herum – die älteren sind mehr so eine Art Zugabe)« – das ging gegen mich – *»… bringe ich ihn sozusagen den Tanten dar! …«*

Und so war ich wie hypnotisiert von allem, was mich daran erinnerte, welcher Tribut der Jugend gezollt wird, und dieser Zustand bewirkte, daß ich mich völlig auf diesen Sommer konzentrierte, wie ich später versuchen würde, mich auf jede der jeweiligen Jahreszeiten zu konzentrieren. Ich ließ die Zukunft nicht gelten – oder war zumindest darum bemüht, sie nicht gelten zu lassen –, als ob es unveränderlich nur die Gegenwart gäbe. Verrückterweise war ich irgendwie überzeugt davon, daß das Gespenst des zerstörerischen Morgen verschwinden würde, wenn ich mich ganz auf das Heute konzentrierte … Aber in einem Leben, das einen vielleicht schon ausrangieren wird, wenn man anfängt, älter als fünfundzwanzig auszusehen, spürte ich, wie sehr ich mich an die Gegenwart klammerte …

Auf dem Ranch Market in der Vine Street gibt es eine Jux-Uhr, deren Zeiger sich rasch rückwärts drehen. Sehnsüchtig stehe ich davor.

In jenem Sommer lernte ich Dave kennen.

Eines Morgens hatte ich am Strand einen Krankenpfleger aufgetan, der mit allerlei Kreditkarten für bargeldlosen Einkauf (vielleicht gestohlen, vielleicht auch nicht) einen riesigen Laden aufmachte. Ich kam so zu Schaftstiefeln, Khakijeans und Hemden. Er wohnte bei dem Patienten, den er gerade versorgte, und so gingen wir abends in die Wohnung eines seiner Freunde – eines kleinen hampeligen Italieners.

Auf einer Couch lag ein dunkler, männlich und gut aussehender junger Mann, den ich sofort für einen Stricher hielt. Wir nahmen einander mit einem Kopfnicken zur Kenntnis. Als ich mit dem Pfleger und dem Hampelmann aus dem Zimmer kam, war der dunkle junge Mann, der auf der Couch gelegen hatte, verschwunden. Einige Tage später saß er in einem Nachtcafé auf dem Sunset Boulevard neben mir.

Er hieß Dave, und ich hatte mich in ihm geirrt: Er ging nicht auf den Strich. Er arbeitete in einer Flugzeugfabrik, wie er mir erzählte, und abends besuchte er eine Fortbildungsschule. Er beeilte sich, mir zu erklären, daß er mit dem hampeligen Italiener bloß die Wohnung teile und daß sie nichts miteinander hätten.

Lange Zeit unterhielten wir uns über dieses und jenes – ohne das Thema der Homosexualität zu berühren. Ich fing an zu glauben, er sei trotz seines Mitbewohners normal. Dann sagte er: »Dieser Krankenpfleger, mit dem Sie neulich abends ankamen, fliegt ausschließlich auf Stricher.« Offenbar versuchte er herauszufinden, was mit mir los sei. Ich schwieg. »Ich kann nicht ganz verstehen, was für einen Spaß es macht, mit einer Menge Leute zu schlafen – jede Nacht jemand anders«, sagte er. »Ich meine, jeder Mensch, ob schwul oder nicht, sollte jemanden finden … Es gibt nichts Schlimmeres als einen einsamen Schwulen«, er lächelte. Ich mochte ihn gleich gern.

Und aus diesem Grund – ich widerstand der Versuchung, nein zu sagen (ich hatte gleich gewußt, daß er kein *Freier* war, und obwohl ich versuchte, nicht daran zu denken, spürte ich, daß er sich sexuell nur zu jemandem hingezogen fühlen würde, der dieses Gefühl erwiderte, und ich spürte auch, daß er in diesem Menschen mehr als nur den Partner für eine Nacht sehen würde) – ging ich mit ihm in seine Wohnung, als er mich fragte, ob ich Lust hätte, mich noch ein wenig zu unterhalten.

Als wir bei ihm waren und er mich berührte, sagte ich rasch, ich müsse jetzt gehen.

Er sah mich fest an, dann lächelte er. »Ja«, sagte er. »Aber vielleicht hätten Sie Lust, morgen mit mir nach Arrowhead hinauszufahren?« Überraschenderweise war er nicht verärgert darüber, daß ich ihn abgewiesen hatte. »Morgen ist Sonntag. Wenn Sie mögen, hole ich Sie ab.«

Ich sagte ja – es drängte mich fortzugehen. Als er mich in das Hotel in der Hope Street fuhr, war ich ganz sicher, daß ich nicht da sein würde, wenn er vorbeikäme.

Aber ich war da.

Und danach sah ich ihn immer öfter. Wenn er nicht arbeitete oder in der Schule war, fuhren wir irgendwo aufs Land hinaus ... Ich entdeckte in ihm eine Aufrichtigkeit, die mich immer wieder erstaunte – eine Sauberkeit und einen Anstand, die in der Welt der Bars und Straßen selten sind: Es freute mich sonderbar, daß er sich bald nachdem ich ihn kennengelernt hatte eine andere Wohnung nahm, diesmal für sich allein. Obwohl er sein Interesse an anderen jungen Männern unumwunden zugab – sobald es sich um gegenseitiges Interesse handelte – und er war ein sehr begehrenswertes Exemplar dieser Spezies –, spürte ich, daß der unersättliche Hunger, den man so oft bei anderen findet, nicht seine Sache war. Seit jenem ersten Abend hatte er keine weiteren Annäherungsversuche gemacht, und wir sprachen fast nie über den bewußten Vorfall. Er erzählte mir von sich: von der eiskalten Frau, die seine Mutter war, von seinem angeberischen Vater, der in einer alpdruckhaften Nacht in den Flammen umkam: In betrunkenem Zustand hatte er eine Zigarette aufs Bett fallen lassen. Er erzählte das ohne Selbstmitleid, ganz sachlich, als die Geschichte seines Lebens. Und ich stellte fest, daß ich mich ihm öffnete, daß ich mehr als je zuvor die Maske lüftete, die ich auf der Straße und in den Lokalen als Selbstschutz trug. Zuweilen spürte ich, daß er sogar mehr über mich wußte, als ich ihm erzählte, und das erfreute und irritierte mich gleichermaßen.

»Warum gehst du auf den Strich?« fragte er mich eines Tages. Es war die erste direkte Frage dieser Art, die er mir stellte, und von keinem anderen hätte ich mir eine solche Feststellung gefallen lassen. Ich wollte ihm zuerst antworten, daß ich von ihm doch nichts verlangt hätte, statt dessen aber sagte ich bloß: »Ich muß.«

»Das ist nicht wahr«, forderte er mich heraus, »du hast mir erzählt, du hättest schon gearbeitet.«

Ich war verstimmt, mehr als der Anlaß es rechtfertigte, und sagte: »Schön, dann ist es mir also lieber so.«

Es kam dahin, daß ich mich nur dann in den Lokalen oder auf den bewußten Straßen herumtrieb, wenn ich Geld brauchte. Die Main Street mied ich gänzlich. Zum ersten Mal, seit ich meine Reise durch nächtliche Leben angetreten hatte, schwand in mir das Verlangen nach sexueller Anarchie. Ich empfand eine große Freundschaft für Dave (und auch großes Mitleid, denn seine Stellung in einer Welt flüchtigster Kontakte war paradox; er sollte verheiratet und der Vater geliebter Kinder sein)... Aber all das bedeutete, wie ich mir einredete, für mich lediglich ein willkommenes Gefühl der Freundschaft in einer Zeit, in der ich der Turbulenz der von mir erwählten Welt überdrüssig war.

Und doch gab es Augenblicke, da eine andere Art von Furcht von mir Besitz zu ergreifen begann.

Ich bin mit Dave im Freilichtzirkus des Pacific-Ocean-Parks in Santa Monica und schaue mir die Tierdressuren an. Es ist ein strahlender, windstiller Nachmittag, an dem wie durch ein Wunder der gewöhnlich dunstige, tiefhängende Himmel von Los Angeles von einer solchen klaren Reinheit ist, wie es nur der Himmel meiner Kindheit in Texas war.

»Miss Pinky! Der tanzende Elefant!«

Der Ansager, der soeben die nächste Dressurnummer angekündigt hatte, führt *Miss Pinky* – einen kleinen Elefanten – in die Manege. Das auffallend purpurrosa angestrichene Tier trägt auf seinem riesigen Kopf, den es wie in Scham gesenkt hält, absurderweise einen kleinen, mit bunten Blumen besetzten Hut. Der livrierte Dompteur läßt den rosa Elefanten unter Musikbegleitung eine Reihe von Tanzschritten ausführen: der Elefant mit dem lächerlichen Blumenhut folgt verbissen den Rhythmen eines Mambo, eines Hula und eines Walzers. Der Körper schwankt plump hin und her, und die enormen Beine führen schwerfällig die Schritte aus. Der Blumenhut rutschte auf ein Auge herunter, und der Dompteur redete dem Tier so lange gut zu, bis es den Hut mit seinem Rüssel wieder hochschob.

Das Publikum schüttelte sich vor Lachen.

Während der Elefant von einer Seite zur anderen torkelte – seine großen Ohren schienen auszudrücken, daß er den Blumenhut durchaus ablehnte –, sagte der Ansager: »Meine Herrschaften, Miss Pinky ist nicht wirklich ein zierliches junges Mädchen – sie ist eigentlich ein junger Mann! Aber da er so besondere Reize aufzuweisen hat – und so *besonders* anmutig ist – Sie sind bestimmt auch unserer Meinung ...« *(Applaus!* ... und dem Elefanten wird vom Dompteur bedeutet, seinen großen Kopf dankend zu neigen), »... finden wir, es wäre ein Jammer, diese Gaben brachliegen zu lassen. Und nun, meine Herrschaften: Stimmung und Applaus für Miss Pinky – den graziösen Elefantenknaben!« ...

Ich sehe Dave ernst dem Elefanten nachstarren, als er, den blumenbesteckten Hut schief auf einem Ohr, aus der kleinen Manege geführt wird ...

»Wie traurig«, sagte er, »... dieses große kraftvolle Tier – und rosa angemalt ... und dann dieser Hut ...«

Es erschreckt mich, wie sehr dieser junge Mann neben mir mich plötzlich rührt. Ich empfinde die gleiche ohnmächtige Hilflosigkeit wie immer, wenn ich über einer vielleicht beiläufigen Bemerkung

jemanden traurig, nackt und bloß vor mir sehe – so wie Dave jetzt. Wir fuhren schweigend zu seiner Wohnung.
Auf dem Gang des Hauses steht eine Tür offen. Zwei junge Männer waren eingezogen, und Dave hatte mir erzählt, daß die Mutter des einen zu Besuch gekommen sei und bei ihnen wohne. Sie wußte, daß ihr Sohn und der andere junge Mann ein Liebespaar waren. Als wir vorbeigingen, hörte ich durch die offene Tür den einen quengeln: »*Mammi!* hör doch bloß, was Duane mir wieder für *Gemeinheiten* sagt!« ... Es schüttelte mich, und Dave bemerkte es. »Sie streiten den ganzen Tag«, sagte er. »Duane glaubt, daß Rick es mit anderen Burschen hat, und Ricks Mutter nimmt immer Partei für ihren Sohn.«
Als wir in seinem Apartment waren, sagte Dave unerwartet: »Es ist wunderbar, mit dir zusammen zu sein!« Er legte seine Hand voll Zuneigung auf meine Schulter und ließ sie dort liegen – es war die erste, wenn auch noch so flüchtige körperliche Berührung seit jenem Abend.
Für einen langen Augenblick rührte ich mich nicht, und ich spürte, wie der Druck seiner Hand zunahm ... Dann machte ich mich mit einem Ruck frei. Die Worte brachen aus mir heraus: »Kann sein ... aber es muß ein Ende haben!«
Ich sah den erstaunten Ausdruck auf seinem Gesicht, ich hätte gern meine Worte ungeschehen gemacht, ich empfand tiefes Mitleid, Zärtlichkeit, Verbundenheit mit diesem jungen Mann – aber ich wußte, daß ich zu meinem wie zu seinem Besten weiterreden, daß ich diese Freundschaft mit Hammerschlägen zerstören mußte, obwohl ich mich bei jedem Wort innerlich wand. »Ich meine ... nun ja ... ich habe zu viel Zeit mit dir verbracht. Das ist alles.«
Und verrückterweise muß ich dabei an den rosa Elefanten im Park denken – an den lächerlichen Blumenhut! ... die traurigen Augen! ... Und das hallende quengelige klein-mädchenhafte »Mammi!«, das durch die halboffene Tür im Gang gedrungen war ...
»Es tut mir leid, Dave«, sagte ich an der Tür, die ich jetzt öffnete, um mir das Entkommen zu erleichtern, um *mich* aus *seiner* Nähe zu schaffen. »Es tut mir wirklich leid«, wiederholte ich, »aber das führt zu nichts!«

Ich schließe die Tür hinter mir. Draußen im Gang bleibe ich einen Augenblick stehen, ohne zu wissen, warum. Dann verließ ich rasch das Haus.
Ich bin wieder in Santa Monica, allein – allein mit dem windgepeitschten Ozean.

Einer *oder* Menschen haben keine Flügel

1 Ich hatte ihn schon mehrfach am Strand gesehen. Er trug nie eine Badehose. Er war immer sehr gepflegt und sommerlich-sportlich gekleidet. Nachdem ich anfing, von ihm Notiz zu nehmen – und er fiel sogar am überfüllten Strand auf –, wurde mir klar, daß er die ganze vergangene Woche lang täglich hier gewesen war.
Er stand gewöhnlich auf dem Gehweg, der den Strand begrenzte, und sah anscheinend niemanden unmittelbar an, sondern immer den ganzen Strand und jeden, der sich darauf befand. Meistens fuhr er nach einigen Minuten wieder fort, allein, ohne mit jemandem gesprochen zu haben. Gelegentlich kam er am gleichen Nachmittag wieder. Bald begann ich nach ihm Ausschau zu halten.
Einmal auf dem Wege zu *Sallys Bar* erblickte ich ihn aus der Nähe. Er sah mich an, aber als er merkte, daß mir das nicht entgangen war, wandte er sich rasch ab. Er sah aus wie ein Hochschulrepetitor: gepflegtes, kurzgeschnittenes Haar, gesunde Gesichtsfarbe, gut gebaut. Er war wohl etwa Ende Dreißig. Er sah nicht aus wie ein Freier und auch nicht wie ein maskuliner Homosexueller (denn seine Männlichkeit war nicht aufgesetzt) –, aber seine Erscheinung war ein Widerspruch in sich, und ich nehme an, daß er mir zunächst deshalb auffiel.
Nachdem ich nun so oft gesehen hatte, wie er nachmittags fast immer auf dem gleichen Platz stand, fing er an, mich lebhaft zu interessieren.
An dem Nachmittag, als ich ihn wieder dort stehen sah, lag ich mit zwei Schwulen im Sand, die mich wohl für geil auf Joints hielten, denn sie versuchten mich dadurch zum Mitgehen zu verlocken, daß sie mir erzählten, sie hätten zu Hause Marihuana, wechselten aber das Thema, als ich wiederholt darauf anspielte, ich sei *blank:* der übliche Hinweis, wenn man nicht ganz sicher ist, daß der andere

gewillt ist, einem Geld dafür zu geben ... Beide waren sie noch recht jung und schlank; sie sahen zwar männlich aus, aber ihre gezierten Gesten, ihr Augenverdrehen, ihre zweideutigen getölten Bemerkungen straften den ersten Eindruck ihrer Erscheinung Lügen.
»Also, Kumpel«, sagte der eine, »wenn du auf ... eh ... Tee stehst, können wir dich ... eh ... ordentlich unter Dampf setzen ... und in unserer ... Bleibe ... eh ... 'nen zünftigen Ringelpietz veranstalten ... ich meine: mal so ... richtig auf die Pauke hauen.« Er brachte diesen Text, als habe er ihn auswendig gelernt.
Immer noch schaue ich auf den Mann, der vor der niedrigen Zementmauer steht, die den Gehweg vom Strand trennt ... Ich sagte zu dem aufgedrehten Schwulen neben mir im Sand: »Ich würde ja ganz gern mit euch mitbrausen ... aber ich weiß nicht, wie weit draußen ihr wohnt ... und wie komm' ich ohne Kies in die Stadt zurück?«
»Nun«, sagte der andere, »das ist kein Problem, Süßer ... wir fahren dich gern wieder herein.« Entweder waren sie äußerst beschränkt oder sie überhörten vorsätzlich meine Andeutungen – ich war sehr geneigt, das letztgenannte anzunehmen. In einigen Minuten würde ich gehen. Ich war hauptsächlich deshalb so lange geblieben, weil die Sonne mich am Strand festhielt – dieses träge, körperlich angenehme Gefühl, das mich ganz ausfüllte, während ich verspürte, wie meine Haut sich bräunte.
»Nach wem schaust du denn?« fragte mich der, der zuerst gesprochen hatte.
Bestürzt, festzustellen, daß ich den Mann auf dem Gehweg so merkbar angestarrt hatte, drehte ich mich rasch zur Seite, aber die Tunte war meinem Blick gefolgt und hatte den Gegenstand meiner Neugier bereits erspäht.
»Sieh mal«, sagte sie zu dem anderen, »da ist dieser komische Kerl wieder. Jedes Wochenende ist er da und steht rum. Ich hab' ihn noch nie mit jemand gesehen. Er steht bloß so rum.«
»Um den würde ich mich nicht allzusehr bemühen, Süßer«, riet mir der andere. »Er mag ja ganz gut angezogen sein, sieht aber nicht aus wie ein Freier.« Jetzt wußte ich, daß die beiden mich die ganze Zeit recht gut verstanden hatten und daß sie mich, indem sie das Kraut

als Köder benutzten, übers Ohr hauen wollten. »Er ist ja soweit ganz niedlich«, fügte er hinzu, »aber nicht jung genug.«
»Ich finde, er sieht aus wie einer von der Kripo«, sagte der erste, dann wandte er sich an mich: »Sagt man eigentlich *Kripo,* Süßer? Klingt irgendwie *passé.* Ober könnte man von einem Kriminalbeamten in Zivil auch sagen, er sei von der *Sitte?*«
»Kripo«, antwortete ich mit ernstem Gesicht.
Er hatte recht: der Mann sah wirklich aus wie ein Polizist in Zivil. Und offenbar war er auch anderen aufgefallen.
Die Tunte neben mir sagte: »So wird's sein – einer von der Kripo!«
Doch der andere ließ die Sache bereits auf sich beruhen: »Warum ziehst du nicht die Hosen aus. Süßer«, sagt er zu mir, »man kauft nicht gern die Katze im Sack.« So hat er sich also damit abgefunden, daß es nur so herum zu machen ist.
»Ich habe keine Badehose drunter«, sagte ich.
»Aber genau darum gehts ja«, sagt er und wirft vergnügt die Arme hoch.
Das reichte mir. Ich murmelte irgendwas von der Art, daß ich jetzt gehen müsse, und verließ die beiden. Sie sagten etwas, aber ich kriegte es nicht mit – sicherlich irgendeine Gemeinheit.
Aber war ich wirklich deswegen fortgegangen, weil ich mich über die letzte Bemerkung geärgert hatte? – oder hatte ich die ganze Zeit das tun wollen, was ich jetzt tat? ... Ich setzte mich auf das Zementmäuerchen in der Nähe des Mannes in Sportkleidung. Als ich vorsätzlich unvermittelt den Kopf hebe, sehe ich, daß er seinen Blick auf mich gerichtet hält. Ich klopfe den Sand von meinen Hosen, stecke mir eine Zigarette an – ich will Zeit gewinnen, um sitzenbleiben zu können, ohne daß es eindeutig auffällig wirkt. Diesmal sehe ich ihm in die Augen und warte auf eine Reaktion.
Er lächelt mich an.
Ohne ersichtlichen Grund hatte ich den gleichen Verdacht wie die Tunte vorhin: daß dieser Mann in der Tat ein Detektiv war – ich zog mein Hemd über, stand auf und war im Begriff zu gehen, ohne mich umzusehen. Da bemerkte ich, daß er einige Schritte auf mich zu gekommen war. Ich sah ihn an. Er öffnete den Mund und will etwas

sagen, um dann in wirklicher oder gespielter Verlegenheit bloß wieder zu lächeln. Ich benehme mich, als sei er ein Bulle, und betrachte ihn kühl.
»Ich geh jetzt fort von hier«, platzte er heraus. »Darf ich Sie rgendwo hinbringen?«
Nun bin ich gar nicht mehr sicher, daß er ein Bulle ist – nicht weil er das gesagt hatte (Südkalifornien ist bekannt dafür, daß sie einem Fallen stellen – sie bieten einem sogar Geld an und lassen einen dann hochgehen – sondern des schüchternen Tonfalls wegen, in dem er vorgebracht wurde; er schien nach seinen Worten sehr verlegen zu sein. Wenn man die Masche kennt, was Lokale und Strandleben betrifft, ist es gewöhnlich relativ einfach, einen, der sich an diesen Orten aufhält, festzulegen. Anders bei diesem Mann. Mein Mißtrauen wendet sich anderen Möglichkeiten zu. »In welche Richtung müssen Sie?« fragte ich.
Er zuckte die Achseln. »Ach, das ist mir gleich. Ich habe nichts weiter vor. Ich fahr' Sie, wohin Sie wollen.«
Die Neugier plagt mich, herauszukriegen, was mit ihm los ist. Andrerseits – wenn ich den Strand jetzt verlasse und er mich bloß in die Stadt zurückfährt, könnte ich genausogut hierbleiben. Es ist noch früh: Die bräunende Sonne regiert noch den Himmel. Er sieht mich zögern und spürte an meinem Blick, daß ich versuche, ihn irgendwo einzuordnen, und plötzlich sagte er völlig unerwartet: »Sie brauchen nichts zu befürchten, ich bin nicht von der Sittenpolizei.«
»Woraus entnehmen Sie, daß mich das interessiert?« fragte ich ärgerlich.
»Ehrlich«, sagte er. »Sehen Sie selbst.« Er schlug die Jacke zurück, um mir zu zeigen, daß er keine Dienstmarke trug – obwohl das natürlich gar nichts bewies. Es irritierte mich nur noch mehr.
»Warum glauben Sie, ich würde mir was daraus machen, wenn Sie es wären?« fragte ich. Die Vorstellung, er wüßte, daß ich in dieser Richtung etwas zu befürchten habe, ist mir lästig. Es würde ferner darauf hinweisen, daß er, was er auch immer sein mag, mit jener Sphäre vertraut ist. Aber wenn dem so sein sollte, wäre das einzige Anzeichen dafür seine wiederholte Anwesenheit an diesem Strand.

»Ach«, sagte er ein wenig betreten, »... nun ... eh ... das hat wirklich eigentlich gar nichts mit Ihnen zu tun. Bloß ... Sie wissen, dieser Strand hier ... und dann habe ich ein paar Mal gesehen, wie Sie mit verschiedenen Leuten fortgegangen sind ... und ... na ja ...« So stotterte er verlegen weiter und machte die Sache nur schlimmer. »Wollen wir doch irgendwo Kaffee trinken«, schlug er hastig vor. Wir stiegen in sein Auto, einen neuen Kombiwagen. Auf einem der Sitze liegt ein Koffer. »Ich bin in Urlaub«, erklärte er. »Ich lebe nicht hier. Gewöhnlich komme ich bloß zum Wochenende her. Ich hatte keinerlei Pläne für meinen Urlaub – also dachte ich mir, ich fahre bloß so 'n bißchen durch die Gegend. Jetzt sind nur noch vier Tage davon übrig.«
Im Restaurant in Wilshire – während wir darauf warteten, bedient zu werden (umgeben von gebräunten Gesichtern, die die Sonne verjüngt hatte), sieht er mich nicht so an, wie die anderen es tun, die einen sonst auflesen – auch was er sagt ist anders ... Natürlich gibt es viele Männer in jener Welt, die, sobald sie sich außerhalb der einschlägigen Örtlichkeiten bewegen, eine durchaus überzeugende Maske tragen, in der Atmosphäre der Strände und Lokale jedoch – oder wenn sie eine Bekanntschaft angeknüpft haben – wird diese Maske meistens mehr oder weniger durchsichtig: Sie werden zwar nicht weibisch, nein, aber gewöhnlich wird doch zumindest eine versteckte Andeutung der kaschierten Gier sichtbar. An dem Mann, mit dem ich hier zusammen bin, ist rein gar nichts davon zu bemerken. »Haben Sie schon gegessen?« fragte er mich.
»Nein.«
»Warum tun Sie es dann nicht?«
Sogar das klingt nicht mehr als liebenswürdig, ohne jeden sonst üblichen Unterton. Trotzdem läuft man immer Gefahr, jemandem zu begegnen, der völlig *normal* aussieht, sich aber dann als geistesgestört entpuppt – wie in New York der Mann im Regenmantel, der mich mit dem Messer bedrohte. In einem Leben, das sich unter der willkürlichen Etikettierung des *Andersseins* abspielt, ihm aufgezwungen von einer Welt, die dieses Leben schuf und es dann verwirft: je mehr ein Individuum unter diesen Umständen der *Norm*

entspricht (je mehr es sich den üblichen simplen Klassifikationen: maskuliner Homosexueller, Dragqueen, Freier, Stricher undsoweiter entzieht), um so suspekter wird es. Er sprach sehr wenig während des Essens, und da es mir nicht gelang, ihn zu durchschauen, hatte ich das Strichergebaren so ziemlich abgelegt, mit dem man im übrigen jede zwischenmenschliche Beziehung (außer der sexuellen) ausschalten kann. Und doch ist es in den meisten Fällen (man weiß es, man hat dazugelernt) vonnöten... Aber dieser Mann ist anders. Wieder draußen, standen wir auf dem Gehsteig. Die Sonne verblaßt hinter dem schmalen Parkstreifen jenseits des Sandes in den Ozean. Zum Horizont hin hebt sich anmutig Nebel wie ein Schleier, der die Nacht begrüßt.

»Wollen wir eine Weile zusammenbleiben?« hörte ich ihn fragen. Sein Blick, der unbeweglich und suchend auf mir ruht, wurde weich und zeigt einen mir vertrauten Ausdruck. Endlich hat er sich verraten.

»Klar«, sagte ich.

Wir überquerten die Straße und gingen am grünen Park mit seinen lebendig leuchtenden Blumen entlang – vorbei an vielen Leuten, die den Nachmittag dort auf den Bänken verbrachten. Wir stehen und blicken zum Strand hinüber. Die Menge auf dem Sand lichtet sich. Über die Brücke, die vom Strand zur Straße führt, kommen sie mit ihren zusammengerollten Handtüchern. Sie fliehen vor dem auf steigenden Abendnebel. Sie hocken im Sand, als erwarteten sie irgendeinen Schutz voneinander, und wenn einzelne Gruppen den Strand verlassen – wenn das Gefühl der Sicherheit, das sie einander gaben, zu schwinden beginnt – gehen auch die anderen, als folgten sie einem Ruf. Einige wenige verweilen noch. Eine Brise erhebt sich vom Meer. Die Sonne ist von gefrorenem Weiß und versprüht ihr Licht mit letzter Kraft, ehe sie im Ozean verlischt. Und nun werden die brüllenden Wellen die Nacht über versuchen, den Sand in Besitz zu nehmen...

»Warum wollten Sie vorhin vom Strand weggehen?« fragte er mich. Ich war drauf und dran zu sagen: »Sie sehen nicht aus wie ein Freier« ... Statt dessen sagte ich: »Sie sehen nicht aus, als ob Sie dort hingehörten.«

Er schwieg und betrachtete aufmerksam seine Handflächen. »Ich muß dazu etwas sagen«, erklärte er. »Ich nehme an ...«, fuhr er verlegen fort, »... ich nehme an, daß Sie mich vielleicht am Strand bemerkt haben. Ich meine, ich muß ja auffallen, da ich so oft dorthin komme – wieder fortgehe und zurückkomme. Es ist ... nun, irgendwie ist ... ist das alles neu für mich.« Immer noch seine Hände studierend, sagte er rasch: »Ich bin verheiratet ... ich habe ein Kind, einen kleinen Jungen.« Dies ist eine bekannte Story. Viele erzählen einem das, jeder aus einem anderen Grund. Wenn man auf den Strich geht, unterstreicht es in den Augen des Freiers die Männlichkeit. Für die anderen – manchmal sogar für die sehr effeminierten Typen – mag es ein symbolischer Vorwand sein, das Dilemma, sich in jener Welt bewegen zu müssen, tragischer erscheinen zu lassen ... Aber bei diesem Mann bin ich jenseits aller Zweifel fest davon überzeugt, daß das, was er mir soeben sagte, auch wahr ist. Er hatte offensichtlich erst vor kurzem seinen Ring abgezogen, denn ich bemerkte einen weißen Streifen an seinem Finger.

»Ich bin nur zwei Mal im Leben mit einem Mann zusammengewesen ... auf diese Weise ...«, fuhr er langsam fort. »Und diese beiden Male passierte so gut wie gar nichts. Ich habe mich bloß ... Und einmal ...« Er brach abrupt ab. »Ich will sagen, daß ich eigentlich selbst nie etwas getan habe«, sagte er. »O ja, natürlich, ich wußte es schon lange. Ich glaube – ich glaube, das war wohl der Hauptgrund, weswegen ich heiratete, aber ich wußte damals nicht wirklich Bescheid ... Jetzt habe ich ein Kind von neun Jahren ... Aber die Sache lief nicht, wie sie sollte ... von Anfang an nicht. Hauptsächlich deswegen wollte sie ein Kind ... Und dann begann ich die Strände aufzusuchen – wahrscheinlich, um mich zu vergewissern, daß es eine ganze Welt gibt, bereit, mich aufzunehmen, sobald ich mich endlich entschließen würde, zu ihr zu stoßen – wenn ich mich je dazu entschließen sollte. Ich bin immer hingegangen mit der Absicht, jemanden kennenzulernen. Aber dann lief mir immer wieder ein kreischender, weibischer Schwuler über den Weg – und plötzlich schämte ich mich. Es ist sonderbar ... aber ich konnte ihm nicht in die Augen blicken, aus Angst, nehme ich an, mich durchschaut zu sehen. Und ich wollte keine Tunte, soviel wußte ich, und ich wollte nicht einmal, daß sie mich so merkwürdig stechend anschauen. So fuhr ich also meistens wieder fort … und kam bald darauf wieder zurück … Ich habe Sie schon öfters gesehen, einmal hätte ich Sie fast angesprochen. Sehen Sie: meist waren Sie allein – und dann gingen Sie mit jemand fort, den Sie eben erst kennengelernt hatten … Und so nahm ich an, daß Sie … nun ja … daß Sie, wenn ich Sie anspreche, zumindest mit mir reden würden. Ich meine … diese Leute, mit denen ich Sie gesehen habe … viele von ihnen waren recht eindeutig … und …«

Ich wandte den Kopf, um ihn anzuschauen: ein noch verhältnismäßig junger Mann, dem man den anziehenden Jüngling, der er zweifellos gewesen war, noch ansah, und mir ging auf, mit welchen inneren Schwierigkeiten dieser Mensch zu kämpfen hatte. Der Gedanke beunruhigt mich, und ich sage rasch: »Es wird kühl, nicht wahr?«

»Sehr kühl«, sagte er.

Langes Schweigen.

»Willst du die Nacht über mit mir zusammenbleiben?« fragte er.

Der Wind nimmt rasch zu. Die Sonne ist jetzt eine weiße Lohe, die mit der glänzenden Wasserfläche verschmilzt. Ich kann nicht umhin, ihn zu fragen: »Wollen Sie das auch wirklich?«

»Ja«, sagte er – aber es klang nicht sehr überzeugend. »Ich glaube, ja. Ja. Ich möchte es sehr gern.«

Als es heraus war, sagte er rasch, als müsse er der zwanghaften Versuchung, es zurückzunehmen, widerstehen: »Ich bin in Ferien … ich sagte es schon, nicht wahr? Meine Frau … sie … Mir ist schon manchmal der Gedanke gekommen, ob es noch einen Sinn hat, zusammenzubleiben.«

»Weiß sie Bescheid?« Es war eine banale Frage – eine Frage, die ich im allgemeinen nicht gestellt hätte. Aber da ich im Beisammensein mit diesem Mann viel von meinem sonstigen Verhalten abgelegt habe, reagiere ich ganz anders als sonst auf den Kampf, der sich deutlich in ihm abspielt – die ungeheure Einsamkeit …

»Da gibt es nichts, worüber sie Bescheid wissen sollte«, sagte er

fast scharf. Dann seufzte er und fuhr gelassen fort: »Es ist mir selbst nicht ganz klar, ob sie es weiß oder nicht. Aber sie weiß, daß irgend etwas nicht stimmt – das muß sie gemerkt haben. Der Kleine ... ich mache mir Sorgen um den Kleinen. Ich meine ... er ... nun ja, wie ist einem wohl zumute, wenn man erfährt, daß der eigene Vater so ein ...«
»Wollen wir nicht von der Straße herunter?« sagte ich und schnitt ihm das Wort ab.
»Ich muß noch ein Zimmer für heute nacht finden«, sagte er. »Ich habe in verschiedenen Motels geschlafen. Ich bin schon ungefähr eine Woche unterwegs und habe bis heute kein Wort mit jemand gesprochen ... obwohl ich weiß Gott das Bedürfnis danach hatte ... Ich glaube ... ich glaube, ich sehe zu verdächtig aus – keiner will sich mit mir unterhalten. Am Strande hörte ich jemand sagen, ich sähe aus wie ein Bulle.«
Ich überlege, warum ich wohl bei ihm bleibe – ich wußte: ich würde es tun. Zugleich mit dem Gefühl, daß er mich – jemanden – braucht, daß er verzweifelt allein ist, drängt irgend etwas in mir darauf, wegzugehen.
»Wir suchen uns ein Motel hier in der Nähe, in Ordnung?« fragte er.
»Klar«, sagte ich.
»Und morgen können wir an den Strand gehen ... wollen wir für den Rest meines Urlaubs zusammenbleiben?« fragte er hastig. Und als ob er etwas Bestimmtes spürte, als ob er mir zuvorkommen wollte, um die Möglichkeit auszuschließen, daß ich davon anfinge – was ich gar nicht im Sinne hatte – sagte er: »Ich habe genug Geld für uns beide. Ich meine, schließlich ... unter Freunden ...« Unter Freunden! Wo wir uns doch gerade erst kennengelernt hatten, so kurz zuvor!
Ich hätte gern etwas gesagt, was ganz richtig angekommen wäre – etwas getan: Vielleicht ihm ganz spießig die Hand gedrückt. Aber es fiel mir nichts ein, kein Wort, und auch sonst nichts. In einem Motel direkt am Strand fragte der Mann am Empfang:
»Ein Doppelzimmer?«

»Ja«, antwortete mein Begleiter verlegen. Durch das breite Fenster des Zimmers sehe ich das Meer, wie es sich bis zum Rand des Himmels dehnt. Der Mann stellt den Fernsehapparat an. Minutenlang herrscht wortloses Schweigen. Ein paar Mal wäre ich immer noch am liebsten fortgegangen.
Als ob er in meinen Gedanken läse, fragte er: »Möchtest du vielleicht lieber gehen?«
Im allgemeinen hätte ich das als eine verkappte Zurückweisung ausgelegt. Bei ihm war ich davon überzeugt, daß er wünschte, ich bliebe.
»Nein«, sagte ich.
Ich setzte mich auf das eine Bett, er auf das andere. Mehrere Stunden lang sahen wir in den Apparat, unterbrochen von gelegentlichen, gezwungenen Bemerkungen über die verschiedenen Programme.
Draußen hat die Nacht den Himmel verhüllt. Ich kann das Rollen des Ozeans hören – das Geräusch des Windes, der jedem Lauschenden etwas anderes zu sagen hat … dieses beharrliche Geräusch, auf dem der Wind uns davonträgt …
»Es muß sehr langweilig für dich sein«, sagte er.
»Nein, gar nicht«, sagte ich.
»Bist du schon müde?« fragte er.
»Ja. Ich liebe es sehr, beim Einschlafen dem Meer zuzuhören.«
»Das kann ich verstehen«, sagte er, ließ die Jalousie herunter und schloß damit die Nacht aus. »Mit dem Wind ist es das gleiche, nicht? … wenn man im Zimmer ist und ihm nur zuhört … Als ich klein war, fürchtete ich mich vor ihm. Man kann ihn nicht aufhalten.«
»Ich fürchtete mich auch«, sagte ich. »Manchmal wünschte ich sogar – verrückt, nicht? – daß es irgend etwas gäbe, was man quer über den Himmel ziehen könnte, um den Wind auszusperren.«
Er lachte. »Das gibt es leider nicht«, sagte er.
Ich zog mich aus, von ihm abgewandt, und legte mich rasch ins Bett. Er ging ins Badezimmer und kam im Pyjama wieder. Er machte das Licht aus.
Ich schließe die Augen … Ich spürte ihn auf meinem Bett sitzen. Draußen, irgendwo jenseits des Fensters, lachte jemand … Ein

Wagen hupte ... und darüber liegt das heimliche Murmeln des Meeres ... das gedämpfte Pfeifen des Windes ... Durch die Decke spüre ich seine Hand auf meinem Bein. Plötzlich wünsche ich, ich wäre nicht mitgekommen ... Und doch: muß denn immer Perversion im Spiel sein? – denn ich werde in unverständlicher Erregung den Gedanken nicht los: Das ist das erste Mal, daß er das tut!
Hastig zieht er die Decke fort, beugt sich über mich ... als müsse er sich selbst einen Ruck geben. Ich denke – und der Gedanke löscht jede perverse Erregung über seine Unerfahrenheit aus. »Willst du?« fragt er.
»Willst *du?«* fragte ich.
»Ja«, sagte er.

2

Es war Sonntag. Ich erwachte, und durch die schräggestellte Jalousie drang das Gleißen des Sonnenlichts auf dem Wasser und überflutete den Raum. Der Mann lag, auf den Ellbogen gestützt, auf seinem Bett und sah mich an.
Ich war in der Nacht mehrmals wach geworden und hatte mich beklommen gefragt, wie er sich am kommenden Morgen wohl verhalten würde. Unmittelbar danach – am vergangenen Abend – hatte er im Dunkeln dagesessen und geraucht, und ich tat, als sei ich eingeschlafen. In der Nacht richtete er sich immer wieder auf, steckte eine Zigarette an ... Nun lächelt er mich an. »Willst du noch ein wenig schlafen – es ist noch sehr früh«, sagte er. »Oder möchtest du irgendwohin fahren und frühstücken? ... Wie wär's mit Arrowhead?«
Dort war ich vor nicht allzu langer Zeit mit Dave gewesen, den ich immer mehr aus meinem Bewußtsein zu verdrängen suchte, aber sogar jetzt noch – wenn ich glaubte, ihn irgendwo zu sehen, bekam ich einen Schreck. Aber er war es nie. Er schien die Orte, wo wir zusammen gewesen waren, zu meiden.
Wir fuhren also frühmorgens nach Arrowhead – an den See, dessen bebautes Gestade fast wie ein Dorf in Neu-England aussieht: Cottage-ähnliche Häuser, kleine Geschäfte in Blockhütten. Heute

war kein befangenes Schweigen zwischen uns. Mein Entschluß, mich in diesem Fall von vornherein anders als sonst zu verhalten, hatte sich als richtig erwiesen ... Mein übliches Benehmen hätte die mühelose Verständigung beeinträchtigt. Meist sind es die abgebrühteren Typen, auf die ein Slang-redender Stricher den stärkeren Reiz ausübt – wie es scheint, um so mehr, je länger sie bereits auf diese Art Jagd gehen ...

Wenn dieser Mann in einem Lokal zahlte, geschah das ohne die aufdringliche Angeberei des *Freiers* – er bezahlte nicht für die Gesellschaft, die ich ihm leistete – es war wirklich so, als sei ich sein Freund und da er mehr Geld hatte ... Als er von seiner Arbeit in der Werbung sprach, hatte das nicht den üblichen Beigeschmack wie bei vielen anderen, die ich kennengelernt hatte – die einen erst aufgabeln und einen dann runtermachen, indem sie mit ihrer wirklichen oder eingebildeten Position prahlen.

Wir saßen beim Frühstück an einem Fenster, das auf das frische Grün der umliegenden Hügel hinausging, und er nahm das Thema wieder auf, das er gestern nachmittag hatte fallenlassen:

»Diese beiden Leute, von denen ich dir erzählte – mit denen ich beinahe zusammen gewesen wäre – als es soweit war, konnte ich es nicht – ich ging weg. Ich wollte sogar am liebsten vergessen, daß ich ... Lust dazu gehabt hattc. Ich wollte mich gleich unter eine Brause stellen, um wieder sauber zu werden – ohne irgend etwas getan zu haben. Ich ging nach Hause, zu meiner Frau ... aber natürlich änderte das gar nichts ... oder doch nur für die paar Augenblicke, in denen ich dankbar war, daß es sie gab ... Gestern abend, als ich ... nun ... als ich zu dir ans Bett kam ... dachte ich mir, ob es wohl wieder das gleiche sein würde. Und nachher ... ja, ich fühlte mich schuldig ... Es war das erste Mal ... und alles war sehr sonderbar für mich – obwohl das vor Jahren einmal jemand bei mir getan hat ... Aber ich glaube fast, ich habe immer gewußt, daß ich das tun wollte – daß das die Rolle sein würde, die ich zu spielen hätte, wenn ich jemals mit einem anderen Mann auf diese Weise zusammenkäme. Ich saß und rauchte gestern nacht, als du eingeschlafen warst, und dachte ... ich bin ja nicht mehr jung – und ich glaube, als ich so darüber nachdachte ... ich glaube, da fragte ich mich, warum ich eigentlich so gegen mein Selbst ankämpfte, wenn es schon so vieles gibt, gegen das man ankämpfen muß ... Aber heute morgen ist alles in Ordnung!«

Als er seine Brieftasche herausholte, um zu zahlen, sah ich die Fotografie einer jungen Frau mit einem Kind im Arm ... Er klappte die Brieftasche rasch zu.

Am Nachmittag kehrten wir nach Santa Monica zurück. Als wir über die Brücke gingen, die zum Rummelplatz führt, sagte er: »Ich bin froh, daß du dich entschlossen hast, bei mir zu bleiben. Mein Urlaub ist bald vorbei – dann muß ich zurück. Ich will gar nicht daran denken ... Aber wenn du willst, können wir uns an den Wochenenden sehen, wenn ich wieder herkomme. Ich möchte das sehr gern ... wenn du willst.«

Wir gingen über die kleine Brücke, die den Park mit dem Strand verbindet – und ehe ich antworten konnte, sagte er: »Wir wollen bitte nicht dorthin, wo die Schwulen sind.«

Wir setzten uns nah ans Wasser – es rollte in kleinen flaumigen Wellen auf den Strand zu. Junge Mädchen amüsierten sich mit ihren Freunden im Sand. Ehepaare saßen mit ihren Kindern beisammen ... Und dann sahen wir es beide – wir hoben fast zu gleicher Zeit den Blick. Beide starrten wir hinauf und sahen es. Aus dem tiefblauen Himmel stieß ein Vogel herab mit solcher Wucht, als sei er entschlossen, sich ins dunkle Meer zu stürzen.

Nur wenige Zoll über dem wartenden Wasser entfaltete er triumphierend seine Schwingen und entkam ins Blau des gastlichen Himmels.

Der Mann sagte gedankenverloren: »Schade – nicht wahr? – schade, daß die Menschen nicht auch Flügel haben.«

Ein großer Gummiball rollte an uns vorbei. Ein kleiner Junge von ungefähr sieben Jahren rannte hinter ihm her. Der Mann erwischte den Ball, warf ihn spielerisch dem Kleinen zu und starrte dem Kinde nach, als es zu seinen Eltern zurücklief, die es liebevoll im Auge behielten.

»Laß uns gehen«, sagt der Mann.

Jetzt sind wir an dem Teil des Strandes, wo ich ihn gestern kennenlernte. Sie liegen in extravaganten leuchtend-farbigen Badehosen und winzigen Bikinis im Sande und recken die Hälse, um die Neuankömmlinge zu betrachten.
Wir lagen da und sahen dem Schauspiel zu. Ein Schwuler trägt einen Badeanzug im Stil der zwanziger Jahre aus einem fleischfarbenen Gewebe, das fast durchsichtig wirkt, sobald es feucht geworden ist. Immer wieder geht er ins Wasser, natürlich nur, damit der Badeanzug naß wird, dann blieb er am Wasser stehen und sah vollkommen nackt aus.
»Die Schwulen ...«, begann der Mann und unterbrach sich: »Ich hasse das Wort – *schwul* – es müßte einen anderen Ausdruck dafür geben: nicht *homosexuell* ... das klingt so medizinisch – auch nicht *andersrum* oder *warm* ... aber was ich sagen wollte: es scheint sich bei ihnen so vieles auszuschließen, was möglich wäre. Ich meine: ich habe welche gesehen – nicht alle, natürlich, nicht einmal die Mehrzahl – ich habe sie kreischend am Strande gesehen – weder Mann noch Frau. Die weibischen unter ihnen – ich glaube, ich sagte es gestern schon – die machen mir Angst. Manchmal scheint es, als wüßten sie so viel. Mit einem Blick können sie einem das Gefühl geben, als ... als säße man in einer Falle«, schloß er.
Ich denke an Miss Destiny, und mir fällt ein, was Chuck einmal von den Dragqueens gesagt hatte – und jetzt sage ich: »Aber man muß sie bewundern, daß sie so leben, wie sie leben müssen.«
»Kann sein«, sagte er. »Aber sie sind mir unangenehm. Sie geben mir ein Gefühl, als ob ich ...« Sichtlich befangen, sprach er nicht weiter. »Ich werde heute das gleiche Zimmer nehmen, das wir letzte Nacht hatten«, sagte er, steckte die Hand in den Sand, berührte meinen Arm und zog sie, in plötzlicher Verlegenheit, rasch wieder zurück: die Sonne scheint zu hell – eine zu nackte Anklage. Als wir auf Venice West zugehen – vorbei an den *internationalen* Touristen-Restaurants, die wie eine kleine zusammengewürfelte Stadt jenseits des Pacific-Ocean-Parks liegen – vorbei an den Strandgeschäften und Schnellrestaurants, vorbei an alten Rentnern, vorbei an bärtigen Bohemiens, die gedämpft ihre *Bongoes* bearbeiten – fragte er

mich erneut, ob ich den Rest seines Urlaubs mit ihm verbringen wolle. Ich sagte ja.

»Und die Wochenenden?« fragte er. Ich antwortete unbestimmt: »Warum nicht?«

»Hier gibt es irgendwo ein Lokal«, sagte er, »ich bin daran vorbeigekommen, hatte aber nie den Mut, hineinzugehen. Ich glaube, es heißt *Karussell.«*

»Du meinst das *Karneval.«*

»Ja, so hieß es. Bist du dort schon gewesen?«

»Ja.«

»Ich würde es gern mal sehen«, sagte er.

»Etwas später«, sagte ich, »die Sonne scheint noch – ich kann nie genug Sonne haben.« Ich versuchte mir über das plötzliche ungute Gefühl klarzuwerden, das mich überkam, als er das *Karneval* erwähnte.

3 Das *Karneval* befindet sich in einem der vielen flüchtig zusammengezimmerten Gebäude, in einer Straße mit ungepflegten Kramläden, die typisch für Venice West sind. Seine Fenster sind mit purpurroter, grüner und schwarzer Farbe verschmiert, damit man nicht hineinschauen kann. Die hölzerne Tür ist wenig einladend. Man stößt sie auf und steht vor einem kessen Vater, vierschrötig wie ein Lastwagenfahrer: eine virile breitschultrige Lesbe mit kurzgeschnittenen Haaren wie ein Mann. Sie trägt Jeans, einen Baumwollpullover und kein Make-up. Unter Umständen prüft sie den Personalausweis, bellt irgendwas wie eine mürrische Bulldogge und läßt einen vorbei: Man findet sich in einem Lokal wieder mit langen splittrigen Holztischen, auf denen Namen eingeritzt sind; unbequeme Bänke ohne Lehnen – die eigentliche Bar hat nur wenig Plätze und läuft im Bogen auf eine Seitentür zu, durch die es zur Toilette geht. Die Wände sind in einem dunklen Purpurrot gehalten. Typisches Halbdunkel, trübe Beleuchtung, dicke Rauchschwaden. Von der Decke hängen drei fratzenhafte Masken und die riesige Nachbildung eines Spinnennetzes – eine gestellte Schlingenfalle. Eine

gewaltige Musicbox, ein elektrisches Ungeheuer, strahlt unwirkliche Farben in den Raum.

Auf den Bänken sitzen gedrängt die Strichjungen, meist mit nacktem Oberkörper, da sie direkt vom Strand hierhergekommen sind; manchmal hat der eine oder andere ein junges Mädchen mit harten Zügen bei sich. Auch Freier sind da, ebenso maskuline Homosexuelle, die hier Jagd aufeinander machen, Transen in einer Art von Strandanzügen, feminine und virile Lesben, sogar einige gutangezogene Frauen, die mit ihren gutangezogenen Männern oder Begleitern auf dem Bummel sind – jedoch meistens wissen, wo sie sich hineinbegeben haben … Hier wird mit Rauschgift geschoben – meist leichter Stoff wie Marihuana oder Pillen, aber wenn es sein muß, gibt's auch härtere Sachen. Rattenhafte Schieber suchen mit den Blicken die Gäste nach Koksern und Spritzern ab … ihre Gesichter sind zum Teil nur leicht abgemilderte Wiederholungen der Fratzen, die von der Decke baumeln.

Auf einer kleinen freien Fläche inmitten der Tische und Bänke tanzen sechs junge Burschen einen Madison, ohne sich dabei zu berühren: wegen der Vorschriften. Ich stelle mich mit dem Mann absichtlich vorn an die Bar, da ich annehme, daß er nicht hierbleiben will. Aber er schlug bereits vor, wir sollten uns setzen und etwas trinken. Die Leute auf den Bänken rücken bereitwillig zusammen, um uns Platz zu machen (auf die Weise wird die körperliche Berührung noch intimer). Der Madison ist zu Ende und die jungen Leute verstreuen sich im Lokal. Die Musicbox rockt monoton erregend: afrikanische Trommeln, Dschungelstöhnen, das eindringliche tam – tam – sexuell-primitiv: der Klang dieser Welt, denke ich – nicht die schwermütigen Klänge des Jazz, sondern das monotone Stampfen kannibalischer Musik, die an den Nerven zerrt …

Angelockt von den sinnlichen Dschungelgeräuschen, stürzte von irgendwoher eine dunkle südamerikanische Dragqueen wie irre auf die kleine Tanzfläche: Strandhut mit grellfarbigen Federn, weitärmelige Bluse mit roten Punkten, vorn zusammengebunden, weiße knielange Strandhosen, die im Licht rötlich schimmern; auf ihrer Hüfte sitzt ein billiger goldfarbener Schmetterling, bunte Perlenarmbänder an den langen braunen Armen. Der dunkle, magere, sehnige Körper glänzt, sie verrenkt sich, den Mund halboffen, und knirscht mit den Zähnen. In konvulsivischen wilden rhythmischen Bewegungen, begleitet von gutturalem Stöhnen windet sie ihren Schlangenkörper, krümmt sich plötzlich zusammen – sie imitiert den Orgasmus einer Frau. Dann läßt sie sich zu Boden fallen und in unserer Nähe liegt ein dunkler, schwitzender, grellfarbiger Haufen ... es war mehr als nur ein Tanz, es war die Forderung nach Anerkennung ihres verstümmelten Geschlechts. Ich sehe den Mann an, und seine Augen starren auf die Tischplatte.

Mit schweißglänzendem Gesicht, die Augen wie irre: riesige schwarze Pupillen – nimmt die Dragqueen ihren Hut ab, reicht ihn unter den Leuten herum und sammelt und gibt dazu, sich immer noch windend, ihre Kommentare: Sie zieht die Frauen durch den Kakao, beleidigt deren männliche Begleiter, nennt die Lesben *Mister,* die Tunten *Miss,* knutscht ungeniert mit den kessen Strichern herum, zieht ihren Hut plötzlich zurück (»du zahlst später, mein Süßer – du weißt schon, wie«) – und sucht sich dabei schlau diejenigen heraus, die ihr die geforderte Anerkennung nicht versagen werden – und das alles mit triumphierender Sicherheit: Ihre Kopie einer Frau ist so übertrieben, so verzerrt, so kompromißlos brutal in der darin enthaltenen Verurteilung, daß die Anwesenden wie hypnotisiert von ihr – als würden sie für Augenblicke in ihren Bannkreis gezerrt – völlig mechanisch reagieren: Als kauften sie sich los von dem über sie gefällten Urteil, das aus den glühenden Augen der Dragqueen spricht, zollen sie ihr mit der Münze Anerkennung, die sie in den Federhut fallen lassen. Sie nähert sich uns.

Sie hält mir den Hut hin – zieht ihn rasch wieder zurück mit einem Blinzeln und einem Kuß, und ich atme erleichtert auf, daß ich ihrer stummen Verurteilung entgangen bin. Aber sie beugt sich über den Tisch und streckt ihren Hut dem Mann hin.

Er rührt sich nicht.

Den ganzen Tanz über hatte er seine Augen niedergeschlagen – nun heben sie sich und begegnen den ihren. Sie sind von einem hellen Grau, und sie halten dem fordernden Blick der Dargqueen stand.

Sein Blick sagt eindeutig, daß er sich weigert, den symbolischen Akt der Anerkennung zu vollziehen, daß er die Münze nicht in den Hut fallen lassen wird, der vor ihm schwebt wie die Parodie einer Opferschale zu Ehren dessen, was sie, die Dragqueen, darstellt. Er ist der einzige, der ihre Bedingungen nicht anerkennen will, der einzige, der sich – mit diesem Blick – weigert, ihr Urteil anzunehmen und darum sie verurteilt. Plötzlich! Ihre Augen können sich nicht voneinander lösen und es beginnt ein wütender Ringkampf sich verschlingender Blicke: unversöhnlich, weit über die unmittelbare Absicht der Dragqueen hinaus – angesichts des starrenden unnachgiebigen, sie ablehnenden Blicks, den der Mann auf sie richtet, versucht sie das geforderte Opfer zu erzwingen. Und das gefürchtete Zurückstarren der Dargqueen legt den Mann auf sonderbare Weise fest: stärker, kam mir bestürzend zum Bewußtsein, als die Situation mit mir in der vergangenen Nacht. Die Welt, in die er sich endlich hineinbegeben hat, zeigt sich ihm nun in grausiger Nacktheit. Der Blick der Dragqueen, die – inzwischen rein symbolische – Versuchung, ihre Person widerspruchslos anzuerkennen, die über die Aufforderung zu einer Geldspende weit hinausgeht, unterstreicht das Geschehen auf schreckliche Weise. Ihre Augen weigern sich, einander freizugeben. Nun werden auch andere in unserer Bankreihe auf diesen geheimnisvollen Zweikampf aufmerksam. Eine Ader am Hals des Mannes beginnt sich zu winden wie ein kleiner aufgespießter Wurm. Die Dragqueen ist bewegungslos, ihr Atem geht schwer: immer noch lehnt sie sich über den Tisch, und immer noch sind beide Augenpaare wie in Erstarrung ineinander verflochten: die riesigen brennenden dunklen Augen der Dragqueen (und es steht Haß in ihnen, obwohl ihr Mund nach wie vor das breite forcierte Lächeln zeigt); die hellen kalten Augen des Mannes, die sich weigern, sie anzuerkennen, sich weigern, diese nackte, plötzlich demaskierte allerniedrigste Offenbarung in diesem wissenden glasigen Blick anzuerkennen, der sich so zielbewußt in ihn hineinbohrt. Ich sehe, wie der Mann bemüht ist, seinen Atem unter Kontrolle zu halten. Die Ader an seinem Halse pulsiert nicht mehr, als ob sein Herz sich weigere, noch länger zu schlagen. Und sogar das gefrorene

Lächeln auf dem Gesicht der Dragqueen droht zu schwinden. Die Augen – diese Augen – diese zwei Paar Augen, die unnachgiebig miteinander ringen – um einen Einsatz, den vielleicht niemand außer den beiden wirklich verstehen kann. Diese Augen, stetig und fixiert, fast ohne Lidschlag, bis zum Rande mit etwas gefüllt, das zu gewaltig ist, als daß es noch viel länger zurückgehalten werden könnte. Keiner von beiden kann den Bann brechen. Ich stelle mir vor, daß ein entzündetes Streichholz explosionsartig ein kaltes weißes Feuer entfachen würde, das ihre Augen für immer zusammenschweißt. Die Zunge der Dragqueen schießt hervor, als sie ihre Lippen befeuchtet – schießt häßlich aus der dunklen Höhle des Mundes hervor wie die einer züngelnden Schlange. Ich sehe den Mann zwinkern, seine Augen sind feucht von der Anstrengung des Starrens in diesem trüb erleuchteten, rauchgeschwängerten Raum, und die Augen der Dragqueen werden größer, langsam immer noch größer, als ob sie dadurch vermöchten, den Mann zu verschlingen: vielleicht auch, um die wirbelnden emotionellen Ströme nicht zu unterbrechen, die wie ein unsichtbarer Strudel den Mann immer mehr und mehr in sein eigenes Ich hineinziehen. Für Augenblicke, die wie Stunden erscheinen, hält das Starren an – und jetzt sind sogar die Leute an den anderen Tischen aufmerksam geworden; auch ihre Augen konzentrieren sich auf das Schauspiel. Das kann nicht mehr lange andauern, denke ich immer wieder und überlege angestrengt, wie der stumme Kampf zu beenden wäre. Aber er geht weiter: diese Blicke wie zwei Messer mit doppelter Spitze, die einander in jedem Augenblick, den er andauert, aufs neue tödlich verwunden: Die reflektierten Nadelspitzen ihrer Augen bohren sich wie Scheinwerfer in die Tiefen ihrer Seelen, und die Widerspiegelung, wie ein Bumerang wirkend, findet neue unentdeckte geheime Gebiete – eine Widerspiegelung ihrer beider zerrissenen Leben. Schweiß rinnt in Strömen vom Gesicht der Dragqueen – die Wimperntusche löst sich wie schmelzendes Wachs von ihren Augen, ihr geschminktes Gesicht verwandelt sich in eine Maske, schreckerregender als die, die augenlos von der Decke herunterschielen. Und das Gesicht des Mannes ist jetzt eine blutlose inhaltsleere gebräunte Hülse ... *Und*

seine Augen! – diese hellen, so unendlich hellen, sich nicht ergebenden Augen!
Plötzlich holte ich Kleingeld aus der Tasche und ließ es in den Hut der Dragqueen fallen.
Mit einem Stöhnen, ähnlich dem einer Sterbenden, richtete sie sich vom Tisch auf, ihre langen gestreckten Beine berührten noch immer die Tanzfläche, und sie schwang den Federhut hoch durch die Luft. Mit einer Kaskade durchdringenden Gelächters, das aus den Tiefen ihres gemetzelten Seins aufzusteigen schien, legte sie den Opferhut auf den Boden.
Und wie besessen mit irrer Gebärde Zischlaute ausstoßend schüttelte sie ihre perlenbehängten Arme drohend vor dem Gesicht des Mannes und verschwand in einem letzten Aufleuchten ihres Flitterstaats durch die Tür.
Ich lasse die wieder einsetzenden Geräusche über mich ergehen. Die Hände des Mannes halten die Bierflasche, die vor ihm steht, als ob sie ihm irgendeinen wenn auch unzulänglichen Schutz bieten könne. Die Ader an seinem Halse pulsiert jetzt wieder. »Gehen wir«, sagte er.
Der Himmel ist schwarz.
Wir gingen wortlos am Strand entlang. Ein alter gebeugter Mann sucht den Sand nach verlorenen Münzen ab. Nebel hängt in grauen Fetzen über dem Meer ... Wir gehen durch den Pacific-Ocean-Park. Die fröhlichen Geräusche der vielen Menschen, die sich immer noch auf dem bonbonfarben-leuchtenden Rummelplatz vergnügen, unterstreichen nur noch das dröhnende Schweigen zwischen uns. Jetzt sind wir auf der Crystal Beach. In *Sallys Bar* sind nur etwa sieben Gäste. Zwei Burschen spielen am Kegelautomaten, beim Knattern der bunt aufleuchtenden Zahlen, wie zerstückelt von Regenbogenfarben. Die wimmelnde kreischende Menge ist verschwunden, aber der Strand scheint wie verhext, als ob ein Teil ihres Lebens irgendwo im Sande begraben läge, im Sand, der vom Wasser und dem sich erhebenden Winde ins Meer getragen werden wird. Der verlassene Strand lag purpurfarben vor uns. Wo vorhin verzweifelte Menschen einander wie getrieben angesehen hatten und das unechte

Gelächter sich in ein Crescendo hineinsteigerte, das mit dem Wellenschlag des Ozeans wetteiferte, sehe ich jetzt nur eine einsame Gestalt die sandige öde durchwandern – einen jungen Mann in weißen Shorts. Der Mann und ich saßen auf der niedrigen Zementmauer, wo ich gestern zum ersten Mal mit ihm gesprochen hatte: fast physisch gefangen vom ächzenden Geräusch der Wellen gegen den Sand und dem Schweigen, das zwischen uns schrie.

Nun tauchte eine andere Gestalt am Strand auf – ein Schatten, der offenbar den jungen Mann in weißen Shorts verfolgt. Bald darauf erschien noch eine einsame Gestalt. Die drei bildeten eine Art von strategischem Dreieck auf dem Sand, dessen Scheitelpunkt der junge Mann in weißen Shorts war. Sie verschwanden in Richtung des Wassers …

Als wir über die erleuchtete Brücke zum Wagen gehen, sieht der Mann viel älter aus. Die Falten in seinem Gesicht sind scharf ausgeprägt – oder vielleicht bemerke ich sie jetzt zum ersten Mal. Immer noch schweigend setzen wir uns ins Auto. Er fuhr ein kurzes Stück am stillen Park entlang. Dann kreischten die Bremsen, und er brachte den Wagen plötzlich zum Stehen.

»Ich habe mich entschlossen, heute nacht zurückzufahren«, sagte er. »Wo kann ich dich absetzen?«

»Ich werde hier bleiben«, sagte ich.

Er schaute wieder angestrengt in seine Handflächen, wie er es – erst gestern getan hatte, als er mir von seinem Sohn erzählte. Ich öffnete die Tür und stieg aus.

Ohne ein Wort – und noch ehe ich ihm etwas sagen konnte – fuhr er fort.

Aber in geringer Entfernung hielt er wieder ruckartig. Und wartete … Und mit schneidender Erkenntnis dachte ich: *Gerade so, wie ich vor Daves Tür gewartet hatte!*

Dann heulte der Wagen, der nur diese wenigen entscheidenden Augenblicke gehalten hatte, davon, die Straße hinunter …

Die Stadt der Nacht

Vor vielen vielen vielen Jahren hatte ich auf meinen toten Hund gestarrt, der unter der verwahrlosten Erde unseres ärmlichen Gartens begraben lag und wieder ausgegraben wurde, und mit Abscheu hatte ich in sein verwesendes Hundegesicht geblickt. Und als hätte ich jetzt unter der Oberfläche der Welt gegraben, sah ich das Gesicht dieser Welt. Und es war ebenso abstoßend.

In jenem, die Umrisse eines Sarges aufweisenden Staat ist San Francisco für viele eine Zuflucht aus dem ruhelosen Neonwald von Los Angeles.
Seine weißgekalkten, eng zusammenstehenden Häuser schmiegen sich aneinander, als fRören sie in der kühlen belebenden Brise, die jeden Tag um die Mittagsstunde in die Straßen einfällt, welche fast allnächtlich vom regendurchsetzten Nebel gewaschen werden. In den kristallenen Morgenstunden ist der Himmel triumphierend klar. Weißgekalkt, vom Regen gereinigt, vom Wind bestrichen steigt die Stadt unternehmend steil hügelaufwärts, bevor sie im Sturzflug zur Meeresbucht hin abfällt. All dies verleiht San Francisco einen Aspekt von Reinheit – eine großartige impressionistische Schönheit. Sogar die unvermeidlichen, schäbigen Straßen in der Gegend von Mission etwa oder zum *Embarcadero* hin und im Italienischen Viertel strömen diese frische Meeresluft aus.
Für mich war San Francisco die unumgängliche Station auf meiner Reise ins Land der verlorenen Unschuld. Obwohl es mir damals nicht klar war (ich sagte mir, ich sei hierhergekommen, um mich – *wieder einmal* – von dem Leben zu entfernen, das mich mit Schuldgefühl heimsuchte; daß San Francisco eine verjüngend-belebende Atmosphäre habe, die das herbeiführen würde), begreife ich jetzt, daß ich vielmehr hierherkam, um mich einem weiteren Ritus

hinzugeben, dem mich die hiesige Welt nur zu bereitwillig aussetzen würde: Eine leichte Andeutung davon hatte ich schon das vorige Mal, als ich hierherkam, erfahren: Als ich, wenn auch nur flüchtig, die Unterwelt dieser Stadt erforscht hatte.

Und ich fand einen Job. Um gerecht zu bleiben, muß ich allerdings sagen, ich wußte auch damals schon, ich würde diese Arbeit wie zuvor wieder aufgeben, wenn sich auch nur der geringste Anlaß böte, falls es eines solchen überhaupt bedurfte. Als ich in der Market Street, wo ich arbeitete, aus dem Fenster blickte, sah ich einen älteren Mann stehenbleiben und mit einem an der Ecke herumlungernden Jungen sprechen, der offensichtlich auf solche Gelegenheiten wartete. Sie gingen zusammen fort. Nur Minuten später ließ ich meinen Job sausen.

Abseits der Straße vergeudete ich meine Jugend. Das Ende der Jugend ist eine Art von Tod. Man stirbt langsam an den immer neuen fressenden Entdeckungen. Man stirbt ebenfalls an der ungeheuerlichen Erkenntnis, daß der Jugend der wunderwirkende Ausweis, der ihr gegeben ist, von einem Feind – *der Zeit* – brutal entrissen werden kann ... Jugend ist Kampf gegen den Tod – und paradoxerweise deshalb ein Kampf auf den Tod zu: ein Selbstmord der Seele.

Wie ein reuiger Liebhaber kehrte ich zu meinem früheren Leben zurück. So war ich also unter dem Vorwand, zwischen mir und Los Angeles einen Trennungsstrich zu ziehen, hierhergekommen, in diese Stadt ohne Jahreszeiten unter einem hellen, klaren, kalten Himmel, nicht nur, um das Leben, das ich hinter mir gelassen hatte, wiederzufinden, sondern auch um diesem Leben neue Seiten abzugewinnen?

Und diese Seiten jener Welt, die ich jetzt in San Francisco erforschen würde, sollten sich in mein Bewußtsein einbrennen.

Es gibt immer wieder Dinge, die man erst in der Rückschau begreift, Dinge, die man zur Zeit ihres Geschehens als Signale hätte beachten sollen.

So verhielt es sich mit verschiedenen Leuten, mit denen ich in New York und Los Angeles zusammen gewesen war, hauptsächlich jedoch mit den Bekanntschaften, die ich damals in San Francisco machte: die drängend geflüsterten Anträge (»ich bin ein...«, »zwinge mich dazu...«, »nenne mich einen...«). Wenn ich zurückblicke, wird mir ebenso klar, daß in gewissen Augenblicken das Verlangen nach Brutalität da war, Hände, die sich begierig nach mir ausstreckten, um dieser Brutalität teilhaftig zu werden... Die Motorradfahrer-Lokale in Los Angeles... Damals *wollte* ich nichts Näheres wissen.

Buzz ist ein noch verhältnismäßig jugendlicher *Freier* in San Francisco, der sich seine Leute unter den Arkaden in der Market Street aufreißt. Er hörte seinen Spitznamen offensichtlich gern, da er sich durch dessen Halbstarkenklang den jungen Burschen, die er mitnahm, näher fühlte als der meist beziehungslose Durchschnittsfreier. Er war bei den Strichjungen ausgesprochen beliebt. Ob Buzz einen nach dem ersten Mal noch haben wollte oder nicht (und er schien die Abwechslung zu lieben) – man konnte immer auf ihn zählen. Am Wochenende war er meist in den Arkaden und spielte mit den jungen Herumtreibern an den Spielautomaten. Wenn einer hungrig war und kein Geld hatte, gab er ihm genug, daß er essen konnte, ohne eine Gegenleistung dafür zu verlangen. Anders als die anderen Freier, die es, sobald ihre Gelüste befriedigt sind, gehässig darauf anlegen, einen eben der Dinge wegen zu ducken, die zunächst den Reiz für sie ausmachten, war Buzz eher wie ein Freund. Ich verbrachte zwei Abende mit ihm (wir waren im Kino, gingen zusammen essen und fuhren in seinem Wagen in der Stadt herum), bevor es zwischen uns zu etwas kam, doch an den zwei vorhergegangenen Abenden hatte er mich zum Schluß zum YMCA, wo ich wohnte, gefahren und mir Geld gegeben.

Am dritten Abend, in seiner Wohnung, war es soweit.

»Hast du schon mal gesessen?« fragte er mich am Morgen. Es war eine ziemlich blöde Frage, besonders da am vergangenen Abend zwei Burschen von den Arkaden bei ihm erschienen waren und einige Dinge mysteriösen Ursprungs daließen, die Buzz ohne irgendwelche Fragen an sich genommen hatte.

»Nein«, antwortete ich.

»Das ist keine spießige Tour von mir«, sagte er, als habe er meine Gedanken gelesen, »... mir ist das scheißegal. Ich frage dich nur darum, weil ich dich mit jemand bekannt machen möchte, der dir helfen kann. Schau mal: San Francisco ist nicht Los Angeles. Die Strichertour auf der Straße kann nach einer Weile recht ungemütlich werden. Dieser Mann, mit dem ich dich zusammenbringen möchte – nein, du hast bestimmt nicht gesessen!«

Am nächsten Tage fuhr er mit mir zu einem Dampfbad, um mich mit diesem Mann bekannt zu machen. Das Bad liegt in einem der ärmlicheren Viertel der Stadt – es geht eine Reihe von grauen Stufen hinunter, die auf einen winzigen Raum zuführen; dort zahlt man Eintritt. Ich war schon früher in diesem Viertel gewesen – eines der Stricherlokale ist in der Nähe –, aber ich hatte nichts von der Existenz dieses Bades gewußt: Es ist verborgen, fast verschluckt von den umliegenden Häusern und versinkt unter sie. Um hinzufinden, muß man wissen, wo es liegt.

An der Kasse schreibt ein kleiner gedrungener muskulöser Mann um die Vierzig in einem Hauptbuch. Er trägt ein Sporthemd mit kurzen Ärmeln. Seine Arme sind von einem dicken Pelz schwarzer Haare bedeckt, und er sieht aus wie ein Ringer.

»Dies ist der Bursche, von dem ich dir erzählte«, sagt Buzz zu ihm.

»Wartet im Ruheraum auf mich«, sagte der untersetzte Mann im Befehlston.

Im Ruheraum standen ein paar Pritschen und in einer Ecke ein Coca-Automat; verschiedene Türen führten zu den Abteilungen: zu einer Reihe von Kabinen mit weißen Türen, zum Dampfraum, der Toilette, den Brausen. Das Ganze war nicht sehr gepflegt, schien aber, wenn man nicht genau hinsah, sauber. Selbst die Beleuchtung hatte einen grauen Schimmer. Alles wirkte improvisiert – als habe jemand, der ein solches Bad eröffnen wollte, sich zu dessen Einrichtung mit Dingen zufriedengegeben, die gerade zur Verfügung standen und billig und auf möglichst unauffällige Weise zu haben waren.

Als ich mit Buzz dort hocke, durchqueren verschiedene Männer, ein Handtuch um die Lenden, den Raum und sehen uns an – die Badegäste: ältere Männer, junge Männer mit hungrigen Augen, die Handtücher

umgeschlungen – das Personal in Trainingshosen. Mir fällt auf, wie verschieden die Badewärter sind (und alle redeten sie mit Buzz wie mit einem alten Bekannten) – die verschiedenartigsten Typen, als seien sie sorgfältig unter diesem Gesichtspunkt ausgewählt worden. Ich bin betroffen von der Atmosphäre extremer Ausschweifung – sie geht weit über die der Straßen und Lokale hinaus: die unwirkliche, ins Auge fallende Anonymität, mit der die Badewärter und die Gäste sich hin und her bewegen, schattengleich wie belebte Schaufensterpuppen … Es war, als habe das, was sich auf der Straße und in manchen Lokalen zumindest als ungezügelte, lebendige Zielbewußtheit gebärdete, sich hier auf seine Grundzüge reduziert – eine kalte, nicht in Frage gestellte, keine Fragen stellende Verfügbarkeit.
Der untersetzte Mann erschien.
»Da hinten können wir besser miteinander reden«, sagte er und führte uns in einen kleinen Raum mit Regalen an den Wänden, auf denen Stapel frischer Handtücher lagen.
»Es tut mir leid, daß ihr warten mußtet. Einer meiner Angestellten – ich erzählte es dir schon«, sagte er zu Buzz gewandt, »… ist ganz plötzlich weggeblieben.« Seine Stimme paßte nicht zu dem Übrigen; er sprach klar und präzise. Er hat eine schwarzgeränderte Brille aufgesetzt und gleicht nun jemandem, der sich bemüht, wie ein kühler Geschäftsmann auszusehen. Er starrt mich durchdringend an und ist mir bereits unsympathisch.
»Bist du bei der Polizei registriert – oder bloß mal hopsgenommen worden?« fragte er.
»Wieso?« fragte ich.
»Weil ich niemand einstellen kann, der polizeilich registriert ist«, sagte er ungeduldig.
»Einstellen?« fragte ich.
Der untersetzte Mann wandte sich verärgert an Buzz. »Hast du ihm denn nichts gesagt?«
»Bloß daß ich euch miteinander bekannt machen wollte«, sagt Buzz.
»Ich hab' eine Stelle frei«, fährt der untersetzte Mann sachlich fort. »Der Kleine, den du mir geschickt hast – dieser magere«, sagte er zu Buzz, »hat mich sitzengelassen.«

Ich sehe ihn absichtlich verständnislos an. Meine Haltung scheint ihn unsicher zu machen, und Buzz bemerkt das. »Er ist in Ordnung«, sagt er zum Untersetzten, »... ich kenn ihn schon lange.« Er legt vertraulich seine Hand auf meine Schulter, als wollte er das Gesagte unterstreichen.

»Hm«, sagte der andere, und zu mir: »Alles, was du hier zu tun hast, ist, Handtücher an die Leute auszugeben und den Laden sauber zu halten. Ich zahle nicht viel. Aber es ist deine Sache, wieviel du nebenbei verdienst – an Trinkgeldern.«

Ich stelle mich immer noch blöd und sagte kein Wort.

»Ist das auch wirklich der Bursche, von dem du mir am Telefon erzählt hast?« fragt der untersetzte Mann Buzz wieder ungeduldig.

Buzz nickt.

»Hör zu. Junge«, sagt der Untersetzte, »... ich sag's, wie es ist: ich brauche einen kleinen schlanken Burschen, so was Ähnliches wie dich – manche von diesen miesen Raupen wollen so was haben, die haben so ihre Eigenheiten, man weiß nie genau, was sie eigentlich wollen ...« Er ist bemüht, durchblicken zu lassen, daß er persönlich desinteressiert ist, indem er sich von den *miesen Raupen* distanziert, daß er selbst außerhalb steht – daß die ganze Sache für ihn nur eine geschäftliche Angelegenheit ist. Mir ist unklar, wieso Buzz sich das bieten läßt ... Mehrmals drehte der untersetzte Mann an einem Trauring an seiner Hand herum, um die Aufmerksamkeit auf ihn zu lenken.

Wie gewöhnlich reagiere ich negativ darauf, wenn mich jemand so kühl abschätzt – so über mich redet, wenn auch nur dem Sinne nach, als sei ich nicht anwesend.

Plötzlich hört man von irgendwoher ein Geschrei. Der untersetzte Mann verschwand.

Wir folgten ihm in den Ruheraum.

Ich hörte erregte Stimmen in den Kabinen – Fetzen eines Wortwechsels: »Ich habe euch doch gesagt: nicht so laut!« sagt der Dicke. Aus einer der Kabinen kam ein Mann und ging zur Toilette. Seine Nase blutet heftig. Als er an uns vorbeigeht, sehe ich auf seinem merkwürdig lächelnden Gesicht – er macht sich nicht die Mühe, eine Hand oder ein Handtuch davorzuhalten – den unmißverständlichen Ausdruck schmerzvoller Befriedigung …

Wir sind wieder im Raum mit den Handtüchern, und der Untersetzte sagt zu mir: »Nun?«

»Was nun?«

Ich starre ihn an voll unerklärlichem Haß.

»Mir scheint, du siehst das alles falsch«, sagte er kühl. »Ich hab' ein durchaus reelles Geschäft. Manchmal passiert allerdings ein Zwischenfall. Aber die Polizei läßt mich in Ruh. Diese Knilche …«, wiederum verächtlich, »… haben eben ihre *Eigenheiten* – und wollen verschiedene Typen um sich herum sehen.« Ich starre ihn immer noch an und genieße seine notgedrungene Angeberei.

Dann näherte ich mich der Tür, um zu gehen. »Du …«, begann er und brach ab. »Ich glaube nicht, daß ich dich einstellen würde, du paßt hier nicht so recht her«, sagte er und öffnete die Tür in der Absicht, mir zuvorzukommen.

Ich spürte eine perverse Lust in mir aufsteigen und schoß zurück, wobei ich dorthin zielte, wo er seinen schwächsten Punkt hatte: »Ich bin aber nicht Ihr Typ«, sagte ich und sah, wie er auf der Stelle erblaßte.

Draußen sagte Buzz: »Warum hast du dich so blöd gestellt? Du wolltest ihn hochbringen, nicht wahr?« Seine Frage klang nicht ärgerlich, eher amüsiert. »Du wußtest doch, was los war. Du hast ihn auf den Arm genommen.«

»Ich hoffe, ich hab' dir da nicht was eingebrockt?«

»Ach was. Soll ich dir mal was sagen? Es hat mir sogar irgendwie Spaß gemacht, wie du ihn hast abblitzen lassen. Schließlich hat er ja die meisten von denen, die bei ihm arbeiten, durch mich. Wenn er jemand braucht, ruft er mich an. Und er rief mich neulich an, daß er jemand sucht – na, du weißt schon: deinen Typ – um den Kleinen, der ihm weggelaufen ist, zu ersetzen.«

Ich lachte. »Den Mageren.«

»Warum hast du dich so blöd angestellt?« wiederholte er. Ich sah immer noch sehr deutlich das verzückte Gesicht des Mannes mit der blutenden Nase vor mir.

»Ich weiß nicht«, sagte ich.

Ich sah Buzz nicht wieder, solange ich noch in San Francisco war. Ein paar Tage später hörte ich, daß er eingebuchtet wurde, weil er zwei junge Burschen *beherbergt* hatte, die in einen Diebstahl verwickelt waren... Menschen verschwinden eines Tages – auf diese oder jene Weise. Nur selten weiß man, was wirklich aus jemand geworden ist, es sei denn, das eigene Leben hätte sich mit dem des anderen kurz verbunden. Und selbst dann...

Der überaus sorgfältig gekleidete Mann neben mir – im *Stirrup Club* auf der Turk Street – war schweigend damit beschäftigt, etwas auf die abgerissene Seite eines Notizblocks zu zeichnen. Irgendwer hatte mir im Laufe des Tages dieses Lokal genannt, und ich war zum ersten Mal da, und ich wußte genau, was mich hier erwartete... Jetzt schiebt der Mann das Papier zu mir herüber. Darauf sind die angedeuteten Umrisse eines Mannes zu sehen, der hohe Stiefel trägt, die in der Zeichnung liebevoll und bis ins Detail ausgeführt sind – sogar die Glanzlichter sind nicht vergessen. Die Gestalt trägt ferner einen breiten Ledergürtel und eine offene Lederjacke, beides ebenso sorgfältig ausgeführt wie die Stiefel.

Um uns herum in dieser Männerbar sitzen und stehen eine Reihe von Männern – einige jung, andere weniger jung, aber alle ähnlich gekleidet: schwarze glänzende Jacken und Stiefel. Die Gutaussehenden – und manchmal auch die weniger Gutaussehenden – gefallen sich in männlich-kraftvollen Posen und werden von den anderen begehrlich angesehen. Genau wie die Dragqueens zur Parodie des Weiblichen werden, sind viele von diesen Ledermännern eine Parodie des Männlichen: In verkrampften Posen und mit vor dem Spiegel einstudierten verächtlichen Blicken werben sie nichtsdestoweniger um die, denen sie gefallen möchten.

Mir war die Sache mit der Zeichnung unangenehm und ich wollte das Blatt Papier dem Manne gerade zurückgeben, als ich ihn sagen hörte: »So sollten Sie sich kleiden, junger Mann. Die Stiefel, die Sie anhaben, sind viel zu wenig, ich bin eben ein Menschenkenner.«

Ich sah ihn zum ersten Mal an. Er ist etwa Ende Dreißig und sieht aus wie ein Studienrat. Er ist offensichtlich bemüht, elegant zu wirken.

»Ich weiß nicht, wovon Sie sprechen«, sagte ich kurz.
»Wirklich nicht?« sagte er vergnügt. »Das ist ja großartig!« Er winkt dem Mixer und bestellt zwei Drinks. »Seien Sie nicht böse«, sagte er und schob mir das Glas als eine kleine Bestechung herüber. »Ich habe es nur gut gemeint.« Er wechselt das Thema: »Wie lang sind Sie schon in unserem schönen San Francisco?... Arbeiten Sie irgendwo?... Wo wohnen Sie?...« Er versucht herauszukriegen, wieweit ich hier Bescheid weiß und ob ich auf den Strich gehe. »Sie interessieren mich«, sagte er mit flirtendem Blick, und je länger er spricht, desto weiblich-koketter wird er. »Ein wichtiger Punkt dabei ist natürlich, daß ich Sie bis jetzt noch nie gesehen habe – die immer gleichen müden Figuren, die sich ohne jeden Erfolg so sehr bemühen, in ihrer Lederkleidung keß zu wirken, öden einen auf die Dauer an... Aber bei Ihnen kommt noch etwas anderes dazu... Ob Sie wohl Lust hätten, auf einen Drink mit zu mir zu kommen?« fragt er vorsichtig. »Ich habe eine Bar zu Hause«, sagt er, um mir zu imponieren, »... dort können wir uns besser... unterhalten und das würde mir Spaß machen.« Als er mich zögern sieht, macht er eine ungeduldig wegwischende Bewegung mit der Hand. »Machen Sie sich keine Gedanken – Sie werden Ihre Zeit nicht umsonst opfern.«
Wir sitzen in seiner Wohnung in Russian Hill, die genauso makellos ist wie seine Erscheinung. Wenn ich an dem breiten Fenster stehe, könnte ich die Stadt sehen, die heute nacht von Nebel bedeckt ist: Winzige Nadelspitzen von halberstickten Lichtern versuchen, den Dunst zu durchstechen.
Seine Angeberei hat mich mißtrauisch gemacht, und darum habe ich mir das Geld schon im voraus geben lassen. Er händigte es mir ohne Fragen aus.
»Wußtest du wirklich nicht, warum ich diese Zeichnung für dich gemacht habe?« fragte er, »... oder warum ich dir vorschlug, wie du dich anziehen solltest?« – »Nein«, sagte ich, obwohl ich es mir denken konnte.
Er ging in ein anderes Zimmer. Als er zurückkam, hält er eine schwarze Lederjacke, hohe Stiefel und einen schwarzen Ledergür-

tel in der Hand – die gleichen Gegenstände, die er auf der Skizze so liebevoll ausgeführt hatte.
»Zieh das doch mal an«, sagte er.
Ich entsinne mich des Mannes vom Times Square. Aber ich weiß: Diesmal erwartet man etwas anderes von mir, als in dieser Aufmachung durch die Straßen zu spazieren.
»Bitte«, redete er mir zu und hielt mir die Sachen entgegen. Ein beunruhigender Ton – fast ein Winseln – schleicht sich in seine Stimme.
»Ich möchte lieber nicht«, sagte ich.
Er zuckt die Achseln. »Wie du willst. Eines Tages wirst du es doch tun. Wenn nicht mit mir, dann mit einem anderen. Denk' an mich.« Dann zieht er seinen Hemdkragen herunter, um mir eine dünne Kette zu zeigen, an der ein *M* baumelt, und verkündet stolz: »Weißt du, was das bedeutet? Es bedeutet, daß ich ein Masochist bin – daß ich den Schmerz liebe.« Er sagte das mit erschreckender Sachlichkeit. »Es regt mich auf, daß du wirklich unerfahren zu sein scheinst, was das angeht«, fügt er hinzu. »Mit solchen Leuten habe ich meine schönsten Erlebnisse gehabt.«
Mit einer heftigen Bewegung drückte er sich einen der schweren Stiefel gewaltsam zwischen die Beine und drehte ihn brutal hin und her. Seine beherrschte Gelassenheit von vorher wandelt sich in einen Zustand der Verzückung. Sein Gesicht verzog sich ekstatisch, als er ein gepeinigtes *»Oh!«* hervorstößt und mich stöhnend zu überreden versucht: »Zieh sie an, bitte!« Seine Stimme ist zum Winseln geworden. »Bitte …! Bitte … befiehl … ich tu', was du willst!«
Ich starre ihn fasziniert an.
»Sehe ich da einen Schimmer von Interesse in deinen Augen?« fragt er lachend. Der Stiefel steckt immer noch fest zwischen seinen Beinen.
»Da gibt's nichts zu entdecken!« sagte ich ärgerlich.
»Dann komm ich mir betrogen vor«, sagte er. »Nicht des Geldes wegen, sondern weil ich … mir so viel von dir versprochen habe … Darf ich … dein Sklave sein …«, sagte er langsam, »… und du mußt mir weh tun …«

Immer haben Schmerzen mich abgestoßen – ob es nun Schmerzen waren, die ich einem anderen zufügte oder die ich erleiden mußte. Warum empfand ich dann bei seinen Worten eine plötzlich aufwallende Erregung? Um dieses Gefühl zu unterdrücken, ging ich rasch fort.

In der Market Street ist ein Kino, das täglich das Programm wechselt: eines jener riesigen verschlingenden Gebäude mit einem sehr dunklen Rang. Die hinteren Reihen füllen sich rasch mit Männern, und hier herrscht ständige Bewegung. Die intimsten Sexszenen finden hier statt, manchmal in Gruppen, zusammengeklumpt wie schwarze Geier.

Als ich mich in der Mitte des Ranges hinsetzte, kam ein Mann rasch aus einer anderen Reihe und setzte sich direkt vor mich, so daß meine Beine, die ich auf seinen Sitz gestützt hatte, nun fast auf seinen Schultern lagen. Mit einer hastigen Bewegung drehte er sein Gesicht zur Seite und fuhr mit der Zunge über meine halbhohen Schaftstiefel. Als ich mich nicht rührte, stand er auf und keuchte mir zu: »Ich hab's gern ganz gemein – ich zahle!«

Mir zog sich der Magen zusammen. Vor Erregung? Vor Ekel? … Ich ließ mir keine Zeit das herauszufinden. In Gedanken verfolgten mich jetzt drei Leute, ganz ähnlich wie der Mann, den ich zum ersten Mal zu bestehlen versuchte: der Mann mit der blutenden Nase, der Mann, der sich den Stiefel in den Unterleib preßte, und der Mann im Kino. Ich hatte nun genug gesehen, und blieb dem *Stirrup Club* fern.

Am Nachmittag ging ich im YMCA zum höchstgelegenen Teil des Sonnendachs, wo man es treiben konnte. Spät nachts, bis in den Morgen hinein, rauschten unaufhörlich die Brausen. Schließlich wurde es mir dort zu bunt und ich zog aus dem YMCA aus, in ein Apartment in der Bush Street.

Nun ging ich nachmittags in den Aquatic Park: ein kleiner Strand, der sich an der Bucht entlangschlängelt, ein Gelände wie der Torso eines Stadions …

Betonstufen, auf denen man sitzt und wartet … Manchmal ging ich zu den Felsenklippen außerhalb der Stadt, wo man auf einem Pfad, der völlig verlassen scheint, plötzlich auf Männer in eindeutigen Situationen stoßen kann. Mit einem, den ich auf dieser Reise durch das Leben anderer kennenlernte, ging ich nach Carmel. Nach Monterey ... nach Big Sur: beklemmende schroffe Klippen, umgrenzt von verkrüppelten Bäumen.

Wieder in San Francisco, ging ich nach North Beach, meistens in den *Raben* – damals das beste Stricherlokal der Stadt, besonders am Wochenende, wenn eine Tunte die Parodie einer Oper vorführte und alle weiblichen Partien darbot.

Market Street am Zeitschriftenkiosk: Man steht da, als sähe man der spielzeugähnlichen Straßenbahn zu, die um die Kurve kommt, um ihren mühseligen Aufstieg nach Powell hinauf zu beginnen ... Verstreute Treffpunkte – vom *Embarcadero* bis zu den eleganten Vierteln der Stadt ...

Als ich an einem silbrigen Nachmittag North Beach durchstreifte, ein gutes Stück hinter einem blumenübersäten Park, wo Leute in ihrer Mittagspause in der Sonne sitzen (und wo an einem anderen Nachmittag eine traurige betrunkene Frau böse wurde, weil ich einen mir angebotenen Drink ablehnte, und hysterisch kreischte: »Haltet ihn! Er wollte meine Handtasche stehlen!«), sah ich auf zu dem gewaltigen Standbild eines Mönches vor einer Kirche. Und ich betrat diese Kirche. In ihr waren nur wenige mittägliche Besucher. Automatisch kniete ich nieder und bekreuzigte mich mit Weihwasser: eisern fesselnder Nachhall der Kindheit, den man nicht abschütteln kann, wie sehr man sich auch mühen mag. Mechanisch sagte ich ein paar Kindergebete her. Hier war alles ruhig und friedvoll – ja – aber auch leer, unendlich leer. Die bemalten Heiligen, mit blicklosen Augen in die Luft starrend, waren fern und weit wie der Himmel, den es nicht gibt. Was auch immer es zu finden gab – hier war es nicht. Es war draußen in der Welt ... Ich schlug das Zeichen des Kreuzes – wieder fast verlegen – und ging hinaus.

Wenn ich auf meiner Reise durch diese untergründige Welt nun erlahmte, würde mir jeder Sinn, den ich bis jetzt vielleicht darin gefunden hatte, für immer entgleiten. Die drei mich verfolgenden Gesichter, die in mein Leben eingebrochen waren, richteten nun einen Scheinwerfer in meine Seele. Ich mußte diesem durchdringenden Starren folgen, wohin es mich auch führen würde.

Neil *oder* Maskerade

1 »Möchtest du eine Tasse Tee?« Der Mann, der mich das soeben fragte, ist folgendermaßen gekleidet:
In den schwarzen Hosen der berittenen Polizei, welche die Hüften eng umspannen, zeichnen sich gedrungene O-Beine ab; glasig glänzende Stiefel, vom Knöchel gerechnet mindestens dreißig Zentimeter hoch – silberne Schmuckknöpfe bildeten auf jeder Stiefelspitze ein Dreieck und laufen dann in Windungen den Schaft herauf, wie eigenwillig geformte Kleeblätter.
»Ein Stück Zucker oder zwei?«
Der gleichfalls schwarze Gürtel, der vergeblich versuchte, seinen dicken Bauch wegzuschnüren (obwohl er so fest angezogen war, daß der Mann, sonst nicht besonders dick, nur mühsam und keuchend atmen konnte) bewirkte statt dessen, daß der Bauch ober- und unterhalb der Gürtellinie deutlich hervorquoll, wie zwei schlaffe ausgebeulte alte Autoreifen aus Fleisch. Die allgegenwärtigen Schmuckknöpfe laufen wellenförmig über den Gürtel hin, wie eine wild zuckende Schlange (und jeder Silberknopf hat einen Heiligenschein aus winzigen silberglänzenden Perlen) und treffen sich schließlich vorne an einer riesigen, mindestens zwölf Zentimeter breiten Schnalle, auf der ein großer gravierter Adler mit bösartigem Schnabel und Augen aus Silberperlen seine Schwingen spreitet.
»Nimmst du Milch?«
Über einem dunklen Kunstfaserhemd trug er eine schwarze Lederweste, die von oben bis unten im Zick-Zack mit einem langen dünnen Lederriemen verschnürt ist. Auf beiden Aufschlägen wiederholt sich das dreieckige Kleeblattmuster der Stiefel (und jeder Silberknopf ist wiederum von einem Heiligenschein aus Silberperlen umgeben). Die Weste, das Hemd, die Hosenbeine sitzen so eng auf dem untersetzten Körper, daß seine Bewegungen behindert sind.

Der Mann greift vorsichtig nach der Teekanne, dem Zucker, der Sahne – jeder Handgrill könnte irgendwo eine Naht sprengen.
»Vielleicht lieber Zitrone?«
Er selbst ist (wenn es einem gelingt, den ungläubigen Blick von der hypnotisierenden Aufmachung loszureißen) ein blühender, ziemlich kleiner Mann Anfang Fünfzig. Eigentlich sieht er aus, wie man in amerikanischen Filmen den typischen Vorkriegsbayern darzustellen pflegt, der aufgeräumt aus einem riesigen Maßkrug trinkt und in bierseligem Entzücken vor sich hinbrüllt, wenn ein blondzöpfiges Mädchen und ein lederbehoster Mann zur Begleitung einer lustigen Ziehharmonika tanzen... Aber in seiner Aufmachung gleicht er einem düsteren, überreichlich geputzten silberglänzenden Weihnachtsbaum.
Es ist nicht Halloween.
Es ist nicht einmal Silvester und ebensowenig sind wir auf einem Kostümfest.
Mitnichten.
Vielmehr sitzen wir am Frühnachmittag im Wohnraum eines gepflegten Hauses in einem Teil von Oakland, wo üppige Bäumen stehen – jenseits der Bucht von San Francisco. Der Raum ist in *antikem* Stil eingerichtet – welche Periode kann man unmöglich sagen. Die Einrichtung scheint vielmehr den Zweck zu haben, einem eine undefinierbare, nebelhafte Zeit irgendwo in der Vergangenheit zu suggerieren. Ober einer flammenden Metallsonne an der Wand hängen zwei gekreuzte Schwerter. Ein Schild. Eine Lanze. Die weinroten Samtportieren fließen in schweren schimmernden Falten zu Boden. Am ziegelgemauerten Kamin steht die kleine Kopie einer Rüstung. Die orientalisch anmutende Skulptur eines Affen balanciert auf einem kleinen Schreibtisch mit geschweiften Beinen, als wolle sie von ihm herunterspringen. Das Sonnenlicht strömt durch eine Fensterwand und läßt mit seinem warmen Strahl die Farben der Stühle aufleuchten, deren Bezüge rot-gold und silber-blau gestreift sind... Es machte den Eindruck, als stünde in diesem Zimmer – das einzige, das ich bis jetzt vom Hause gesehen habe – ein Sammelsurium von Mobiliar aus den verschiedensten historischen Filmen.

(Und so kam es dazu, daß ich jetzt befangen mit diesem Mann hier sitze und Tee trinke: Erst vor ein paar Tagen war mir abends im *Stirrup Club* ein Mann aufgefallen, der kniehohe Stiefel trug, eine dunkle Lederjacke mit einem in Gold gestickten Raubvogel darauf, eine Mütze ähnlich der eines Polizisten und um die linke Schulter eine silberne Kette. Ich fragte den, mit dem ich zusammen war, wer das sei. »Neil«, antwortete er, »die ausgefallenste Type von ganz San Francisco. An deiner Stelle würde ich die Finger von ihm lassen!« Später am Abend war Neil herübergekommen – er kannte den Mann, in dessen Gesellschaft ich war – und hatte sich vorgestellt. Ungeniert lud er mich für den nächsten Tag zum Lunch ein. Da er mir als der lächerlichste Mensch erschien, der mir je untergekommen war – mich aber trotzdem brennend interessierte – sagte ich zu.)

»Noch eine Tasse Tee?«
»Nein danke, ich möchte keinen mehr.«
»Tee wirkt nachmittags sehr belebend, besonders nach einem kräftigen Lunch«, sagte er merkwürdig bohrend, und goß mir noch eine Tasse ein.
Es erschien so lächerlich – diese zusammengewürfelte Filmdekoration (etwa wie die kleinkarierte Parodie einer mittelalterlichen Kammer mit anachronistischen Anklängen an das heutige Kalifornien) und der Mann in der unwahrscheinlichen Aufmachung – all das schien so lächerlich und ungereimt: dazusitzen und am sorgfältig gedeckten Tisch aus kleinen fliedergemusterten Porzellantassen seinen Tee (mit Gebäck!) zu schlürfen.
Über den Rand der Teetasse hinweg sehe ich in ein anderes Zimmer (um zu vermeiden, diesen Mann direkt anschauen zu müssen und damit seinem schürfenden Blick durch Nichtbeachtung zu entgehen – während des Essens hatte er kaum gesprochen, sondern sich darauf konzentriert, mich zu beobachten) und bemerke eine Fußspitze hinter der spaltbreit geöffneten Tür.
Ich fragte Neil: »Sind Sie allein in der Wohnung?«
»Aber ja! Nur du und ich – und meine Katze«, antwortete er, laut

und genießerisch seinen Tee schlürfend, als wolle er mich damit anregen, den meinen auszutrinken.

Ich lasse den Fuß, der sich nicht bewegt hat, Fuß sein. Wahrscheinlich ist es ein Schuh – oder eher ein Stiefel –, der hinter die Tür geworfen wurde.

Das Telefon schrillt, und ich lasse vor Nervosität beinahe die Tasse fallen. Neil entschuldigt sich und geht ins andere Zimmer. Er steigt vorsichtig über den Fuß, als er durch die Tür geht. Der jetzt breitere Türspalt läßt nun wirklich einen immer noch bewegungslosen Stiefel sehen.

»Hallo?« sagt er in den Apparat. Pause. Wieder: »Hallo?« – Schweigen. Er legt den Hörer auf. Aus dem Nebenzimmer kommt ein scharrendes Geräusch. Der Stiefel verschwindet.

»Ich bekomme so mysteriöse Anrufe«, erklärte Neil, als er zurückkam. »Mindestens einmal am Tag – manchmal öfter. Jemand ruft an, hört meine Stimme und sagt kein Wort.«

»Es wird Sie jemand ärgern wollen«, meinte ich.

»O nein!« rief er sehr bestimmt aus, womit er eine so simple Erklärung weit von sich wies. »Das ist es nicht! ... Ich bin überzeugt, es ist jemand, der bloß wissen will – wissen *muß!* – daß es irgendwo jemand wie mich gibt. Eines Tages«, prophezeite er feierlich, »wird er sprechen – wer immer es auch ist – und wird mich fragen, ob er mich besuchen darf ... Oh, vielleicht weißt du es nicht, aber ich bin ziemlich – nun, ich kann es ruhig sagen, warum auch nicht?« (Er sagte: »War'm auch nich'?« und hob die fleischigen Schultern, vielmehr, er machte den Versuch: Das warnende Geräusch, das der Hemdenstoff von sich gab, bremste die Bewegung.) »Ich bin ziemlich berühmt in Kalifornien.«

»Wegen Ihres Kostüms?«

»Sich verkleiden«, berichtigte er mich kühl, »heißt nicht ein *Kostüm tragen!*« Er trank seine erste Tasse Tee leer, bot mir eine weitere an, die ich ablehnte, und fuhr fort: »Als ich mich neulich abends im Lokal mit dir unterhielt, tat ich das, weil ich eine gewisse Geistesverwandtschaft spürte – ich meine«, fügte er vorsichtig hinzu, »... ein gewisses Interesse.«

»Sie fielen auf – sogar in diesem Lokal«, sagte ich taktvoll. Wieder war es nicht das, was er hören wollte. Er sagte irritiert: »Was ich damit sagen wollte ist, daß ich spürte, du bist *bereit.*«
»Bereit wozu?«
Er wich der Frage aus mysteriösen Gründen aus. Eine langhaarige bernsteinfarbene Katze wand sich wie eine Straußenfeder um die Stiefel des Mannes, dann sprang sie ihm geschmeidig auf den Schoß. Neil begann die Katze mechanisch zu streicheln. In der langen Stille, die folgte, konnte ich das zufriedene Schnurren des Tieres hören, während es sich am Leder der Jacke rieb. Als fiele es ihm jetzt erst auf, daß er die Katze gestreichelt hatte, stieß Neil sie plötzlich verärgert von sich, so daß sie auf den Boden fiel. Fast hätte er sie mit der Stiefelspitze noch ein Stück weiter befördert. »Ich hasse sie, wenn sie so wehleidig rumschmust«, sagte er.
Er erhob sich mit aller gebotenen Vorsicht aus dem Stuhl. Das enge Kostüm erlaubte ihm nicht einmal unbehindert zu gehen. Und als er im antiken Schreibtisch eine Schublade öffnete, hockte er starr und unsicher davor, damit seine Kleidung intakt bleibt. Er brachte eine Schatulle zum Vorschein, entnahm einem anderen, kleineren Kästchen einen Schlüssel, öffnete sie und holte einen Stoß Fotografien heraus, mit denen er zu mir zurückkam.
Ich bereitete mich innerlich vor. Denn jene Welt, eine Welt flüchtiger Kontakte, hat eine große Vorliebe für Fotografien, als wolle sie dem, was gewöhnlich nur von allzu kurzer Dauer ist, ein wenig Dauer verleihen. Aber schon bevor ich die Fotos, die Neil mir zeigen wird, gesehen habe, weiß ich, daß es keineswegs die üblichen sein werden ... daß sie vielmehr Teil eines Spiels sind, das er, wie ich überzeugt bin, mit mir spielt. Auf Wirkung bedacht, enthielt er mir die Bilder noch vor und sagte stolz: »Dieses sind nur ein paar von meinen *Bekehrten.* Sie kommen alle auf mich zu. Und ich öffne ihnen die Welt, der sie nachjagen – manchmal, wohlgemerkt, nachjagen, ohne es selbst zu wissen. So bin ich ihnen behilflich, sich selbst zu finden.« Er sprach, als hielte er eine schon oft gehaltene Rede. »Du solltest einige von denen sehen, die zu mir kommen – so schüchtern: Sie wissen bloß, daß es jemand wie mich gibt, der

ihnen helfen kann. Aber schon das erste Mal gehen sie anders wieder fort: stolz, aufrecht, froh, *Männer* zu sein! ... Ich gehe behutsam vor. Ich öffne ihnen die Türen, langsam ... Sie rufen mich an – neulich kam der Anruf eines jungen Mannes aus Seattle. Er hatte von mir gehört, durch Freunde – und er wollte eigens deswegen herkommen, um mich zu sehen. Auch aus Los Angeles werde ich dauernd angerufen ... *War'm auch nich'?«* Erneut versuchte er mit den Achseln zu zucken und gab es wieder auf. Träumerisch: »Ich liebe es, junge Männer erwachen zu sehen – ich liebe es zu sehen, wie sie ... nun, erblühen ... das heißt«, berichtigte er sich selbst hastig, »ich liebe es zu sehen, wie sie ungestüm aufbrechen! Und ich beobachte sie, wenn sie sich in der Richtung bewegen, für die sie gedacht sind. Sie sind wie Jünger, die den *Weg* entdecken ... Manchmal«, sagte er elegisch und sein Blick wurde milde, während er die Hände auf die Fotos in seinem Schoß legte, »... manchmal habe ich das Gefühl, so etwas Ähnliches wie ... ja, so etwas Ähnliches wie ein Heiliger zu sein.« Ich sehe mir den *Heiligen* in seinem sonderbaren Aufzug an. Sein starrer Blick fordert den meinen heraus. Sich spreizend wie ein radschlagender Pfau breitet er die Bilder vor mir auf einem Tisch aus.

Da sind junge Leute zu sehen, gekleidet als Offiziere längst vergangener Epochen – Cowboys, Motorradfahrer, Polizisten, Piraten, Gladiatoren ... Einzeln scheinen sie die Kamera bedroht zu haben. Die Gruppen führen Gewaltakte vor ... Ich lege die Bilder hin, ohne mir den Rest anzuschauen.

»Ich habe jedes einzelne selbst aufgenommen«, seufzte er.

Die Katze war verstohlen wiedergekommen und strich um Neils Beine herum. Wieder schob er sie mit dem Stiefel weg, diesmal weit heftiger. Er sieht dem Tier nach, als es sich verzieht.

»Aber jetzt!« verkündete Neil. »Ich zeige dir jetzt meine *wirkliche* Sammlung! – die vollständigste in Kalifornien – und (war'm auch nich'?) wahrscheinlich der ganzen Vereinigten Staaten! – obwohl ich gehört habe, daß es einen Mann in der Nähe von Griffith Park in Los Angeles gibt, der eine recht anständige Sammlung haben soll«, ließ er sich herbei zuzugeben. »Er heißt ... Dan? oder Stan? Irgendso was.

Aber man hat mir gesagt, daß ich *ganz* etwas anderes bin!«
Er komplimentierte mich ins Schlafzimmer. Als er die Tür aufstieß, durch die ich vorhin geglaubt hatte, einen unbeweglichen Fuß gesehen zu haben, fahre ich zusammen.
Im Schlafzimmer befinden sich zwei Männer: ein Polizist mit Sonnenbrille und ein Motorradfahrer, der auf gespreizten Beinen, die Hände in die Hüften gestützt, dasteht, mit vorgeschobenem Kopf, wie bereit, mit behandschuhten geballten Fäusten anzugreifen.
Als Neil mich erschrecken sieht, lacht er. »Es sind Schaufensterpuppen!« verkündet er, voll Triumph über die gelungene Täuschung. »Sie sehen wahnsinnig echt aus, nicht wahr?« Er ging auf die Polizistenpuppe zu und schob ihr zärtlich die Mütze ein wenig schief, dann zum Motorradfahrer, dessen Stellung er änderte, indem er ihm den Kopf noch tiefer herunterbog, um den drohenden Vorstoß zu unterstreichen. »Dieser ist mir lieber.« Er deutete auf den Motorradfahrer. »Er sieht ... brutaler aus!«
Der Raum liegt im Dämmer und atmet die gleiche unbestimmte altertümliche Atmosphäre wie das Wohnzimmer. Auf dem Bett liegt eine schwarzglänzende Lederdecke. Vor einem dreiteiligen hohen Spiegel steht ein hochlehniger, geschnitzter Stuhl wie eine Art Thron. Die dunklen, mit Brokat abgesetzten Vorhänge hinter dem Stuhl sind pompös mit einer goldenen Kordel gerafft. Auch hier sind die Möbel aus jenem zeitlosen Niemandsland der Historienschinken ... Die Puppen sind sorgfältig so aufgestellt, daß der Spiegel ihre Abbilder im weichen Licht aus einer Vielzahl von Einfallswinkeln realistisch wiedergibt.
»Ich habe sie eigens anfertigen lassen«, erklärt Neil und sieht die Puppen an wie ein hingerissener Liebhaber. »Sie sind nicht immer wie jetzt angezogen. Ich wechsle ihre Kleidung nach meiner Stimmung ... Übrigens«, fügte er stolz hinzu, »... die meisten dieser Kleider habe ich selbst entworfen (ich bin ein sehr begabter freischaffender Künstler, weißt du) ... und dann lasse ich sie bei einem Maßschneider arbeiten.«
Er schüttelte seine ehrfürchtige Benommenheit ab, schob einige Schiebetüren in der Wand beiseite und stellte eine unglaubliche Kol-

lektion von Kostümen zur Schau – ein Konglomerat von Farben, Brokaten und Schmuckknöpfen: Jacken, Hosen, Westen. Er steht daneben wie ein Maler, der sein Meisterwerk enthüllt.
»Dutzende, Dutzende, Aberdutzende«, erläutert er, »alles in verschiedenen Größen und aus den verschiedensten Epochen.« Unter den Kleidern stehen etwa fünfzig Paar Stiefel aller Farben und Formen. Vom oberen Regal holte Neil eine große braune Lederschachtel herunter, wobei er sorgfältig Stapel von Kopfbedeckungen beiseite schob (Cowboyhüte, Militär- und Motorradmützen, federgeschmückte Helme). In der Schachtel sind Peitschen, Lederhandschuhe, Handschellen, Lederriemen. Er führt die Sachen vor, wie eine Frau ihr kostbarstes Geschmeide – oder ihre Aussteuer. »Alles versichert«, erklärt er ... Er hatte sogar ein Taschentuch aus Leder. Er ging zu den Kleidern zurück, zog hier eine Jacke, dort eine Weste heraus, hohe Ledergamaschen, Hosen, und zeigte mir die Sachen mit verzücktem Gesichtsausdruck: Seine Stimme hatte einen ehrfürchtigen Klang (den Ton, dessen man sich in einer Kirche bedienen würde), die Bewegungen sind zeremoniell-behutsam, als berühre eine Braut ihr Hochzeitskleid. Er beobachtet mich während dieser Zurschaustellung der einzelnen Gegenstände genau, wartet auf eine Reaktion, wo er einhaken könnte, auf eine Äußerung meines Interesses. Ich weiß sofort, daß ich mich gern in diesen Kostümen sähe. Und er weiß es auch. Er seufzt zufrieden.
»Willst du, daß ich dich zurechtmache?« fragte er mich. Ich habe plötzlich meine Befürchtungen, antworte aber nicht.
»Ich fange heute mit dem Einfachsten an – immer hübsch langsam, nichts zu Kompliziertes.« Er redet mir gut zu wie ein Arzt, der ein Kind vor sich hat. »Ein andermal, wenn ich dich besser kenne, dann wirst du was erleben. Diesmal will ich die Tür – oh – nur etwa zu einem Viertel öffnen.«
Er legt mein Schweigen als Zustimmung aus. Selbstsicher holt er Kleider aus dem Wandschrank und seine Erregung nimmt zu, als er sie zärtlich, andächtig, ehrfurchtsvoll berührt. Seine zitternden Hände hängen eine reichverzierte Jacke zurück, die er längere Zeit wie ein Kleinod vor sich hin hielt, und wählen etwas *Konventio-*

nelleres aus, wobei er sich selbst ermahnt: »Das erste Mal noch nicht, das erste Mal noch nicht« – aber er protzt mit jedem angebeteten Kleidungsstück, das er trotzdem dann verwirft. Er hat die abgezirkelten Bewegungen vergessen, die seine Kleidung erfordert. Das Hemd bauscht sich über seinem Bauch. Er hat die Weste aufgeknöpft und den Gürtel gelockert. Gelöste Riemen baumeln. Hinten bildet das Hemd eine Art Teufelsschwanz. Er ist in betrüblicher Auflösung begriffen. Seine Ausstaffierung sackt ab. Der Schweiß rinnt über sein gerötetes Gesicht. Er schnauft.

Zeremoniell wie ein Dienstbote, der seine Arbeit liebt, dessen Lebenszweck die Unterordnung ist, beginnt er mich auszuziehen (nicht etwa wie jemand, der der Nacktheit wegen das Geschlechtliche dieses Vorgangs betont – davon war nichts zu spüren: Ihn scheint der eigentliche Akt der Dienstleistung zu erregen). Er hatte mich behutsam vom Spiegel weggeführt. Als ich nackt bin, berührt er meinen Körper nicht, ja, er sieht mich kaum an.

Erst ein Paar hautenge schwarze Drillichhosen, ein knappsitzendes Maßhemd, rotbraun, das er über der Brust offenläßt. Ich überlege mir, worauf dieses Kostüm wohl hinausläuft – er scheint einen Gesamteffekt improvisieren zu wollen: irgendeiner Fantasievorstellung nachzugehen, die wie seine Möbel eher etwas andeutet, als wirklich etwas Spezifisches darstellt... Ein Paar schwarze Stiefel bis zu den Knien; als er sie mir über die Füße zieht, fährt sein gebeugter Kopf mit der Wange am glatten Leder entlang... Schwarze Lederhandschuhe. Ein Hut mit leicht geschweifter Krempe. Er legt mir noch einen schweren Gürtel mit einer großen Schnalle um. Dann stürzte er zu der Lederschachtel im Wandschrank und nahm eine lange zusammengerollte Peitsche heraus, die er mir fest in die Hand drückte. Und er verkündete, als sei es eine Offenbarung:

»Ein Plantagenaufseher!«

Ich wende mich automatisch den Spiegeln zu, aber Neil verstellt mir rasch die Aussicht. *»Noch nicht!«* Nach einigen Augenblicken tritt er dramatisch zur Seite. »Ich stelle dich dir vor – dir so vor, wie du immer sein wolltest«, sagte er feierlich.

Offenbar sehe ich nun aus, wie *er* mich haben möchte. Und doch,

mein Spiegelbild erregt mich. Da er das möglicherweise bemerkt, stellt Neil sich wieder vor mich und nimmt mir erneut die Sicht in den Spiegel, als ob meine eigene Faszination ihn aus der Fantasmagorie auszuschließen drohe.
»Dieses ist nur eine Andeutung«, sagte er in jenem ehrfürchtigscheuen Ton.
»Nichts Besonderes. Ein andermal – dann wirst du erst was erleben!«
Ich bemerke, daß seine Stimme sich seltsam verändert. Was möchte er mir wohl durch seinen nur vage erkennbaren Akzent übermitteln? Mit einem Schock, der mir fast den Atem verschlug, wird mir klar, daß er jetzt in dem leicht schleppenden südlichen Tonfall eines Landarbeiters spricht! Zunächst verspürte ich den Drang zu lachen, dann die Kleider auszuziehen und diesen grotesken Menschen zu verlassen. Aber Neil sagt bereits: »Jetzt ist es soweit. Jetzt können wir mit der eigentlichen Einführung beginnen.« Er machte eine Verbeugung wie ein versierter Meßdiener. Seine Handlungen stoßen mich ab und faszinieren mich zugleich. Ich bin überwältigt von den feierlichen Aufmerksamkeiten und erregt durch mein Bild im Spiegel. Er weiß es, aber ich bin sicher, daß er diese Erregung falsch auslegt, da sie, narzißtisch, nur mir in dieser Aufmachung gilt, nicht dem, was diese Kleider an sich für ihn bedeuten müssen. Er nähert sich mir langsam. Verzückt strich er um mich herum, stellte die Spiegel so ein, daß wir beide unsere Spiegelbilder von verschiedenen Blickpunkten aus sehen konnten, sorgfältig darauf bedacht, stets im gerahmten Bild zu bleiben. Er führt mich zum reichgeschnitzten Stuhl vor dem Spiegel.
Er kniete nieder.
Völlig unerwartet warf er sich bäuchlings auf den Boden, und alles, was er jetzt tut, geschieht auf bestürzende Weise wie im Fieber. Er hat den Kopf zwischen den Stiefeln vergraben, seine Zunge gleitet hungrig über den glänzenden Lack, seine Hände liebkosen das Leder und greifen jetzt nach dem Gürtel. Seine Finger umkrallen ihn. Er löst den Gürtel und seine Hände streichen andächtig an dem Kostüm herunter. Sein Mund vergräbt sich erst in den einen Stiefel-

schaft, dann in den anderen, seine Zähne verbeißen sich in den Innenschlaufen. Wie im Krampf hob er meinen Fuß mit einer Hand, drehte sich dabei auf den Rücken und hielt den Stiefel über seinem Gesicht in der Schwebe. Aus seiner Kehle dringt keuchendes Stöhnen, seine Augen sind aufgerissen wie im Delirium, als wolle er die Szene über das normale Sehvermögen hinaus steigern. Seine desperate Hand drückte mein Knie herunter, um den Stiefel gegen seinen fordernden Mund zu pressen.

Rasch und gereizt rückte ich von ihm ab und er blieb grotesk wie ein zusammengekehrter Haufen von Schmuckknöpfen und Lederriemen am Boden liegen.

»Was ist los?« flüsterte er fast unhörbar.

»Das interessiert mich nicht«, sagte ich schroff.

Als ich das Kostüm auszog, um zu gehen, richtete er vom Boden her, wo er wie eine zerbrochene Puppe immer noch kläglich dalag, einen sonderbaren Blick auf mich.

2 Aber ich kam wieder. Er zeigte nicht die geringste Verlegenheit darüber, was das erste Mal passiert war. Vielmehr schien er mich erwartet zu haben.

»Ich freue mich, daß du vorbeigekommen bist. Ich möchte ein paar Fotos von dir machen«, sagte er. Heute war er andeutungsweise wie jemand aus dem Westen gekleidet. »Oh, keine Sorge – ich will dich bloß für die Fotos verkleiden«, versprach er. »Sonst nichts.« Aber er warf mir einen verschlagenen Blick zu.

Er weiß, daß ich, zumindest, an seinen Maskeraden interessiert bin. Als er mir mich im Spiegel präsentiert (wieder: »Du, wie du gern sein möchtest!«) bin ich ein reichlich übertriebener Cowboy mit Sporen und Ledergamaschen. Wie ich mich so ansehe, komme ich mir ein wenig dumm vor, bald aber verwischen die verführerischen Aufmerksamkeiten das Gefühl der Absurdität: Ich weide mich gierig an Neils dick aufgetragenen Schmeicheleien, als er, der diesmal die typische westliche Sprechweise angenommen hat, seine Vorbereitungen für die Aufnahmen trifft.

Wir begeben uns in das andere Zimmer.
Zunächst der Cowboy. Ein preußischer Offizier. Ein Pirat. Er stellt jede Szene auf den Punkt zurückgehaltener Gewalttätigkeit ab. Eine Peitsche in meiner Hand, als wolle ich ihn damit hinter der Kamera treffen. Die Stiefel immer aufdringlich ins Bild gerückt. Geballte Fäuste. Der Körper vornübergebeugt. Jetzt bringt er eine der Schaufensterpuppen ins Bild – entsprechend *verkleidet*: Schmuckknöpfe, Riemen, Ketten ... Neil – geduckt, gekrümmt, schwitzend – nimmt die kriecherischen Stellungen ein (um sie *so richtig das Gefühl zu bekommen,* wie er erklärt), die zum Schluß auch die bedrohte Puppe für die Aufnahmen zeigt; die Kamera klickt unentwegt, während Neil teils als Meßdiener, teils als Hoherpriester agiert.
»Nun improvisieren wir etwas!« rief Neil fröhlich.
Als es soweit war, daß er die Aufnahme machen konnte, verkündete er triumphierend: »Ein Scharfrichter!«
Und ich stehe vor der Kamera im schwarzen Trikot-Stiefel bis zu den Hüften, eine Lederweste – eine schwarze geflochtene Peitsche strudelt um die Stiefel. Schild, Lanze, Metallsonne umgeben mich, und eine lange mittelalterliche Axt lehnt an der Wand. Die Blende schließt sich ...
Neil stürzt mit bettelnden Augen auf mich zu und mit erschreckend zittriger Stimme flehte er mich an, die Bewegung mit der Peitsche auszuführen, die die Kamera soeben fixiert hatte.
Ich tat es nicht.
Er war enttäuscht und nervös.
Verdrossen ging er hin und her und bereitete den Lunch vor. Dann geschah etwas Merkwürdiges: Als er über den Herd gebeugt dastand, in einem Westernkostüm – und über alldem eine Schürze – wandte er sich mir zu (ich trug jetzt wieder meine eigenen Sachen, obwohl er darauf bestanden hatte, ich solle das Scharfrichter-Kostüm anbehalten) und stellte folgende Frage:
»Sag mir offen und ehrlich: findest du mich weibisch?«
Ich sah ihn aufmerksam an, wie er da am Herd stand. Diese Schürze über dem Kostüm ... Er hielt den Löffel lose in die Luft. Als er darauf aufmerksam wurde, nahm er ihn fest in den Griff. Da ich den

Blick sehe, mit dem er die erwünschte Antwort fordert, sagte ich: »Natürlich nicht, Neil.«

»Ich danke dir herzlich«, sagte er fast demütig. Achselzuckend und indem er eifrig das rührte, was er nun gerade kochte, lachte er gutgelaunt und glich nun wieder jenem überschäumenden, bierseligen Bayern. »Einmal«, sagte er, »ging ich die Market Street hinunter – oh, ich hatte mich so richtig *echt* angezogen – als Cowboy! Und eine ganze Wagenladung Halbstarker fuhr vorbei und brüllte: ›He, Tex!‹«

Ich begriff, daß er mit dieser Geschichte ein Zeugnis für seine *Echtheit* vorlegen wollte. Und doch, da ich ihn in jener übertriebenen Aufmachung gesehen hatte, mußte ich annehmen, daß das, was er mir soeben als Beweis für seine *Echtheit* anbot, eher eine nach ihm geschleuderte höhnische Beleidigung gewesen war...

Er wartete auf meinen Kommentar zu dieser Geschichte. Als keiner erfolgte, sagte er: »Ich *weiß,* daß ich ganz *echt* aussehe« – aber in seiner Stimme ist ein fragender Unterton, wie ich mich entsinne, ihn in Miss Destinys Wohnung gehört zu haben, als auch sie sich über ihre *Echtheit* verbreitet hatte.

Wir hatten den Lunch kaum hinter uns, als ich das überlaute Geknatter eines Motorrades von draußen hörte, dem energisches Klopfen an der Tür folgte.

»Verdammt!« sagte Neil und sah aus dem Fenster. »Das ist Carl! Immer wenn er getrunken hat, kommt er angerückt!« Als er die Tür öffnete, mimte er Überraschung: »Carl! ... wie nett!«

Carl, ein großer maskuliner, recht gutaussehender Mann in den Dreißigern, kam arrogant in Motorradaufmachung hereinstolziert. Sein Atem roch nach Alkohol. »Wollte bloß mal sehen, wie's dem Ledermenschen geht«, sagte er und setzte sich – ungebeten und sehr zu Neils offensichtlichem Verdruß.

»Nun, ich freue mich natürlich immer, dich zu sehen, aber wir ...«, setzte Neil an.

Carl unterbrach ihn: »Oh, tu so, als sei ich gar nicht da.«

»Das ist schwierig«, murmelte Neil. Dann (und ich kann es fast hören, wie er denkt »war'm auch nich'?«): »Na schön, Carl, wenn

du dableibst – ein Weilchen – kannst du ein paar Aufnahmen von uns machen. Auf die Weise komm' ich mit drauf.«
»Klar ... Liebling«, sagte Carl. Neil starrte ihn warnend an, offenbar durch das Kosewort verärgert.
Nun haben sowohl Neil als auch ich Polizistenuniformen an, und Neil ging vor mir in die Knie. Dann sind wir Cowboys, und er liegt am Boden und bittet darum, daß ihm (nicht) weh getan wird. Jetzt steckt er in einem Kostüm aus dem 17. Jahrhundert, und ich bin ein Pirat, der ihn bedroht ... Er stellte jede Szene mit Hingabe.
Neil, der nun ein enges *improvisiertes* Kostüm trägt – Stiefel, Gürtel, Schlaufen, glitzernde Schmuckknöpfe – protestierte erneut, als ich meine eigenen Sachen anzog.
»Laß dir nichts von ihm vormachen«, sagte Neil boshaft zu mir, als die Knipserei vorüber und Carl zur Toilette gegangen war. »Carl ist nicht ganz so kerlig, wie er vorgibt. Er ist wirklich das Letzte! ... aber sogar Leute wie er erfüllen eine Aufgabe ... Ich will dir mal was über ihn erzählen, ehe er zurückkommt. Manchmal, wenn er den Sadisten mimt (obwohl er jetzt öfter der Masochist ist), sucht er sich die blödesten Tunten raus – die weibischsten Typen – Typen, mit denen ich nicht einmal *reden* würde! Da ist diese kleine Trine dieser Revuetänzer – der herumerzählt, wie er einmal mit zu Carl ging. Carl zog eine Uniform an (er hat eine unbedeutende Sammlung), stand drohend über die kleine Transe gebeugt da und sagte: »›Ich bin dein Führer und du tust jetzt alles, was ich dir befehle!‹ Und die Transe – ho-ho – weißt du, was sie ihm antwortete? Sie bog das Handgelenk ab und säuselte Carl an: ›O Mary, bist du noch zu retten?‹ – und wetzte hinaus. Du kannst dir vorstellen, daß Carl sie meidet wie Gift! ... Du wirst es nicht glauben, wenn du ihn jetzt siehst, aber als ein Freund Carl mitbrachte – oh, vor mehreren Jahren – hättest du ihn sehen sollen: schüchtern, und er traute sich nicht, irgend etwas zu tun. Aber jetzt! ... Armer Carl – was ihm so alles zustößt ... Ich will dir noch etwas erzählen – etwas sehr Komisches – ho – ho! Einmal kam er in ein Lokal hereingestolpert und glitt in einer Bierlache aus. (Er trinkt jetzt eine Menge – und aus irgendeinem seltsamen Grunde kommt er, wie ich schon sagte, immer hier-

her, wenn er betrunken ist.) Na, jedenfalls glitt er in der Bierlache aus und fiel hin, die Beine in die Luft – und die Tunte war da und sie kreischte: ›Hohe Absätze und alles, was dazugehört‹ ... Carl war es auch, der mir dieses dumme lederne Taschentuch schenkte ... Und dann hat er, im Sommer ...«
Carl kam zurück. Neil schloß taktvoll: »... im Sommer gehe ich meist nach Los Angeles nach dem Rechten sehen. Ich habe dort viele schöne Sachen gekauft.« Nun wandte er sich an Carl und provozierte ihn, vielleicht um ihn fortzuekeln: »Ich hab' was sehr Lustiges gehört, Carl. Weißt du, was diese kleine Ballettunte neulich sagte? – *du* weißt schon, welche ich meine.« Carl erblaßte.
Neil fuhr fort: »Sie sagte, daß der Höhepunkt des Sadismus ein Sadist ist, der den Masochisten siegen läßt! Ho, ho, ho!« Er lachte heiser wie ein Warenhaus-St.-Nikolaus.
Carl fand das natürlich nicht sehr komisch. »Hast du noch etwas von deinen gestohlenen Revolvern gehört?« fragte er. Neil zuckte zusammen. Offenbar hatte Carl ins Schwarze getroffen.
»Nein!« sagte Neil kurz angebunden. Carl, der es sich gemütlich macht und lächelt, weil er sich bei Neil revanchiert hat auf eine Weise, die ich nicht verstand, geht zu einem Schränkchen, nimmt eine Karaffe mit Wein heraus und beginnt sofort durstig zu trinken und wird dabei immer aggressiver gegen Neil – seine Stimme steigert sich immer mehr ins Falsett, seine Gesten werden lockerer und auf peinliche Weise (seiner männlichen Erscheinung wegen) mädchenhaft.
Nun wandte er sich mir zu und setzte mich durch folgende Bemerkung in Erstaunen: »Vielleicht haben Sie es selbst schon bemerkt (ich weiß nicht, wie lange Sie Mr. Neil schon kennen), aber er hat sich hier mit seinen Kostümen isoliert, wie andere alte Männer sich mit ihrem Gelde isolieren – oder mit pornographischen Bildern.«
Es ist etwas anderes als Neils peinliche Bemerkung von vorhin, wie er auf den Vorfall zwischen Carl und dem Revuetänzer anspielte, etwas anderes auch als der Alkohol, was Carl veranlaßt, auch die leiseste Spur von Höflichkeit Neil gegenüber fallenzulassen – als ob ein jahrelanger stillschweigender nicht-erklärter Krieg nun endlich in einen offenen Konflikt übergegangen sei. »So hast

du dich für dein Alter eingerichtet, nicht wahr, Liebling?« fragte er Neil.

Witternd, welche Richtung die Unterhaltung nehmen würde, versuchte Neil den Wein fortzustellen, aber Carl griff rasch nach der Karaffe und goß sich noch ein Glas ein. Neil fand sich damit ab, daß Carl blieb, und sagte: »Wir wollen noch Aufnahmen machen. Ich hab' da eine gute Idee! ... Und gib mir keine albernen Kosenamen, Carl – ich sagte es schon öfters! Und sag nicht *Kostüme!«*

Carl hört darüber hinweg und läßt seinem tiefgegründeten Ärger die Zügel schießen. »Na, jedenfalls«, sagt er, »... Neil ködert die Leute mit seiner fantastischen Scheinwelt – und in einer Welt ...« Neil: »Warum erzählst du uns nicht lieber etwas über *deine* Erlebnisse – zum Beispiel mit dem Revuetänzer.«

»... und in einer Welt, wie der unsrigen, wo man es von Anfang an größtenteils mit unterdrückten Sexträumen zu tun hat«, fährt Carl fort, »befriedigt Neil seine Sexualnöte dadurch, daß er andere mit seiner ... Sammlung anlockt. Schaun Sie sich diese Stiefel, diesen Gürtel an ...«, er schüttelte mit einem schiefen Lächeln den Kopf. »Hat er Ihnen seine Sammlung im Keller schon gezeigt?« fragt er mich.

»Carl, ich werde dich bitten müssen, zu gehen«, sagt Neil böse.

Aber Carl fuhr fort: »Wissen Sie, wie er seine Bekanntschaften macht? – noch einmal: ich weiß nicht, wie er Sie kennenlernte ...« Noch ein Glas Wein. Die Männlichkeit ist einem entspannten mädchenhaft-elegischen Benehmen gewichen, das sich im Gesicht und in der Körperhaltung ausdrückt. »Nun, manchmal gibt er eine Anzeige in der Zeitung auf *Verkauf von Ledersachen.* Und dann macht er sich an die Leute ran, die aufkreuzen. Oder er lädt Leute zum ... Tee ein!« Er kichert vergnügt. »Neil hat sich so in seine Fantasien vergraben, daß er nicht mehr merkt, daß manche dieser Leute wegen etwas anderem zu ihm kommen – zunächst, um etwas zu essen zu kriegen oder was immer – zu schlafen, wenn sie keine Bleibe haben ... Weswegen kamen Sie?« fragte er mich.

»Was du sagst ist nicht wahr«, sagte Neil ernst. »Ich bekomme Anrufe aus Los Angeles – sogar aus Seattle und von noch weiter her! – von Leuten, die mich kennenlernen wollen – nur um mit mir

zu reden und meine Sammlung zu sehen!«
»Wohl R-Gespräche?« fragte Carl.
»Durchaus nicht!« sagte Neil verdrießlich. »Obwohl«, fügte er hinzu, was Carl zum Lächeln brachte, »... was macht das schon aus, wenn ich Leuten damit helfe? Schließlich, ein Bekehrter ...«
»... ist ein Bekehrter«, schloß Carl für ihn. »Nun, du brauchst nicht zu reden, als wärest *du* keiner!«
Carl fragte mich: »Hat er Ihnen erzählt, daß er sich für einen Heiligen hält?«
Neil: »Ich leite die Menschen auf die Bahn, die sie einschlagen wollen. Ich erfülle ...«
Carl hob sein Glas: »Auf Sankt Neil von den Lederjacken!« Zu mir sagte er: »Ich wurde von einem ... *Freund* hierher mitgenommen und Neil – wie drückst du dich doch immer so feinsinnig aus, Herzchen? – ach ja! Er *öffnet die Tür nur zu einem Viertel* – das erste Mal. Und dann – dann *stieß* er die Tür auf! Und all die Aufmerksamkeiten, mit denen er einen überhäuft. Puh!« Er stieß mit einer brüsken Bewegung eine unsichtbare Tür auf, lachte und setzte sich gesittet im Stuhl gerade, da er merkte, daß der Wein seine Wirkung tat. »Und dahinter gab's allerlei zu sehen, Sankt Tex – ups! – ich meine: Sankt Neil von den ... von den ... was denn nun? ... Lederjacken. Das war's: Sankt Neil von den Lederjacken!«
»Du warst begierig einzutreten – ob du es nun damals wußtest oder nicht«, schleuderte Neil ihm entgegen.
»War ich das?« sagte Carl und strich sich mit der Hand über die Augen, wie um klarer denken zu können. »Es ist so lange her ... Weißt du noch, Neil, als du eins deiner fingierten Angebote in die Zeitung setztest – und dieser Mann rief an und kam mit seiner Mutter und seiner Frau zu dir? Wahrscheinlich hatte man ihn vor dir gewarnt. Hast du sie alle drei verkleidet?«
»Du weißt, daß ich Frauen nicht ausstehen kann«, sagte Neil eisig.
»Allerdings!« Carl wandte sich an mich: »Hat Neil bereits sein Poem vorge... 'tschuldigung: ich meine seinen Vortrag gehalten – über die Stellung der Frau in der Welt?«
»Ist schon gut«, sagte Neil. »Du hast jetzt genug gesprochen. Jetzt

spreche *ich!*«
Er wandte sich mir zu und ich bin frappiert von dem neuen Ton in seiner Stimme und von seinem veränderten Aussehen. Er ist nicht mehr der Mann, der erst vor einigen Minuten auf den Aufnahmen kriecherische Posen einnahm. Nein. Man sehe sich an, wie er zum Politiker wird, der eine idealistische Massenbewegung propagiert, zum General wird, der eine Truppenschulung durchführt.
Sich erhebend – wieder war es, als redete er einen auswendig gelernten Text und seine Stimme waberte vor Autorität – begann Neil: »Ja, ich halte mich für eine Art Heiligen. Für den Führer einer Bewegung. Ich habe hier in Oakland und in San Francisco enorme Fortschritte erzielt. Praktisch habe *ich* den *Stirrup Club* ins Leben gerufen – ebenso wie dieses Café in der Nähe, wo die ganzen Motorradfahrer hingehen. Auch in Los Angeles geht es rapide aufwärts. Schau dir bloß all die Lederbars dort an! ... Ja, es ist eine herrliche Bewegung! Bis jetzt blieben diese Bewegungen ohne Erfolg. Nicht so die meine – weil ich *das Geheimnis* kenne. Du wirst sie wachsen sehen – die einzige wahre streitbare Erhebung, die die Welt je gesehen hat – und sie wird alles mit sich reißen.« Er wischt mit der Hand durch die Luft und verschreckte die Katze, die sich ihm gerade wieder genähert hatte. »Hitler versagte«, sagte er und hatte damit den unvermeidlichen Namen ausgesprochen. Mit vorgeschobenem Kinn, auf gespreizten O-Beinen fest dastehend, die Hände ebenso fest in die ausladenden Hüften gestützt, fuhr er fort: »Ja, Hitler versagte. Aber wir werden Erfolg haben. Und die Frauen? Die Frauen bleiben aus dem Spiel! Sie repräsentieren die Schwäche! ... und doch wollen sie ihren Herrn – den Mann – beherrschen!« Er schließt die Augen, als wolle er seinen plötzlichen Haß zurückhalten. »Frauen sind Vampire! Sie sind sogar schlimmer als bösartige zerstörende Blutsauger!«
Carl schüttelt den Kopf: »Hört! Hört!«
Neil: »Frauen werden nur *eine* Aufgabe haben: mehr von uns zu gebären. Sonst gar nichts! Es heißt, daß die großen Kulturen verfielen, als wir überhand zu nehmen drohten. Das trifft die Sache nicht. Sie verfielen, weil wir nicht bis zur äußersten Grenze vor-

drangen: das heißt die umfassende ...«
Wiederum schließt Carl für ihn, als habe er es so oft gehört, daß er es selbst zum besten geben könnte – er kläfft spöttisch: »... die umfassende Akzeptierung zu erreichen – stimmt's, Zuckerschnäuzchen? Und nicht bloß Akzeptierung, sondern auch die Verwerfung der *anderen!«*
»Genau!« dröhnte Neil. »Und natürlich spreche ich nicht von der jetzigen gewöhnlichen Welt der albernen Tunten und säuselnden Transen: sie sind schwach! Sentimental! Sie widern mich an! ... Ich spreche von der Macht! ... Von einer Bewegung, die eine gloriose Vergangenheit hat. Schließlich haben der Marquis de Sade (der große französische Aristokrat) und Dr. Masoch miteinander einige exquisite Proben aufs Exempel gemacht.« Seine Augen glitzern genüßlich.
Carl fährt ihm mörderisch dazwischen: »Neil, Neil, Neil – du hast dich die ganzen Jahre lang geirrt: Der Marquis de Sade und Masoch lebten nicht einmal zur gleichen Zeit. Du hast die Geschichte für deine eigenen Zwecke durcheinandergebracht – ungefähr ebenso, wie du es mit den Möbeln in diesem Hause gemacht hast! ... Masoch war nicht mal ein Masochist, Süßer.« Er schüttet sich ein wenig Wein übers Kinn und schiebt die Tropfen mit dem Finger wie ein kleines Kind in den Mund zurück. Er lutscht laut am Daumen. »Um es genau zu sagen, Sankt Nick: sie lebten in verschiedenen Leck... Ländern!«
Neil hob in gewaltiger Entrüstung die Brauen. Seine autoritäre Ausführung ist torpediert. Er hat zu mir herab gesprochen, als sei ich ein möglicher Bekehrter *öffnete mir die Tür.* Da ich bereits so tief in seiner Welt war – indem ich seine Kostüme anzog und Posen der Gewalttätigkeit gestellt hatte – glaubt er, in mir ähnliche keimende Begierden zu spüren ... Aber ich überlege immerzu, wie er wohl seine Rede auf den Übermenschen mit seiner sexuellen Unterwürfigkeit gedanklich vereinbart.
»Jedenfalls«, versucht Neil fortzufahren, »... es wird die einzige Bewegung zur Rechtfertigung ...«
»... von Mutti Natur sein«, sagt Carl wie ein vorwitziger Schüler.

Er kichert dümmlich.
»Carl!« sagt Neil verdrossen, »unterbrich mich nicht! Ich rede im *Ernst«*... Und wieder im gebieterischen Tonfall: »Es gibt die Schwachen und es gibt die Starken. Die Hinneigung zum Schmerz ist etwas Natürliches: das Zufügen von Schmerz...«
»Und doch spielst du den Masochisten?« Carl stellte die Frage für mich.
Neil gerät sichtlich in Verlegenheit und platzt heraus: »Ich habe dir das schon so oft erklärt!... Versuchung! Ich muß den *Weg der Stärke* aufzeigen, damit die Bewegung ihren Fortgang nimmt. Masochisten – Sadisten – sogar Leute wie du, Carl! – werden uns neue Konvertiten für jene glorreiche Armee liefern, deren...« (er weitete die Brust, das Hemd protestierte, er atmete wieder aus) »... Führer *ich* sein werde! Dann – nur dann – kann ich die von der Natur für mich vorgesehene Rolle spielen!« Er wird ruhiger und trocknet sich die feuchte Stirn mit einem schwarzen Taschentuch. »Bei meinen Experimenten muß ich – natürlicherweise – viele Rollen spielen. Ich werde nicht immer der... der...«, er spielte sich auf und brachte dann das falsche Wort heraus, was ihm klar wurde, sobald er es ausgesprochen hatte: »... *Untermann* sein«, schloß er. Sein Blick wurde milder. »Möchtest du etwas Wein?« fragte er mich. »Er ist sehr gut.«
»Nein, danke.«
»Hmm...« Er bemerkte plötzlich, daß sich seine Kleidung in hoffnungsloser Unordnung befand. Hastig versuchte er den Schaden zu beheben, hier etwas hineinstopfend, dort etwas glättend. Das eine verschwand, dafür schoß etwas anderes heraus. Er gab es mit einem lauten Seufzer der Erleichterung auf. »Trotzdem...«, er bemühte sich unverdrossen, wieder auf die philosophische Linie zu kommen, »... du wirst zugeben müssen, Carl, daß sogar die großen Dichter – Dostojewskij zum Beispiel – schließlich ging Dostojewskij sogar soweit, den Mord gutzuheißen... er... schließlich: in...«
»Errrlöösung!« brüllte Carl und äffte immer noch melodramatisch Neils Ton nach. »Bei Dostojewskij gibt's immer Errrlöösung: als letztes!« Er lachte unbändig.
»Nun«, sagte Neil, ihn ungut ansehend, »das ist deine Ansicht...

Und ich sehe, der Versuch ist zwecklos, mit dir eine ernste Unterhaltung führen zu wollen, wenn du betrunken bist, Carl. Und ich verstehe wirklich nicht ganz, warum du jedes Mal, wenn du getrunken hast, herkommst. Jedes Mal...«
»Du weißt nicht, warum?« fragte Carl.
»Na ja«, sagte Neil. Die autoritäre Haltung verschwindet, als er sehr laut lacht und auf eine Art mit den Schultern zuckt, die mir allmählich typisch für ihn erscheint (er tut es, wie ich bemerke, immer wenn er sich ertappt oder lächerlich vorkommt), »... wenn du Lust hast, herzukommen, wenn du betrunken bist... na schön: War'm auch nich'?«
»Aber...«, fiel Carl verbissen ein, »... dies alles hat damit angefangen, daß ich dir die ganze Zeit schon erzählen wollte, was mit Neils kostbarer Revolversammlung passierte.«
Neil: »Nun ist es genug, Carl. Ich bat dich zu gehen, und wenn du auch nur eine Spur von...«
»Ich habe keine *Spur von«,* sagte Carl. »Und ich möchte zu Ende reden, Sankt Neil.« Er machte eine Verbeugung und verschüttete wiederum seinen Wein. »Sankt Neil von den Lederjacken schließt manchmal seine Bekanntschaften an der berühmten Ecke Seventh/Market Street, an der *Greyhound*-Station. (Hat er dich dort kennengelernt?« fragte er mich, wartet aber nicht auf die Antwort und fährt fort:) »Und ich nehme an – ich nehme an, das hat sich nah und fern herumgesprochen und irgendein junger Mann wartet gewöhnlich dort auf den Heiligen. Und neulich war es dieses Kind – wie alt war er, Neil? Achtzehn? Neunzehn? Na, Neil glaubt jedenfalls, eine wirkliche Eroberung gemacht zu haben; einen jungen Burschen, den er so richtig bekehren kann: von der Pike auf! ... Das Kind ließ sich von Neil verkleiden und Neil prahlt überall herum, er hätte jetzt einen wahren Konvertiten gemacht – das Kind sieht zu ihm auf und hat großen Respekt vor ihm. Und was geschieht? Oh, man kann es eigentlich gar nicht erzählen!«
»Du bist erbärmlich!« höhnt Neil.
»Wie du, Liebster«, sagte Carl... »Na, jedenfalls macht Neil sein größtes Faß auf, schreit das Kind an: ›Stärker! stärker!‹ (Ging es so

vor sich, Schnuckiputz – oder läßt meine Erinnerung mich im Stich?) Jedenfalls, dies ist die Stelle, wo ich in die Geschichte eintrete – wörtlich gesprochen. Ich kam her, die Tür ist auf (sieht Neil gar nicht ähnlich) und finde Neil am Boden – besinnungslos! Das Kind war fort. Und Neils Wagen auch. Und – als Wichtigstes – auch seine unschätzbare Revolversammlung ... Du hast mit einer neuen Sammlung angefangen, nicht wahr, Sankt Neil? ... Nun, sie fanden den Wagen, verlassen – die Revolver fanden sie nicht.«

»Dieser Junge«, sagte Neil indigniert, »hat die Revolver nicht *gestohlen.* Er war ihnen so verfallen, daß er sie nehmen *mußte.«*

»War er auch deinen Manschettenknöpfen *verfallen,* die er mitgehen ließ – und deinem Wagen?« Carl lachte. »Du wirst es nicht glauben«, sagte er zu mir. »Neil wollte sogar den Bullen nichts von den gestohlenen Revolvern sagen – er fragte nicht einmal in den Pfandhäusern nach. Er behauptete steif und fest, daß die Vorliebe für Kostüme – und all den anderen Plunder – das Kind dazu veranlaßt hätte, die Revolver zu stehlen – daß das Kind sie niemals verkaufen oder versetzen würde – sich nie davon trennen würde, weil es sie so *liebte!«*

»Dieser dreckige kleine Schweinehund!« platzte Neil unbeherrscht heraus und verfiel in Erinnerung an die gestohlenen Revolver wiederum in eine seiner Widersprüchlichkeiten. »Ich nahm diesen kleinen Herumstreuner mit nach Hause – er lungerte da bei der *Greyhound*-Station herum ...«

»Herumstreuner? – dein *Konvertit?* – der solchen Respekt vor dir hatte?« sagte Carl sarkastisch. »Ich sage dir Neil, sie wissen alle Bescheid über dich.«

Neil: »... und ich nahm ihn mit nach Hause zum Tee!«

»Tee!« echot Carl amüsiert und greift nach der Karaffe. Er wandte sich an mich: »Hast du schon raus, warum er versucht, dich mit Tee vollzupumpen?«

»... und zum Essen!« unterbrach Neil. »Und er durfte hierbleiben. Dann stahl er meine Revolver. Aber es war kein einfacher gewöhnlicher alltäglicher Diebstahl, wie du zu glauben scheinst, Carl: Er *liebte* diese Revolver.« Dieses ewige Auf und Ab logischer Erklärun-

gen …
»Jeder auf dieser Welt liebt das gleiche wie du … nicht, Pummelchen?« fragte Carl.
»Nun, *du* jedenfalls! Das würde ich doch im Auge behalten!« schleuderte Neil ihm entgegen.
Carl schloß die Augen, schlürfte das Weinglas leer und füllte es aufs neue. »Ihre Seelen – unsere Seelen«, seufzte er.
Neil: »Was brabbelst du da?«
Carl kicherte: »Von dir. Ich brabbele von dir. Und von Seelen.«
»Abgesehen davon«, sagte Neil abwesend wie zu sich selbst, »taugte er nicht mal etwas. Er wollte bloß daliegen – nackt!«
»Du erzähltest mir doch, er liebte Verkleidungen«, sagte Carl mit gespielter Überraschung. »Und deine Revolver, weißt du noch? … die liebte er auch. Du willst doch nicht behaupten, Neil, daß er dich … bloß so zusammengeschlagen hat? … daß du nicht einmal eine deiner Vorstellungen abgezogen hast?«
»Nackt!« sagte Neil verächtlich.
Carl: »Warum verabscheust du den Körper so sehr, Neil?«
Das Telefon läutete.
»Halloh?« sagte Neil … Nichts.
»Dein neuer Jünger?« fragte Carl, als Neil zurückkam.
»Eines Tages wird er sprechen«, sagte Neil gedankenverloren.
»Vielleicht gibt es eine ganz große Menge von ihnen, Neil – alles Weiber!« Das letzte Wort spie er Neil förmlich ins Gesicht. »Vielleicht ist eine Gegenkonspiration im Gange! Um dich in den Irrsinn zu treiben!«
»Halt den Mund, Carl«, sagte Neil.
»Du bist wirklich ein Heiliger«, sagte Carl.
»Vielleicht meinst du es ironisch – du bist so betrunken, daß du nicht einmal weißt, was du sagst. Aber ich führe die Leute zu sich selbst.«
»… und zu anderen«, sagt Carl zu mir. »Hast du ihn schon ausgeführt?« fragte er Neil. Zu mir: »Er wird es tun – wenn du weiter hier herumlungerst. (Aber tu's nicht, Baby, tu's nicht!) Er wird dich in die Bars schleppen – er wird dich ausstaffieren – er wird dich -

herumreichen. Er hat schon Aufnahmen von dir gemacht! ... Er wird dich mit der Motorrad-Lederkompanie bekannt machen und dir ihre *Einführungsriten* zeigen. Das erste Mal, als ich mitging, banden sie einen Burschen an einen Pfosten und dann nahmen sie ihn sich der Reihe nach vor ... Es floß bereits Blut, aber er schrie nach mehr!« Und immer noch zu mir gewendet fuhr er fort: »Und dann, eines Tages, wird Neil dir seine Sammlung in seinem *Studio* im Keller zeigen.« Er schüttelte sich. »Neil, wußtest du damals, als ich dir erzählte, daß sich ein Bursche in Leder auf dem Union Square herumtreibt und du hingingst und drei Nächte der Reihe nach dasaßest und auf ihn wartetest – wußtest du, daß ich das erfunden hatte und hoffte, daß einer der Stammkunden dort dich erwischen und dich so richtig – und ganz im Ernst – windelweich dreschen würde?« Sein Ton ist scherzhaft, aber seine Augen sind in eindeutigem Haß auf Neil gerichtet. »Und später«, seufzt Carl, »als ich von jemand neuem hörte, wartete *ich* auf ihn!«
Neil lacht – aber es klingt nervös. Er macht einen unlogischen Einwurf, entweder um das Thema zu wechseln oder weil er den Gedanken an den Burschen, der seine Revolver klaute, nicht loswerden kann: »Weißt du, manchmal ... manchmal kann ein nackter Körper mich immer noch ... aufregen.«
Carls Verwandlung ist nun vollständig: Es ist, als habe der Alkohol alle Männlichkeit aus ihm herausgespült. Seine übergeschlagenen Beine schlingen sich umeinander. Die anfänglich straffe Haltung der Schultern ist weich geworden. Die Hand, die das Weinglas fest umschlossen hatte, balancierte es nun preziös zwischen zwei zierlichen Fingern, die übrigen Finger graziös abgebogen. Der Ausdruck der halbverhangenen Augen wurde vage und er begann werbende Blicke in meine Richtung zu werfen. »Ich bin unglücklich«, laberte er in alkoholisiertem Ton.
»Stärke!« rief Neil und bemühte sich, seine Schultermuskeln zu straffen. »Denk' dran, Carl: Stärke ist die *einzige Antwort!«*
»Stärke?« fragte Carl benommen. »Weissu – weissu – was ich möchte, Neil? Willsuwissen, Baby, warum ich unglücklich bin?« sagte er zu mir. »Weil ich zu tief drinstecke in einer Welt, wo Sex

eigentlich gar kein Sex mehr is' ... Sie reden von Sex ohne Liebe. Und wie wär's mit Sex und Haß? ... Is' ja komvoll – vollkorm – voll-kom-men in Ordnung – voll-kom-men ..., noch mal-von-vorn: Es ist ja vollkommen in Ordnung, schwul zu sein ... bestimmt. Aber deine Welt, Neil – deine Welt! Uääh!« Er schwieg; er starrte Neil lange an. Der trunkene Haß zerfließt in einem elenden Lächeln. »Deine Welt, Neil – in der Sex und Liebe ... na ja ... Liebe ... hab' vergessen, was ich sagen wollte«, sagte er. »Ach ja – ob ihr wißt, warum ich unglücklich bin«, wiederholte er. »Weil ...«, formulierte er langsam, »weil – ich – einen – Freund – haben – will. Jawohl! Einen Freund! Und all das Zeug – diese Lederklamotten – ich scheiß' drauf. Ich würde ein seidenes Weibernachthemd anziehen, wenn ich dadurch zu einem Kerl käme«, sagte er.

Neil zuckte bei dieser blasphemischen Äußerung zusammen, als täte sie ihm körperlich weh. »Sieh dich vor, Carl! Vergiß nicht, du sprichst mit *mir!*«

»Ich weiß. Dem Heiligen.« Carl fuhr fort: »Ja, ich möchte einen Freund«, sagte er und schüttete noch ein Glas Wein herunter. »Wenn er mich als Frau will, würde ich die größte Dame nach Madame Dubarry sein. Ich würde *alles* für *einen* Mann sein! ... Ich – bin – einsam!« Er richtete einen schwimmenden Blick auf mich und seufzte, sehr verlassen: »Wolln wir beide auf Neils Wohl trinken?« Er hob das Weinglas, und es Neil entgegenhaltend sagte er:

»Auf Sankt Neil – von einem seiner er... er... er-ge-ben-sten ... Konvertiten!«

Das Glas zersplitterte am Boden.

Er lag immer noch wie besinnungslos auf der Couch, als ich ging.

3

Als das Unvermeidliche geschah (das in mir auf der Lauer gelegen hatte und dem ich doch gleichzeitig – jetzt, wo ich zurückschaue, bin ich dessen sicher – durch eben diesen Kontakt mit Neil entgegenarbeiten wollte: obwohl mir klar wurde, daß ich der allerraffiniertesten Verführung ausgesetzt war, oder besser: es würde mir in der Rückschau klar werden: einer Verführung der Seele durch

Monomanie und Eitelkeit), als dieses Unausweichliche geschah, geschah es rasch, wie folgt:
An einem späten Nachmittag traf ich Neil bei sich zu Hause vor dem Fernsehapparat an: ein Western; der Kasten stand ausnahmsweise im Schlafzimmer, das die Atmosphäre irgendeiner trüben nebulösen Vergangenheit atmete. Ich verstand, daß das Betrachten dieses Programms für ihn ein solches Ritual bedeutete, daß ich allein im Wohnzimmer sitzen blieb. Ich konnte ihn durch die Tür sehen. Er war in kompletter Cowboyausrüstung inklusive Halfter und Revolver... Als das scharfe Bum – Bum! der Pistole des Schurken aus dem Bildschirm brach, zog Neil die seine und machte die Bewegung des Zurückfeuerns.
Als das Programm zu Ende war, saßen wir im Schlafzimmer (er schob den Apparat irgendwohin weg) und tranken Tee... Die Puppen starrten bedrohlich. Heute war die eine ein Militärpolizist, die andere, deren Kostüm ich nicht identifizieren konnte, war in düsteres Schwarz gekleidet.
»Wir haben eine prima Beziehung zueinander, nicht wahr?« sagte Neil.
Diese Feststellung setzte mich in Erstaunen. Die paar Male, die ich seit jenem Nachmittag mit Carl mit ihm zusammen gewesen war – nur kurz, zum Lunch oder Dinner –, hatte ich eine noch größere innere Gespanntheit und Befangenheit empfunden als anfangs – besonders da er in letzter Zeit begonnen hatte, in fast väterlichem Ton mit mir zu sprechen.
»Bloß...«, fuhr er fort, »... daß du dir selbst nicht freien Lauf läßt. Warum? Ich *weiß,* daß Gewalt dich fasziniert. Ich konnte deine Erregung deutlich spüren, als ich dir dein Spiegelbild vorführte. Du sahst dich bei der Gelegenheit so, wie du sein solltest – wie du sein möchtest – wie du sein *könntest!* Ohne meine Kleider, weißt du, bist du sehr durchschnittlich – wie Hunderte und Aberhunderte andere auch. (Du bist wirklich nicht meine Kragenweite)«, fügte er schneidend hinzu. »Aber ich kann dich umformen – *wenn du dir nachgibst!«* ermahnt er mich. »Gib mir freie Hand! – und ich werde die Tür weit öffnen – für dich! Ich werde dein Spiegel sein – in dem du dich *wirk-*

lich siehst! ... Warum sollten wir gegen unsere Natur ankämpfen, die gewalttätig gemeint ist?« fuhr er in seinem merkwürdig sanften Ton fort. »Die Vergangenheit mit ihrer Größe, ihrem Adel – ja, es ist läuternde Gewalt – das war *die* Zeit! Nicht die *mitfühlende* Scheinheiligkeit unserer saft- und kraftlosen Tage!« höhnte er. Er erhob sich, um der schwarzen Puppe einen dickeren Gürtel umzulegen. (Fast jeder Zoll an den Puppen ist bedeckt, außer den Gesichtern.)

Er spricht weiter, verbreitet sich jetzt über die Schwachen und die Starken – wie die einen von den anderen benutzt werden müssen, preist die Gewalt und entwirft ein Bild der Welt, die er sich wünscht. »Macht!« sagte er. »Verachtung!« rief er laut. »Verachtung für die Schwäche des Mitleids«, sagt er voll Hohn ...

Verspannt und frierend an diesem warmen Nachmittag, bemerkte ich – obwohl erst, als er das Folgende von sich gab –, daß ich am Ring an meinem Finger drehte.

»Von wem hast du diesen Ring?« fragte er unvermittelt. Ich zögerte mit der Antwort.

Endlich sagte ich: »Von meinem Vater – vor langer Zeit.«

Selbst die Erwähnung meines Vaters – das Anrühren der Erinnerungen, die mit diesem Ring verknüpft waren – in Gegenwart dieses Mannes erschien mir plötzlich blasphemisch.

Neil zog ein Gesicht äußersten Abscheus und ich fühlte Zorn in mir aufsteigen. »Diese erinnerungsträchtigen Dinge, an denen die Leute hängen«, sagte er, »... diese Dinge sind es, die Männer davon abhalten, ihre wahre Natur zu erkennen. Meine Bewegung wird eine Umwälzung darstellen: Ihr ist nichts heilig außer Gewalt und Macht. Gefühlsduseleien – verfälschte Erinnerungen an Zärtlichkeit ... Väter, Mütter!« sagte er verächtlich. »Du trägst diesen Ring als ein Symbol für ... ach, was weiß denn ich!« spie er mir entgegen.

Mein Zorn auf ihn wurde zu Haß.

Spürte er das? Und hatte er damit gerechnet? Ich fand keine Zeit, das zu erwägen, weil nun die Szenen so plötzlich aufeinander folgten wie rasch abrollende Filmbilder.

Unvermittelt kautert Neil vor mir, dort, wo ich auf dem Bett sitze.

Er zieht mir ein Paar kniehohe, mit Schmuckknöpfen besetzte dicksohlige Stiefel über die Füße. Ich starre ihn bewegungslos an, als er mir einen breiten Gürtel um die Taille schnallt. (Mir fällt jener andere Mann in San Francisco ein: »Eines Tages wirst du es doch tun... wenn nicht mit mir, dann mit einem anderen.«) Dieses Mal, da er meine gegenwärtige Verfassung wittert – die Verfassung, in die er mich listig hineinmanövriert hat und die er sich nun zunutze machen will –, nimmt er sich nicht einmal die Zeit, mich richtig zu *verkleiden.* Rasch hat er sich auf den Boden geworfen, sein Kopf reibt sich an der Oberfläche der Stiefel, er fährt mit der Zunge darüber. Er rollt sich auf den Rücken. Sein Gesicht sieht flehend zu mir auf.
Automatisch reagierend (Wut und Haß nagen in mir wie lebende Wesen) – der allumfassende Haß auf ihn zersprengt mich – hat er *damit gerechnet? Tut er das immer?* – und auch, weil ich weiß, was ich letzten Endes tun werde (alle Sinne wie magnetisch auf einen Punkt zusammengezogen), dabei gleichzeitig von einer Flutwelle der Erregung überspült, die von meinem Bilde im Spiegel ausgeht, den er vorsorglich so vor das Bett gerückt hat, daß er aus verschiedenen Winkeln sein schwärmerisches Gesicht vervielfacht reflektiert (eine Schwärmerei, die durch die bewußte herausfordernde Bemerkung, sie möglicherweise zurückzunehmen, listig verstärkt wurde: »Ohne meine Kleider bist du sehr durchschnittlich ...«) mit Augen, die anscheinend jeden Moment in Flammen aufgehen können, die Zunge wie ein Tier, das verzweifelt seinem Käfig zu entkommen trachtet – stehe ich über ihm, als er hinauf greift und hastig meine Hose öffnet.
»Bitte ... auf mich ... bitte, los!« flehte er.
Mir dämmert der tiefere Sinn des Tees und ich verstehe plötzlich, was er von mir will. Aber ich kann ihm die Demütigung, die er fordert, nicht antun. Er stürzt ins Badezimmer und dreht die Wasserhähne voll auf.
»Bitte!« fleht er ... Das Geräusch des plätschernden Wassers ... Die Szene blendet ein in die sich abspulenden unbegreiflichen unmöglichen Bilder, die folgen.
Ein Gurgeln in seiner Kehle – und er erhebt sich auf die Knie und

preßt das Gesicht gegen den breiten Gürtel, den er eilends mit den Zähnen öffnet. Wie ein Hund, der einen Stock apportiert und ihn seinem Herrn wiederbringt, zieht er den Gürtel, die Zähne in die Schnalle geschlagen, aus den Schlaufen der Hose – er kauert auf allen vieren und schwingt den ihm aus dem Munde hängenden Gürtel mit vorgestrecktem Kopf bettelnd vor mir hin und her. »Nimm ihn, nimm ihn!« drängt er. Etwas in mir war angefacht worden, ein Feuer, das nicht zu löschen ist, ehe es nicht alles verzehrt hat, was es niederbrennen kann: etwas, in Brand gesetzt von dem Zorn, mit dem er gerechnet hatte. Ich handelte zwanghaft: so, wie er es die ganze Zeit wollte: Ich riß am Gürtel, an dem er mit seinen Zähnen hing, so daß er, befreit, mit einem peitschenden Geräusch gegen Neils Wange schlug und ein brennendes Mal hinterließ ... Er kniete da, die Augen geschlossen, in Erwartung ...

Ich ließ den Gürtel fallen, der nun in Windungen neben ihm lag, die gleißenden Schmuckknöpfe wie starrende blinde Augen ... Er beißt gierig in die Schlaufen innerhalb der Stiefelöffnungen, läßt sich mit einer raschen Bewegung rückwärts fallen und liegt nun wieder am Boden, als er mit den Händen nach meinen Beinen greift, die Finger durch die Stiefelschlaufen steckt und sich einen der verzierten Stiefel in den Unterleib schlägt. Er stößt einen qualvollen Schmerzenslaut aus. Aber selbst jetzt will seine Hand meinen Fuß nicht freigeben, sie schlägt ihn mit noch größerer Wucht auf die gleiche Stelle. »Fester!« bettelt er. »Bitte! *Tritt mich fester!*«

Umhergeworfen von Strömen und Gegenströmen in mir, die dieses Erlebnis von allem unterscheiden, was mir bisher begegnet war – die ganze Zeit über gewahr, daß ich es war, der von ihm verführt wurde – verführt zur Gewalt: Indem er den in mir verspürten Narzißmus benutzte und vorsätzlich meinen Haß auf ihn, Neil, nährte, hatte er mit all meinen inneren Nöten manipuliert (und sie durch die Andeutung seines möglichen Sich-Abwendens von mir noch vergrößert), hatte sie miteinander verflochten, um sie seinen Zwecken dienstbar zu machen und so die unterdrückten Begierden entfesselt, die nun auf diesen unausweichlichen Kulminationspunkt zusteuerten – und da ich mich von jedem Gefühl des Mitleids und des Erbarmens freimachte, an welchen Gefühlen ich – trotz des zwanghaften Entschlusses, jede Unschuld in mir niederzutrampeln und auf diesem Wege der Welt zu ihren eigenen rohen Bedingungen entgegenzutreten; die einlullende, eingezogene, lebensfremde Kindheit mit ihrem einst gehegten Platz am Fenster – an welchen Gefühlen ich, aller erwähnten Dinge zum Trotz, immer noch hing: am Erbarmen, am Mitleid – und da ich bloß wußte, daß dies der Augenblick war, wo ich auf symbolische Weise (wie einmal in einem Traum, als ich allen Haß der Welt niedergetrampelt hatte), was immer an Unschuld noch in mir war, diese zerstören konnte (sie zerstören und noch etwas anderes – etwas anderes, das ganz sicher irgendwo lauerte – aber was? – *was?)* –, daß ich in diesem Augenblick der hassenswerten, diesen Haß ins Leben rufenden Welt unumstößlich beweisen konnte, daß ich mich ihrer Fäulnis und ihrer Grausamkeit zuzugesellen imstande war – sah ich meinen Fuß sich über Neil heben und ihn dann wie aus eigenem Antrieb heftig niederstoßen, in jene jetzt flehende, verletzlichste Körperpartie des Mannes … Er stieß ein Heulen aus.

Ein schrecklicher Laut fuhr unmenschlich wie ein Pfeil aus seiner Kehle – ein sirrender Pfeil, der sich sogleich in meinem Inneren festsetzte. Sein Gesicht drehte sich zur Seite, als wolle er vor Schmerz in den Fußboden beißen. Aus seinen Augen brach eine Tränenflut, die sich mit dem Schweiß vermischte und sein Gesicht zu einer glänzenden Maske des Schmerzes werden ließ. Und er schluchzte: »Warum … weh tun? … warum … tust du … ? Ich … habe für … dich … habe alles getan! … Ich wollte … woll … Warum? … weh tun … warum? … Ich wollte Lie …« Zusammengebissene Zähne erstickten das Wort, das er hatte aussprechen wollen. Das Bild explodierte in meinem Hirn. Ich wurde vom gewaltigsten Gefühlsumschwung meines ganzen Lebens übermannt – ein Strudel, dann eine Überflutung meines ganzen Seins wie von Elektrizität; ein Mahlstrom der Ernüchterung – ihn betreffend, mich betreffend; Abscheu vor ihm und davor, was er wollte – Abscheu davor, was ich tat.

Das gequälte jammervolle Schluchzen hält an (»Warum … weh tun? …« Und dann wieder das nicht beendete Wort: »Ich wollte …

will Lie...«) – ich sehe den sich windenden, armseligen, vom Stiefel an den Boden gehefteten Körper (wie ein Wurm! wie ein hilfloser Wurm! Wie ein hilfloser Wurm, der von Kindern gequält wird!) – ich sehe das von Tränen und Schweiß glänzende Gesicht – und mit einem Gefühl, als würde die Welt im nächsten Augenblick in grellem donnerndem Licht zerbersten, das uns beide in Verdammnis verzehrt – beugte ich mich über ihn, streckte ihm meine Hand hin – den Fuß nicht mehr auf seinem geschundenen Unterleib: streckte ihm meine Hand hin, um ihm aufzuhelfen – ihm zu helfen! – als verkörpere sich in ihm die ganze schreiende schmerzgefolterte häßliche, zerstörte, geschändete, traurige, traurige, weinende Welt, und nun konnte ich ihm – endlich – in diesem Augenblick, dadurch, daß ich ihm in Erbarmen meine Hand hinhielt, helfen – ihm helfen – und ihr. Das Mitleid überflutete mich ebenso heftig, wie nur Sekunden zuvor die verführerische Roheit mich bis auf den Grund meiner vergewaltigten Seele aufgewühlt hatte.
Und als der schluchzende, in seinen aufgelösten, feuchten Kleidern am Boden liegende Mann die Hand sah, die ich ihm mitleidsvoll hinhielt, hörte das Heulen abrupt auf, als sei in ihm ein Schalter abgedreht worden, und sein Blick drückte jetzt wilde Wut aus. Und er rief laut und heftig:
»Nein, nein! Ich muß dir doch völlig egal sein!«

4 »Ich wußte, du würdest wiederkommen«, sagte er triumphierend.
Ich hatte ihn an jenem Abend im Stich gelassen und war mehrere Tage fortgeblieben.
»Ich verstehe dich«, sagte er. »In den Anfangsstadien kann es schwierig sein – für manche. Und das sind die, die sich als die besten herausstellen. Diesmal kannst du die Peitsche benutzen.« Er schwenkte eine geringelte lederne Schlange. »Und wenn du soweit bist, zeig ich dir mein *Studio* im Keller.«
Er hatte den Grund meines Wiederkommens mißverstanden, nämlich: ihm (und mir selbst?) zu beweisen, daß er mich nie wie-

der auf diese Art in Versuchung führen könne. Das wußte ich unwiderruflich, als ich ein schwarzes Kostüm auf dem lederbedeckten Bett liegen sah. Er stand darübergebeugt und legte es zusammen, um es in den Wandschrank zurückzutun.
Es war eine komplette SS-Uniform mit Hakenkreuz.
»Hast du das angehabt?« fragte ich ihn.
»Ja«, antwortete er stolz. »Ich trage sie bei besonderen Anlässen.« Doch war in seiner Stimme Nervosität spürbar, als er sagte; »Ich war heute bei einer Hinrichtung.«
Ich blinzelte ungläubig.
»Ja«, wiederholte er voll Dünkel – aber er scheint jetzt noch nervöser. »Du hast richtig gehört: eine Hinrichtung! Wenn du hier gewesen wärst, hättest du dabeisein können. Meine Katze – du weißt schon, die mit dem dicken Pelz – sie war mir zu verweichlicht – immerzu piepste und maunzte sie herum. Ich hasse Schwäche. Ich verachte, ich verabscheue sie ... Also habe ich sie hingerichtet.« –
»Du hast diese Nazi-Uniform angezogen und ...«, begann ich.
»Jawohl! Und ich habe sie ausgetilgt, so wie alle Schwäche ausgetilgt werden muß! ... Ich habe die Katze ihres grotesken, wehleidigen Elends enthoben!« Er fuhr wie beiläufig fort: »Ich steckte sie in einen Sack und ertränkte sie in der Badewanne!«
Sobald er seine Tat in Worte gefaßt hatte, ist er sichtlich erschüttert – als sei ein emotionelles Gummiband bis zum Zerreißen gedehnt worden.
Mir wurde totenübel ... Die schwarze Uniform, die jetzt liebevoll in den Schrank gehängt wurde ... das rot angelaufene Gesicht ... der klägliche schlaffe Körper in diesen absurden Kleidern ... die schrecklichen Worte ... die Puppen glotzten ausdruckslos ... Da er bemerkte, daß ich ihn mit unverhohlener Verachtung anstarrte, überrascht von der Kälte, mit der diese Verachtung sich gegen ihn wandte, begriff er urplötzlich, daß er mein Wiederkommen falsch gedeutet hatte – und mit verkrampftem Blick, als habe mein stummer Abscheu ihn unerwartet aus dem Gleichgewicht gebracht, stieß er hervor:
»Es gibt keine Entschuldigung für Schwäche! ... Sobald du dir

erlaubst, dich von ihr anrühren zu lassen, bist du verloren! ... Vielleicht denkst du – wie dieser heimtückische Carl –, daß es aus Schwäche geschieht, daß ich ... daß ich das tue, was ich tue. Aber vergiß die Wichtigkeit der Verführung nicht! Der Führer jeder guten Sache muß mit gutem Beispiel vorangehen, in welcher Form das auch immer geschieht! Er muß *den Weg* weisen!«
Ich möchte ihm sagen, was ich so klar sehe. Ich möchte sagen: »Du hast deinen Masochismus mit Vernunftgründen kaschiert, um deine eigene, äußerst reale Schwäche zu maskieren.« Aber ich starre bloß auf dieses aufgesetzte, verstockte Gesicht, mit seinem vorgeschobenen Kinn wie die Karikatur eines beschränkten Diktators – aber eines irgendwie höchst unsicheren Diktators.
»Du hast die Katze umgebracht«, sagte ich endlich – ich glaubte es immer noch nicht wirklich, oder eher: ich wollte es nicht glauben.
Er seufzte erschöpft. Das Ungeheuerliche seiner Tat scheint ihm langsam aufzugehen. Aber er schüttelt den Kopf und schlägt zurück: »Wenn du Schwäche erst einmal an dich herankommen läßt ...«, setzt er an; sein ganzer Körper beginnt plötzlich zu zittern, als würden seine überreizten Nerven ihm nicht mehr gehorchen, als würden sie gegen ihn rebellieren. Er schüttelte den Kopf, als sei er sehr sehr müde.
Und dann brach es aus ihm heraus:
»Ich werde dir an einem Beispiel zeigen, wozu Schwäche führen kann!« brüllte er, als wolle er seine eigenen schuldbeladenen Gedanken auslöschen. *»Das* Beispiel! Mein eigener Vater! ... Er war schwach! ... Aber meine ... Mutter!« Er schleuderte das Wort mit unendlichem Abscheu heraus, »... dieses ... Weib ... diese verabscheuungswürdige, verächtliche Frau mit ihrem Haß auf alles Körperliche ... Ich durfte nicht barfuß gehen! Ich mußte mich sogar im Dunkeln waschen! ... Dieses Weib! ... *sie* kannte sich aus. *Sie* war stark ... und sie gebrauchte diese Stärke und nutzte die Schwäche meines Vaters aus ...« Er drehte an seinen Händen, als würde er ein Wäschestück auswringen, »... und sie gab und gab keine Ruhe. Und er – mein Vater, dieser schwache Mann – ließ es an mir aus – er schlug *mich!«* Er malträtierte sich selbst mit dem breiten Gürtel, den

er aus der dunklen Hose gezogen hatte. »Aber ich bewies ihm, daß *ich* ein Mann war! Ich lief nicht vor ihm davon! ... Und er schlug und schlug und schlug mich mit seinem Gürtel, bis ich ohnmächtig wurde.« Wieder klatschte der Gürtel gegen seinen Schenkel. Er zuckte nicht mit der Wimper.

»Und dann wurde ich nicht einmal mehr ohnmächtig«, sagte er. »Ich ... ich ließ ihn gewähren ... Und doch«, er flüsterte wie in Trance, »... und doch – wirst du mir glauben? – dieser schwache, unselige Mann – mein Vater – er ... er trug Stiefel! Stiefel! – ein Symbol der Stärke, die er so unbedacht und kampflos aufgegeben hatte! *Dieser jammervolle Mann – beherrscht von meiner Mutter – hatte die Stirn, Stiefel zu tragen!* ... Und dann fand ich die Antwort: Stärke! ... Und als mir das aufgegangen war, habe ich ... willst du wissen, was ... meine erste symbolische Handlung des Frei-Seins von ihm und diesem Weib war?« Er warf den Kopf zurück und brüllte in gepeinigtem Gelächter. Dann fuhr er fort, wie hypnotisiert von der Erinnerung an jene häßliche Vergangenheit: »Ich war ins Kino gegangen – heimlich, weil nicht einmal das mir erlaubt war! Es war ein Kostümfilm ... und der Held – ein starker, schöner, männlicher Mann (all das, was mein Vater nicht war) – auch er trug Stiefel. Aber an ihm hatte es seine Ordnung: keine Frau hätte ihn je beherrscht! ... Ich blieb sitzen und sah den Film mehrere Male hintereinander, hauptsächlich wegen einer Szene, in der dieser wunderbare Mann im Bett saß und seine Stiefel anzog! Er steckte die Finger in die Schlaufen und zog die Stiefel über! Ich hielt den Atem an ... An diesem Abend ging ich, als mein Vater eingeschlafen war, an sein Bett. Ich stand und schaute ihn an: sogar im Schlaf sah er schwach und unterjocht aus ... Und als ich meinen – schlafenden – Vater so anstarrte, haßte ich ihn mehr denn je. Ich fand seine Stiefel unter dem Bett. Ich nahm sie mit in mein Zimmer. Ich holte die Schere meiner Mutter. *Und ich schnitt die Schlaufen in den Schäften ab!«* Er machte ein *V* mit zwei Fingern und schloß sie mit unwiderruflicher Endgültigkeit.

Er sah erschöpft aus. Sein mit Schmuckknöpfen besetztes Kostüm schien wie eine schwere Last an ihm zu hängen. Sein Gesicht neigte sich auf seine Hände. Leidenschaftslos, leblos wiederholte er: »Ich schnitt die Schlaufen in den Schäften ab. Ich schnitt sie ab, ich trampelte auf ihnen herum, ich bespuckte sie, ich… ich…« Und dann brüllte er: »Ich bepißte sie!«

Seine Stimme schwankte, brach und hielt ein. Er wandte sein Gesicht von mir fort. Seine Schultern zitterten, als wehe plötzlich ein kalter Wind.

»Du siehst also: Macht und Stärke…«, begann er schwächlich, ohne den Satz zu beenden.

Er war aufs Bett gesunken und ich setzte mich neben ihn.

Aber gibt es irgendetwas, was man Neil jetzt sagen könnte?

Es ist zu spät. Es ist zu spät.

Durch die offene Tür des Badezimmers sehe ich am Boden einen wassergetränkten Sack.

Die Stadt der Nacht

Chicago!
(San Francisco … der Nebel … der klagende Wind … die entdeckte Gewalttätigkeit, der Haß … Ich floh aus Kalifornien. San Francisco, das mich trügerisch mit dem Versprechen eines neuen Lebens köderte, hatte dieses Versprechen wieder zurückgenommen.)
Nun ist es also Chicago – diese wilde Stadt, wie eine schwarze Festung aufgerichtet gegen das Blau des Himmels, gegen das Blau des Sees.
Ich kam hierher – um *wonach* zu suchen? Nach etwas noch nicht fest Umrissenen, das mit dem Protest gegen Neils Welt zu tun hat. Und wieder werde ich die labyrinthische Welt auskundschaften, die ich auf dem Times Square, in der Innenstadt von Los Angeles, in Hollywood, in der Market Street, vorgefunden hatte …

Ich wohnte in einem Apartmenthaus in Dearborn, neben dem YMCA … Und der Strand lag in der Nähe. Und der Stricher-Park ist auch nicht weit.
Am Strand (weniger ein Strand, als ein bogenförmig verlaufender Streifen sandigen Zements den See entlang) – um hinzukommen, muß man durch eine Unterführung (schräg angebrachte Lampen an der einen Seite der Mauer, die einem wie Scheinwerfer bei einem Verhör in die Augen schneiden – und man taucht auf, irgendwie schuldbewußt, und sieht, wie Unkraut und kleine Grasbüschel sich durch die Fugen im Zement hindurchkämpfen, um einen letzten Atemzug der Nachsommerluft zu ergattern) – werde ich einer Reihe neuer Gesichter begegnen, die sich zu den Hunderten von anderen Gesichtern gesellen werden, die bereits durch mein Leben defiliert sind.
Altweibersommer-Nachmittage, dort verbracht mit Warten darauf,

mitgenommen zu werden. (Hinter mir die Umrisse der reichen Goldküste: luxuriöse Apartments glitzern golden in der Sonne – sie ähneln trotz ihrer Plüsch-Eleganz hygienischen Klinikbauten: Reihen von riesigen Apartmenthäusern, bereit, hochmütig in den See zu steigen, den Rücken eingebildet der übrigen Stadt zuwendend, während sie sich eng aneinander schmiegen – zwar kräftig und muskulös, aber doch irgendwie furchtsam – als suchten sie Schutz.)
Manchmal, nachts, kehre ich dorthin zurück. Geisterhafte Wellen suchen das Leben (während Teenager beherzt im kalten Wasser schwimmen, Männer angeln, Paare sich umschlingen, Vagabunden auf der weiten Zementfläche verstreut schlafen)... Und ich schlenderte müßig am Strand entlang, bis mich jemand ansprach. Meist jedoch – nachts in dieser Stadt – werde ich den Park zwischen Dearborn und Clark suchend durchstreifen: der Pershing Square von Chicago ohne die fast heilsame Lässigkeit von Los Angeles.
Dieser Park, in dem an den Nachmittagen die alten und jungen Herumtreiber ihre Probezeit abmachen angesichts der aufgelassenen Wildnis der Stadt... Hier stehen sie freudlos in Grüppchen beieinander, verstört darüber, daß es bald kalt werden wird. Ich beobachte und höre zu und mische mich unter sie. Ein Paar – *gerade aus L.A. gekommen* – trinkt Wein zur Feier von *zwei Jahren auf dem trockenen.* Sie boten mir einen Schluck aus der Flasche an und ich feierte mit ihnen. Hinter uns sah uns ein lahmes Eichhörnchen spöttisch zu und hoppelte zwischen den Tauben im Gras umher. Eine schäbige dicke Frau mittleren Alters sagte zu ihrem ständigen Begleiter: »Was nützt einem ein schöner Körper? Er hat mir genau nichts eingebracht«, dabei verlagert sie die Hügel ihres erschöpften Fleisches. Ein Vagabund sagt zu mir: »Du brauchst dir keine Sorgen zu machen. Kleiner – du bist noch *jung*... du kannst noch prima strichern – wenn man erst in meinem Alter ist, dann...« Ich höre nicht mehr hin, sondern wende meine Aufmerksamkeit einer Romanze zu, die in meiner Nähe aus Lumpen aufsprießt. (Ein alter Mann hatte einer alten Frau zugerufen: »He, Schätzchen, komm rüber – ich hab' was für dich.« Sie sitzt jetzt neben ihm, er holt eine Flasche billigen Wein hervor und zusammen erstürmen sie den Himmel, kurz vor dem her-

ben Katzenjammer...) Als ich weitergehe, knirscht eine alte Schreckschraube im Mantel mit den Zähnen und sagt zu niemandem: »Moody hätt' ihn umgebracht, wenn er mich weiter gevögelt hätte – ehrlich, wenn ich's dir doch sage, er hätt' 'n glatt umgebracht.« Ein junger Mann liegt auf einer Bank und schläft; die Sonne scheint ihm direkt in die Augen.

Trauben von Herumtreibern hocken beisammen wie Vogel über einem Wurm: junge Streuner spielen *Rummy,* ein Würfelspiel, oder Poker. Sie sind daran gewöhnt, die Würfel im Auge zu behalten und zugleich nach den Bullen auszuschauen. Sie versuchen die Zeit zu besiegen... während die Würfel über den Weg kullern, wimmert eine Frau, zusammengekauert in betrunkener Panik, aus dem Brachland ihrer Erinnerungen her: »Mein Pappi-i war... mein Pappi-i war ...« Als sie sieht, daß ich sie anstarre, seufzt sie: »Sie glauben mir doch, nicht wahr?« Ich nicke.

Durch den nachtgeschützten Park (während Schatten in der winddurchwehten Dunkelheit auf den grauen Wegen einander betasten) schlendert lässig und doch unsicher eine Dragqueen, geschminkt wie eine Frau, in Damenbluse und Hosen – vorbei am »Park-Sozialisten«, der fieberhaft erregt brüllt: »Jesus Christus – nicht Karl Marx – war der erste Sozialist!« – und der Touristenbus, voll bürgerlicher Damen mittleren Alters, donnert davon, fort von den blasphemischen Äußerungen, während durch die Fenster wohlgenährte entsetzte Gesichter ungläubig zum Park zurückschauen.

Spähende Augen säumen die Umfassungsmauern des Parks. Strichjungen geben sich den notwendigen kessen Anschein von Strolchen. Nach zwei Uhr morgens fahren immer noch Autos um den Block, um sich einen bezahlten Partner aus dem Angebot auszusuchen.

Neu in der Stadt (in diesen Nachsommertagen sind die anderen Gesichter inzwischen allen wohlvertraut und daher von Verzweiflung gezeichnet) trat ich mit rauschendem Erfolg auf den Plan – tagaus – tagein aus einem der verschiedenen Wagen in den anderen, die, nachdem sie mehrmals um den Block gefahren waren, hielten ... von einem Lokal ins andere (bei *Tommy,* wo der Mixer einen verkuppelt, nachdem er es mit einem getrieben hat; *Die Höhle:* ein

Schacht voller männlicher Leiber, eng zusammengequetscht tanzend) ... Die Straßen auf und ab (Dearborn Rush) – zurück in den Park, an den Strand ...
Und dieses sind einige der Gesichter, mit deren Hilfe ich versuchen werde, die schuldbeladene Erinnerung an Neil auszulöschen:
Das bleiche Gesicht eines jungen Mannes, der mir einen Zettel gibt, auf dem steht: »Ich zahle zehn Dollar.« Ich drehe mich um und will ihm antworten. Er schüttelt den Kopf und bedeutet mir, daß er taubstumm ist ... Und etwa zwanzig Minuten später bin ich wieder im Park ... Das knochige Gesicht des Mannes, der im Wagen um den Block herumfährt und vor mir hält. Ich steige wortlos ein. Wortlos treiben wir es ... Das Gesicht des Mannes, der mich in sein Haus nach Evanston mitnahm *(und hier war es, wo ich auf meinem Wege nach New York Station gemacht hatte, hier hatte ich jene zwanghafte anarchische Ruhelosigkeit empfunden, als ich an den Nachmittagen mit meinem Freund, der nun fort ist, am See entlanggegangen war)* und nachher sondierte ich das Terrain um diesen See in der Nähe der Universität: die Wellen warfen sich gegen das dunkelnde Gestade. Glühpunkte von Zigaretten verraten die aufrechtstehenden Gestalten. Dort treibe ich es ... Das Gesicht mit den verschlingenden Augen des Mannes, der mir aus der *Höhle* folgte. »Du brauchst nichts zu tun – bloß dastehen«, sagte er.
Die Gesichter zweier junger Leute, von denen ich zunächst annehme, daß sie ebenfalls im Park auf den Strich gehen. Der eine ist ein Tänzer. Ich lasse mich von beiden, getrennt, bezahlen und der Tänzer gibt mir verschiedene Telefonnummern. Aber ich benutze sie nicht: die Stadt – ihre Straßen, der Park, der Strand – zieht mich lockend an ... Das Gesicht eines ältlichen Mannes in Sandalen – er ermahnt mich, ihn nicht auszurauben: »Das ist so billig! – ich muß dich also bitten: Bitte-nimm-mir-nichts-fort!« ...
Das schwitzende Gesicht des Mannes, der mich auf einen italienischen Rummelplatz führt, wo wir von dunklen Gesichtern umgeben sind. Und er wischt sich die Stirn und sagt: »Also, es ist ja ganz nett, von *wimmelnder Menschheit* zu lesen, aber mittendrin zu stecken ...« – und bahnt sich einen Weg ins Freie ...

Das abschätzende Gesicht des Mannes, bei dem ich glaube, leicht landen zu können, der sagte: »Du bist zu teuer. Ich muß immer über euch Burschen lächeln, wenn ihr hier neu seid und wir noch Sommer haben. Ich brauche nur den Winter abzuwarten – dann kann ich jeden so gut wie umsonst haben!...«
Und das traurige Gesicht des Mannes, der sich anschließend bei mir bedankt und seufzt: »Wahrscheinlich werde ich dich nie wiedersehen. Die Netten verschwinden einfach immer so rasch. Es sind die üblen Burschen (oh, wie mich das verbittert), die immer wiederkommen, als schuldeten wir ihnen den Lebensunterhalt.«
Die biertrinkenden Gesichter in der Bleibe einer Tunte, die mich aufgerissen hat – die Gesichter dreier junger Männer ebendort, die von dem Zimmergenossen der Tunte aufgerissen wurden. Unter der Wirkung des Biers wird die Szene zu einem Durcheinander von Leibern...
Und die anderen, die mir jetzt nicht einfallen.
Und diese Suche nach irgendeinem rasch wirkenden erlösenden Etwas, das austilgen soll, was in San Francisco entdeckt wurde, führte mich zu den verkrüppelten Sehenswürdigkeiten des Vagabundendschungels von Chicago. Madison Street.
Das riesige *Kemper*-Versicherungsgebäude am Fluß – ein enormer, grauer, häßlicher Bau, einen Block breit. Düster und drohend taucht es auf. Über vierzig Stockwerke hoch. Ein großes Bollwerk, eine Festung. Ein ausgedehntes, quadratisches, fensterloses Gebilde – blind. Wie symbolisch dreht es arrogant dem Westen von Madison den Rücken.
Man überquert die Brücke.
Und West-Madison erstreckt sich, lumpig-zerfetzt, in Blocks lepröser Bauten. Ein Geflecht von Feuerleitern klebt an den bröckelnden Mauern wie ein zähes stählernes Spinnennetz. Eingekeilt zwischen Stundenhotels und grellen gelblichtrigen Bars liegen die Stationen der Inneren Mission. Jede von ihnen hält ihr blankgescheuertes Gesicht den schmutzigen, verzweifelten Gesichtern der gerichteten Vagabunden entgegen, die auf die Predigt warten und was sie sonst noch ergattern können.

Ich war hinter diesen Straßen her, als verfolge ich Geister.
In einer der Missionen ruft ein athletischer, vor Gesundheit strotzender Mann, der aussieht wie ein Diakon, laut: »In Jesus habe ich einen Freund gefunden!« während ein alter Penner, ein zusammengekrümmtes Wrack, eine religiöse (trunken-hungrige) Ekstase an sich erfährt und heult: »Herr, Herr, Herr!«
Draußen schlurfen Männer über die stinkende Straße, als ginge es zu einer Beerdigung; schlafen unter parkenden Wagen und Lastern. Ich sehe, wie ein Mann sich stöhnend auf der Straße wälzt, während der Zug der betrunkenen Gespenster vorbeizieht, ohne ihn zu beachten. Andere stehen da wie verirrte Wachtposten; vor Torwegen hängen leblos trübe maskenartige Gesichter herum. Zusammengekauerte Schatten trinken.
Von der Straße aus sah ich hinauf in die Apartmenthäuser, in die nackten Fenster winziger Einzimmerwohnungen. Noch mehr abgezehrte Gesichter starren ausdruckslos; magere entstellte Körper ungepflegter Frauen in Schlüpfern; Männer mit nacktem Oberkörper. Alle haben den gleichen Ausdruck: den Blick keine-Fragen-mehr-stellender, resignierter Hinnahme des Urteils. Die Welt auf den Knien …
Ein zerstörter alter Mann vor mir setzt einer Weinflasche nach, die in den Rinnstein rollt. Er brüllt sie an: »Los, verdammtnochmal, in die Gosse mit dir, wo du hingehörst! Ich will nichts mehr von dir wissen!«
Sogleich springen drei Männer aus dem Schatten, um die Flasche zu retten. Als sie entdecken, daß sie leer ist, zerschmettert einer von ihnen sie auf der schmutzigen Straße.
Ich sehe die schrecklich betrogenen Augen.
Andere Gespenster sind durch wunde Dschungel zu verfolgen. Durch das Gewirr Angeheiterter zur State Street: eine Karnevalsstraße. Tätowierungssalons; *Neuheiten*-Läden (Gruselmasken schielen zwischen Gummischlangen, Masken, weniger abstoßend als die menschlichen in den Torwegen der Madison Street); Arkaden *(Pariser Sittenfilme, Kunstfilme).* Kesse Mädchen spielen Billard. An den Ecken stehen Matrosen. Nachtlokale mit *Programm*

locken: KEIN MINDESTVERZEHR. Das *Gayety-Varieté* macht Reklame mit Teddy Bare und Bordens Eiscreme.
Ein großer dürrer Mann überreicht mir ein Flugblatt: BIST DU WIEDERGEBOREN?
Und ich folge den Gespenstern ins Varieté-Theater. Blonde! Rothaarige! Brünette! Die Lippen leberfarben im wechselnden Licht; sie rufen laut *ah-haa* wie Cowboys; ihre Hände nahem sich der hypnotischen Stelle zwischen den Beinen, wo sie liebkosend verweilen; Hüften, plötzlich erstarrt und ebenso plötzlich wieder gelockert, verbreiten Sex in der Runde; sie knien ... Finger betasten neckisch Brüste, kneifen spielerisch hinein – kokett-schmerzliche Blicke folgen ... winzige Slips, wie auf die Schenkel tätowierte phosphoreszierende Ordensbänder; gespreizte Beine strahlen Verlockung ohne Erfüllung aus; Brüste wie Scheinwerfer, völlig unbedeckt; apokalyptisch entblößte, rotgeschminkte Brustwarzen, von weißen Händen umschlossen, dargeboten wie eine Gabe an das hungrige Publikum; fröhlich hüpfende Brüste, verführerisch wackelnd wie weißes Gelee ... *night-train* aus dem exhibitionistischen Sexdschungel ... Hände auf dem Rücken; nackte Brüste zeigen himmelwärts; gespannte Bäuche formen eine enggezogene *Acht;* bogenförmig geöffnete Beine; Finger gleiten in Slips; Schenkel werden stöhnend ruckhaft vorgeschoben in vorgetäuschtem Orgasmus.
Hungrige unerfüllte Augen bei den männlichen Zuschauern, konzentriert auf das Versprochene, doch Unerreichbare ...

Gespenster durch Negerstraßen verfolgend ...
Unter den euphorischen Angetrunkenen in der 63. Straße/Ecke Cottage Grove: in der Nähe: *Der Tempel der Brüderlichen Liebe.* Ein Kreuz verkündet: GOTTES WINKEL. Und GOTTES WINKEL ist ein wirrer Klumpen stählerner Schienen, die unter dem Brüllen der Züge erdonnern ... Ich sehe ganze Blocks lang nur Gesichter von Schwarzen in dieser Gegend. Musicboxen brüllen ... Vergeblich bemüht sich die Nachmittagssonne, die Geleise in die Straßen zu schweißen. Wells.
Oak.

Franklin. 35
Negerstraßen bei Nacht.
An schwarzen Gesichtern vorbei, die durch vorhanglose Fenster in die dunklen Straßen starren ... Neger, verschlungen von gnädiger Dunkelheit. Aus winzigen überfüllten Zimmern flüchten sie sich auf die Straße, auf verfallende Veranden; durch offene Türen sieht man dunkle Treppen wie Geisterbahntunnel ... Ein kleines Mädchen fragt mich höhnisch: »He, Mister, hab' ich Sie nich' im Fernsehen gesehn?« In der heißen Nachtluft spüre ich haßerfüllte, starrende Blicke. Die Stille explodiert in Gelächter, das irgendwoher aus der stickigen Dunkelheit dringt.
Gespenster auf der Clark Street verfolgend ...
Zerschlissenes Panorama: die Reihen der allgegenwärtigen Leihhäuser; Spielsalons; Läden (»Gelegenheitskäufe«); Billardsalons; billige Kinos. Lemuren in ritueller verblaßter Nachahmung des Lebens ... Männer starren stumpf auf nichts. Ein Körper liegt unbemerkt wie ein Bündel in einer Toreinfahrt. Eine epileptische Frau schwankt unsicher am Häuserblock entlang ... Starrende erschrockene Augen. Verstümmelte Harpyien torkeln über die Straße – vorbei an verkrüppelten Körpern. Ein Mann schlägt eine Frau erbarmungslos, während seine beiden kräftigen Freunde Schmiere stehen. HUNDE UND ANDERE HAUSTIERE NICHT ZUGELASSEN warnt ein Schild außen an einem Lokal.
Und ich setze meine Suche unter den Gespenstern im *Shamrock* fort ... Ein abgerissenes Lokal mit Tischen, verhärtete ausgestoßene Gesichter. Am Boden eine Frau, die mit einem langen verzweiflungsvollen Seufzer das Bewußtsein zu verlieren scheint. Ein Mann schiebt ihr ein Glas Bier hin. Augenblicklich kommt sie wieder zu sich, greift nach dem Bier, schüttet es in sich hinein und ist wieder weg.
Draußen ...
Skelette stieren durch Fenster auf die Straße herunter. *Als seien ihre starren Blicke irgendwie direkt auf mich gezielt in fürchterlicher Verdammung!*
Trubel in der Hölle!

Kings Palace in der Clark Street. Davor das Skelett eines Schutzdachs (ohne Plane) und ein Plakat, das einen verstümmelten Clown darstellen könnte ... Innen ein riesiger schmutziger quadratischer Saal mit zwei ovalen Bars und jenes grelle Licht, das nur Gestrandete, die nichts mehr zu verbergen haben, lange Zeit ertragen können. Verblichene Wandmalereien, eine Andeutung von Fernweh: Segelboote, Palmen, Kakteen, hawaiische Blumenketten. Ein Mischmasch all der trüben Flüchtlinge Amerikas. Von einer winzigen provisorischen Bühne herunter verkündet ein rundlicher Mann mit Schnurrbart: »Die Schau der Amateurtalente!« ... Erster Preis: fünf magische Dollar! Dafür gibt's viel magischen Wein ...
Eine Frau, die aussieht wie Mrs. Haversham aus den *Großen Erwartungen,* sitzt hölzern da wie ein kunstvoll ausgestopfter Vogel mit offenen Augen. Auf der Bühne versucht ein Mann mit sandiger Stimme zu singen: »Genieße das Leben, 's ist später, als du denkst.« Ein Gammler nickt zustimmend. Eine faltige alte Frau sitzt an der Bar und streckt der Welt die Zunge heraus. Ein betrunkener Mann schiebt eine Frau durch eine Tür, an der steht KEIN EINTRITT. PRIVAT. Sie kommt nicht wieder.
»Genieße das Leben, 's ist später, als du denkst ...«
Und während der Mann weiter bemüht ist, zu singen, deutet eine schwarze Transe einen Striptease an, und wie ein Indianer, der einen wilden Kriegstanz aufführt, rockt und rollt eine Hexe um die neonblitzende Musicbox – ein Band quer über ihrem vertrockneten Busen verkündet kläglich ihren Namen: BEATRICE.
Mrs. Haversham hat sich aufgerappelt, sich auf die Bühne gequält und klimpert auf einer Gitarre – eine Kakophonie von Geräuschen. Ein traurig blickender Mann, erstaunlich gut angezogen, bestellt schuldbewußt Drinks für die ganzen Wracks um sich her, während eine grämliche Alte sich an die Wand einer Nische lehnt und jedem mit der Faust droht, der sich ihr nähert. Beatrice, jetzt auf der Bühne, hopst herum wie eine Marionette. Eine fette alte Tunte starrt verlangend die jungen Herumtreiber an und bricht hemmungslos in Tränen aus; sein Schluchzen geht im Indianergeheul eines Mannes mit dunklem Teint unter (wodurch sein Schmerz zur krampfigen Pan-

tomime wird), während Beatrice mit schlenkrigen Gliedern auf der Bühne herumhüpft... Ein Berg von einer Frau ruft einem Mann durchs ganze Lokal zu:
»Was-guckste-so?« – »... dich an. Süße ... komm, laß dich küssen.« – »Du kannst mir den Hintern küssen!« brüllt sie (und Beatrice, immer noch auf der Bühne, wackelt mit dem ihren zur Unterstützung). »Okay«, sagt der Mann und erhebt sich, »Wo?« Die dicke Frau schwenkt ihr ausladendes Hinterteil: »Nicht zu verfehlen, Baby: von oben bis unten: alles Arsch!« ... Noch immer wie im Veitstanz herumhopsend, wird Beatrice vom Ansager von der Bühne herunterkomplimentiert.
Ein Mann mit Ansprüchen in eleganten Lumpen schickt sein Bier zurück, weil das Glas schmutzig ist. Der Kellner starrt ihn ungläubig an.
Die nächsten auf der Bühne sind zwei dürre betrunkene Männer; sie stützen sich gegenseitig und singen klagend: *In fernen Ländern ...* Wie eine gesprungene Schallplatte wiederholen sie: *Fernen, fernen, ferrrnen ...«* und können nicht weiter.
Eine Negerin, die wie eine Krähe auf einem Stuhl neben einem Matrosen hockt, kommt sich plötzlich schön vor bei seinen Aufmerksamkeiten (sie lächelt und rollt ihre großen Augen vor Vergnügen – er streicht ihr über den Hintern, den sie, sich windend, verzückt herausstreckt, unterbricht ihre Bewegungen aber abrupt, als die beiden Betrunkenen auf der Bühne mit einem dumpfen Schlag umfallen.
An einer Wand sitzt eine verblichene blonde Frau – ein verbrannter Engel, die Schönheit zögert noch, ihr weiß-bleiches Gesicht gänzlich zu verlassen – ihre schwarzumränderten Augen brennen sich ins Lokal. Ein junger Streuner, betrunken – das Mal vorzeitigen Gerichtetseins auf dem Gesicht, ähnlich dem James Deans (ich habe ihn schon gesehen, als er auf der Main Street in Los Angeles auf den Strich ging, aber er sah damals viel jünger aus) – gibt ihr ein Bier aus, für das er mit einigen Münzen zahlt, die ich ihn erst vor einigen Augenblicken der Negertunte klauen sah. Die Frau greift wortlos nach dem Bier, den starren Blick durchdringend ins Nichts gerichtet.

Jetzt versucht sich auf der Bühne eine fleischige Frau in einem Bauchtanz. Jemand röhrte: *»Runter damit!«* und sie, die barsche Aufforderung mißdeutend, beginnt sich auszuziehen …
Der Junge, der aussieht wie James Dean, faßt der verblichenen Blondine unmißverständlich zwischen die Beine. Sie fährt in irrer rasender Wut herum, bereit, ihm einen Schlag zu versetzen. Er schüttet das Bier in einem Strom gegen sie. »Du dreckige Nutte«, kreischt er, »wieso willste denn nich' mit mir vögeln?« Er schlägt sie. Sie zerschmettert die Bierflasche auf dem Tresen und bedroht ihn mit der scharfen Scherbe. Er rennt hinaus. Jemand ruft: »Auf, zur Armee!«
Der nächste im Wettbewerb auf der Bühne ist ein Riese von einem Mann, der als *Der brummende Bär* angesagt wird. Er beginnt, mit gesprungener versoffener Stimme zu singen. Als er bemerkt, daß er damit nicht landet, läßt er sich verzweifelt (die fünf Dollar! … der Wein! …) auf alle viere nieder, gebärdet sich wie ein Tier, blafft und kläfft, während der Conferencier, bemüht, ein komisches Moment in die tragische Szene zu bringen, ihm auf den Rücken springt.
Jetzt stöhnt der Riese wie ein verendendes Tier. Ich wartete nicht auf die Preisverteilung. Draußen, wanderte ich durch die blutenden nächtlichen Straßen auf den Park zu … Die Gesichter von Freiern und Strichern … von Dragqueens.
Immer wartend.

Und in jener Nacht wanderte ich am unbewegten nächtlichen See entlang – nordwärts, vorbei an Liebespaaren unter Baumsilhouetten … Am dunklen See entlang … Und ich sah zurück auf die prächtige Skyline Chicagos: dieses magische Rundpanorama, welches das Wasser umarmt. Sogar die Gebäude, die vorhin wie Riesen hochmütig in den See zu steigen schienen, waren aufgeweicht und verschwammen in einem glitzernden Lichternetz: eine erleuchtete Anzeigentafel … Schwarz und geheimnisvoll bewegt sich das Wasser unentschieden zittrig auf das Ufer zu. Ein fernes Licht schützt das schwarze Wasser mit einem glimmernden Streifen … Ein Mann, der mir gefolgt war, spricht mich an. Ich sage nein. Als er fortgeht,

starre ich in die Weite, auf die Autostraße, auf der Wagen scheinbar langsam unter dem geschwungenen Halbkreis der blauweißen Bogenlampen dahingleiten.
Und ich sehe:
Hoch über der Silhouette Chicagos, vom Dach eines hohen Gebäudes aus, sucht ein riesiger Scheinwerfer die Stadt ab. Sein Licht dehnt sich unwirklich und wirbelt über das schwarze Wasser. Es schwebt, schwingt sich empor und beschreibt einen Kreis um die nächtliche Stadt.
Und sonderbar erregt kommt mir plötzlich der Gedanke, ob dieses Scheinwerferlicht, durch die Nacht strahlend, nicht irgendwie versucht, alles zu umschließen – die Verschmelzung all der wilden Widersprüche in dieser Legende, die Amerika genannt wird. Und ich weiß jetzt, was genau ich hinter Neils unmittelbarer Welt des gewollten Schmerzes suchte – etwas, das ich zeitweise verlor – etwas, das ich im Park wiederfand – im Park, in den flüchtigen Zimmern, den aufgelassenen Wildnissen: die Welt des unerbetenen, ungeladenen Schmerzes ... nun sogar befreiend wiedergefunden in der Erinnerung an Neil selbst.
Und in diesem Augenblick fühlte ich zum allerersten Mal:
Es ist möglich, die schäbige Welt zu hassen und sie doch zu lieben – mit einer unerklärbaren, erbarmungsvollen Liebe.

Vierter Teil

»Im Land der Träume
liegt ein Paradies ...«

'Way Down Yonder in New Orleans

Die Stadt der Nacht

Jedes Jahr mit Beginn des Januars bereitet sich ein seltsamer Zug darauf vor, die nächtlichen Städte zu verlassen. Von Ost nach West zieht ein heimlicher Lockruf durch die Städte der Dunkelheit. Den Times Square entlang, mitten im hartnäckigen Winter, wenn der Wind die Betonstadt wie eine eisige Sense durchfährt, schlägt die zerlumpte Armee der jungen Vagabunden schützend den Rockkragen hoch und hört den Ruf... Auch in den warmen Palmennächten von Los Angeles spüren sie ruhelos die heimliche Erregung. Bei *Harry* und bei *Wally*. Unter den langen Arkaden der Main Street. Auf dem Pershing Square. Auf dem flimmernden Hollywood Boulevard. Bei *Hooper* im schalen, fettigen Licht... Auf der Market Street im taufeuchten San Francisco, und von der 7. Straße bis zum Zeitungsstand in Powell, wo sie vielleicht gerade im Sprühregen stehen, reagieren flüchtige Gespenster auf die noch entfernte Botschaft, die bald so eindringlich wie ein Trommelsignal sein wird ... In Chicago die Clark Street entlang. Auf dem Square – während sie in der eisigen Nacht gleichgültig eng beieinanderstehen und darauf warten, daß ein Wagen anhält und jemand fragt, ob einer mitfahren möchte – dringt der Lockruf flüsternd zu den Ausgestoßenen, wie Wind vom verlassenen erstarrten See. Die Division Street entlang. In den Bars ... Und indem sie die anderen nächtlichen Städte durcheilt, wird die Lockung vernehmbarer. Die Aufforderung lautet:

Mardi Gras!

Im frühen Januar etwa (es kommt darauf an, wann in diesem Jahr die Fastenzeit beginnt und auf welchen Tag demzufolge die Fastnacht fällt) sprenkeln magere junge Gesichter die winterlich-weißen

Landstraßen und Finger zeigen in Richtung Ferne – New Orleans. In den *Greyhound*-Bussen mit südlichen Zielen beäugen junge Männer (die vielleicht eine Gitarre bei sich haben und zusammengestoppeltes Gepäck, falls überhaupt welches) die jungen Mädchen, die in *Wahren Begebenheiten* lesen … Gepolsterte Gefährte berennen die Landstraßen Amerikas, das so viele verschiedene Masken trägt.

Der Exodus hat begonnen.

Ein wenig später verspürt die zweite Welle der Flüchtlinge die Unrast dieses Aufrufs zu kurzer Freiheit. New Orleans ist jetzt der Rattenfänger, der seine vielstimmige Weise in die unterschiedlichsten Ohren pfeift. In den gleichen dunklen Städten verspüren ruhelose Dragqueens, die den letzten Tropfen von Rebellion aus ihrem Leben in der Verbannung herausquetschen, die seltsame Erregung. (»Liebste, die tollsten Fummel der Welt sind dort zu sehen«, hört man sie sagen, »… und die kessesten Kerle … und die reichsten Freier, denen ihre eisgekühlten Frauen so zum Halse heraushängen, daß sie jeden Preis dafür zahlen, es mit einer *wirklichen* Dame zu treiben!«)

Und mit viel größerer Sorgfalt und Planmäßigkeit als die vorangehende erste Welle der maskulinen Vagabunden beginnen die Dragqueens (schon frühzeitig zum Fegefeuer halb-männlichen, halb-weiblichen Daseins verurteilt) ihre weiblichen Pläne zu schmieden und ihre Frauenkleidung mit liebevoller Umsicht auszuwählen. Die schimmernde Verheißung, endlich Frau sein zu dürfen – für einen herrlichen Tag – ohne Angst vor einer Festnahme, die sie in New York, Los Angeles und sonstwo immer befürchten müssen) – ist die Erfüllung eines Wunschtraums, in dem die Kameras der Wochenschauen – die Augen und Ohren *DER WELT* – sich auf sie richten werden. Die Hüften verführerisch geschwungen, die Handgelenke lilienhaft-zart abgebogen, werden sie in herausfordernder Sprödigkeit im ganzen Lande von Kinoleinwänden und Bildschirmen herunterstarren, und die geschminkten Jünglingsgesichter werden der verachtungsvollen arroganten apathischen Welt, die sie erzeugt und verworfen hat, die Stirn bieten und vielleicht –

für einen kurzen Augenblick – von ihr anerkannt werden. Im Rascheln der Roben aus Taft und Kunstseide werden die Dragqueens zu dem großen Schauspiel stoßen.
Noch später wird die dritte und behäbigere Welle dieses Exodus (die müden reichen Männer, die müden reichen Frauen, die nicht ganz so reichen, doch ebenso müden Männer und die nicht ganz so reichen, doch ebenso müden Frauen – und all die anderen jungen Männer und Frauen – ebenso neugierig, jedoch nicht so herausfordernd wie die Vaganten der ersten und zweiten Welle) den Lockruf der Fastnacht vernehmen. Und nun!
Flugzeuge werden sich in die Himmel schnellen. Telegrafendrähte summen vor Hotelreservationen. In diese alte alte Stadt hinein werden Eisenbahnzüge an Hinterhöfen vorbeimahlen und an ungeduldig wartenden Autoschlangen ... werden an der schrecklichen Kulisse Amerikas vorbeijagen. In bequemen Automobilen, in vollgestopften Bussen der Reisegesellschaften – über die zischenden, vom Winter geläuterten Landstraßen werden sie kommen, um an dieser wildentschlossenen Pilgerfahrt ins rasende Glück teilzunehmen. Jetzt erst ist der Exodus komplett.
Der Tumult dieser seltsamen Invasion wird New Orleans aus seinen feudalen, romantischen Erinnerungen aufschrecken und es zum Mittelpunkt unseres verzweiflungsvollen Heute werden lassen: die mikrokosmische Arena einer künstlich beleuchteten Nachtwelt im Bewußtsein des Triumphs von Einsamkeit und Tod. Ein religiöses Ritual wird in dieser verrottenden Stadt des Südens abrollen.

Nach New Orleans:
Dahinziehend auf einem Meer von Gesichtern, in einem Heerzug von Wagen und Bussen – fort von Chicago und den todwunden Straßen (mit Aufenthalten in St. Louis und Dallas – wieder einmal Dallas, aber nur kurz), das unvermeidliche Herumhängen in verhärmten Busstationen in sternloser Morgendämmerung ...
Endlich in New Orleans, in der strahlenden Sonne dieser winterlich-warmen Stadt, stehe ich vor der *Greyhound*-Station, wo ich meinen Koffer abgab, und überlege mir, wohin ich mich wenden

soll.
Vor mir dehnt sich die Canal Street – vielleicht die breiteste Straße, die ich je sah. Es war ein klarer Tag. Ich ging diese breite, mit Geschäften vollgestopfte Straße entlang und höre das gedehnte Sprechen der Leute. Der Tag wurde langsam grauer – die südliche Wolkendecke verhüllte den Himmel.
Ich muß ein Zimmer finden, wo ich allein sein kann, wohin ich mich zurückziehen kann, wenn, wie vorherzusehen, die siedende Welt unerträglich wird: ein Zimmer, in dem ich einen einsamen symbolischen Spiegel vorfinde.
Ich trete durch das offene Tor in einer der Mauern, die einen Hof umgeben, um nach einem Zimmer zu fragen. Das Mietshaus, das einen kleinen quadratischen Hof einschließt – paradoxerweise grün von Pflanzen und Bäumen –, scheint aus lauter Balkons zu bestehen, resigniert in der Mitte absackend wie hölzerne Hängematten, Die Wohnungen drängen sich um den Garten, als ob sie ihn gierig der grauen Straße abforderten.
Die Wirtin war nicht zu Hause. Ich klopfte an der offenstehenden benachbarten Tür. Ein Mann malt auf einer riesigen Leinwand: Farbkleckse, wildes Rot und Gelb; Fetzen von Schwarz, an den Rändern tintig verschmiert, wachsen wie Fühler aus einem massigen schwarzen Körper: ein hungriges Rieseninsekt, über einen wilden Farbstrudel kriechend.
»Sie werden jetzt kein Zimmer finden«, erklärt er. »Is' ja bald Mardi Gras. Was glauben Sie, Mann, die Mieten steigen auf fünfzig Eier pro Tag. Die Leute schlafen im Wagen und auf der Straße. Am besten. Sie suchen sich jemand, bei dem Sie kampieren können«, rät er mir. Als er bemerkt, daß ich das barbarische Gemälde anstarre, sagt er gedehnt: »Is' 'ne Ansicht von Njuhorliehns.« … Und er versetzte der Leinwand einen purpurtropfenden Hieb …
Ich wandere nun durch jenen verfallenden Teil von Alt-New Orleans, ich sehe die berühmten Spuren einer Welt, die längst vergangen ist: in Büchern dargestellt wie eine kostbare Erinnerung: eine Welt, die lediglich Überreste dessen hinterließ, was vielleicht einmal war; eine Stadt, narbig von Erinnerungen an eine Eleganz

und Distinguiertheit, die es vielleicht nie gab.
Eine Geisterstadt.
Enge Straßen, als ob das Ozeanische der Städte nun dem langsameren schwerfälligeren Kurs eines gekrümmten Flußlaufes folge. Im vergeblichen Bemühen, sich hinter den geschlossenen Toren der Höfe, hinter den schmiedeeisernen Gittern zu verbergen, die immer noch einige Balkons wie rostige Spinnweben umgeben, hängen Häuser mit trunkener Schlagseite (sie lehnen sich in die Straße, als würden sie bei der erstbesten Gelegenheit in einem Durcheinander von Holz und Steinen und oxydiertem Gitterwerk über die Häuser auf der anderen Seite herfallen) über die Hofmauern, wie groteske, eigensinnig angemalte, alte Frauen, die in die Straßen spähen.
Häßliche dumpfige Stätten, die man in den Reiseführern *bezaubernd* nennt; Häuser, die sich dämmrig in Schichten von geschlossenen Fensterläden über bröckligen Mauern erheben – die fahlen historischen Bauten einer Vergangenheit übergoldeter Eleganz ... Ein beinahe biblisches Gefühl des Untergangs – die Stadt, die geschleift, zerstört, ausgetilgt wird – überfällt einen. Der Geruch von Stillstand durchdringt die Winterluft dieser Sommerstadt: nicht so sehr ein Geruch, der den Geruchssinn belästigt, mehr einer, der sich drückend aufs Gemüt legt ... Die Aufforderung sich aufzulösen, ist allüberall spürbar. Und man wundert sich, daß diese Stadt so lange dem gefräßigen Ungeziefer standhalten konnte – den Ratten und Kakerlaken, die sicher hier überwintern. Und man wundert sich ebenfalls, daß bis jetzt kein einziges Streichholz und keine Zigarette die Feuersbrunst hervorrief, die diese Stadt bis auf ihre Rinnsteine herunter verzehren wird ...
Am Jackson Square säumen Porträtmaler die Wege, die zur Pirates Alley führen, und halten auf Papier das pastellene Lächeln der Touristen fest. General Jacksons Steinpferd in der Mitte des Platzes scheint bei diesem Anblick zu wiehern.
»Laß dich zeichnen. Schätzchen«, sucht eine Frau mich zu überreden. Flüsternd fügt sie hinzu: »Ich mach's umsonst« – offenbar deswegen, weil all die anderen Porträtisten beschäftigt sind (zwei, fünf, sieben Dollar pro Kopf) und sie sich allein und häßlich vorkommt

– so allein und von niemandem gebraucht. Doch ich schlendere statt dessen über den großen fischduftenden, mit Farbtupfen bedeckten Französischen Markt in der Nähe, an den Docks entlang und überlege mir, aus welchem Grunde ich eigentlich hierhergekommen bin. Diese verfallende Stadt hat eine hypnotische Ausstrahlung, die mich durch die Straßen zieht: diese Stadt, in Vorbereitung – denke ich plötzlich (und ich starre auf die St.-Louis-Kathedrale, die dämmrig-grau daliegt wie eine gegen den Krieg verbarrikadierte Festung) – auf eine konfessionelle, rituelle Übung vor Aschermittwoch.
Vor einem Süßwarenladen in einem schäbigen Viertel hat die ausgestopfte Puppe einer schwarzen Mammi ein Loch in der Brust, durch das die sehr weiße Watte in ihrem Innern sichtbar wird.
Ein eiförmiger Mann ist mir ein ganzes Stück nachgestiegen. Ich will ihm entgehen und überquere rasch die Straße. Zu dergleichen bin ich im Augenblick absolut nicht aufgelegt. Ich bin innerlich aufgewühlt von den sich andeutenden Mysterien dieser zerfallenden, sterbenden Stadt und fühle mich deshalb so lebendig wie ein Kind, das sich für einen Augenblick totstellt – meine Gefühle schwanken zwischen Erwartung und Abscheu ... Als er sah, daß ich ihm zu entkommen drohte, beschleunigte der Eiförmige seinen Schritt, bis er mich eingeholt hatte. »Wenn du mit zu mir kommst«, sagt er in tiefstem Südstaatenakzent, und ich habe das Gefühl, daß er ihn absichtlich übertreibt, »wird es sich für dich lohnen, Herzchen.«
Ich zuckte die Achseln, ging aber mit ihm zu einem Hause auf der Esplanade. Der Eiförmige ist die Karikatur einer verkommenen Frau des Südens. In seiner Wohnung legt er gleich los. Gerade als ich fortgehe, kommt ein anderer junger Mann die Treppe herauf. Er scheint verstört, als er mich erblickt. Er sah zwar maskulin aus, benimmt sich jedoch weibisch. Hinter mir höre ich ihn und den Eiförmigen sich gegenseitig wütend anschreien. Der Jüngere lief weinend zurück auf die Straße – er rannte mich fast über den Haufen. Der Eiförmige kam auf mich zu.
»Das war mein Freund!« heult er mich an. »Ich dachte, er würde heute nachmittag nicht zurückkommen.« Seine Hände flattern wie ein Ventilator auf Hochtouren. »Ach, was tu' ich bloß jetzt? ... er ist

fort – hörst du? – er ist fort! … und diesmal endgültig! Er hat mich gewarnt: Wenn ich irgendwelche Raben hier rauf schleppen würde, würde er … ich hab' das nicht so gemeint, Herzchen …«, nun ruhiger: »… ich wollte bloß sagen … du weißt schon … Ach, bitte, komm ins Haus zurück, bis ich mich von diesem Schlag erholt habe!«
Ich ging mit ihm zurück, hauptsächlich deswegen, weil er so laut und gellend schrie, daß ich fürchtete, er würde die allgemeine Aufmerksamkeit auf uns ziehen. Eine dicke Frau, die den schmutzigen Gehsteig vor ihrem Hause fegte, schoß uns bereits schiefe Blicke zu und feixte gehässig mit braunen Zähnen.
Als wir wieder drinnen waren, winselte der Mann: »Versteh, Herzchen, als ich ihn kennenlernte, war er ein richtiger Kerl – und dann wurde er, als wenn nichts wäre, plötzlich eine Tunte, einfach so – über Nacht. Und ich denke: Mein Gott, barmherziger Heiland! Was fang ich denn bloß mit einer Tunte an! Versteh: urplötzlich rauscht er hier rum – genauso wie eben – rauscht hier rum wie 'ne Ballerina! Als ich ihn traf, ging er hier in diesem Viertel auf den Strich – die schärfste, kerligste Nummer, die dir je untergekommen ist, kann ich dir flüstern. Und sieh ihn dir jetzt an«, sagte er mit verachtungsvoller Entrüstung, »… die Schnalle, wie sie im Buch steht! Und, Süßer, du bist rumgekommen, das seh' ich – sicher weißt du, daß es das Allerletzte ist, was eine Tunte sich wünscht, es mit jemand zu treiben, der, wie sich herausstellt, ihre Schwester ist – das ist grausig und un-na-tür-lich zugleich … es ist – ganz gleich, was die Leute sagen – es ist genauso, als ob man Weiber knallt, und damit hat sich's! … Nun ja, und als er sich als Trine entpuppte, hab' ich mich natürlich, wie du dir wohl denken kannst, nach 'ner anderen kessen Nummer umgesehen – er war mir zu tuckig inzwischen – aber ich will nicht, daß er weggeht – für ganz. Vielleicht hab' ich mich dran gewöhnt, sie hier rumwimmeln zu haben.« Er hörte auf zu schluchzen. »Irgendwie wäre es rundherum das beste, sie würde sich einen Kerl suchen und mich das gleiche tun lassen – außerdem, du verstehst … wir können's nicht miteinander …« Er fing wieder an, sich bei mir zu schaffen zu machen. Seine nassen Wangen machen meine Hose feucht. Ich schob ihn weg. Er sagt: »Nun hör gut zu, Herzchen:

jetzt, wo er weg ist, hättest du vielleicht Lust, zu mir zu ziehen?«
Ich kann nur sagen: Es handelte sich ganz sicher bloß um einen kurzlebigen Kummer über die zerstörte Romanze.
»Sie wird zurückkommen«, sagte ich abwesend.
Falsch.
»Na weißt du, du brauchst es nicht breitzutreten und als *sie* von ihr reden ... ich meine: sag gefälligst *er,* wenn du von ihr sprichst – ach was!, was red' ich denn: Ich bin so durcheinander ... ich bin ganz aus dem Tuckenhäuschen.«
»Er wird zurückkommen«, berichtigte ich mich.
Wieder falsch.
Er schmollte und sagte mit affektierter Stimme: »Also eins kann ich dir sagen, Herzchen, und zwar gleich: da muß ich doch sehr hoffen, daß du dich irrst!«
Als ich auf die Straße trat, sah ich den maskulin aussehenden, doch weibischen jungen Mann wie ein Schaf zum Hause des Eiförmigen zurücktrotten. Dann hörte ich den Älteren melodramatisch ausrufen: »Engel, ich kann ohne dich einfach nicht leben!«

»Junger Mann!«
Ich könnte nicht sagen, woher die weibliche Stimme kommt. Ich bin nicht einmal sicher, daß ich gemeint bin.
»Ja, *Sie!* ... junger Mann. Ich habe Ihnen etwas Wichtiges mitzuteilen!« Ich bemerkte, daß in einem kleinen Hause die Tür zu einer engen Veranda leicht offen stand. Die Tür öffnet sich ganz. Eine Hand mit billigen Armbändern winkt mich herein. Dort stand eine dunkelhäutige Zigeunerin um die Vierzig, ein geblümtes Seidentuch um den Kopf; schaukelnde blitzende Ohrringe, mindestens fünf: plundrige Armbänder in allen Regenbogenfarben an jedem Handgelenk; Ringe, die sie mit gespreizten Fingern zur Schau stellt. »Treten Sie ein.« Ich zögerte. Ihre Augen sind so hell, daß sie in dem dunklen Gesicht gänzlich unglaubhaft aussehen, als ob – wer immer sie geschaffen – zu viel Farbe für ihr Gesicht verbraucht und nun keine mehr für die Augen übrig hatte. »Ich habe Ihnen etwas Wichtiges mitzuteilen«, sagte sie beharrlich.

»Sie verwechseln mich mit jemand.«
»Nein. Um Sie geht's. Treten Sie näher«, sagte sie überredend. Einer plötzlichen Eingebung folgend, betrat ich ein schlampiges Zimmer. Obwohl es ein warmer Tag ist, brennt im verrußten Kamin ein Feuer. Es ist außergewöhnlich heiß und stickig im Raum. »Du bist gerade erst angekommen, nicht wahr, mein Junge?« fragte sie mich.
Ich nickte.
»Siehst du!« rief sie befriedigt, »ich weiß es!«
Es stehen mehrere Couchs im Zimmer – alle sichtlich selbst bezogen – mit grellblumigem Druckstoff. An der schmutzigen abblätternden Wand hing ein kabbalistisches Diagramm – auf dieser Landkarte des Lebens in Form eines Bienenkorbs prangen die Worte LIEBE, TOD, LUST, HASS, REICHTUM. In der Mitte des Zimmers steht ein mit einem schreiend grellen Tuch bedeckter Tisch.
»Ich habe dich erwartet«, sagte sie geheimnisvoll, preßte ihre geschmückte Hand an die Stirn und mimte angestrengte Konzentration. Nun nimmt sie meine Hand. Ich zog sie instinktiv zurück.
»Ich werde dir nichts abknöpfen«, sagt sie. Wieder greift sie nach meiner Hand. »Was-is-los? Angst vor dem Unbekannten?« Sie richtet die bizarren Augen auf mich.
Da ich mich herausgefordert fühlte, gab ich nach. In der Tat: sie machte mir angst, aber ich beobachtete sie kühl, als sie meine Handfläche studiert.
»Du läufst große Gefahr, in die Irre zu gehen«, sagt sie warnend und starrt in meine Hand. »Ich meine nicht: dich in den Straßen oder im Viertel zu verirren. Ich meine: in dir, tief innen. In deiner Seele … Dieses ist eine üble Stadt, Junge.«
Sie stinkt abscheulich. Die Hitze, der Geruch abgestandenen Essens, der seit Tagen in diesem stickigen Zimmer eingeschlossen ist, die Nähe dieser ungepflegten Frau verursachen mir Übelkeit. Ein kleiner Knirps stand in der Tür und pulte Nüsse aus einem klebrigen Candy. Nun kommt er auf mich zu, stellt sich neben mich und schaut ebenfalls in meine Handfläche. Er riecht wie die Frau – seine Mutter, wie ich überzeugt bin: Er hat die gleichen farblosen Augen im ungewöhnlich braunen Gesicht. Mit zuckrig-pappigen Händen griff

er nach meinen Fingern. Ich fühle, wie die klebrige Substanz unsere Hände zusammenschweißt. »Üble Stadt, Junge«, plappert er der Frau nach.
Und die Frau: »Auch er hat Kräfte. Du siehst: er weiß!«
»Danke für die Warnung«, sagte ich und befreite meine Hand. Ich ging zur Tür – die ranzige Luft nimmt mir den Atem.
»Willst du hierbleiben?« fragte sie mich. »Viel Platz, wie du siehst.« Sie deutet in das chaotische Zimmer. Sie spürt meine Ablehnung.
»New Orleans ist übel. Junge«, warnt sie mich wiederum überredend. »Ich habe Kräfte. Sie werden dich beschützen. Willst du hierbleiben?«
»Ich wohne bei einem Freund«, log ich.
»Deine Linien sagen: Vorsicht!« wiederholte sie, griff erneut hastig nach meiner Hand. »Siehst du? Hier steht es.«
Mit einem langnagligen, schwerberingten Finger zeichnete sie eine Linie in meiner Handfläche nach. Der kleine Junge wiederholt: »Üble Stadt, Junge.«
»Ich sagte schon: ich wohne bei einem Freund«, sagte ich.
»Taugt nichts!« sagte die Frau und schüttelte heftig mit dem Kopf.
»Ich muß jetzt gehen«, sagte ich.
»Hör zu«, sagte sie, und ihre Stimme klang nicht mehr unheilvoll, sondern jetzt sachlich, fast wie die einer Geschäftsfrau. »Du könntest ohne viel Mühe ein gutes Geschäft machen. Ich hab' einen Job für dich.«
»Ich suche keinen Job«, erklärte ich und bereue meine Worte im gleichen Augenblick, weil sie mich wissend ansieht, mich festnagelt.
»Wem sagst du das«, sagte sie. »Ich weiß ... aber trotzdem ... du brauchst nicht viel zu tun. Ich hätte wirklich einen prima Job für dich ... Mardi Gras ist *die* Gelegenheit, das Geld zu scheffeln!« Sie schlug auf den Tisch, um die versprochene Sorglosigkeit zu unterstreichen.
»Auf welche Weise?«
»Auf jede Weise. Wir werden noch besprechen, wie. Ich werd's dich lehren. Du fängst sie ein.« Ihre Hand stieß vor, und sie ergriff meinen Arm.

Nun legen ihre ausdruckslosen Augen mich wissend fest, was mich zutiefst verstimmt. »Spiel hier nicht den Unschuldigen, Junge!« hielt sie mir vor und packte meinen Arm noch fester, die langen Nägel drangen mir fast ins Fleisch. »Spar' dir den Zauber für die anderen auf«, sagte sie geringschätzig.

Ich schüttelte sie verärgert ab.

»Unschuld…«, flüsterte sie. »Unschuld taugt vielleicht für die, die sie besitzen. Wir, die wir sie verloren haben, werden sie nie mehr zurückgewinnen.«

Sie verstummte für längere Zeit, starrte mir in die Augen, dann sagte sie ohne Umschweife: »Du schleppst sie ran. Und wir machen unseren Schnitt – auf diese oder jene Weise.«

»Wenn ich das vorhätte«, sagte ich vorsichtig und bemühte mich, keinen Ärger über ihre Sicherheit zu zeigen, »würde ich das auf eigene Rechnung tun.«

»Ich will dir mal was sagen, du Schlaukopf«, sagte sie. »Ich lebe schon Jahre in diesem Viertel. Und wie lange bist du hier – einige Stunden?«

Sie warf den Kopf zurück und lachte heiser. Das Gelächter dröhnt durch den Raum. Die Ohrringe glitzerten wie toll im Schein des Kaminfeuers – winzige Punkte stießen im Halbdunkel wie Dolche nach meinen Augen.

»Du schlauer schlauer schlauer *dummer* Junge!« sagte sie unheimlich kichernd.

Ich war böse, aber ich lächelte. »Sie haben sich in mir geirrt, junge Frau – trotz Ihrer… Kräfte!«

»Los – lach nur«, sagte sie. Dann verengten sich ihre farblosen Augen und sie sagte fast rachsüchtig, als fluche sie :

»Dieses ist die Botschaft, du kluges Kind: Mardi Gras ist nicht bloß irgendsoein Karneval. Da irren sie sich alle. Ich werde dir die wirkliche Wahrheit verraten: Die Leute tragen dreihundertvierundsechzig Tage im Jahr eine Maske. Zu Mardi Gras tragen sie ihr eigentliches Gesicht! Was du für Masken hältst, sind in Wirklichkeit… *sie selbst!«* Sie schien mich anspringen zu wollen, so nahe kam mir ihr Gesicht. »Hexen!« brüllte sie mich an. »Teufel! Menschenfresser! Vampire! Clowns … viele viele … Und ein paar …«, sagte sei ein wenig milder, »nur ein paar, denk dran: ein paar … *Engel!* …« Ihr seltsames jähes Gelächter verfolgte mich bis auf die Straße.

Sylvia *oder* Alle meine kleinen Heiligen

1 Mitten im Französischen Viertel, über den Bäumen des Jackson Square, stoßen die Türme der St.-Louis-Kathedrale, Flucht in den Himmel androhend, mutig ihre Kreuze in das Firmament, deren höchstes, ein unklarer, eisiger Umriß – aus der Ferne die gefrorene Idee eines Kreuzes – schlank und aufrecht mit göttlicher Gleichgültigkeit vom sommerlichen Winterhimmel (mit seinen zarten Ätzungen von spinnengittrigen Umrissen der Balkons der Stadt) herunterblickt auf die wuchernde Kasbah des Französischen Viertels. Sogar die von uns, die eben erst angekommen sind, spüren es sofort – jene unsichtbare Grenzlinie, die ein quadratisches Gebiet willkürlich umschließt. Sie verläuft über Canal und Esplanade, Burgundy und Decatur.

Die Grabesstimmen der Kathedralenglocken hallen eindringlich wider in den Höfen und Bars, den Cafés und Restaurants. Wie das feierliche Läuten zur Ankündigung des Gerichts, das Miss Destiny im Geiste gehört hatte, rufen sie den Bewohnern des Französischen Viertels ihre Welt im Gitterkäfig ins ständig sprungbereite Bewußtsein.

Nicht weit von der Kathedrale – so daß man fast die Vibration der läutenden Glocken wahrnehmen kann – befindet sich eine Bar, genannt *The Rocking Times:* ein kleines quadratisches Lokal mit zwei Eingängen: einer von der Straße, von einer schmalen Gasse aus der andere, der durch einen verkommenen Backsteinhof in einen engen Gang führt (wo die Toilette abzweigt: eine dunkle Höhle mit den allgegenwärtigen obszönen Zeichnungen und flehenden Inschriften) und von dort ins Lokal.

Nur Minuten vorher, als ich das Viertel im gilbenden Nachmittag durchstreifte (nachdem ich zum Glück in dieser bereits überfüllten

Stadt ein Zimmer im YMCA gefunden hatte, da ich genau in dem Augenblick dort ankam, als jemand überstürzt und böse auszog: ein Zimmer, zu dem ich nur gelegentlich zurückkehren werde, wenn das Verlangen, allein zu sein, mich überkommt), hatte ich eine Dragqueen diese Bar betreten sehen, und ich bin sicher, daß es ein Stricherlokal ist.

Als meine Augen sich an die schmuddelige Beleuchtung gewöhnt hatten – eine Tür mit einer Portiere als doppelter Schutz vor dem Draußen – war der erste Mensch, den ich wahrnahm – über das flüchtige Wiedererkennen der Stricher, Dragqueens und Freier hinaus – eine schwarzhaarige Frau, die auf einem Hocker mit dem Rücken zur Theke sitzt. Sie beugte sich zu mir vor, aber als ich mich in ihre Nähe setzte und überlegte, ob sie mich vielleicht kannte, wandte sie ihr Gesicht ab.

In der entsprechenden Beleuchtung ist sie eine attraktive Frau in den Vierzigern. Doch als sie sich zur helleren Theke herüberbeugt, um das Glas, aus dem sie trinkt, an ihren stark geschminkten Mund zu setzen, sieht sie hart und abgebrüht aus wie jene Frauen, die im Film die immer weitermachenden Ex-Geliebten berühmter Gangster darstellen.

Mit einem einladenden Lächeln, das mir bereits bestätigt hätte, daß ich hier richtig bin, stellte der pausbäckige Barkeeper (einer der beiden, die heute nachmittag Dienst haben) mir ein Freibier als Willkommenstrunk hin … Gelegentlich spricht er in vertraulichem Ton zu der dunkelhaarigen Frau und mit erfolglos-bemühter Diskretion weist er durch einen Blick oder eine Kopfbewegung auf jemanden hin. Die Frau hört zu, ohne ihr Gesicht zu wenden. Wie Verschwörer scheinen sie die Leute hier im Auge zu behalten.

Mich im Lokal umsehend (die hungrigen Gesichter der Jäger und ihres Wildes) – das mir so vertraut ist wie die anderen in den nächtlichen Städten, die ich verließ – habe ich immer wieder das Gefühl von etwas äußerst Ungutem, verstärkt durch das Zwischenspiel mit der Zigeunerin – gefolgt von großer Müdigkeit, die rasch in manische Erregtheit umschlägt. An die winselnde Musicbox gelehnt, schnalzt eine große blasse Dragqueen rhythmisch mit den Fingern zu den Jazzgeräuschen. Eine andere Transe mit leicht getuschten Wimpern, den eigentlichen Mardi Gras vorwegnehmend, an dem sich alle ganz legal als Frauen *maskieren* dürfen, stürmte herein und redete laut und nervös auf die Fingerschnalzerin ein:

»Mae, du *mußt* mit mir herauskommen, *jetzt sofort,* und mir helfen! Miss Ange ist draußen und kotzt sich die Seele aus dem Leib! Wir *müssen* sie in ihre Wohnung schaffen, ehe sie von der Polente geschnappt wird.« Mit zunehmender Hysterie: »Sie ist so störrisch …« (ich sehe, wie sich die Frau neben mir wachsam aufrichtet) »… und ich werd' allein einfach nicht mit ihr fertig, sie kratzt wie eine Katze!«

Ohne ihr gleichmütiges Fingerschnalzen zu unterbrechen, zischt die blasse Dragqueen – selbst auf voller Fahrt in die künstlichen Paradiese:

»Soll ich meiner Schwester Hüterin sein? oder was? … Als *ich* das Saumensch mal brauchte, tat sie plötzlich, als hätte sie mich noch nie von hinten gesehen!« Sie beugte sich vor und zurück – dazwischen so weit zurück, daß es aussieht, als müsse sie sofort das Gleichgewicht verlieren – die Hände wie federlose Schwingen (oder besser: wie schwankende Palmen in starkem Wind) über dem Kopf und ruft zur verräucherten Decke hinauf: *»Big Daddy-o,* ich komme!« Und dann wie ein Echo der Musicbox: *»Oh, yes, indeedee, babies – let the good times roll!«*

Als die andere Dragqueen in verwirrter Erbitterung hinausstürzte, winkte die dunkelhaarige Frau dem pausbäckigen Barkeeper und flüsterte ihm etwas zu. Er verließ die Bar rasch, kam einige Augenblicke später wieder und führte eine winzig kleine Transe herein, die aussah wie eine zerschlissene Stoffpuppe: so bleich, daß ihre Gesichtszüge wie aufskizziert scheinen, so leblos, als habe ein Vampir sie ausgesogen.

Der Mixer legt sie auf eine der schmalen couchartigen Bänke, die an den Wänden des Lokals entlanglaufen. Nun kauert die schwarzhaarige Frau sich vor die Dragqueen, als wolle sie sie vor fremden feindlichen Blicken schützen, hält ihr eigenes Glas an den murmelnden Mund, der die Flüssigkeit hartnäckig zurückweist. Ich höre, wie die Frau zu der Kranken sagt: »Ich hab' dir doch gesagt, du sollst nicht soviel trinken! ... Schätzchen.« Der Tonfall ihrer Stimme – ohne südlichen Akzent – ist höchst verärgert, das letzte Wort aber mildert diesen Eindruck: es ist der Tonfall eines Menschen, der vergeblich versucht, böse zu sein.

»Nicht ... betrunken«, murmelt Miss Ange benommen. »Pillen ... und ...« Die Frau sah besorgt in die Runde.

Sie richtet sich unwillig von der Bank auf, entspannt sich, beugt sich wieder herunter und sagt mit sonderbarer Beharrlichkeit: »Ich hab' dir doch gesagt, du sollst nicht soviel trinken.«

Wieder flüstert sie mit dem Barkeeper, und er beginnt die Taschen der Transe zu durchstöbern. Er findet, was er sucht – Pillen und Marihuanazigaretten – und verschwand in der Toilette. Die Frau geht auf den engen Gang und ich höre sie nach einer Taxe telefonieren. Als sie wiederkommt, bleibt sie vor der völlig abwesenden Dragqueen an der Musicbox stehen, als wolle sie ihr Vorwürfe machen. Statt dessen starrte sie sie bloß an und folgte dem Mixer, der jetzt die Angeschlagene hinausführt ...

Nach einigen Augenblicken kamen der Barkeeper und die Frau zurück und sie setzt sich auf den gleichen Hocker an der Wand. Zwei Tunten, die aussehen wie Zwillinge – das Gesicht auf die Ellbogen gestützt – haben mich während alldem unverwandt angestarrt. Immer wenn ich ihren Blick auffing, verwandelten sie beide gleichzeitig ihre Hände durch Fingerspreizen spielerisch in Fächer, hinter denen sie kokett hervorlugten wie Parodien auf große spanische *Doñas.* Plötzlich, als das Nachmittagslicht ins dunkle Lokal zuckt und den Eintritt von jemand ankündigt, fallen vier Hände, eben noch Fächer, apathisch an gleichgültig abgebogenen Handgelenken herab – und ich weiß: wer auch immer hereinkam: er ist ein Feind. Die Frau in meiner Nähe richtet sich auf und sitzt starr da wie jemand, der sich zum Kampf rüstet.

Zwei große, korrekt angezogene, kräftige Männer waren eingetreten: Gangstertypen, ihre Gesichter trugen den Stempel arroganten Polizistendünkels. Da ich sie wie alle anderen im Lokal sofort als das ausmachte, was sie waren – nämlich Leute von der Sittenpoli-

zei – (die übertriebenen Posen werden zurückgenommen, sogar die Freier, die selten kontrolliert werden, heucheln Gleichgültigkeit und drehen dem Stricher, mit dem sie sich vielleicht gerade unterhielten, rasch und unmißverständlich den Rücken zu) sah ich eifrig in das vor mir stehende Glas und stelle mir spießigerweise vor, wie ein Zug aneinandergeketteter Streuner das *Rocking Times* verläßt.
Die zwei von der Sitte kontrollieren auf gut Glück einige Personalausweise. Den Stimmen, die ich antworten höre, langsam und mit ausgesprochener Feindseligkeit, kann ich entnehmen, daß sie die Dragqueens in Ruhe lassen; sie konzentrieren ihre Aufmerksamkeit auf die Stricher, als ob deren Anwesenheit sie irgendwie persönlich gefährden würde.
Offenbar schien ich nicht gleichgültig genug, die Bullen stehen bereits hinter mir. »Wo wohnen Sie?« fragt der eine mich. Ich drehe mich um und sehe in steinkalte Polizistenaugen …
Ehe ich antworten konnte, sagte die schwarzhaarige Frau klar und deutlich: »Er wohnt bei mir.« Mit einem schiefen Lächeln fügt sie hinzu: »Ihr wißt ja, wo das ist, nicht wahr … Jungs?«
Der Größere von beiden lächelt sie an – aber nur mit dem Mund; der gereizte, gehässige Ausdruck blieb, von Jahren blinden Hasses eingekerbt. »Ihr Haus muß ziemlich bevölkert sein«, sagt er gedehnt zu der Frau.
»Es ist ja auch ziemlich groß.« Sie blickt kalt zurück.
Sie standen einen Augenblick an der verhängten Tür, die beiden Bullen, und sahen ins Lokal zurück, als wollten sie sich jedes Gesicht hier bedrohlich, unauslöschlich einprägen: mit dem Blick jemandes, der sagt: »Dieses ist nur der Anfang des Spielchens – nur der kleine Anfang davon; wir kriegen euch schließlich doch – wenn nicht hier, dann woanders.«
In typischem Bullengang, mit unsichtbaren Polizeiknüppeln, stolzieren sie hinaus.
Das erstarrte Bild um mich herum belebt sich wieder, als sei ein Filmstreifen stehengeblieben und laufe jetzt weiter.
Die schwarzhaarige Frau sagt zu mir: »Sie versuchen jeden dranzukriegen, bevor die Touristen kommen. Besonders die Stricher«,

fügte sie nachdrücklich hinzu. »Nach einiger Zeit, je näher Mardi Gras heranrückt, wird's wieder friedlicher; sie verlieren die Übersicht – es sind dann zu viele, um die sie sich kümmern müssen.« Diese Worte von einer Frau – von einer Frau, mit der ich noch nicht einmal gesprochen habe – so zielsicher an mich gerichtet, machen mich merkwürdig verlegen. »Wo wohnst du wirklich?«
»Im YMCA«, antwortete ich.
»Na...?« Dann: »Schau, Junge, ich möchte nicht schnüffeln. Ich weiß Bescheid. Und es ist mir völlig gleich. Aber wenn du keine Bleibe hast, werden sie dich wegen Landstrei... He! Desdemona! Drusilla!« ruft sie den beiden einander so ähnlichen Dragqueens zu. »Sie sind wirklich Schwestern«, erklärt sie mir, »... Zwillinge: Desdemona und Drusilla Duncan. Und sie sind in Ordnung.«
»Du hast uns gerufen. Liebste?« sagt die eine, und sie gleiten gleichzeitig von ihren Hockern herunter und kommen sittsam zu uns herüber.
Die Frau stellte uns einander vor.
»Angenehm«, sagt Desdemona Duncan.
»Sehr erfreut«, sagt Drusilla Duncan.
»Ich habe wirklich ein Zimmer«, sagte ich zu der Frau, da mir klar wird, weshalb sie die beiden herübergebeten hat. Die zwei Dragqueens ließen sich auf zwei Barhockern in der Nähe nieder. »Wie schade«, seufzten Desdemona und Drusilla Duncan fast wie aus einem Munde.
Die Frau zuckte die Achseln. Der Barkeeper füllte ihr Glas neu – mit Seven-Up. »Ich bin Sylvia«, stellte sich die Frau vor. »Mir gehört das Lokal.«
»Und sie ist wirklich ein Schatz«, trillerte Drusilla Duncan. Jemand kam herein. Sylvia kniff die Augen zusammen und beugte sich vor. Dann wandte sie sich ab. »Ich hasse die Bullen von der Sitte genau wie du«, sagte sie zu mir.

2 Auf der Straße, in der Nähe des *Bourbon House,* stehen zwei junge Männer sich gegenüber – der eine, schwarzhaarig und gemein aussehend, bedroht den anderen mit einem dicken Stock;

der andere, ein kleiner blonder Junge von ungefähr achtzehn Jahren (Stupsnase, eine Spalte im Kinn, blaue Augen, ein Wust blonder Haare über der Stirn – der Prototyp des gängigen, jungenhaften, blondgesichtigen Rock-n-roll-Teenager-Idols) hält dem Schwarzhaarigen verkrampft und unsicher ein Messer entgegen, das in der blinden Sonne gleißt. Hinter dem Dunklen schleicht ein kleines mageres Mädchen herum wie ein verschreckter Aasgeier. Ihr geschminkter Mund scheint achtlos in ihr verkniffenes Gesicht gefetzt worden zu sein wie eine klaffende scharlachrote Wunde. Stock und Messer sind zum Angriff bereit. Mit Augen, die nach Gewalt hungern, ruft das Mädchen bösartig ihrem dunkelhaarigen Freund zu, wobei sie ihn vorwärts stößt: »Los, Mann! Mach 'n kalt, den Saukerl!«
Die beiden gebändigten Knabenkörper schnellen gegeneinander, umklammern sich, trennen sich wieder, umschlingen sich für einen langen bewegungslosen Augenblick wie in Begierde. Der blonde Junge taumelte zurück, einen blutigen Spalt an der Schläfe. Der dunkelhaarige junge Mann steht da und schaut bestürzt auf seine eigene Hand, die zwischen Daumen und Zeigefinger aufgeschlitzt war, so daß sie sich öffnete, wie der Schwimmfuß einer Ente.
»Mach 'n kalt!« schrie das Mädchen dem Dunkelhaarigen wild zu. Aus dem *Bourbon House* kam jemand herausgerannt und rief laut: »Polizei! Polizei!«
Wie Vögel, vertrieben von einem Stein, löst sich die Gruppe rasch auf. Leute stieben quer über die Straße in Türöffnungen hinein.
»Nehmt ihn mit«, sagt ein älterer Mann autoritär zu mir und einem anderen jungen Mann, der Zeuge des Kampfes gewesen ist und nur Minuten früher mit mir und dem blonden Jungen in der Bar *Les Petits* war. Wir stützen den Blonden; das Blut aus seiner Schläfe läßt auf seinem weißen Hemd eine purpurrote Blume erblühen. So rasch wie möglich biegen wir mit ihm in eine Seitenstraße ein – vorbei an den erschrockenen Augen der Touristen, die uns ausweichen, um sich nicht zu beschmutzen – wo der Mann, der uns aufforderte, ihm zu folgen, bereits ein Taxi angehalten hat.
Längs den Häusern mit Gitterbalkons entflieht das Taxi dem Nach-

mittag, flieht in die schützende Obhut der nahenden Nacht. Der junge Mann, den Blonden stützend, der jeden Augenblick das Bewußtsein zu verlieren droht (der ältere Mann sitzt vorn und starrt geradeaus; der Fahrer ist, wie vorherzusehen war, unbeteiligt), sagt kodderschnäuzig zu mir: »Der dreckige Sauhund, wir müssen zurück und ihn richtig fertigmachen!« – er fragt mich, ob wir diesen Scheißkerl um die Ecke bringen sollen oder nicht, der unseren Kumpel mit einem Stock schlug – obwohl unser *Kumpel,* der blonde Junge, den wir beide erst vor einigen Minuten im *Les Petits* kennenlernten (wir waren alle drei mit dem gleichen Freier zusammen), nichts getan hatte, außer sich der Freundin des Dunkelhaarigen zu nähern; sie witterte den möglichen Konflikt (der in jedem Stricherlokal in der Luft liegt, da der Stricher seine Männlichkeit unter Beweis stellen muß – mit Hilfe eines Mädchens, irgendeines Mädchens, irgendeiner Frau) und trieb die Situation stillschweigend voran (indem sie uns zublinzelte, als der Dunkelhaarige sie umarmte) und steckte ihrem Freund, daß der Blonde sich zu ihr herübergebeugt habe, als wolle er sie küssen. Die Schlägerei fand auf der Straße statt.

Irgendwo außerhalb des Viertels hielt die Taxe vor einer Bude, die aussieht wie ein mit Brettern vernagelter Laden mit schwarzgestrichenen Fenstern. Der Mann zahlt, und wir betreten das Gebäude durch eine unverschlossene Seitentür. Der große Raum ist dunkel wie eine Zelle. Tische sind an die Wand geschoben, auf ihnen umgekehrte Stühle. Ein paar Nischen. Dunkle verschmierte häßliche Flecken an der Wand hinter einer Bar ohne Hocker weisen darauf hin, daß dort eine Reihe von Spiegeln entfernt worden ist. Nur einer davon blieb übrig: grau-bräunlich, in der Mitte zerschmettert, wodurch ein gläsernes Spinnennetz entstand. In einem Zimmer jenseits der Tür brennt Licht.

Aus den Schatten lösen sich langsam und nebelhaft andere Gesichter und zeichnen sich impressionistisch gegen die Dunkelheit ab. Sie schienen wie Rieseninsekten von irgendwoher aus dem Holzgetäfel herauszukriechen. Jetzt kann ich die Gesichter deutlich erkennen: drei Strichjungen, die ich im *Rocking Times* gesehen hatte, ein verstörtes Mädchen und eine junge geschminkte Dragqueen.

Der Mann, der uns herbrachte, verschwand rasch durch die erleuchtete Türöffnung.
Wir setzten den blonden Jungen auf die Bank in der Ecke einer Nische. Wie in wiedererwachendem, benommenem Erstaunen starrte er auf das Blut an seiner Hand, riß an seinem Hemd und hielt das Stück Stoff an die verwundete Schläfe.
Das Gesicht der Dragqueen hängt wie eine weiße bemalte Maske über ihm. »Armer Kleiner«, seufzt sie, »... und dabei ist er so niedlich!«
Nun erschien gegen das Licht im anderen Raum der Schatten einer Frau, gefolgt von dem Mann, der uns herbrachte. Als die Frau sich uns näherte, erkannte ich sie: Sylvia – die Frau aus den *Rocking Times.*
Rasch setzte sie sich neben den Blonden, der in sich zusammengesunken war; sie verband die Wunde gewandt und flink. Uns ihrer Autorität beugend – sie beherrschte die Situation vollkommen – heben wir zwei, die wir ihn hergebracht hatten, den verwundeten Jungen auf und folgen Sylvia durch den erleuchteten Raum (eine Küche mit einem langen Tisch, mehreren Stühlen und einem alten Kühlschrank mit gewundenen Rohren) über einen Korridor in ein anderes Zimmer. Dort sind mehrere Notbetten, Couchs, Matten auf dem Boden, und wir legten den Blonden auf ein Bett.
»Wir müssen den Kerl fertigmachen, der das getan hat«, sagt der Bursche neben mir.
Sylvia sah ihn unsicher an, wie unentschlossen, ob sie ihn züchtigen oder loben sollte. Doch sie wandte sich bloß ab und blickte traurig auf den verwundeten Jungen. »Laßt ihn schlafen«, sagte sie mit einem Unterton, der Verachtung bedeuten konnte. Sie zog eine Decke über ihn – zunächst zärtlich. Dann warf sie die Decke ungeduldig auf ihn drauf. Ihre Gereiztheit läßt wieder nach, sie seufzt und berührt leicht sein verbundenes Gesicht. Im Schlaf sieht der Bursche aus wie ein friedlicher kleiner Junge ...
Als wir in den dunklen Raum mit den augenlosen Spiegelrahmen zurückkehrten, war der Mann fort; die jungen Leute, das Mädchen und die Dragqueen sind verschwunden, wahrscheinlich in andere

Teile dieses seltsamen Gebäudes. Wie die U-Bahnhöfe für geflohene Neger aus dem Süden, so muß dieser Ort den Karnevalsstreunern eine vorübergehende Zuflucht bieten.
»Habt ihr Hunger?« fragte Sylvia mich und den anderen jungen Mann.
Ich sagte nein. Der andere sagte ja.
Sie schickte ihn in die Küche.
Während er sich etwas zu essen aus dem alten Kühlschrank nahm, saßen die Frau und ich uns in einer der Nischen gegenüber.
Sie wischte mit der Hand rasch ein paar Blutstropfen fort, die auf den Tisch gefallen waren – als wolle sie die Tatsache ihrer Existenz auslöschen.
Sie sah mich prüfend an und hob die Brauen, als wolle sie mich etwas fragen, worauf die Antwort, obwohl ungeheuer wichtig, sie trotzdem bestürzen oder schmerzlich berühren würde.
»Warum …?« begann sie.
Statt weiterzusprechen, wendet sie ihren Blick von mir ab. Ihr Gesicht war für einen Augenblick weicher geworden. Nun überzog die zynische Härte es wieder. Sie richtete die Augen steinern auf die verlassene graue Bar. Zunächst hatte ich gedacht, sie habe mich nicht erkannt; nun nennt sie mich beim Namen.
»Wie passierte das mit dem Jungen?« fragte sie.
Bevor ich weitergekommen war als zu der Stelle, wo das Mädchen ihren Freund aufhetzte, unterbrach Sylvia meinen Bericht von der Schlägerei und schüttelte müde den Kopf, als habe sie schon zuviel gehört. »Ich kenne das Mädchen, von dem du sprichst«, sagte sie. »Sie versucht immer andere dazu zu bringen, etwas zu beweisen, aber eigentlich versucht sie, es sich selbst zu beweisen.«
Und ich denke an Barbara, die vielleicht immer noch im Labyrinth der Innenstadt von Los Angeles ist …
Sylvia sagte: »Ich werde dem Jungen das Messer wegnehmen, wahrscheinlich weiß er nicht einmal, wie man damit umgeht.«
Wieder schüttelte sie ratlos den Kopf. »Du hättest es ihm wegnehmen sollen, gleich als du es bei ihm sahst«, sagte sie, als habe ich eine Pflichtaufgabe nicht erfüllt.

»Ihr alle …«, setzte sie an, zwanghaft sich einem bestimmten gefährlichen Thema nähernd, das, kaum berührt, umgangen werden muß. Sie schwieg.

Ich fühlte mich in diesem Augenblick unbehaglich in ihrer Gesellschaft – auf unerklärliche Weise schuldig, schuldbeladen, als habe ich ihr etwas angetan.

»Gehört dieses Lokal auch Ihnen?« fragte ich sie, nur um das übermächtige Schweigen zu brechen.

»Ja«, antwortete sie. »Es ist allerdings schon eine ganze Weile geschlossen … es liegt zu weit vom Schuß. Ich kaufte dafür das andere, *The Rocking Times.«* Sie fügte den Namen mit tiefem Sarkasmus hinzu. »Ich hätte diesen Laden verkaufen können, oft genug. Aber ich möchte ihn lieber noch behalten – jedenfalls fürs erste.«

Wie ein Mensch, bereit zu kämpfen, sogar ehe eine feindliche Situation eingetreten ist, fügte sie wie in Selbstverteidigung plötzlich angriffslustig hinzu: »Na klar: dieses war auch ein Stricherlokal: Stricher! Tunten! kerlige Schwule! Alles zusammen!« Sie brachte jedes Wort mit so falschem Elan, wie ein Kind, welches beweisen will, daß es unanständige Worte gebrauchen kann, und genausowenig überzeugend hatte jedes Wort geklungen. »Was denn sonst?« sagte sie herausfordernd, als habe ich sie etwas gefragt.

»Wenn diese Lokale gut gehen, bringen sie eine Menge Geld, nehme ich an«, sagte ich unbeholfen und versuchte immer noch, etwas von dem Druck von ihr zu nehmen, der meinem Gefühl nach auf ihr lastete.

Sie blitzte mich wütend an.

In der grauen Dunkelheit konnte ich fast körperlich fühlen, wie ihre Augen auf meinem Gesicht brannten. Wie vorauszusehen, entspannte sie sich und wechselte das Thema. »Gewöhnlich bin ich um diese Zeit schon an der Bar«, erklärte sie. »Aber was soll's denn? Jeder, der jetzt da ist, wird später auch da sein – oder sie werden wiederkommen.«

»Sie kennen jeden, der dort verkehrt?«

»Ich sehe jeden«, sagte sie. »Und ich kenne die meisten Stammgäste, die das ganze Jahr über hier sind. Es ist hauptsächlich zu Mardi

Gras, daß das schwule Bild dieser Stadt sich verändert ... Ich hasse das Wort *schwul ... andersrum* auch, sogar noch mehr«, sagte sie rasch.

Mir fällt der Mann am Strand ein von jenem Nachmittag in Santa Monica, mit dem ich im Sand gesessen und dem Vogel zugesehen hatte, der in den Himmel entkam. Er hatte sehr ähnliche Einwände gegen die unfairen Bezeichnungen erhoben, die dieser Welt aufgezwungen werden – ein Einwand, dessen Echo in dem betreffenden Milieu immer und immer wieder zu vernehmen war ... Diese Frau jedoch? Wurde ihr Groll gegen diese Bezeichnungen von einem verzehrenden Schuldgefühl genährt, da sie mit ihrem Lokal für eine Welt eintrat, zu der sie, wie ich argwöhnte, nicht wirklich gehörte?

Während wir uns unterhielten, war eine Dragqueen verstohlen durch die Seitentür eingetreten. Sie schien Bedenken zu haben, sich Sylvia zu nähern. Plötzlich war sie da – stand vor uns. »Lily, ich hab' dich gesucht«, sagte Sylvia barsch.

»Ich weiß, Süße«, sagte die Dragqueen, genannt Lily, kläglich.

»Und – ob du's glaubst oder nicht – genau das ist der Grund, warum ich hergekommen bin: um gewisse Punkte einer gemeinen erlogenen, jeder Grundlage entbehrenden, von A bis Z erfundenen, niederträchtigen Klatschgeschichte zu klären, die jemand über mich verbreitet hat. Und was mich angeht ... ich hab' mich nicht vor dir versteckt oder sonstwas – ehrlich, Süße«, sagte sie bereits jetzt schon merkwürdig beschwichtigend. »Ich möchte, daß du das weißt. Du mußt es einfach wissen«, sagte sie wie Bette Davis. »Bloß daß ich – wahr und wahrhaftig – daß ich jetzt, kurz vor Mardi Gras, alle Hände voll zu tun hatte.«

»Ich weiß«, sagte Sylvia schneidend.

»Aber Sylvia, Süße ... es war alles ganz anders, als man es dir erzählt hat, Baby«, protestierte Lily und fingerte nervös an einer langen Perlenschnur herum, die sie um den Hals trug.

»Woher, zum Teufel, weißt du, was man mir erzählt hat?«

»Weil es mir *berichtet* wurde! Von gemeinsamen Freunden.« Sie vermeidet es, Sylvia direkt anzusehen; sie heftet den Blick schuldbewußt auf die aufgereihten Perlen.

»Ich habe diesen besoffenen Matrosen *nicht* beklaut«, sagt sie und packt den Stier bei den Hörnern. »Und ich weiß, daß diese alte Trine Nuttria dir gesteckt hat, ich hätte es getan. Süße, du kennst mich gut genug, um das zu wissen: ich-beklaue-einfach-niemand-der-es-nicht-darauf-anlegt-beklaut-zu-werden.« Diese Worte, offensichtlich auswendig gelernt, prasselten nur so hervor, als seien sie eine Bestätigung dessen, was, wie sie wußte, eine erschöpfende wirkungsvolle Verteidigung war. »Und dieser Matrose legte es *nicht* darauf an! Ich war bloß zufällig scharf auf ihn, verstehst du, Süße? – und die dusselige Nuttria war auch scharf auf ihn (oh, sie hatte völlig ihr bißchen Tuntenverstand verloren – sie bot ihm sogar Geld an dafür, aber er flog auf *mich!)* ... und, na ja, Nuttria, diese niederträchtige blöde Schwuchtel, war vielleicht auf Hundertachtzig – reif für die Zwangsjacke, kann ich dir säuseln.« Beim Gedanken an Nuttria wirbelte sie ihre Perlen herausfordernd im Kreis. »Ich hab' sogar gehört, daß sie ...«

»Rassel mir nicht mit deinen idiotischen Perlen vor der Nase rum, Lily«, fuhr Sylvia sie an. »Ich merk' es schon, wenn du eine Sache umfrisierst. Ich weiß, wie du und dieser Stricher euch in die Hände arbeitet – wie du dir jemand anlachst und die hilf- und schutzlose Dame spielst – du bist sogar imstande und bietest ihnen Geld, um sie in deine Bleibe zu locken, und dann droht ihnen dein sauberer Freund, sie zusammenzuschlagen, wenn sie ihren Zaster nicht rausrücken.«

Lily legte ihre Hand empört aufs Herz. In offenbar gespielter höchster Verwunderung formte sie tonlos das Wort »Ich?« und ließ ihren Mund in erprobter Ungläubigkeit offenstehen.

»Es ist mir scheißegal, wen du beklaust – solange es sich um jemand handelt, der weiß, was ihm blüht«, fuhr Sylvia fort, und ich spüre, wie ihre Wut auf die Transe nachläßt. »Aber ein betrunkener Matrose – und wieviele andere betrunkene Matrosen mußten bereits daran glauben?« sagt sie bitter. »Also Lily: ich sage dir das nicht zum ersten Mal: ich dulde das nicht. Such' dir gefälligst ein anderes Lokal. Das war die Sache! ... Dieser Matrose war ja so stinkbesoffen – ich hab' euch zusammen gesehen! – daß er vermutlich dachte, du bist ein Mädchen. Entweder das, oder du wolltest ihn verkup-

peln, oder du hast ihm Geld geboten.«
»Nun ja, Süße«, sagte Lily, züchtig lächelnd, geschmeichelt vom einen, das andere ignorierend, »... du weißt selbst, wie echt ich aussehen kann – und an dem bewußten Abend trug ich mein Haar ...«
»Ich sagte dir schon: du sollst aufhören, mit deinen Perlen zu rasseln!« unterbrach Sylvia sie, was die Dragqueen veranlaßte, rasch einen Schritt zurückzutreten, die Hand ängstlich an der Kehle. »Ich warne dich zum letzten Mal: Ich dulde niemand in meinem Lokal, der jemand übers Ohr haut, der nicht clever genug ist, es besser zu wissen.«
»Ich sage dir wirklich die reinste Wahrheit«, protestierte Lily, deutete einige Tränen an, aber irgendwie unentschlossen, und hob die Hand wie zum Schwur. »Es war dieses ausgebuffte Tränentier Nuttria ...«, sie lächelte höhnisch, »... die diesen im höchsten Grade unglaubhaften Tratsch aufgebracht hat – und nur deshalb, wie ich schon sagte – *ich schwöre* – weil ich mir den Matrosen untern Nagel riß, hinter dem sie her war. Wenn seiner Brieftasche dabei etwas zustieß – also ich habe damit nichts zu tun.«
Ich überlege mir, ob Sylvia den Bericht der Dragqueen wirklich glaubt. Als sie ihn vorbrachte, schien Lily zu nervös, zu rasch bereit, sich zu rechtfertigen; ich hege den starken Verdacht, daß Sylvia ihr nicht glaubt – doch da es einfacher ist, ihr zu glauben, als durchzustehen, was Zweifel nach sich ziehen würde, sagt sie müde: »Okay ... schon gut ... schon gut ... Schwamm drüber«, wie ein Richter, der von der Glaubwürdigkeit der Darstellung des Angeklagten zwar nicht ganz überzeugt ist, jedoch die mildernden Umstände in Betracht zieht und sich ihnen beugt.
»Danke, Süße«, trällert Lily ungeheuer erleichtert. »Würdest du uns bitte bekannt machen?«
Sylvia stellte uns einander vor.
»Schon 'ne Bleibe, Liebling?« fragte mich Lily. »Ich hätte ein Bett frei.«
»Ja«, antwortete ich. Es ist etwas eindeutig Lüsternes um sie, das mich abstößt.
»Wie schade«, seufzt sie. »Dieses leerstehende Bett bei mir macht

mir eine Gänsehaut.«
»Was ist denn mit deinem flotten Freund?« fragte Sylvia listig. Unversehens aus dem Gleichgewicht gebracht, platzte die Transe heraus: »Getürmt ist er! – mit dem ganzen Geld, das wir gemacht hatten!« Und jetzt ist sie ehrlich erschüttert. Da ihr rasch klar wird, daß sie eindeutig in die Falle gegangen ist, verabschiedet sie sich aufs höflichste und entgleitet in die Küche. Jetzt spricht sie mit dem jungen Mann, der dort immer noch beim Essen sitzt.
»Eine verlotterte Welt, ohne Gesetze«, murmelte Sylvia angewidert vor sich hin. »Tunten, Stricher, Freier – und ich!« Plötzlich ist sie böse, ihre Worte klagen mich rüde an: »Ihr alle, wie ihr da seid! – Kerle wie du ... und der Kleine mit dem gespaltenen Schädel – was, verdammtnochmal, wollt ihr eigentlich beweisen? Warum vor allem ...?« Ich war froh darüber, daß sie ihre unangenehmen Worte unterbrach – obwohl sie mich angesehen hatte, als erwarte sie in der Tat eine Antwort auf eine Frage, die nicht gestellt wurde. Dann kam sie darauf zurück, womit sie begonnen hatte: »Aber sogar in einer Welt ohne Gesetze – und, verdammtnochmal, das wissen wir alle – hauptsächlich deswegen gesetzlos, weil es eine Sphäre ist, die die Leute meiden, vor der sie ... Angst haben, von deren Existenz sie am liebsten gar nichts wüßten – sogar in einer solchen Welt – du lieber barmherziger Heiland – muß es irgendeine Art von ... ja, verdammtnochmal – Anstand geben – irgendwelche Spielregeln. In meinem Lokal sorge *ich* für diese Regeln. Und es ist mir scheißegal, wem das nicht paßt ... soll er wegbleiben. Ich weiß genau, was da alles gefällig ist. Ich beobachte es jeden Tag: Freier, die auf der Jagd nach jungen Burschen zu mir kommen. Manche versuchen den Strichern mit ihrem Reichtum zu imponieren. Also werden sie ausgeraubt. Deswegen lasse ich mir keine grauen Haare wachsen. Diese Art von Freiern legt es darauf an.« Sie hatte mit der gewohnten Kaltschnäuzigkeit begonnen, aber diese hatte sich rasch verloren, und sie senkte die Augen, sogar in der Dunkelheit unfähig, mir ins Gesicht zu sehen.
»Aber wenn ein Stricher in meinem Lokal von einem Freier anständig behandelt wird (und ich kenne auch die meisten der Freier)«,

fuhr sie fort, »und wenn er damit einverstanden ist, was man ihm zahlen will – und auch damit, wofür – und mir dann zu Ohren kommt, daß er den Freier beklaut hat, dann …«, sagte sie drohend, »… dann, verdammtnochmal, hat er mir Rede und Antwort zu stehen, oder er betritt mein Lokal nicht mehr. Genauso ist es mit den Tunten und ihren *Daddys* … Es *muß* irgendeine Art von Moral geben!« beharrte sie. »Nicht den Mist, den sie einem in der Sonntagsschule erzählen. Ich meine: man muß sich in der Welt zurechtfinden, zu der man nun mal gehört – und in ihren Spielregeln, man muß alles in Betracht ziehen – ja – aber Regeln *müssen* sein!« Sie starrte in die leere Bar, in den zerbrochenen Spiegel.

Ja, es war genau, als habe sie sich, nicht sehr überzeugend, selber etwas klargemacht – Dinge aussprechend, die sie wahrscheinlich viele Male zu anderen gesagt hat und die ihr jetzt wieder einfallen – als sei sie hin- und hergerissen zwischen dem Zwang, zu akzeptieren – und ihrer angeborenen natürlichen Neigung, abzulehnen … Und ich überlege mir, inwieweit sie wirklich glaubt, der offenkundigen Gesetzlosigkeit Regeln aufzwingen zu können.

»Weswegen, zum Teufel, bist du nach New Orleans gekommen?« fragte sie mich müde, als sei sie es gewohnt, unzureichende Antworten zu bekommen.

»Wegen des Karnevals«, sagte ich ohne Umschweife.

»… und etwas anderem«, sagte sie zu sich selbst. »Außer den Umzügen … und all dem übrigen …«

»Wahrscheinlich haben Sie recht«, gab ich leicht verlegen zu.

»Es gibt immer noch *etwas anderes«,* sagte sie. »Ich bin schon … oh, mehrere Jahre in New Orleans. Ich kam direkt aus New York, gleich nach meiner letzten Scheidung«, setzte sie betont hinzu; ich hatte das Gefühl, sie wolle mich darauf hinweisen, daß sie mehrere Male verheiratet gewesen sei.

»Und weswegen kamen *Sie* hierher?« fragte ich sie.

Sie schwieg lange, bevor sie antwortete. »Ich kam her … des Karnevals wegen. Wie du«, fügte sie mit bitterem Sarkasmus hinzu. Dann sah sie mich so sonderbar an, als sei ich ihr plötzlich ein ganz fremder Mensch, mit dem sie sich rein zufällig in eine vertrauliche

Unterhaltung eingelassen hatte. Sie stand rasch auf und ging durch die erleuchtete Küche – um, wie ich annahm, dem verwundeten Jungen das Messer abzunehmen …
Die Dunkelheit entließ eine geschminkte Transe, die aus Sylvias Schatten auftauchend auf mich zugesegelt kam und plötzlich vor mir stand. »Ich bin Nuttria, Liebling, und du gefällst mir«, sagte sie.

3 Natürlich gibt es noch andere Lokale im Französischen Viertel, in denen die Jäger und ihr Wild sich einfinden.
Da war das *Les Petits,* wo *Love Face,* eine fette Schwarze mit gebleichtem Haar, allnächtlich dem Mikrofon stöhnende keuchende Liebeserklärungen machte. Und ganz in der Nähe, über den Hof, war *Sandy-Vees Bar* – und Sandy-Vee ist eine der anrüchigsten und berühmtesten Fummeltrinen Amerikas. Und im Vollgefühl ihres aufgezwungenen Ausgestoßenseins schüttelt sie herausfordernd seine/ihre orangefarbenen Ohrgehänge für die neugierigen Touristen. (Bei meinem ersten Besuch dort stellte sie sich vor den amüsierten Touristen zur Schau – die sie haßte, aber listig ausnutzte – und kreischte, als ich hereinkam: »Das ist mein neuer Gatte!« – und dann sagte sie zu einer Frau, in der sich die Langeweile von Generationen konzentrierte und die mit ihrem dicken, müden Begleiter mittleren Alters dasaß: »Ich amüsiere mich viel besser als du, mein Schatz! – und von der Sorte gibt's noch viele!« – und sie unterstrich ihre Schamlosigkeit, indem sie zischend Sprudelwasser in ein Glas laufen ließ und der Frau zurief: »… 's wird Zeit für 'ne Spülung, meineSüße!«)
Dann gab es noch *Cindys Bar,* geführt von einer dicken, lustig aussehenden Frau mit einem Schnutenmund, die nach ihren Gästen verschmachtete. Ferner *Les Deux Frères.* (»Wieso *die beiden Brüder?«* – »Weil die Besitzer Brüder sind, zugleich aber Schwestern!«) Und dann noch die anderen Lokale übers Viertel verstreut.
Meistens jedoch, besonders in den Augenblicken, da ich eine Ruhepause von der krampfigen Raserei dieser Tage vor Mardi Gras brauchte, in denen die ganze Stadt in Vorbereitung des Kommen-

den fieberte, kehrte ich ins *Rocking Times* zurück. Und das geschah hauptsächlich in der Absicht, mit Sylvia zusammen zu sein.

In der Welt ihres Lokals behandelte sie jeden, der sich dort einfand, seiner eigenen Art entsprechend. Mit den Dragqueens erörterte sie deren Roben für Mardi Gras und versicherte ihnen, daß diese oder jene bestimmte Farbe genau hinhauen würde. Den maskulinen Homosexuellen – weder Freier, Strichjungen noch Dragqueens – hörte sie aufmerksam zu, wenn sie vertraulich ihre auseinandergegangenen Liebesaffären beichteten. Mit den Strichern sprach sie oft recht derb, indem sie deren Ausdrücke benutzte ... Und allen predigte sie ihre, wenn auch größtenteils nicht beachteten *Regeln.*

Aber es gab Zeiten, da sie bloß finster vor sich hin starrte, als habe sie ihre Ohren verstopft. In diesem Zustand verstärkte sie das in mir wühlende gestaltlose Schuldgefühl.

Und doch suchte ich sie. Wenn sie nicht an der Bar saß – was selten vorkam –, war ich zuinnerst enttäuscht, fühlte mich persönlich betrogen – war fast böse auf sie, als habe sie mich versetzt.

Heute redet sie auf Sonny ein – den jungen Mann, der in der Schlägerei vor dem *Bourbon House* verwundet worden war. Erst vor einigen Minuten war er in Begleitung zweier beeindruckend gekleideter Freier stolz und siegesbewußt hereingekommen – wie ein Großwildjäger mit einem Löwenkopf.

»Sieh dich vor«, hörte ich Sylvia warnend zu ihm sagen. »Die beiden kreuzen jedes Jahr hier auf. Und jeden Mardi Gras beobachte ich, daß sie so 'nen Grünschnabel wie dich auflesen ...« Sonny zuckte bei dieser Bezeichnung sichtlich zusammen, »... und dann erzählen sie ihm, sie würden ihn mit nach Europa nehmen, und nach Mardi Gras sind sie weg – allein.«

Sonny nickte ungeduldig. Es fällt ihm schwer zu glauben, jemand könne ihm etwas vormachen. Sylvia sah ihm mit undefinierbarem Blick nach, als er zu den beiden gutgekleideten Freiern zurückging, die ihrerseits Sylvia verbittert anstarrten, als sei ihnen klar, daß sie Sonny vor ihnen gewarnt hatte.

Wie gewöhnlich trinkt Sylvia Seven-Up. Ich hatte sie nie etwas anderes trinken sehen. Gelegentlich allerdings bemerkte ich, wie sie

die buntfarbigen Schnapsflaschen hinter der Bar verlangend anschaute, um den Blick dann abzuwenden, als ginge für sie eine gefährliche Drohung von ihnen aus.
Aus der Musicbox dringt die vibrierende sinnliche Stimme von Elvis Presley als einsames, trauriges, kontinuierliches, orgiastisches Stöhnen:

The bell-hop's tears keep flowing,
The desk clerk's dressed in black…

Sylvia musterte zwei junge Leute, die eben das Lokal betreten hatten. »Schon wieder zwei Neue«, seufzte sie. »Jedes Jahr – neue Stricher, neue Transen, neue …«, sie zögerte, »… neue schwule Jungs, die sich amüsieren wollen – und dazu die, die immer wiederkommen.«
Und die Musicbox sang trauervoll:

Just take a walk down lonely street
To Hartbreak Hotel…

»Kathy ist eben im *Maison Blanche* umgefallen!« sprudelte eine Transe Sylvia entgegen.
»Wer ist bei ihr?« fragte Sylvia dringlich, aus ihren träumerischen Betrachtungen aufschreckend, in die die beiden zuletzt gekommenen jungen Leute sie versetzt hatten.
»Nuttria – und … also ich war dabei … aber ich war so durcheinander, daß ich einfach nicht wußte was tun. Und so bin ich schnell hergerannt, um es dir zu sagen.«
»Du verhuschte Trine«, sagte Sylvia, »… einen Arzt zu holen ist dir wohl nicht eingefallen?«
»Mir ist *überhaupt* nichts *eingefallen!* Außer, so schnell wie ich konnte zu dir zu laufen!« protestierte die Dragqueen. »Ich und Nuttria, wir gingen also mit Kathy ins *Maison Blanche,* um noch was für unseren Mardi-Gras-Fummel auszusuchen … Na ja, wir haben natürlich einen ziemlichen Wirbel verursacht, wie du dir denken kannst: all diese *Touristen,* die sich nach uns umdrehten und uns anglotzten … Und dann wird es Kathy schwarz vor den Augen …«,

sie bedeckte ihre eigenen, um die tiefe Dunkelheit zu demonstrieren, »... ganz plötzlich ... du kennst das ja bei ihr, Sylvia – diese schrecklichen Anfälle! Na schön, jedenfalls fiel sie mitten auf der Rolltreppe schlicht hintenüber und die Treppe rollte immer weiter und ... Also ich wußte überhaupt nicht mehr was tun! Wie ich schon sagte: ich und Nuttria ... du verstehst schon: wir hatten gerade ... na ja, ein paar Kleinigkeiten ... Sachen, die uns also *eigentlich* nicht gehörten, und als ... verstehst du, Süße – ich wußte überhaupt ...«
»Ja, aber Kathy?...« Sylvias Stimme klang rauh und aufgebracht.
»Na ja«, sagt die Transe und bläht sich als Vorbote irgendeines mir unverständlichen Schicksalsspruches vor Wichtigkeit, »... ich sagte doch schon: sie fiel einfach um! Diese gräßlichen Anfälle ...«
Sylvia zwängte sich rasch an ihr vorbei und verließ das Lokal.
Als ich am gleichen Abend zurückkam – ich trennte mich an der Tür von einem Mann, mit dem ich es gerade getrieben hatte –, war Sylvia auch wieder da.
»Du hältst dich wacker dran.« Sie lächelte sonderbar.
Ich schwieg verlegen.
»In der ersten Saison geht's immer hoch her«, sagte sie. »Vielleicht bist du einer von denen, die dann jedes Jahr wiederkommen. Manche tun das!« Sie sah mich einen langen Augenblick aufmerksam an. »Aber irgendwie zweifle ich daran, daß du wiederkommst«, sagte sie freimütig.
»Was war mit ...?« fragte ich, um dem Gespräch eine andere Richtung zu geben.
»Kathy? Wieder alles okay. Sie haben sie nach Hause gebracht. Sie hat diese Anfälle jetzt immer häufiger. Sie geht kaum mehr aus, außer im Karneval.«
»War sie beim Arzt?«
»Ja. Ich habe sie dazu überredet. Hätt' ich's bloß gelassen.« Mehr sagte sie nicht, aber ein düsterer Ausdruck war wie ein Schatten über ihr Gesicht gefallen.
Ein sehr blonder, athletisch gebauter junger Mann stand hinter Sylvia, bereit, sie scherzhaft zu überraschen. Sein gutes Aussehen war von der Art, wie sie als Mischung von angedeuteter Robustheit und

üblich-allgemeiner amerikanischer Gesundheit auf Hunderten von Reklamen zu sehen ist: das ideale Durchschnittsgesicht des jungen bindungslosen Amerikaners. Doch ich bemerkte sofort die verräterischen Zeichen um die Augen herum: die Augen jemandes, der viel zuviel gesehen hat. Plötzlich wirkte dieser junge Mann mit den muskulösen Armen gar nicht mehr so jung. Und ich dachte an Skipper ... Mit einer schnellen Bewegung legte er Sylvia seine Hände auf die Schultern.

»Jocko!« begrüßte sie ihn herzlich.

»Wieder da, wie üblich«, sagte er.

»Dies ist so einer, von denen ich sprach – die jedes Jahr wiederkommen«, erklärte mir Sylvia. »Du bist später dran als sonst«, sagte sie zu ihm. »Wie war's in Miami?«

»Ich blieb nicht lange dort. Mußte türmen«, sagte er. »Ich war in St. Louis.«

Sylvia runzelte die Stirn. Wieder habe ich den Eindruck, daß sie nicht zu viel wissen möchte. »Na schön ... also: willkommen im Lande – wieder mal«, sagte sie und sah ihn liebevoll, fast traurig an.

»Alle Jahre wieder«, sagte er und verließ uns.

Jocko nachstarrend, sagte Sylvia: »Der Bursche schaffte es mit seinen Muskeln – die meisten wären längst erledigt gewesen. Er war Akrobat – früher mal. Der Zirkus machte Pleite – wie alles andere auch. Jetzt kommt er jedes Jahr her, um an einer anderen Art von Zirkus teilzunehmen ... Er war der beste Stricher von New Orleans«, sagte sie fast stolz, »und er hatte eiserne Grundsätze, an die er sich hielt – deshalb hatte ihn auch jeder gern: Er beklaute keinen, behandelte jeden anständig ... Jetzt ... mag sein, daß sich das geändert hat.« Unvermittelt, als wolle sie nicht mehr darüber nachdenken, warum wohl Jocko Miami verlassen mußte, sagte sie: »Nach Mardi Gras verstummt diese Stadt. Sie stirbt, als hätte sie während des Karnevals zu viel gesehen, und dann spürt man die Fastenzeit förmlich in der Luft. Man atmet sie ein. Sie bemächtigt sich der ganzen Stadt. New Orleans legt Trauer an. Und dann suchen die Polizisten in Zivil wieder die Lokale nach Herumtreibern ab«, warnte sie mich. »Und Jocko verschwindet – um Mitternacht. Beim

nächsten Mardi Gras taucht er wieder auf... Und doch, jedes Jahr, seit ich hier bin, denke ich, ob dieses wohl das letzte Mal ist – ob er wohl nie wieder auftauchen wird...«
Heute noch auf einem unsichtbaren Trapez, dachte ich plötzlich.
»Noch ein paar Jahre, und er ist alt«, sagte Sylvia, »... und er gehört zu denen, die jung bleiben sollten. Nichts im Kopf. Er hat bloß sein gutes Aussehen – und ein instinktives Verständnis für so viele Dinge. Ich glaube, es kann ihm niemand etwas vorwerfen«, sagte sie wie im Selbstgespräch.
»Irgend etwas... irgend etwas hat ihn aus der Bahn geworfen«, sagte sie, jetzt wieder heftig. Tiefes Schweigen. Dann, brutal: »Vielleicht wäre es besser für ihn gewesen, wenn er von dem verdammten Trapez gefallen wäre.«
Ich sah sie an, sah in ihr strenges, jetzt kummervolles Gesicht, und es wurde mir klar, wie leidenschaftlich sie in diesem Augenblick die Welt ihres eigenen Lokals haßte.
Als ob sie sich aus dem Rauch materialisiere, der durch die Bar wölkte, erschien die allerschönste Dragqueen, die ich je sah. Wenn ihre Kleidung nicht gewesen wäre – Männerkleider, getragen wie die einer Frau –, hätte ich sie für eine Frau gehalten, und auch dann wäre sie eine der schönsten Frauen gewesen. Zwischen Zwanzig und Dreißig, mit einem bleichen, vollkommen gebildeten Gesicht – ein Gesicht, das jede Frau einer anderen geneidet hätte – hatte sie dunkellidrige Augen und langes blondes, fast goldenes Haar, das jetzt am Hinterkopf fest zusammengenommen ist, um seine Länge zu verbergen. Sie ist schlank und zierlich. Um sie ist etwas Geisterhaftes, vielleicht hervorgerufen durch die Art, in der sogar das trübe Licht auf ihrem Haar spielt, so daß sie, fast durchsichtig wirkend, zu leuchten scheint.
Sie ließ den Blick langsam durch den Raum schweifen, als sähe sie ihn zum ersten Mal, mit einem Lächeln von herzbrechend-nachdenklicher Wehmut. Inmitten dieses Lokals voll höchst realer Gesichter – die einstudierte Keßheit der Stricher, die angestrengten, aber für geübte Augen weitgehend erfolglosen Bemühungen der Transen um Weiblichkeit – wirkt dieser junge Mann, diese Drag-

queen, die mitten unter ihnen steht, so unwirklich wie ein Engel: ein Sinnbild der äußersten Perversion ihres vergewaltigten Geschlechts. Jetzt gleitet sie leicht durch das Lokal, vorbei an eng zusammenstehenden Gruppen, nickt den anderen zu – nicht fremd und von oben herab, sondern eher, als sei ihr die Unwirklichkeit ihrer Erscheinung bewußt, und sie starren sie mit einer Art von bestürzter Scheu an. Sie treibt wie Nebel dahin, als würde ein unsichtbarer Wind sie Sylvia zuwehen. Nun, aus der Nähe, kann ich ihre bannenden grünen Augen sehen. Und ich empfinde große Trauer über das Urteil, das so unerbittlich in dieses schöne Gesicht geschrieben wurde.

»Wie fühlst du dich jetzt, Kathy?« fragte Sylvia sie sanft.

»Oh, mir geht es immer gut«, antwortete Kathy. Sogar ihre Stimme hat etwas Unwirkliches. »Alles in Ordnung ... Sylvia, in welcher Zeit leben wir, Süße?«

Ohne auf ihre Uhr zu sehen, sagte Sylvia: »Es ist fünf.« Aber ich wußte, daß es viel später war.

»Ich meine nicht, wieviel Uhr es ist. Habe ich das gesagt? Ich meine, welcher *Tag?«*

Sylvia antwortete ihr. Sie streckte die Hand aus, um die Dragqueen zu berühren, zog sie aber rasch wieder zurück.

»So viel von der Woche ist schon vorbei?« seufzte Kathy.

»So wenig!« Sylvia lachte. Es klang nicht sehr überzeugend.

»So, so«, sagte Kathy gleichmütig. Das Lächeln ist nicht aus ihrem Gesicht gewichen. »Du bist neu im Viertel, nicht wahr, Baby?« fragte sie mich. »Ich gehe nur noch sehr wenig aus.« Sie schien durch mich hindurchzusehen, als ob jeder innerhalb ihrer Sichtweite ebenso unwirklich sei wie sie selbst. »Immer wieder neue Leute, manche kommen wieder, andere nicht. Ist Jocko schon wieder da?«

»Ja. Er war vorhin hier.«

»Das ist fein«, sagte Kathy. »Ich mag ihn gern ... Wie spät, sagtest du, ist es?« fragte sie wieder zerstreut. Sylvia antwortete dieses Mal korrekt. Aber Kathy schien den Unterschied nicht zu bemerken. »Ihr entschuldigt mich«, hauchte sie – und sie verschwand ebenso unwirklich, wie sie erschienen war.

»Sie ist schön«, sagte ich.
Unvermittelt erwiderte Sylvia darauf – als würde das die Schönheit der Dragqueen auf geheimnisvolle Weise erklären: »Ihre Familie hat sie rausgeschmissen, schon vor Jahren; sie boten ihr sogar Geld, wenn sie wegbleibt.« Stolz fügte sie hinzu: »Aber Kathy wollte ihr Geld nicht. Sie lebt seitdem in einem winzigen Loch hier im Viertel, allein ... Diese Anfälle, die sie hat ... sie stirbt«, schloß sie abrupt. Ein schwacher Duft – Kathys Parfüm – lag noch lange nachdem sie fort war in der Luft. Wie die Erinnerung an eines Menschen Tod.

Wie Treibgut von den Meeren der Welt werden die Vaganten aus Amerikas dunklen Städten nach New Orleans hineingespült. Und Sylvia musterte jedes neue Gesicht in dieser Flutwelle, als ob alle – oder vielleicht das eine Wunderbare unter ihnen – ihr die Antwort auf eine quälende Frage bringen würde, sie – vielleicht – von Schuld freisprechen würde ... von einer Schuld, die in der Existenz ihrer Bar bestand.
Sie hatte mich eben vor einem Mann hier gewarnt, der von der Sitte sein könnte und nur so tut, als sei er ein Freier, und sie war dabei, einen Jungen von ihm loszueisen. Während ihrer Bemühungen, die Aufmerksamkeit des Burschen auf sich zu lenken, sah sie einen korrekt angezogenen jungen Mann die Bar vom Hof her betreten: ein gutaussehender junger Mann, offensichtlich kein Stricher, vermutlich ein maskuliner Homosexueller, der weder darauf aus war, Geld zu verdienen, noch welches dafür zu zahlen; er sah sich nach einem gleichgesinnten Partner um.
Sylvia folgte ihm aufmerksam mit den Augen, als er stehenbleibt, um mit einem anderen, ebenso korrekt angezogenen jungen Mann zu reden, der ebenfalls offensichtlich weder ein Strichjunge noch ein Freier war. Sylvia saß da wie an ihren Hocker geschmiedet, aber ihr Körper war so gespannt, als könne er jeden Augenblick aus eigenem Antrieb, ohne ihr bewußtes Dazutun, auf den jungen Mann zuschnellen. Die beiden jungen Leute näherten sich und standen jetzt nur ein paar Schritte von uns entfernt. Als sie den zuletzt Eingetretenen endlich deutlich sah, wandte Sylvia sich ab – genauso

wie sie sich an jenem ersten Tage von mir abgewandt hatte – und sie seufzte vor enttäuschter Erwartung. Einige Augenblicke später ging sie wortlos auf die Straße hinaus. Durch die offenstehende Tür, deren Vorhang einladend zurückgeschlagen war, um die Passanten anzulocken, sah ich sie auf dem Gehsteig stehen und in verschiedene Richtungen schauen, als sei sie unentschlossen, welche sie einschlagen solle oder als sei ihr das ganz gleichgültig. Sie legte eine krampfig geballte Faust an die Stirn. Dann gab sie sich einen Ruck und ging davon.
Und in diesem Augenblick wußte ich mit Gewißheit, was ich wohl von Anfang an vermutet hatte – und es wurde mir klar, warum ich immer wieder zu ihr zurückkehrte.

4 »Scheißschwule!« brüllte der Betrunkene im *Rocking Times,* als zwei Tunten in bester Laune an ihm vorbei in die Toilette rauschten.
»Was, zum Teufel, suchen Sie hier, wenn Sie etwas dagegen haben?« Sylvia stand vor ihm wie ein schwarzer Panther.
»Scheiße«, sagte der Mann, »ich brauche die nicht. Bin verheiratet – ich hab' 'ne Frau – und Kinder.«
»Wird nicht viel los sein mit Ihrer Frau«, sagte Sylvia schneidend, »... wenn Sie hierherkommen, um sich zu bestätigen, daß Sie ein Mann sind.« Ihre Stimme klang beherrscht, aber aus ihrem Gesicht war jede Farbe gewichen.
»Wenn ich einen Schwulen in meiner Familie hätte – ich würd' ihn umbringen!« spie der Mann ihr bösartig entgegen.
Sylvia packte ihn an den Schultern. »Raus mit Ihnen!« befahl sie und schob ihn aus dem Lokal.
Und dann begann es – erschreckend und ohne Übergang.
Gleich jemandem, der nach Wasser lechzt – dem es lange, heiße, schwelende Tage hindurch vorenthalten wurde, zwängte Sylvia sich am Mixer vorbei hinter die Bar, griff nach einer Whiskyflasche und füllte ein Glas. Ich sah die geschwollenen Adern an ihrem Hals, als sie den Kopf zurückbeugte in Erwartung der scharfen bräunlichen Flüssigkeit. Ihre Hände, die gezittert hatten, als sie dem betrunke-

nen Mann nachstarrte, wie er ängstlich aus dem Lokal stolperte, beruhigten sich. Sie schüttete ein zweites Glas mit einem langen durstigen Schluck herunter.
Der Barkeeper sieht sie in hilflosem Mitleid an, als wüßte er, was jetzt geschehen wird, als hätte er es schon einmal mit angesehen.
Wie befreit drehte Sylvia sich um und blickte auf die dichtbesetzte Bar. Ihre Augen hatten sich verschleiert, ob nun infolge des harten brennenden Alkohols oder aus einem anderen Grunde.
Und sie hob das Glas – hoch – und trank allen Anwesenden zu.

Ich verließ, unendlich deprimiert, rasch das Lokal. Aber sowohl in den anderen überfüllten Bars wie auf der Straße und auf meinem Gang über den Jackson Square verfolgte mich Sylvias Gesicht. Und ich ging ins *Rocking Times* zurück.
Sie war in Abständen immer wieder von den Leuten umringt, die ihr vertraut waren, von Leuten, mit denen sie sich – dessen war ich jetzt sicher – aus einem ganz bestimmten Grund umgab. Sie lachte heiser, aber ihr Gesicht war gezeichnet vom Ansturm des Alkohols und dem jahrelangen nagenden Verlangen, zu *verstehen,* was ihr ganzes ererbtes Sein ihr zu hassen gebot. Ab und zu legte einer ihr die Hand auf die Schulter und warnte sie davor, so hastig und rasch zu trinken; ein anderer wollte sie dazu überreden, sich nach Hause bringen zu lassen. Aber sie stieß die Hand fort und wies jeden Vorschlag, zu gehen, weit von sich.
»Nein!« sagte sie brüsk. »Das muß jetzt sein!« Ihr Gesicht verdüsterte sich, als sei sie immer noch nüchtern genug, nicht genau zu wissen, ob sie weitermachen wollte. Doch um ihrem plötzlichen Entschluß Ausdruck zu verleihen, schüttete sie noch einen Whisky herunter. »Ich werde diesen Puff verkaufen!« schrie sie, »… von New Orleans weggehen und nie nie nie wiederkommen!«
»Nicht einmal, um uns zu besuchen?« sagte Desdemona Duncan traurig.
Sylvia hob ihr das verzerrte Gesicht entgegen, berührte die Wange der Dragqueen zärtlich und brach in betrunkenes konvulsivisches Schluchzen aus. Sie glitt vom Hocker und stürzte in den Hof hinaus.

Dort entdeckte ich sie. Im Schatten verborgen, saß sie auf den Stufen an der Außenseite des Gebäudes, die zu den oberen Stockwerken führten. Neben ihr hockte Jocko. Der kühle Nachtwind hatte ihre Tränen getrocknet, und ihr Gesicht ist gläsern und unwirklich, als sei eine Maske, jahrelang mit Erfolg getragen, weggeschwemmt worden. Die Härte ist gänzlich daraus verschwunden, aufgesaugt von Alkohol und Tränen. Sie bedeckte ihr Gesicht, als wolle sie dem Anblick des Lokals, ihres Lokals, entgehen. Der kalte Wind strich über uns hinweg wie die Schwingen eines riesigen Vogels. Um uns herum im Hof wuselten Menschen in den lichtgesprenkelten Schatten.

Und wir saßen hier auf den Stufen – Sylvia, Jocko und ich, schweigend.

»Ich bring dich nach Hause, Baby«, sagte Jocko.

»Noch nicht«, sagte sie. »Bleibt da – beide – bleibt bei mir ... nur ein paar Minuten.«

Nun starrte sie in den Hof, horchte gespannt auf das Stimmengewirr und das Kreischen der Transen, das die anderen Geräusche übertönte ...

Und dann stand Kathy vor uns und sah traurig auf Sylvia herunter. Sylvia griff nach ihrer Hand, und Kathy sagte: »Wie geht es dir. Süße?«

»Kathy ...«, stammelte Sylvia betrunken, »Kathy ... Süße ... es tut mir leid ... sei mir nicht böse.«

»Es braucht dir nichts leid zu tun«, sagte Kathy – und sie wartete. Und später werde ich darüber nachdenken, ob sie wußte, daß Sylvia die Worte, die sie gleich aussprechen würde, an sie richten mußte.

»Du verstehst mich nicht«, beharrte Sylvia.

»Doch«, sagte Kathy.

»Nein, du kannst mich nicht verstehn!« sagte Sylvia. »Weil ... weil ich ihm dasselbe antat ... was sie dir antaten.« Und endlich brach es aus ihr hervor: *»Ich habe meinen eigenen Sohn hinausgeworfen!«*

Ich spürte plötzlich, wie kalte Trauer mich bei ihren Worten überflog.

Jocko seufzte.

»Ich verstehe dich, Liebe«, sagte Kathy und drückte Sylvias Hand noch fester.
»Nein«, seufzte Sylvia. »Niemand kann das…« Sie sah Jocko an, dann mich, dann wieder Kathy. »Er könnte sein… wie du… oder du… oder einer dieser anderen… Jungen!« sagte sie. »Euer Alter … ihr Alter. Es gibt ja doch nur zwei verschiedene Alter: den jungen Mann und den alten Mann.« Als habe ein inneres Echo sie angeklagt – sie schweigend über Jahre hinweg angeklagt – verteidigte sie sich stockend: »Es ist… es ist eben einfach nicht möglich… zu viel zu lieben. Zu wenig… meinetwegen: die ganze beschissene Welt liebt zu wenig. Aber zu viel?« Sie machte eine Pause, als ob Überlegungen, die lange unterdrückt wurden, begonnen hätten, sich langsam in ihr Bewußtsein zu fressen. »Aber vielleicht ist es doch möglich – zu viel zu lieben… und zu blind – und vielleicht tat ich das«, murmelte sie und sah mich an.
Die wütende Liebe meiner Mutter, der ich entfloh, kam mir zum Bewußtsein, als habe ein dunkles Tier mich angesprungen. »Mein einziger Sohn…«, seufzte Sylvia, »… mir ein Fremder und auch ein Fremder der langen… langen Reihe seiner Väter«, beschuldigte sie sich.
Jocko richtete sich auf, als hätten ihre Worte ihn an etwas erinnert. Was immer das auch war, er schien in eine Vergangenheit zurückversetzt, die seine unstete Zukunft bestimmt hatte.
»Jaa«, sagte Sylvia, »… ich liebte ihn wirklich zu sehr – außer… außer, als er mich brauchte… Kathy«, sagte sie, als müsse sie es ihr erklären, als könne Kathy sie rechtfertigen, »… er kam zu mir, er fing an zu sprechen… ich unterbrach ihn. ›Halt den Mund!‹ sagte ich. Und er versuchte weiterzusprechen, versuchte es mir zu sagen … und er weinte und weinte. Und ich sagte: ›Wage es nicht, weiterzusprechen!‹ Ich schrie: *›Was du mir sagen willst, ist nicht wahr!‹«*
Sie hielt sich die Ohren zu, um die Geräusche der Bar und des Hofes auszuschließen; bemühte sich, erfolglos, andere lautere eindringlichere Geräusche aus der fressenden Vergangenheit zu ersticken. Als sie, erschöpft, die Hände von den Ohren nahm, als würde sie sich die-

sem Hof hier ausliefern, hörten wir überdeutlich die kreischende Falsettstimme einer Dragqueen zu einer anderen sagen: »Liebste, das interessiert mich nicht von hinten, was diese alte Jubeltucke, diese Lily, über mich redet. Alles was recht ist! Schließlich zahlt sie mir ja nicht meine Miete!«

Sylvia lachte, als sie das hörte: lachte unter Schmerzen. Und dann, mit einer kreisenden Handbewegung, die den Hof und das Lokal einschloß, seufzte sie:

»Alle ... alle, alle ... alle meine kleinen Heiligen. Alle durch irgend etwas aus der Bahn geworfen ... oder durch irgend jemand. In eine Stadt wie New Orleans – in ein Lokal wie meins. Schuldbeladen hinausgeworfen. Schuldbeladen«, sprach sie sich selbst nach ... Dann flehentlich, als Erklärung, als Beichte: »Und an dem Tag, als er nicht aufhören wollte, schrie ich ihn an: ›Hinaus! Und komm nie wieder!‹ ...« Sie bedeckte die Augen. »Und die Erinnerung an sein Gesicht, das ich das letzte Mal sah – dieses tränenverschmierte Gesicht, als ich ihm hinterherschrie: ›Du bist ein *Mann,* verdammt – noch mal! Du bist ein ... Mann.« Diesmal flüsterte sie das letzte Wort, als habe es jeden Sinn verloren. »Und weißt du, warum? Weißt du, warum ich dem nicht gewachsen war, was er mir sagen wollte?« fragte sie Kathy. »Weil ...« Sie schwieg. Dann schloß sie rauh: »Weil ich mich ... schuldig fühlte! Vernichtend vernichtend schuldig ... als würde ... als würde er *mich* anklagen, indem er mir dieses Geständnis macht ... Und ich ... verstand ... es ... nicht ...«

»Aber jetzt verstehst du es«, sagte Kathy.

Sylvia hob den Kopf und sah das schöne Frauengesicht aufmerksam an. »Verstehen?« sagte sie, als verwirre sie schon allein das Wort. Sie schüttelte den Kopf. »Nein. Ich habe es versucht ... aber ich werde es nie ... *verstehen!«* Sie schien plötzlich den Hof abzusuchen, die Augen weit geöffnet – geweitet vor Haß, der sich auf seltsame Weise hat in etwas anderes verwandeln müssen – zumindest in den Versuch des Verstehens.

Kathy beugte sich herunter und küßte Sylvia auf die Stirn wie ein Kind, das seine Mutter vor dem Schlafengehen küßt. Und Sylvia hob ihr maskenloses Gesicht zum dunklen Himmel, und sie sagte:

»Verdammtnochmal – es ist mir völlig gleich! Von mir aus geschminkt oder sonst wie eine Tunte – im auffallendsten, ausgefallensten Abendfummel – mit Pailletten und Perlen ... Entweder so – oder auf der Jagd nach einem Freier, um an einem anderen Mann zu beweisen – weil ... meine Worte ihm immer noch in den Ohren klingen ... um auf diesem Wege zu beweisen, daß ich recht hatte ... daß er ein Mann ist ... Sogar ... sogar wenn er es dadurch beweisen muß, daß er sich von einem anderen Mann bezahlen läßt ... für seine ... Männlichkeit ... Sogar mit einer blutenden, klaffenden Wunde im Kopf, auch das wäre ein Beweis: durch Gewalt. So ... oder mit einem anderen jungen Mann, seinem ... Freund ... Auf jede Art! In jeder Form! Es ist mir völlig gleich! ... Ich will ja bloß ... *verdammtnochmal!* – ich will ihn wiedersehen – wenn auch nur ein einziges Mal ... einmal nur ... um ihm zu sagen ...«, und ihre Stimme verlor sich in kaum hörbarem Wimmern: »... daß es mir leid tut.«

Die Stadt der Nacht

Jene Tage …

Jene Karnevalstage in New Orleans, für mich nicht aufgeteilt in Uhrzeiten, sondern in viele viele Gesichter. Der Wechsel der versperrten Schlafzimmer …

Jene mit Gesichtern vollgestopften Tage, als es die Zeit nur in der einen Dimension gab, nämlich; Jetzt, sofort. Als ich wahllos Pillen schluckte, um mich wach zu halten – Pillen, die der eine dem anderen mit größerer Selbstverständlichkeit anbot als eine Zigarette. Als ich es mehrmals am Tag trieb und oft nur so tat, als würde ich fertig. Als ich durch die überfüllten Lokale hetzte, gedrängt voll von Leuten wie ein massiver Haufen Verliebter – während die Flüchtlingstrecks, erst kürzlich aus den anderen Nachtstädten vertrieben, in rastlosen Gezeiten herbeiströmten, um an der Prozession vor Aschermittwoch teilzunehmen.

Und manchmal denke ich an Dinge – während dieser strotzenden brodelnden Tage im Französischen Viertel, wie ein bestürzend auftauchender Traum aus längst vergangener Zeit – an Dinge, die, längst vergessen, als geisterhafte Erinnerung wiederkehren – und plötzlich denke ich an die Prozessionen in El Paso, als die Leute lobsingend auf den Gipfel des Berges stiegen, von dem die Christusstatue voll Erbarmen herniedersah, mit ausgestreckten Armen – aber an die Stelle der Männer mit inbrünstigen Gesichtern, der psalmodierenden Frauen, an die Stelle der Priester mit leuchtenden Gewändern … werden nun bald, in einigen Tagen schon, zur Fastnacht, die maskierten Clowns treten, die sich in Schlangentänzen verrenkenden lärmenden Nachtschwärmer … Halbnackte, schwitzende Körper winden sich die Straße entlang. Die Umzüge …

In einem Augenblick der Gemeinsamkeit (wie in jener Nacht, als ich mit Sylvia im Hof ihres Lokals auf den Treppenstufen saß zusammen mit Jocko und Kathy) kann so etwas Ähnliches wie ein Wunder geschehen. Aber selbst kleine Wunder verblassen und verkehren sich in ihr Gegenteil. Sobald Sylvias Leid ausgesprochen war, verschmolz das Wissen darum mit dem Wissen um uns selbst, und dieses Wissen um unsere Schuld, damals, in jenem Hof, ließ uns den Versuch machen, einander freizusprechen. Aber diese Art von Vertrautheit, die Menschen zu plötzlich einander nahebringt, ist meist ein vergänglich Ding. Jahrelang unterdrückte Geständnisse, endlich durch Alkohol ihrer Banden ledig, strömen hervor wie ein Fluß zur Regenzeit. Dann, wieder beruhigt, suchen die Wasser zu ihrem Ursprung zurückzukehren, sich zurückzuziehen, aber die Erinnerung an den Aufruhr, an die Überschwemmung bleibt und läßt das Gebiet, das sie überspülten, narbig zurück.
So stand es jetzt um Sylvia. Einen ganzen Tag zeigte sie sich nicht im *Rocking Times*. Als sie wieder erschien, war es die Sylvia von früher: Sie saß an der Bar und trank Seven-Up. Und wartete. Doch ich spürte, obwohl sie ihren Ton mir gegenüber eigentlich nicht geändert hatte, daß sie mir lieber aus dem Weg gegangen wäre.
Wie bei Pete (wie viele Gesichter lagen dazwischen), als sein Wissen um sich selbst zutage trat und mich geängstigt hatte und wir es vorzogen, auf der Straße wie Fremde aneinander vorbeizugehen, war das Gesicht, das Sylvia mir jetzt zeigte, sehr deutlich das Gesicht eines Menschen, der sich im Dunkel der Nacht leidenschaftlich wünscht – aus Furcht vor der eigenen Verwundbarkeit in einer Welt, der man Härte vortäuschen muß –, er könne aus dem Gedächtnis eines anderen die gemeinsamen Erinnerungen daran auslöschen, was zwischen ihnen geschah.
Aber einmal, für einen Augenblick, waren wir uns nahe gewesen, und vielleicht könnte in Erinnerung an diese Nähe das wirkliche Wunder geschehen, sich bereithaltend in einer Kammer des Herzens, die sich nun, bei anderen, leichter öffnen würde.

Donnerstag:
Der Festzug der Mannen des Momos – des Gottes der Tadelsucht, der des Olymps verwiesen wurde – wird heute nacht in New Orleans einfallen, vier Tage ehe der Mardi Gras die Stadt um Mitternacht in Flammen setzt. Prunkwagen werden mit Gazeschleppen wie Geisterflügel den Staub der Straßen aufwirbeln und silbrigglänzend unter Wintersternen die trüben Lichter der Canal Street widerspiegeln ...

Gleichgültig, wo ich aufwache: Unveränderlich überkommt mich das gleiche Angstgefühl, denn nun muß ich dem Spiegel ins Auge sehen, der mir bleifarben entgegenstarrt – und ich halte nach jemandem Ausschau, erblicke den aber nicht, den ich sehen möchte, sondern statt dessen in dieser Morgenstunde (der Stunde des Erwachens, ob nun nachmittags oder nachts) ein fremdes und anklagendes Gesicht ... mich selbst. Mit wissenden Augen, die irgendwie nicht dazugehören: ein Gesicht voll Leidenschaft des Wissens – auch wenn es nur *mir* so scheint.
Das Gesicht jenes Fremden im Spiegel – das meinige – einer eingehenden Prüfung unterziehend, höre ich den Mann, mit dem ich zusammen bin, sagen: »Guck kein Loch in den Spiegel, du bist immer noch ein Knabe« – als könne er den forschenden Blicken entnehmen, daß ich wie getrieben jemandem nachjage – jenem Jemand, der weder in der nebelhaften Vergangenheit noch in den Parks, den Kinorängen, den Bars, den Straßen, den Schlafzimmern aufzufinden ist; jenen Jemand, der sich vielleicht irgendwo im Irrgarten der Erinnerungen verlor oder auf verschlungenen Wegen, die zu einem stillen Fenster zurückführen, entkam ... Aber trotz der Worte des Mannes weiß ich natürlich – und auch das Gesicht weiß es – daß ich kein *Knabe* mehr bin. Ich erscheine jung, ja – aber in mir ist es, als lägen Meilen von Jahren dazwischen, seit ich jenen Platz am Fenster in El Paso verließ ...
Ich wende mich vom Spiegel ab und spüre den Dolchstich der Schuld. Aber welcher Schuld? Vielleicht ist mein Schuldgefühl eine eigenmächtige Entschuldigung dafür, daß ich in einer Welt lebe, für

die ich mich nicht verantwortlich fühle. Ich verlasse den Raum, und die Sonne schlägt wild nach meinen Augen.

Das bedeutet, daß ein Tag vergangen ist.

Doch wozu ist ein Tag gut, der so leicht verfliegt, wenn plötzlich die verschlingende Sonne da ist und ein neuer Tag, eine neue, öde Zeitstrecke überstanden werden muß, ehe man sich wieder verbergen kann? – ein neuer Tag, der in Habachtstellung vor mir steht wie ein Kammerdiener in Erwartung der Befehle, jawohl, Sir ... Es ist besser, nachts zu erwachen, so daß man seine Augen und sein ganzes dunkles Selbst nicht mühsam erst wieder an die Sonne gewöhnen muß.

Widerstrebend schließe ich mich den Horden anderer Nachtschwärmer an, die nackt in der Realität des Morgens mit blutleeren Gesichtern, aus denen die Sonne die Züge wegradiert zu haben scheint, neben den schlafgenährten Gesichtern der anderen, der *Morgenleute* – den vielen, unendlich vielen Abarten von *Touristen* – noch nackter erscheinen.

Und in dieser Sonne wird es von neuem beginnen: der Versuch, das Nichts mit etwas zu füllen – mit *irgend etwas* – was sich diesmal, Gott sei's geklagt, so abspielt:

Sonny sagte: »... verstehst du, du gehst rüber und sagst ihm – da drüben, der da (Mensch, ich hab' seine Brieftasche gesehen, da is' alles dran!) – und sagst ihm, Sandy-Vee will ihn sprechen, und wenn er rausgeht, gehst du mit, schubst ihn zur Treppe und mein Kumpel und ich knöpfen ihn uns vor und wenn er Zicken macht, bedienen wir uns selbst und teilen die Kohle nachher unter uns dreien.«

Sein Kindergesicht trägt einen pervertiert-dämonischen Ausdruck – wie das eines gefallenen Engels – als er mir die geplante Gewalttat zuflüsterte – sein Blick wird von dem dunkelhaarigen jungen Mann neben ihm auf gleiche Weise erwidert, der an jenem anderen gewalttätigen Nachmittag mit mir zusammen Sonny in Sylvias stillgelegtes Lokal geschafft hatte.

Der Freier war betrunken und saß an der Bar im *Les Petits*. Empfänglich für die schauerliche Zügellosigkeit und herausgefordert von der durch Sonnys verschwörerische Worte erzeugten Atmos-

phäre, sagte ich zu dem Mann: »Sandy-Vee ist draußen ... sie möchte mit Ihnen reden«, und er stand lächelnd auf und sah mit glasigen Augen durch die Tür des Lokals, an Angel Face vorbei, die ausgehungerte Maulhurerei mit dem Mikrofon trieb; und der betrunkene Typen sah in den Hof, über den es, vorbei an im Schatten liegenden, gestaffelten Balkons, zu *Sandy-Vees Bar* ging; und als wir unter der Tür waren, legte er den Arm herzlich um meine Schulter, als seien wir plötzlich gute Freunde: Da sah er die beiden hervortreten und schaute mich traurig an und seufzte und begriff betrübt, durch den Alkoholnebel hindurch, und sagte: »Nun geh' du mal allein, Kleiner, und sag Sandy-Vee, daß ich später rüberkomme, ja?«
Und auch ich seufzte erleichtert, während die beiden draußen wartend herumlungerten.

Freitag:
Der Festzug des Hermes ... Patron der Wanderer, der über die ruhelosen Herden herrscht, über die Reisenden aus Amerikas mahlenden Städten – nächtlicher Bote, der Kunde vom nahenden Dienstag bringt ...
Obwohl meine Brieftasche prallgefüllt war, wußte ich plötzlich, daß ich so dringend jemand bestehlen mußte, wie manche Männer zuweilen fertig werden müssen, weil ihnen nichts Besseres einfällt – wie alte Frauen, die stricken. Der abgemattete Mann aus Houston im popligen rosa Cadillac (dazu der abgemattete jüngere Mann mit dem Gesicht wie eine flennende Maske – besser, wie ein Fisch auf dem Trockenen – und der hochaufgeschossene magere Tänzer, genauso übersättigt) sagte: »Kommst du mit uns frühstücken?«
Und wir gingen zum *Bourbon House,* aber es war überfüllt – und so gingen wir statt dessen direkt ins Motel und ich hatte Geld erwartet, aber keiner sagte etwas, und so nahm ich das als Entschuldigung für mich.
Wir saßen auf dem Bett und tranken und tranken – und ich hatte das Gefühl, immer noch nüchtern zu sein – immer noch stocknüchtern, sogar als die drei abgematteten Figuren mich zu umwirbeln schienen wie ein riesiges zusammengesetztes, gähnendes Maul. Als alle drei,

erschöpft vom Alkohol, hintenüberfielen, nahm ich mir zunächst Fischmauls Taschen vor, zählte das Geld sorgfältig und behielt nur die Hälfte – dann die der anderen: auch die Hälfte. Dann legte ich mich auf den Boden – weil ich ihre Nähe nicht wollte – und schlief so halb und halb und wachte auf und weckte sie, am kristallklaren Nachmittag. Und dann!

Lachend, lächelnd, bester Laune fuhren sie mich in die Stadt unter einer kaltglänzenden Sonne und mein schlechtes Gewissen und das geklaute Geld in der Tasche meiner Jeans fuhren mit, und Fischmaul untersuchte seine Brieftasche und sagte: »Ich bin bestohlen worden.« Und ich sagte: »Sie müssen sich während des Karnevals sehr vorsehen, es treiben sich so viele Diebe herum.«

Beim YMCA stieg ich aus. Und ich sah das Standbild General Lees mißbilligend den Lee Circle überblicken, die Arme verschränkt.

Ich machte ihm meine Ehrenbezeigung. Und als der Dampf des heißen Wassers mich schützend umwölkte, dachte ich, daß er mich wohl immer noch vorwurfsvoll durch das Fenster des YMCA ansah.

Sonnabend:

Der Festzug der Iris ... Regenbogenfarbene Prunkwagen, feenhaft illuminiert, ziehen in Papiermaché-Pomp vorüber ...

Und immer noch war ich nüchtern – trotz Marihuana, Pillen, Bier und Whisky: immer noch hellwach, zwischendurch mit einem Gefühl paradoxer chaotischer Ruhe, vielleicht eine Art Stille vor dem Sturm, wenn eine Gewitterwolke auf den Blitzstrahl wartet, der den aufgestauten Regen entfesseln wird. Reißende Ströme der Erwartung und des gespannten Auf-Der-Hut-Seins kochen in mir in der Aussicht auf Mardi Gras, von dem mich jetzt nur noch zwei Tage trennen.

In den Lokalen waren die Dragqueens heute voll Niedertracht gegeneinander, wie mißgelaunte, quengelnde Kinder, weil die Streife der Sittenpolizei sie gezwungen hatte, sich die Haare abschneiden zu lassen – sie sahen zu sehr wie Frauen aus, und das ist gegen das Gesetz (wenn man keine ist) – und so müssen sie jetzt, mit kurzem Haar, niedergeschlagen der Welt ins Gesicht sehen. Und da sie sich nun – ungerechterweise – durch dieses kurze Haar in ihrem weiblichen Status herabgewürdigt vorkommen, erörtern sie, wenn auch mehr rhetorisch, welche wen von uns diese Nacht in ihrer Bleibe haben würde.

Betti (die in Nebraska Benny war) sagte, ich sei ihr neuer Gatte, und Vicki und Salli (sprich Viktor und Steve, aus Atlanta) griffen sich Sonny und Jocko und sagten: »Wenn schon, Liebste – dieses sind *unsere* Gatten.«

Und als die Tunten anfingen, sich gegenseitig auf den Arm zu nehmen, kamen ich und die beiden anderen *Gatten* uns so gottverdammt idiotisch *männlich* vor – denn wohlgemerkt: Tunten behaupten immer, sie wollten nur *Männer* – daß wir ganz bewußt anfingen, einem reizenden jungen Mädchen in unserer Nähe Augen zu machen – denn es wird von einem erwartet, daß man für *die Liebe* nur wirkliche junge Mädchen will. Aber, o weh, bald hat Sonny sich verkrümelt und sucht nach den im Moment nicht auffindbaren beiden Freiern, mit denen er herumzog, und Jocko ging – und ich stehe draußen auf der Straße.

Ich sah, wie die winzige Puppe Miss Ange mir zuwinkte; sie fragte mich, ob ich vielleicht eine Bleibe für die Nacht suche?

Sie hatte kurzes Haar.

Und ich brach mitten auf der Straße in so unbeherrschtes Lachen aus, daß sie in verständlicher Entrüstung davonrauschte.

Plötzlich empfand ich wilde Reue und war sehr sehr traurig. Sehr traurig saß ich im Café am Französischen Markt, saß da und dachte merkwürdig beharrlich an die Touristinnen, die ihre Männer so trostlos durch die Royal Street *(Ruh Rojahl)* schleifen und Jagd auf niedliche Antiquitäten und *appetitliche* Pralinen machen, und war höchst verbittert darüber, daß es ihnen ganz egal wäre, wenn sie wüßten, daß ich erst vor einigen Minuten von der Sitte aufgespießt wurde, die mir einheizte – wie sie es bei allen anderen Straßentypen auch tat (da die Gefängnisse überfüllt waren):

wenn ich nicht aus der Stadt verschwände, würden sie mich einlochen, wegen nicht nachweisbarer Einkommensquellen!

Sonntag:
Der Umzug ist abgesagt.
Seit über zwanzig Jahren schneite es heute in New Orleans zum ersten Mal, schrieb ich an meine Mutter. Ein kleiner Junge – sein Gesicht war so jung und wirklich im eisigen, weißen, blendenden Licht – rannte aufgeregt von irgendwoher auf die Straße, um den geheimnisvollen Schnee zu greifen, das Gesicht fragend himmelwärts gerichtet.
Und der Schnee fiel wie weiße Federn.
Er bedeckte den Friedhof hinter der Kirche *Unserer Lieben Frau von Guadalupe* mit Millionen winziger Diamanten. Und jeder, sogar wir, erschienen in dem weißen Licht rosig und wirklich. Und wenn es länger geschneit hätte, wären vielleicht einige der Kakerlaken umgekommen. Für ein paar Stunden war diese modernde Stadt geläutert.
Jemand warf sogar einen Schneeball.
Der Schnee zerschmolz zu wattigen braunen Flecken, es regnete, es gab Matsch. Mit erneutem kaltem Ungestüm kam die Sonne heraus.

Montag:
Der Festzug des Proteus, der jede beliebige Gestalt, jede Form annehmen kann, wird heute nacht als flammende Fackelschlange vorbeiziehen. Weißgewandete Vermummte, Geister von Geistern ...
Und um Mitternacht beginnt Mardi Gras ...
Negerkinder schlagen für ein paar Cents Purzelbäume auf der Straße. Umherstreifende Dixielandbands werden zahlreicher. Wie in Spasmen zuckende Bands wachsen aus dem Boden ... Und diese Geburtsstätte des Jazz schüttelt, windet und wälzt sich zu den neuen Klängen unserer gefräßigen Zeit.
Durch die offenstehenden Türen der empfangsbereiten Nachtlokale in der Bourbon Street (aufdringliche Schlepper ködern die Touristen mit nicht eingehaltenen Versprechungen – wie Werber auf Rekrutenfang) dringen die von Trommeln überdröhnten Geräusche der unterirdischen Stripteasemusik aus der unendlich ausgedehnten Nachbarschaft von Sex ohne Sex.

In überfüllten Räumen, raucherstickten Apartments, in alten alten Häusern, in Patios sind improvisierte Partys im Gange und Gelächter herrscht über der Stadt, wie eine leichtfertige Gottheit. Und der Nachmittag ist bereits zu fahlem Gelb gealtert, die Schatten längen sich, um die Nacht herabzuziehen. Und bald hat sogar das schwindende Licht sich erschöpft. Schüchtern kommen Sterne aus den Kulissen der Schwärze zum Vorschein. Die graue Dunkelheit greift mit trügerischer Sanftmut nach ihren verängstigten Kindern. Eingekeilt in die Krebsgeschwulst der Menschenmassen auf der Straße trinken Männer und Frauen aus riesigen Hurricane-Gläsern (aus *O'Malleys Bar),* die sie zum Munde neigen, um jeden Tropfen zu erhaschen – als tränken sie dem Mond zu, der bereits im paillettenbesetzten Abendkleid erschienen ist...
Und die Bullen kämmen die Stadt durch, unbeirrt, sinnlos, rachsüchtig; und sie halten die jungen Männer an, die wie Streuner aussehen – und die, sobald die Bullen stehenbleiben, um jemand anderen zu befragen, auf den überfüllten Straßen davonhetzen und entkommen, ehe ihre Abwesenheit entdeckt wird.
An der Kathedrale vorbei schlängeln sich anschwellende Gruppen wie von Sinnen taumelnd durch die nicht geheuren Straßen und Gassen. Und in der hastig vorwärtsstürmenden Nacht gürtet sich die Kathedrale – ihre schattenhaften Turmspitzen bemühen sich noch heftiger, in den Himmel zu entschwinden – steinern gegen die maskierten Schwärmer, die bald erscheinen werden... Und sie harrt, grau, wie in Vorbereitung auf Trauer, angetan mit dem dunklen Bahrtuch der Nacht – aschfarben, erstarrt und nüchtern auf den Tag ihrer Erlösung: Aschermittwoch.

In der Nähe des Französischen Markts ist ein riesiger Geflügelkäfig. Ich hatte kürzlich vor dem Drahtnetz gestanden und fasziniert zugesehen, wie einer der Hähne, wie außer sich, die Luft mit den Flügeln schlug, die Federn wie Funken vielfarbigen Feuers... Plötzlich schnellte einer von ihnen sich über die anderen hinweg und klammerte sich, direkt vor mir, aufgeregt an den Maschendraht. Ich sah es so deutlich vor mir, als stünde ich wieder vor dem Käfig und

in mir lärmte der Gedanke: *Ich fahre, jetzt gleich, zum Flughafen, nehme mir ein Flugzeug und fliege dieser Stadt davon!*
Jedoch: die Nacht hat New Orleans bereits überflutet. Die Raserei des Pöbels gleicht einer Epidemie, über die man die Gewalt verloren hat und die jeden dunkelnden Augenblick neue Opfer fordert. Ich dränge mich durch den Trubel und wieder einmal empfinde ich jene sprengende Erregung. Ich wechsle von einer Bar zur anderen, von einem Drink zum anderen, von einem Mann zum anderen – umgetrieben von jener Erregung, von der ich weiß, daß sie den dräuenden Abgrund von Verzweiflung unter sich nur trügerisch deckt. Aber wenn ich – hektisch – so weitermachen kann, wenn ich mein Gleichgewicht auf dieser Stufe der Erregung, in alkoholisierter Nüchternheit bewahren kann – dann kann die verschlingende Leere überbrückt werden. Die Nacht rast unaufhaltsam auf Mitternacht zu.
»HINEI-EI-EIN!!«
Der Arm einer Frau schlingt sich eng um meine Taille, wirbelt mich in die Runde ... Jemand bläst mir, schrill pfeifend, eine sich plötzlich aufrollende Papierschlange mit starrem Rückgrat entgegen. Der Wurm ist mit winzigen straffen flatternden Federchen besetzt, die spöttisch vor meinem Gesicht vibrieren. Rasseln schütteln sich wie auf einer außer Rand und Band geratenen Kindergesellschaft. Getöse sprengt sich in die Stille, wird zum andauernden schmetternden Geräusch. Trommeln, Stimmen, Gelächter! Ein tobender Wirbelsturm geißelt die Stadt. Eine verrückt gewordene Sinfonie. Vereinzelte Kostüme tauchen auf.
Eine Gruppe rotgekleideter Männer und Frauen in schwarzen Masken mit Fühlern tanzt verfrüht durch die irre Straße – rot wie blitzende Rubine aneinandergedrängt, zornige brennende Flammen in irrer Helligkeit, ehe sie zu Rauch werden. Rot ... Aneinandergepreßte Rosen, kreischende rote Gestalten, rot, schreiend rot ... Und wie ein Schwärm aufgeschreckter rotgeflügelter Fledermäuse stiebt die Gruppe in einzelne scharlachfarbene Figuren auseinander und zickzackt die Straßen entlang, um sich mit anderen kreischenden Gruppen zu vermengen.

Konfetti fällt wie farbiger Schnee von Balkons, rasch mitgetragen von sich bewegenden trampelnden Füßen ... Luftschlangen schweben, ringeln sich anmutig, werden vom winterlichen Nachtwind himmelwärts entführt – verhauchen in der Luft, wie widerstrebend sich auf der mit Abfall besäten Straße zertrampeln zu lassen. Mitternacht!

Die Nachtschwärmer strömen in die Straßen wie Gaukler in die Manege.

Mardi Gras!

Chi-Chi *oder* Einer ganzen Welt zum Trotz

1 Als sei ein Tor – der einzige Eingang zu einem Irrenhaus – plötzlich aufgestoßen worden, so schoß die Menge in die Straßen, floß in Strömen dahin, wechselte von einer Seite auf die andere; heulte ihr blutrotes Gelächter; stieß dröhnte kreischte, brüllte, wälzte sich gegeneinander: ein Puzzlespiel aus nicht ineinanderpassenden farbigen Teilen.

Pfeifen aller Art.

Blechtrompeten.

Ein brodelnd-wildbewegtes Meer wütend-kakophonischer Geräusche. Vielstimmiges Gelächter explodierte gleich einer hochgeschossenen feuerspeienden Rakete und fällt als glühender Funkenregen in die Straßen. Über die zerbrochenen Geräusche erhebt sich für Augenblicke der Aufschrei einer Frauenstimme, droht in Hysterie umzuschlagen, erreicht seinen gellen Höhepunkt, weicht plötzlich von seinem schreckensvollen Kurs ab und wird zum langangehaltenen, fröhlichen Gelächter, um sich abermals in mißtönend und ohren-zerreißendes Sirenengeheul zu verwandeln. Bongoeschläge arbeiten sich bis an die Oberfläche des rasenden Sturms wirrer Geräusche hindurch und steigern den in den Straßen wütenden Irrsinn, als habe irgendwo spontan eine improvisierte Parade begonnen.

Nachdem die Dragqueens in ihren Zimmern auf diese magische Geisterstunde gewartet haben, um sich, mit Hilfe aller äußeren weiblichen Attribute, in Frauen zu verwandeln, sind sie die ersten, die im Kostüm erscheinen. Die Mehrzahl der anderen wartet damit bis zum Morgen. Die Dragqueens jedoch, wie einem Gefängnis entronnen, sind bereits ungeduldig auf dem Plan.

In der Menge entdecke ich Miss Ange – betreten ob ihres kurzen kurzen Haares, das sie unverzagt in winzigen Ringellocken über der

Stirn arrangiert hat. In grüngeblümtem Reifrock und breitkrempigem gelbem Strohhut – der Rock ist so ausladend, daß sie ärgerlich aufkreischt, wenn jemand ihn zu zerdrücken droht – was dazu führt, daß sie ununterbrochen kreischt – ist sie heute Scarlett O'Hara ... Desdemona und Drusilla Duncan, unter dem gelblichen Lichtschirm einer Bogenlampe, im Blickfang der Welt, sind zwei Zwillingsvamps aus den lockeren zwanziger Jahren – auch ihr Haar in hilflosen Ringellocken – und sie tragen lange Zigarettenspitzen schräg in die Luft, um nicht versehentlich jemand damit zu pieken, der sympathisch sein könnte ... Unbekümmert, zuckend und mißtönend schrillend wie eine endlos ablaufende Weckuhr, wirft Nuttria, die *Königin der Nacht,* die Beine – angetan mit einem flitterübersäten glänzenden roten Kleid: endlich die Verwirklichung ihrer unterdrückten un-möglichen Träume grabesdüsterer Stunden, wenn sie im Innersten weiß, daß sie in jeder Faser ihres Seins als Frau gedacht ist ... Und Sandy-Vee, in Netzstrümpfen, mit einer Tournüre wie ein Rosenbusch – ein Revuegirl – unter Bedeckung eines hübschen jungen Mannes im Smoking samt Kummerbund, der sie stolz begleitet, hat ihre Bar verlassen und stellt sich als *Berühmtheit* zur Schau ... Eine andere Dragqueen, Cinderella, schwenkt einen langen metallenen Zauberstab mit daran befestigten goldenen Luftschlangen vor den Touristen, als wolle sie sie für immer aus ihrem Gesichtskreis verbannen.
Jetzt, da Mardi Gras angebrochen ist, da die Menge von einem Lokal ins andere strömt – Massen, die nach der augenblicklich fälligen Fröhlichkeit des Karnevals dürsten – von der blau-rosa Beleuchtung der Varietés bis hin zu den ausgefallenen, in Seitenstraßen versteckten Bars – gibt es daneben die überwältigend vielen Neugierigen und meist Ahnungslosen – Männer und Frauen. Für einen einzigen Tag werden diese beiden Welten aufeinanderstoßen – die Nachtwelt und die Welt der Touristen – auf der zuckenden mahlenden, wirr lärmenden Bühne des Karnevals – New Orleans.
Sogar in dem Durcheinander von der Gesichter der vielen Dragqueens – geschminkten Augen, Männern in Frauenkleidern – sogar dort hob sie sich von allen anderen im *Rocking Times* ab: ein Wesen,

das sich wie eine erschrockene weiße Eule auf einem Barhocker niedergelassen hatte: ein Mann mit gebleichtem versengtem Haar und geschminktem Gesicht, das bis zur völligen Unglaubwürdigkeit von den größten, aufgerissensten, dunkelsten Augen beherrscht wurde, die ich je sah – durch Schminke in zwei riesige Kaulquappen verwandelt, deren Schwänze sich schräg bis zum äußersten Rand der Schläfen hinzogen. Das filzige, wasserstoffblonde, verbrannte Haar und die verschlingende Größe ihrer Augen ließen sie einer wahnsinnigen Kassandra gleichen, deren vergebliches, nicht beachtetes Wissen sie innerlich mit einem Feuer verbrennt, das nur sie selbst verzehrt, während die anderen sich weigern, auf die Weissagungen achtzugeben, die aus ihrem Gesicht leuchten.
Sie trug ein Spitzenkleid von wolkigem Lavendelblau, an den Schultern mit Rüschen besetzt, und sogar diese Farbe – wie jede andere Farbe es getan hätte – ließ das mehlweiße Gesicht, das mit zementähnlichem Puder bedeckt war, völlig blutlos erscheinen. Als sei ihr die Anfälligkeit ihres unsachgemäßen rohen Make-up, das jeden Augenblick abbröckeln kann, bewußt, bleibt ihr Gesicht unbewegt. Das Rouge brennt in zwei runden Flecken auf ihren Wangen, als sei sie wiederholt ins Gesicht geschlagen worden, oder wie die grellen runden Flecken in der Maske eines Clowns.
Sie trug Armbänder mit billigen Glassteinen. Ringe. Ihr Haar war mit Spangen durchsetzt. Winzige glitzernde Pailletten klebten auf den blauen Augenlidern. Eine lange lange Kette, die sich mindestens fünfmal um ihren Hals wand, endete in einem Anhänger auf ihrem unbeholfen ausgestopften, künstlichen Busen, der sich eher rundet als vorsteht. Ab und zu zerrte sie heftig an den Perlenreihen, als wolle sie sich erwürgen. Das Kleid reicht ihr nur bis zu den Knien, sie hält die Beine verschränkt, so daß die purpurroten Schuhe (mit Bleistiftabsätzen), wie Hexenschuhe in langen Spitzen endend, zu beiden Seiten des Hockers hervorragen: der eine Fuß schwingt ungeduldig, unbekümmert, unaufhörlich hin und her wie ein Pendel.
Und dieser Mann – diese Dragqueen – hält eine überlange, zerbrechlich dünne, mit Silberperlen besetzte Zigarettenspitze aus glänzend poliertem Ebenholz – die Perlen sind neckisch darin

eingelassen wie winzige blinzelnde, lebendige Augen. Sie hielt die Zigarettenspitze fest umklammert – sonderbar fest umklammert in einer wie drohend geballten Faust – und sie stieß den Rauch unaufhörlich von sich und drehte den Kopf abrupt hin und her wie eine Schlange, als befürchte sie, von rückwärts angegriffen zu werden, und als bemühte sie sich, dem Überfall durch ständige Wachsamkeit vorzubeugen.

Eine Dragqueen.

Eine extravagante, hemmungslose, exhibitionistische Dragqueen. Eine Dragqueen, absurd-grotesk und ungeschickt aufgetakelt. Aber da war noch etwas anderes.

Da ist noch etwas anderes, was einem sofort an dieser lodernden, unbekümmerten, billig aufgemachten Dragqueen auffällt, die verächtlich den Rauch ausstößt, als stünde etwas in ihr in Flammen, das einen zwingen wird, von ihrem wütenden Zorn Notiz zu nehmen:

Wenn sie vom Hocker herabgleitet – was sie, nervös und unsicher, oft tut – um die lavendelfarbenen Falten ihres Spitzenkleides geradezuziehen – bemerkt man, daß diese Dragqueen riesengroß ist: fast zwei Meter. Und wenn man, als Mann, in ihrer Nähe steht – in der Nähe dieses geschminkten Mannes, dieser Dragqueen mit den irren Augen, die einer erschrockenen weißen Eule gleicht – muß man sie um seine/ihre Schultern beneiden: sie sind ungeheuer und unglaublich breit.

Und man bemerkt unter dem Spitzenkleid den ideal gebauten Körper eines kräftigen Mannes. Ihre Arme unter den zarten Spitzenrüschen, die in Wellen auf und ab tanzen, sind muskelgeschwellt und von starken Adern durchzogen. Ihre Beine, auf denen sie in den hochhackigen Hexenschuhen höchst unsicher steht, erweisen sich als stark und fest, wie durch Jahre körperlicher Arbeit oder sportlichen Trainings, was beides eine ununterbrochene Anstrengung erfordert.

Und doch werden dieser Körper und diese Stimme (auch die rauhe Stimme: als sie sich mir zuwandte und tölend das Wort an mich richtete, wurde der Blick der eulengleichen Kassandra-Augen vorübergehend lockend – der Blick eines Mannes, der offensichtlich erfolglos die kokette Frau spielt), die zu jener Idealgestalt eines Mannes gehören sollten, durch lavendelblaue Frauenkleidung beeinträchtigt. Die Gesten, die dem Körper dieses Mannes gemäß sein sollten, sind erschlafft ... Von Zeit zu Zeit, wie auf einen Antrieb hin, der noch nicht völlig von parfümierter Weiblichkeit überlagert und erstickt wurde, richtete sie sich auf, ganz wie ein Mann. Dann, als käme ihr zum Bewußtsein, was sie getan hat, entspannt sich ihr Körper, schmilzt dahin, windet sich weibisch, als wolle er schuldbewußt den plötzlichen Ausbruch von Männlichkeit kompensieren. Eine unwahrscheinliche weiße Rieseneule, dachte ich – während ich neben ihr an der Bar lehnte, um die quirlenden Flutwellen von Leuten vorbeizulassen, die ein Schauspiel inbrünstiger Ruhelosigkeit boten (ebenfalls an der Bar lehnend, um Sylvia nicht anschauen zu müssen, die ich am anderen Ende sitzen und das ständig wechselnde Panorama ihres Lokals scharf beobachten sehe). Und durch meine von Pillen umwölkten Gedanken hindurch stelle ich mir vor, daß diese Dragqueen neben mir vom Himmel her durch die Decke gefahren sei und sich eulengleich kampfbereit auf diesem Barhocker niedergelassen habe, um ihre ungehörte Weissagung tauben Ohren zu verkünden.

Durch die offene Tür, in deren Nähe sie saß und der sie das Gesicht zuwandte, ist draußen die Menschenmenge, Männer und Frauen, zu sehen, johlend in verkrampfter Glückseligkeit, die vielleicht Entsetzen ist – Menschenmengen wie sich windende Würmer, die aneinander nagen. Und die blonde Eulenqueen im Spitzenfummel wendet sich dem Eingang zu, langsam, als zelebriere sie ein Ritual: Die Zigarettenspitze, festgeklemmt zwischen Zeige – und Ringfinger – der gestreckte Mittelfinger stützt die Spitze – machte sie eine unmißverständliche obszöne Geste und krächzte laut:

»Ihr könnt mich alle mal ...!«

Dieser sonderbaren, schmähenden Verwünschung folgte unverständliches Gebrumm. Und nun laut: »Warum macht denn nicht jemand diese Scheißtür zu? Ihr wollt wohl die saubere Luft hier verpesten?« – wobei sie, bei jedem hervorgestoßenen Wort, die Luft mit grauen Wolken *säubert* und Rauchwände um sich aufrichtet, hinter denen sie sich in diesem Lokal geborgen fühlt wie im dunklen Mutterschoß. Sie warf der Tür verächtlich einen finsteren Blick zu. Wenn sie offensteht, ist ihre Welt bedroht.

»Chi-Chi! Chi-Chi, Süße!« sprudelt Miss Ange (Scarlett O'Hara) ihr über irgendeine Schulter entgegen – die dichtgedrängte Menge hinderte sie daran, näher heranzukommen, »du siehst einfach fabelhaft aus. Süße! Nein, nein ... nicht fabelhaft – du siehst *echt* aus! ... Und wer hat das *himmlische* Kleid gemacht? – ich platze vor Neid«, sagt sie und kann nur schlecht ihr Erstaunen über das unelegante Gebilde verbergen, das den riesigen Körper einhüllt.

»Ich hab' es selbst gemacht«, schnaubte die blonde Eule mit dem Spitznamen Chi-Chi.

»Wann bist du zurückgekommen?« fragte Miss Ange und befreite ihren Arm aus dem Griff zweier Leute, die sie mit sich zerren wollten. »Ich dachte, du hattest dich entschlossen, *nicht* wiederzukommen. Wie war's in Boston, Baby?«

»Beschissen«, antwortete Chi-Chi. »Immer wieder haben sie mich eingelocht. Diese Scheißbullen! Sie geben einfach keine Ruhe!« rief sie laut, als würde sie eine Ansprache an jeden Feindlichgesinnten in diesem Lokal halten.

Immer weiter und weiter entfernt – sie mußte den Widerstand dagegen aufgeben, von der wogenden Menge mitgezogenzuwerden – brüllt Miss Ange: »Aber sonst ist alles okay?«

»Jaa ... jaa ... die sieben mageren Jahre sind noch nicht zu Ende«, sagte Chi-Chi säuerlich.

»Bis gleich. Schätzchen!« rief Miss Ange, fast zugedeckt von den vielen anderen, während sie sich ihren bebänderten Hut wieder zurechtrückt; sie hebt ihren Reifrock über den Kopf, um sich ihren schwankenden Weg durch die Menge bahnen zu können. »Zerdrückt mir doch nicht meinen Rock!« fleht sie klagend.

Die Touristen, die meisten mit Scherzhütchen auf dem Kopf – fasziniert und wohlwollendes Interesse bezeugend – beäugen die Transe, und Chi-Chi erwidert die Blicke kalt und herausfordernd. Während ich noch neben Chi-Chi an der Bar lehne – ich bin dort

geschützt vor der drängenden Menge – und auf einen günstigen Moment warte, bis ich fortgehen kann – hat eine andere Dragqueen, hervorgeschleudert aus dem Hauptstrom der kämpfenden Körper, Chi-Chi ungläubig erspäht, jedoch, ihre Ungläubigkeit unterdrückend, hieß sie Chi-Chi in der Schwesternschaft der Dragqueens im Französischen Viertel willkommen.
»Ich bin ... Puh! ... *Nachklang & Zugabe* ...«, sagt sie zur blonden Eule. »Ich hab' dich ... Puh! ... noch nie im Viertel gesehen, aber ... Puh! ... ich bin ja auch noch nicht lange da – und, na ja: ich glaube, wir Mädels müssen zusammenhalten ... oder ... Puh! ... wir sind verloren! Oh, diese Leute hier machen einen ja ganz verrückt. Warum gehen sie bloß nicht nach Hause!« rief sie laut.
Sie quetschte sich neben mich und lächelte mich an – betörend, wie sie denkt – und läßt ihre Hand wie beiläufig sinken, so daß sie sich nun, in der Schwebe, in meiner Leistengegend befand. »Kenn' ich dich nicht aus dem *1-2-3* in L.A., Puppe?« fragte sie mich. Die schwebende Hand umschloß jetzt mein Geschlecht.
»Kann sein«, sagte ich.
»Es ist inzwischen geschlossen – ebenso *Ji-Ji* – die Polente treibt es momentan in Los Angeles ziemlich doll.« Sie unterstrich das Gesagte durch einen intimen Druck ihrer suchenden Hand ... Sie wendet sich an die Eule Chi-Chi: »Wie heißt du, Süße?« fragt sie.
Die Eule antwortete: »Chi-Chi ... Und wo hast du diesen irren Namen her ... *Nachklang & Zugabe?«*
In einer Haltung, als würden hundert Kameras sich auf ihre nicht vorhandene Schönheit richten, um diesen erhebenden Augenblick festzuhalten, erwidert Nachklang & Zugabe: »Also! ... Das war mein Leben: Eine lange lange Kette von Nachklang & Zugabe ... o Chi-Chi, Süße«, sagte sie dramatisch, während ihre Hand nun eindeutiger und sicherer auf Entdeckungsreisen geht, da ich sie nicht fortgeschoben habe, »... ich *muß* dir von einem einfach *umwerfenden* Erlebnis berichten, das ich kürzlich hatte.« Unvermittelt bedient sie sich des in ihrem Munde durchaus unglaubwürdigen breiigen Dialekt des Südens: »Ich zittere noch am ganzen Körper.« Als Beweis streckt sie ihre freie behandschuhte Hand aus (sie ist eine

elegante Dame). »Also: da entdeckte ich doch diese süße kesse Nummer – ich hätte *geschworen,* er ist ein Stricher – und dachte mir: also der oder keiner, das ist genau das, was eine Dame braucht! ... Nun, Schatz, die kesse Nummer entpuppt sich als kesser Vater ... das Letzte von einer Les-bi-e-rin, was dir je untergekommen ist!«
Jetzt wetzt sie ihr sich windendes Hinterteil an meinem Unterleib und fährt fort: »Sie müssen wissen, Fräulein Chi-Chi: dieser kesse Vater war so was von kerlig, daß, wenn ich nicht selbst 'ne bessere Dame wäre, ich mit *vollen Segeln* auf sie geflogen wäre. Die werden jedes Jahr kerliger und kerliger, diese verdammten kessen Väter. Und, wenn's recht ist: ich *persönlich* finde das einfach un-an-ständig: Weiber, die sich als Männer verkleiden!«
»Kesse Väter wollen auch leben«, knurrte Chi-Chi Nachklang & Zugabe feindselig an.
»Aber, du lieber Himmel!« kreischt Nachklang & Zugabe und greift voll Entzücken nach Chi-Chis muskelbepacktem Arm. »Sollen die *Weiber* doch machen, was sie wollen! ... Aber jetzt muß ich dich etwas fragen, Chi-Chi: Wo hast du *diese* Schultern her? Und diese Muskeln – mir wird schwach: Einfach prima, muß ich schon sagen! ... Süße, du brauchst dir bloß den Fummel auszuziehen und die Schminke runtermachen und ich heirate dich vom Fleck weg!«
»Halt deine dreckige Schnauze, du alte Zicke!« bellte Chi-Chi wütend und stieß die Hand von ihrer Schulter. »Ich bin genau so 'ne Dame wie du – merk dir das! ... Und jetzt schieb deinen verdammten Arsch fort ... hau ab und laß uns in Ruh'!« Zu mir, als wolle sie mir jeden Zweifel darüber nehmen, daß sie eine Dragqueen ist: »Bleib da, bis das Gesocks hier raus ist, Baby, ich werd' dich bewirten, wie du's noch nicht erlebt hast.«
So laut es eben geht – um das entfesselte Gebrüll der Menge zu übertönen – und in sicherer Entfernung von Chi-Chi, die, ihrer Riesenhaftigkeit wegen, Minuten hätte kämpfen müssen, um sich bis zu ihr durchzuarbeiten – vertraute eine bestürzte Nachklang & Zugabe einer anderen Transe an: »Diese Riesentunte da drüben ... ich schwör es dir: das muß Mister Amerika im Fummel sein!«
»Ich hab' sie auch gesehen!« brüllte die andere ebenso laut. »Aber

sie kann auch von der Sitte sein – man weiß nie, was diese Sauhunde sich ausdenken.«
»Weißt du was?« brüllt Nachklang & Zugabe und läßt das Thema Chi-Chi fallen. »Diese Touristen da drüben dachten, daß ich eine *Frau* bin!«
»Das ist noch gar nichts, Süße«, sagte die andere. »Neulich saß ich mit einem *Daddy* im Auto, der seine Alte im *Roosevelt Hotel* deponiert hatte, um mit mir zusammenzusein – und wir knutschten gerade, daß es nur so rauschte, und das sah einer von der Sitte und sagt – rat' mal, was der zu deiner Schwester sagte? – er sagte: ›Eine so entzückende junge Dame, wie Sie, Miss, sollte so spät abends nicht mehr unterwegs sein!‹«
Da das Gewühl im Augenblick ein wenig nachgelassen hatte, nahm ich die Gelegenheit wahr und eiste mich von der Bar los. Bereits am Ausgang, sah ich Chi-Chi wiederum die bewußte Zigarettenspitze in Richtung der Menschenmenge draußen stoßen und hörte sie laut dröhnen:
»Ihr könnt mich alle mal …!«

2 Draußen in der frostigen Luft drehte sich mir plötzlich der Kopf. Zwei Hände aus Dunkelheit drohten mich zu umschließen. Aber ich sage mir, daß ich immer noch völlig nüchtern bin – immer noch nicht annähernd genug in Fahrt. Dem momentanen Angstzustand folgt erneutes Geblendetsein.
Ich werfe mich in die zunehmend dichter werdende Menge. Auf dem Jackson Square liegen Schnapsleichen wie auf einem Schlachtfeld vor dem großen Reinemachen, leere *Hurricane*-Gläser neben sich wie scherzhafte Grabmale. Von Zeit zu Zeit richtet einer der Körper sich auf und tutet in eine Trompete oder brüllt in die Nacht hinaus – in die Nacht, so ruhig und still, wie die Welt lärmend – der Himmel aus dunklem Eis.
Ein Touristenschwarm, gleich einer Gruppe großäugiger Kinder mitten in diesem fließenden Strom versinkender Gesichter, zieht fröhlich. Scherztrompeten blasend, vorbei und ich denke: Wir ver-

suchen in einem Strom zu schwimmen, der zum Ertrinken da ist. Und ich fühle mich qualvoll nüchtern.

Im *Les Petits,* ebenso vollgestopft: eine Dragqueen in welkendem Fummel und gleichfalls welkendem Augen-Make-up sang mit heiserer Stimme: *How 're you gonna keep them down on the farm – after they've seen a New Orleans queen?...*

Die gleiche kreischende betrunkene Menge. Angel Face – mit weit offenem leberfarbenem Munde – singt einen melancholischen Blues. Mit großer Mühe – wenn ich zwei Schritte gemacht habe, werde ich einen wieder zurückgeworfen – an meinen Beinen spüre ich die unvermeidlichen Hände – schlug ich mich bis zum Hintergrund des Lokals durch, wo mir plötzlich jemand ein Glas in die Hand drückte – jemand, den ich unter den Dutzenden von Freiergesichtern hier wiedererkannte. Befreit stand ich draußen im Hof und schüttete den Drink mit einem hastigen Schluck herunter.

Hier in diesem Hof war das Gedränge nicht so groß. Liebespaare – Männer und Frauen, Männer und Männer – haften als verschlungene Schatten an der Mauer.

In der Mitte des Hofes posieren drei Dragqueens für einen Mann aus einer kleinen Touristengesellschaft. Das Blitzlicht zuckte grell und vertrieb für einen kurzen Augenblick die graue Dunkelheit. Die Dragqueens, die sich als Frauen gewürdigt vorkamen, nahmen die übertriebensten lässigen Posen ein. Eine beugt sich herunter und hebt den Rock, um einladend ihr Männerknie zu entblößen. Miss Ange, ganz Scarlett O'Hara, sagt zu dem Mann, der die Aufnahmen macht: »Jetzt mich! Machen Sie jetzt ein Bild von *mir!«* ... Die anderen Transen murmelten *alte Sau* und glubschten Miss Ange an, als die sich in ihrem wogenden Ballkleid in Positur stellt – als sei sie soeben im Triumph nach Tara zurückgekehrt. Das Blitzlicht zuckte einen Augenblick über das selbstgefällige Gesicht von Miss Ange – endlich das einer Frau.

Ich sitze erschöpft auf den Stufen, die zum Balkon über dem Lokal führen. Ich atme die Luft tief ein und lasse den Blick über die Menge gleiten – sie lichtet sich langsam: Es ist wie eine Atempause vor dem erneuten Ausbruch von Lustbarkeit, die dem morgendlichen

Umzug vorangehen und folgen wird – wenn das Fieber ungezügelt rast und die Stadt tornadogleich durchzuckt, wenn die Invasion der kostümierten Festeswütigen die Straßen verheert.

In den Schatten des Hofes stand Chi-Chi an der Mauer, den Kopf fragend zur Seite geneigt, als könne sie nicht ganz begreifen, was um sie herum vorgeht. Der Wind hatte ihr gekräuseltes Haar unbekümmert durcheinandergebracht, die Spitzen hängen welk über einer kräftigen Schulter. Sie lehnte kunstlos, bar jeder Anmut, an der Mauer wie eine Art lavendelfarbener wilder Wein.

Als die Blitzlichter um sie herum aufflammten und die immer wiederkehrenden gelben Inseln verjagten, die von der Reihe der beleuchteten Balkons und dem Licht aus dem *Les Petits* und aus *Sandy-Vees Bar* in den Hof geworfen wurden – sah sie noch unwirklicher aus. Wie ein Fußballstürmer im Fummel. Irgendein unachtsamer Fuß muß ihr Kleid zerrissen haben, ein langes Stück Stoff baumelt hinten herunter. Als sie es an ihren Beinen spürte, riß sie das Stück lavendelblauen Stoffes ab und hielt es jetzt wie ein zartes Spitzentüchlein. Mit der immer noch drohend zur Faust geballten anderen Hand umklammert sie die Zigarettenspitze.

Ich rückte einige Stufen hinauf, saß da und sah hinunter wie auf eine Bühne und beim Anblick des Gewühls aus dieser Entfernung hatte ich ein Gefühl fast entrückter Sicherheit.

Der Mann mit der Kamera erspäht Chi-Chi – entzückt wie ein Archäologe, der einen seltenen Fund gemacht hat. Er trägt eine groteske rot-silber gestreifte Schirmmütze, fotografisches Zubehör über der Schulter gibt ihm das Aussehen einer futuristischen Schaufensterdekoration. Seine Frau – oder Begleiterin – aber sie gleicht ihm zu sehr, um nicht seine Frau zu sein – seine Frau ist eine kläglich aufgetriebene Person mittleren Alters in strengem Schneiderkostüm.

Der Mann mit der Kamera nähert sich Chi-Chi, während seine Frau sie ungläubig anstarrt und in höchster Verwunderung murmelte : »Mein Gott!... sieh dir bloß die Schultern von dieser Tante an!« Die beiden kreisen Chi-Chi in sichtbarer Faszination rasch ein, gefolgt von den anderen ihrer Gruppe – zwei Männern und zwei

Frauen – jedem einzelnen Gesicht ist jenes gewisse geringschätzige, ungläubige Lächeln aufgedrückt. Als sei sie ein Tier, das entkommen könnte, drücken sie Chi-Chi an die Mauer – wie Jäger, deren Waffe die Kamera ist.

Den Apparat vorbereitend, sagt der Mann laut zu Chi-Chi:

»Okay, Süßer, jetzt du. Ich möchte dein Bild vorzeigen können, wenn ich wieder zu Hause bin.«

»... sonst glaubt uns das keiner«, sagte seine Frau lachend – ihr Gelächter wurde von den anderen aufgenommen.

»Ich meine«, sagte der Mann – und aus ihm feixte die geballte Verachtung seiner gesamten Vorfahren, »... ich meine, daß ich allen zu Hause zeigen will, wie so 'ne richtige ausgewachsene Tunte aussieht.«

Chi-Chi schüttelte verwirrt den Kopf – wie benommen.

Die Frau des Mannes bebt in bitterem Lachen, als würde Chi-Chis Demütigung irgend etwas in ihr selbst rechtfertigen oder vielleicht auslöschen, was unbehaglich in ihr auf der Lauer liegt. Sie dehnte das Gummilächeln bis zu einem Punkt aus, daß es schien, als müßten ihre Mundwinkel zerreißen.

Der Mann nähert sich Chi-Chi, in den Sucher der Kamera sehend, Schritt für Schritt und sagt zu ihr:

»Los, Süßer, nu mach mal ... wir wollen gern eine richtig gekonnte Tuntenpose ... ganz groß!«

»Und vergiß nicht, *Hühnerpopo* zu sagen«, lispelte seine Frau giftig.

Plötzlich – wie von der Sehne geschnellt – sprang Chi-Chi vor – fort von der schützenden Wand – auf den Mann mit der Kamera zu. Sie verzichtete sogar darauf, das Spitzenkleid in Ordnung zu bringen; es hatte sich über ein Knie hochgeschoben und enthüllte das kräftige Bein. Sie glotzte den Mann lange Sekunden an, mit einem Haß, glühender, als sie ihn vorstellbarerweise auf ein einzelnes Individuum haben konnte, und plötzlich knirscht sie ihn an:

»Los, nu mach mal *du,* du Scheißkerl!« Und sie rückte vor, näherte sich der sie einkreisenden Gruppe, rückte vor innerhalb des kleinen Kreises von feixenden haßerfüllten Gesichtern, der wie ein Symbol

ihrer Vereinsamung ist.
»Was ist denn los?« sagt die Frau mit dem Gummimund bösartig. »Ich denk, du bist 'ne wirkliche Dame?«
Unbewegt und sehr sicher richtete Chi-Chi ihren Blick auf sie. Ihre beängstigenden Eulenaugen grasen den Körper der Frau – diesen frigiden Körper im maskulinen Schneiderkostüm – vielsagend ab. Und Chi-Chi lächelte wie über ein soeben entdecktes, intimes, kleines Geheimnis zwischen ihr und der Frau, die rasch wegsieht.
Dann schwand das Lächeln und Chi-Chi wendet sich wieder dem Mann mit der Kamera zu, die nicht ausgelöst wurde, als sei der Finger erstarrt.
»Los, nu mach mal!« wiederholt Chi-Chi. Die Zigarettenspitze fiel zu Boden, ihre Hände ballten sich zu riesigen Männerfäusten. Die Schminke auf ihrem Gesicht schien sich unversehens zu verflüchtigen – der kalkige Puder schälte sich von der Haut wie durch einen inneren Willensakt. Der künstliche Busen baumelte grotesk.
Während ich von den Stufen her zuschaue – erregt von der Aussicht darauf, was geschehen könnte, und mit dem Wunsch, daß es geschähe – scheint Chi-Chis in Wut verzerrtes Gesicht sich schmerzlich des niederschmetternden Schicksals ihres zerfetzten Spitzenkleides bewußt zu sein. Und später werde ich denken, daß sie in diesem Augenblick die Schminke wie Schmerz auf ihrem Gesicht empfunden haben muß. In einem Augenblick des Erkennens – des Sich-Selbst-Erkennens – in den Augen der anderen Welt, in den Augen dieser heimtückisch lauernden Männer und Frauen, im unerbittlich wartenden Auge der Kamera – dazu die vorweggenommene Selbsterkenntnis in den Fotos, über die man sich ungläubig mokieren würde – während sie dasteht wie ein Tier, das von den Jägern eingefangen oder nicht eingefangen werden wird und das, falls es eingefangen wird, entschlossen ist, wild zurückzuschlagen – in diesem Augenblick stand sie vielleicht dem Bilde ihrer selbst gegenüber: Denn ihr ganzer durchtrainierter Körper scheint gegen irgend etwas anzukämpfen – vielleicht gegen jenes absurde Geschick – gegen die Fesseln dieses Spitzenkleides, dieser Ringe, Perlen und Spangen.

Und ich werde später darüber nachdenken, ob Chi-Chi damals, unter dem Joch einer von Kindheit an ertragenen Demütigung und Verhöhnung den jungen Mann – *sich selbst* – vor Augen hatte – vernichtet von jenem Etwas, das zu überwältigend ungerecht ist, als daß man es in Worte fassen könnte.
Wenn sie es nicht vor Augen hatte, wird es sich in meiner Erinnerung an sie mit ihr verbinden, so wie in der Erinnerung an Miss Destiny mit ihren unausführbaren Heiratsplänen – auch in der Erinnerung an Trudi, die resigniert die *Perlen* verantwortlich machte – der Gedanke an Kathy – all das wird in der Rückschau mit dem Anblick von Chi-Chi verschmelzen – und ich werde darüber nachsinnen, ob Miss Destinys Engel des Bösen nicht dieses eine Mal nachgegeben – vielleicht sogar, wenn auch nur für einige Augenblicke – gütig über Chi-Chi gelächelt haben könnte.
Denn Chi-Chi steht immer noch drohend vor jenem Mann, vor jenen Leuten. Und der Mann rührt sich nicht, als ob diese Augen aus einer fremden verbotenen Welt es nicht nur seinem Finger erschweren würden, den Verschluß der Kamera auszulösen, sondern ihm auch auf andere, rückwirkende Weise eine Warnung zukommen lassen. Chi-Chi ist unmißverständlich ein Mann, wie er vor der ihn einkreisenden Gruppe von Leuten steht und brüllt; »Ihr Scheißkerle! Ich schlag' euch zusammen, alle, wie ihr da seid – oder jeden einzeln! Nun zeigt mir doch mal, was *ihr* für Kerle seid! Na, wer ist der erste? Wer? Ihr alle? Los!« Und die Fäuste warten.
Gleich Motten, angezogen von diesem flammenden inneren Licht, das von Chi-Chi ausgeht, sahen die anderen Dragqueens stumm und gespannt zu, als sähen sie einen Teil ihres Selbst, seit langem unterdrückt, auf überwältigende Weise in dieser großäugigen Kassandra offenbart. Und immer noch tritt niemand auf Chi-Chi zu, um seine Herausforderung anzunehmen.
Auf eine plötzliche nervöse Bewegung des Mannes hin, als würde er jetzt das Bild aufnehmen, macht Chi-Chi wie ein groteskes Schachtelmännchen einen Ausfall in seine Richtung. Die Riesenfaust kracht in das Gesicht.
Die Kamera fällt zu Boden, die Birne des Blitzlichts zerbricht.

Der Mann schwankte, taumelte gegen einen anderen Mann, fiel hin und blieb zu Füßen seiner Frau benommen auf dem Boden liegen. Chi-Chis Männerfäuste sind immer noch geballt wie die eines Preisboxers, bereit für die anderen. Aber niemand rührte sich.

Und war es nur die jähe rammende Gewalt, die jäh zuschlagende Faust, bereit, immer und immer wieder zuzuschlagen, der jähe gefährliche Anblick dieser Transe? Oder war es statt dessen oder zumindest teilweise Chi-Chis Schrei nach einer sofortigen Anerkennung der Würde? Oder hatte der Mann, jetzt in kalter Angst zusammengeduckt neben seiner Frau, den flüchtigen Anblick seiner selbst in Chi-Chi erhascht – nicht der Frau in sich selbst, sondern der Hoffnungslosigkeit seines eigenen traurigen Schicksals, das sich im müden Gesicht, im frigiden Körper seiner Frau spiegelte – welche Gestalt auch immer dieses sein Geschick trug, welches Schicksal auch immer über ihm – über uns – schwebte wie eine schreckensvolle Wolke?

Was ist es, das den Mann, dessen Gesicht gezeichnet ist von dem furchtbaren Schlag der Riesenfaust – was ist es, das ihn veranlaßt, sich an seine Frau und an die anderen, die mit ihm sind, zu wenden, fort von dieser droh-äugigen Kassandra, deren Urteilsbotschaft durch die Gewalttat endlich hervorbrach – und, nachdem er Chi-Chi mit Bestürzung angesehen hat, diesmal nur mit einer flüchtigsten dürftigsten Andeutung von Hohn – jenem Hohn, so sorgfältig anerzogen und zur Schau gestellt, gesät, gepflegt, genährt – was ist es, das diesen Mann, der sich vom Boden erhebt, dazu veranlaßt, sich zurückzuziehen und zu seiner Frau zu sagen, während er sein Gesicht, aus dem das Blut zu strömen beginnt, bedeckt – was ist es in Wahrheit, das ihn fast traurig sagen läßt:

»Gehen wir und lassen wir sie in Ruhe.«

Oh, bald…

Sehr bald wird es nur einer von vielen Zwischenfällen sein, rasch vergessen von denen, die ihn miterlebten *(aber bewahrt vielleicht, von diesem fliehenden Mann, dieser Frau – wenn auch uneingestanden und nie in Worte gefaßt, so doch vielleicht bewahrt als schwärende Erinnerung in den spinnwebverhangenen Schatten*

ihrer Gemüter).
Schon füllt sich der leere Raum um Chi-Chi. Schon wuselt die Menge, schmettern die Scherztrompeten wieder, die Luftschlangen wogen, Konfetti fällt hernieder, die Paare umschlingen sich... Schon quieken die Transen... Und schon sagt Nuttria, einen riesigen Straußenfederfächer schwenkend, mit heiserer Sirenenstimme:
»Man soll eben nie nie *niemals* einer Tunte an den Karren fahren, meine Lieben – das ist die Moral von der Geschicht'!«
Und jetzt!
Jetzt – wo dieses kleine Zwischenspiel seines Lebens vorbei ist – lehnte Chi-Chi wieder lässig, friedvoll und sittsam an der Mauer, brachte ihr Kleid mit äußerster Sorgfalt in Ordnung, schob den künstlichen Busen wieder dorthin, wo er hingehörte. Ihre Zigarettenspitze vermissend, erspähte sie sie auf dem Boden, und mit beherrschter Stimme sagt sie sanft und leise zu einem Mann, der neben ihr steht:
»Baby, Liebling... hättest du die Güte... bitte... einer Dame ihren Zauberstab wieder zukommen zu lassen?« Aber trotz ihrer Beherrschtheit ist ein Ton furchtsamen melancholischen Flehens in ihrer Stimme.
Der Mann, ganz Kavalier, bückt sich, hebt die Zigarettenspitze auf und übergibt sie Chi-Chi mit einer tiefen tiefen anerkennenden Verbeugung...
Ihn dankbar anlächelnd, klemmt sich Chi-Chi die wiedergefundene Zigarettenspitze zwischen die bewußten zwei Finger. Sie bläst einen langen wogenden Rauchstrom in die Luft. Dann, wildäugig in das hektische Gewühl starrend, forderte sie die Welt mit klarer lauter Stimme heraus, sie rief:
»Ihr könnt mich alle mal...!«
Und sie stieß mit der perlenbesetzten Zigarettenspitze ein Loch in die dunkle Luft.

Die Stadt der Nacht

Geisterwolken suchen den dämmrigen Himmel ab.
Gleich einem verschmähten hartnäckigen Liebhaber bemüht sich die Nacht besitzgierig, die Stadt zu umschlingen – jedoch vergeblich, denn die nahende Dämmerung füllt die Straßen bereits mit graugetöntem Dunst.
Der Morgen steigt in moosigen Fetzen herauf.
Die Menschenmengen, die sich kurz vor Morgengrauen gelichtet hatten – die Stadt hält für kurze Zeit den Atem an – schießen hervor, als habe ein Vulkan sie herausgeschleudert, der die Straßen in Flammen setzt. Während erhabenes Licht den Himmel mit größerer Sicherheit für sich in Anspruch nimmt, wird die Stadt von Wogen kostümierter Vergnügungssüchtiger überschwemmt.
Clowns! Zigeuner! Seeräuber!
Der Beschränkungen ihres Geschlechts für die Dauer dieses einen befreienden Tages enthoben, streichen Frauen wie Aasgeier durch die Straßen, in die Schatten hinein und wieder hinaus in die verblassende gelbflüglige Straßenbeleuchtung, die Körper vorgeworfen, bereit zu allem; Münder, für lange ineinandergreif ende Augenblicke zusammengeklebt, heißen andere Münder willkommen. Hula-Hula-Röcke schütteln sich, der kühlen Luft nicht achtend; begehrliche Schenkel, enthüllt unter durchsichtigen Gewändern; wartende Körper, zur Schau gestellt in fleischfarbenen Trikots, spärlich bedeckt mit Blättern aus einem genotzüchtigten Garten Eden: Pseudo-Sexbewegungen, während Hände wie selbstverständlich die Körper erkunden – Körper wechseln zu anderen Händen über, Hände zu anderen Körpern …
Spanische Gauchos, Squaws, Prinzen aus dem Morgenlande!
Ballerinen! Kraftmaxen!
Meerjungfrauen!

Aus grindigen Balkons lehnen Leute wie Zuschauer bei einem römischen Zirkus, den Irrsinn mit gebrüllten Kommandos anstachelnd ... Ein dunkler Schwärm junger Neger, zusammengedrängt in purpurner Traube, erzeugt Jazzgeräusche auf Waschbrettern und Blechkanistern.
Gladiatoren!
Marie Antoinette tanzt mit Robin Hood...
Und ich gehe von Bar zu Bar und greife nach Drinks, manchmal mir zugedacht, manchmal auch nicht. Hände, die jedem in der mich umgebenden Menge gehören können, greifen anonym und unmißverständlich um sich wie Raubvögel.
In der Toilette bei *Cindy* hielten Männerkörper sich umklammert, küßten sich, betasteten sich. Ein Mann, der am dichtbesetzten Pissoir neben mir steht, greift stumm und automatisch nach mir – die unbeteiligte mechanische Bewegung eines Menschen, der irgend etwas vom Gehsteig aufhebt. *Ich könnte ein Irgendjemand sein!...*
Und in jener öffentlichen Bedürfnisanstalt sehe ich einen Mann mit Bürstenhaarschnitt vor einem jungen Mann in die Knie gehen, und ich erkenne den Mann mit dem Bürstenhaar: der Mann am Strand, der in der einsamen Nacht in Santa Monica vor mir geflohen war – und plötzlich möchte ich weinen, weil es wahr ist, daß Menschen keine Flügel haben... Jedoch ich stütze mich bloß mit dem Arm gegen die schwarzverkritzelte Wand, während der Mann, der an mir dran ist, unvermeidbar weitermacht und die anderen selbstvergessen ihre eigenen, besonderen, einsamen Spiele fortsetzen...
Wieder draußen!
Werwölfe!... Ein Wesen, behängt mit weinendem Seegras, gestorbene Seepferdchen heften sich an seine Beine.,. Fledermäuse! Medusa!
Männer und Frauen in hautengen, vorsätzlich entblößenden Trikots; in Badeanzügen aus den zwanziger Jahren; in federgeschmückten Bikinis... nackte Pfauen...
»Man hat mich bestohlen!« schreit ein Mann und starrt einem Burschen nach, der sich eilig davonschlängelt. »Die Hände müßte man ihnen abhacken – wie früher in England!« brüllt er zum teilnahms-

losen Himmel hinauf.
Er wollte es wohl nicht anders, sage ich nur abwehrend, als habe der Mann mich beschuldigt...
Improvisierte Kostüme: Capes, ausgebreitet wie Teufelsflügel, bereit, sich emporzuschwingen. Aus Larven dringen überlange goldglitzernde Wimpern hervor. Einer ist mit Spielkarten bedeckt, ein anderer mit Dominosteinen...
Eine Dragqueen unterhält sich mit zwei Männern. »Ich bin Miss Ogynyst«, eröffnet sie ihnen, »...und meine Spezialität sind Massenpartys – falls Ihnen das etwas sagen sollte.«
Ein weiblicher Vampir pirschte sich die Straßen entlang, Fangzähne über der Unterlippe... blutdurstig... Leben fordernd.
Sich an ihm wetzend, preßte sich ein Matrose gegen das zappelnde Hinterteil einer jungen Frau im Kalikokostüm, die mit einem anderen Mann herumknutscht und hemmungslos kichert, als dieser eifrig von vom in sie hineinstößt. Als ich vorbeigehe, dreht sie mir einladend ihr Gesicht zu und wir küssen uns.
Weitergehend, fange ich an zu lachen und ich höre auf zu lachen und werde von unerklärlicher, wie irrer Wut gepackt, als ein rattenhafter alter Mann, von irgendwoher aufgetaucht, zu mir sagte: »Kommste mit, Junge? Nur für 'n paar Minuten?« Und er schildert höchst anschaulich, was er mit mir vorhat.
»Das können Sie sich nicht leisten«, sagte ich, äußerst befriedigt, ihn auf diese Weise abblitzen zu lassen, weil er die Maske, die ich trug, für echt hielt.
»Wem willst du was vormachen? Ich hab' dich jeden Tag in den Lokalen gesehen!« Er sah mich verächtlich an. »Noch ein Größenwahnsinniger mehr«, sagte er schmunzelnd, was mich sonderbarerweise wieder in Lachen ausbrechen ließ.
Noch mehr Clownsgesichter, grotesk mit Schminke tätowiert.
Im *Rocking Times* möchte ein mir bekannter junger Mann, daß ich ihm dabei helfe, »...ein Hühnchen mit ein paar üblen Rabauken aus Gretna« zu rupfen.
»Scheiße, Mensch, ich möchte mich mit niemand rumprügeln. Ich hab' auf niemand einen Rochus – auf niemand! Ich bin zufrieden

und glücklich!« sagte ich verrückterweise. Zugleich spüre ich, wie Niedergeschlagenheit und Einsamkeit auf meine Sinne einhämmern.

»Was is' los?« fragt er mit schmalen Augen, »... biste zu feige für 'ne Schlägerei?«

»Ja«, sagte ich, »zu feige – und zu glücklich – und zu müde«, und ich spürte, wie mein Magen revoltierte und es wütend in meinem Kopf klopft.

Grimassen schneidende Masken, boshaft schielende Masken, lachende Masken, weinende Masken...

Ich sehe Sylvia an der Bar. Auch ihr Gesicht ist eine Maske. In einer Ecke klebte ein Mann an einer Frau im Badeanzug.

»Ekelerregend!« höhnte eine Transe, wandte diesem Schauspiel den Rücken und stieß gegen eine Lesbe, die als Apache kostümiert war.

»Verzeihung, mein Herr«, sagte die Transe.

Große drahtversteifte Ohren. Ein Mann im Kaninchenkostüm neben mir nahm den Häschenkopf ab. *»Lustbefriedigung* – so könnte man dieses Kostüm nennen!« Er lachte fröhlich, obgleich das Lustbefriedigungskostüm ebenso wie die Lust im Begriff waren, sich aufzulösen: er hält die Stummelschwanzhose mit einer Hand hoch.

Der blecherne Mann aus Oz!

Zwei junge Leute, die aussehen wie Collegestudenten, flirteten mit zwei Dragqueens in großem Abendkleid. »Darf's ein Drink sein?« fragt der eine die Dragqueens, die ganz Damen, mit dem Kopf nicken. Der andere junge Mann sagte: »Zum Kuckuck, die sollen sich doch selbst was bestellen.« – »Aber es sind doch Damen«, protestierte der erste. »Eins geschissen, von hinten vielleicht«, sagte der andere und torkelte davon.

»Da sind wir! Soeben eingetroffen aus dem warmen Los Angeles!« Die Arme wie Flügel ausgebreitet, steht da Lola, Miss Destinys häßliche *Freundin* aus der Innenstadt von Los Angeles. Bei ihr ist Pauline, die mich bereits gesichtet hat.

»Baby! Wie *schön,* ein *bekanntes* Gesicht zu sehen ... aus der *Heimat!«* sprudelt es aus ihr heraus. »Oh, ich *wußte* ja, daß du in New Orleans sein würdest. Warum hast du mich bloß *verlassen!«*

Nachdem ich Lolas sehr allgemein gehaltene Begrüßung zur Kenntnis genommen und Pauline versprochen hatte, sie später wieder zu treffen, floh ich – zurück in die Straßen.
Inmitten der sich ausweitenden Ströme tosenden Außer-Sich-Seins sage ich mir hartnäckig, daß ich immer noch zu nüchtern bin.
Am Vormittag wird der Festzug des Rex, König des Mardi Gras, seinen Anfang nehmen. Und dann wird gesteigerte Narrheit die Straßen regieren. Die wahre Anarchie wird unter einer verachtungsvollen Sonne ihr Zepter schwingen.
»Ich muß wissen, wie groß er ist, bevor ich was anlege«, sagte eine Tunte zu mir.
Ein anderer neben ihm lispelte: »Mary! Er wird denken, wir wollen nur *King's Size!«*
Der erste kreischt: »Wieso denn King's Size? *Queen's Size!«*
Vom Jackson Square aus sieht man die Türme der Kathedrale leuchten, die die Nacht freigab. Die Kirche scheint tief Atem zu holen, als bereite sie sich auf eine Belagerung vor ... Vor ihr: ganz in Schwarz, mit schwarzen Engelsschwingen, steht eine langhaarige Frau in Erstarrung: eine Statue, die ihre heilige Freistatt verlassen hat, um über dieses Babel zu trauern.
Ich vermeide es, sie anzusehen und wende meine Aufmerksamkeit einer Kaiserin zu, die am Park entlanggleitet – ihre Schleppe wird von zwei bonbonfarben gestreiften Pagen getragen. Mir zublinzelnd und wieder verschwindend, gibt mir jemand, mit dem ich zusammen war oder gesprochen hatte, eine Pille. Ein Mann neben mir hält mir ein *Hurricane*-Glas hin. Ich spüle die Pille mit dem Alkohol herunter.
Kannibalen! Scharfrichter!
Mir ist kalt, aber es geht kein Wind. Es wird ein warmer Tag werden. Die Sonne schwebt auf dem purpurnen Horizont. Um einen Laternenpfahl in der Nähe des *Bourbon House* gewickelt, verkündet ein Betrunkener: »Dies ist meine große Liebe!« während er den Pfahl leidenschaftlich umarmt. Eine empörte Frau zerrt hartnäckig an ihm. »Laß mich in Frieden!« befiehlt er ihr, »ich habe meine große Liebe gefunden!« – ein Bein windet sich um den Pfahl.

Zauberinnen! Zauberer!
Aufgepeitschte Menschenmassen, erbittert über jeden fliehenden Augenblick.
Alice im Wunderland! – den wogenden Rock obszön gehoben.
Tom Sawyer – die Hosen hinten offen.
Eine schmierige, jung wirkende Erscheinung, halb Knabe, halb Mann, mit Augen wie schwarze Murmeln, spricht mich an: »Ich hab' dich neulich gesehen«, sagte er. »In einem rosa Cadillac mit irgendwelchen Tunten. Mann, ich hab' Beziehungen – du ahnst es nicht! Ich vermittle Jungs wie dich, aber erst muß ich dich selbst ausprobieren! ... Ich bin nicht etwa schwul – aber natürlich muß ich wissen, was du zu bieten hast.«
»Hau ab, Mann!« sagte ich angriffslustig – sonderbar abgestoßen.
Auf den Straßen vertiefen sich die Schatten, der Himmel hellt auf.
Ein Landstreicher in regenbogenfarbenen Flicken ...
Teufel streichen durch die Straßen!
»Ich bin Besitzer von Kettenläden«, versucht ein schäbig aussehender Mann mir zu imponieren. Ich wandte mich von ihm ab. Er versucht Sonny, der in der Nahe steht, zu befummeln. »Scheiße, Mensch, ich geh' nach Paris«, hörte ich Sonny sagen, wobei er sich zur Bestätigung den beiden Freiern zuwandte, mit denen er zusammen war. »Stimmt's?« Die beiden nickten ernst, ein Nicken, das ebensogut endgültigen Abschied bedeuten konnte.
Halbnackte Männer und Frauen!
Ohne logischen Zusammenhang fiel mir Chi-Chi ein – die Zigarettenspitze, jene obszöne, symbolische Geste der Verachtung, die abgestreifte Maske während jener vehementen Augenblicke im Hof ... Und dann denke ich ohne jeden Zusammenhang: Vielleicht ist dies Jockos letzter Mardi Gras. Und Kathys auch ... Anders bei Sylvia. Sie wird immer weiter hier warten. Der Engel des Bösen hat bereits den Stab über sie gebrochen.
Ein Flüchtling aus irgendeiner sengenden Wüstenei, den Körper in orangefarbenes und rotes Kreppapier eingehüllt, heult in vorgetäuschtem ätzendem Schmerz, durch die Straßen ...
Ein Freier im *Les Petits* sagt zu mir und einem jungen Mann neben

mir »Ich kaufe mir einen von euch – oder euch beide«, und er öffnete ungeschickt und demonstrativ seine Brieftasche. Mein Nachbar entriß sie ihm und rannte davon, mitten durchs Gewühl. Keiner kümmerte sich darum, nicht einmal der Bestohlene. Er grub in seinen Taschen und förderte ein Bündel Geldscheine zutage. Lachend sagte er zu mir: »Ich hab' immer noch mehr als genug für dich – wie wär's?« Er bittet darum! Ich entreiße ihm den Rest seines Geldes und jedes Schuldgefühl wird ausgelöscht durch das immer noch unbeteiligte Lachen des Mannes, das meine Flucht begleitet.

Dämonen!

In aufblitzenden Wogen berstender Farben erzeugen die kostümierten Schwärmer Muster wie die, die der Zufall in den Spiegeln eines Kinderkaleidoskops festhält, Bilder, die durch ein Aufseufzen in sich zerbröckeln …

Zwei Seelen, mit Schleppnetzen aus der Unterwelt heraufgeholt, in aschigen Mumienbändern.

Die meisten der Strichjungen tragen ihre alltägliche Kleidung – das wohlüberlegt nachlässig-offene Hemd, die legeren Jacken, Jeans … Khakihosen … *Das ist ihr Kostüm! Das ist unsere Maske!*

Himmel Hölle Erde haben die ruhelosen Seelen von der Kette gelassen.

Engel!

Und plötzlich erleuchtet, als sei ich aus der Welt hinausgetreten, betrachte ich mir das Schauspiel, und ich sehe mich selbst, vor Jahren, ehe ich jenen Platz am Fenster verließ, durch das ich die Welt nur betrachtet hatte – ohne *dabei* zu sein …

Masken!

Masken, Masken … Und ich denke: hinter all diesem – hinter jenem Fenster und dieser brodelnden Welt, jenseits von alldem müßte etwas zu finden sein: irgendein unbekanntes Land innerhalb des menschlichen Herzens … Mit einem Schlag fühle ich mich befreit – die emotionelle Feder ist gesprungen.

Im nächsten Augenblick aber scharrt das Entsetzen in mir …

Ich zwinge mich zu denken: Es ist Mardi Gras! – aber diesem Gedanken folgt ein anderer: Es ist der Tag vor der aschenen Trauer. Und um diesem Gedanken zu entfliehen, stürme ich durch die Straßen – fliehe vor mir selbst.

Wieder im *Rocking Times*, im Hof.
In schneeig weißem Gewand aus einem zarten Schleiergewebe – mit bloßen, glatten, gerundeten, weiblichen Schultern – stand Kathy da und sah unbewegt in die quirlende Menge. Ihre Augen scheinen zu verbleichen, als sei die Farbe von Tränen ausgewaschen ... Im Haar trug sie einen Paillettenkranz, von dem ein langer, weißer, bräutlicher Schleier sich über ihr Kleid ergoß. Nun befreite sie ihr Haar von dem Kranz und es fiel ihr golden bis zu den Schultern. Sogar inmitten der trunkenen Szenen gebot sie scheue Beachtung. Jocko neben ihr trägt ein schwarzes Zirkustrikot, als trauere er über das verlorene Trapez.
Kathy ist auf dieser Hochzeit die Braut, Jocko der Bräutigam.
Jetzt bewegte sich Kathy und ihre fragile Gestalt schwankte. Erschreckt von der plötzlichen Schwärze vor ihren Augen taumelte sie ein paar Schritte wie eine Marionette, die sich in ihre Fäden verstrickt hat. Jocko hielt sie mit starkem Arm.
Es zog mich durch das Gewühl zu ihnen hin.
Ein Tourist hatte sich eilfertig seinen Weg zu Kathy gebahnt.
»'tschuldigung, Kumpel«, sagte er zu Jocko, »... aber ich muß es sagen: deine Freundin ist wun-der-schön!«
Jocko sah ihn mit einem undefinierbaren Blick an. »Willst du sie küssen?« fragte er den Mann, und Kathy lächelte.
»Darf ich?« sagte der Mann enthusiastisch.
Kathy wandte ihm ihr lächelndes Gesicht zu, die Lippen einladend geöffnet.
»Ja!« sagte Jocko und stieß den Mann wild gegen Kathy.
Der Mann küßte sie, sehr lange.
Und dann, plötzlich und heftig, greift Kathy nach seinem Arm, der sich um ihren Rücken schlang, und zog ihn von dort fort. Sie beugt sich leicht zurück und schiebt die Hand des Mannes entschlossen zwischen ihre Schenkel. Die Hand bewegt sich eifrig; Kathy lächelt grausam. Der Mann zog seine Hand ruckhaft zurück und stolperte

vor Erstaunen rückwärts. Kathy folgte ihm mit den verbleichenden Augen. Jetzt lächelt auch Jocko.
Ich wende mich rasch von diesem Anblick ab. Ich bin bis in den Tod betrübt – um Kathy, um die preisgegebene Maske – betrübt um Jocko, um mich selbst – um den Mann, der Kathy küßte und entdeckte, daß er einen Mann küßte.
Betrübt um den schäbigen Anblick einer Welt voll kalter kalter Masken. Und mir fallen die Worte von irgend jemand ein – von irgend jemand aus irgendeiner Stadt des Dunkels:
»Die Eiszeit des Herzens.«

Minuten später begann meine eigene Maske zu bröckeln.
Ich stand im *Les Deux Frères* und trank mit zwei Freiern, die es von mir wissen wollten – »vor dem Umzug«, sagte der eine, »... wir haben noch Zeit.« – und ich hatte mich bereit erklärt. Und während sie hastig ihre Drinks kippten, um das Lokal mit mir zu verlassen, wurde ich unversehens von etwas Unkontrollierbarem ergriffen.
Ohne jeden Grund, selbst überrascht vom Klang meiner Worte, platzte ich heraus:
»Ich möchte' euch mal was sagen, bevor wir gehen. Ich bin ganz anders, als ihr glaubt. Ich bin nicht so, wie ihr mich gern haben möchtet, nicht so, wie ich versuchte, für euch auszusehen und mich für euch zu benehmen: weder umgänglich noch gutmütig – auch kein Macker: nein, überhaupt nicht: alles das *nicht.*«
Und nachdem ich das gesagt hatte – als seien diese Worte aus dem Munde eines anderen gekommen – eines anderen, der in mir eingekerkert war und sich jetzt zur Wehr setzte – ich hatte das Gefühl, als sei etwas in mir explodiert – redete ich, endlich selbst explodierend, weiter herausfordernd gegen ihre erstaunten Gesichter an:
»Nein, ich bin nicht so, wie ich für euch vorgab zu sein – für euch und für andere. Wie ihr, wie jeder andere fürchte ich mich – habe ich Angst, kalte tödliche Angst.«
Wie vorherzusehen war, wurde ich ihnen ein Fremder. Sie hatten etwas anderes in mir gesucht – das Gegenteil von sich selbst – und ich hatte ihnen eine Rolle vorgespielt, wie so vielen anderen vorher auch.

Ich wußte, sie verachteten mich beinahe, weil ich sie getäuscht, sie meiner eigenen Panik ausgesetzt hatte, während sie eine kurzfristige Zuflucht vor der ihren bei mir suchten, der ich so tat, als könnte ich sie ihnen bieten – und so ließen die beiden mich stehen und versuchten vielleicht – so denke ich mit perversem Vergnügen – zu vergessen, daß sie je scharf auf mich waren. Jetzt reden sie mit einem Burschen, der so unbeteiligt aussieht, wie ich mich bemüht hatte, ihnen zu erscheinen.

Ich wich an die Wand zurück und fühlte eine Woge von Niedergeschlagenheit über mich hinwegrollen; eine Niedergeschlagenheit, die um vieles schrecklicher wurde durch den Umstand, daß sie, wenn auch nur unbestimmt (wie tausend namenlose Ängste, die die Dunkelheit bereithält, in der man lediglich weiß, daß etwas lauernd wartet) etwas mit Verwundbarkeit zu tun hat.

Ich schloß die Augen, an dem Punkt angelangt, wo ich bereit bin zuzugeben: Ich werde jetzt betrunken. Aber ich klammere mich an die Nüchternheit, als ich jemanden sagen höre: »Es wird dir gleich besser werden, wenn wir hier fortgehen.« Die Augen öffnend, sah ich einen Mann vor mir stehen, der mich auf merkwürdige Art anblickte. »Ich wohne gleich um die Ecke«, sagte er. »Kommst du mit?«

Ein vor der Tür gestrandeter Würstchenwagen raucht unheilverkündend wie ein Requisit aus der Hölle.

Jeremy *oder* Die weißen Laken

1 In bleierner Erschöpfung nach dem entschlossenen Samenerguß, der, aufgestaut bis zum letzten Moment, in zwiefachen orgastischen Stößen vor sich gegangen war, als hätte ich versucht, mich von unendlich mehr zu befreien als dem bloßen Sperma – hatte ich mich im Bett zurückgelegt und war sofort eingeschlafen. Ebenso unvermittelt aufwachend – plötzlich wieder da, als habe mich jemand gerufen – sah ich den Mann, der mich vorhin im *Les Deux Frères* angesprochen hatte, immer noch auf der anderen Seite des Bettes liegen und mich anschauen.

Draußen, jenseits der verhängten lädenverschlossenen Fenster dieses Balkonzimmers, das auf die Royal Street hinausgeht (es ist immer noch Zeit bis zum Umzug, stelle ich mit einem hastigen Blick auf meine Uhr fest) dauern die Geräusche des hektischen Betriebes an – wie Hunderte von Grammophonen, auf denen verschiedene, aber in gleicher Weise schmetternde Platten ablaufen.

Ich setzte mich rasch in dem verwühlten Bett auf und griff nach meinen Kleidern – um aus diesem Zimmer herauszukommen, um mich wieder zurück in die Straßen zu werfen, um zu der dort rasenden, nach mir fordernden Anarchie zu stoßen: Als bliebe ich in einem wichtigen Rennen zurück, das ich hinter mich bringen *mußte*.

Ehe ich aber mit dem Anziehen beginnen kann, sagt der Mann im Bett: »Bleib' noch ein wenig. Hier – eine Zigarette.« Er hält mir die Zigarette wie ein Zeichen des Waffenstillstands hin, muß ich denken – des Waffenstillstands nach dem Akt – er steht mir lebhaft vor Augen nach der kurzen Bewußtlosigkeit des Schlafs – der uns, was mich betrifft, plötzlich zu Fremden gemacht hat.

Ich nehme die Zigarette. Er greift nach seiner Hose auf einem Stuhl neben sich und holte mehrere Geldscheine, die er für mich auf den Nachttisch legt, aus der Tasche. Er tat das mit einer Beiläufigkeit,

als sei es für ihn der nebensächlichste Teil der Szene, die wir gespielt haben.
Als ich mit ihm herkam – ich erinnere mich deutlich daran – hatte ich nicht von Geld gesprochen. Nichts an ihm hatte auf einen *Freier* schließen lassen. In dem Zustand pillenvergifteter und alkoholisierter Panik, die, wie ich an jener Bar gespürt hatte, meine fünf Sinne niederzuknüppeln drohte, hatte das Gleichmaß seiner Stimme, seine Ruhe unmittelbar ein Nachgeben der Nerven bei mir bewirkt – angesichts der heranrollenden Woge forciert lachender Gesichter, wildentschlossen, sich vor allem anderen in eine verschlingende Flutwelle von Irrsinn zu stürzen ... Und so war ich ihm nur dankbar gewesen für das Angebot einer vorübergehenden Zuflucht vor dem Menschengewühl.
Jetzt, im Vollbewußtsein der vor Leben berstenden Straße – als wären ihre Geräusche auf elektrischem Weg mit meinen Sinnen verbunden – und in Erinnerung an Sex vorhin, als ich die Rolle des Unbeteiligten zwanghafter denn je gespielt hatte (als habe die Aufgabe der Straßenallüren den beiden Freiern in der Bar gegenüber für mich die Notwendigkeit ergeben, mit größerer Dringlichkeit zu beweisen, daß ich diese Maske immer noch tragen konnte) dachte ich nur an eins:
Diesem Zimmer entkommen!
Der nachlässig auf den Boden geworfenen Bettdecke entfliehen, entfliehen vor allem den auf geheimnisvolle Weise beunruhigenden zerdrückten Laken ... Aber ich streckte mich wieder im Bett aus. Ich würde nur noch einige Minuten dableiben, sagte ich mir, und war bemüht, die hypnotisierenden, verführerisch lockenden Geräusche der draußen tosenden Raserei zu überhören: lockend wie ein eigens für mich in Szene gesetztes Ritual.
»Warum ist es wohl so«, sagte dieser Mann langsam, fast als suche er, indem er sprach, eine Entschuldigung dafür, daß er sich nicht ins Gewühl hinaus begab – oder mich davon zurückhalten wollte, »... daß, sobald der Orgasmus vorbei ist – oder wenn man nach dem Schlaf wieder daran denkt«, fügte er hinzu, als verstünde er meinen Drang, fortzugehen, ganz genau – und als spräche er außerdem über

mich persönlich, »... warum ist es wohl so, daß Menschen fort wollen, wie um zu vergessen – mit jemand anderem – was soeben zwischen ihnen geschah – was immer und immer wieder geschehen wird – und wieder vergessen werden muß?«
Das Unangemessene seiner tiefschürfenden Bemerkungen, während draußen die Raserei des Karnevals tobt, derentwegen wir alle angereist waren – die gedrängte Häufung von Erlebnissen mit vielen vielen Leuten – das außerordentlich Unangemessene daran fällt mir sofort auf. Natürlich stimmte das, was er gesagt hatte, zum großen Teil: Nach diesen flüchtigen Verbindungen möchte man sofort gehen, wie in einer Art von Scham oder mit einem Schuldgefühl wegen jenem Etwas, das nicht ausgetauscht wurde. Aber ich sagte: »Es ist bloß der Karneval draußen; deswegen kommt man ja schließlich her.«
»Du wirst nichts versäumen«, versicherte er mir beruhigend und deutete damit an, daß es für ihn nicht wichtig sei. »Es geht erst nach dem morgendlichen Umzug wieder so richtig los. Ich war schon öfter dabei. Jetzt passiert nichts anderes als vorhin, als du da unten warst – bloß noch hemmungsloser.« Er sprach leise, aber trotzdem klang es überzeugend.
Er war ein gutgebauter, maskuliner Mann Anfang der Dreißig mit unnatürlich dunklen Augen und hellem Haar. Sein eindringlich gutes Aussehen ist von Schwermut überschattet... Während ich ihn ansehe, überlege ich, warum solch ein Mann einen anderen Mann bezahlt, da er doch offenbar in jedem der Lokale leicht Anschluß fände, einen Anschluß, der auf Gegenseitigkeit beruhen würde, und ich überlege weiter, ob er vielleicht einen anderen Grund hat, ungefragt Geld herzugeben. Dieses Gefühl ist plötzlich da und wird durch nichts, was wirklich geschah, bestätigt. Aber es läßt sich nicht abweisen. Das Geld liegt da als etwas ständig Gegenwärtiges, jedoch, da ich es noch nicht eingesteckt habe, als etwas Nicht-Zur-Kenntnis-Genommenes.
Er lehnte sich, ein Kissen im Rücken, ans Kopfende des Bettes, bis zum Nabel vom Laken bedeckt. Ich liege auf dem Laken, um nicht das Gefühl zu haben, wirklich mit ihm im Bett zu sein.

Dieses Zimmer, gleich um die Ecke von dem Lokal, in dem ich ihn traf, ist offenbar eines der teuren Zimmer, die schon Monate vor dem Karneval bestellt werden müssen: Ihr Preis wird fast ausschließlich davon bestimmt, daß sie im Französischen Viertel liegen und einen Balkon haben, von dem aus man den Riten des Karnevals zuschauen kann. Die Einrichtung versucht das alte New Orleans der Romane und Filme mit seiner Romantik lebendig zu machen, aber sogar dieses Zimmer hat etwas von Karnevalsmaskerade – als wolle es mit dem Draußen konkurrieren.
»Außerdem«, sagte er, »... wenn du dich noch ein Weilchen ausruhst, kannst du all das besser genießen ... du hast doch das Gefühl, das zu müssen, nicht wahr?« schloß er merkwürdig aggressiv. Dann rasch, bevor ich etwas sagen konnte, als wüßte er die Antwort bereits: »Wie heißt du?«
Ich hielt mich an die Regeln der Nachtwelt, die stillschweigend Schuld zuläßt, sich jedoch selten offen zu ihr bekennt, und nannte ihm meinen Vornamen.
Er lächelte. »Ich heiße Jeremy – Jeremy Adams«, sagte er, den Nachnamen betonend. Und – sonderbarerweise, da bei diesen kurzen Zwischenspielen nicht üblich – er streckte mir die Hand hin, und ich nahm sie ... (Ich erinnere mich an Mr. King und seine Verstimmung über das Mißtrauen, das sich darin ausdrückt, lediglich den Vornamen zu nennen. Ich erinnere mich seiner mit einem scharfen stechenden Gefühl der Einsamkeit, und nicht nur seiner, sondern auch der Situation, die ihn so verstimmt hatte ... »Ich geb' dir zehn, und du bist mir schnurzpiepegal«, hatte Mr. King gesagt und damit die aufgezwungene Kälte des Lebens, das er lebte, in Worte gefaßt, des Lebens, das ich damals bald entdecken sollte.)
Ich nannte Jeremy Adams meinen eigenen Nachnamen.
»Dies ist dein erster Mardi Gras, nicht wahr?« fragte er mich. »Ja.«
Ich fühlte mich nach dem kurzen tiefen Schlaf erstaunlich nüchtern. Plötzlich bin ich nicht mehr so darauf versessen, wieder auf den Straßen zu sein. Für einen Augenblick erschreckt mich sogar der Gedanke daran. Das kommt daher, daß ich immer noch müde bin, sagte ich mir selbst. Es hat nicht unmittelbar etwas mit diesem Mann

zu tun. Er bewegte sein Bein ein wenig unter dem Laken, näher an das meine heran. Ich beugte mich hinaus, als wolle ich etwas aus meinen Kleidern nehmen, die am Boden lagen. In Wirklichkeit wollte ich einen Abstand schaffen zwischen mir und etwas Bedrohlichem um ihn – seltsamerweise war es jetzt das Gleichmaß seiner Stimme – die Sicherheit seines Benehmens – die schwermütige Schönheit – die zwanglose Ausgeglichenheit. Sogar während des Akts, obwohl ich keinerlei Hemmungen an ihm entdeckt hatte, war diese Ausgeglichenheit vorhanden gewesen – nichts von dem hastigen Ausgehungertsein mancher anderer.

Und dann – als ich mich wieder im Bett aufsetzte, jetzt ein wenig abgerückt von ihm, sagte er völlig unerwartet, ohne die leiseste Andeutung zuvor, ohne einleitende Worte, geradezu:

»Du wünschst dir sehr, geliebt zu werden – aber du willst nicht wiederlieben, selbst wenn du dich dazu zwingen mußt.«

Ich sah ihm ins Gesicht. Sein Blick war fest auf mich gerichtet. Wie um mich selbst zu verteidigen, falle ich in mein Strichgehabe zurück, das seine Feststellung untergraben wird. »Ach, Mann, hör zu«, sagte ich, »... ich möcht' mich einfach amüsieren solang es geht.«

»Ich stand vorhin direkt neben dir an der Bar, als du mit den beiden Männern sprachst«, sagte er. »Ich hörte jedes Wort, das du sagtest ... alles über den *Versuch,* so und so auf Leute zu *wirken* ... und daß du dich ebenso fürchtest wie jeder andere auch.«

Ich fühlte mein Gesicht vor Scham brennen. Ich hatte mich in jenem Lokal, für diese wenigen Augenblicke, was meine Gefühle anging, völlig entblößt, und dieser Mann war Zeuge gewesen.

»Das braucht dich nicht in Verlegenheit zu bringen«, sagte er rasch. »Ich habe schon so etwas in der Art gespürt, ehe ich dich dort reden hörte. Ich hatte dich schon vorher ein paar Mal gesehen – das erste Mal in der Nähe des Französischen Markts. Ich sah dich dort die Hähne im Käfig anstarren, ich sah deine Reaktion darauf, als sie versuchten, sich durch die Drahtmaschen zu zwängen. Weißt du, daß du tatsächlich zusammenzucktest? Erinnerst du dich?«

Ja, ich erinnere mich – und auch des unheimlichen Gefühls, als säße ich selbst in dem Käfig.

»Ich hätte dich damals angesprochen«, fuhr Jeremy fort, »... aber du gingst dann sehr rasch weg ... Ich wußte, du würdest nicht mit mir sprechen – manchen Menschen fällt das schwer, und ich war sicher, daß du zu ihnen gehörst ... Ich hatte recht, nicht wahr? – mit dem Nicht-Wiederlieben-Wollen, nicht einmal etwas empfinden wollen – für *einen* Menschen.«
Ich antwortete ihm kurz und drückte dabei die Zigarette aus – er sollte spüren, daß die Richtung, die die Unterhaltung nahm, mich forttreiben würde: »Ich weiß nichts davon, daß ich *geliebt* werden will. Ich weiß bloß, daß ich begehrt werden will. Ich möchte nicht einmal das *Gefühl* haben, irgendeinen Menschen zu *brauchen.«*
»Aber *viele* schon« ... Das mußte ja kommen. »Entschuldige bitte«, sagte er, »sei nicht ... *sauer.«* Er lachte.
Dieses Wort, daß er so offensichtlich meinetwegen gebraucht hatte, ließ auch mich lachen.
Es scheint ihm klar zu sein, daß ich es nicht mehr so eilig damit habe, fortzugehen, ebenso wie er meine unbestimmte Angst vor den Straßen zu spüren scheint. Er verfolgt das Thema weiter, vielleicht indem er diese Erkenntnis ausnutzt. »Du hast noch nie jemand geliebt?« fragte er mich.
Ich wollte irgend etwas Frivoles sagen, etwas, das seine Frage lächerlich erscheinen ließe, besonders jetzt im Karneval. Statt dessen antwortete ich hastig: »Nicht so, wie Sie das meinen.«
Aber ich denke an meine Mutter – und ihre Liebe, gleich einem erstickenden Parfüm ... Ja, das war *Liebe* – auf beiden Seiten – ein verzehrender, im geheimen würgender Vorgang – wie Sylvias Liebe zu ihrem Sohn ... aber nichtsdestoweniger Liebe .... Die unablässig brennende Erinnerung an meinen Vater, der *geliebt* aus der Asche jenes frühen Hasses aufstieg ... Und doch weiß ich, daß Jeremy etwas anderes meint.
Er hatte meine Gedanken in eine Richtung gelenkt, die ich lieber unerforscht ließ. Ich griff den ungefährlichsten Gedanken auf: hätte ich Barbara wirklich lieben können? (Der stechende Schmerz in mir, als ich sie das letzte Mal sah – aber hatten wir einander nicht bloß *benutzt,* in einer Art wechselseitiger Furcht?) Und meine Gedanken

machten einen Sprung: Dave ... (Ich versuche mir sein Gesicht vorzustellen, als ich ihm das erste Mal begegnete, aber das Gesicht, das mir in Erinnerung blieb, ist ein anderes – es hatte mich ungläubig angestarrt, als ich an jenem Nachmittag fortging, sein Blick hatte sich in mir eingebrannt und stand so deutlich und so oft vor mir ...) Und wieviel von dem, wovor ich geflohen war, war Angst um mich selbst gewesen? – wieviel davon war Angst gewesen, ihn zu verletzen? ... Lance ... Pete: das Gefühl der Hoffnungslosigkeit und des Schmerzes und der Verlegenheit und Vereinsamung in jener Nacht im Bett, als er meine Hand so lange festhielt ... Der Mann am Strand in Santa Monica (der allerdings so vor mir steht, wie ich ihn kürzlich hier in New Orleans sah) ... Mr. Kings Einsamkeit – ich hatte an ihr teilgenommen ... an ihr teilgenommen und sie erkannt, und eben das Bewußtsein seines Leides war es gewesen (wie vielleicht auch bei Dave), das mich fortgetrieben hatte. Hatte ich nicht durch meine ohnmächtige Flucht etwas manifestiert, das vielleicht eine Form von *Liebe* sein könnte?

»Nein«, wiederholte ich nachdrücklich, »... ich habe niemals *einen* Menschen geliebt.« Und als ich das sagte, dachte ich an die Nacht in Chicago, in der ich am See entlangging und das Gefühl hatte, vor Liebe zu bersten – aber es war etwas anderes, etwas, das dem Mitleid näherstand (wie es auch bei meinen Gefühlen Mr. King und den anderen gegenüber der Fall gewesen war, wie ich jetzt begriff).

Draußen haben die lärmenden Geräusche sich plötzlich verändert, Stimmen brüllen: »Laßt sie laufen! Laßt sie laufen!« Bald wird das Gebrüll zum Singsang, immer die gleichen drei Worte: »Laßt! sie! laufen!« Händeklatschen im Rhythmus dieses Befehls. Das Geräusch stampfender Füße.

»Die Polizei, wahrscheinlich«, sagte Jeremy. »Wahrscheinlich versuchen sie einen festzunehmen – aber die Leute werden es nicht zulassen. Dieser Tag, der den Massen gehört, ist der Tag völliger Freiheit – wenn Anarchie völlige Freiheit bedeutet. Das weiß auch die Polizei. Sie ist mehr oder weniger machtlos – aber sie tun als ob. *Ihre* Masken werden als letzte fallen«, sagte er doppeldeutig ... Nach einer kurzen Pause fragte er mich – wiederum aus heiterem

Himmel: »Gehst du immer für Geld ... ausschließlich?«
»Ja«, log ich.
Wie unmöglich schien es, ihm verständlich zu machen, daß mir das Angebot des Sexgeldes schlechthin so wichtig war; das Unbeteiligtsein beim Akt: die Beweise dafür, daß ich wirklich begehrt wurde.
»Ach?« sagte er fragend, als ob meine rasche Reaktion in ihm Zweifel erweckt habe, vielleicht auch – sicherlich – war es der Umstand, daß ich von ihm kein Geld verlangt, daß er es mir von sich aus angeboten hatte. »Irgendwie – nachdem ich dich mit diesen beiden an der Bar reden hörte – und nachdem ich dich mit anderen beobachtet habe – irgendwie bekam ich den Eindruck, daß das Geld, das sie dir geben, nicht das Wichtige dabei war – daß du vielleicht, ohne es zu wollen, eine Art Spiel spielst.«
Seine Worte ärgerten mich. Aber wenn ich nicht mehr zuhören will, brauche ich ja nur zu gehen. Nichts hält mich hier, sage ich mir beharrlich immer wieder. Und doch bleibe ich auf dem Bett liegen. Ein neuartiges Gefühl der Erleichterung übermannt mich, nun, da ich weiß, daß er mich in dem Lokal belauschte – als ich die angenommene Pose aufgab und mich zu meiner Angst bekannte. Obwohl er all das von mir wußte, hatte er mich gewählt.
Zugleich scheinen meine Sinne nach dem belebenden Schlaf vollkommen und prickelnd wach zu sein. Die vielleicht bloß trügerische Nüchternheit dieses Augenblicks – die, falls sie trügerisch wäre, mich mit einem einzigen Drink in das Trunkensein zurückwerfen könnte – läßt ein Gefühl der Unbekümmertheit in mir aufkommen. Vielleicht haben auch die Geräusche draußen damit zu tun, die wiedergekehrte Aussicht darauf, mich – jenseits der Ängste – wieder unter die Leute zu mischen, die wie rasend die Straßen überschwemmen. Es könnte sein, daß ich wie ein Kind vor einem köstlichen Nachtisch die Vorfreude vor dem eigentlichen Geschmack auskoste – daß ich versuche, die Zeit dazwischen hinzuziehen, bevor ich wieder inmitten der ständig wachsenden donnernden Raserei bin ...
Vielleicht spürt dieser Mann, Jeremy, meine zweifelnden Überlegungen, warum ich, hier in diesem Zimmer, bei ihm bleibe.

Es klang fast amüsiert, als er sagte: »Dachtest du – da du nicht wußtest, daß ich dir dort in der Bar zugehört hatte – ich würde das Interesse an dir verlieren, wenn ich wüßte, wie du wirklich bist – oder sein könntest – was du ja diesen beiden Leuten klarzumachen versuchtest?«
»Es ist schon mal vorgekommen«, sagte ich. »Es war ja auch dort nicht anders. Die Leute wollen einen haben, weil man vorsätzlich in bestimmter Weise auf sie *wirkt* – unbeteiligt und abgebrüht. Das hat man sehr rasch raus, wenn man sich auf den Straßen rumtreibt.«
»Natürlich gehen Leute auf die Straße, wenn sie auf Straßentypen aus sind«, sagte er. »Und vielleicht stimmt es, daß du für sie maskuliner wirst, wenn du dich *abgebrüht* gibst – oder sogar beschränkt. Oder vielleicht – wie jemand mir mal sagte – haben sie das Gefühl – obwohl sie dir Geld geben – selber *besser* zu sein ... tüchtiger. Und es könnte auch sein, daß sie dem nachjagen, was ihnen als Gegensatz zu sich selbst erscheint: die scheinbar dickfelligen jungen Leute der Straße – wie sie vielleicht selbst gern wären ... aus Angst vor ihrer eigenen Verwundbarkeit ...«
Ich dachte an den Mann in Los Angeles, der mich fast angefleht hatte, ihn zu bestehlen.
»Ich glaube, teilweise ist es all das zusammen – aber es ist nicht nur das«, fuhr Jeremy fort. »Es klingt zu sehr nach Rechtfertigung ... Eher schon könnte es sein«, sagte er langsam, »... daß sie sich damit abgefunden haben, nichts anderes als ein flüchtiges Sexerlebnis finden zu können. Vielleicht ist es nicht so, daß sie gar nichts anderes wollen, vielleicht haben sie die Hoffnung bloß aufgegeben, etwas zu finden, was über Sex hinausgeht, und haben sogar Angst davor zu fragen: ›Kann ich dich wiedersehen?‹ Sie werden eher nach jemand anderem suchen, als sich der Möglichkeit aussetzen, ein *Nein* zu hören – eine Antwort, die vielleicht ebenso von Furcht bestimmt wird wie ihre eigene Frage. So finden sie sich mit den flüchtigen Verbindungen ab. Jetzt suchen sie nach Leuten, denen *alles egal* ist ... Und die Beweggründe der Leute auf eurer Seite sind genauso geheimnisvoll wie die der Leute, die euch Geld geben ... wie ich«, fügte er hinzu und fuhr fort: »Wieweit ist es für dich wich-

tig, zwar ein Teil dieser lockenden zynischen Welt zu sein, aber eigentlich doch nicht zu ihr zu gehören? – so daß du sagen kannst (das du ist nicht persönlich gemeint – ich spreche von vielen Leuten) – so daß du sagen kannst, ›ich tue es nur des Geldes wegen‹ oder ›ich bleibe im Bett völlig unbeteiligt; meine Männlichkeit ist immer noch intakt – und vorderhand kann ich mit so vielen Männern gehen, wie ich ... *muß* ...‹?«

Gewöhnlich hätten diese Worte wie der Versuch des *Freiers* geklungen, die anfänglich gezeigte Begierde dadurch zu kompensieren, daß er die Männlichkeit, die ihn vordringlich anzog, in Frage stellte. Da es aber von diesem Mann kam – irgendwie – vielleicht der Tatsache wegen, daß er mich bezahlt hat, ohne daß von Geld die Rede gewesen war, haben seine Worte nicht den Ton üblicher Herabsetzung, wie sie fällig zu sein pflegt, nachdem das Schlachtfeld des einseitigen Sex durch die ausgleichenden Orgasmen bereinigt wurde. Und deshalb sind diese Worte doppelt beunruhigend.

Und es war das, was Barbara damals andeutete – und die Erinnerung an sie macht mich traurig, nicht nur weil ich sie so gern gehabt hatte: Mit mir hatte sie sich beweisen wollen, was ich – und andere – wie sie glaubte, uns mit ihr zu beweisen suchten ... Ja, es war sicherlich zum Teil die wechselseitige Angst gewesen, die uns zusammengebracht hatte.

Erneut hatten meine Gedanken eine gefährliche Richtung genommen. Um ihren Kurs zu ändern, griff ich spontan nach Jeremys Hand – zu meiner eigenen Überraschung, jedoch überreizt auf die jäh aufkeimende Unbesonnenheit reagierend – und legte sie auf mein Bein. Er ließ sie dort liegen, ohne etwas zu sagen oder zu tun, fast als habe er es nicht bemerkt.

Oder verstellte auch er sich? Hat er wohl verstanden, was ich mit dieser Geste sagen wollte, was ich versuchte, ihm vor Augen zu führen: daß nämlich ich es bin, der zumindest in dieser Richtung die Spielregeln bestimmen kann.

Aber er *hatte* verstanden: Welches Triumphgefühl auch immer bei dieser Geste in mir hochgeschossen sein mochte – er erstickte es rasch, indem er sagte: »Wäre deine Männlichkeit nicht viel weni-

ger gefährdet, wenn du das *Begehrtwerden* bei Frauen statt bei Männern auf die Probe stelltest?«
»Es ist einfacher, sich von Männern bezahlen zu lassen«, verteidigte ich mich rasch und wollte ihn gleichzeitig demütigen – doch es hatte wenig überzeugend geklungen, und ich war mir dessen durchaus bewußt, obwohl es stimmt, soweit es sich um die Straße handelt. Ich hatte nur eine der vielen simplen Weisheiten jener Welt nachgeplappert.
»Ich glaube, es ist etwas anderes«, fuhr er hartnäckig fort. »Es könnte sogar eine querköpfige Rache an deinem eigenen Geschlecht ... am Geschlecht deines Vaters ...«
Ich zuckte zusammen. Er hatte zu grausam-genau gezielt. »Mir scheint. Sie sind so 'ne Art verdammter Seelenklemptner«, schlug ich zurück. Doch ich hatte automatisch begonnen, an dem Ring herumzudrehen, den mein Vater mir an jenem verlorenen Morgen geschenkt hatte, und aus der Welt der Kindheit, voll grauer Schatten, mit ihren kurzen Augenblicken armseligen Glücklichseins tauchen die Zeiten auf, als er mich um *einen Tausender* bat, ich auf seinen Schoß sprang und er mich, auf besondere Weise, liebkoste ... und mir dann einen Penny oder fünf Cents schenkte ... und mir auf diese seltsame Art zu verstehen gab – und so flüchtig – daß er mich ... haben wollte.
Aber ... irgendwie ... klang das alles viel zu einfach.
»Ich habe meinem Vater nichts vorzuwerfen ... nichts«, sagte ich scharf und setzte mich auf. Und nachdem ich es ausgesprochen hatte, staunte ich über die Sicherheit und Selbstverständlichkeit, mit der ich imstande gewesen war, meinen Vater zu verteidigen.
»Entschuldige.« Jeremy zog sich zurück. Und er fuhr behutsam, aber wieder ebenso unerwartet fort: »Manche Menschen reden sich ein, daß sie ... begehrt werden wollen ... wobei sie sich eigentlich wünschen, leidenschaftlich wünschen, imstande zu sein, selbst jemanden zu begehren. Wohlgemerkt: ich sagte *imstande zu sein.«*
Plötzlich hörte ich mich sagen: »Wenn ich je die Empfindung haben sollte, daß ich jemanden brauche ... ich würde ...« Ich brach ab.
»... davonlaufen«, schloß er. Ich stand auf und ging zum Fenster.

An den Fensterläden zeichneten sich die ruhelosen Schatten von Menschen auf dem Balkon ab – sie schienen miteinander zu ringen, sich zu bekämpfen und nahmen die Umrisse verschlungener Formen an, als wollten sie in dieses Zimmer eindringen.

Ich kehrte zum Bett zurück. Nicht nur die Angst davor, der Straße gegenüberzutreten – oder das Hinauszögern der immer wiederkehrenden Vorfreude darauf – hält mich hier fest; es hat, wie ich mir jetzt eingestehen muß, etwas mit Jeremys Worten zu tun.

»Ich sah mal in einem Lokal eine Transvestitenshow«, hörte ich ihn sagen. »Eine sehr schöne Dragqueen sang. Das heißt: sie sang nicht wirklich. Man hörte eine weibliche Stimme von einer Platte und die Dragqueen agierte bloß dazu. Sie sah genau aus wie eine wirkliche Frau. Aber als die Platte zu Ende war und sie der weiblichen Stimme beraubte, welche ihr die wenigen Augenblicke zu völliger Glaubwürdigkeit verholten hatte, brach sie schluchzend zusammen – und ihr Weinen war eindeutig das eines Mannes.«

Da ich die geheimen Bezüge der Geschichte, die er mir da erzählte, abwehren wollte (spielt er auf jede aufrechterhaltene Pose an, die eines Tages unter Zwang aufgegeben werden muß?), sagte ich schnodderig: »Ach was, ich kannte eine Tunte, die so fest davon überzeugt war, eine Frau zu sein, daß sie einmal aus dem Bad an die Tür kam und ihre *Brüste* mit einem Handtuch bedeckte; sie setzte sich sogar hin, wenn sie pissen mußte.«

Ich hatte erwartet, daß dieser Versuch, seine Ernsthaftigkeit zu erschüttern, ihn verärgern würde. Aber er lachte. »Ist das ein Scherz oder …?«

»Es ist wahr«, sagte ich. Dann, auf seine unerwartete Weise, sagte er: »Wenn ich dir jetzt, in diesem Augenblick, sagte, daß ich dich liebe – und du glaubtest es – was würdest du tun?«

Ich lachte, aber ich bin sicher, daß er das Unechte daran spürt – es war dem Gelächter draußen sehr ähnlich … Ich war nie lange genug mit jemand zusammengeblieben, als daß ich diese Worte gehört hätte – es sei denn im Bett, wo Hunderte von Leuten sie immer und immer wieder aussprachen und jedesmal bedeuteten sie das gleiche: Nichts … Ich dachte an die Nacht in New York, als ich den Entschluß faßte, jene Welt anhand vieler vieler Menschen, vieler Zimmer, vieler Parks, vieler Straßen und Bars zu erforschen. Und was war der eigentliche Grund zu diesem Entschluß gewesen? Der Versuch, die trügerisch einlullende Unschuld meiner Kindheit zu zerstören – ja. Doch war es auch – zumindest teilweise – war es auch Angst gewesen? – eine zerstörende Angst vor Verletzbarkeit, mit der die Welt mit ihrer mir schon frühzeitig bewiesenen Kälte mich durchdrungen hatte; die gleiche Angst, die andere erfüllt: eine Welt, die man bald als einen emotionellen Dschungel zu betrachten lernt; in der man sehr früh begreift, daß man die Gesamtsumme seiner selbst darstellt – sonst nichts.

Wieder lachte ich.

»Ich weiß nicht genau, was ich täte – wenn Sie das zu mir sagen würden ... und ich es glaubte«, sagte ich. »Vielleicht haben Sie recht: vielleicht würde ich davonlaufen ... Ich meine: dieses Wort – ... *Liebe«* – ich mußte eine Pause einlegen, bevor ich mich überwinden konnte, es auch nur auszusprechen, und ich lächelte dabei, und das hieß, daß ich das Wort nicht ernst nahm, »... wenn es so etwas geben sollte und es nicht nur irgendsoeine verblasene Vorstellung ist ... wenn es mehr bedeutet als Essen und Trinken und so weiter ...«, sagte ich und wollte damit die zu erwartende Gewichtigkeit seiner Antwort zunichte machen, ihr entgegenarbeiten, indem ich sie vorwegnahm,« ... also ich kann daran nicht glauben.«

Der Umstand, daß ich im Zusammensein mit diesem Mann meine Zuflucht nicht mehr zum Strichergehabe nehmen kann – und die vollständige Nüchternheit nach dem Zustand, der hart an Betrunkenheit grenzte – läßt mich die Worte viel leichter finden als zuvor.

»Ich nehme an, daß sich die ganze beschissene Welt ändern müßte, ehe ich das Gefühl bekäme, daß es so etwas gibt.« Nunmehr vorsätzlich lachend, sagte ich: »Und wenn es so etwas gibt, was Sie *Liebe* nennen ... schon die bloße Erwähnung davon müßte genügen, Raketen in den Himmel zu schießen.«

»Vorsicht«, warnte er und lachte ebenfalls. »Sie können jeden Moment draußen damit anfangen. Und was würde dann aus dir?« Dann setzte er ernsthaft hinzu: »Aber es muß nicht so sein. Keine

Raketen. Nur das Wegfallen der Einsamkeit. Das ist Liebe genug. Das kann sogar die stärkste Art von Liebe sein... Wenn man nicht einmal an ihre Möglichkeit glaubt, setzt man Sex an ihre Stelle. Leben heißt dann nur, wie man die Zeit zwischen zwei Orgasmen ausfüllt. Und wie lange dauert ein Orgasmus? Menschen... Menschen, die jede Nacht anderen Menschen nachjagen – manchmal sogar einem, den sie eigentlich gar nicht wollen: Sie schließen die Augen und stellen sich vor, es sei jemand anderer... Die verstohlenen, anonymen Pantomimen in Bedürfnisanstalten und Parks...«

(Während ich zuhörte, dachte ich daran – und ich empfand jene sonderbare, hilflose, betäubende, kalte Angst, die einen bei der Erkenntnis überfällt, daß die Vergangenheit nicht zu ändern ist – wie jemand das erste Mal in einer Toilette vor mir in die Knie gegangen war. Es geschah in einem der Non-Stop-Kinos auf der 42. Straße. Ein Mann stand rauchend auf den Stufen, die zur Toilette hinunterführten, ein anderer am Pissoir. Nachdem ich mit Pissen fertig war, blieb ich stehen, und der Mann in meiner Nähe kam auf mich zu und griff rasch nach mir. Der Mann auf der Treppe war ein paar Stufen weiter heruntergekommen und sah zu, und ich erinnere mich an sein Gesicht: an den lächelnden Mund und den beifällig nickenden Kopf, als der andere jetzt vor mir kniete. Ich denke an die explosive Erregung, als ich den Mund des Mannes an meinen Lenden spürte, eine Erregung, verdoppelt durch den lodernden Blick aus den Augen des anderen, jetzt verdreifacht durch das völlig entrückte Bewußtsein der unmittelbaren Gefahr dieser Situation. Nach einigen hektischen Augenblicken war es vorüber. Der Mann vor mir stand auf. Ich blicke ihn an, und mit diesem Blick entdecke ich bei ihm einen Ausdruck, der mich darum zu bitten scheint, etwas zu sagen, ehe ich gehe – etwas, was ihm zu verstehen gibt, daß er für mich nicht irgendeiner ist – ein namenloser Niemand – der bloß verstohlen einen verzweifelten Sexualakt in einer Kinotoilette ausgeführt hat. Ich wich dem Blick aus. Und er wandte sich rasch von mir ab und floh. Der Mann auf der Treppe war stehengeblieben und rauchte jetzt wieder kühl vor sich hin... Ich verließ das Kino, ich ging durch die einsamen, überfüllten, erregenden Straßen und versuchte das Gesicht zu vergessen, das sich mir zugewandt hatte mit der stummen Bitte um ein Zeichen der Bestätigung nach der großen, anonymen Intimität ... Das war am Anfang einer Periode in New York gewesen, als ich tage- und nächtelang diesen flüchtigen Kontakten nachjagte, immer und immer wieder, von Kino zu Kino, von Park zu Park, von einem zum anderen stürzte, nicht einmal fertig wurde, bloß die Vielzahl erhöhte. Am Ende jener Periode hatte ich begonnen, mich selbst zu befriedigen ... im Gefühl vollständiger Einsamkeit.)

Jeremy hatte lange Zeit geschwiegen. Er scheint instinktiv zu wissen, wann er sich zurückziehen, oder besser: wann er auf der Stelle treten muß: dann, wenn er mir möglicherweise zu rasch zu gefährlich nahe gekommen ist. Jetzt fragte er mich: »Bist du in New York gewesen?«

»Zweimal«, antwortete ich und dachte dabei immer noch an die erregend-hellerleuchtete Insel. »Allerdings habe ich nie schwimmen gelernt«, sagte ich scherzhaft, »... und jedesmal, wenn mir klar wurde, daß ich auf einer Insel bin, bekam ich einen Schreck.«

»Ich lebe dort«, sagte er. »Aber der Inselcharakter dieser Stadt hat mich nie gestört. Was ich zunächst dort empfand, war das Gefühl, unter so vielen Menschen ganz allein zu sein.«

»Ich habe nichts dagegen, allein zu sein«, forderte ich ihn heraus.

»Dann bist du ein Einzelfall – und vielleicht sehr glücklich dran«, sagte er. »Die meisten Menschen können es nicht ertragen, allein zu sein. Sie würden alles tun, um es zu vermeiden.«

»Und Sie glauben, ich wüßte das nicht?« fragte ich, verstimmt darüber, was ich für einen unausgesprochenen Vorwurf halte: innerlich kalt zu sein. In gewisser Weise beginne ich zu deuten, was zwischen uns als eine Art von Kampf vor sich geht – ein heimlicher, nicht ganz erfaßter Kampf – zumindest jetzt von mir noch nicht erfaßt. Meine Gefühle ihm und seinen Worten gegenüber sind schwankend. Während er aussieht, als horche er mich aus, scheint er gleichzeitig nach etwas in mir zu greifen, wovon er glaubt – ob zu Recht oder nicht – es könne mich auf irgendeine Weise von etwas entbinden oder frei machen. Als Vorbereitung für die Straße? Für etwas anderes?

»Ich bin sicher, daß du es weißt«, sagte er, »... du hast es sicher beobachtet.«
Nach kurzer Pause fügte er wie im Selbstgespräch hinzu: »Ja, ich bin sicher, daß du Mitleid empfinden kannst. Aber dann hört es auf.«
Mitleid! Ja, damit hatte er recht. Es gab Zeiten, in denen Anteilnahme mich förmlich zerriß, so daß ich mich von Menschen zurückziehen mußte, von ihrer Traurigkeit – wie ich es wie viele Male schon getan hatte? ... Aber vielleicht will er gerade das damit sagen ... Wenn es dabei blieb, wenn es zum ohnmächtigen Mitleid wurde – war es dann wohl nur ein weiterer Vorwand, zu dem man greift, zu dem man schuldbewußt seine Zuflucht nimmt – wenn wir uns genau prüfen – um uns leichter zurückziehen zu können, wobei wir uns einreden, daß nichts anderes zu tun bliebe ... Lag darunter eine Eisschicht, die jedes Gefühl zwang, dort haltzumachen? (Wie hatte der Professor es ausgedrückt? – »Das Mitleid flackert auf, um die Eiskapsel des Herzens aufzutauen, und wird von dem gleichen Eis, das es zu schmelzen suchte, ausgelöscht.«) Was über diese rein theoretische Anteilnahme hinausging ... habe ich da bloß so getan, als gingen die Dinge mich etwas an? Wiederum aus jener ererbten Furcht heraus?
Gesichter Fremder steigen wie Wiedergänger aus dem Totenacker meines Inneren. Ich hatte das plötzliche Gefühl, eine Figur in einer Scharade gewesen zu sein.
Und ebenso plötzlich war mir in meinem aufgerissenen manischen Zustand, als habe mein Herz begonnen zu horchen – auf etwas. Nach etwas.

2 »Aber du brauchst Liebe«, sagte Jeremy. Diesmal war nichts Fragendes in seinen Worten. Er ist so gelassen, so sicher.
Und ich denke absichtlich: Vor gar nicht langer Zeit lagen meine Beine über seinen Schultern. Und bei diesem Gedanken fühle ich mich durchaus gerüstet, es mit seinen Worten aufzunehmen, die im Zusammenhang mit mir auf irgendeine Erkenntnis abzielen, die er gewonnen hat. Dessen bin ich jetzt sicher, nur ihr eigentlicher Zweck

bleibt noch zu ergründen.
»Ich möchte *begehrt* werden«, korrigierte ich ihn.
»Ach ja, ich vergaß... Vielleicht weil ich es gelassen habe, davonzulaufen.«
Seine Worte waren wie eine Ohrfeige. Diesmal klangen sie unmißverständlich so wie die kleinlichen, boshaften Herabsetzungen vieler anderer – und ich schlug bösartig zurück: »Und jetzt laufen Sie hinterher?«
»In gewisser Weise, ja«, sagte er, unbeirrt von der klar zutage liegenden bösen Absicht meiner Worte – und ich habe das Gefühl, er habe sich ihnen vielleicht absichtlich ausgesetzt. »Wenn du damit meinst, daß ich bei dem, was ich jetzt tue – sexuell gesehen – keine Hemmungen habe – daß ich Leute, die ich haben will, ansprechen kann, ohne darauf zu warten, angesprochen zu werden – da ich dem weiter keine größere symbolische Bedeutung beilege, nun, dann hast du recht.«
»Und Sie glauben, daß es für mich eine *größere, symbolische Bedeutung* hat?« fragte ich ihn. Ich weiß, daß ich diese Worte vielleicht später bereuen werde. Im Augenblick – befreit von der einschläfernden Wirkung des Alkohols und der Pillen, im Zustand überhöhter Klarheit und Unbesonnenheit – ist mir das gleich. Dieses Gefühl mag nicht andauern, solange es das jedoch tut, muß ich so weitermachen.
»Ja«, sagte er, »... ich bin dessen so sicher wie du selbst... Ich bin sicher, du kamst dir bei den Leuten, mit denen du zusammen warst, immer irgendwie eindeutig als der Überlegene vor – weil *sie dich* wollten, weil sie *dich* bezahlten – irgendeine Art Triumphgefühl, das über das Sexualerlebnis und über das Geld dafür hinausging. Aber brauchst du sie nicht ebenso nötig? ... Jedenfalls«, fuhr er rasch fort, »... würde ich sagen: wenn du jetzt gingest, wäre ich weniger einsam als du. Nein, nicht der Rolle wegen, die ich spielte (dabei kann man auch unendlich einsam sein – vielleicht einsamer – *sicherlich* einsamer), sondern lediglich der Nichtanerkennung jener Symbole wegen. Und es ist nicht nur in deinem Lager so, daß die Symbole sich selbständig machen und die kunstvollen, schuldbela-

denen Rechtfertigungen auslösen: Die *Freier,* die damit angeben, was der Stricher seinerseits leistet und wie er ihnen zu Willen war; die Stricher, die damit angeben, daß der Freier nicht einmal dazu kam, sie zu berühren – und daß sie ihn beklaut haben. All diese legendären Rechtfertigungen – als Mittel gegen jenes einsame einsame Gefühl des Mangels an Liebe – auf beiden Seiten ... Die hohle Geste der Gemeinsamkeit.«

Ich möchte ihn fragen, warum er mir Geld gab – warum ihm an dieser einseitigen Bettangelegenheit so viel lag – besonders deswegen, weil ich das Geld nicht gefordert hatte und weil alles an ihm ihn in jener Welt begehrenswert erscheinen läßt. Ich bin jetzt sicher, daß er das Geld vorsätzlich ins Spiel brachte und es mir vielleicht, oder doch zumindest teilweise, deswegen gab, um all diese Worte unterstreichen zu können, zu denen er entschlossen scheint, mir gegenüber entschlossen.

Doch bei seinem Versuch, mir näherzukommen, spüre ich den Riß zwischen uns sich zur Kluft weiten. Vielleicht ist das seine Absicht? Will er diesen Riß vergrößern?

Diese Situation ... die Worte des Mannes ... So völlig unangemessen vor dem großen Umzug ... Trotzdem habe ich das Gefühl, dieses Zimmer nicht verlassen zu dürfen, als habe alles, was hier gesprochen wird, so unangebracht es auch sein mag, auf geheimnisvolle Weise etwas mit dem Ritual des Karnevals zu tun. Dann wieder kommen Augenblicke, in denen ich nicht sagen könnte, wieweit es ihm eigentlich ernst ist. Gelegentlich, wenn er etwas höchst ernsthaft ausgesprochen hat, lächelt er unmittelbar danach, als mache er sich teils über sich selbst, teils über mich lustig.

»Als ich sagte, daß ich darauf verzichtet hätte, davonzulaufen«, fuhr Jeremy fort, »wollte ich damit bloß sagen, daß ich keine Angst mehr davor habe zu *geben* ... etwas von mir selbst zu geben ... andrerseits«, fügte er hinzu und sah mir dabei gerade in die Augen, »... habe ich Leute gekannt, die sich in einen symbolischen Spiegel zurückzogen – um sich selbst dazu zu zwingen, *nicht* zu *geben.*«

Narzißmus als Selbstschutz, dachte ich und wich seinem Blick aus ... jene Liebe zu sich selbst, die ein lückenloses Aufgehen in sich selbst voraussetzt – und doch zugleich eine so große Unvollkommenheit bedeutet – das verzehrende Bedürfnis nach anderen Menschen, das einen jede Rückkehr zum Spiegel als Geschlagener ertragen läßt ... *Du hast nur dich selbst!*

Er schien darauf zu warten, daß ich etwas sage, und als ich es nicht tat, sondern vorsätzlich schwieg, fuhr er fort: »Ich überlege mir zuweilen«, und das ging eindeutig an mich, »... ob es für manche Menschen nicht schwieriger ist, zu glauben, sie würden geliebt, als tatsächlich zu lieben ...«

Ich antwortete vorsichtig: »Vielleicht nehmen diese Menschen ihre Zuflucht dazu, in sich selbst das zu finden, was sie in anderen nicht finden können, weil sie zu genau Bescheid wissen; und wenn sie vor denen davonlaufen, die behaupten, sie zu *lieben,* so vermutlich deswegen, weil sie fürchten, wieder einmal auf irgendeine Fabel hereinzufallen und festzustellen, daß es die *Liebe,* wie auch *Gott,* nicht gibt. Und ist das wirklich so unverständlich«, fuhr ich fort, »wenn man die Welt so betrachtet? Schließlich habe ich sie nicht erschaffen ... Sicher, als Kind«, setze ich langsam hinzu und wußte nicht genau, ob ich wirklich weiterreden wollte, »... als Kind wollte ich die durcheinandergeratene Welt wieder ins Lot bringen – oder es zumindest auf irgendeine Weise versuchen. Dann, wie jeder andere auch, sah ich mich in ihr um und machte meine Erfahrungen. Und ich entdeckte, daß nichts auf der Welt die Unschuld rechtfertigt. Ich sah, daß das Leben anderer nicht sehr verschieden von dem meinen war. Genau wie ich war jeder andere ein Verstoßener in ihr.«

Und: *Jawohl, dachte ich, man wird sich eines schrecklichen aufgezwungenen Schicksals bewußt – oder wie man es auch immer nennen will: Für Trudi waren es die Perlen – Miss Destiny stellte es sich als Engel des Bösen dar. Für den Professor war es die Häßlichkeit – und für Skipper – wie paradox – seine physische Schönheit – wie das auch bei Robbie der Fall gewesen sein könnte ... Lance sah seine Schuld in einem Gespenst verdichtet – und spukte seinerseits vielleicht bei Dean ... Für Sylvia und ihren Sohn war es die Liebe.*

Und während ich das dachte und auch vorhin schon, als ich sprach, wußte ich, wie sehr – und wie oft, wie oft – ich mich geirrt hatte, als ich mir einbildete, ich habe mir die Welt ausgesucht, die mich nun für sich beanspruchte. Nein. Sogar damals schon, vor jenem abschirmenden Fenster, hatte die Welt auf mich gewartet, hatte an den Scheiben gekratzt, nach mir gerufen und mich durch ihr Vorhandensein an sich in Versuchung geführt wie der Baum in Gottes erstem Garten.

Und ich wußte nun auch, wieso ich vorhin imstande gewesen war – so mühelos, endlich – meinen Vater freizusprechen … Ich hatte auf dieser Reise genug gesehen, um mit Bestimmtheit zu wissen, daß die Wurzeln der Auflehnung ganz woanders lagen, jenseits von Vater und Mutter. Jenseits der Kindheit und sogar der Geburt. Eine Entfremdung, die bereits viel früher begonnen hatte – sie stand bereits am *Anfang* … Etwas, das mit der ererbten Ungerechtigkeit zu tun hat – daß keiner verantwortlich ist, wir aber alle schuldig sind. Etwas, das mit dem Schicksal verknüpft ist – und mit so vielen anderen Dingen: angefangen mit der Fabel von einem Gott, der teilnimmt – und der Entdeckung eines Paradieses, dessen wir beraubt wurden … ersetzt durch einen voreingenommenen Himmel … und die Existenz des Todes, des Verfalls, der rasch vorübereilenden Jugend: das Wissen, daß wir verurteilt sind, auf unseren Tod zuzuleben, langsam wie auf einem bereits errichteten Galgen … Und die Tatsache, daß das menschliche Herz sich nach etwas sehnt, das die Welt nicht geben kann … Ja, der Same, gepflanzt in der Kindheit, war bereits vorhanden, hier, in der Welt … etwas, das der Wind mit sich führte.

»So fing ich sehr früh an, die Welt zu hassen«, fuhr ich fort, »… allem zu mißtrauen – besonders der *Liebe* – und versuchte«, fügte ich bitter hinzu, »… ›stark‹ zu werden – und vielleicht meinten Sie das mit dem *nicht geben* – mit dem *Sich-In-Den-Spiegel-Zurückziehen.«* Ich hatte es vermieden, ihn anzusehen, während ich sprach. Als ich ihm endlich das Gesicht zuwandte, starrte er mich an, als kenne auch er all diese müßigen Empfindungen. Aber er sagte: »Es ist seltsam, daß wir uns dazu zwingen sollten, *nicht* zu lieben – oder teilzunehmen und teilnehmen zu lassen – uns sogar dazu zwingen, nicht anzuerkennen, daß Liebe möglich ist. Und so tragen wir dazu bei, die Welt noch schäbiger zu machen, als sie es ohnehin war, ehe wir entdeckten, daß sie nichts taugt. Wir rechtfertigten uns selbst, indem wir uns sagten: Der einzige Weg ist: Abgebrüht-Sein. Oder von der Welt verschlungen zu werden. Und wir fördern damit jene ursprüngliche *Entfremdung* … Und mit dem *nichts taugt* meine ich bloß all die Dinge, die unterdrücken und verbieten – das, was die Menschen aufrichten, um sich selbst davor zu bewahren, dem wirklichen Entsetzen – in sich selbst – ins Auge zu sehen: der Kälte, dem Mangel an Verständnis …«

»Und trotzdem können Sie die Auflehnung aus Abscheu nicht verstehen?« unterbrach ich ihn und dachte an Chi-Chi, an Kathy … an Skipper und Jocko.

»Auflehnung?« sagte er. »Vielleicht gibt es einen Punkt, an dem man sich eben der Gemeinheit unterwirft, gegen die man sich auflehnte?«

»Ich habe nie jemand ausgenutzt«, sagte ich und verteidigte mich, da ich mich wiederum durch seine Worte angegriffen fühlte. »Es handelte sich immer um jemand, der mich haben wollte. Ich habe sogar niemals jemanden angesprochen«, sagte ich nachdrücklich. »Und ich habe niemals etwas von jemand genommen, der nichts hergeben wollte – der die Spielregeln noch nicht kannte.«

»Es besteht kein wirklicher Unterschied zwischen dem Jäger und dem, der sich jagen läßt. Der *Gejagte* stellt sich zur Verfügung – meist passiv, aber nichtsdestoweniger tut er es. Das ist seine Art, zu jagen … Es tut mir leid«, lenkte er ein. »Ich wollte dich nur die gleiche Unschuld verteidigen hören, die zu vergewaltigen du vermutlich ausgezogen bist … Du siehst«, sagte er, und er lächelte wieder so, daß ich nicht weiß, wie ernst es ihm ist, » … sogar das Herz rebelliert – letztlich gegen die eigene Anarchie. Und das ist die mächtigste Rebellion.«

Eine Sintflut explosiver Geräusche von der Straße her lockt mich an. Ich kann seine Sicherheit zunichte machen, indem ich fortgehe. »Ich möchte dabeisein, wenn es wieder so richtig losgeht«, erklärte

ich, »... kurz vor dem Umzug.« Doch der Art, auf die er mich ansieht, entnehme ich mit Gewißheit: Er weiß, daß ich mich davor fürchte, zur Straße zurückzukehren, mich vor dem Karneval fürchte und davor, daß alles wieder von vorn anfängt: Das Ritual – und weil ich so sicher bin, daß er all das weiß, und die immer wiederkehrende Verstimmung spüre, werde ich von einem plötzlichen Zwang ergriffen, das zu tun, was ich jetzt tue: Ich ziehe seine Hand über meinen Körper, so daß sie diesmal zwischen meinen Beinen liegt.
»All diese Symbole ...«, sagte er lächelnd – und wieder versteht er genau, worum es geht, und ärgert mich mit seiner nicht zu erschütternden Gelassenheit, »... nein, sie bedeuten für mich keine Gefahr. In keiner Weise.« Es ist fast, als führten wir ein Duell aus – aber um welchen Einsatz, überlege ich mir beunruhigt. »Du erinnerst mich an einen jungen Mann, den ich sehr liebte«, sagte er. »Er sagte mir immer wieder, er könne mich nicht auf die gleiche Weise wiederlieben, er interessiere sich im Grunde nur für Frauen. Ohne es zu wollen, verletzte ich ihn. Ich glaubte schließlich, daß er wirklich und ernsthaft aus dem Leben, das er mit mir führte, herauswollte. So hörte ich auf, mich mit ihm zu treffen. Dann rief er mich an. Er bat mich, zu ihm zu kommen. Im Bett spürte ich, wie er vorsätzlich Kälte heuchelte. Das gehörte zu seinem Plan: festzustellen, daß ich ihn noch begehrte, und zwar indem ich weiter die von ihm gestellten Bedingungen akzeptierte. Was er nicht wußte, war, daß er mich nicht hätte auf die Probe zu stellen brauchen. Ich hätte ihm ohne weiteres gesagt – und bewiesen – daß ich ihn zurück haben wollte. Und er tat nichts anderes, als seine eigene Haltung bloßzustellen – die Haltung vorgeblicher Gleichgültigkeit ... Wir behaupten die Welt zu hassen«, fuhr er spöttisch fort, »... aber wir ahmen sie unentwegt nach: Wir sehen uns genötigt, die unsere zu einer Arena zu machen, in der es immer einen Gewinner und einen Verlierer gibt. Allerdings ... so eindeutig verläuft die Grenze nicht ... Ist dir je in den Sinn gekommen, daß in all den flüchtigen Kontakten, in denen du dir als der Gewinner vorkommst – ist dir je in den Sinn gekommen, daß auch du benutzt wirst – von denen, die jetzt von dir nur etwas wollen, was nicht von Dauer ist?«

»Nein«, antwortete ich scharf, da ich die unausweichliche Richtung, die seine Worte nahmen, ändern wollte, »das ist mir nie in den Sinn gekommen.«
Aber ich dachte wieder an Lance und Skipper, an Esmeralda Drake, den Professor, an den Dicken in der Bar auf der Main Street ... »Wer war der Gebende, wer der Nehmende?« hatte der Professor gefragt – und selbst während er Lobeshymnen auf sie sang, entdeckte er, daß es die gefräßigen Engel gewesen waren, die ihn vernichtet hatten. Sogar Skipper (betrunken irgendwo in der Innenstadt von Los Angeles ... beschäftigt mit der trügerischen Vergangenheit) hatte entdeckt, daß es die Freier waren, die ihn durch den Wolf gedreht hatten ... *Engel* und *Freier* als vertraute Feinde, jeder tödlich vom anderen verwundet, den anderen hassend, den anderen brauchend ... Wäre es möglich, daß es zwischen beiden Rollen keinen eigentlichen Unterschied gibt? Ist das ein Teil dessen, was Jeremy zu sagen versucht? – daß der gemeinsame Nenner *Einsamkeit* heißt? ... Eine flüchtige sexuelle Gemeinschaft. Und dahinter die unendliche Vereinsamung, die Entfremdung ... Beide geben, beide nehmen ... alles. Oder vielleicht eher ... nichts?
»Ich habe das Gefühl«, fuhr Jeremy fort, zunächst langsam, als wolle er wieder erst feststellen, wieweit ich zuhören würde, »... daß Sex für Leute wie dich nicht einmal mehr Sex ist. Daß du die Sache eigentlich inzwischen verabscheust.«
»Klar«, schoß ich zurück, »das haben *Sie* ja wohl vorhin gemerkt.«
»Ein Zwang, es zum Orgasmus kommen zu lassen«, warf er mir vor, »es hinter sich zu haben. Nicht Sex. Es ist etwas anderes, womit du dein Leben ausfüllen mußt – eine Art von Rache an etwas, wovon du überzeugt bist, daß es der Mangel an Liebe ist ... Aber was für eine kurze Rebellion ist das, die ausschließlich darauf gründet, wie lange es dir gelingt, jung auszusehen! ... Nachher ...«, und nun kamen die unausweichlichen Worte, »... wenn die Jugend verspielt ist – wenn ihr Schemen seid mit schmerzlichen Erinnerungen an eure Jugend – wenn sie euch nicht mehr wollen – welche Form wird die Rebellion dann annehmen?«
Und er starrt mich unnachsichtig an auf eine Art, die mich auf dem

Bett von ihm abrücken läßt – mit jenem zupackenden unnachgiebigen Blick, der mich zwingt, das Gesicht abzuwenden und zu denken: Er weiß Dinge, die ich nie ausgesprochen habe. Und seine Worte beschwören das Phantom des heimtückischen leeren MORGEN herauf, und ich denke an die versiegende Jugend, an Jugend, die gleich Rebellion ist, Rebellion gleich Orgasmus …

»Du glaubst, alle seien dir egal«, sagte er. »Später aber werden es die anderen sein, denen du völlig egal sein wirst … In gewisser Weise sind wir alle falsch; manchmal tun wir so, als sei uns alles gleichgültig; dann wieder geben wir vor, besorgter zu sein, als wir es wirklich sind.«

»Ich hasse den Ausdruck *falsch«,* sagte ich. »Schließlich können wir die Dinge nur so sehen, wie sie sich uns darstellen.«

»Da geb' ich dir recht – aber im Grunde *wissen* wir«, sagte er. »Der Stricher weiß natürlich, daß er seine eigene *Legende* nicht in die Welt gesetzt hat, in *unsere* Welt – das, was er in ihr *darstellt.* Wie alle anderen Legenden war sie, von der Welt geschaffen, bereits vorhanden und wartet darauf, daß er sich ihr anpaßt. Und er versucht das zu sein, was man von ihm erwartet. Und hauptsächlich erwartet man von ihm, daß ihm alles gleich ist.«

»Und doch«, sagte ich, »… die wenigen Male, die man genommen werden will, wie man zu sein glaubt, hinter der Maske – wie zum Beispiel vorhin mit den beiden in der Bar, bevor ich Sie getroffen habe – wenn man das versucht, hat man bereits die Fantasievorstellung, die sie von einem hatten, zerstört. Man macht sich sozusagen selbständig, indem man zugibt, daß die Vereinsamung einen ebenso ängstigt wie sie, und was uns einander näherbringen sollte, bewirkt das Gegenteil. Es kann dann nicht einmal mehr jene gewisse Gemeinsamkeit geben.«

Jeremy sagte: »Ich kenne jemand, der sich sehr heftig in einen *Ledernacken* verliebte, der ohne Urlaubsschein unterwegs war; er betete ihn an und tat alles für ihn. Eines Tages kam der Mann nach Hause und traf den Ledernacken dabei an, wie der ihm seine Wäsche bügelte. Der Mann wollte nichts mehr mit ihm zu tun haben – genau wie diese beiden an der Bar, als du so mit ihnen sprachst … Wahrscheinlich könnte man sagen, daß sie es aufgegeben haben – gleichgültig geworden sind und vor dem seelischen Masochismus *unseren* Welt, erzeugt durch Schuldbewußtsein, das ihr ungerecht aufgezwungen wurde, kapituliert haben. (Als mir zum ersten Mal klar wurde, daß ich homosexuell bin, betete ich darum, ein anderer zu werden. Ich fühlte mich schuldig, als hätte ich ein Verbrechen begangen – dabei bestand mein einziges Verbrechen darin, mich schuldig zu fühlen.) ... Aber zurück zu den beiden«, fuhr er fort. »Ja, du hast ihren Fantasievorstellungen nicht entsprochen, dafür aber deine eigene Realität gefunden. Und das ist unter Umständen weitaus wichtiger.«

Während ich den Worten dieses Mannes über alle Karnevalsgeräusche hinweg lauschte – über den donnernden Straßenlärm, das stetige Gerassel und Geschrei hinweg – hatte ich plötzlich das Gefühl, sehr lange geträumt zu haben. Oder eher: im Traum eines anderen gewesen zu sein.

Und wieviele Träume gab es noch?

Wieviele von all den Menschen, denen ich begegnet war, hatten mich nur im entferntesten erkannt, oder hatten das auch nur gewollt? Vielleicht höre ich Jeremy deshalb zu – höre Worten zu, die mich unter anderen Umständen vertrieben hätten – weil es scheint, als möchte er *mich* kennenlernen, weil hinter ihnen Verständnis steht, selbst wenn diese Worte grausam sind ... Natürlich, ich hatte mich vorsätzlich vor den anderen verborgen. Ja sogar vor Dave, der manchmal die gleichen Dinge hätte sagen können, der mich in gewisser Hinsicht dahin gebracht hat, daß ich jetzt Jeremy zuhören kann. Und an diesem Punkt angelangt – da einige dieser Worte hier auch von ihm hätten ausgesprochen werden können – floh ich vor Dave ... Nein, nicht einmal der Professor, dessen manisches Gerede *für mich* lediglich Selbstgespräche waren, für sich selbst und über sich selbst, der die *Unterredungen* brauchte, um sich selbst zu finden (wie er sein Leben – oder genauer: die noch verbleibende Hoffnung darauf – an einem Bandmaß ablas): nein, auch nur andeutungsweise hatte er sich *mir* nicht genähert ...

Der Professor ... All seine vielen Worte – dieser gießbachartige

gemarterte Fluß von Worten, der die Intermezzi seines Lebens wiedergab, diese wenigen, mit Worten vollgestopften *Unterredungen* – was hatten sie enthüllt? Das Verlangen nach Liebe, natürlich. Und doch ... die Liebe war da, in Gestalt des Pflegers, dessen Name mir plötzlich entfallen ist. Aber statt dessen hatte er wie in einem Traum die flüchtigen Kontakte mit den *Engeln* gesucht, die ihn nicht wiederlieben konnten – oder wollten – hatte sie gesucht, obwohl er wußte, daß sie gleich einem Traum davonfliegen würden. Und so hatte auch ihn jenes forterbende Mißtrauen erfüllt, und er flüchtete von der *Liebe* zur Begierde ...
In die Träume anderer eindringen, die in dir nicht das suchen, was tatsächlich vorhanden ist, sondern das, was sie finden wollen ... Neil ... der verlorene gesuchte Vater in der Falle sexueller Maskerade ... Und alle alle alle anderen, für die man lediglich als ein Teil ihrer unerfüllten Träume existiert. Ihr Leben – ihr tagelanges, jahrelanges, lebenslanges Träumen, noch anhaltend, nachdem du längst in den Traum eines anderen hinübergewechselt bist – du hast von diesem Leben nur einen winzigen Ausschnitt kennengelernt, und es wird ohne dich weitergehen: Es wird jene Träume weiterträumen, jene schrecklichen einsamen Alpträume, die sie aus Verzweiflung nur deshalb ertragen, weil sie immer immer wiederkehren ... Und wie werden, wenn überhaupt jemals, jene Hunderte und Aberhunderte nächtlicher Menschen an mich denken in dem langen Abschied, zu dem das Leben wird?
Und wenn ich an diese Leben denke – mit Sehnsucht und Entsetzen – wenn ich schaudernd an sie denke – wird dann noch Zeit genug verbleiben? Wenn die Erinnerung an diese suchenden Gesichter mich verfolgen wird, wird dann noch Zeit genug verbleiben für meine eigene Wirklichkeit?
Ich habe diese anderen Leben nur am Rande berührt (wie ein mit seinen Gefühlen unbeteiligter Tourist! klagt mich etwas an, als ich an alle jene denke, vor denen ich floh – doch ich weise die Anklage zurück), und bin mir selbst ausgewichen, versteckt hinter einer Maske, die nicht weniger real war als die, denen ich draußen auf den Straßen nun bald gegenüberstehen werde.

Und sind deshalb ich und die anderen nach New Orleans gekommen – weil wir das maskierte Ritual der Fastnacht gewittert haben? – sitze ich deshalb hier und spreche mit diesem Mann, dessen Worte Scheinwerfer in die dunkelsten Tiefen meines Inneren sind? ... Und meine eigene Wirklichkeit? Hinter meiner Maske, der hauchdünnen Maske des Mitleids, *was* steckt letztlich dahinter?
Ich empfand ein merkwürdiges Sehnen – ein wildes unbestimmtes Verlangen, als würde mein Herz nach etwas schreien ... Was kann dieses wütende Unglücklichsein bedeuten?
Mein Gott ... aber ich bin ja allein!
Bei diesem plötzlichen Gedanken sah ich den Mann, neben dem ich im Bett lag, erschrocken an, und er starrte zurück, als habe er im geheimen an dem beunruhigenden Alptraum, erfüllt von Gesichtern anderer, teilgenommen; den Gesichtern, die wir ohne Erfolg mit anderen Gesichtern auszulöschen trachten: Die nicht ablassen uns heimzusuchen, als hätten sie ein Urteil über uns gefällt, weil wir nichts von uns gaben, an nichts teilnahmen ... Die dunkle dunkle Stadt ... die nächtige Stadt der Seele. Und in diesem Augenblick stellte ich mit Erstaunen fest, daß ich ... nein, ich war nicht ein Teil des Traums, den Jeremy träumte. Es ist meine eigene Wirklichkeit, die er an den Tag gebracht hat. Da ich dies empfand – und mir vorkam, als stünde ich vor Gericht und müsse ihm, Jeremy, den Beweis für etwas erbringen – war ich endlich imstande auszusprechen, was nebelhaft und noch ohne festumrissene Gestalt in mir auf der Lauer lag, während ich ihm zugehört hatte.
»Wäre es nicht möglich, daß der Wunsch, begehrt ... oder *geliebt* ... zu werden, ebenso gut eine Form dessen sein könnte, was Sie *Liebe* nennen, wie wirklich wiederzulieben?« sagte ich. »Ich will damit sagen: Wenn man jemanden an sich herankommen läßt, der einen *lieben* will – von dem man sich lieben läßt – während dieser andere dich ausgewählt hat, um dich zu ›lieben‹ – stillt man damit nicht das Bedürfnis des anderen?« Und da ich, einem Impuls folgend, schon so weit gegangen war, fuhr ich fort, ohne mich darum zu kümmern, wie weit die Selbstentblößung jetzt führen würde: »Ich meine, sich von jemandem begehren – oder lieben – zu lassen, könnte doch eine

der vielen vielen Formen der *Liebe* sein ... wenn es sie gibt«, sagte ich wachsam. Er sah mich höchst neugierig an, während ich sprach. »Wenn beide Beteiligten mit emotionellen Maßstäben gemessen werden könnten – der Liebende und der andere, der diese Liebe akzeptiert«, fuhr ich fort und hatte plötzlich das Gefühl, ich müsse rasch sprechen, um beenden zu können, was ich sagen wollte, »... müßte die Sache doch aufgehen. Wenn jemand imstande ist, *Liebe* anzunehmen – mit seinem ganzen Ich anzunehmen – mit allem, was im Bereich seiner Möglichkeiten liegt – und ein anderer, der sie geben kann, das ebenfalls nach seinen besten Kräften tut, dann unterscheiden sich die beiden nur wenig voneinander. Vielleicht werden Sie jetzt sagen, daß ich bloß der Unfähigkeit, wiederzulieben, das Wort rede. Aber wenn es so etwas gibt, was Sie *Liebe* nennen, dann muß ihre Form ebensowenig vorhersehbar sein wie die verschiedenen Muster, nach denen ...«
Ich schwieg. Und mir fiel ein:
Vor so langer Zeit! Diese wenigen seltenen, in der Erinnerung gehegten Tage! Die sonderbaren, unvorhersehbaren Muster, auf die ich damals als Kind fasziniert achtgab – Muster, die das Wasser bildete, wenn es aus der Aluminiumwanne lief, in der meine Mutter unsere Wäsche wusch: trübes Wasser, das sich auf trockene Erde ergoß und in unvorherbestimmbaren Richtungen verlief ... Und am klaren unschuldigen Nachmittag starrte ich auf diese Muster, beobachtete jene seltsamen, fesselnden Formen ... Und plötzlich fielen sie mir ein: die weißen Laken, die meine Mutter dann zum Trocknen in die Sonne von Texas hängte. Und während sie trockneten, flatterten die sauberen Laken flappend im Wind unter dem meilenweiten, gleichfalls so reinen Himmel.

3 Jeremy lag schweigend da, als sei all das ein Teil dessen, was er aus mir hatte hervorlocken wollen: eine Vielzahl neuer oder vielleicht bloß versunkener Gefühle, die nun in mir gärten: ein Strudel von Schuld und Trauer und Erregung in martervollster Einsamkeit ... und noch etwas: das knappe Zugeständnis, daß *Liebe* (wenn

auch nur geduldete, so doch nichtsdestoweniger Liebe, wirkliche Liebe) möglich sei. Er sagte nichts, als warte er darauf, daß ich weiterspreche.
Aber ich tat es nicht. Meine Worte hatten noch andere Gedanken in mir aufgerührt, Gedanken, die ich noch nicht in Worte kleiden konnte ... Während ich Jeremy ansah, versuchte ich mir vorzustellen, die Reise, auf die ich mich begeben habe, würde ein anderes Ziel bekommen. Wenn ich dem stattgäbe, ernsthaft geliebt zu werden – wenn ich zu dem stünde, was ich soeben gesagt habe – wenn ich die Liebe anerkennen würde, indem ich bereit wäre, sie anzunehmen ...? Ich versuchte es mir vorzustellen: daß ich mich wie durch ein Wunder geliebt fühle. Und dann? Wenn dieses Gefühl sich als trügerisch herausstellt? Diese Frage, ich wußte es, gründete auf der ererbten Furcht – der Wind, der durch unsere Leben fährt ... unser Schicksal formt ... den Glauben abträgt ...
Wenn es sich als trügerisch herausstellt?
Ich erinnerte mich jetzt daran, daß ich als Kind einmal unserem Nachbar zugesehen hatte, wie er ein Huhn tötete. Er hatte ihm den Kopf mit einer Axt abgeschlagen. Einige Sekunden lang flatterten die Flügel des Huhns hastig auf und ab, der kopflose Rumpf zuckte – und diese Bewegungen waren doppelt schrecklich, weil der leblose Kopf die protestierenden Laute, die sie hätten begleiten müssen, nicht mehr von sich geben konnte. Das einzige Geräusch war das verzweiflungsvolle Flügelschlagen (genau wie vor kurzem die Flügel des Hahns geflattert hatten, als ich geheimnisvoll angezogen in der Nähe des Französischen Markts stand: Seine Flügel schlugen wie in Auflehnung gegen das bevorstehende Gemetzel) ... Und dann, an jenem längst vergangenen Nachmittag, war das Blut aus dem Hals des geköpften Huhns hervorgeschossen – es strömte in tiefem schwärzlich-purpurnem Rot aus der Öffnung, als wolle es die Wunde versiegeln, die jedes Leben aus dem zuckenden Körper entließ ...
Warum dachte ich jetzt an dieses geköpfte Huhn?
Verwirrt sah ich Jeremy an. Wiederum schien er die wirbelnden Gedanken zu spüren, die ihn zu rasch, zu weit, in zu gefährliche

Regionen davongetragen hatten. Und diesem Gedanken immer noch Widerstand entgegensetzend – nachdem ich theoretisch sogar die *Liebe* als möglich zugegeben hatte – griff ich hastig nach der Erinnerung an die vorhergegangene Situation im Bett, als sei diese Erinnerung ein Anker in aufgewühlter See. Aber meine Gedanken eilen voran – der Anker hat nur Treibsand erfaßt, und ich denke: Sind wir, nach dem vergossenen Sperma – wenn über Sex hinaus nichts möglich ist – sind wir jetzt wie Feinde auf jener entkräfteten Walstatt flüchtiger Sexualität – wo das Intimste geschieht und wo es keine Vertrautheit gibt? …

Mein Leben war randvoll mit Erinnerungen an dieses leichenbesäte Schlachtfeld. Diese Erinnerungen … Mr. King – der so tat, als könne man ruhig tot neben ihm umfallen (wie ich, dachte ich plötzlich – genau wie ich!), der sich den Anschein von Stärke und Abgebrühtheit gab als Schutz gegen seine Verwundbarkeit (»Ich kann Judo so gut wie die«, hatte er gesagt) – um seinen Anstand zu verbergen, damit er mit der Welt zu Rande kam … Pete, verfolgt von Alpträumen voll Kinofreiern … Miss Destiny, die vielleicht jetzt im gleichen Augenblick eine neue un-mögliche Hochzeit im Brautkleid plante … Chuck auf der Suche nach dem verlorenen Pferd … Jocko desgleichen nach dem verlorenen Trapez … Chi-Chi, die vergeblich die Welt herausforderte … mit einer Zigarettenspitze …

Ich verspürte einen Augenblick lang das Bedürfnis, Jeremy so vieles mitzuteilen – jetzt, sofort – als sei er mein Richter, als müsse ich ihm alles erklären, ehe ich mich selbst befreien kann. Im nächsten Augenblick empfinde ich starke Abneigung gegen ihn, weil er es war, der diese neuen lärmenden Gedanken ausgelöst hat – und auf unerklärliche Weise steigert sich meine Abneigung heftig, als ich ihn jetzt sagen höre:

»So hast du also endlich zugegeben, daß Liebe möglich ist.«

Ich wandte mich von ihm ab dem Fenster zu.

Die Geräusche draußen schwellen an, sie gurgeln wie ein Fluß kurz bevor er über seine Ufer tritt. Die forcierte Fröhlichkeit. Mißtönender Gesang einiger weniger Stimmen innerhalb des Großen Draußen. All diese Geräusche sind in höchstem Maße unwirklich –

als kämen sie aus einem Lautsprecher und ihr eigentlicher Ursprung sei ganz woanders. Das heimtückisch spionierende Licht der Sonne sickert durch die Fensterläden, bildet Lachen auf dem Boden und ruft uns beide zur Bewußtheit jenes Draußen auf, wo der Umzug bald seinen Anfang nehmen wird ... Aber hier drinnen schließt dieser Raum die Welt ein – die im Augenblick meine und Jeremys Welt ist.

Und was *ist* seine Welt – *seine* Wirklichkeit? frage ich mich immer wieder hartnäckig und weiß dabei, daß die Antwort von Gewicht sein könnte, wenn die Hervorbringung *meiner* Wirklichkeit gerechtfertigt werden soll. Was liegt unter der Gelassenheit, unter den ruhigen, leicht hingesprochenen Worten begraben, während er unter der Oberfläche dessen scharrt, was er mich vorhin in jenem Lokal sagen hörte? Was liegt unter dem erklärten Nichtvorhandensein von Hemmungen? Ist das alles wahr? Oder ist es auch eine Maske? Und warum ist er in der Karnevalsmanege von New Orleans, während die nackte Sexualjagd im Gange ist? Ich stellte die Frage, die ich so lange zurückgehalten hatte: »Und was ist mit Ihnen? Wo ordnen Sie sich ein? Wenn Sie all das wissen, was Sie sagten, warum sind *Sie* hierhergekommen, zur Jagd?«

Er seufzte, als habe er die ganze Zeit gewußt, daß diese Frage unvermeidbar kommen würde. Er antwortete langsam: »*Weil* das Wissen es nicht ausschließt, ein Teil davon zu sein – ein Teil des Ganzen. Weil ich ein Teil davon bin, *weiß* ich es ... Ja«, schloß er, »... ich bin immer noch auf der Jagd.«

Zum ersten Mal scheint er verstört, zutiefst verstört ... »Und, verstehst du«, setzte er nach einer Pause fort, »... weil ich immer noch auf der Jagd bin, ist es wohl so, daß ich nicht umhin kann, zu spüren – oder spüren zu wollen – daß in dir etwas steckt, was über alle deine bisherigen Worte und rationalen Erklärungen hinausgeht. Ich habe es schon in der Bar genau gespürt, als du dir deine eigene Maske abreißen wolltest. Du wolltest als etwas erkannt werden, das in dir ist – jenseits der Pose, der *Darstellung* – jenseits der Unbekümmertheit. Es wurde deutlich, daß du ebenso einsam bist ... ebenso einsam ... wie ich es bin ... Ich fühlte es«, fuhr er noch langsamer

fort, »... als ich soeben deine Definition hörte, deine eigene Definition der ...«, und nun war sonderbarerweise er es, der zögerte, ehe er schloß: »... der *Liebe.*«
Dann sagte er rasch: »Ich verlasse New Orleans gleich nach Mardi Gras ... und gehe nach New York zurück. Wenn du willst, kannst du mit mir kommen. Wir können sogar jetzt schon fahren, bevor der Karneval vorbei ist.« Dann schwieg er lange Zeit. Also deshalb liegt das Geld dort und wartet. Deshalb hat er es mit Worten versucht – und es ist ihm gelungen – mich hier festzuhalten, während draußen der Karneval rast wie eine entfesselte Feuersbrunst.
»Ich werde dir helfen«, fuhr er leise fort, »... helfen ... auf jede Weise ... Aber das bedeutet, daß auch du etwas wirst geben müssen – von dir geben müssen. Wiederlieben ... Nein«, sagte er (und sprach jetzt Resignation aus ihm?), »... vielleicht nur Liebe *hinnehmen,* mit der gleichen Intensität, mit der sie gegeben wird.«
Als Kind fürchtete ich mich vor der Dunkelheit und war in Schrecken versetzt, sobald die Lichter gelöscht wurden. So ähnlich war mir jetzt – in Furcht vor einer Art von Dunkelheit, die sich widersinnigerweise um so deutlicher manifestieren würde, je heller die Lichter leuchteten.
Bevor der Anprall seiner Worte mich aus dem Gleichgewicht werfen kann, forderte ich ihn absichtlich heraus, wie jemand, der unmittelbar eine das Leben verändernde Wahl treffen muß: »Was könnte mich davon abhalten, mit Ihnen zu gehen und Sie gleich darauf sitzenzulassen?«
»Wenn du mit mir gingest, würde ich es darauf ankommen lassen, daß das nicht geschieht. Ich habe das Gefühl, dich bereits so gut zu kennen.«
»Und die anderen, die ich immer brauchte – und die ich wieder brauchen könnte?« fragte ich.
»Ich würde damit rechnen, daß du sie schließlich, wenn du mit mir bist, nicht mehr brauchst.«
»Und wenn es aus ist?« fragte ich – und bereute die Frage bereits, die ich jetzt anders stellte: »Und *falls* es aus sein sollte?«
»Irgendwann ist es aus«, sagte er abschließend. »Es ist schon viele

Male *aus* gewesen ... Aber da ist noch etwas anderes, was das Leben lebenswert macht: zumindest der Versuch – gleichgültig, wie oft wiederholt ... oder sogar bloß die Erinnerung an den Versuch einer Gemeinsamkeit ... im Bett und nicht nur dort ... Ich glaube, du könntest mich lieben«, schloß er rasch.

Ich sah ihn sehr lange an und weiß nicht genau, was ich empfinde: Verstimmung über seine Worte? Oder die Spur einer Linderung meiner Einsamkeit? ... Einen möglichen Ersatz für Erlösung ...

Ich erhob mich vom Bett und ging zum Spiegel im Badezimmer. (Und ich entsinne mich der Male, der vielen Male, die ich vor einem solchen Spiegel stand und mich zu denken zwang: *Ich habe nur mich!)* Ich sehe immer noch jung aus.

Draußen die Straßen ... Der Karneval ... In diesem Raum breitet die Welt prangend vor mir aus, was, falls es einer Prüfung nicht standhielte, ihr tödlichster Mythos wäre ... Liebe ... Liebe, die sich sogar am Anfang schon als von Resignation durchsetzt erwies, die vielleicht nicht mehr zu bieten hatte als den Versuch, einem anderen nahezukommen ... Hoffnung auf ein Wunder erweckend in einer Welt, die so betrüblich bar jeder Wunder ist. Die Auslieferung an einen Mythos, der sich immer wieder Lügen straft (ein Mythos, der einen erneut einlullen kann, um einen – wie jener Glaube an Gott – in eine Falle zu locken, weg von dem einzig Sinnvollen: Rebellion – ungeachtet dessen, wie unzulänglich diese Rebellion durch die Existenz von Verfall und Tod vergolten wird), ein Mythos, der Lügen gestraft wird und dem man trotzdem nachjagt ... immer und immer wieder nachjagt wie dieser Mann hier, der ihn bei jedem einzelnen suchte ... und ihn nicht fand. Ich kehrte zum Bett zurück.

»Nun?« fragte er. Und ich dachte: Es muß geschehen – ich muß wieder frei sein. Was seine Worte an Aufruhr auch in mir ausgelöst haben – ich muß das alles wieder auslöschen.

Plötzlich wußte ich es: Ja ... da es das letzte Mal sein würde: Er mußte mich erneut begehren – zu den von mir gestellten Bedingungen – dann würden seine analytischen Worte und der Stoß, den sie mir versetzt hatten – (und meine eigenen gefährlichen Gedanken, die sogar jetzt dem mörderischsten aller Mythen, den die Welt

kennt, zu erliegen drohten ... der Liebe) – all das würde ausgelöscht sein.
Ich nahm das Geld, das er vorhin für mich auf den Nachttisch gelegt hatte – das Geld, das, wie ich jetzt genau wußte, als Prüfstein dort gelegen hatte, und steckte es in die Tasche meiner Hose, die am Boden lag. Dann streckte ich mich neben ihm aus. Ich griff nach seiner Hand und legte sie wieder auf meinen Körper. Und diesmal war seine Hand sehr kalt ...
Seine Hand rührte sich nicht. Und dann führte ich sie mit der meinen. Er drehte sich mir zu und unsere Körper berührten sich eng ... Einen Augenblick lag ich bewegungslos – und dann wandte ich mich rasch ab und lag nun auf dem Rücken. Jetzt sind seine Hände sich selbst überlassen.
»Ist das die Antwort?« fragte er und lächelte sonderbar.
»Ja«, sagte ich.
Und diesmal hatte etwas anderes zu geschehen, ohne Rücksicht darauf, wozu ich ihn hatte herumkriegen wollen. Die Macht der Symbole, dachte ich – waren das unter vielen anderen nicht seine Worte? Und so mußte es also sein: Er drehte sich auf den Bauch. Mein Körper preßte sich an den seinen, und ich drang in ihn ein ... Dann war es vorüber. Der Orgasmus hatte uns wieder zu Fremden gemacht. All die Worte zwischen uns haben sich verflüchtigt, und in diesem Augenblick ist es, als seien sie nie gesprochen worden. Langsam wusch ich mich und zog mich an. Die Stimme der Anarchie draußen hämmerte an meinen Sinnen und rief nach mir.
Und ich sagte mir, daß etwas für mich ungeheuer Wichtiges wiederhergestellt sei – und wenn es auch nur um diese eine bedrohliche Situation gegangen war.
Und doch ... statt Triumph zu empfinden, hatte ich das Gefühl einer elenden vernichtenden Niederlage.
Ich stand neben Jeremy, der noch im Bett lag. Zwei einander vollständig fremde Menschen. Ich sah auf die zerknitterten weißen Laken.
Aber war dem so? Waren wir tatsächlich Fremde? Oder hatten wir einander eher zu genau kennengelernt? Hatten wir zu angestrengt

nach etwas gesucht und wechselseitig jeder im anderen zu viel von der verachteten Welt gefunden?

Er sah mich lächelnd an. Lächelnd vielleicht über mich, vielleicht über sich selbst. Gezwungen lächelnd über eine Welt, die über all das entschieden hatte, was in diesem Zimmer gesprochen worden war – von ihm, von mir. Über alles, was geschehen war.

Dieses schiefe Lächeln schien ein Urteil über die Welt zu sein. Ich beugte mich über ihn und küßte ihn auf den Mund.

Und ich dachte: Ja, vielleicht hast du recht. Vielleicht könnte ich dich lieben. Aber ich werde es nicht tun.

Die mahlenden Straßen erwarteten mich.

Die Stadt der Nacht

Der Festzug des Rex, der von der St. Charles Avenue kam, zog am Bürgermeister vorbei, der champagnertrinkend auf einer Tribüne stand, bedient von einem Neger mit weißen Handschuhen, während der König des Umzugs sein eigenes Weinglas auf die Straße schmetterte und die Leute vor Vergnügen kreischten und jemand *If I ever cease to love*... sang ... Die Prunkwagen mit ihren riesigen künstlichen Augen, die sich sinnlos mechanisch öffneten und schlossen, zogen vorbei und die Mädchen mit vor Kälte rosigen Beinen wirbelten unruhig mit ihren Stöckchen und die Air Force marschierte stramm militärisch hinter ihrer eigenen Musik her und nahm sich ziemlich wichtig – als Teil des Ganzen: des Umzugs in militärischem Stil – er wand sich durch die torkelnde Menge, die die von der Polizei gesäuberten Straßen zu stürmen drohte. Irgendwoher aus der Ferne kam das harte, trockene, unwirkliche Geräusch eines Schusses und jemand keuchte: »Sie prügelten sich um irgendwelchen Kram und er hat ihn erschossen« – denn, wenn der Umzug vorbeizieht, werfen maskierte Männer, die auf den Wagen stehen, allerlei Zeug unter die Menge: Halsketten und Armbänder und winzige Elefanten und Miniatur-Sonnenschirmchen und Trillerpfeifen, und die Leute springen in die Luft, um diese Dinge zu erhaschen, als fingen sie Fliegen, und da Mardi Gras ist – der Tag vor Aschermittwoch – sind sie so verzweifelt, als habe das Leben sie sogar um dieses nichtige Glück betrogen, wenn es ihnen nicht gelingt, eine Halskette oder ein Armband zu erwischen.

Unbelastet von Symbolen und Mythen war ich aus Jeremys Zimmer hervorgegangen, um mich der Welt des maskierten Gepränges zu stellen. Rasch durch Alkohol wieder zu Kräften gekommen – den ich Glas nach Glas an einer Bar in mich hineinschüttete, gleich nachdem ich jenen Raum verlassen hatte – die Pillen, die ich geschluckt habe, zerren mit erneuerter Wut an meinen Nerven – sah ich mir in der grellen Sonne den Umzug an (die Wagen ziehen rasch vorbei wie etwas Irrationales, das die nackte Wirklichkeit weit hinter sich zurückläßt) und habe endlich das Gefühl, auf der Schwelle zur Trunkenheit zu stehen, hinter der, wie ich weiß, ein Abgrund des Entsetzens wartet.

Und die strahlende Sonne, die mir in die Augen schien, zerbarst mit Macht, der Alkohol kreiste in meinem Blut, die Pillen zerfetzten mein Inneres gnadenlos wie mit Klauen. Ich schloß für eine Sekunde die Augen. Und als ich sie wieder öffnete:

Plötzlich! Der Clown auf dem Wagen wurde vor meinen berstenden Augen zum Engel, der seine sonnenleuchtenden Fittiche öffnete, als wolle er gen Himmel schießen ... und mich trauervoll allein zurücklassen. Hier unten. Allein. Ich wollte ihm nachlaufen und drängte mich durch die Menschenmenge, die mir den Weg verstellte, und der Engel vom Wagen beugte sich zu mir hin. *Und er warf mir einen Silberstern zu!* Und ich sprang und wollte ihn fangen, aber ein anderer tat das gleiche und die billige Halskette, die der Engel-Clown heruntergeworfen hatte, ergoß sich in lauter rosa und blauen Glasscherben über die Straße – mein Silberstern! Und schon hatten Clowns auf anderen vorbeiziehenden Wagen die Stelle des hochmütigen Engels, den meine zersplitterten Augen nur undeutlich wahrnehmen, eingenommen ...

Ein Engel ...

Miss Destinys Engel!

Der Zornige Engel, der in dem Kinderspiel vom *Figurenschleudern* der Schleuderer ist: der hienieden jedermann dazu verurteilt, in Ewigkeit immer wieder die gleichen Dinge tun zu müssen, belastet mit dem eigenen riesenhaften Schuldbewußtsein, Dinge getan zu haben, weil wir nicht anders konnten. Oder vielleicht, was wichtiger ist: Dinge nicht getan zu haben, *weil wir nicht anders konnten* ... der gekommen ist, uns dafür zu verurteilen, daß wir auf die einzige Weise lebten, die uns möglich war ...

Gefangen in einem Schicksal, das das Leben, gleichgültig, wie absurd, zwar teilnahmslos, jedoch mit großer Umsicht als Falle für uns stellte ...

Die Neger in Tuniken aus zerfetztem Musselin über den Hosen jazzten mit brennenden Fackeln; eine weiße Band spielte einen Dixie, und eine Dame aus dem Süden sagte zu einem Herrn aus dem Süden mit einer Stimme aus dem Süden; »Ist das nicht prächtig – all die Farben?« – und eine Frau zu ihren Zuckerwatte verschlingenden Kindern, die in alle Winde strebten: »Ihr kommt sofort wieder her ... augenblicklich ... hört ihr!«

Und der Zug wand sich langsam wie eine lange Kolonne von Riesenwürmern vorbei; Drachenköpfe, Clownsköpfe, Köpfe von Monstren: alle mit riesengroßen rollenden Augen: alle besetzt mit traurigen irren-wirren Clowns, die mit billigen Glasperlen um sich warfen. Sie schwebten geheimnisvoll durch die Straßen wie Schiffe auf der Oberfläche meines Gemüts.

Dann hatte ich das Gefühl, ich sei in der Hölle. Das Gefühl, von diesen ungeheuerlichen Erscheinungen verschlungen zu werden, doch bevor das geschieht ... wäre es möglich, daß diese Alpdruckstadt plötzlich in Flammen stünde – in Brand gesetzt von einer der Fackeln, die verrenkt tanzende Leiber, sich schlangenhaft windend, in Händen halten?

Ich stelle mir vor, wie die gefräßigen Flammen die Prunkwagen gierig verzehren, wie die clowngewordenen Engel, die clowngewordenen Teufel ihre Flügel entfalten und sich dem ungeheuren Exodus anschließen ... gen Himmel ... oder zur Hölle ... oder nirgendwohin; und als ich die kostümierten Leute wild entschlossen lachen sah – und mit ihnen die Skelette, Narren, Kannibalen, Vampire, Flickenpuppen, Hexen, Leopardenmenschen – sah ich im Geiste, wie das zerstörende Feuer über diese modernde Stadt hinwegrast. Menschen schreien! Versuche zu entfliehen! Der Großen Zerstörung zu entfliehen! ... In der Falle! ... Ich sehe das verbogene Gestänge französischen Gitterwerks vor mir, die Kakerlaken dieser Stadt, die aus ihren dumpfigen Schlupflöchern hasten, die herunterstürzenden Balkons, die abblätternden, stürzenden Mauern der Kathedrale ... Die Katharsis.

Rachsüchtig klammere ich mich an die Vision einer furchtbaren apokalyptischen Feuersbrunst.
Aber der Umzug wälzt sich weiter. Kleine Kinder mit kleinen bunten Hütchen hasten hin und her wie verschreckte Mäuse.
Der Umzug.
Die Karawane.
Das dunkle maskierte Ritual.
Glasperlenwerfende Clowns, dumpf und stumpf vorbeiziehend: eine Pantomime des *Lebens*.
Später werde ich daran denken:
An die Frau mit der roten Perücke im engen rosa-weiß gestreiften Rock, die sich an den halbnackten, mit roter Farbe bedeckten blonden Indianer lehnte und flüsterte: »Fick' mich, bitte, Liebster«, dort, wo die wuchernde schaulustige Menge, losgelassen für den Nachmittag, ins Französische Viertel gespien wurde; und junge Männer streichen über den Jackson Square und beobachten ruhelos die Touristen, die ungeduldig auf dem Französischen Markt darauf warten, sich in die ungeduldige Schlange einzureihen, um zu ihrem Kaffee mit Doughnuts zu kommen; und Marie Antoinette und Robin Hood werden von einer Horde von Kannibalen in die Kathedrale getrieben, die später im Scheinwerferlicht aufflammte, als die schöne grobknochige Tarzana mit scharlachroten Nägeln für die Wochenschau-Kameras posiert – während in der Pirates Alley (das allertraurigste Bild, das sich mir bot) Scarlett O'Hara (Miss Ange) trübselig mit hochgehobenem Reifrock, der ihre behaarten Männerbeine enthüllte – betrunken, sturzbetrunken – verzweifelt und verloren und traurig und trostlos – vor sich hin jammerte: »Tara ist *abgebrannt!* Und ich kann meine *Steuern* nicht bezahlen!«
Und um dem traurigen traurigen Anblick zu entgehen, denke ich: Wenn ich die U-Bahn nehme, bin ich am Times Square ...
Times Square, Pershing Square, Market Street, der Betonstrand von Chicago ... Kinoränge, Bars, dunkle Parks für die Jagd: all das verschmilzt für mich zu einer Stadt ... Ja, wenn ich die U-Bahn nehme, bin ich auf der 42. Straße. Oder im Bryant Park, oder auf den Stufen zur Bibliothek und warte auf Mr. King ... Oder im Park von Chicago,

ebenfalls wartend… Oder wenn ich per Autostop diese Straße herunterfahre, bin ich auf dem Hollywood Boulevard, der von Lichtern glüht wie eine elektrische Riesenschlange – und dort begegne ich…

Und Geistergesichter, Geisterworte, Geisterzimmer verfolgen mich: Städte, durch jene Gefühlsleere miteinander verbunden, mit der Dunkelstadt zu einer sich endlos dehnenden Ebene zusammenfließend, zur nächtigen Stadt der Seele.

Ich sehe – oder glaube zu sehen – Jeremy inmitten des Menschengewühls… Jeremy…

Das unentdeckte Land, das es vielleicht gar nicht gibt, und ich zu furchtsam, auch nur den Versuch zu seiner Entdeckung zu machen. Das Leben, das sich verschworen hat, uns in die Falle zu locken! Und ich fühle mich in der Welt gefangen, die, wie ich jetzt weiß, mich so unentrinnbar suchte, wie ein Schatten im hellen Sonnenlicht seinen Ursprung sucht… Diese Welt, die ich liebte und haßte, diese untergründige, graue Welt: diese Welt, die der deinen ähnelt … Aus Dunkelheit und beschatteter Einsamkeit bemühe ich mich, wie du einen Ersatz für Erlösung zu finden. Und Einsamkeit und Panik haben etwas damit zu tun: mit dem Überdruß; haben etwas zu tun mit dem Schauspiel, das jedermann bietet: die Suche nach Berührung und das darauffolgende Aufgeben, die Niederlage mit ihren Ersatzlösungen, die nur für den Augenblick gelten – als Rechtfertigung des sinnlosen Kampfes hin zum Tode… Vor dem *Bourbon House* tanzte ein anderer, weitaus versierterer und weitaus nackterer blonder Indianer, während die Kameras surrten, bis der dicke glatzköpfige Mann ihm ins Ohr flüsterte, ob er wohl eine Privatvorstellung für ihn und seine Freunde zu geben bereit sei?

Jetzt im *Les Petits,* wo auf einem kleinen überfüllten Podium einige Paare zum Geschmetter eines auf vollste Lautstärke gestellten Plattenspielers zu tanzen versuchen. Sie winden und verrenken sich, als wollten sie aus ihren eigenen Körpern heraus. Unter ihnen Sonny mit einem kleinen schwarzhaarigen Mädchen (während die beiden Freier, die ihm versprachen, ihn nach Paris mitzunehmen, kalten Gesichts auf ihn warten). Das lange Haar des Mädchens fällt ihr strähnig bis zur Taille. Als sie die Knie beugte und ihm ihre Schenkel entgegenwölbte, fegt ihr Haar hinter ihr über den Fußboden. Sonny twistet vor ihr. Männer und Frauen berühren sich nicht, sie führen lediglich im Abstand alle Sexwindungen aus, als wollten sie feststellen, wie nahe sie einander kommen können, ohne sich zu berühren: entführt in jenes Niemandsland, wo barbarische Musik zum Ausdruck des Lebens wird.

Und Sonny steckt die Hände in die Taschen und macht einen Buckel, sinnlich wie eine Katze – das Haar fällt ihm über die Augen und er tanzte mit solcher Selbstaufgabe und Raserei, daß die anderen Paare die Tanzfläche verließen und ihn und das Mädchen umringten – und bald tritt sogar das Mädchen, entbehrlich geworden, zur Seite, während Sonny wie mit einem imaginären Partner weitertanzt: mit der Welt. Er schien plötzlich unser aller rebellische Jugend zu verkörpern – die verzweifelt versucht, aus dem Käfig zu entkommen, und die Welt vergeblich mit diesem verrenkten Tanz in die Schranken fordert. In der Hitze des fieberhaften Tanzens reißt er sich das Hemd auf und vom Leibe – wirbelt seine Hände durch die Luft, als hielte er ein Lasso – *juhuuu!* brüllte er – und tanzt ohne Hemd weiter, glänzend von Schweiß – und die Menge applaudiert, während er die Sexwindungen durchexerziert. Allein. Ich gehe rasch hinaus und werde von Menschenströmen fortgetragen ... Weißgewandete Vermummte vom Umzug. Speere, gefiederte Helme fangen das Licht auf. Teufel tanzen mit Engeln. Röcke teilen sich einladend ... Der staubgelbe Winterhimmel. Mit Flitter behängte Körper. Paillettenbeklebte Gesichter.

»Diese Stätte, deren Geschrei groß sein wird vor dem Herrn«: New Orleans.

Der Festzug des Comus ... der letzte Umzug am Mardi Gras – ein flirrendes Begräbnis ... Und dann war mir, als sei ich in einer gläsernen Kammer eingeschlossen und sähe hinaus – isoliert von der Welt, die ich sehen konnte, die mich sehen konnte – mich aber nicht hören konnte. Abgeschlossen von einer Million von Menschen. Und jeder einzelne in dieser Million ist wiederum in seiner eigenen gläsernen Kammer isoliert von den anderen ...

Plötzlich sprang der Teufel mich an!
In Rot, mit langen schwarzen Hörnern! Er öffnet die Arme, um sein Fledermauscape um mich zu schlagen! Und ich neige mich ihm entgegen, begierig, genommen zu werden, und er umschließt mich mit seinen flatternden Flügeln ... Aus seiner Umarmung entlassen, sehe ich hinauf zu den geisterhaften Türmen der Kathedrale. I*ch werde diesen nicht vorhandenen Himmel erklimmen ...*
Jetzt, in *Cindys Bar,* ging ein Mann mir in die Hose, und einem anderen auch – und überall rundherum sind suchende Hände – während Cindy selbst, lauter Klumpen schwappenden wippenden hüpfenden Fleisches, wie eine Gouvernante hin und her eilt und nervös seufzt: »Bitte bitte *bitte,* Jungs! *Benehmt euch!«*
Wieder draußen, erkenne ich die eiförmige Tunte, mit der ich an jenem ersten Tag in New Orleans loszog – er ist jetzt ein sommersprossiger Schuljunge mit einem Lutschbonbon am Stil. Bei ihm ist der junge Mann, der auch zur Tunte wurde, und dieser geht, gottergeben vielleicht, als Schulmädchen: unter dem gestärkten Rock schauen lange Unterhosen mit neckischen Rüschen hervor. »Ganove!« ruft der Eiförmige mir höhnisch zu und machte sich eilig davon, als würde ich sie bedrohen oder beschmutzen wollen.
Vorbei an dem riesigen Varieté-Plakat von Holly Sand in der Bourbon Street. Und ich stelle mir vor, daß sie einen ziemlichen Wirbel macht, fast schon einen Sturm, indem sie Wellen von Fleischeslust in alle Himmelsrichtungen aussendet, und das Plakat von Aloha wirbelte riesige mechanische Brüste in die Runde wie Windmühlenflügel – wuusch ... in die Runde, wuusch ... in die Runde! Ich sehe um mich und suche die Burlesque Street, L.A. Statt dessen sehe ich die kostümierte Orgie des Mardi Gras.
»Geliebter!« Eine dicke Frau umarmt mich heftig. Wir küssen uns. Jetzt wende ich mich einem jungen Mädchen in der Nähe zu, es trägt ein Leopardenkostüm. Ich küsse auch sie, schiebe ihr meine Zunge hastig in den Mund, zerquetsche ihren Mund – als wollte ich von dem meinen das Siegel von Jeremys Kuß tilgen ...
Der Himmel verdunkelt sich. Die Straßenbeleuchtung ist aufgeflammt und wird die nackte Lustbarkeit bis Mitternacht verlängern.

Morgen, denke ich immer wieder. Morgen... Wenn der Aschermittwoch diese Stadt wie ein Bahrtuch decken wird.
»Los, jetzt treiben wir's, Mann!« brüllte Sonny mir in die Ohren, so nah, daß seine Lippen mein Gesicht berührten. Immer noch ohne Hemd, umarmte er mich betrunken, während die beiden etepetete gekleideten Freier, mit denen er immer noch herumzieht, mißbilligend zuschauen. »Später«, sagte ich benommen und nahm die Pille, die er in meine Hand gleiten ließ. »Später...«
Die Kathedrale ist so feierlich wie ein Grabmal.
Ich denke benommen: Dave... Der Mann am Strand, jetzt irgendwo hier in dieser Stadt... Lance, Pete, Mr. King... Miss Destiny, Skipper... Jeremy. Jeder auf seine eigene Art... Jeder auf seine eigene Art, was? Und Barbara. Und Jocko, auf seine Art... *was?* Nichts, dachte ich. »Nichts!« sagte ich laut, während jagende Gesichter miteinander verschmelzen.
»Süßer«, sagte Nuttria, »du bist ja völlig durcheinander! Was hast du bloß geschluckt? Hier. Ich hab' was, was dich wieder fit macht.« Sie gibt mir eine Pille, die wie eine Rosine aussieht. Sie sagt: »Es gibt nichts Besseres, Süßer, du wirst sehen.« Ich stopfe mir die Pille in den Mund und werfe mich zurück ins Gewühl.
Obwohl der sternenbesetzte Himmel klar ist – als wollte er die nackte Stadt seinem Blick aussetzen – hoffe ich, es würde plötzlich anfangen zu schneien: eine Schneedecke über der Stadt, die die schreienden Farben erstickt... Die Eiszeit des Herzens... Aber rasch denke ich nicht mehr daran, vergesse den Schnee, der die Stadt läutern würde...
Im Hof des *Rocking Times* sah ich nur Augenblicke später Kathy. Immer noch mit Jocko; als könne er sie vor etwas schützen, das sie beschattet, starrt sie in die Menge und lächelt.
Verdammtnochmal, möchte ich ihr zurufen, lächle nicht, lach nicht! Ich möchte ihr sagen: Weine, Kathy! Aber das Lächeln ist unentwegt da; sie selbst ein ätherisches Menetekel über dem Gewühl – eine leuchtende Erscheinung: vielleicht belustigt von dem grausamen Wissen um sich selbst, dem Wissen darum, daß sie doppelt verurteilt ist: von ihrem Halb-und-halb-Geschlecht und vom Tode, der

vorzeitig in einer drohenden Ohnmacht lauert, die sogar ihrem Widerstand, den sie der ihr feindlichen Welt entgegensetzte, mitten in der Jugend ein Ende bereiten wird – einer Welt, die ihr Geschlecht verfälschte und ihrem Gesicht diese unmögliche Schönheit aufdrückte. Ich kämpfe mich durch die Menge auf sie zu und sagte: »Kathy.«
»Ja, Baby?«
»Warum lächelst du?«
»Weil ich sterben werde«, sagte sie leichthin.

»Baby, ich möcht' dir einen blasen«, sagte der Mann im Balletttrikot im *Les Deux Frères.* »Na los, Mann«, sagte ich herausfordernd.
»Du willst?«
»Na los, Mann«, wiederholte ich.
»Gleich hier?«
»Na los, Mann – gleich hier«, sagte ich lachend mit dem Gefühl, die Kontrolle über mich verloren zu haben. Er ging in die Knie, öffnet meinen Stall und nimmt mitten in der gerammelt vollen Bar meinen Schwanz in den Mund. Die drumherum werden mutiger. Ein junger Mann läßt seine Hosen in die Kniekehlen rutschen und wartet – nicht lange: Einer drückt sich hinten rein, einer geht vorn vor ihm in die Knie.
Wohlig erschöpft lehne ich mich auf den Tresen, schaue runter auf das Hin-und-Her des Kopfes zwichen meinen Beinen. Sonderbar und zusammenhanglos – wie ein schattenhafter Film, der wahllos und ohne logische Ordnung geschnitten ist – kommt mir die Erinnerung daran, wie ich neben dem YMCA in Los Angeles wohnte, Sonnenbäder auf dem Dach jenes Apartmenthauses nahm und Leute, die im YMCA lebten, auf ein Zeichen hin später auf der Straße traf. Ich denke an den Griffith Park mit dem Hügel, auf dem man es im Schutz der Bäume treiben konnte … Ich denke an die Polizei, ihre Festnahmen mit den Fingerabdrücken und Vernehmungen: die Bullen: die gegnerische Partei – der Feind: die Welt … Laguna Beach, wo der Sand ins Lokal geweht wurde. Lance am Rande einer Klippe … *Und ich denke an einen Himmel in Texas* … Ich denke an eine

Party, auf der zwei andere und ich uns in der verschlossenen Toilette mit Marihuana aufputschte, und an die vielen wahllosen Partner nachher im Hof … Ich denke an einen Mann auf dem Boulevard, der mich ansprach und mir Geld dafür gab, daß ich ihm erzählte, was die anderen, mit denen ich zusammengewesen war, getan hatten, und der, während er zuhörte, zu verbergen versuchte, daß er dabei abspritzte … *Jener Himmel einer grau in grau verschatteten Kindheit* … Ich denke an ein Dampfbad und an die nackten, hungrig durch die Gänge streifenden Körper, an die winzigen Kabinen, deren Türen sich unvermittelt öffneten und schlössen, um jemand hinein – oder herauszulassen, namenlose Leiber in phosphoreszierender Trübe wie in einem Schauhaus … Ich denke an den St.-Louis-Friedhof in dieser Stadt, an die erstarrten Gräber über dem wartenden Erdboden … *Und der Wind kam in Gestalt einer stahlgrauen Wolke und bestrich jenen Himmel* … Ich denke an den Strand von Chicago, der verödet dalag, bis auf die männlichen Schatten, die die kalten Mauern umarmten …

Und ich denke an die Leuchtschrift FASZINATION in New York … an die offenstehenden Türen des YMCA in Dallas und an die dampfumwölkten, intimen Szenen in den Duschräumen … Und ich sehe vor mir Miss Destiny, wie sie protestierend den Himmel stürmt und vor Ihnm mit ihren Perlen rasselt … Als mir Sylvia einfiel, dachte ich: Und sie metzelte ihren Sohn und er metzelte sie, weil sie beide nicht anders konnten … Und ich erinnere mich: *Durch jenes Fenster, während jenes Gewittersturms, der nun wieder in mir heult, sah ich einen Baum, der sich im Winde bog* … Etwas, wonach man sucht und glaubt es finden zu können, weil das Herz danach verlangt – aber es ist nicht zu finden. Nicht zu finden. Und das Herz ermüdet und widersetzt sich sogar der Hoffnung … Es war die Nacht vor Aschermittwoch und die Stadt war verstummt …

Ich dachte an jemand in San Francisco, der mir und einem anderen bis vor die Haustür folgte, und später sah ich aus dem Fenster, und der Mann, der uns gefolgt war, stand immer noch wartend da und sah verloren zu diesem Fenster hinauf, die Hände in den Taschen …

Zum Schluß hatte der Sturm wütend den Baum gepeitscht und ihm die Zweige abgerissen, die bereits schwer von Frühling waren... Und vom orangefarbenen Horizont her erhob sich Staub und legte sich auf mein Gemüt... Die Neige der Erinnerungen gärt.
Einmal, als ich nachmittags den Hollywood Boulevard entlangging, sah ich eine Frau aus dem *Kress* herauskommen: eine wüste zigeunerhafte alte Frau, wie einer Filmaufnahme entsprungen. Sie war dunkelhäutig und grell geschminkt... kaleidoskopische Ohrgehänge... einen rot-orangenen Schal um ihr langes schwarzes Haar ... weiter blauer Rock, tief ausgeschnittene Bluse – eine alte hektische Frau mit irr brennenden Augen; und als sie auf die helle Straße hinaustrat, begann dieses alte, aufgetakelte Weib eine Reihe von immer gleichen seltsamen Bewegungen auszuführen: mit der rechten Hand fuhr sie sich krampfig über die Augen, als wolle sie einen schauerlichen Anblick aus ihrem Blickfeld reißen. Auf halbem Wege zur Brust hin aber entkrampfte sich ihre Hand, die Bewegung verlangsamte und besänftigte sich ... Und nun schien sie das furchtbare Bild, das sie hatte auslöschen wollen, zu segnen ...
Törichterweise hob ich jetzt meine Hand, als wollte ich die segnende Geste jener Frau nachahmen.

Dann tat es einen Donnerschlag! Die Welt stürzte in sich zusammen. Und das war es, was mir widerfuhr:
Plötzlich, innerhalb eines Augenblicks – *in einem einzigen allein für sich dastehenden geballten Augenblick* war ich zugleich betrunken und nüchtern: ich war ein Doppelwesen. Und mein nüchternes Ich sah mein betrunkenes Ich an, und es ist erschreckend, sich selbst so geschlagen und voll Angst zu sehen. Nüchtern und klar sah ich mich selbst betrunken – und die Betrunkenheit wog all die Tage und Nächte vorsätzlicher Nüchternheit auf. Und ich sah mich zusammengekrümmt erbrechen, in der Toilette des *Rocking Times,* und ich wußte: nun geschah es, daß die nächtige Welt einstürzte – denn die Angst eines ganzen Lebens kann sich verdichten in einen unbegreiflichen Augenblick. Und warum gerade in diesen Augenblick? Ich weiß es nicht. Aber es war *jetzt.*

Jetzt war es, daß die abstoßende gemarterte Welt um sich selbst wirbelte. Jetzt war es, daß ein dunkler Kreis mein Blickfeld einengte und sich rasch mit schwerer, tiefer Schwärze füllte.
Und jetzt war es, daß mein nüchternes Ich mein betrunkenes Ich taumeln und zu Boden fallen sah und das trunkene Gelächter wie erstickende Watte im Munde spürte.

Es ist Aschermittwoch.
Ich bin draußen auf den Straßen. Nur wenige verstreute Leute, einige Stirnen von Asche verschmiert. Die Stadt ist sonderbar still. Es ist tiefe Nacht. Die Dämonen, die Clowns sind verschwunden. Nach der umklammernden Ohnmacht entsinne ich mich – aber nur verschwommen, als sei mit einem unzulänglichen Radiergummi in meinem Gedächtnis radiert worden – auf einer Pritsche in einem Hinterzimmer von Sylvias stillgelegter Bar aufgewacht zu sein – dort, wohin wir Sonny an jenem Nachmittag gebracht hatten. Um mich herum lagen andere, die noch immer nicht zu sich gekommen waren, als ich wieder fortging. Ich entsinne mich, durch die Straßen der Fastenstadt gegangen zu sein, fort vom Französischen Viertel. Zu erschöpft, um weiterzugehen, betrete ich ein Non-Stop-Kino. Es ist übermäßig heiß dort. Wracks schlafen auf dem Boden. Ich lasse mich auf einen hölzernen Sitz fallen. Einige Reihen weiter sehe ich Sonny in trübem Schlaf: verlassen. Die beiden Freier sind nicht mehr da.
Ich schließe die Augen. Ich versuche zu schlafen. Aber es gelingt mir nicht. Denn sobald ich meine Augen schließe, ist der Alptraum, den ich als ganz kleiner Junge hatte, wieder da: Ich werde von hölzernen Steinbrocken zerquetscht, über denen ein dünner lockerer Schleier liegt. Ich versuche sie fortzuschieben. Aber sogar wenn ich die Augen öffne, lasten die Steine weiter auf mir, und der Schleier zerschmilzt wie Wachs über meinem Gesicht.
Endlich war es vorbei.
Der Schlaf kommt – aber nicht als langsames Eintreten in den Zustand vorübergehenden Nichtseins. Nein. Es war, als mühe ich mich lange Zeit ab, ein riesiges schwarzes Tor zu öffnen – hinter

dem ich mich endlich in den Schlaf einschloß.
Plötzlich hellwach, öffnete ich die Augen. Ich sah drei Kakerlaken über meinen Arm kriechen. Und in dem flimmernden Licht der Leinwand sah ich auf einen Mann herunter, der vor mir auf dem Boden hockte, die hungrigen heißen Hände auf meinen Schenkeln, seine feuchten Lippen an die Öffnung meiner Hose gepreßt.
Die erste Kirche, die ich anrief, war St. Patrick. »Ich kann Sie nicht empfangen«, sagte der Priester, »... nicht vor morgen früh. Wir haben jetzt geschlossen.« Und er legte auf. Ich rief die St.-Louis-Kathedrale an. »Ich kann Sie nicht empfangen – auf keinen Fall – ich werde ununterbrochen angerufen.« Ein dritter Anruf – und ich sagte hastig: »Legen Sie nicht auf. Hochwürden. Ich muß mit jemand sprechen!« Er hörte nur einen Augenblick zu. »Sie sind wohl betrunken«, sagte er kurz und legte auf. Und ich rief die Kirche des Ewigen Beistands an und noch andere Kirchen – und alle sagten sie: »Nein.«, »Legen Sie sich schlafen.«, »Kommen Sie morgen zur Beichte.« (Wo das Leben nicht so unmäßig brüllt – wo geflüstert wird und man zuhören kann ...), »Ein anderes Mal.«, »Wenn wir geöffnet haben.« Einer sagte sogar: »Gott segne Sie«, ehe er auflegte.
Und ich erlebte den einzigen wirklichen Tod – den symbolischen Tod der Seele. Es ist der Tod der Seele – nicht der des Körpers – der Gespenster gebiert, und in jenen Augenblicken spürte ich mich zum Gespenst werden, entleert von all dem, was einen diese Reise zu einer Art von Erlösung ertragen läßt – eine Reise, die unter dem Zeichen eines allumfassenden Todesurteils steht. Und der Körper wird kalt, weil Herz und Seele am Rande des Zusammenbruchs um Hilfe schreien – gleichgültig, woher sie kommt ... selbst von einer fernen Telefonstimme – und Herz und Seele nehmen dem Körper die Kräfte, um sich für jenen allerletzten Augenblick zu stärken, bevor das Entsetzen naht und den bereits verglimmenden Funken austritt.
Und ich dachte: obwohl es keinen Gott gibt, nie einen Gott gegeben hat und nie einen geben wird – wenn man die Welt in Betracht zieht, die Er geschaffen hat, ist es möglich, Ihn zu verstehen – oder jenen Teil von ihm, der die Erkenntnis verbot, denn – Jesus! – in

diesem Augenblick sehnte ich mich mehr nach Unschuld als nach irgend etwas anderem, und ich hätte alles hektische Wissen von mir geworfen für eine Rückkehr in den Stand der Unschuld – der lediglich *idiotengleich* der Stand des Nicht-Wissens ist.
Ich rief noch ein weiteres Pfarrhaus an ... St. Vincent de Paul.
Und ein Priester mit einer ganz jungen Stimme antwortete mir, und er legte nicht auf, und ich wußte: Er ist es, den ich erreichen wollte, und er sprach zu mir und sprach – und ich kann mich nur an eines erinnern, was er sagte – und der Rest ist nicht wichtig, denn das einzige, was ich hatte hören wollen, war eine Stimme aus der Kindheit unter dem Winde ... Und woran ich mich erinnere, ist nur, daß dieser Priester sagte: »Ich weiß«, sagte er. »Ja, ich weiß.«

Und ich kehrte nach El Paso zurück.
Hier, durch ein anderes Fenster, werde ich auf die Welt zurückschauen und werde versuchen zu verstehen ... Vielleicht jedoch liegt all das geheimnisvoll jenseits allen Begreifens. Vielleicht ist es so müßig wie der Versuch, den Wind an die Kette zu legen.
Und es ist jetzt stürmisch hier.
Wie fest man das Fenster auch schließt oder die Vorhänge zuzieht, um sich vor ihm zu verstecken oder zu schützen – der Sturm ist da. Es ist unmöglich, ihm zu entkommen. Immer hört man ihn kreischen. Immer weiß man, daß er da ist. Und wartet. Und ich weiß, daß es kein Entrinnen gibt und daß er geduldig auf mich warten wird, bis ich – und das steht fest – diese Stadt wieder verlassen werde. Und was habe ich gefunden?
Nichts.
Ein Kreis, der sich schließt ... ohne Anfang, ohne Ende.
Die Wolken stürmen zornig über das orange-graue Firmament. Sie springen einander an, als gelte es einen Kampf.
Du weißt, wie es jedes Jahr in Texas ist, bevor der Frühling kommt. Einen Augenblick lang die überwältigende Erkenntnis, daß er naht mit grüngelben Blättertrauben, die den skeletthaften Bäumen entsprießen und damit eine mögliche Auferstehung andeuten – bald, bald. Und im nächsten Augenblick ist kreischend der wütende Wind da,

C. Silverstein & F. Picano: Die neuen Freuden der Schwulen

Die ultimative Taschenbuchausgabe des erfolgreichen Handbuchs, das alle Facetten in Sachen Leben, Sex und Liebe unter die Lupe und kein Blatt vor den Mund nimmt.

Bruno Gmünder Taschenbuch Nr. 1
Charles Silverstein & Felice Picano
DIE NEUEN FREUDEN
DER SCHWULEN - Ein Handbuch
zum Leben und Lieben
Sachbuch, 288 Seiten, kartoniert
ISBN 3-86187-301-X
DM 19,80 / SFr 19,80 / Ös 146,-

Andrew Holleran: Tänzer der Nacht

Liebe zu Männern ist der einzige Lebensinhalt von Anthony Malone. Um dem eintönigen Leben eines Normalbürgers zu entkommen, macht er sich auf die Suche nach der Liebe seines Lebens quer durch New York. Zusammen mit Sutherland, der zynischen Subkulturtunte, durchstreift er den Dschungel schwuler Saunen, Parks, Discos und die Strände von Fire Island.

Im Laufe seiner sexuellen Abenteuer mit Millionärserben und puertoricanischen Botenjungen kommt Malone zu der Frage: Macht Sex glücklich?

Bruno Gmünder Taschenbuch Nr. 2
Andrew Holleran
TÄNZER DER NACHT
Roman, 240 Seiten, kartoniert,
ISBN 3-86187-302-8
DM 16,80 / SFr 16,80 / Ös 123,-

Pat Califia: Das schwule 1x1

Pat Califia war jahrelang „Briefkastentante“ beim bekannten Schwulenmagazin *The Advocate* und erhielt unzählige Anfragen zu allen möglichen Themen schwulen Lebens, die sie gekonnt, aber auch bissig beantwortete.

Die Taschenbuchausgabe von *Das schwule 1x1* liefert nicht nur Informationen nach dem Muster „Frage und Antwort“, sondern ist auch ein herrliches Lesevergnügen.

Bruno Gmünder Taschenbuch Nr. 3
Pat Califia
DAS SCHWULE 1x1
Tips und Tricks für alle Lebenslagen
Sachbuch, 208 Seiten, kartoniert,
ISBN 3-86187-303-6
DM 14,80 / SFr 14,80 / Ös 108,-

JOHN FOX: DIE JUNGS AUF DER KLIPPE

In »Die Jungs auf der Klippe« geht es um den 16jährigen Schüler Billy Connors. Er ist beliebt bei seinen Mitschülern, ein erfolgreiches Mitglied in der Schwimmmannschaft seiner Highschool und hat auch eine Freundin. Aber Billy ist schwul und träumt von Männern, doch er hat Angst davor, daß jemand davon erfahren könnte.
Das ändert sich schlagartig, als er den 20jährigen Al kennenlernt. Er verliebt sich in Al und wirft alle seine Ängste über Bord.
Wie Billy den Weg seines Coming-outs geht, wie er lernt, erwachsen zu werden und zu genießen, was schwule Liebe und schwuler Sex bieten können, davon handelt dieser einfühlsame und bewegende Roman.

Bruno Gmünder Taschenbuch Nr. 4
John Fox:
DIE JUNGS AUF DER KLIPPE
Roman, 176 Seiten, kartoniert,
ISBN 3-86187-304-4
DM 16,80 / SFr 16,80 / Ös 123,-

Mark Thompson: Lederlust

Keine Gruppe ist so sagenumwoben und weckt so viel Staunen wie die schwule Lederszene. Bei dem einen löst sie Aggressionen aus, auf den anderen wirkt sie verlockend. *Lederlust* ist das erste Sachbuch, das nicht nur das komplexe und häufig totgeschwiegene Thema "sadomasochistische Sexualität" anspricht, sondern auch die dazugehörige Subkultur darstellt. Bekannte, der amerikanische Lederszene angehörende Autoren führen den Leser auf eine spirituelle Reise in Sphären, wo erotische Lust und physischer Schmerz verschmelzen. Sie vermitteln mit ihren Essays einen eindrucksvollen Einblick in den Mikrokosmos der Leder- und S/M-Welt, schildern persönliche sexuelle Erfahrungen, weihen in die Riten und Geschichten des S/M-Kults ein.

Bruno Gmünder Taschenbuch Nr. 5
Mark Thompson (Hrsg.):
LEDERLUST
Berichte und Erfahrungen
Sachbuch, 352 Seiten, kartoniert,
ISBN 3-86187-305-2
DM 19,80 / SFr 19,80 / Ös 145,-

James Purdy: ENGE RÄUME

Bruno Gmünder Taschenbuch Nr. 6
James Purdy: ENGE RÄUME
Roman, 224 Seiten, kartoniert,
ISBN 3-86187-306-0
DM 16,80 / SFr 16,80 / Ös 123,-

Der Roman *Enge Räume* gehört zu den eindrücklichsten und besten Büchern der letzten Jahre und bietet ein unvergeßliches Leseerlebnis.

Hier wird die Liebe zwischen vier jungen Männern zum Terrain von Leidenschaften und gegenseitigen Abhängigkeiten. Mit ernüchternder Offenheit untersucht James Purdy die Seiten der Liebe, die wir uns lieber nicht eingestehen wollen: Lieben als obsessives Verhalten - der unkontrollierte Drang einander zu besitzen, unterzuordnen, zu zerstören. Liebe als Kannibalismus.

Phil Andros: MÄNNERSACHE

Es roch nach abgestandenem Bier, nach Urin und billigem Deodorant, nach Schweiß und Benzin und Motoröl – doch alles wurde beherrscht von dem betäubenden, sinnlichen Ledergeruch. Irgend jemand stand genau hinter mir, und der Druck seines Körpers gegen meinen war nicht zufällig. Ich fühlte, wie sich ein Arm - ein sehr starker Arm - unter meine Lederjacke und um meine Talle schob...

Nach seinem Erfolg *Ein Mann für alle* führt uns Phil Andros erneut in die gehieme Welt der sexuellen Obsessionen.

Bruno Gmünder Taschenbuch Nr. 7
Phil Andros
MÄNNERSACHE
208 Seiten, kartoniert
ISBN 3-86187-307-9
DM 16,80 / SFr 16,80 /Ös 123

Christian Pierrejouan: MS

Bruno Gmünder Taschenbuch Nr. 8
Christian Pierrejouan:
MS
Roman, 208 Seiten, kartoniert,
ISBN 3-86187-308-7
DM 16,80 / SFr 16,80 / Ös 123,-

MS: Das sind die Anfangsbuchstaben von Masochismus und Sadismus.
Das sind auch die beiden Männer, denen der Schreiber dieses Tagebuchs nacheinander begegnet wie zwei Spiegelbildern seiner selbst.
Dieser Bericht will von innen zeigen, was bisher nur von außen gesehen wurde - in der Theorie, in der Fantasie. Die Handlung zweier bewußt auf das Wesentliche reduzierter Personen, von denen der Leser nicht so schnell wieder loskommen wird, zeigt die Gewalt des Verlangens, das in jedem lauert.
Auch Gewalt kann eine Form der Liebe sein, und das Natürliche ist nie obszön.

Renaud Camus: TRICKS 1

Tricks ist kein pornografisches Buch. Weder kommerzielle Ausbeutung von Sex, noch ein Versuch, den Leser aufzureizen: Mißerfolge und halbe Fiaskos, Zufälle und Lächerlichkeiten gehören genauso zum Thema wie die geglückte gemeinsame Erfüllung. Aber keine Heldentaten. Dennoch handelt dieses Buch von schwulem Sex: in aller Gelassenheit!

Bruno Gmünder Taschenbuch Nr. 9
Renaud Camus
TRICKS 1
Roman, Band 1, 224 Seiten, kartoniert
ISBN 3-86187-309-5
DM 16,80 / SFr 16,80 /Ös 123

Renaud Camus: TRICKS 2

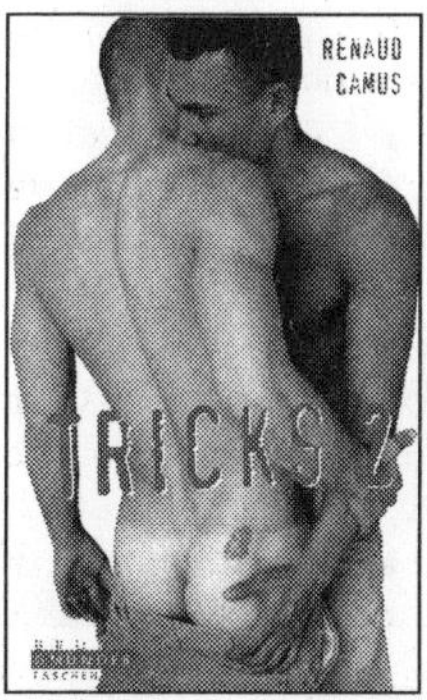

Tricks, das ist die Begegnung, die nur einmal stattfindet, mehr als eine „Anmache" und weniger als eine Liebe; eine Intensität, die vorübergeht ohne Bedauern."

Bruno Gmünder Taschenbuch Nr. 10
Renaud Camus
TRICKS 2
Roman, Band 2, 224 Seiten, kartoniert
ISBN 3-86187-310-9
DM 16,80 / SFr 16,80 /Ös 123

Gordon Merrick: EIN FALL VON LIEBE - Band 1

Ein amerikanisches Sommerhaus in New Jersey Ende der 30er Jahre: Charlie, Anfang Zwanzig, verbringt den Sommer bei seiner Großmutter bevor er sich in das New Yorker Berufsleben stürzt. Für Gesellschaft hat die Dame bereits gesorgt und Peter, einen entfernten Verwandten gleichen Alters, eingeladen.
Es beginnt eine gefühlvolle, energiegeladene, leidenschaftliche, erotische Liebe zwischen den beiden jungen Männern, die an Vorurteilen und Intrigen zunächst zerbricht. Doch die schmerzliche Trennung währt nur vorübergehend...
„Ein Fall von Liebe" ist der Klassiker des schwulen Liebesromanes und längst zu einem Kultbuch der schwulen Literatur avanciert.

Ebenso im Bruno Gmünder Verlag:
Teil 2: Ein Fall von Liebe
- Die Freiheit der Liebe
Teil 3: Ein Fall von Liebe
- Im Licht der Liebe -

Bruno Gmünder Taschenbuch Nr. 11
Gordon Merrick
EIN FALL VON LIEBE - Band 1
Roman, 320 Seiten, kartoniert
ISBN 3-86187-311-7
DM 19,80 / SFr 19,80 / Ös 145

Rolf Winiarski: AKTIV LEBEN!

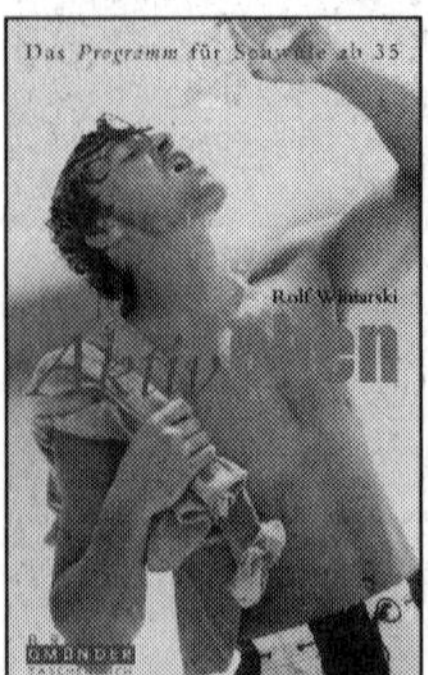

Allen, die sich mit dreißig als Greis fühlen und deshalb ewig von 29 sprechen, wenn man sie nach ihrem Alter fragt, ist dieses Buch von Rolf Winiars<ki gewidmet.

Der Autor räumt mit alten Klischees auf und trotzt dem vorherrschenden Jugendkult. Dieses Buch bietet praktische Anregungen, einige längst fällige Richtigstellungen, Tips und Erfahrungsberichte.

Bruno Gmünder Taschenbuch Nr. 12
Rolf Winiarski
AKTIV LEBEN!
Das Programm für Schwule ab 35
Sachbuch, 192 Seiten, kartoniert
ISBN 3-86187-312-5
DM 16,80 / SFr 16,80 /Ös 123

Mike Shearer: MARKS MÄNNER

Bruno Gmünder Taschenbuch Nr. 14
Mike Shearer
MARKS MÄNNER
Roman, 224 Seiten, kartoniert
ISBN 3-86187-314-1
DM 16,80 / SFr 16,30 /Ös 123

Mit seiner unwiderstehlichen Schönheit ist es Mark Edwards nie schwergefallen, Männer in Seitenstraßen, auf Parkplätze oder ins Bett zu locken.
Keiner von ihnen ahnt, daß hinter diesen großen Augen ein besessener Geist daran arbeitet, alle Geräusche, Gerüche und Spannungen der Begegnung für die Nachwelt aufzuzeichnen. Denn Mark sammelt für ein autobiographisches Werk, in dem auch seine von der Natur verschwenderisch beschenkten Freunde Marco, Ed, Arnie und Bart vorkommen sollen.
Und zum Glück für uns alle glaubt Mark, daß geteilte Freude doppelte Freude ist.

Felice Picano: DER KÖDER

Es war eine Welt der betonten Lässigkeit, des Macho-Kults, der Suche nach Sex. Noel bewegte sich zunächst unsicher, dann tastete er sich vor, tauchte ein und versank schließlich in der Musik, den Drogen, der Menge und der Hitze der Körper. Aber er war stets wachsam, ständig auf der Hut. Denn er wußte, daß hier irgendwo ein Mörder auf ihn lauerte und sich mit einer sadistischen Unausweichlichkeit immer näher und näher an ihn heranschlich. Denn er war der Köder - der lebende Köder für einen Schwulenkiller...

Bruno Gmünder Taschenbuch Nr. 13
Felice Picano
DER KÖDER
Kriminalroman, 384 Seiten, kartoniert
ISBN 3-86187-313-3
DM 19,80 / SFr 19,30 /Ös 145

Jack Hart (Hrsg.): DIE VERBOTENE FRUCHT

Verbotene Früchte schmecken bekanntlich am besten. Vor allem, wenn man sie zum ersten Mal kostet. Zu diesem Schluß kommen zumindest fast alle der über 70 Männer, die in dieser Anthologie von ihrem ersten, alles entscheidenden Erlebnis berichten. Manch einer war noch ein Knabe, als er mit dem Cousin oder dem Nachbarsjungen seine ersten Gehversuche in Sachen schwuler Sexualität machte. Wieder andere mußten erst ins Twenalter kommen, bevor sie die Freuden am eigenen Geschlecht erkundeten.

Bruno Gmünder Taschenbuch Nr. 15
Jack Hart (Hrsg.)
DIE VERBOTENE FRUCHT
Schwule schildern ihr erstes Sexerlebnis
292 Seiten, kartoniert
ISBN 3-86187-315-X
DM 19,80 / SFr 19,30 /Ös 145

Lawrence Schimel: GUT BESTÜCKT

Gut bestückt sind diese zehn Erotik-Storys in jeglicher Beziehung: Lawrence Schimel vereinigt die hohe Kunst der amerikanischen Short-Story mit den prallsten Männerphantasien. Abseits der üblichen Stereotypen entwickeln seine Helden eine sexuelle Virilität, die die Jagd nach Männern zum puren Vergnügen macht.

Bruno Gmünder Taschenbuch Nr. 16
Lawrence Schimel
GUT BESTÜCKT
160 Seiten, kartoniert
ISBN 3-86187-316-8
DM 17,80 / SFr 17,30 /Ös 129

Rolf Winiarski: TRAUMPRINZ GESUCHT!

Der Traumprinz - jeder träumt von ihm und findet ihn - oder auch nicht. Aber auch wenn du gar keinen Traumprinzen suchst, sondern einfach nur jemanden, der zu dir paßt....
Rolf Winiarksi kennt solche Probleme aus seiner täglichen Arbeit als Berater im Magnus-Hirschfeld-Centrum in Hamburg. Der Diplom-Psycholge weiß, wovon er spricht, wenn er Fragen beantwortet wie beispielsweise:
– Wie geht Mann die Traumprinzensuche richtig an? – Wo kann man dem „Mann fürs Leben“ begegnen? – Wie lernt Mann flirten? – Wie formuliert Mann eine erfolgreiche Kontaktanzeige? – Wie überwindet Mann Trennungsschmerz?
Erfahrungsberichte, Anregungen und viele Übungen runden das Thema Partnersuche ab.

Bruno Gmünder Taschenbuch Nr. 18
Rolf Winiarski
TRAUMPRINZ GESUCHT!
Sachbuch, 208 Seiten, kartoniert
ISBN 3-86187-319-2
DM 17,80 / SFr 17,30 /Ös 130